MOON LANCER

月影の乙女

乾石智子
Inuishi Tomoko

東京創元社

月影の乙女

登場人物

ローデス……………セレの領主
グロガス……………ローデスの長男
リッチェン…………ローデスの次男
カティエ……………ローデスの長女
リッチェン…………グロガスの長男
グリュンド…………セレの町の魔法師《フォーリ》
ペネル………………ハストのフォーリ

ジオラネル（ジル）
ローデスの次女

トゥッパ
カルシーの
〈イナヅマウオ〉

カルステア
（カルシー）
ジルの同期のフォーリ

ハスティア大公国

シュワーデン
ジルの同期のフォーリ

ヴィーヴィン……
マコウィ……
ネアニ……
ジルの先輩のフォーリ

ケイゼル……
クレマル……
テイケス……
ジルの後輩のフォーリ

ヤーナナ……
ソルム……
ヨーヨー……
アバデート……
ユーカロ……
ヨシュガン……
ボー……
ジルの同期のフォーリ

ヘレニ
ジルの同期のフォーリ

ハスティア大公国

フレステル公太子
ハスティアの世継ぎ

ナイサン……リーリのフォーリ
ムリーブ……カーニのフォーリ
モルル……ブリルのフォーリ
グルアン……シュワーデンの年下の叔父
フレステルⅡ世……ハスティアの女大公
チャレン侯……フレステル大公の夫君
ヘンルーデル……フレステル公太子の弟
タトゥーユ……フレステル公太子の恋人
ルゴフ……グラップ出身の少年

ヴィスマン
フレステル公太子の側近

アトリア連合王国

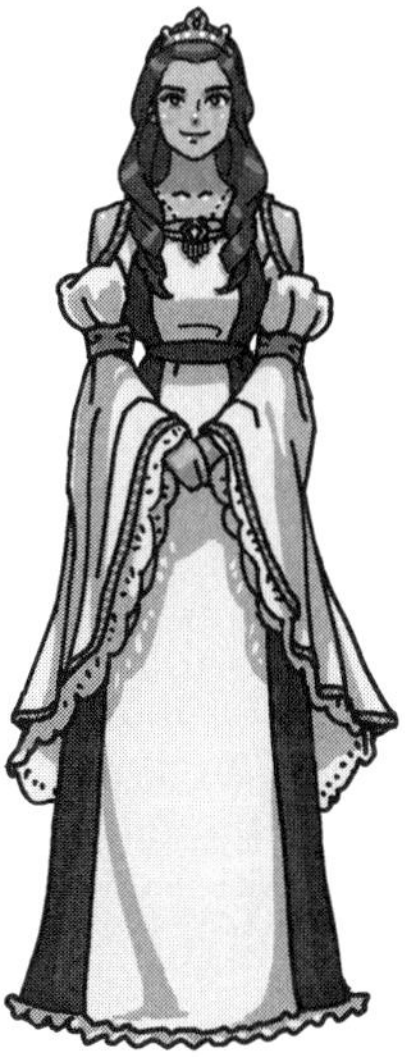

マナラン
アトリア連合王国の第四王女

フェンナ……………マナラン付きの侍女頭
ロウルアン（ロウラ）……マナラン付きの侍女

ウシュル・ガル
ドリドラヴの竜王

ドリドラヴ大王国

ムルツ……………………第一王子
テーツ……………………第二王子
カルツ……………………第三王子

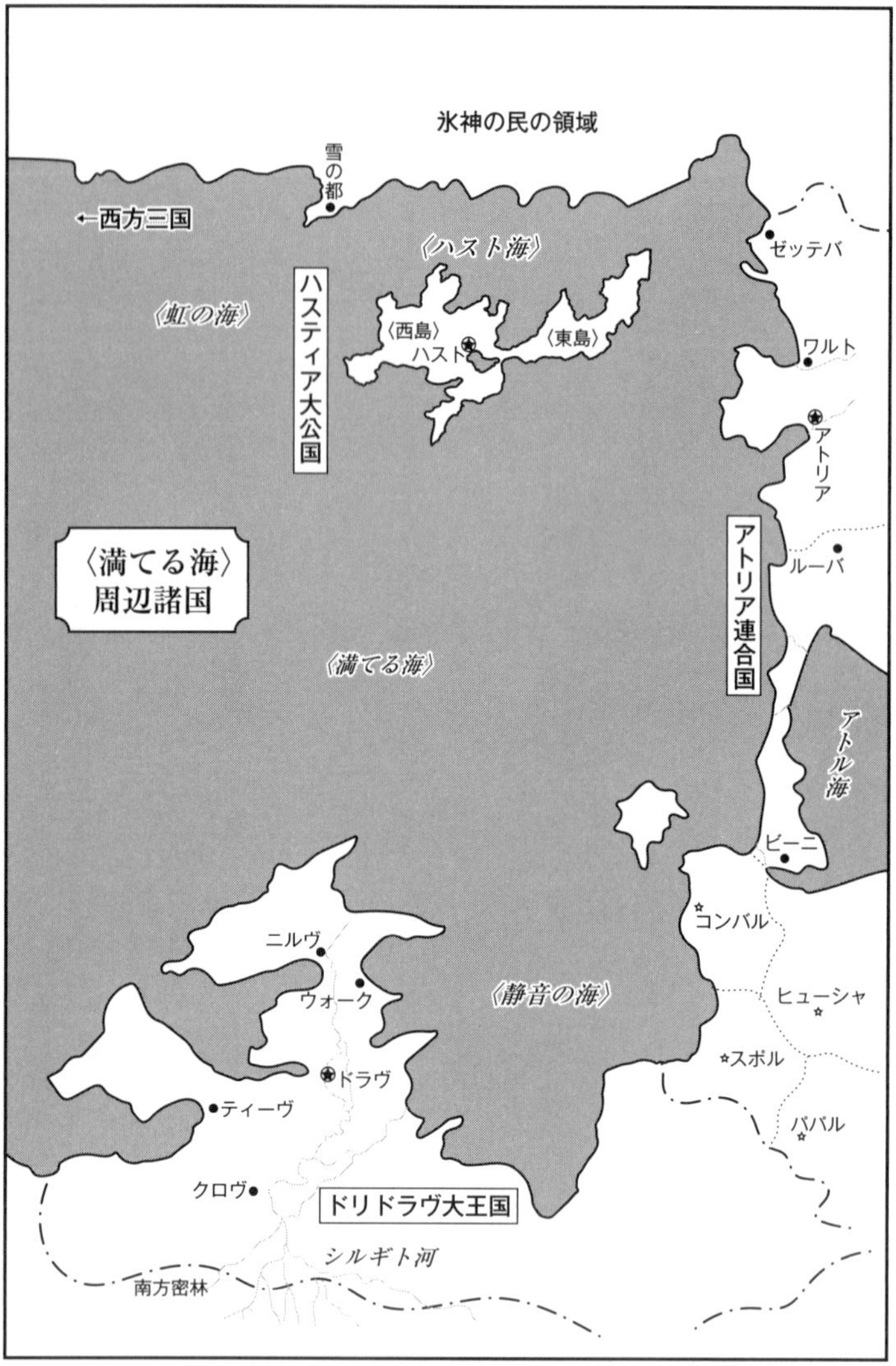
〈満てる海〉
周辺諸国
氷神の民の領域
雪の都
←西方三国
〈ハスト海〉
ゼッテバ
ハスティア大公国
〈虹の海〉
〈西島〉
ハスト
〈東島〉
ワルト
アトリア
アトリア連合国
ルーバ
〈満てる海〉
アトル海
ピーニ
コンバル
ニルヴ
ウォーク
〈静音の海〉
ヒューシャ
スポル
ドラヴ
ティーヴ
パパル
クロヴ
ドリドラヴ大王国
シルギト河
南方密林

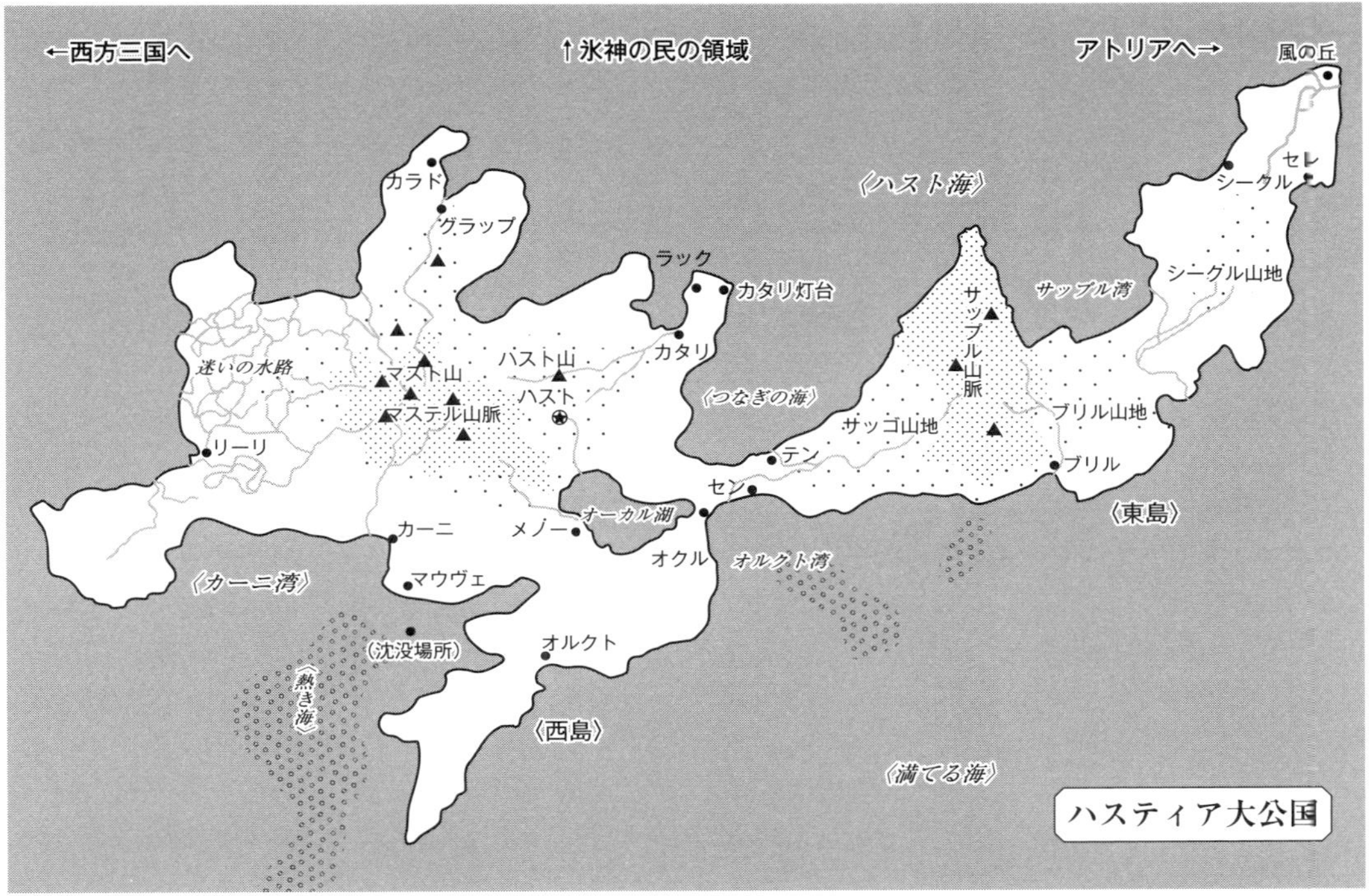
ハスティア大公国
←西方三国へ
↑氷神の民の領域
アトリアへ→
風の丘
セレ
シーグル
〈ハスト海〉
カラド
グラップ
ラック
カタリ灯台
カタリ
シーグル山地
サップル湾
サップル山脈
迷いの水路
マスト山
マステル山脈
ハスト山
ハスト
〈つなぎの海〉
サッゴ山地
ブリル山地
リーリ
テン
ブリル
セン
〈東島〉
オーカル湖
カーニ
メノー
オクル
オルクト湾
〈カーニ湾〉
マウヴェ
（沈没場所）
オルクト
〈熱き海〉
〈西島〉
〈満てる海〉

〈月影ノ乙女〉は、〈月ノ獣《けもの》〉を身の内に住まわせている。それはことあるごとに、人は独《ひと》りで生まれてきて独りで生きぬき、独りで死んでいく、と――（欠落）。その囁《ささや》きに屈することなき場合にのみ、――（十単語ほどの欠落）が偉大なる魔法を生みだし、月を目覚めさせ、共鳴を起こし、大地を震わせ、仇敵なる悪《あ》しき大蛇を虚空《こくう》へと放逐する。

最古の予言書に記されている
誰も読むことのない一頁より

第一部

1

ハスティア大公国暦　四四六年

初夏の太陽は天中をすぎていた。薄雲が広がって、海も空も、黄色なのか青なのか判然としない。干潮にともなって、潮騒も遠く退き、砂浜に響くのは、遊ぶのに夢中な子どもの声ばかり。

ジルはふと、顔をあげた。やわらかくあたたかい風の中に、一陣の冷風がまじっていた。空の色がどっちつかずで、胸がざわつき、海の音が遠のいたことに漠然とした怖れを感じた。夕方にはまだ間があったものの、もう帰った方がいいような気がした。

立ちあがると、シュルコーが砂の中に棒切れをつっこんだまま、前歯の欠けた口でにっかりと笑った。

「見てよ、ジル、ほら、おれの〈スナコガシ〉、でっかいだろ?」

シュルコーの砂まみれの足元に、黒い殻《から》におおわれた大きなイモムシめいたものがのたくっている。無理矢理、地表にほじくりだされたことに怒り、蛇腹《じゃばら》になっている殻の隙間から刺《とげ》を逆だて、先端の口を丸くあけて、牙《きば》をむき、頭をふりたてている。この口にかまれたら指をなくすかもしれないが、四人の子どもたちはその剣呑《けんのん》さにむしろ興奮して、次から次へと〈スナコガシ〉の巣を暴《あば》いている午後だった。

「おいらの方がでっかいぜ、シュルコー」

少しはなれたところからヒズキが叫び、ブロカも負けじと、

「おれのが一番だぞ。くらべっこするか?」

何かとはりあう男の子たち三人だ。互いに相手の称賛を求めるのは、誰が頭《かしら》になるかを争う本能につき動かされているからか。

「へっ、そんなもん。もっとでっかい〈スナコ

ガシ〉がいるところ、おれは知ってるぞ」

シュルコーが両腕を広げてみせた。

「嘘だぁ。そんなの、いるわけねぇ」

「嘘つくなよ、シュルコー」

あとの二人が馬鹿にしたので、シュルコーはちょっとむきになった。

「嘘じゃねぇよ。父ちゃんがいるって言ったんだから。あっちの、ほら、あそこの岩の下に」

海につきだした岬の根元に、尖った黒岩が三つ並んでいる。まん中の大岩を指さすと、馬鹿にした二人も、シュルコーとつれだって歩きだしていた。

四人は八歳と九歳、山上の雲に巨人を見、夕暮れの路地にうずくまる虎を見る年頃だ。冒険するのに躊躇《ちゆうちよ》はない。

それでもジルは、再び感じた冷たい風に、上着の裾をひかれたように感じて立ちどまった。それに気づいたヒズキが、ジル、やめるんか、と尋ねた。シュルコーが、

「帰れ、帰れ。お嬢ちゃまはおうちに帰ってお人形で遊んでな」

とからかった。ジルはむっとして、少年たちに駆け足で追いつく。

大岩の根元には、岩を削ったような黒い砂が、渦模様を描いていた。細長い蛇が何匹も、互いの尻尾にくらいつこうとしているような模様。少年たちはそれを見て歓声をあげ、砂を蹴ったり模様を爪先でつついてみたりした。

冷たい風はもう、暖風に隠れたりしないで、丘の上から吹きおろしてきた。岬の上で、海鳥が悲鳴のような一声をあげ、急に潮騒が高まった。ブロカが突然、身を震わせた。

「帰ろうぜ」

少年たちは素直に頷いた。

もし、ジルの足元に、背丈くらいの流木が転がっていなかったのなら、少年たちのあとについて家に帰っていたかもしれない。もし、海鳥の警告めいた声がなかったのなら、反抗心で流木を拾ったりはしなかった。もし、潮騒が威嚇《いかく》してこなかったら、黒砂の渦模様の中心に、そ

の流木をつきたてようなどと思わなかっただろう。

ジル自身、どうしてそんなことをしたのか、あとでいくら考えてもわからなかった。

「見て！」

子どもらしい単純な顕示欲《けんじ》だったのか。〈スナコガシ〉を害しようなどとは夢にも思っていなかったのに。

戻ってきた少年たちの前で、一度、二度、と、得意げに棒をつきたててみせた。ほらね、何にもおこらない。あんたたちが怖がったのを、わたしは怖がっていないよ。得意になって三度めをふりおろした、そのとたんに、足元が抜けた。

しまった、と思った。

周囲がぽっかりと大きな穴になった。滝のように黒砂が落ちていき、ジルも落ちていった。はるか下方に、炎の色がまあるくあいている。その円に沿って黄色い牙がずらりと並んで、ジルをひと呑みにしようと待ちかまえている。

シュルコーが「でっかい〈スナコガシ〉」と両腕を広げてみせたが、これはそんなものじゃない。あいた口だけで、両腕を広げたのより大きい。

助けて！

心の中で叫んだが、もはや手遅れだと知っていた。誰かが何かをしようとしてくれても、まにあわない。ましてや少年たちだけでは。

――誰も助けてはくれない。その時間がない。助けようがない。

四方の砂壁が迫ってくる。

――どうしようもない。

そう悟ったとき、こめかみのあたりで真実がひらめいた。砂のように黒く、海のように重く、月のように冷たい。

――わたしは独《ひと》り。わたしはたった独り。

その真実は、目の奥から喉元を通り、胸の中に広がって、腹の底まで届いた。身体じゅうが震え、共鳴し、黒から白へ反転し、荒ぶる海は波をおさめ、月はひっくりかえって灼熱の光をはなつ太陽に変じた。すると、四肢の先端から集ってきた血が沸騰《ふっとう》し、喉仏を焼いた。ジルはその熱さを逃がそうと、声を発した。呪文にもならない呪文、誰にも教わったことのない言葉、ハスティアの大地に蓄えられてきた力。永遠に等しい歳月のあいだ、月が注ぎつづけてきた力。

黒砂が逆流し、天まで舞いあがった。ジルも〈スナコガシ〉も、彼女が作りだした魔法の巨大な手につかみとられ、放り投げられた。

宙にうかんだ刹那《せつな》、ジルは、雲の切れ目から海上に射す銀の光を目にした。すぐそばには、彼女を喰らおうとした〈スナコガシ〉が、同じようにうかんでいた。丘の上に散らばる村の家家の屋根と領主の館の塔が見えた。緑の草地に羊や山羊が、白い点になっていた。

海風が強く吹いてきて、ジルと〈スナコガシ〉を小突くように回しながら地面に落とした。〈スナコガシ〉は渚《なぎさ》の際に墜落して海水を浴び、もうもうと湯気を噴きあげる。それを目の端にとらえた直後に、砂の上で背中をしたたかにうち、息が抜けてしまった。そのあとかなり長いあいだ、ただただ空を見あげていた。雲の切れまに、午後の月がたゆたっている。目を凝らして見なければ映らない、淡く細い三日月。

あれも独り。

わたしも独り。

泣きだす前に、意識を失った。


村の人々は、領主の娘が巨大なスナコガシを退治した話でひとしきりもりあがったらしいが、ジル本人は父親からひどく叱られた。

「そも、スナコガシがそこにいた、それのどこに罪がある？　〈聖ナルトカゲ〉と一緒で、ただそこにいるだけの獣《イリーア》ぞ。それを害そうとすれば、人の方が悪になろう。〈コノハウラ〉だろうが〈ミチオシエ〉だろうが、〈アマジャクシ〉だろうが、よしんば〈災ヒノ口〉であっても、その価値を決めるのは人間の手前勝手な考えというものだ。イリーアはただそこにいるだけ、草木と同じ、海の波と同じ、月と同じ。何の役にもたたぬ、ときにはわれらの妨げとなることもある、しかしわれらとは月のこぼした一滴の光でつながっておる、われらの仲間ぞ。それを退治しようとは、何とも傲慢《ごうまん》で無知な仕業よ。しばらく一人で考えおれ」

　そこで、ジルは涙を流しながら、寝台の中でずっと考えた。父の言ったことの半分はわかったが、あとの半分はよくわからなかった。それでもまるまる一日、イリーアという存在と自分を結ぶもののことを一所懸命に考え、感じ、理解しようとつとめた。


「千五百年ほど前、ぼくらの祖先はイリーアと一緒に山野に住んでいたんだよ」

　次の兄リッチェンが教えてくれたことを思いだしていた。あれは数ヶ月前、雪にふりこめられる日々がつづいて、くさくさしていたときか。館中の者が大暖炉のある居間に集って、手仕事や書類整理をおこなっていた。誰もが穏やかさと暖かさに満足していたものの、壁一枚へだてた外の寒気と、ものみな死に絶えたような静けさを、肌に感じていた。猟犬たちは寝そべり、猫たちは丸くなり、煤のふりをして暖炉の壁裏にはりついている〈火番虫《ホットイテ》〉はときおり、「ホットイテ」と鳴く。家令と、下働きの老カグンが薪の心配をし、侍女と母が原毛の残りについて相談し、父と長兄はしょっちゅう窓の外をのぞいて、見まわりに外に行ける天候になるのを待っていた。

　原毛からわらくずや刺や草の実をとり除く作業を命じられて、不満げにこの単純作業に手をつけた次兄が、眠気覚ましに話しはじめたとき、ジルは反故布《ほご》と糸と針を預けられて、巾着にするべく格闘している最中だった。

「ぼくらの祖先は山の中の小屋みたいなところに住んでたんだってさ。〈聖ナルトカゲ〉は軒先に何匹もぶらさがっていたし、〈ホットイテ〉も一つの竈《かまど》に五匹はいたんだ。森には葉っぱそっくりの〈コノハウラ〉が住みついていて、通るたびにうるさいし、原っぱには〈災ヒノ口〉が待ちかまえていて、イモムシの口で、あることないこと囁《ささや》くもんだから、家族の中でもしょっちゅう喧嘩がおきたってさ」

「わたし、この前、〈バンザイウサギ〉に会ったよ」

「おっ、あいつにあったのか。左耳が折れているやつ」

「うん。いきなり立っておどかしてきたよ」

「草の中にじいっとしていて、突然、熊みたいに立つんだもんな」

「でも、ウサギだし」

「うん、ウサギだし」

二人は顔を見あわせてくすくす笑う。すると、

「イリーアはハスティアにしかいないって知ってた？」

機《はた》に縦糸をかけながら、姉が口をはさむ。

「あと二つ、ハスティアにしかいないものがあるわね？」

もう一台の機の前にすわって、模様を確かめながら母がたたみかける。セレの領主の家族は皆、話し好きの教えたがり屋ばかりなのだ。


「魔法師《フォーリ》！」

ジルが叫ぶと、リッチェンが、

「マステル銀もだ！」

「フォーリとイリーアは魔法で結びついてるって知ってた？」

姉がまた聞く。

「わたしたち皆、フォーリになりうるって知ってた？　皆、この大地の力とつながってるって知ってた？」

「フォーリとイリーアとわたしたちは皆、同族なのよ」

と母。ジルは目を丸くして、

「そんなこと、あるの？　じゃ、わたし、イリーアになれる？」

「そんなわけないだろ、馬鹿だな」

リッチェンが笑う。

「だって、同族なんでしょ？」

「大昔はね。この大地ができたてのころはね」

姉が最後の縦糸をとおしおえて、腰をのばしながら言った。

「フォーリにはなれるぞ」

窓から身をはなした父が口をはさむ。

「剣士になるもよし、神官になるもよし、大工にもなれるし、フォーリにもなれる」

「あなた……ジルを大工に、だなんて……」

たしなめる母にはかまわず、父はつづける。

「フォーリになったら変身することもできる。能力があれば、だがな。そうしたら〈バンザイウサギ〉にもなれるし、火山を爆発させるという〈霧虎〉にもなれるぞ」

「ジル、本気にするんじゃありませんよ。父上は冗談を言っているのです」

「……本当じゃないの？」

「嘘だよ、嘘。フォーリが変身したっていう話は、あれは、目くらましのことさ」

長兄が戸口の方で言う。ジルは、フォーリにもイリーアにもなれないことにがっかりして、その拍子に針で指を刺す……。

……今、腫れあがった目蓋《まぶた》のまま窓辺にすわり、初夏の庭をながめながら、ジルは、渚に横たわったまま朽ちていく〈スナコガシ〉の骸《むくろ》のことを思った。わたしがあんなことをしなければ、あのイリーアは岩の根元で安泰だったのだ。大地の底と炎の夢を見ながら、砂を焦がして食べて、もっともっと大きくなったかもしれない。

イリーアは、基本的には、犬や猫のように人に懐いたりしない。ただ、そこにいるだけ。だが、砂浜に〈スナコガシ〉がいると思うだけで、人は少し安心する。〈聖ナルトカゲ〉がしゃぼん玉を吹きながら逆さまにぶらさがっている軒先を見て、ああ、この家には善人が住んでいるんだな、とわかる。〈バンザイウサギ〉は笑えるし、〈ホットイテ〉は火事になりそうなときに教えてくれる。嘘八百を語る〈災ヒノ口〉はときに、諍《いさか》いをもたらすけど、人の喧嘩を見るのはちょっとおもしろいかもしれない。雨といっしょに〈アマジャクシ〉がふってくると、何となく楽しくなる。

イリーアたちは草や木や花と一緒だ。ただそこにあるだけ。でも、わたしたちともつながっている。

ジルは心から〈スナコガシ〉にわびた。そして二度と、あんなことはすまいと決心した。


それから半月もたった蒸し暑い雨の午後、二人の客人が、領主館への坂道を登ってきた。一人はセレの町に住むグリュンドという老フォーリ、もう一人は上等な装飾胴衣《セテン》の上に、金鎖でとめた外套を羽織った壮年の婦人、二人とも胸に八角形の徽章《きしょう》をつけている。

グリュンドはいいとして、ハストのペネルと名乗ったフォーリが、一体自分に何の用だろう。ひきあわされたジルは、マステル銀と同じ輝きの瞳をひた、と自分に据えて、厳しい顔を崩そうとしない女を見あげた。しばらくの沈黙の後、彼女が口をひらいて言ったのは、

「……この子、が……？　わたくしは、もう少しおとなを想像していました。九歳って……こんなに小さかったんでしたっけ？」

父がジルの肩に手をおいて答えた。

「だから言ったでしょう？　時期尚早だと」

またしばらく口をつぐんだのち、ハストのペネルは上半身をかがめた。

「海岸の〈スナコガシ〉を見てきましたよ。ジオラネル。もう、砂と同じ色の骨だけになってしまっていましたけれどね。あんなに大きいとは思ってもいませんでした」

「ごめんなさい」

半べそをかきながらジルは口走った。謝ってもすまないことはわかっていた。フォーリは自分を都につれていって、裁きにかけるのだ。牢に入れられて、きっと出てこられなくなるのだ。幼い心に覚悟を決めたそのとき、父の手がぎゅっと肩をつかんだ。

ハストのペネルは身体をおこし、淡々とした口調できいた。

「魔力の暴発はあれがはじめてなのですか？」

「たまたま、です。生命の危険を感じて、無意識に。幼いころにはよくあることではないですか」

父が挑むように答えた。

「魔力が過剰に反応した、それだけのこと」

ハストのペネルは上目づかいに父を睨《にら》み、

「あなたって、若いわりに頑固者ですね、セレのローデス。認めなさい、ジオラネルの力は傑出したものだと」

「何とでも言いなさい。この子はまだ子どもなのだ。傑出しているかどうかなど、判断できはしない」

「欲のないこと。普通の親であれば、子の可能性におのれの好機を見たとたん、欣喜雀躍《きんきじゃくやく》するでしょうに。……それだから、東島なんかのこんな辺鄙《へんぴ》な田舎の領主にとどまっているのですよ」

この侮辱に、父は破顔で答えた。

「こんな辺鄙《へんぴ》な村でも、大公閣下の治世の一端を担っておりますよ。領主には領主、フォーリにはフォーリの仕事というものが定まっている。子どもの才能を早まって断定し、訓練所につれていく権限はあなたにはない。お帰りください」

ハストのペネルは唇を山の形にして再び父を睨み、次いで少し表情をやわらげてジルに一歩近づいた。父の腰にまわしているジルの片手を無理矢理ひきはがして自分の手に包みこみ、作り笑いをうかべ、金の眉の下のマステル銀の瞳でじろじろとながめわたした。

「このたびは、父上の言うことをきいて、わたくしは帰りますよ、ジオラネル。仕方がありません。でもね、覚えておいてほしいの。あなたにはフォーリの才能が眠っている。その才能を生かすためには、なるべく早く訓練所に入って正しい教えをうけなければいけない。わたしは待っていますからね。いつでもおいでなさい」

両腕を広げた父に追いたてられて、ハストのペネルはグリュンドを従えて出ていった。

居間のそこここで成り行きをうかがっていたきょうだいと母が、ジルのまわりに集ってきた。

「おい、すごいな、ジル。訓練所にさそわれたんだよ？」

リッチェンが大声で言い、カティエが、

「すごくないわよ。困ったことよ」

と眉をひそめ、母も、

「まだ何者でもない子どもに、あんなことを言うなんて、フォーリというのは本当に常識がない……」

と首をふった。長兄のグロガスも、父そっくりの低い声で、

「礼儀を知らない女《ひと》だな。人を侮辱しても、そのことにすら気づいていない」

「でもすごいことはすごいだろ？」

姉をふり仰いでリッチェンがまた叫ぶ。

「まだたった九歳だよ？　それで訓練所って──」

「子どものうちに訓練所に入る者はたくさんいる。国中から応募してくるからな」

戻ってきた父がリッチェンの、今にも宙にうきそうな肩をおさえて言った。

「だが、フォーリの徽章をつけられる子は多くない。神童が秀才に、秀才が凡人に転落して、訓練所を卒業できないことの方が多い。見極めるには早すぎるのだ」

「じゃ、ジルはフォーリにならないの？」

「それはジル本人がゆっくり考えるべきことだ」

「わたくしは反対ですからね、ジル」

珍しく母がきつい声を出した。

「あんな、非常識な、高慢な、放浪者になんかなってほしくないわ」

「母さん、ハストのペネルといったら、フォーリ協会の副会長で、大公閣下の側近の一人でもある人だよ。放浪者じゃない」

「そんなのはどうでもいいことです、グロガス！」

「フォーリといったら、大抵がさすらい人同然だものね。ハストのペネルの方が珍しいのよ。あっちこっちに呼ばれて雑用をこなして、そのうちグリュンドみたいに年とって、村の中で病人を診たり、〈ツバサダマ〉に飛んでいかないように言いきかせたりするだけの将来って考えたら、おすすめできないでしょ」

母そっくりの口調でカティエが言う。しかし、

それにはリッチェンがくいさがる。

「でも、中には活躍するフォーリもいるじゃないか。〈霧虎〉をなだめたジンムルとか、〈海竜王〉と語りあったカレヴェとか、町中にはびこった疫病をたった一晩で清めてしまったヴェンヴェルとか」

「そんなのは昔話ですよ！」

「そうよ。リッチェン、あんた、昔話って、事実に尾ひれがついて百倍にふくらんで、目くらましまでかかってるってこと、知らないの？」

「そんなの、わかんないじゃないか。ジルだってあのおっきい〈スナコガシ〉を吹っとばしたんだもの。母さんも姉さんも、見にいってないだろ？　どれくらい大きいのをやっつけたのか、見てきたら？」

〈スナコガシ〉の名は、ジルにとってはまだ、鋭利な刃《やいば》だった。尖ったあの牙にかまれたような痛みを胸に覚えて、いたたまれなくなった。

皆が呼びとめるのにも足を止めず、居間を飛びだし、廊下から自室へとびこみ、裏庭につづく敷居をまたぎ、セージやマンネンロウが雨にぬれるあいだを走りぬけていった。リッチェンでさえ、ジルの負った傷の深さに気づいてくれない。両親にとっては、彼女の力の方が気にかかっている。兄のグロガスと姉のカティエにとっては、もう過去のこと。

足元がなくなり、再び黒い砂が滝のように崩れおちていく。下方には炎に満ちた丸い口が待っている。

ジルは叫びをおし殺して歯を喰いしばり、目をつむった。二度と同じまちがいはしないと誓った。イリーアを傷つけないと。ならば、自分が呑まれるしかない。

熱風が吹きあげ、髪を焼いた。炎が蛇の舌のようにからみつき、頭の上で牙がかみあわさるのを感じた。覚悟を決めた、そのとたんにあたりはまっ暗になり、風はやみ、熱さはひき、森閑となった。

裸足の裏に、しっかりした大地の感触が戻ってきていた。うっそりと目をあければ、森の中を通る一本道に立っている。トウヒやモミの林は夜の香気をはなって涼やかだった。闇のところどころに白くうかぶのは、ミズキの花か、釣鐘草か。木々の枝は道の上に張り出して、天をおおっているが、小道はほの明るくまっすぐに走っている。木の間からもれくる月の光に導かれて、ジルはゆっくりと一歩を踏みだした。風が左から右へと吹きぬけていく。夜にひらく花の匂いと木々の匂いと湿った土の匂いがまじりあう。

頭上の月は満月か。走る雲にかげり、また戻ってくる光を頼りに進んでいったが、いつしか闇が濃くしみてきて、道もさだかではなくなった。

ジルは立ちすくんだ。まっすぐのびているはずの進路である。しかし、それまで何の疑問ももたずに動いていた足が迷いをもって、歩きつづけることができなくなった。

わたしはなぜ、ここにいるの？

ここはどこ？　なぜ夜なのだろう？

息をするたび、身体の中に闇が入ってくるようだった。皮膚からも、目や耳からも、しみてくる。奥歯をかみしめ、両手を拳《こぶし》に握り、目をとじてじっと耐えた。誰も、助けてはくれない。ここにいるのはわたしただ一人。

と、突然、雲が切れた。同時に、高らかな月鶯、〈月ノ獣《けもの》〉のさえずりが光の中に響いた。たった一声。

――独りと。

ジルは思わず頭をふりあげてその姿を求めたが、世界を銀に染めあげた月光が目の中にとびこんできて、頭の中が星で一杯になった。それらは互いに激しくぶつかりあい、銀の火花を散らし、さざれ石のように粉々になったかと思うや、バターのように溶けた。

その、月光とマステル銀の光を混ぜあわせたような色の中に、長身の誰かが立ちあらわれた。マステル銀の兜《かぶと》をかぶっている。輪郭《りんかく》だけが青くうきあがって、目鼻だちはわからない。すらりとのびた手足は、籠手《こて》と脛当《すねあ》てで護られ、装飾上衣《セテン》とマント、ズボン、長靴を身に着けている。すべてがマステル銀でできているようだった。片手で槍を立て、もう片手で兜を脱いだ。銀の髪が広がった。月光に混ざりこんで、見わけがつかないほどだ。

　女が哀しげな微笑みを浮かべると、それにあらがうかのように、〈月ノ獣〉がまた、――独り、と喚く。女は笑みを深めてまっすぐにジルの目をのぞきこんだ。すると、女はジルの中に吸いこまれた。砂が水を吸いこむように、ごくごく自然に。息を吸ったら女も一緒に入ってきて、意識のどこか奥深くにするりと身をひそめた、そんな感じだった。

　ジルは驚いて、心を研ぎ澄ましたが、その気配をつかむことはできなかった。まるで、ジルの体内をめぐる血の一滴となったかのように、何の気配もなく、ただ、〈月ノ獣〉だけが、しばらく抗議の羽ばたきをくりかえし、騒いでいた。しかしそのうち、くたびれたのか、あきらめたのか、おとなしくなり、

――独り
と、そう呟いた。

　月は再び雲に隠れ、闇がおりた。

　ジルはしばらく闇の中に佇んでいたが、もう、怯えは霧散していた。そう、真実を認めてしまえば、何も怖れることはなかったのだ。

　父母にすがって泣きたかったが、もうそれは許されない。誰しもが独り、この真実を知ってしまったからには、銀の光で心をよろってこの道を行かねばならないのだ。

　誰しもが歩む暗路《やみじ》。

　顎をあげて、暗黒を見すえ、一歩を踏みだす。あたりはたちまち、夏の雨がそぼふる香草畑に変じた。

われらはフォーリ
天のしもべなり
世のしもべなり
民のしもべなり

善きことのために
われら尽くさん
深慮をもって
月と大地に仕えん

われらフォーリ
理と智と公正を伴侶とし
情熱と冷静を友に
生くる者なり

——フォーリ憲章より　一部抜粋

2

ハスティア大公国暦　四四九年〜

ジルの胸底にすみついた〈月ノ獣《けもの》〉は、それからというもの、ことあるごとに、

——独《ひと》り

と呟いた。リッチェンと遊び興じている最中でも、母に抱擁されていても、父の教え諭《さと》しが慈雨さながらにふり注いでいても、おのれが所詮、独りなのだと思いださせられるたびに、その面《おもて》から笑みが消えた。心配されたくなかったので、悲しい顔はできなかった。ジルは、おのれのことをあまり話さない表情の乏しい少女となっていった。それでも、家族——特に母とリッチェン——は、目の端や唇からこぼれる、怒りや喜びや苛《いら》つきをちゃんと見てとってくれた。する

と、〈月ノ獣〉は、後退《あとずさ》りして巣にこもるのだった。

ジルが故郷をはなれたのは、ハストのペネルの訪問から三年後のことだった。

船に乗り、波を越え、湖を渡って陸にあがり、尾根を幾つも登り、深い森の道をたどった。都に近づくにつれて、道の幅は広がっていき、農夫や行商人の荷車で混雑しはじめる。

兄のグロガスと馬の轡《くつわ》を並べて進んでいたが、やがて視界がひらけて都の景観がとびこんでくると、思わず歓声をあげた。

なだらかな段丘にはペルいも《ペルタータ》とペンタ麦の畑が行儀良く並び、その先にはたくさんの尖塔《せんとう》と高い建物がひしめきあって、

「まるで収穫祭の生クリームと果物と花々で飾りつけた大きなケーキ《チカシル》みたいだ！　それも特別おっきい！」

と口走ったほどに輝いていた。都の中央をマスト川が蛇行して、いくつかの地区に区切っているのが遠目にもわかる。手前の、大街道に近い区域には古めかしい家々が小さい窓を抱えて、まるで機嫌を損ねた侍女たちのように肩をよせあっている。その先の両岸には、造船所やマステル銀製錬所や木材、石材を扱う大規模な工房が、どっしりと腰をおろし、多数の桟橋《さんばし》を川にのばしている。その先は庶民の家、商家、各種工房や作業場といった家々がつづくが、それらも幅広く背丈のある騎兵のようだ。煙突からたち昇る薄い煙の匂いが、周囲を囲む山林の落葉の匂いとまじりあって漂ってくる。

「大公宮がどこにあるか、わかるか」

蒼玉《サファイア》さながらの川のきらめきに目を細めながら、グロガスの問いの答えをさがした。ああ、あった。ジルは指をのばして、

「あそこ……川のまん中にある島の……三つめ？　大きな建物と塔が……八本、ある？」

建国から四百五十年になろうとしているにしては、思ったより新しい。

「川の中にある島を、中州、というのだ。中州に宮殿、神殿、政庁、フォーリ協会が集められ

ている。なぜかわかるか?」

このうつくしさにひたる暇もないなんて。道中と同じように「御教授なさる」兄に内心うんざりしているにもかかわらず、その謎に興味をひかれてしまうのは、抑えきれない好奇心がジルにそなわっているからか。

それぞれの建物が、競うように塔を冬の陽に輝かせている。あの白い石で出来ているのは神殿、あの厳《いか》めしい屋根を抱いているのは政庁、それからフォーリ協会は多分、あれ。飴細工のような七色に光る螺旋《らせん》形の塔をはべらせ、円蓋を重ねている。いくつもある中州だが、重要な建物は皆、大公宮殿と同じ島に載って、岸は三本の橋でつながっている。ここに来るまでに宿泊したブリルやセンの町には、そっけない顔をした番兵のような石壁の門があったが、どこを見まわしても城壁は見あたらない。

「城壁がない。……川が城壁のかわり?」

「そうとも言える」

ジルが苛だつのは、グロガスがこういうもったいぶった言いまわしをするからだ。父かリッチェンだとしてハストまで送る役が、父かリッチェンだったら良かったのに、と何度恨んだことか。父は領内でおこった土地をめぐる諍《いさか》いに駆りだされてしまったので、グロガスが代行することになった。むろん、年若いリッチェンに、十二歳のジルを任せるわけにはいかない。それは当然だ。当然なのだけれど。少しむっとして口をつぐんだのを、考えあぐねていると誤解したのだろう、グロガスは答えを言った。

「あの三本の橋は、すべて木造だ。石造りに見せかけて、灰色の塗料をぬっている。つまり、敵が来たら橋を落として護りに入る。その間に反対側の橋から逃げることもできる。こういうことを考えたフレステルI世という男は、ただ者ではなかったと、つくづく感心するね」

普段は無口で、必要なことさえも言わないグロガスだが、その知識を披露しはじめると、とまらなくなる。ちなみにフレステルI世は、大公国の統一にむけて戦《いくさ》をはじめたときに、と話

がそれて膨らみはじめたので、ジルは身震いして、

「兄様、身体が冷えたわ。とにかく進みましょうよ」

と促《うなが》し、速足になる。

町中に入ると、めざすフォーリ協会の方向がわからなくなった。というのも、敷石で舗装された通りの両側には、四階建てや五階建ての家家が並び、視界を遮《さえぎ》ってしまっていたからだ。一、二階は石造りで、太い角柱や品のある円柱が木造の上階を支えている。壁には縦長の窓がはめこまれ、中にはアーチをつらねたものや、出窓や張り出し台まである。冬のはじめだというのに、色とりどりの花がもりこぼれるように飾られている。

道を知っているグロガスの従者がいなければ、うろうろして午前を費やしたかもしれない。総勢五人の旅人たちは、〈海竜〉橋をわたり、大公宮の八つの塔を仰ぎみながら螺旋塔の輝くフォーリ協会の前庭に至った。三人の従者は門をくぐる前に宿をさがしに行ってしまい、グロガスとジル二人は前庭で馬をおりた。周りには、同じように、フォーリ候補の人々や付き添いが、馬を預けたり、木陰に休んだりしている。自分ほど若い者がいないようだと思い、ぼんやりと目の前にそびえている玄関を見あげる。手綱をひきとられたことにも気づかなかった。広い石段の上に尖頭アーチの入口が二馬身もの幅で待ちうけている。尖塔アーチの上には、色硝子《ステンドグラス》のはまった円窓、その上にはさらに飛び梁《はり》を左右に擁《よう》した出窓がのっている。玄関の両脇を、てっぺんが見えない装飾柱が支え、それは連続して左右に広がっている。われしらずに口がぽかんとあいた。

入口の敷居をまたいで出てきた黒い帽子と黒いマントの男——書記官の服装だ——が、巻いてあった書類をひらいて、名前を呼びはじめた。待っていた中から一人、また一人、と石段を登っていく。やがて、ジルの名も呼ばれたが、周りの者はその幼さに一様にぎょっとした顔をし

た。ジルは挑むように顎をあげて、彼らをにらみかえした。すると、十五、六歳の少年がわざわざ腰をおって顔を近づけてきて、

「お嬢ちゃんも、フォーリになりたいのか？　いくちゅですかあ？　八つ？　九つ？」

　こういう輩《やから》はどこにでもいる。口喧嘩なら毎日リッチェンとやって鍛《きた》えられている。怖じ気づいてグロガスの後ろに隠れたりしたら、図に乗ることも知っている。そこでジルはさらに顎をあげて言いかえした。

「あんただって、わたしとそう違わないじゃないの、お坊っちゃん」

「おれはもう十五だ。子どもじゃねぇ」

「あら、子どもじゃない、って？　本当のおとなだったら、こんなつまんない嫌味を言ったりしないわよ」

「な……なんだとっ」

「それに、いくらお子様でも、礼節をわきまえないのはいただけませんこと」

　吹き出物に悩んでいるのが一目でわかる金の髪の少年をやりこめたとき、黒帽子の叱責がとんできた。

「そこ、静かに！」

　少年は舌を出して嘲《あざけ》り、ジルは唇を曲げてうつむいた。グロガスが手を肩にそえてくれた。

黒帽子は申請者が全員来ているのを確かめおえて、

「では皆さん、こちらへ」

と建物の中へ誘う。

　高い天井はアーチが交差して、左側の窓から射しこむ初冬の陽が、木肌色の石床を淡い黄金にきらめかせていた。右につらなる部屋部屋の前を通りすぎ、一行は奥の円形の待合室に至った。たっぷり詰め物をした椅子、果物や飲物の置かれた卓、壁の一方に吊られたタペストリー、反対側の縦長の窓からはふんだんな光。

　付き添いはここで待つように、と黒帽子は言って、候補生たちだけを次の扉に招じ入れる。次の間も同じような造りだったが、椅子も卓もタペストリーもなく、ただ高い天井から旗章が

一幅、「フォーリは天と世と民の僕《しもべ》なり」と刺《し》繡《しゅう》された深紅の文字が白地にうきだしているのが読みとれた。

「これより、候補生の選抜をおこなう。合格すればフォーリ訓練生となり、合格しないが強い魔力を有するものには〈爪痕〉がつけられる。この〈爪痕〉は生涯消えることなく、もし悪心をおこして魔法を使おうとすれば、立ちあがることもできない痛みに襲われることになる。その覚悟のある者は次の扉をくぐれ。ない者は、踵《きびす》をかえして、他の職を求めよ」

黒帽子が厳粛《げんしゅく》に告げた。もちろん、動く者はいない。ならば、と彼は息をあらためて、最初の二人の名を呼んだ。その者たちの姿が消えると、まわりではひそひそと囁《ささや》く声がとびかった。

「あのむこうには〈真実の爪〉がおわすのだ……」

「そのイリーアの意に沿わなければ、こちら側に戻される……」

「ときとして、〈爪痕〉をつけられて……」

「合格したら、別の扉から出るそうよ」

「ああ、願わくば戻らずにすみますように……」

「おい、おまえ」

またさっきの吹き出物少年が、顔をのぞきこんできた。

「〈爪痕〉をつけられないように、お利口にしていろよ。そしたら、こっちに戻されても、落第生だとは誰にも気づかれないで、あとの人生をすごせるぞ。フォーリになれなくても、どっかの誰かに嫁にもらってもらえばいい。良かったな」

「あんた、まだいたの。怖じ気づいて帰ったかと思ってた」

このにやにや笑いを少しでも歪めたいと言いかえしたとき、早くも扉があいた。二人ともよろめくようにして出てきたかと思うや、両手で顔をおおって膝をつき、しばらく震えていた。あれは失意からか、それとも畏《おそ》れからだろうか。静まりかえった中に、黒帽子の呼び声がこだました。

次々に部屋に招じられ、次々に戻ってきた。戻ってこなかったのは、百人以上いる中の一割か。明るい眉をした骨太長身の二十歳前後の女、彼女といっしょに入った小柄で顎の細い見事な巻毛の女、指先をじっと見つめていた三十すぎの男、茫洋《ぼうよう》とした顔つきの、頭の中に羽根がつまっているような青年、広い額と鋭い目つきをした十六歳くらいの少年などが、むこう側に行けたようだった。

「へっ、なんだ、あんなのが、あんな身体で、フォーリになろうなんて、ちゃんちゃらおかしいぜ」

吹き出物少年が嘲ったのは、ふくよかな少女だった。金の髪は陽光さながらに輝き、背筋をすっきりとのばし、まっすぐ前を見すえる瞳は琥珀《こはく》色に力強い。嫌味な声などは気にもしないで次室に足を踏み入れ、少年の予想に反して戻ってはこなかった。

あと数人を残すのみとなったころ、ジルはようやく呼ばれたが、

「グラップのルゴフ」

と、同時に指名されたのが、他でもない吹き出物少年で、

「おまえと一緒とはな。まっ、せいぜいおれの引きたて役になってくれ」

それにはかまわず、ジルもあの金の髪の少女に倣《なら》って正面を見すえ、敷居をまたいだ。

待機室の数倍はあろうかと思われる円蓋の部屋だった。これまで窓をたくさん擁してまぶしかったのとは逆に、薄暗く、靄《もや》のようなものに満ちており、視界がきかなかった。

高い天井により濃くわだかまっていた靄のかたまりがゆっくりとおりてきた。

グラップのルゴフは、何だよこれ、ふざけんなよ、と後退りしたが、靄は頓着《とんちゃく》せずに二人をおしつつんだ。

ジルはその靄が皮膚をなでまわすのみならず、頭の中や喉の奥、肺や心の臓に侵入して血液とともに身体中をめぐっていくのを感じた。異質で生温いそれは、指の先、足の先、背骨の髄に

まで達し、逆流した。ジルは血の気がひき、めまいをおこし、床に倒れ伏した。すると、心の臓の中に集結した靄が、身体をゆすった。目蓋《まぶた》の裏で赤や橙《だいだい》色の星が明滅し、これまで犯してきたあやまちの一つ一つがよみがえってはじけた。それらのほとんどは、さしたるものではなかった。中には忘れていたものもあった。リッチェンと些細《ささい》なことで口喧嘩になり、感情の昂《たか》ぶりに任せて彼の袖に火を放ってしまったこと、町の市場で自分より小さい子が親に殴られているのを見て、思わずその親を水瓶に叩きこんでしまったこと。しかし一番こたえたのは、〈スナコガシ〉のあの一件だった。あれをまざまざと再体験させられて、ジルはやっとふさがりかかっていた傷がひらくのを感じた。涙を流し、ゆるしを請い、もう本当に二度としません、と誓う。そのときだった。〈月ノ獣〉が威嚇《いかく》の声をあげた。すると、靄は、はっとしたように身をひいた。呼吸を三回するほどの間をおいたのち、ゆっくりと灰色から藍玉《アクアマリン》の色に、アクアマリンから瑠璃《るり》色へと変わり、最後に月長石の輝きとなった。

——あやまちを知る者よ、そなたの心臓に宿る大地と月の銀に幸いあれ。力を制御することを学び、心をハスティアの大地と月に献じよ。いつの日か、真実の銀を身の内に集める日が訪れるであろう。その日まで、力を蓄えよ。身の内に住まうイリーアの囁きに屈するも、霧散せしむるも、そなた次第……。

月長石の光を宿す冷んやりとした両手で傷口をとじられる。めまいが去り、涙が乾き、ジルはゆっくりと立ちあがる。その両手に、そっと何かがおしこまれる。〈スナコガシ〉の骨の欠片《かけら》だった。

——それが砕けたりせぬように心を保つのだ、セレのジオラネルよ。次にまみえる日を楽しみにしておるよ。

〈真実の爪〉は月光の指先でそっと彼女の頬にふれた。

その直後には、ハストのペネルの前に立っていた。

　縦長の窓からやわらかい彩りの光が落ちて、まるでステンドグラスの中にとじこめられているようだった。針葉樹の香りに満ちた細長い空間は、彼女の執務室だろうか。いつも厳しい口元が、わずかにゆるんだ。

「セレのジオラネル、これから四年間の訓練と学びを許可します」

　マステル銀の瞳をやわらげて、彼女の前に身をかがめ、

「やっと来ましたね、ジル。フォーリの才能をいかんなく発揮して、人々のために働く日をめざして鍛錬《たんれん》しなさい。期待していますよ」


　フォーリ協会の後ろに、四階建ての訓練所があり、小さな林をへだてたさらにその後方に、訓練生の宿舎があった。頑丈な栗材で建てられた六階建て。食堂兼広間には、コルと呼ばれる今日入所したばかりの訓練生十一人が集められた。あれだけいた候補生から、〈真実の爪〉によって選ばれたのがたったこれだけか、と驚くと同時に、自分の他は皆おとなに見えて、大きなとまどいを覚え、突然、心細くなった。兄グロガスとは別れの挨拶もできなかったし。

　宿舎においての規則を二年目の訓練生《ホフ》の代表が説明し、食堂の奥に並ぶ居室に案内した。ジルより二つ三つ年上の、金の髪のカルステアと同室になった。吹き出物少年クロップのルゴフが嘲った、あの少女だった。ルゴフといえば、彼の顔は一年目訓練生《コル》の中になかった。それで、少し意地の悪い喜びと安堵を感じた。〈真実の爪〉は彼のどんなおこないを暴《あば》いてみせたのだろう。ともあれ、カルステアのひどく率直な物言いに楽しくなって、ルゴフのことなどすっぱりと忘れ去ったジルだった。――何年か後に、否応なく思いだすことになるのだけれど。

「わたしのことはカルシーと呼んで。あなたのことはジルと呼んでいい？」

　大きなアーチ窓のある板床の部屋に足を踏み入れたとたん、彼女はにこにこしながら言った。

「ちょっと、これ、すごいわね。いい部屋じゃない？　あなたはどっちを使いたい？」

　飾り彫りのある柱とアーチ壁で二つに区切ってある空間の左右には、壁龕《アルコーヴ》に寝台がそなえつけられている。そのアルコーヴの縁にも唐草模様が彫られており、ジルの生家の一室よりも手がこんでいた。小物入れ簞笥《たんす》、長櫃《ながびつ》、小卓、椅子、燭台《しょくだい》がそれぞれと、書き物机、書物をおさめておく棚も用意されていた。窓の外では、〈聖ナルトカゲ〉が数匹、しゃぼん玉を吹いている。

　それぞれの寝台を決め、荷ほどきをして少ない持ち物をおさめると、カルステアはおなかすいた、と吐息をついた。

「食堂に何か食べにいこう」

　昼食をとり損ねたが、夕食にはまだ間のある時刻だった。にもかかわらず、食堂にはもう、他のコルたちも三々五々集ってきた。互いに自己紹介しあい、初日から和気藹々《わきあいあい》と、木の実のびっしりつまったパンと葡萄《ぶどう》酒で、小さな宴会めいたひとときをすごしたのだった。

　それからの四年間は、学びと訓練に費やされた。あとでふりかえってみれば、一生の中で最も屈託のない、すばらしい日々だったと感慨深い。最年少の訓練生という肩書きを最初から背負っていたはじめの一年は、同期の仲間たちがよく面倒を見てくれた。カルステアやヤーナナ、ソルム、シュワーデン、ヨーヨーなどは、ジルが困っていると感じると、即座に手をさしのべてくれた。

　同じ町出身のヤーナナとソルムは、海辺の人特有のオーク色の肌に黒い巻毛の二人組で、ヤーナナは大柄、ソルムは小柄だ。ソルムは短い言葉で的を射たことを言う。ヤーナナはソルムの言葉足らずのところを皆にわかるように補塡する。互いに相手にないところを補いあっていた。この二人の関係は、ジルにはとてもうらやましいものに映った。

　シュワーデンはがっしりした体格の若者で、

広い額とまっすぐな眉、眉の下には鋭いまなざしが金茶に光っている。粉ひき屋の息子で、年の離れた姉たちが三人いるためか、口喧嘩はお手のもの、普段も毒舌家だ。

　最年長のヨーヨーはハスト郊外の小さな村の長をしていたという。おっとりとして、さりげない助言や励《はげ》ましを与えてくれ、頼りになるおじさんという感じだった。

　しかし、ジルが自分から人に頼ることはめったになかった。人に頼ろうかという気持ちが動くと、〈月ノ獣〉が、独り、と鳴く。すると、ジルは頼ってはいけないのだと思い、何とか自分で解決しようともがく。もがいているうちに、誰か彼かが助けてくれるのだった。

　講義は、〈フォーリ憲章〉についての解釈と暗記からはじまった。実技もその講義と並行しておこなわれ、魔力をひきだし、統御し、自在に操る技を磨く。

　三百個もある形も大きさも様々な積み木を、四馬身上の天井まで積みあげる課題では、ほかの仲間たちが四苦八苦しながら一つ一つ重ねていくのに対して、ジルはすべてをいっぺんでまとめてみせた。結構粗忽《そこつ》そうなユーカロが、意外に凝り性で完璧をめざす気性らしく、三時間もかけて作ったうつくしいの塔の隣に、ジルは瓦礫《がれき》の山をこしらえたのだった。

「このっ、未熟な、若く性急な、怖いもの知らずめっ」

と、老教官テンローは罵《ののし》ったが、ジルは平然としたもので、

「だって、指示は、『積みあげろ』だけだったもの、ほかの条件は何もなかったもの」

と、彼女なりの真面目さで答えた。それを聞いた老テンローは、文字通り、頭から湯気を噴いて激怒したのだった。

　また、厳しいことで有名なピサ教官が出した、巴旦杏《アルモンド》の花を一枚残らず籠に入れる、という課題では、ほかの皆が苦労して集めるのを尻目に、風を操った半ば力ずくの魔法で、木一本を丸裸にした。ピサ教官は目をつりあげて喚きだした

が、ジルはこれにも平気だった。むしろ得意げに胸を張っていた。見かねたギオン教官がピサをなだめ、その場はそれでおさまったが、残りの四年間、ジルを見るたびに彼女は眉をひそめ、そっぽを向くようになった。

　このようなジルの態度は――本人にしてみれば、真面目にむきあっただけなのだった。しかし、何度か「やらかす」うちに、同期の連中がおもしろがり、あるいは首をふり、一目置くようにはなった。

　ある雨の夕刻、新しい食器を運ぶように言われたジルは、厨房《ちゅうぼう》に顔を出した。そこで、日頃聞きつけない音を聞いた。鍋や包丁の立てる音の背後に、何かがとどろいている。外ではちょうど、大粒の雨が〈アマジャクシ〉――銀色に輝くオタマジャクシの形をしたイリーア――をともなって降ってきていた。が、それとは違う音がまじっているようだ。

　勝手口から一歩出ると、〈アマジャクシ〉どもは実に楽しげに歌っていた。地面で二、三度弾んで、再び天に帰っていく。しかし、その騒ぎのむこうでは、井戸から大量の水が噴水のようにわきだしていた。聞きなれない音は、地底から無理矢理導かれ、井戸口からあふれだす水の音だったのだ。

　誰かが水量を増やす魔法を使ったっきり、止めるのを失念したらしい。

　ジルはぬかるみと〈アマジャクシ〉をはねかして駆けより、停止の呪文を唱えたが、先にかけられた魔法の方が強かったらしく、少しも効きめがない。一人では無理、と直感は告げたものの、生真面目さと傲慢《ごうまん》に近い自信がはたらいて、なおもむなしく呪文を叫びつづけた。井戸水と雨で身体が冷えてきた。震えながらもさらに、口をあいたとき、隣にアバデートが立って一緒に唱えてくれた。この、ひどく痩せた長身の黒髪の青年は、椅子にすわる前には必ず座面を布巾で拭かねばならないほどの潔癖症だ。その彼が、井戸水と雨でびしょぬれになるのも厭わなかった。それでも、だめと知るや、彼は勝手口に駆けこんで先輩のフォーリを呼んできた。ようやく井戸の水は止まった。

　その晩の食堂では、風呂で温まったジルを、皆がふりむいて出迎えてくれた。ユーカロが両手を広げて、あっけらかんと言った。

「ごめえええん。あれ、あたしなの！　止めるの忘れちゃったのよ」

　まったくこいつは、うっかり者め、粗忽者め、と古参のフォーリたちに頭を小突かれ、えへへと笑っている。ジルはそれを見て、ユーカロをうらやましく思った。あんなふうに軽くあやまちを認められるなんて。

　夕食がすんで部屋にひきとろうとしたとき、シュワーデンに袖をひっぱられ、アルコーヴに連れこまれた。それまではいささか得意だったのだが、

「おまえ、そんなに手柄がほしいのか？　アバデートが通りかからなかったらどうしていたんだ？　ちょっと踵をかえして人を呼べば片づいた話だぞ。自分一人で何でもできると思ったら、それは大きな勘違いってもんだ。誰もおまえの実力を疑っちゃいないよ。おまえは大変良くできる生徒だよ。今回は井戸水ですんだからよかったんだぞ。生命にかかわるときだってある。そのとき、おまえひとりの犠牲ですめばいいけれどな。もっと人を頼れよ。自分から頼めよ。いつだっておれたちがそばにいるんだから」

　囁き声で指をつきつけられた。それには、怒鳴られるよりこたえた。シュワーデンが心から彼女を心配しているとわかったからだ。きつい言葉は、浅はかなしたり顔を青ざめさせ、打ち砕くのに充分だった。

　それから何日もたたないうちに、またしても、さらりと謝れるユーカロになれたらどれだけ楽だったか、と思うような出来事に直面した。

　実地訓練で近郊の水車の調整に行った。水車の部品はほとんどが木製で、使用につれて摩耗《まもう》してくる。水車技師が部品をとりかえるあいだ、フォーリが持ちあげていれば非常に作業が楽になる。それはフォーリにとっては魔法の持続を

要求されるもので、マコウィ教官が補佐として控えてくれた。幸い交換する部品は多くなく、どれも思惑どおりにはまったので、一刻ほどで作業は終了し、試験運転も問題なかった。

ところが。夕食をしたためている最中に、ジルははっと思いだした。思いだしてしまった。突然青ざめて手にしていたパンを取り落とし、身をこわばらせたのにカルステアが気がつき、どうしたの、と尋ねたが、答えもしないで食堂をあとにした。中庭の隅の木の下に行くまでが精一杯で、もう、頭がくらくらしてきて、えずいてしまった。立ちあがる気力もなくなってそのまますわりこむ。冷汗がどっと噴きだして首筋を伝い落ちる。頭を抱えても、見たくない現実は、まるで悪霊の顔を刻んだ巌《いわお》のようにこちらを睨《にら》みつけている。

シュワーデンとカルステアがそばにやってきた。シュワーデンは静かな声で、

「どうした、ジル。どこか痛むのか？　具合が悪そうだ」

と尋ね、カルステアは黙って肩を抱いてくれる。

独りで解決しなければならない、と堪えていたものが限界に達し、ジルはわっと泣きだした。みっともない、と思いつつも、吐きださずにはいられない。

水車の小さな部品一つを預かっていたのに、返すのを忘れたらしいこと、今頃ばらばらに分解していたらどうしよう、小屋ごと壊れてしまっていたらどうしよう、麦が散乱していたら大惨事だ、と。黙って聞いていたカルステアが、

「その部品はどこにあるの？」

と聞き、三度めでようやく何を言われているのか理解して、身体中をさぐった。

「無意識に返したんじゃないの？　だからどこにもないし、試運転もできたんじゃないの？」

「覚えていない。わからない。……今頃、壊れていたら？」

また泣きだした。

「よし、わかった」

と、シュワーデンが立ちあがった。見あげたそ

の姿は、星明かりにやたら大きな影だった。

「見てきてやるよ。三十五号水車だな？」

わたしも行く、というジルを、馬に乗れる状態じゃない、待っていろ、といさめた。ああ、シュワーデンのなんと頼もしい影だろう。彼はマントを翻《ひるがえ》し、カルステアはジルを抱きかかえて部屋につれて帰った。寝台の中でも、めそめそする彼女のそばで、カルステアは余計なことも言わずにずっとそばにいてくれた。長い長い夜だった。うとうとしてふと目覚めると、扉をあけしめする音、歩きまわる音、同室の寝坊助を起こすくぐもった声が、朝の淡い光に響いた。世界は変わらず動いている。

カルステアは、すでに身支度していた。

「起きて、ジル」

昨日とは全く違った厳然とした声を出す。

「結果はどうあれ、始末をつけなきゃ。着替えて、食べて、責任をとる準備だよ」

いまだ子どものジルは、嫌だ、と叫び、フォーリのジルは、むかいあうべきだ、と叱咤《しった》する。〈月ノ獣〉が身じろぎした。銀の光が震えたので、鼻水をすすりながらのろのろと上体を起こし、カルステアが手わたしてよこした服に着替えた。リネンの下着を着て装飾胴衣《セテン》をかぶり、靴下をはいていると、いきなり扉がひらいた。

朝露にぬれた草の匂いが吹きこんできた。逆光を背負ったシュワーデンが立っていた。護衛騎士のように見えた。

「水車小屋は何ともなかったよ」

敷居をまたいだシュワーデンのその一声で、ジルはへたりこんだ。

「稼働していなかったから、粉ひき屋が来るまで待って確かめてもらった。部品に欠けはなかったし、動かしてもらったが異常はなかった」

そのあとのことはおぼろな記憶だ。感謝の言葉を雨と降らせたのだと思う。あとは何をしたのか。すっかり安心して気力もつき、寝台に戻ったのか、それとも元気をとり戻して朝食を食べたのか。とにかく明るい朝の光を、これほどありがたく感じたことはなかったと、それだけは覚えている。

謙遜や公明、篤実《とくじつ》といった美徳は、生い立ちにも大きく起因するが、育ちゆく過程で教えられ、鍛えられて身についていくものだろう。

ジルは年の一番近いカルステアとはうまがあい、めったに喧嘩をしなかった。カルステアの気性は、リッチェン兄とどこか重なるところがあった。しかし、彼女のこだわりのなさは、リッチェンにはないものだった。

一度だけ、彼女を失いそうになったことがある。

同期の一人に、ヘレニという二十歳くらいの女性がいた。樺《かば》の木色の髪と肌、水色の瞳、ハスト山の森から抜けだしてきた木の精霊のようなはかなさをまとっていた。ハストの政庁に事務官として勤めていたものの、年々強くなってくる予知幻視に半ば恐慌をおこして、訓練所に飛びこんだという噂だった。子どものジルは、単純に、未来がわかるなんてうらやましいと思っていた。ヘレニが視《み》るのは、ほとんどが事件や事故で、あいまいな部分も多いが、あとになってみると百発百中だった。それなのに、ヘレニは胸を張るどころか、いつもおどおどして、幻影や夢にいちいち騒ぎたて、涙ぐむ。グロガス兄とほとんど同年代、それなのに、厳格な中にも泰然としている長兄と比べると、ジルの目にはひどく子どもっぽく映った。

ところがシュワーデンは、そんなヘレニの面倒をよく見ていた。恐慌をおこせば肩を抱いて慰め、涙ぐめば低く落ちついた声で諄々《じゅんじゅん》と諭し、最後には微笑ませることまでできた。ジルはそうした場面に出くわすたびに、喉元に小さな塊を感じた。その塊が、疑問の形になってカルステアに投げかけられた。

「ねえ、どうして、シュワーデンは、ヘレニなんかかまうの？」

自室でおやつを分けあっているときだったが、カルステアは琥珀色の瞳を竜のようにちかっと光らせ、香茶碗を静かに置いた。一つ息を吸ってから、身をかがめて囁いた。

「それ、ジル、あんたが言うわけ？」

ジルがぽかんとしていると、

「ねえ、どうしてカルシーはジルなんかにかまうの？　あんなお子ちゃま、ほっとけば？　ちょっと魔力が強いってだけで、簡単に人を見下すよね。いったい何様？」

側頭部を殴られたように感じた。両手で口をおおうジルを残して、カルステアは部屋を出ていった。

今のがカルシーの本心？　ずっとあんなふうに思っていたの？　いいえ、カルシーに限って、そんなわけない。あんなこと考える人じゃない。じゃあ、どこからあの言葉は出てきたの？　ちくちく陰口をたたく人たちから？　みんな、あんなふうにわたしのことを思っていたんだろうか。カルシーもときどき、あんなふうに考えていたのかもしれない……。

午後遅くの座学の授業は、少しも頭に入ってこなかった。ジルは斜め向かいのカルステアにちらちら視線を送ったが、カルシーは集中している様子で、一度もこちらを見なかった。授業が終わると、ジルは勇気をふりしぼってカルステアを呼んだ。足を止めてふりかえったくれたのへ、

「ごめんなさい。あんなこと、言うべきじゃなかった」

ほかの仲間は横目で二人をながめながら講堂を去っていく。シュワーデンが近づいてこようとしたが、カルステアが片手をあげてそれを制したので、彼もまた出ていった。

カルステアは授業で使った隣り合う椅子にジルを誘った。それから、穏やかな口調で、

「あたし、あんたには、人の陰口を楽しんで言う子にはなってほしくない。人の欠点をあげつらう人間にはなってほしくない」

と言った。

「誰にでも欠点はあるし、誰もが失敗をする。それを認めて助けあいたい。ときにはすごく面倒くさく感じるけどね」

にやっとして、

「あたしは率直にものを言いすぎる。さっきはそれで、あんたを傷つけた。よくわかってる。でも、謝らないよ。おたがいさま、なんだから。あんたの言葉で、あたしも気分悪くなったし、あんたにあんな態度とった自分に腹もたったし、自己嫌悪もしたし」

ジルはうつむいたまま頷いた。カルステアはやさしく尋ねた。

「ヘレニのことがすごく気になったんだよね。どうして？　何があんたの気に障ったのか、考えてみたら？」

「あ……」

ジルは泣きべそをかきながらも、顔をあげた。

「シュワーデンが、ヘレニばっかり面倒見ていたから……」

「やきもち、やいた？」

「カルシーが、ボーにいろいろ教えていた、あのときも同じように感じた……」

ボーというのも同期生で、名は体をあらわす、ということわざにぴったりあてはまるような少年だ。夢見がちで、ときおりとりとめのないことを口走り、教官の指示を聞いていないことがよくあった。

カルステアは大きく息を吐いた。

「そうか……。そういうのって、あるよね」

「カルシーでも？　感じるときあるの？」

「あったりまえじゃん」

「じゃ、そういうときどうするの？　我慢する？」

「相手と自分は違うものを見ているって思うようにする。相手の持っているものとあたしが持っているものは違うって。それで、あとはほっとく。やりかけの宿題みたいに、棚の後ろに置いとく。そうするとね、あら不思議。宿題はいつのまにか消えてなくなっているって寸法よ」

「変なの……」

涙をふきながら笑うと、カルステアもにっこりした。

そのあとも、様々な失敗を重ねた。自分の存在を消したくなって、自室にとじこもって布団をかぶることもよくあった。するとカルステアがやってきて、ジルはまだ十三でしょ、十四でしょ、と、本来の年を思いださせてくれた。あと三年たったって、やっと今のユーカロと同じ年なんだよ、と。

それを慰めとしてうけいれると、独り、独り、と鳴いていた〈月ノ獣〉の声が聞こえなくなる。するとほどなく、大きく息を吸って顎をあげ、再び教室に入っていけるようになるのだった。

三年めもおわりに近づいたころ、ギオン教官が深い声で皆に質問した。

「残すところあと一年の訓練となった。そこで皆に尋ねたい。どんなフォーリになりたいか。今日はそれを考えよう」

すると、間髪を入れずに、

「わたしは自分の力量を正しく知っています。際立った力はない。だから、どこかの町か村の専属フォーリとしてくらしていきたいと思っています」

とヨシュガンが答えた。白胡椒《こしょう》色の髪を短く刈って、まるで兵士のようだ。周囲の様子を素早く見極めて、身の処し方がうまい。その一方で、理屈屋で人にからむ癖があり、ジルは距離をおいていた。ヨシュガンの方も、ジルにはあまり関心がないらしく、挨拶もそっけない。

つづいてカルステアが、

「あたしは物動が得意だから、それを生かして、ヴィーヴィンのように、正確に石を組み上げたり、要石《かなめいし》をはめこむ仕事をしたいな」

といささか気負って言う。

「おれは治療方面のフォーリになりたい」

アバデートが呟くと、皆が賛同の唸りをもらした。頭の後ろで腕を組んでいたシュワーデンが、

「そいつは適任だな。衛生にしっかり気を配る治療師ってのは信用がおける」

「そういうきみはどうなんだ」

「おれか？　おれはおれだよ。得意の透視で失せものさがしさ。いなくなった子豚の尻を追いかけ、鼻持ちならない金持ちの指輪をさがしあて、泥棒が隠した金貨の袋をねこばばして……。ヘレニはどうよ」

「わ、わたしは……、わたしには、幻視しかないから……、でも、いちいち、怯えたくない……強い気持ちが、ほしい……」

「ヘレニには、誰かがそばについているといいんじゃないか」

「人には、頼りっぱなしになりたくない……自分で、自分のことに始末をつけたい」

　ヘレニとシュワーデンの会話を断ち切るようにして、ボーが発言した。

「ぼくも、村のフォーリになりたいな。ヨシュガンと同じように。で、余裕をもって趣味を持つ」

　趣味ぃ？　と全員が頓狂《とんきょう》な声を出した。

「うん。絵を描いたり」

　絵ぇ？　と再び全員。ボーはまったく気にしないでつづける。

「肖像画描いたら、大儲けできるぜ」

「はっはあ！　そんならあたしとソルムは、竪琴と歌で……って、吟遊詩人になっちゃうよ」

　ヤーナナとソルムは顔を見あわせてげらげら笑った。するとユーカロが真面目な顔をして、

「あたしも歌うたってくらしたぁい。歌と魔法、つなげられないかなあ」

「おっ、おもしろいこと言うじゃないか。楽音と魔法が結びついたら、新種の魔法が誕生するかもしれないな」

〈長老〉ヨーヨーが笑った。つづけて、

「わたしはカラドに志願するつもりだ。あの町は紡績産業がさかんだからね、細かい透視で織物や織機の不具合を見つけ、直す仕事に専念したい」

　皆大いに納得して、うんうんと頷いた。

「……で、ジルは？」

　全員の目が集まった。ジルは口をひらきかけ、とじた。それから吐息をついて、

「わたしが一番得意なのは、物動の魔法。だからといって、何をしたいのかは、まだわからない」

「おまえには、得意なことがありすぎるんだよな」

シュワーデンが言う。

「火の魔法も、大気を操ることも、上手だ。防護壁は、誰より丈夫なのをつくれるし」

「でも、できないことも、たくさんあるし」

そう答えると、ボーがまのびした声で、

「ああ、そうだなあ。特に、読心術は苦手だよなあ」

と言った。とたんに、全員がどっと笑い崩れた。

ジルは面食らって、

「読心術なんて、魔法にないよ」

おさまりかけた笑いがまたはじけた。きょとんとしていると、ギオン教官も笑いをかみ殺しながら、

「皆、それぞれの道を模索しているようだ。頼もしい限りだ。……さて、ヘレニはさっき、心の強い人間になりたいと言ったね。そうした志というものは、どうだろう?」

笑いがおさまり、しばらく静寂ののち、ヤーナナが手を挙げた。

「わたしは、筋をとおすのが大事だと思う。頼みごとをしてくる人の、筋が通っているかどうか、それを見極めて対応したいな」

すると、次々に、

「思いやりを大事にしたい」

「器の広い男が目標だ」

「汚れ仕事もひきうけるフォーリ」

「人に頼ってばかりじゃなくて、自分でやるべきことを決めてそれを貫きたい」

しっかりした答えがあがった。ジルも、

「冷静さを失わない人になりたい」

と答える。

ギオン教官は、眉間《みけん》を広げた。そうして、皆に言いわたす。

「では、今あげた目標を達成するために、具体的にどんな行動、心構えをもって毎日をすごす

か、考えていくこと。それからフォーリとして与えられたどの力を、人々のためにどう使っていくか、考えること。これを今後一年の課題としよう。励みたまえ」

真面目なジルはときおり、この課題をふりかえった。

ある日のこと、民家の軒先で強風にあおられて、今にも吹き飛ばされそうな〈聖ナルトカゲ〉に出会った。難儀しているイリーアの周りに大気を集めて、風を防ぐ。〈聖ナルトカゲ〉はのんびりぶら下がって、再びしゃぼん玉をふきはじめた。それを見ながら、火や落下物から身を護るための防護壁よりずっとやさしく作れたと思った。そうして、自分は人よりも簡単に防御壁をつくれるのだとあらためて感じた。ふりかえってみれば、十一人の中でも、群をぬいていた。わたし――わたしは、人やイリーアを護るために防護壁を作れるんじゃない？　堅固な防壁で、建築中の事故を防いだり、火災現場で炎から人を護ったり。人の役に立つことができるんじゃない？　そう思い至ったら、なんだかわくわくした。

「このハスティアに生まれた者は、すべてこのハスティアの月と大地をつなぐ魔力を含んだ大気を呼吸し、何人《なんぴと》もいくばくかの魔力をここに貯えている」

教官たちの一人、マコウィが自分の腰骨のあたりにふれながら言う。気難しい四角い顔つきの、細い眉が生き物のようによく動く人で、ほとんど表情を変えなかったが、その片眉のあがり具合だけで、何を要求しているのか、生徒たちにはわかるようになっていた。

「その貯えが多くなると、腹、胸、喉までせりあがってくる。食べすぎたときのように気分が悪くなり、脳味噌も魔力にまみれると、暴発がおこる」

「そうか。ゲロ吐くのと一緒か」

口の悪いシュワーデンが呟き、皆から批難の唸りを浴びる。それに対してマコウィは眉毛一

本動かさずに、

「全くそのとおりだ」

と答え、

「それゆえ、制御を学ばねばならない。貯えの多い少ないは、もって生まれた才能のようなもの。暴発させるほどの者は、制御する力をえて、フォーリにならねばならない。……指先の器用な者が仕立屋や金細工師になるように。呼吸と意識と、おのれの感情を結びつけ、ここまでたまった魔力を」

マコウィは喉元に手のひらをあて、

「上手に少しずつ分散させていくことだ。その訓練をくりかえしていくうちに、貯力の容量が大きくなっていく。容量が大きくなればなるほど、その者の魔力は大きくなる」

「ということは、魔力の大きさは、その人の生まれながらに持つ容量じゃないってことですか?」

いつも暗い顔をして、何事かを考えこんでいるヨシュガンが尋ねる。

「それもある程度はある。まあ、それでも、感情の起伏のある者は、容量を大きくできる傾向にある。一途な者、情熱的な者、凝り性、大いなる目的を秘めた者、など」

「でも、そういう者って、暴発させやすいんじゃないんですか」

ヤーナナが大きな目をぎょろっとまわして言うと、マコウィは右眉の眉尻をかすかにあげて答える。

「そうだ。おもしろいだろう?」

少しもおもしろくなさそうな四角いその顔を見かえしながら、十一人はこの理《ことわり》の皮肉、物事の裏と表、真実と呼ばれるものの不思議に頭をくらくらさせる。


四回の冬をすごした春のおわりに、十一人は再び〈真実の爪〉の前に立たされた。一人ずつ部屋に入り、卒業を認められた者はフォーリの徽章《きしょう》をつけて出てくる。認められなかった者は、再び奥の扉から訓練所に戻っていかなければならない。

「そういうやつは、めったにいないってよ。ヴィーヴィンが教えてくれた。十年に一人出るか出ないかだって」

「良かったあ。じゃあ、大丈夫だ」

前日に、ヤーナナとソルムが食堂で話していると、シュワーデンが口をはさむ。

「わからないぞぉ。その、十年に一人、になったら、恥ずかしいなぁ。すっごく恥ずかしいなぁ」

もう四年も一緒にいると、シュワーデンの物言いは、意地の悪さからきているものではないとわかっているので、みんな、げらげらと笑いとばして、不安も吹きとばしてやろうとする。

「あんたがそうなったら、あたしが教官になって指導し直したげるよ」

ヤーナナが背中を叩き、カルステアが、

「ああ、それじゃ、次のときも落第だね」

とからかった。

そして翌日、〈真実の爪〉の部屋に入ったジルは、小さな腰掛にちょこんとすわっている小さな生き物と相対していた。翼めいたものを背中に負った、形の定まらない光のかたまりで、四年前に部屋いっぱいにふくらんで、鋭い爪で心を分析してみせたあの怖ろしい存在と同じとはとうてい思えなかったが、

——〈フォーリ憲章〉を日々唱えることを忘れるな。われらイリーアは常にそなたのそばにおる。迷ったら、われらをふりかえって見よ。

と、それが餞《はなむけ》の言葉だった。

十一人全員が徽章をつけて、その日はハストの酒場で羽目をはずした。杯を傾けながら、めいめいが〈真実の爪〉について語ったが、その見た目は誰も同じではなかった。

潔癖症のアバデートや理屈屋のヨシュガンなどは、いつまでもその本性をつきとめたいと粘ったが、その不思議を不思議としておく暗黙の了解を最後に交わして、別れたのだった。

……フォーリは三種類に分けられる。ひとつは、職業フォーリといい、特殊技能に秀でた者が、それを生かす職場専属で働く。例えば、火やマステル銀の扱いに長けた者は鍛冶フォーリに、鉱物関係の透視力にすぐれた者は鉱山フォーリに、という具合である。ふたつめは、地方の町や村に定住する派遣フォーリで、民草と暮らしをともにする。三つめは、都ハストに残り、前述の二種フォーリの補佐をしたり、都内のあらゆる雑事を担ったりする。一般にハストのフォーリと呼ばれ、自らを雑用係と卑下するが、実は最も汎用性を持ち、最も全体的な魔力の高い者たちだ。どこへでも行き、なんでもこなさねばならない……。

——東方研究録　ペルタス共和国　パイザル著より　抜粋

3

ハスティア大公国暦　四五二年

フォーリたちの宿舎は、協会の中にあった。訓練所からほんの百歩歩いたところに引っこししただけで、部屋の造りもほとんど同じだった。一人部屋になったのが大きな違いということか。

任地については希望をきかれ、ハストに残って各地に出張する選択もあると前もって言いわたされていたが、毒舌シュワーデンは、

「希望したって叶うのはほんの一握りだって話だぜ。フォーリのいない田舎町や小さな村に派遣されるか、ここに残って、そら今日は北だ、明日は南だ、と、ひきずりまわされるかの違いだろうよ」

と杯をあおって言ったのだった。

「ジルは故郷に帰るの？」

カルステアが残念そうに聞いた。

「うん。セレのフォーリ・グリュンドはもう結構な年だから」

「あんたみたいな若い子が、東の果ての村にひっこむなんて、もったいないないなぁ」

「東の果てじゃないよ。東の果ては颪の丘の村」

「あたしにとっちゃ、同じようなもんだけどね」

そんなふうな、揶揄《やゆ》に紛れた笑いを思いだしながら、ジルは長櫃《ながびつ》にマントと長靴をおしこんだ。

翌早朝、ハストのペネルの執務室に出頭して、それぞれに任地が割りあてられたが、シュワーデンとジルの二人は最後まで呼ばれなかった。

皆が去ったあと、ペネルは組んだ指の上に顎をのせて二人をじろじろと見比べたのち、ようやく口をひらいた。

「あなたたちはハストにいてもらう。喜びなさい。大いなる都での雑用係に任命されました」

ハストのペネルの、これは冗談だろうか。かえすべき言葉をさがしていると、

「まずは政庁の服飾室へ行って、衣装の寸法を測ってもらってきなさい」

と言う。すかさずシュワーデンが、

「お言葉ですが、ハストのペネル。なぜわれわれが、衣装を新調せねばならないのか、ご説明いただけますか？　またその際の代金は、自分持ちとなるのですか？」

「おや、なりたてのフォーリが、さっそく生意気なことを」

「首輪をつかまえられてひきずりまわされるのは御免です、先が見えないと疲れるんです。全体像を教えていただけるくらいの信頼をこの四年間、築きあげてきたと自負しております」

普段、皮肉や揚げ足をとるばかりの物言いのシュワーデンが、このような弁舌をふるうとは。なるほど、こういう物言いをすべきなのか、と感心していると、

「ならばお針子や仕立屋たちに聞けばいい。わたしよりずっと上手に説明してくれるだろう。

もう行って良し！」

ハストのペネルに苛々《いらいら》と手をふられて、さすがにそれ以上くいさがるわけにもいかず、政庁へ赴いた。

奥まった廊下の端の布扉をくぐれば、雑然とした空間と二十人ほどの人々と、たくさんの人形《ひとがた》にかけられた衣装とが出迎えてくれた。口髭の男に用件を伝えると、彼の合図ひとつでお針子たちが群がってきて、明るい窓辺に誘われ、寸法をとられはじめた。

片腕を床と平行にのばしながら、シュワーデンが何気ないふうに口をひらいた。

「これで何着作ってくれるの？」

ジルと同じくらいの女の子たちは、巻尺を広げたり石板に書きつけたりしながら、くすくすと笑いあって、

「何着になるのかしら……」

「えっと、下着が三組、それから旅装と普段着に三組、あと式用に一着、かしら、ね」

式用？　何の式用、と尋ねようとしたとき、口髭の男が近づいてきて、

「そりゃもう、ハスティア大公国の隆盛を視覚に訴えてみせなければなりませんから、きちんとした仕立てで控えめでありながら、護衛騎士フォーリとしての華々しさももりこんで、金糸銀糸の縫いこみなぞもふんだんに、マステル銀の糸で国力もさりげなく示しつつ――」

「護衛騎士フォーリ？　それ、何です？」

驚いて思わず声をあげると、お針子たちが顔を見あわせ、それからどっと笑い崩れた。まあ、何を冗談を、ご存じのくせに、ご承知なさったのでしょう、と餌をねだるヒナさながらにかしましい。全く知らない、聞いていない、と真顔で言うと、さらに笑いがおこった。

「大体、そんな役職、聞いたこともない」

「ペネル様ですな」

口髭の男が、苦笑しながら頷いた。

「面倒がって説明を省くとは、あの人らしい」

「護衛騎士フォーリという役職は、このたび新しく作られたんですって」

とお針子の一人がジルの裄丈を測りながら言った。もう一人が腰回りに手をのばしながら、

「他にヴィーヴィン様、ネアニ様、マコウィ様のお三方が。もう昨日、採寸をすませられましたよ」

「でも、わたしたちが一番できあがりを楽しみにしているのはどなただと思います?」

石板に寸法を書きつけながら、別の一人が言った。

「ジオラネル様とシュワーデン様、あなた方お二方ですよぅ」

他の二人も声をそろえて、目をみはるジルの反応にまたけたたけたと笑う。

「何せ、お若いお二人だから」

「ねえ、きっと見栄えしますよ」

「特に、ジオラネル様は……あぁ、楽しみ!」

「きっときっと、〈月影ノ乙女〉みたいに!」

〈月影ノ乙女〉? 国家の危機に、ハスト山の頂上からやってきて闘うという、昔話の乙女と何の関係が? 嫌だ、何か、格好悪い。

と思った直後、月光に銀の髪をなびかせ、全身銀に包まれた女の幻影がたちのぼってきた。これは誰? どこかで会った覚えがある。……彼女は——。

「公太子の式服はもうできちゃったのかい?」

シュワーデンの声が困惑の淵《ふち》からジルをひき戻した。

「あと二日ほどで完成です」

口髭の男が答える。

「ヴィスマンの衣装も、ぼくたちのようなのかい?」

「ヴィスマン様はあまり華美にならぬようにとのお望みで。側近は目だつことなくおそばに、とのことで」

だんだんジルにものみこめてきた。以前から噂はあったものの、卒業関係の行事やら引っこしやらに意識がむいていて、自分には関わりが薄いと決めこんでいたのだが。

「お式はいつでしたっけ?」

さりげなく尋ねると、この夏、あと一月半ほ

どです、だから急がないと、二十日もしたら船が出ますから、と口々にさえずる。

　ああ、やっぱりそうか。的を射たことにほっとする。フレステル公太子とアトリア連合王国の王女の結婚式。アトリアは、〈満てる海〉の東側をふさぐように広がる大国だ。かつては――そう、三十年余り前までは、このハスティアを実効支配していた。厳しい階級制を持ち、いくつかの小国を束ねる王が権力を握っている。冤罪《えんざい》で財産や自由を失う者、中傷で権力を奪われる者があとをたたないのは、密告が奨励されているからだとか。表向きは、誠実さと忠誠を高い徳としているものの、実際には馬鹿正直は蔑《さげす》まれ、おべっかや甘言が横行しているとか。そのアトリアから、花嫁を迎える。海千山千の女性だったら、嫌だな、と思う。フレステル公太子は、びくともしないかもしれないけれど……。

「……面倒くさがりにもほどがある！」

　政庁を一歩出たとたん、シュワーデンが吐きすてた。

「いくら忙しいからといって、当のおれたちに説明もなしってどういうことだ、あの女狐！」

　石段を登っていく事務方官吏たちが、ふりむく。ジルはシュワーデンの腕をおさえて、声を低くするように注意した。それから思わず、

「護衛騎士フォーリだって！」

とくすくすと笑う。お針子たちの笑いがうつったようだ。

「剣なんか、抜いたこともないのに」

「槍さえ持ったことないぞ」

「でも、わたしたち、期待されてるのよね」

「はっ！　わかったもんか！　ヴィーヴィンにマコウィだぞ？　それに仕切り屋のネアニときた。期待というより、監視って方じゃねぇか？」

「しいいっ！　声落として、シュワーデン」

　二人が大股に歩きだすと、前の横道からカルステアとヘレニがあらわれた。大きな合切袋を背負って、何か話しあいながら歩いている。

「おっ、あの二人は任地へ出発だ」

おおい、二人とも、最後に景気づけってのはどうだ、とシュワーデンが呼びかけると、もちろん、腹ごしらえしてからでなきゃね、とカルシーが答え、四人の同期は、小さな居酒屋へと入った。三つしかない卓のうち二つをつなげて料理と葡萄《ぶどう》酒を注文し、腰をおろした。それから、それぞれの行き先を報告しあった。

「あたしはメノーの町に行くの。ま、近くの村が実家だから、故郷に帰るってとこね。ヘレニはメノー山の南のサックだって」

「ああ、サックか、実習で行ったことがある。静かな村だ」

シュワーデンが珍しくやわらかい声で言うと、カルシーがほらね、とヘレニの白い顔をのぞきこんだ。

「何にも心配ないってば。幻視にあらわれてこないってことは、日々平穏ってことだよ」

「でも……自分のことはなかなか視《み》えないっていうじゃない……」

「視えないのは事件がおこらないから！　さっ、のも、のも」

心配性のヘレニの杯に、酒を満たすカルシーには、何の屈託もないように見える。

「おれたちは、あと二十日したら、アトリア連合王国に行く」

「あらっ！　じゃ、公太子の護衛に抜擢されたんだ！」

ジルと違って、すぐに全体を察するカルシーである。

「ヴィーヴィン、マコウィ、ネアニと一緒だぜ」

それを聞いたとたんに、けらけら笑いだす。

「しっかり監督されて訓練のつづきを実地でやらされるってことね！　そりゃめでたい」

「よその国なんて、はじめて」

ジルが呟くと、あとの三人も皆そうだ、と頷いた。

「両国の力関係はずっと微妙だったからねぇ」

「よく、アトリアが昔のように支配権を行使しないなって思う」

ヘレニがぼそっと言うと、カルシーがチーズをつまみながら、

「それだけ国力が落ちてんじゃない？」

「アトリアが斜陽ってのは確かだな、それと、わがハスティアが隆盛期に入ってきたってことじゃないのか？　そうでなけりゃ、どうしてこの結婚話がもちあがったかって」

シュワーデンがソーセージにナイフをつきたて、あたりに肉汁をまきちらし、顰蹙《ひんしゅく》をかう。ちょっと、あたしの一張羅《いっちょうら》の袖にかかったじゃないのとカルシーが騒ぎ、ヘレニは黙って顎の汁をぬぐった。カルシーが笑いながら、

「それは、いきなりじゃないでしょ。アトリアとハスティアの結婚は、昔っから話にだけはあがっていたじゃない」

「昔の話だろ？　アトリアの支配下で、何とかその軛《くびき》から片手だけでも出したがっていたころの。今は逆だ。西方貿易とマステル銀で、立場は逆転した。ハスティアの富にすりよるために、王女をくれてよこすってことだ。体《てい》のいい人質だろう。そのかわり、西の産物やマステル銀の加工品をよこせって。かねてから話のあった婚姻関係を成立させてやるって体裁でさ」

ジルは目を丸くしながら、黙々とパンをかみ、葡萄酒を飲んでいた。授業では習っていたが、実際の政の流れが大河のように目前を流れていく思いがした。わたしは何も知らない小娘にすぎなかった。背骨をぴりぴりとしたものが走り、杯の上にかがめていた身体が自然にまっすぐになった。目の端が広がっていき、世界中が視野に入ってきたような気分になった。

「その、花嫁になる人は王女殿下？」

「第四王女マナランという人だって」

「あの宮廷、そんなに子だくさんだったか？」

「養女、という噂も……」

他の三人の会話を聞きながら、ジルはアトリアの意図を推測しようとする。斜陽のアトリアが海に没するのを何とかくいとめようと、ハスティアに片手をのばした。その片手でマステル銀と西方貿易——原毛、穀物、絹——、茶葉や

造船技術、建築法などの新しい文化をわしづかみにしようというのだろう。しかしそれには、婚姻という形で友好を深めるだけでは足りないような気がする。小さな泡のようにわいてきた疑問が口をついて出た。

「……その、王女様……花嫁には何人くらいの人がついてくるの？」

「十人二十人は下らないだろうな」

「侍女に十人、渉外役に十人、資財管理人、家令、小間使いやらもあわせると、三十人から四十人、かな」

「大所帯だよねぇ。大公宮にはまだ余裕があるから増築はしなくてすむだろうけど」

シュワーデンとカルシーが交互に答えた。ジルはぼそっと言った。

「四十人もいたら、そのうちの一人二人が間《かん》諜《ちょう》でもわからないね」

年嵩《としかさ》の三人はその言葉にぎょっとしたようだった。沈黙が流れ、しばらくしてからようやくヘレニが口をひらいた。

「……花嫁自身が、そう言い含められているのかもしれない……」

「国家機密水準の情報をアトリアに流そうって？」

カルステアがぶるっと震えた。鼻息でその怖れを吹きとばしたシュワーデンが杯を掲げてみせた。

「それはないな、絶対に！　公太子殿下万歳！」

ああ、と、これには皆が眉をひらく。物語や昔話で語られる、妃の言いなりになる王や豪族の長には、フレステルはなりようがない。それは秘密でも禁忌でもなく、おおらかに認められた宮廷の事実だった。

カルステアが明るく言った。

「もし、ハスティアの機密情報が漏れたとしても、アトリアに利用できるものはそんなにないはずだよね。あの国家体制では」

「そのとおりだ。アトリアはがちがちの独裁政権で、密告が多く、互いに信用していない。そうした膠着《こうちゃく》状態が、今の衰退につながっているともいえる。ハスティアをまねようとしても、なかなかうまくはいかないだろう。……公太子殿下、万歳」

「ヴィスマンにも乾杯」

「冷静で理知あふれる次期宰相に」

　安心した三人も、シュワーデンの杯に合わせたのだった。


　連合王国の主都アトリアは古い都だ。のっぺりした窓の少ない石壁の建物は、ひどく無愛想に見える。ずんぐりとした愚鈍な牛の群れがすわりこんでいるかのよう。道の石畳はでこぼこで、溝には汚物がたまっており、みな、その悪臭に顔をしかめた。

　かつての盟主国に対する表敬のために、式はアトリアの宮殿で挙行されることになっていた。さもなくば、公太子が花嫁を迎えになどやってこなかったに違いない。港から迎賓館に向かう坂道を、騎馬で通れて良かったとジルは内心安堵する一方で、フレステルⅡ世やその夫チャレン侯の侍女たちが足元に難儀しているのを気の毒に思った。

　迎賓館は大きな広場に面しており、太い円塔をそなえていた。中は寒くて暗く、低い天井に、首が曲がっていくような思いをした。ジルはネアニとともに、侍女たちと同じ大部屋に案内されたが、低く細い寝台に薄っぺらな藁布団《わらぶとん》と粗《あら》い織り目の毛布が一枚しかないのを見て、船で使った寝袋を持ってきてよかったと思った。天井には蜘蛛《くも》の巣がかかり、錆の浮いた燭台《しょくだい》の蝋《ろう》燭《そく》からは獣脂《じゅうし》の嫌な臭いがした。

　これが、三百年にわたってハスティアをおさえこんでいた国の都なのか。ジルは腰がぬけてしまったように寝台にすわりこんで、低い声で不平を言いあう侍女たちをながめていた。ゆっくりと思考をめぐらせていくうちに、ああそうか、と腑に落ちていく。ハスティアは西方貿易とマステル銀によってのみ隆盛を迎えたわりではない。おおらかな国民気質とフレステルⅠ世の確固たる信念で芽生えた、アトリアに依存しない文化が、フレステルⅡ世女大公のゆるやかな治世で次々に花ひらいたのだ。ハスト様式と呼ばれる建築物しかり、北方航路開発に刺激された造船技術しかり、山肌を利用した香茶の栽培しかり。対するアトリアは、連合王国とは名ばかりの強権密告政治をつづけてきたという。幾多の民族を束ねるには、どうしても強力で一方的な牽引力を必要としたのだろうけれど、それが長年にわたれば、階級制はさらに厳格になり、富は偏《かたよ》り、自由な表現は虫の息となって、文化は硬直する。

「そこ、おしゃべりしていないで、御主人のもとに早く行きなさい！」

仕切り屋ネアニの叱声が飛んだ。侍女たちはネアニを横目で睨《にら》みながら、大公と夫君のもとへと出ていく。

「まったく。規律がゆるんじゃって」

五隻の大型帆船をしたてた旅で、青い海と潮風と波飛沫《しぶき》の中で十日もすごせば、気がゆるむのも当然だろうと、ジルは侍女たちに同情した。しかも、夢に見たアトリアの天井に蜘蛛の巣を見たあとでは。

「あなたも、ぼうっとしていないで、さっさと着替えて」

白く細い顔に黒髪を一つに結ったネアニは、「黒鳥」とあだ名される凛《りん》として厳しいたたずまいを、こんなところでも崩そうとはしない。

「着替え……？」

「さっきヴィスマンが言ってたでしょっ。王宮で歓迎会よ」

そんな、長旅で疲れきっているのに。足元がまだゆれているように感じるのに。

「わたしたちの任務はこの地におりたったときからはじまっているの。しっかりしなさい、ジオラネル。何を着るの、なんて間抜けな質問しないでね」

そうはっぱをかけながら、ネアニは荷物の中から略式の方の護衛騎士フォーリの衣装を寝台に並べはじめた。ジルは内心呻きながら、腰をあげた。

お針子たちが試着したジルを見て嬌声《きょうせい》をあげ、手を叩いたのが一年も前のようだ。まさに〈月影ノ乙女〉、ととびはねて、自分たちの作品を喜んでいた。その「作品」には、銀地に青輝糸で刺繍した装飾胴衣《セテン》と膝丈ズボン、長マント、飾り剣と青帯、フォーリの新品徽章《きしょう》の他に、ジル自身も含まれていた。栗色の髪を束ねて兜《かぶと》におしこみ――幸いなことに、それはただの飾りで、かぶっても重くなかった――仁王立ちになってみせれば、細身で少し丈が低めの男性として通りそうだった。お針子たちの要望に応じてポーズをとったのは、これだけの仕事をした彼女たちへの敬意のあらわれだった。そうでなければ、絶対にそんな恥ずかしいまねはしなかったはず。

ネアニに倣《なら》って身支度を終えると、何の役にもたたないその兜は置いていけ、と言われた。確かに。

「厨房に行って軽く腹ごしらえをしましょう。歓迎会のあいだはそれらしくつっ立っていなけりゃならないんだから」

仕切り屋、と陰口をたたかれている四十近いネアニだが、それとなくジルの面倒をみようとしてくれているらしい。何もかもはじめての身としては、それは大変ありがたい。

歓迎会は王宮の大広間でおこなわれたが、ネアニが言ったとおり、同行したフォーリたちは護衛騎士にまじって、壁際に並び、さながら銀の彫像がわりの装飾物だった。女大公と夫君と公太子は上座にすわり、むかい側には連合工国の首長であるヘイラ女王が二人の王子と三人の王女をひきつれて座を占めていた。その下に、それぞれの臣下が居流れて、りんごのサラダ――隣のシュワーデンが前をむいたまま小声で、「しなびたりんごをああやってサラダにして食すんだ」と教えてくれる――、クレソンのスープ――「そのへんの小川からつんできたものだぞ」――玉葱《たまねぎ》のきのこづめ――「あのきのこ、去年のだ。カビが生えているかも」――、いんげん、キュウリ、ブロッコリー、カリフラワーのチーズあえ――「普通の家庭のご馳走だ」――、コイの揚げもの――「みろよ、脂がぎとぎと光ってる。豚脂で揚げたな。ハスティアじゃ絶対使わねぇな」――、鹿肉の煮込み洋梨ぞえ――これにはさすがに文句のつけようがなかったらしい。むしろ、生唾をのみこんだところをみると、シュワーデンもお相伴にあずかりたいと切望していたか――、鶏の葡萄酒煮、香料風味――「宴会に鶏、かよ。どこの田舎料理だ」――洋梨の蜂蜜《はちみつ》煮、木イチゴソースぞえ――「あんまりうまくなさそうだ。見ろよ、第一王女の酸っぱそうな顔」――、と、シュワーデンのおかげでジルは笑いをかみ殺すのに必死で、長い宴会もさほど退屈しなかった。

宴《うたげ》は宵《よい》のうちにはてた。護衛騎士たちも交代で食事をすることになった。大広間の控えで残り物を食べていると、シュワーデンが左隣で尋ねた。

「第四王女――花嫁の姿がなかったのはどうしたことだと思う?」

それに対して、

「うん、この野菜のチーズあえ、おいしいよ。懐かしい味がする」

ジルは大皿に残っているのをおかわりしながら、

「式の前に花嫁を見せたりはしないってこと?」

そこへ、ネアニとヴィーヴィンとマコウィが、盆を持ってやってきてむかい側にすわった。

「花嫁はもともとは女王の子どもではないらしいぞ」

「王家の血筋ではあるらしいけれど、数年前に養女にして、いろいろ教育をほどこしたそうよ」と教えてくれる。

「主にハスティアの内情についてとか、勢力関係とか、そういうのを教わったとしても不思議はないわね。……ヴィーヴィン、なんでそれにそんなに塩かけるのよ。チーズの味で充分じゃないの?」

「わたしはこっちの方が好きなんだよ、ネアニ。

まっ、公太子のお好みもアトリアにはわかっているだろうから、そうであれば、まっとうな王女様を嫁に出すのは親心としては、なあ。いくら政略結婚があたり前だとしても」

「そうした使命を帯びたいわくつきの王女を、宴で披露するほど、アトリアも鉄面皮ではない、ということなのか、あるいは、きわめて偽者に近い王女を同席させたくはなかったのかもしれない。あるいは、まだ教育がおわっていなくて、内輪の席に招くほどではないのかもしれない」

としかつめらしくマコウィが言う。

「それはそうと、あなたたちに注意しておくわ」

　ネアニがコイの揚げものからしてくる脂の匂いに顔をしかめながら言った。

「ドリドラヴの一行が明日着くそうよ。迎賓館の東翼を使うそうだから、接触することはないとは思うけれど、極力顔をあわせないようにすること。特に、一対一ではね」

「ドリドラヴの名代が来るんですかっ⁉」

　シュワーデンが思わず大声を出して、ネアニから睨まれた。

「名代ではない。大王自らが三人の王子をひきつれて来るそうだ」

「げげっ……！　どうして……？」

　ドリドラヴについては、悪い噂しか聞こえてこない。

「竜王を怒らせたら、都一つ焼け野原になるって話じゃないですか！　それを、アトリアは……招待したんですかっ」

「シュワーデン、声が大きい」

　ジルが袖をひっぱった。ヴィーヴィンが白いふさふさの眉毛の下の、灰色の目をおもしろそうにきらめかせながら、

「アトリアは招待するさ。一応、〈満てる海〉をとりまく国々には全部招待状を送っただろう。何せ、自国の王女と傘下の公国との結婚式だ。華々しく、自国の影響力を周囲に示さねばならんだろう」

「……だとしても、ドリドラヴを招待？」

「しなけりゃしないで苦情が来ると見こんだの

よ」

ネアニが言った。

「苦情ですめばいい。それを理由に宣戦布告でもされたら大変よ」

「そんな……短絡的な……」

ジルが息をのむ。ここ三十年ほどで竜王ウシュル・ガルのもとに、勢力を拡大してきたドリドラヴ大王国は、ハスティア大公国の南、〈満てる海〉をへだてたはるかかなたにある。何でもウシュル・ガルは玉座についたとたん、竜に化身する力を手に入れたとか。その力をもって、アトリアの属国であったオスヴヴやパペスをアトリアからもぎとり、以来、一触即発の状況にあるとか。アトリアの力が落ちてきたのが幸いして、戦《いくさ》には発展しないで今に至る、とか。

短絡的ではないのだ、と気がつく。長い年月をかけて、まるで黒黴《くろかび》のように侵食してくるものもあるし、突然、山のように火を噴く場合だってあるのだ。先入観や思いこみ、希望的推測は、国家の致命的失墜につながる。

「相手は嵩《かさ》にかかってくる手合いだ」

マコウィが、フォークで天井をさして言った。

ネアニも頷く。

「弱点を見せたらそこにフォークをねじこむような輩《やから》よ。喉をさらしたら即座にかみついてくるわ。……とにかく、東翼には近づかないように。式が終わるまで、彼らとは距離をおいて」

ジルとシュワーデンは、すっかり食欲をなくして顔を見あわせた。

翌日の昼近く、公太子がアトリアの名所見物をするというので、その護衛に、ジルとシュワーデン、ヴィーヴィンの三人が加わった。ゆっくりと馬で町中を行けば、ハスティアほどではないにせよ、市場や商店街はにぎわっている。一行は、高台の主神殿やら今はめったに使われない闘技場や、五百年の昔から流れ来て都を潤している石造りの水道橋などをめぐって歩いた。陽射しは皮膚を焼くほど強かったが、風は冷たかった。この苛烈な気候が、人々の、よそ者に対する警戒心をかきたてるのだろうか、視線のほとんどは冷ややかだった。

「……結婚式、早く終わるといいな」

市の端で、柵の中の羊の説明を聞く公太子を横目でうかがいながら、シュワーデンがぼそりと言った。ジルも薄青の弱々しい光の空を見あげて、うん、と同意した。

「……うちに帰りたい」

うち、というのは、ハスティアの協会の宿舎だ。大して住んでもいないのに、今は二人とも、あのこぢんまりとして暖かい部屋を懐かしく思っている。

公太子は柵の中で、牧畜業者の声高な自慢に熱心に耳を傾けている。ヴィスマンもそばで、あれこれ質問している。これを機に、アトリア品種の羊を輸入しようというのだろうか。二人とも上背があり、堂々とした王者の体格をしている。フレステル公太子の方が骨太で、肩幅もヴィスマンより広い。長く形のいい眉と力強い目をして、全体の容貌が寛容さをうかがわせる。ヴィスマンの方は広い額に直線的な眉、尖った顎、口髭が厳めしく、そのまなざしは常に険しい。この二人、まるで仇敵のように、ことあるごとに声を荒らげて言い争うそうだが、争ったあとはけろりとして杯をくみかわすのだとか。心をゆるしあった二人の友情に、ジルはうらやましさを感じる。友情、だと思う。フレステル公太子が同性愛者であるのは、周知の事実だが、ヴィスマンとの関係は恋とか愛とかの線上にはないような気がする。ま、そんなことはどうでもいいことだ。公太子は公太子だし、ヴィスマンはヴィスマンだもの。

やっと二人が柵から出てきた。羊の品種について、楽しげに会話を交わしながら騎乗すれば、二人を囲むように、護衛騎士が配置につき、フォーリ三人はその後ろに従った。

太陽は傾きかけて、さっきの刺々しさが少しやわらいだ。風も生ぬるくなって、どこからか、かぎなれない香料の匂いを運んでくる。何の匂いかしら、と鼻をうごめかしていると、行列停止の命令があがった。一行は市場から出て、迎賓館へ向かう坂道へかかろうとしていたのだが、ちょうど港からあがってきた一団と鉢あわせしそうになったのだった。

それはドリドラヴの一団だった。フレステル公太子の護衛騎士長官は、片手をあげて後続をおしとどめ、南国から来た竜王の行列との間隙を、一馬身の余裕をもってやりすごした。ドリドラヴの行列は、路上に他の者の存在などないかのように、面《おもて》を進行方向にのみむけて、ゆっくりと進んでいく。先頭の旗手が高くあげた膝を力強く地面におろし、斜め後ろの男が、両手に持った金属を打ちあわせ、その耳障りな甲高い音で、人々は思わず路上から軒下へととびのく。

まごまごしている野良犬が、鉦《かね》打ちに蹴りあげられて悲鳴をあげて逃げていった。甘ったるい香の匂いが強くなった。鉦打ちから一馬身あとを、赤と黒と黄金の衣装の大男が、脚が太く鼻の上に大きな曲角をもった獣《けもの》にまたがっていく。辰砂《しんしゃ》のような朱の髪を肩の下までのばし、王子のしるしの環を額にはめ、髪と同じ色の髭で頰と顎を埋めつくし、何より目につくのはその威圧的な鉤鼻《かぎばな》と薄笑いをうかべた幅広の唇。脚の太い獣——ドリドラヴの犀竜《さいりゅう》だろうとジルは見当をつける——が一歩進むたびに、身体中につけた黄金の鎖やら鈴やらがじゃらんじゃらんと音をたてた。

「あれが第一王子ムルツだろうな。火の魔法がめっぽう得意らしい。身の内に火竜を宿しているとか」

隣でシュワーデンが囁《ささや》いた。

「何て大男だ。公太子も大きいが、横幅はむこうにかなわないな」

「すごい黄金ね。……反射が目に痛い」

ムルツ王子を露払いとして、次にぶ厚い錦織りに囲まれた輿《こし》が通っていく。犀竜より大きい輿は、半裸の奴隷十人がかついで、みしみしという音も聞こえてくる。

「あの中にドリドラヴの王がいるんだね」

ジルが呟くと、シュワーデンが答えた。

「巨体だとはきいていたけど、すげえな」

輿の後ろを、小ぶりの犀竜にまたがった近衛兵が三十人ほど、その中に兵士たちとは異なって、王族を誇示する赤黒金に身を飾った二人がまじっていた。この二人だけは、あっちへきょろきょろこっちへきょろきょろと顔をふりむけ、アトリアの町並みをさかんに評しあっているようだ。

「第二王子と第三王子か？　二人ともやっぱり火の操術が得意で、第二王子は特に蛇の魔法、第三王子は特に物動の魔法に長けているとか」

「服装は王族だけど、態度が軽いね」

「軽いっていうより……品がないな」

少し横幅が広くて肉づきのいい方が、小柄な方に肘鉄をくらわした。小柄な方も拳骨《げんこつ》でやりかえしている。幼い行為だが、二人とも、どう見てもシュワーデンより年上だ。二十を数歳は越えているだろう。歯をむきだして威嚇《いかく》しあい、クズリのきょうだいだってあれより仲がいい、と呆れてしまった。

近衛兵のあとに、侍従や侍女、下働きの奴隷たちがつづき、総勢百人ほどの大所帯。

「一体何隻の船で来たんだろ」

「大ガレー船なら一隻で充分だろう。だが、おれなら数隻に分乗してくるな」

ハスティアが五隻に分乗してきたように。海の怖さを知っていれば。

赤地に金縁、黒の竜の旗を翻《ひるがえ》して坂を登っていき、やがて物音も香の匂いもかすかになった。陽が夕刻の雲にかげり、冷たい風が丘の方から吹きおろして、急に肌寒さが増してきた。それでも公太子の護衛騎士たちはじっと耳をすませて動かなかったが、馬たちがじれはじめてようやく、

「ゆっくりと進むぞ。ドリドラヴの一行が館に入りおえたあとに、到着するように」

と長官の指示に従って踏みだし、やっと帰りついたときには、あたたかい夕食が待ちどおしく思われたのだった。

「……ひどかったらしいわよ」

「礼儀作法がなってなかったって……」

「……給仕を殴りつけもしたとか……」

ひそひそ話に目がさめた。もうあたりは明るくなっており、一人、二人、と侍女たちも起きだしていた。ジルは半身をおこし、しばらくぼんやりしていた。今起きたばかりの侍女たちに、さっきと同じ声が説明しているのが聞こえてくる。どうやら、昨夜のドリドラヴとアトリアの宴について、どこから話を仕入れてきたものか、少しの粗《あら》をおもしろおかしくおしゃべりの種にしているものらしい。ドリドラヴの王子たちの作法がどれだけなっていなかったか、乱暴であったかを軽侮の口調であげつらっている。

ジルは次第にはっきりしてきた頭で、ただ、ああそうだろうな、と思った。あの王子たち、それから奴隷を使うという国柄から、こちらの求めるものとはかけはなれた価値観を有しているのだろう、と。暴力をふるったのは認められないが、侍女たちと一緒になって批難の輪に入ろうとは思わなかった。

と、ネアニが寝台からおり、細い首をすっとのばして、

「あなたたち、いい加減にしなさい」

と叱った。

「今の話が相手方の耳に入ったら、首がとびますよ」

侍女たちははっと身をすくめて、そそくさと大部屋を出ていった。ネアニはぷりぷりして、

「何を口実にするかわからない国なんだから。あっちは戦端を切りたくてうずうずしているでしょうに」

ジルの方を向いて言った。ジルは枕元の服を片手でひきよせながら尋ねた。

「ずっと疑問だったんですが……今回に限ってドリドラヴ国王はなぜ来たんでしょう」

「しかも、三人の王子をひきつれて、ね」

ネアニも同じ疑問をもったのだろうか。帯を締めるあいだ黙していたが、やがて頭をあげて口をひらいた。

「おそらくは敵情視察、かしら。アトリアの国力が落ちているとくらい、もう耳に入っているだろうから、実際どうなのか、この際自分の目で見ると同時に、後継者たる三人の王子にも理解させたい、と思ったのではないかな。……弱点をさがし、戦略戦術をくみたて、戦勝時の獲得物の物色をし……。アトリアの三王女に、三王子をめあわせる、というのも考えの一つかとも思えるわね」

ジルは寒気がした。

「あの連中……方々《かたがた》に、嫁する、と……？」

ネアニは靴紐を結ぶ手を止めて肩ごしにふりかえり、

「勘弁してよ、と思うわよね。でも、それが国と国との婚姻ってことよ。こういうときは、尊い方々でなくて良かったと、つくづく思うわね」

「婚姻で戦を回避できればいいのですが……」

「まったくそのとおりだわ。アトリアとドリドラヴの戦端がひらかれたら、わがハスティア大公国も否応なしにまきこまれるでしょうから」

ジルは金槌《かなづち》の音をきいた。とび散る火花、ふりおろされるたくましい腕、呪文をマステル銀の刃《やいば》にからみつかせて、鍛冶フォーリたちが作る武具の数々。実地訓練のときに、マスト山脈の鉱山に見学に行ったときに目にした光景だ。あのときでさえ、闇に散る黄金の火花、荒い息、ふいごの風、汗も蒸発する熱気に、鬼気迫るものを感じて、わたしは鍛冶フォーリにはなれない、としりごみした。マステル銀は強くかたく、加工しにくい。呪文をかけて、短剣や剣、鶴嘴《つるはし》や大槌、槍の穂先や鎧《よろい》、兜、工具類に変化させるのが鍛冶フォーリの仕事だった。が、自ら腕をふりあげてマステル銀をうちだしていくあのゆるぎのないまなざし、信念、体力はとうていジルがもてるものではなかった。戦になれば、ハスティアの武具がアトリアに大量に流出するだろう。国土は炎――黒と金の炎――におおいつくされるだろう。底知れない予感におののいていると、ネアニがことさら明るい口調で、

「あんまり先のことを考えすぎても仕方がない

わ。さ、さっさと朝食をすまして、職務を遂行するわよ」

その日一日は、結婚式の準備と護衛の予行演習に費やされた。

何事もなく明日の式を迎えようとして、数人で夕食の席にむかう途中だった。松明《たいまつ》でようやく明るい廊下、その反対側に消えようとしていた人影が、ふと立ちどまったかと思いきや、大股に近づいてきた。

ジルとともにいたのは、ハスティアの護衛兵二人とネアニとヴィーヴィンだった。その人物は、彼らが息をのむ一呼吸のあいだに、もう目の前に立ちふさがっていた。

腕組みをし、仁王立ちになった。牡牛のように大きい。自分でもその効果を知っているのだろう、毛皮の外套を大きく広げたその様は、敵を威嚇する大猿にも似ていた。

「ハスティアの衛士どもか。そのほうらの国のことは知っておるぞ。青塩にマステル銀の工具はわが国にも届くゆえ」

「ムルツ第一王子殿下」

皆は一斉にひざまずいた。ジルは半呼吸遅くなったが。

「年に一度の交易だが、わが方の香料や綿花も、そのほうらの役にたっていよう」

そうつきだした顔も人並みよりひとまわりは大きい。火の匂いがした。

ヴィーヴィンが代表して、胡椒《こしょう》がどうの、綿の使いやすさがどうのと答えた。王子は美辞麗句で飾りたてた、ふんだんなお世辞のまざったその答に満足そうに笑い、身体をおこした。ジルはそっと頭をあげたものの、視線は腰まで届かない。王子の護衛五人と弟たちもすでに控えの位置についていた。様々にいりまじった香の匂いが鼻につき、むせそうになって再び視線を下げる。

「公太子と王女の結婚、喜ばしいことだな」

ムルツの声は、割れ鐘のようだ。あたりをびりびりと震わせ、床石まで歪みそうだ。

「われも嫁をとりたいと思っておるが、ハスティアの王家には手頃な娘がいないそうで、残念なことだ」

するると、背後から第三王子カルツが、甲高い声で言った。

「ぼくなら王家の娘でなくてもいいな。ハスティアの女はドリドラヴの女と違って随分華奢《きゃしゃ》だから、扱いをまちがえると背骨、おってしまいそうだけれどな」

「気に入らなきゃ、おれにまわせよ。三人でも四人でもいいぜ」

と口をはさんだのは、丸顔小太りの第二王子テーツだった。ジルはゆっくりと息を吐いて感情をしずめようとした。何だ、この二人は。声だけ聞けば、なめらかですべらかだ。しかし、言っていることとあわせれば、まるでナメクジのよう。カルツがけらけらと笑った。

「ハスティアには女が余っているようだもんな。そこの二人も、男のふりした女だろ？　護衛兵に女を使わなきゃならないなんて、軟弱な国だよな」

「え？　どれ？　どれが女？」

とテーツ。ムルツが、ほ、ほう、と目を光らせた。

「言われてみれば」

ジルの顔より大きい手がのびてきたかと思うや、上腕をつかまれて爪先立ちになっていた。反対側にはネアニが吊り下げられている。

ヴィーヴィンが立ちあがり、制止しようとした。

「ムルツ殿下、おたわむれは――」

ネアニを軽々とふりまわしてヴィーヴィンに放り投げた。二人は重なりあって床に落ち、鈍く重い音がした。ジルはムルツの頬が濃い髭の下で歪んだ笑いをつくるのを目のあたりにした。弟王子二人のはやしたてる響きがその笑いとからみあって、三匹の蛇の影となり、壁や天井をうねうねと這いまわる。

嫌悪感でいっぱいになったジルの目の奥で、〈月ノ獣〉が一声鳴いた。するとその響きに誘われるように、どこからか一本の槍があらわれた。その槍先から銀の月光がほとばしり、蛇の影にぶつかった。あたりにあふれたその光芒は、影にのしかかり、侵食し、焼きつくした。たちまち溶けていく骨格。その骨格も、瞬時に、灰と化して消滅する。

ムルツの手がはなれ、ジルも床に放りだされた。そのさなか、流れる視界に映ったのは、身体をひねって何かから逃れようとするムルツ、這いつくばるテーツ、しゃがみこむカルツの姿だった。

ああ、またやっちゃった。

昔の訓練で、制御に失敗し、壁を崩したり地面に穴をあけたりしたのを思いだした。怒ったり、驚愕したり、その瞬時をおさえこまなければ、一人前のフォーリとは言えんのだ、とマコウィが耳元で厳しく言ったのに。

どうしよう。彼らを怒らせてしまったことだろう。三王子が起きあがったら、捕らえられて首を切られるかもしれない。いや、これを口実に戦にされたら。

床に叩きつけられた痛みに歯をくいしばりながら、できることはないかと頭を働かせようとしたが、めまいがしてろくな考えがうかばない。戦旗が炎の上に翻り、槍先や剣のひらめきだけが見えてしまう。と、

「これは何の騒ぎですか」

冷徹で毅然とした声が響いた。ようやく起きあがろうとしているヴィーヴィンの後ろに、ヴィスマンが立っていた。

「公太子のお側においてその身辺警護にあたるべき護衛兵士たちが、なにをごたごたと。おお、そうか、床があまりにも古風なゆえに、つまずいたのか。ドリドラヴの王子殿下、方々もこの古き床と灯りの暗さ、それにこの煙のせいで御気分がすぐれぬようだ。衛兵の皆で居室におつれするがよい。のちのち、御要望とあれば治療師をおかししよう。……ヴィーヴィン、皆をつれて下がりなさい」

第一王子ムルツほどの横幅はないが、ヴィスマンもまたがっしりとした大男である。まっす

ぐな眉の下で、ぎろりと光をはなつ目は、マステル銀の硬度を宿して、有無を言わせない。

護衛兵に抱きおこされたジルは、よろよろと食堂へとむかいながら肩ごしにふりかえった。

床に膝をつくのをまぬがれて、体勢をたて直すムルツの後ろ姿、まだ四つん這いのまま頭をふっているテーツ、しゃがみこんで両手で耳のあたりをおさえているカルツが見えた。ヴィスマンの一喝にも似た指令をうけて、命じられてやっと動くドリドラヴの衛兵たちが、王子たちのそばに近づき、指示を待っている。

「お三方とも煙を吸われてしまったのだろう。手をかしておつれしろ」

ヴィスマンは再び命じたが、そこにひそかな憂《うれ》いか憐みがまざっているような気がしたのは、ジルだけだろうか。

ともあれ、衛兵たちはおそるおそる王子たちに肩をかして去っていく。ムルツを支えるのは一人では足りず、二人がかりだった。

食堂の長椅子にぐったりと腰をおろして、ヴィスマンを待った。いまだネアニは蒼白で、卓に上半身を預けて震えているし、ヴィーヴィンは肘で頭を支え、ジルもまた、言葉もなく宙を見つめていた。あれは何だったのだろう。あの幻影は。あんなのは、わたしの魔法にはない。よく見る夢、とも違う……。

何があった、とやってきたヴィスマンが問い、ヴィーヴィンがとつとつと答えている。

「……そして、ジルの、あれは憤怒の光でした……」

ジルは目をとじた。今ならこんなにたやすく自分を抑えられるのに。息を吸って、息を吐いて、また息を吸って、一度止めて、もう少し吸って、ゆっくり吐きだして……。

「ジル」

ヴィスマンの声がふってきて、目をあけた。厳しい頬に、まっすぐの眉、しかしその下の目にはおもしろがるような色がありはしないか?

「よくやった」

「……え?」

「結果として、うまくやった、ということではあるが」

目をしばたたいていると、ヴィスマンはつづけて言った。

「わが方の怪我人《けがにん》は一人もおらず――衝撃的ではあったがな。むこうの方も、いまだ何がおこったか、理解できていないだろう」

ジルも理解できずに口があけっぱなしだ。ヴィーヴィンが、白い眉毛を上下に動かして言った。

「わが国のフォーリの存在をむこうは把握していないはずだからね」

「そ……それじゃ……」

「うん。ジルの暴発魔法だとは思ってもいないだろうね」

「わが国とドリドラヴは、年一回の交易船のみでつながっている。全体からみればないに等しい国交といえる」

とヴィスマン。

「互いに様々な情報をえるのは難しい。フォーリの件も、彼らが帰ってよくよく今日の謎をほじくりかえさなければ、わからんだろう。もちろん、あえて教えてやる気もない」

ジルは大きな安堵に包まれた。背骨から力がぬける。

「戦はない？」

「戦はない」

良かった。

「……わたしの処分は……？」

「それはわたしの管轄ではない。フォーリ協会に注進する者がいれば、帰ったときに呼びだされるだろうが」

ヴィスマンは、ネアニとヴィーヴィンを見比べて、薄く笑った。

「ま、そんなことはないと思うがね」

〈満てる海〉沿岸地域の七不思議　その三
★言語の統一性
　通訳を必要としない。国や地方によっては独特の言いまわしや表現が存在し、訛りも多いが、通じないほどではない。文字にしても類似性が認められ、互いに読みとれないほどではない。言葉は変化しつづけていくものだが、これほど長期間にわたり、これほど広い地域でいまだ容易に語りあうことができるのは、何やら魔法がかかっているからだという言い伝えがある。われらペルタス国の者には、とうてい信じられない話だが。

――東方研究録　ペルタス共和国　パイザル著より　抜粋

4

この古色蒼然《こしょくそうぜん》として寒々とした広間の有様ときたら。

　ムルツは父王の隣に腰をおろしながら、結婚式場を見まわした。

　低い天窓から射しこむ光を寒々しく感じるのは、石壁と石床がまるで老婆の皮膚のようだからだろうか。貧相な式場に軽侮の念を抱く一方で、アトリアの貴族たちやハスティアの侍女たちの立ち姿と、腰をおろした父王と自分の高さがそう変わらないことに、気を良くしていた。

その二人の巨体をいいことに、すぐ後ろでは二人の弟がさかんに雑言を浴びせかける。ぼろい、カビの臭いがする、いやこりゃアトリア人の体臭だ、そうか？　石壁からも臭うぞ。何だ、香水じゃないのか。あのとりすましたひょろ長い男から臭ってくる。北国の貧乏貴族の毛皮の臭いだな。ありゃ狼の毛皮か？　それとも熊か？　おお、なんて野蛮な。しかしここがアトリア最高の儀場なのか？　みろよ、あっちの柱には罅《ひび》が、こっちの柱の彫刻には欠けがある。ここを造ったやつは、感覚が鈍っていたのか？　何でこんなに色味がない？　しかもなんだか、上から圧されているような心持ちがするぞ。

壇の横に動きがあった。と、父王ウシュル・ガルがほんの少し首を傾けて、

「口をとじろ、小蛇どもめ」

と言った。弟たちはさすがに首をすくめて黙ったが、ムルツは、父王も同じ感想をもっているに違いないと思った。

この国に来たのはまちがいだった、と船を降りたときに感じた。まず活気がない。ドリドラヴの田舎町でも、もっと騒がしい。路端に山とつまれた果物や木の実、転がりおちる椰子の実や西瓜、メロン、それらをさらい盗っていく子どもや踏みつぶしていく荷車、そのあとに群がるカラス、カラスを追う野良犬……。甘い香や肉を焼く匂い、奴隷女の肌にうく汗、値段交渉でつかみあわんばかりの客と売り子。床几《しょうぎ》にまたがった老人が、膝のあいだの焜炉《こんろ》で魚や肉を焼く。赤々と炭がはぜ、香ばしさがたなびいていく。

対して、アトリアの港は弱々しい陽射しに白茶けた石畳をさらし、魚売りのまのびした声と猫の鳴き声ばかりが響く。これで、夏だというのか。ムルツは首をすくめ、毛足の長い外套に包まれた父王をうらやんだものだ。

ああ、まちがいだった。

かつて〈満てる海〉を支配し、ハスティアを膝下に敷き、ドリドラヴの東を脅かしていたという帝国の面影もない。黄金やケント麦や高い円柱や豊満な神々の彫像はどこへ行ったのだろう。水たまりの多いでこぼこの石畳、狭い坂道、ずんぐりとしゃがみこんだ建物に幻滅し、煙が逆流してくる暖炉にいたっては、剣を抜いて寝具を切り裂いてやろうかとさえ思ったのだ。

富の匂いをかぎ、アトリアの弱点をさぐり、その軍事力を偵察するために、このくだらない結婚式の招待に応じることにした父王だったが、完全にまちがいだったな。

恭順を示しながらも、ムルツは昏《くら》い喜びと軽侮の念を抱かずにはいられない。父王がまちがいを犯すとは、珍しいことだ。いや、国内でいかにまちがおうとも、その威嚇《いかく》と凄みと力で圧しつぶしてきただけか。父王は戦車だ。まわりつづける車輪で、すべてを踏みつぶしていく。だがおれは違う。年をとって、体力気力が衰えてからも、盤石の王座にすわりつづけるための策を、今からめぐらせておくのだ。そのためには、この訪問をまちがいだとわからせてはいけない。父王に、後継者はムルツしかいないと思わせ、後ろでさえずっている弟どもの顔は泥に沈めてやろう。狡猾《こうかつ》にたちまわるぞ。かつて、父王はおれたちを互いの尻尾をかむ三匹の小蛇、と嘲《あざけ》ったが、その小蛇のうち一匹は玉座に登って竜になるんだ。

壇の右横の扉から、アトリアの花嫁が、左からはハスティアの花婿が姿をあらわした。二人がゆっくりと石段を登っていくにつれて、会席者のあいだからざわめきと溜息《ためいき》がこぼれる。二人のあとからは、儀礼用のお仕着せに身を包んだ護衛兵たちが、一糸乱れぬ所作で壇下の左右に並び、ざわめきは海の波のように彼らを洗った。

「……あれがハスティアの衣装、ですの？　みてごらんなさい、あの光を放つ生地を。あれは何という織物なのかしら」

「刺繍《ししゅう》が雅《みやび》やかで……何ともいえない華々しさと上品さで……」

「花嫁衣装もハスティア側から贈られたそうで」

「まあ、花婿殿の美丈夫ぶりは……」

「護衛兵の凜々しさも、まるで真冬の月光のよう」

「何と何と何と！　ハスティア大公をごらんよ。あれで四十八歳とは」

「衣装一つで若々しくみえるもんだ。夫君はさすがに五十を越えている、とわかるが」

「大きな声では言えませんが……」

「うむ。もうアトリアの時代ではないようだ……。われらも商売先を変えた方が良さそうだ」

交易商たちの囁《ささや》きもしっかり耳に入れて、ムルツは、これかもしれぬ、と思いたつ。そうだ、アトリアでなければハスティアでもいいのだ。富がかの国に貯えられているなら。護衛兵の動きにも、あなどれないものを感じたムルツは、きりりとした面だちを並べている二列に目を凝らした。ドリドラヴの兵に比べると、総じて細身だ。横に立てている槍など、カルツの細腕でもまっ二つに折れそうだ。だが、穂先についているあの銀色のものは何だ？　一瞬、ぞくりとしたのは気のせいか？　その反射に照らされた兵たちの顔の、血の気のなさも、不気味な感じを与える。まるで一人一人が百足の足のようではないか。一つの命令に全員が同じ所作で従うに違いない。

ムルツの視線は石像さながらの顔の上をすべっていき、おや、と二人前に戻った。見覚えがある。さらにその横の顔も。

式がはじまっていた。アトリアの何とか主神の代理を務める神官長が、二人の男女の手をとって、祝詞か何かを朗々と唱えている。しかしムルツの視線は、護衛兵のあいだを行き来した。三度めに、おう、と思わず声を出す。

あの二人とも、昨日の夕方、廊下でおれが投げとばした女たちだ。いや、投げとばしたのは一人だけか。もう一人は……どうしたんだったか。足がすべって倒れかけて、つきとばした？　何やらまぶしい光に目をやられて転びそうになった？

ムルツは眉間《みけん》に皺《しわ》をよせて思いだそうとしたが、記憶はどうにも定まってくれない。まあ、いい。とにかくあの女たちだ。何とまあ、男の服に身を包んで、あの二人が護衛兵だって？　ろくに武芸も身につけていないようだったのに。

ムルツの関心はもっぱら若い顔に集中する。まだ子どもといってもいい小娘が、大した腕でもなさそうなのに、どうして護衛兵になっているのか。男装までして紛れこみ、ああ、だが、その厳しくて険しい表情は、他の者と比べても遜色がない。公太子を護る気は満々だな。

ムルツはちょっとちょっかいを出したくなった。壇上では新郎新婦が神官に手と手を重ねられて、何やら寿《ことほ》ぎの祝言をもらっている。ムルツは片目にその光景をおさめながら、唇を歪め、火を誘いだした。火は常にドリドラヴの王族――正確に言えば、ウシュル・ガルの血筋――の腹の中にある。埋み火であったり、熾《おき》であったり、溶岩めいたものであったりする。父王の腹の中では、ワスガル山の根の火がたぎっているし、テーツの中では火蛇の子らが互いにからまりあっているし、カルツにいたっては竜の牙のような火石が常に火花を発している。だからカルツは、父王の後継者としての素質を生まれながらにそなえていると豪語してやまないが、ムルツにしてみればつまらんしるしだ。彼自身の腹の中には、火竜の仔が住んでいる。なかなか大きくならないが、これはカルツの火石なんかよりずっと、次期大王になるべきしるしだと思う。もし玉座にすわることができたのなら――火竜の仔は一気に本物の竜となり、彼を真の大王となさしめるだろう。

火竜の仔は、横たわっていた頭をほんの少しもちあげ、細い顎の先の小さな口から息を一息、はじけさせた。ぽん、という音が響いたが、祝いの詞をだらだらと述べている神官の声に、かきけされたようだ。しかし、耳元を破裂音に襲われたあの小娘は、さすがに身じろぎした。わずかに顔を傾け、音の出所を睨《にら》みつけた。その目に、ぱちぱちとはじけている親指大の火のかたまりが映っている。おお、黒かとみまごうほど深い緑の瞳に、火の粉が散っているぞ。

すぐ隣の護衛兵が、ようやく、浮かんでいる火球に気づき、ぎょっとして肩をひいた。槍を握る手に力が入る。遅いんだよ。それに、槍なぞで、その火を何とかしようとは。にやにやしているムルツのまわりで、わあっと声があがり、次いで拍手がわきおこった。二人が夫婦となったと、神官が宣言したのだ。

小娘は騒ぎの中で目を走らせ、視線がムルッのそれとあった。その目の中ではまだ、火の粉がはぜている。さあどうする？　まさかおれを糾弾するわけにもいくまい。せいぜいが火球を払いおとすか、マントでおおって踏みつぶすか。おもしろいだろう？　わがウシュル・ガルの血筋は、おまえたちに恐慌をもたらす力を、たくさん有しているのだぞ。

小娘がまばたきした。と、彼女の目の中の火の粉が、なぜかムルッの目の中で破裂した。不意をくらったムルッの顎が、がくんと落ちた。色とりどりの星が目蓋《まぶた》に散り、ぶつかりあってはじけ、はじけ、はじけたものが再びぶつかりあい、果てしなくつづく。

「ムルッ……。しゃっきりせい！」

父王の叱咤《しった》に体勢をとり戻そうとするが目蓋の裏の光の残像が、めまいを生む。父王の大きな手が彼の上腕をつかみ、支えてくれなければ倒れていたかもしれない。

父が手をさしのべるなど、あったためしがない。周りの目がなければ、勝手に倒れていろ、弱者など必要ない、と見むきもされなかっただろう。父はドリドラヴの王族の面目を支えてくれたのであって、ムルッ自身ではない。そうわかっていたので、感謝の念など微塵《みじん》もなく、ようやく頭をおこしたが、今度はムルッがよろめく父を支える番だった。何だ、これは、ムルッ、おぬし、何をした、と髭の中で呟き、がっしりと彼の腕につかまって、目をしばたたくことせいぜいが一呼吸のあいだではあったものの。

星々はようやく一つの球にまとまって、ふらふらと漂ったところだ。それを、あわてて仔竜がのみこみ、やっとまともに息ができるようになった。

ムルッは父の、毛足の長い外套の縁のあいだから、あの小娘の姿を求めた。壇上からつれだってハスティア側におりた新郎新婦を囲むようにして、護衛兵の列はすでに背をむけ、奥扉のむこうに歩み去っていくところだった。

「一体何をした」

控えの間に案内され、宴を待つあいだに、父王は奥の間にムルツのみを呼んで尋ねた。陰気で窓のない小部屋だった。詰め物のない肘かけ椅子と葡萄《ぶどう》酒の杯ののった小卓があるだけ、それでも古臭い意匠の燭台《しょくだい》には太い蜜蠟《みつろう》の蠟燭《ろうそく》が三本も灯されて、かえって物陰や隅っこの蜘蛛《くも》の巣や埃を明らかにしている。

ムルツは王の前にひざまずいて、

「おれは――わ、わたしは、何もしていません」

と訴えた。王は唸る。

「何もしていないはずがなかろう。あのような……火に紛れさせた光。あれはわれらが内にはないものぞ」

「ひ……光……」

そうか。異質のものが入ってきたので、あれほどまぶしかったのか。

「さあ、正直に申せ。嘘をついたらわしの火で焼いてやろう。何をした」

ムルツは観念せざるをえない。父王はやるといったら必ず実行する。脅しにおさめる人ではない。ことの顚末を語り、ただちょっとからかってやろうとしただけなのだと弁解する。父王は顎髭の上で手を止めたっきり黙している。怖ろしくなって、さらに自己弁護を重ねていると、

「少し黙れ、うるさい」

と言われ、ああ、おれへの罰を考えているわけではなさそうだ、とちょっと安堵した。

蠟燭の灯がゆらめき、父王は手をのばして杯をとり、一口二口と飲んでからムルツに視線を戻した。膝が痛くなってきた。そろそろ、結論を出してはくれまいか。

「……その女と目があったとたん、だったのだな？」

ムルツは床を見たまま、諾、と答える。

「女、というほどでは……まだ子どもの……」

「子どもや女を護衛騎士にするほど、ハスティアは人材に困っているようには見えんがな」

あの衣装。あの武具一式。乱れぬ隊列、凜《りん》と

した態度。ドリドラヴの荒々しい兵士たちを統《す》べる目から見ても、あれは一級軍隊だとわかる。しかもそのほんの一部。

「ですが、本当に、子どもだったので――」

前日も廊下で会ったことにはふれていない。余計なことだ。ことに、記憶がはっきりしていないなどとわかったら、資質を疑われてしまう。

「異質の魔法がハスティアにはある、ということか」

「ええっ……？　で、ですが、あの娘は王族には見えませんでした」

「ハスティアについて、われらが一体何を知っている？」

王の黒と金の目が、ぎろりとムルツを睨んだ。

「年に一度、交易船をつかわすのみ。船役人は港に一泊して翌日には戻ってくる。毛織物、塩、マステル銀でできた丈夫な器、装飾品を山積みにして。こちらから要求するものがそれだけだったからか？　むこうで出しおしみしていたからか？」

王は杯をのみほすと、手から離れるままにした。マステル銀の杯は、石床に転がったが、傷一つつかない。

「今日のあの衣装を見たであろう、ムルツ。アトリアにはない華麗さをまとって、公太子の美丈夫なことよ。護衛騎士たちの一糸乱れぬ立ち居ふるまいも、側近や大公夫妻の垢抜《あかぬ》けたたたずまいも、アトリアをはるかにしのいでおった。アトリアなぞ、ハスティアに比べたら土くれ同然。ハスティアこそまさに北方の美、北方の財力、北方の豊潤ではないのか？　アトリアという古い帝国の岩陰にあって、金銀宝石の鉱脈が育っていたのでは？　とすれば、何をわれらはなすべきぞ」

「ハスティアをわがものにするのですね！」

おのが頭の鋭さを自讃しながらムルツが顔をあげると、

「馬鹿者！」

と叱りとばされた。しかしその声には怒気はなく、

「早まるな、ムルツ。いずれはハスティアに軍を進める。だが、闇雲に乗りこんでどうするのだ。まずは敵を知れと奴隷教師に教わらなかったか？」

「は……確かに」

「弟たちを呼べ」

「う……あの二人を、ですか？」

「そうだ。おぬし一人の考えでは足りぬ。弟たちの提案も聞いてみようではないか。どのようにして敵を知るか。さて、誰が一番効率のいい現実的な案を出すかな。おもしろくなりそうだ」

ムルツは渋々立ちあがった。あいつら二人をこのはかりごとに参加させて、取り分が少なくなるのはおもしろくない。だが、父王の目が光っていては遮《さえぎ》りようがない。きっかけをつくったのはおれなのに。

まるで今の話では、父王が思いついたようじゃないかと、不満がふくれあがっていく。

5

結婚式の宴《うたげ》を待つあいだに、ジルはヴィーヴィンに火球のことを報告した。そのときはまだ、のちのち大事に発展するとは思っていなかった。ただ、フォーリの予感が、見すごしにはできない不吉を告げて、胸のあたりがざわざわした。ヴィーヴィンはヴィスマンに報告しに行き、少したってから戻ってきて、宴では油断しないようにとの伝言をよこした。

「ヴィスマンは、きみの処分はフォーリ協会に属するから、わたしに任せると言っていたよ。本来なら宴には出ず、待機処分だけど、相手は火の魔法を使う竜王だ。もし何かあった場合、フォーリでなければ対処できないことになるだろう。そうなったら、一人でもフォーリは多い方がいい。それにね、ドリドラヴが何かを仕掛けようとしているのであれば、どんなことだって理由になる。風で蠟燭《ろうそく》の明かりがゆらめいたことさえ、騒動の糸口になるだろうさ。ま、あんまり気に病みなさんな。目だたぬように、おとなしく、紛れていることだな」

襟をゆるめて汗をふきながら、ジルは、ヘレニがいてくれたらと思った。予見の才に秀でたヘレニであれば、おおよそのことを教えてくれて、対処方法もたてることができただろう。濃い霧の中に踏みださなければならない心持ちがして、冷汗がとまらない。

また何か起きるのではないかと、漠《ばく》とした不安を抱えながらも、槍をたてて仲間とともに新郎新婦を宴会場に導き、尊い方々の大卓の背後の壁に並び立つしかなかった。

新郎新婦が最も奥まった上座に並び、左にアトリア国王、その子どもたち、縁戚関係にある貴族たちが、むかい側にはハスティア大公夫妻、隣にウシュル・ガルと三王子、南のスポルやパパルといった小国の王たちが居流れる。葡萄酒《ぶどう》がふんだんにふるまわれ、先日の歓迎会よりは少しはましなご馳走が湯気をたてて並んだ。ジルのそばにはシュワーデンが立っていたが、さすがに今宵はへらず口をたたかないでおとなしくしている。一方、新郎新婦はぎこちない笑みをうかべながら、会話を交わして、国王や大公夫妻を安心させていた。

ジルは大公夫妻と公太子の境目に位置し、置物さながらに直立していたが、目だけはどうしてもドリドラヴの一行にむかってしまう。大口をあけて誰に遠慮することもなくキジ肉のかたまりにかぶりついているウシュル・ガルのそばで、これもまた煮汁をまきちらして白身魚を咀《そ》嚼《しゃく》しているムルツが気になって仕方がない。酒杯をのみほし、大きな垂れ目であたりを見回し――睥睨《へいげい》しているつもりなのか――大皿の上の木イチゴをわしづかみにして口に入れ、その酸っぱさに思わず吐きだし、口直しとばかりにまた杯をあける。ネアニが見ていないのが幸いだ。彼女はまっすぐに宙を見つめている。もしあれを目にしたらどんな形相になるかしれたものではない。

文化が違うのはわかっている。アトリアの奥地では、食器を叩くのが礼儀だし、最初のご馳走を壁に投げつけるのが最大の謝辞だと聞いていた。ドリドラヴでは、大口でむしゃぶりつき、食いちらかすのが、うまい料理への賛辞なのかもしれないではないか。……でも。口角が下がり、眉間《みけん》が険しくなるのはどうしようもない。

酒がまわって腹が満たされてくると、次第に会話の声も大きくなってくる。アトリア国王がドリドラヴの絹と綿をほめ、ハスティア大公がナツメヤシの実をはじめて食べたと言い、ウシュル・ガルが羊毛の出来と織物について語った。すると、それまで音をたてて皿の汁をすすっていたテーツが、指をなめなめ口をはさんだ。

「……ところで、あの護衛騎士たちの槍、あの槍もマステル銀のようだけど、マステル銀って腕環とか首飾りとか髪飾りに使うだけじゃないのか。ハスティアでは武具にも使っているということか？」

それまでぎこちなく流れていた会話が、せきとめられたようにやみ、一瞬の沈黙が訪れた。

それを破ったのは、カルツの、

「武具にも使うんなら、ぼくに剣をひとふり、つくってよ」

という声だった。

「マステル銀は強靭《きょうじん》で錆びないし、武具としては鋼《はがね》に勝るんじゃないの？」

テーツが追いうちをかけると、大公が咳払いして、

「あの槍先一つをつくるのに、一月ほどかかるのですよ、殿下。マステル銀は強靭なゆえに加工が難しく、力を加えるだけではなかなか」

「へえ。でも、だって、すごくいっぱい持ってるじゃん。こいつらの剣も全部、マステル銀なんだろ？　おれもひとふり、剣がほしいなあ」

「カルツ、おまえ、剣なんか扱えないだろ」

テーツが嘲《あざわら》う。

「いいじゃないか。腰にあるだけで、箔がつくってもんだ」

テーツとカルツのあいだで言いあいがはじまった。ウシュル・ガルはそれをとめようともしない。と、ムルツが椅子をおしのけて立ちあがり、こちらへ近づいてくる。ジルは目を伏せた。

ムルツは一人の騎士の槍先を指ではじいた。すんだ音がする。

「これは、楽器にもなるんじゃないのか？」

笑いながら次々に音をたてて、とうとうジルの前でとまった。乳香《にゆうこう》の甘ったるい香りに鼻がむずむずする。

「おや、これはこれは。昨日もわたしの気をひいた娘じゃないか」

気をひく？　誰が？　かっとして頭をあげると、あの火球が浮かんでいた。しかし、油断しないようにとヴィスマンに言われて、防御魔法の薄膜をはりめぐらせていたので、火球はジルの眉間にあたることなく、ぽんと音をたてただけで消滅した。さあ、ムルツが騒ぎたてたら、白を切ろうと肩を怒らせていると、

「おやおやおや！　父上！　ここに魔法を使える娘が紛れております！　これは父上の落とし子で？」

　わざとらしく大仰に腕をふりまわせば、ウシュル・ガルはふりむきもしないで唸った。

「馬鹿を言うな」

「しかし、魔法を使うようですよ」

　するとシュワーデンがたまりかねて一歩進みでた。

「おそれながら、殿下」

「何だ、おまえに発言を許した覚えはないぞ……。まあいい、言ってみよ」

「われらはフォーリと呼ばれる、魔力を制御する者です。誠に畏《おそ》れ多いことですが、ドリドラヴの王族の血筋などではございません」

　頭を垂れて最大限の敬礼をしながら言ってくれる。

「フォーリ……？　何だ、そりゃ」

　数人はなれたところから、ヴィーヴィンも踏みだして、

「ハスティアの大地に生まれた卑しき者です、殿下。殿下がお目に留めるような者ではございませぬ」

　ムルツはヴィーヴィン、マコウィ、シュワーデン、ジル、それからネアニへと視線をさまよわせた。それは今までの芝居と異なって、本当にとまどっているようだった。

「……おまえたちは皆、同族なのか？」

「フォーリという職業、とお考えください。血はつながっておりません」

「職業、だと？」

「左様です。大工のように、料理人のように、はたまた騎士のように」

「ハスティアには、魔法を使う者が、職人同然にいるというのか」

「職人同然でありますれば、無礼なふるまいは御容赦ください。お国の奴隷とは異なり、自由人でありますゆえ」

　ヴィーヴィンがひたすら慇懃《いんぎん》に、そして淡々と頭を垂れる。

「そうか」

比較的落ちついた声がムルツの口からもれた。ジルは助かった、とひそかに吐息をついたが。

突然、手首を強い力でつかまれ、不覚にも槍を床に落としてしまった。

「この娘、気に入った。おれと同等かそれ以上の魔法を使うとなれば、王子の妻としても不足はない。ちょうど結婚式が一つ終わったところだ、つづけてもう一つ挙式といこうぞ」

全員が息をのんだ。花婿が立ちあがり、下座からヴィスマンがやってくるのが見えた。ジルは黒と金の躍る大きな垂れ目をまっすぐに見すえた。冷静に対処せよ。だが、口からとびだしたのは、

「お断りします」

「大王に次ぐ王子の妻となるのだ。思いのままにくらすことができる。宝石、金銀、豪華なくらし。好きなように奴隷を使い、ほしいもの、食べたいものはすべて手に入る。これ以上の栄華があろうか」

「奴隷とどう違うのですか」

ジルは冷笑した。ああ、止まらない。誰か、わたしを止めて。

ムルツの垂れ目がつりあがった。

「望みどおり、奴隷にしてもいいのだぞ」

そこへ、ウシュル・ガルがあたりを払うようにやってきた。唸るように言う。

「この娘、いくらだ？」

ヴィーヴィンがひたすら頭を下げながら、

「おそれながら陛下、わがハスティアには人を売り買いする習慣はございませんので」

「売らぬ、と申すか」

テーツとカルツも野次馬のように近づいてきた。

「値をつりあげようというのでしょう」

テーツが横目で睨《にら》み、カルツも、

「わがドリドラヴに対して値の交渉をするとは、何と無礼な」

わたしは売り物じゃない。無礼はそっちでしょ、と叫ぼうとした刹那《せつな》、ヴィスマンの巨軀が

大王のそばにあらわれた。背丈はヴィスマンの方が少しばかり高いか。大王は横幅があるが、ヴィスマンのしまった身体つきは全身マステル銀におおわれているようだ。わずかに見おろす形で、重く響く声が言った。

「ドリドラヴ大竜王陛下にあらせられましては、異文化の尊重にも配慮してくださる広量と英智がおありと耳にしております」

「何が言いたい」

「ドリドラヴでは奴隷はあたり前、人の売り買いも日常のことでありましょう。したが、ここアトリアやハスティアでは、その習慣は絶えて久しいものとなっております。……およそ七百年も前に。従って、われらにはうけいれられる事項ではありませぬ。この者は陛下や王子殿下と身分に大きなへだたりはございますれど、自由人に変わりはありませぬ。畏れ多きことながら、われらは皆、自分の意思によっておのれの生き方を決める権利を有しております」

「そんなの、関係ないぞ。ぼくが決めたことがぼくのものになる」

と、カルツが叫んだが、まるでけたたましい愛玩犬がきゃんきゃん吠えているようだった。

　すると、同じように背丈のあるフレステル公太子がヴィスマンの脇に立ち、ヴィーヴィンも背筋をのばして王子たちを睨みつけた。ジルを囲むようにシュワーデン、マコウィ、ネアーが立ちはだかった。ヴィスマンが言った。

「困りましたなぁ、カルツ王子。それでは戦《いくさ》になります」

　海底の唸りのように、足元をゆるがすようなその声は、カルツを思わす退かせる。それでも面子が許さなかったのだろう、彼は、

「お、おう、上等だっ！　戦になれば、おまえたちの小さい島など父上の吐く炎でたちまち焼け野原になるわっ」

「やめよ、カルツ！」

　ウシュル・ガルが怒鳴った。肩で大きく息をすると、細く鋭い目であたりを睥睨し、

「婚礼の宴でする話ではない。もしこれが余の

宮廷であったのなら、ここにいる全員の首をはねていたところだ」

ムルツがにやりとして、

「では父上！」

つかんでいたジルの手首をさらに胸元にひきよせようとする。

「その方もだ、ムルツ。まっ先にこの騒ぎのもととなったその方を処分するぞ」

はっと力がぬけたところで、ジルはようやくその手をふり払った。

「礼儀もわきまえぬドリドラヴ人、と野蛮人扱いされたくはない。特に、ハスティアの公太子には」

驚いたことに、ウシュル・ガルはフレステルに目礼を送った。

「われらは互いによく理解する必要がありそうだ」

対して、フレステルは頰をゆるめ、

「そして互いに尊重しあう必要がありましょう」

と、和解の言葉を口にしながらも、さりげなく釘を刺した。

「そこで、どうであろう。わが国と貴国との交易を、もっとさかんにしては。戦よりも得るものは大きいと思うのだが」

「ごもっとも。戦をすれば、人命も財も失われます。交易であれば互いに利するところは多く、失うものはないに等しいでしょうな。そうは思わないか、ヴィスマン」

「皆の安堵も大きく」

ヴィスマンが身をかがめて賛意を示し、厳しい視線を三王子に順にむけてから身をおこした。虎に睨まれでもしたように、三王子は思わず身をすくめる。ジルはほっとすると同時に、溜飲《りゅういん》を下げた。ヴィスマンとフレステルの促《うなが》しで、王も王子たちも再び宴の席に戻った。シュワーデンが隣に並び、そっとジルの肩に手をおいた。ジルはまっすぐ前をみたままかすかに頷いたが、釈然としなかった。

ムルツに目をつけられたのは、わたしの責任ではない。そもそも、最初にからんできたのはムルツの方だ。式のときだって今だって、わたしはヴィーヴィンの言うとおり、おとなしくウサギのように縮こまっていたのに。なのにどうしてこうなる？　こんなの、理不尽っていうものだ。

あのとき、冷静に対処したところで、何か変わったとは思えなかった。どんな返事でも、ムルツは筋の通らないことを平気でおし通しただろう。それとも。わたしには、他にとるべき道があったのだろうか。すべてわたしのせいなのか？　わたしの存在そのものが悪いのか？　風にゆれてしまう蠟燭の灯と同じで。宴のあいだじゅう、ずっとそれを考えていたが、いくら考えても正しい答は見つからなかった。

あのとき、ヴィスマンが来ておさめてくれなかったら、どうなっていただろう。それを想像すると、ぞっとした。ふりかかった火の粉を払っただけだったにもかかわらず、その結果は戦という凄惨《せいさん》な道につながっていたかもしれないのだ。払った火の粉が、とんでもないところに飛び火して、さっきカルツ王子が脅したように、ハスティアの大地が焦土と化す可能性もあったのだ。ジルは帯の小袋に忍ばせた〈スナコガシ〉の骨片を意識した。

――それが砕けたりせぬように、心を使うのだ。

自分を抑えられなくなるのは悪い癖だ、とおのれに言いきかせる。もう二度としないと誓ったのに、やすやすと誓いを破ってしまう。心を使わなければ。自分をもっと律するのよ、ジオラネル。


「父上、なぜあそこで退いたのですか」

カルツが喰ってかかったのは、翌日、帰国の船上に落ちついてからだった。この三男坊――実際は、九男にあたる。ムルツより上の王子たちは、宮廷内外の陰謀で全員死んでいる――は、末っ子である特権を大いに生かして、父へ甘えることを武器にできる。

陽除けのかかった甲板に、葡萄酒や果物を並べた卓をしつらえさせて、ウシュル・ガルと王子たちは身構える必要のない宴をひらいていた。ウシュル・ガルは細い目で王子たちを見まわした。この三人が生き残れたのには、わけがある。当人たちは、自分たちの能力と策略の賜《たまもの》だと思いこんでいるが——思いこませておけ——、半分はウシュル・ガルの意向による。ムルツは一番、若き日の彼に似ていたし、カルツは末子の傍若無人さ、彼をおそれないふるまいが心地よい。まん中のテーツは上と下の緩衝材だ。小蛇が三匹であれば、互いの尾をかみあって、ウシュル・ガルにむかってくる気遣いはない。当分のあいだは。そして、謀略や暴力や恫喝《どうかつ》に長けてはいても、他者への共感性や洞察力が致命的に欠けているこの三人であれば、「当分」は長くつづくだろう。つまりは、ウシュル・ガルの玉座も長く護られていくということだ。

拍子をとるくぐもった銅鑼《どら》の音と、重いオールを漕ぐ奴隷たちの呻きが聞こえてくる。船は順調にアトリア湾から〈満てる海〉へと漕ぎ出した。夏だというのに風は冷たく——まったく、アトリアという国の寒さときたら！　暖炉に火が入っていてさえ、あの薄暗くて陰気な室内は、暖まったためしがなかった——、ときおり水飛沫《しぶき》が足元をぬらすが、空は青く海は穏やかだった。

「戦になったって、かまわなかったではないですか」

と言うのへ、王は、

「その方はどう思う、ムルツ」

と長男へ顔をむけた。

「わたしもそう思います。われら三人でハスティアなどたちまち征服してお目にかけます」

「テーツも同じか？」

「おれですか……うぅん、そうだなあ、……まあ、そうかな。でも、最後のとどめは父上でしょ。竜になって全土を焦がし、父上の力を知らしめるいい機会かと」

心にもない世辞だとウシュル・ガルは見ぬいているものの、悪い気はしない。それに、竜になれるのは本当だが、全土を焼き払うほどの体力はない、などと教える気もない。

　ウシュル・ガルは、ドリドラヴが都市同士で相争っていたころに、平原のまん中で生まれた。まばらに草の生える荒野を、母なるシルギト河が流れていた。その水で小麦畑を灌漑《かんがい》し、畑もろとも日干し煉瓦《れんが》の街壁で囲ったクロヴの町が、曽祖父の代に確立した領地だった。

　周囲を馬でひとまわりするにも、半日はかかると称された街壁は、曽祖父が竜に変身して炎を吐き、焼き固めたものだと伝えられていた。曽祖父は少年のころから大柄で狡猾《こうかつ》だったという。南方へ冒険して、砂漠の地下に棲む竜を屠《ほふ》った。それについては、華々しく雄々しい冒険譚がいくつも語られ、歌われている。竜の首を切り、流れる血をのんで、勝利の証にしたと。血をのんだ数年後に、曽祖父は竜に変身し、同時にいくばくかの魔力を得たという。歌われていない闇の部分がある。そう直感が告げた。曽祖父は、おそらく、敵をだまし討ちにしたのだろう。おのれの中に同じ血が流れている。だから、わかる。

　その後、竜になる力と魔力は、曽祖父の血をひくものすべてに引き継がれていった。しかし、実際に竜に変身できた者は、ほんの一部だったらしい。変身できても、皆、馬ほどの大きさであった、と。ウシュル・ガルは、父が竜になる瞬間を目の当たりにしたことがあった。階段宮殿と同じくらい巨大であったという曽祖父と比べれば、何ともお粗末な――お粗末で醜悪な生き物だった。

　それでも、竜は力である。竜になれるものが長になる資格を得た。資格を得た者同士が殺しあい、権力の座を奪いあった。大叔父が娘に敗れ、娘は兄に寝首をかかれ、兄は息子に、息子は従姉妹に、従姉妹はウシュル・ガルの祖父に殺された。ウシュル・ガルは、そうした一族の争乱を、幼いときから肌で感じて育ってきた。祖父が七番めの妻に毒殺されて、その妻を父が焼き殺し、長となったのも束の間、招かれた宴の席で刺殺されたとき、ウシュル・ガルは二十一の若者だった。襲ってきた敵の一団を迎え撃ち、大剣をふるいながら、奇妙な感覚にとらわれていた。

――いつまでこんなことをつづけるのか。

――血族同士で相争った末に、いったい何が生まれるというのか。

すると即座に答えがたちあらわれた。

――これは、淘汰《とうた》だ。傑出した偉大なる者を生みだすための。

――それは、われか。われ以外に、誰がなり得ようぞ。

どこから来た確信か、彼自身わからなかった。ただ、直感したのだ。尾骶骨《びていこつ》から一本の炎の柱が立ちあがって、脛骨《けいこつ》の最上部に達し、後頭部ではぜたのだ。無数の星が炸裂したのちの闇の中に、うっすらと白茶けた大地がせりあがってきた。それは、大地の根元からシルギト河が悠悠と縦断して、竜頭半島に至り、〈満てる海〉に滔々《とうとう》と注ぎこむ、ドリドラヴ全土だった。彼ら一族の領地クロヴは、その片隅にちぢこまる、ただの染みに見えた。曽祖父の焼いた街壁も、階段宮殿も、砂粒の一点にすぎなかった。

それに対して。

南に広がる果てしない密林、西には砂漠と荒野、その方面には、さして食指は動かなかった。比して、〈満てる海〉の東を遮《さえぎ》ってのたうつアトリアには息をのんだ。さらに、北には大きな島が、横たわっているではないか。

……気がつけば、館の階段に頭を下にして転がっていた。周囲ではまだ争いがつづいている。炎と煙のあいだに、暮れゆく蒼玉《サファイア》色の空が、金色の三日月をあやしていた。その月影が、両目に落ちてきた。すると、

――こんなつまらぬ争いをしている暇はないぞ。

――全土を我がものにするに、十年。国力を養うに十年。権力を不動のものにするに十年。

――それから、広大なアトリアを平らげる。五年だ。

――アトリアの次は、その南の四国を制覇して、北に浮かぶあのひょろ長い島を手に入れる。こ

れで一年。〈満てる海〉の覇者となる。

――これは、おもしろい腕試しだ。〈満てる海〉の王！　なんとすばらしい響きだ！

背骨がかっと熱くなった。身体中の骨がめきめきと音をたてた。ちょうどそのとき、二人の敵兵が駆けてきて、剣をふりあげた。しかし、二人は剣もろとも、固く大きな何かに弾きとばされた。

ウシュル・ガルは、階段宮殿より大きな竜と変じていた。長い尾で無造作に館の半分を打ち砕いたのちに、馬三頭分の翼を広げ、飛翔した。三日月を刻んだ両目で、眼下を一瞥《いちべつ》した。

――なんとちゃちな町だ！

階段宮殿を中心に、家々がひしめいている。泥で固めたそれらは、さながら穴のあいたチーズのよう。ちまちました迷路じみた路地、人工池は沐浴場と洗い場と水汲み場がいっしょくたで濁《にご》っている。それでも裕福なものの家の中庭には、緑が散見できる。町を囲む麦畑が、白茶けた顔をさらしている。シルギト河だけが、悠然と大きく流れている。

ウシュル・ガルは、父をだまし討ちにした義兄の館へひとっとび、敵も味方も区別なく、炎を吐いて灰にしてしまった。その後、踏みつぶすように階段宮殿の屋上に降りたち、街の人々の右往左往する有様をながめ、ながめているうちに目をとじ、気がつけばもう翌朝だった。

その後、ドリドラヴ全土の制圧にのりだし、幾多の町を征服したが、竜に変身したのは数えるほどしかない。大勢が彼に従い、有能な指揮官を抜擢すれば、彼らが手足となって動いてくれる。竜というありがたみは、いざというときに使うものだ。それに、変身のあとの疲労感がすさまじい。年とともに、その度合いは大きくなっていくようだった。

ともあれ、全土で最も大きな町、ドラヴを制圧したあと、大王を名乗った。ドラヴにあったすべてを打ち壊し、新しい都市を造った。設計士、建築士をかき集め、粘土で模型を作った。最優先は、下水道の整備だった。故意に、上水道は造らなかった。井戸を設け、洗い場と沐浴場と水汲み場を別にした。日干し煉瓦の家々は、すべて中庭を持ち、涼しく、平らな屋上と空気抜きの穴を備えて、この景観だけはやはり穴のあいたチーズをまぬがれなかった。

都市の中心の丘を利用して、八角柱を五つ重ねた宮殿を造った。八方から階段が屋上まで走る壮麗な建築物だった。一見、攻めやすく思われるが、実際には、敵はまず、大通りからたくみに導かれて路地に入りこみ、迷路をさまよう。さまよったあげくに、ようやく階段にとりつくが、急坂をどこまでも登っていかねばならない。五階あたりの踊り場で、息を整えようと足を止めれば、味方の槍一突きで、あっけなく最下層まで転がりおちるだろう。

この、威容を誇る宮殿の下に、ぞくぞくと人が集まってきた。

様々な職人、兵士、行商人。金貸し、楽人、理髪師、藪《やぶ》医者、産婆、香料売り。大道芸人、奴隷商人、羊や野良犬や猫も一緒に入りこむ。

男たちはしなやかに織った麻布をまとい、ふくらはぎまでの裾の広い腰布《スカート》をまき、足さばきのいいサンダルで闊歩《かっぽ》する。女たちは絹や綿で織った色彩鮮やかな上衣に、裾のつぼまったスカートを着る。身体中に黄金や銀を飾り、黒髪、赤髪には、螺鈿《らでん》や真珠《しんじゅ》や翠玉《エメラルド》がきらめいている。乳香、没薬《もつやく》、伽羅《きやら》の香りが入り乱れ、唐辛子、丁子《ちょうじ》、ウマゼリ、桂皮《けいひ》が、金貨と交換される。鞭が風を切ったのにふりかえれば、太い縄をつけられた奴隷たちがうつむいて歩いていく。その足にかみつこうと、野良犬がまとわりつき、埃が舞いあがる。自由気ままな様子なのは、小さく黒い窓辺で昼寝する猫くらいなものか。牛や羊の群れの後ろには、彼らの落とし物を拾って燃料に売る貧しい家の子どもたち。

——余の都ぞ。すべてを治めるべく定められたのは、この竜王ぞ。

大いなる力の下、集められたのは、繁栄、富、鷹揚《おうよう》さ。葡萄のようにおしつぶされて醸《かも》されたのは、専横、貪欲、驕慢《きょうまん》、怠惰《たいだ》、頑迷。混沌として都の空に渦巻き、やがて上澄みと澱《おり》とにわけられていく。澱は井戸底にたまり、地下水脈を通って全土へと汚染を広げ、とある一点で凝集し、くすぶる不満に変化した。ウシュル・ガルにとってかわりたい野心の者、都の富を奪おうという者、正義を唱える者、自立自由を叫ぶ者、平等公平を信じる者がひきよせられて反乱の炎となった。遠く北の都市からおこって、たちまち半島を席巻する勢いだった。はじめのうちは高をくくって一個師団の軍隊を送ったが、敵将の采配が見事だったがために戦が長びいた。長びけば、呼応して兵を挙げる身の程しらずも出てくると危惧し、竜になった。優秀な敵将もその側近も、攻めあぐねてもたもたしていた自軍の兵も、炎を吐いてひとまとめに片づけた。身の内にたまっていた熱いものが一掃されて、身軽になったあの爽快感ときたら。だが、そのあとがいけなかった。腹の中が空洞になって、どこへでも行ける気分で滑空し、全能感に満たされてドラヴの八角宮殿におりたった直後、身体がうらなりの瓢簞《ひょうたん》のようにしなびていくのを感じた。どうしたことだ、これほどひどいことになったのははじめてだ。翼が折れ、爪が割れ、手脚が縮んだ。首をもちあげる力を失って、屋上に横たわったまま夜を迎えた。臣下たちは指示を待っておろおろと、ただ走りまわるばかり、呪術師も役にたたず、やがて夜がふけていった。遅い月が昇ってきたのは深更のころか。星々を打ち払うようにしてしずしずと下弦の姿をあらわし、控えめな光をこぼした。その一滴一滴が、竜の皮膚にしみて、干からびていたウシュル・ガルを潤した。やがて、曙《あけぼの》が黄金のマントを広げ、高らかな喇叭《らっぱ》を鳴らして闇を打ち払っていくと、月はうつむいたまま力を失い、天空をさまよう澱となったが、ウシュル・ガルはやっと人の姿をとり戻し、よろめきながらもおのれの足で立っていた。

——月は余を癒やし、力を復活させる。ならばあの月、わがものにできないか。

すべてのものを癒やすとは考えない。あれは、おのれのためにある、と考える。それなのに、いまだ天空をさまよっているとは。いつか必ず、あれをわがものにする。さすれば、アトリア、ハスティアなどは言うに及ばず、上等な絹や豊富な食料をもたらす西方の国々も、謎に包まれた北方の民の大地や牛やワニやヒョウの闊歩する南の国々も、すべてわが足元にひれ伏すだろう。余は世界の帝王、空さえ統べる神となる。

そうだ、余が神となればよい！　さすれば、他の者はすべて、余に奉仕すべき存在となろう。そう、そのように全土に布令《ふれ》を出すのだ。余が法であり、余の血を引き継ぐ者のみに、神の血も引き継がれる、そう喧伝《けんでん》しよう。神であれば、竜の魔力を有しているのも当然と、皆疑いもなく首を垂れるに違いない。

民はすべて竜王のもの、と信じこませた。民の自由は、ウシュル・ガルの認めた者にだけ与えられるとした。あとはすべて奴隷とし、反乱の芽が出る可能性は格段に低くなった……。

「父上？」

回顧に浸っていたウシュル・ガルは、細い目をうっそりとひらいた。

「……よくわからぬ力がハスティアに蠢《うごめ》いておる」

「フォーリ、と申しておったあやつらですか」

ムルツが歯嚙みした。

「われらの力で、おしつぶしてしまえますよ」

竜になったときの全能感は、代償を要求した。挫折を知らなかったウシュル・ガルは、あのとき大いなる真実を学んだのだ。

「少し慎重にならねばならん、ムルツよ」

冷たい視線を長男にむける。

「その方でも、幻惑されたとなれば」

ムルツは額まで赤くして言いかえした。

「あれは……油断したのです！　よもやわれら以外に魔力を扱える者がいようとは思ってもいなかったので」

「そこよ」

ウシュル・ガルは宮殿の飾りに使われている石像の首ほどもある顔を近づけて言った。

「油断すれば足をすくわれる相手、ということぞ。しかもきゃつらの魔法がどんなものでどのように作用するのか、皆目わかっておらぬ」

「さっすが父上！　まったく、おっしゃるとおりだ！」

とテーツが卓を叩き、カルツがイチジクを頬につめこみながら、

「いっぺんで全部灰にしちゃえばいいのに」

こいつは何を聞いていたのだ、とウシュル・ガルを呆れさせる。長男は怖いもの知らず、次男はおべっかつかい、三男は聞く耳をもたず。ああ、そして三匹とも脳味噌の中味はまったくの小蛇だ。後継者への不安が漠然と胸に広がるのを、ウシュル・ガルは力業でおしつぶす。良いのだ。余が生きつづける。余がこの先も君臨する。この三人のうちいずれかが、第二の余となって大王の座につくまであと三十年、否、五十年。そのころにはドリドラヴは世界の覇者として月をも手中にし……そうだ、そうなれば余は不死身となっているかも知れぬではないか。

さすれば、何の心配もないことになろう……。

「先日、話しあったことを覚えておるか？」

「何だっけ」

「……ああ、あれね」

カルツは甘え、テーツはわかっているふりをした。ムルツだけは、

「敵を知れと、申されたのだ」

とかろうじて記憶にあったようだが、何だよ自分だけ偉そうに、長男だからおまえらとは格が違うんだ、偉くて悪いか、中味がともなわなきゃ本当に偉いとは言えないんだ、と三人で諍《いさか》いあう。

「やめんかっ」

ウシュル・ガルの一喝は口をとじさせたものの、下の二人は、まだ肘でつつきあいをしている。

「交易の回数を年四回に増やすことで合意した。綿花、犀竜《さいりゅう》の皮革をこちらから、ハスティアからはマステル銀の加工品、塩、織物。奴隷は断られた。奴隷が売れればいい商売になっただろ

うに。……まあ、いい。交易商人の中に幾人《いくたり》かわが血筋のものを紛れこませる。簡単な魔法を使う身分の低い者たちだ。目くらましの術でハスト人になりすまし、かの国の深部に入りこみ、交易船に情報を託させる。さすれば、かのフォーリの詳細、ハスティアの弱点、マステル銀の加工の仕方など、すべて手に入ろう。その後にフォーリを操るもよし、弱点をつくもよし。余が竜になればいっぺんに片もつくが、その方どもの存在も臣下や豪族に知らしめておかねばならぬ。よいか。戦は数年後と心得、それまでに技と力を磨いておけ。三人相争っている暇はないぞ。互いに補完しあうことを考えよ」

三人の王子はとまどい気味に顔を見あわせた。

「ホカンって何?」

テーツの囁《ささや》きが宙に浮いた。

『ハスティア地誌』より

……わが国において自慢できるものは多々あれど、他国にない特異な組織、仕組みの点では、ハスト鷹による通信手段があげられよう。ハスト鷹は小型の猛禽《もうきん》類で、飛距離は長く、速度も群をぬく。都ハストの養鷹場で生後まもなく訓練が開始される。獣と相通ずるに長じたフォーリと専門の鷹匠《たかじょう》が、年間十数羽を育成する。

これらは、フォーリ間の連絡に放され、安否の確認、重大事項、緊急事態などにおいて、馬を使った駅伝の上位に位置する。従って、比較的大きな町には、獣との感応性の高いフォーリが最低一人は配置される。

とはいえ、不測の事故に遭遇することも稀にある。嵐に巻かれて、より大型の猛禽類に襲われて、もしくは心得違いの者の手に落ちて戻ってこない、など。

フォーリが感応遮断に及んだとき、あるいは意識を失ったときに、連絡がつかなくなることがままあるが、それも、長期にわたることはめったにない……。

……フォーリの種類について語ってきたが、ここに一つ、現存しないフォーリについて記載しておく。国土統一戦ののち、姿を消したフォーリたちである。詳しくは伝えられていないが、獣やイリーアとの共感性が高く、フレステルI世の命によって、獣を使って敵を殲滅《せんめつ》したこともあるという。現フォーリの中にも、その力を持つものは稀にいるが、彼らには及びもつかないと言われている……。

――東方研究録　ペルタス共和国　パイザル著より

6

大公国一行の帰りの船は逆風だったが、具合よく潮流にのって、往路より短い時間ですんだ。オクルの港から川舟に乗りかえてオーカル湖をわたり、ハスト丘陵のとば口で馬に乗り、山道を登っていく。四年前に兄グロガスにつれられて、この同じ道をたどったことを思いだした。あのときと今、自分の中の何が変わっただろう、とジルは顧みる。アトリアで制御に失敗したことが、いまだに重くのしかかっていた。救われるとすれば、〈スナコガシ〉の骨が、まだ小袋の中で形をしっかり保っていることか。ではあれは、大きな失敗ではなかったのだ、と自分を慰めるが、森の中で同じ景色をずっとながめていると、また、忸怩《じくじ》たる思いが息を吹きかえしてくる。

独《ひと》り、と〈月ノ獣《けもの》〉が久しぶりに鳴く。すると、カルステアの姿があらわれる。彼女の元気な声が、あっけらかんと、「考えたってムダなことは考えちゃだめよ、ジル。あんたってば、本当に真面目なんだからっ」と悩みを吹きとばし、ついでに〈月ノ獣〉を片手で巣の中におしもどしてくれる。

……フレステル公太子や大公夫妻は騎馬だったが、花嫁は小さな馬車に乗せられ、お付きの侍女侍従世話人はぞろぞろと徒歩で進まなければならない道のりだった。少しずつ彼らの表情が険しくなって、ぶつぶつと不満もきこえてくる。二日めの夕刻に馬車からよろめき出てきた王女は、森の宿屋に入ったきり、出てこなくなった。

「あっちは、まだ野宿でないだけましだよなあ」

シュワーデンがうらやみながら、以前誰かが掘った地面の竈《かまど》に、焚きつけの小枝を折って入れる。ジルが火をつけると、くれなずんでいたあたりの影が急に濃くなった。ネアニとマコウィが、集めてきた薪をその上に重ねる。火はたちまち勢いを得て、木の皮から火の粉が散る。

その、一瞬一瞬で変わる炎のゆらめきを見つめながら、ジルは小さな笑いをもらした。

「何だ？　どうした？」

「はじめて野営の実習をしたときのことを、思いだしていた」

「ふうん？」

「シュワーデン、あなたはウサギの皮はぎでぶつぶつ言い、ヘレニは泣きべそをかいていた。カルシーは内臓がどうの、心臓がどうのと喜んでいたし、わたしは……粗朶《そだ》に火をつけるのに、魔法を使っていいのかどうか、悩んでいた」

「ああ……〈フォーリ憲章〉をもちだしてきて、これは善きことなのか、人のためになることなのか、それにあてはまらないんであれば、普通に火口を使わなければならないんじゃないかって、さんざん理屈をこねくりまわして、皆を困らせた、あれだな。まったくお堅いことお堅いこと」

「ヨシュガンと口論していたら――」

シュワーデンも小さく吹きだした。

「そうだ、二人して声をはりあげていたら、ソルムがさっさと呪文を唱えて火をつけて」

「ヤーナナが薪をくべて、わたしもヨシュガンも口があいたままになって――」

「おいしくウサギの焼肉を食べましたとさ」

「あんまりおいしくなかったよ。かたかったし……」

「一口ずつしか行きわたらなかったしな」

「百年も前のことのような気がする」

「平和だったよな。それで……この旅で、おれたち、少しは成長したかな」

ジルは、南の国の熱気をまとったウシュル・ガルの体軀を思いだした。ムルツの臭気芬々《ふんぷん》たる息を思いおこし、自制できなかったことをまた考えた。それでも、口では、

「うん。少なくとも、魔法で火をつけるべきかどうか、悩まなくはなった」

と言い紛らわすことはできた。

護衛騎士の一人が、宿屋から大鍋を中味ごと

もってきて、竈の上にかけてくれた。

ネアニが、ミルクたっぷりの鹿肉シチューよ、とお玉でかきまぜながら言い、ヴィーヴィンがそれぞれに木鉢とスプーンを配った。香草のたっぷり入ったシチューは、

「うん、これぞ故郷の味だ」

とシュワーデンを満足させ、

「バターつきパンがあれば言うことなしだが」

マコウィが頷き、ネアニが、

「葡萄《ぶどう》酒はあるわよ」

と腰の後ろから袋を出してみせたので、歓声があがる。

満腹して身体もあたたまり、寝袋の準備をしていると、宿の方から誰かが出てきた。あちこちの竈に何かを聞いていた様子だったが、ジルが寝袋にもぐりこもうとした直前に、その人物は駆けよってきた。

「あの……フォーリさんたちは、ここにいますか？」

少女の頼りなげな声に、皆、ぱっと顔をむけた。シュワーデンが薪を足すと、灯りにふっくらした若い頰がうきあがった。臙脂《えんじ》色のお仕着せの長衣にマントをひっかけて、髪は両耳の上で団子にしている。ジルと同い年くらいか。花嫁についてきた侍女の一人だった。

「わたしたちは皆、フォーリだが。何かせっぱつまった様子だね。どうしました？」

相手が誰でも慇懃《いんぎん》にふるまうヴィーヴィンが答えた。

「あの……どなたか、治癒の魔法を使ってはくれませんか？」

「誰が病気なのです？」

「あの……いえ……病気では……」

言いにくそうにうつむき、灯りの中でも耳まで真っ赤になるのが見えた。

「その、王女様……いえ、公太子妃様が、その……腰を痛められたようで……」

ああ、と異口同音の声が漏れた。あの、板一枚でできたような狭い馬車の中で二日もすごせば、足腰が悲鳴をあげて当然だ。騎馬でさえ、

内股ずれに苦しむことはよくある。マコウィが合切袋をさぐりながら、

「われらフォーリが呪文を唱えれば、たちまち痛みがひく、傷も病も癒える、と言えたらどんなにうれしいか」

と言い、ジルの方に小袋を放ってよこした。ヴィーヴィンも頷いた。

「そうですよ。でも残念ながら、そういうことはないのです、お嬢さん」

「お嬢……お嬢さんだなんて……。申し遅れました、わたくしロウルアンと申します。フォーリをさがしてくるようにと申しつかったのですけれど……」

「治療はできますよ、ご心配なく。ただ、あなた方アトリアの人が思い描くような魔法ではない、ということです。われらは治療を専門とするフォーリではありませんので。完治までは時間がかかるけれど、症状をやわらげることはできますな。それでよろしいか？」

「公太子妃様の苦痛が少しでもなくなるのであれば……」

「フォーリ・ジルが参りましょう」

マコウィがうけあった。ジルにしてみればそれは命令だった。

寝袋にうらめしげな一瞥《いちべつ》をくれて、小袋を片手にジルは立ちあがり、

「ロウルアン。わたしが行きます。ジオラネル。ジルと呼んで」

「あ……それではわたくしのことは、ロウラと」

年の近い二人は、並んで歩きだすだけで、たちまち仲良くなる。宿屋までの短い道のりのあいだに、ロウラはこのたびの結婚にあわせて、急遽《きゅうきょ》宮廷に召しだされた商家の娘だとわかった。

「あたし、本当は今頃は、冬用のブーツを裁断していたはずなのよ」

ロウラは大きな靴屋の四女、姉たちは皆嫁いで、家には両親と二人の兄、それと十人ほどの使用人がいるという。

「宮仕えはなれなくてさあ。今夜のことだって、他のお姉様方、暗いお外に出て男たちのあいだ

をうろうろしたくなくて、あたしにおしつけたのよ」

笑うような話ではなくても、この年頃の娘は何でもおかしがって、ころころと笑う。ジルにはまだ、その気分が訪れていないが、カルステアやヤーナナが以前そうだったことを思いだしていた。

「冬用のブーツがほしくなったり、今はいていいるやつの修理だったら、あたしに声かけて。材料さえあれば、作ってあげるよ」

宿に一歩入ると、ロウラの態度はあらたまった。両翼を広げた二階建ての農家風の宿屋は、左右に公太子側と妃側に住み分けて、妃側には三十人もの侍女たちが、今日の後始末と明日の準備に忙しく立ち働いていた。ロウラが階段下に陣どっている年嵩《としかさ》の侍女にジルをひきあわせると、上階に案内された。ぞんざいではなかったが、恭しくもない冷然とした態度で、大きめの部屋に導かれれば、寝台で涙ぐんでいる栗色の髪の色白の婦人が、公太子妃だった。

顎先が細く、覇気《はき》のない目元の、フレステル公太子より二歳年上の二十七歳。ジルは促《うなが》されるままに進みでて、腰痛をやわらげる薬草で湿布を作り、薬効が高まる魔法をかけることはできると説明した。

「フォーリはなんでも解決できると誤解されがちです。されど、われらの力は月と大地が与えてくれる力、その力を借りて善きこと、人のためになることをなすように定められているだけで、全能なわけではありません」

「そんなこと、どうでもいい」

ぐすぐす洟《はな》をすすりながら、マナラン妃は言った。百舌《もず》の金切声のように甲高かった。

「この痛いの、何とかしてちょうだい」

そこでジルは手早く、薬草を煮つめ、冷まし、布にしみこませる。ありがたいことに、侍女たちは心得ていて、焜炉《こんろ》や煮皿などの道具を準備してくれた。そのあいだじゅうも妃は泣きごとを言い、寝台の上で七転八倒している。骨でも折れたのだろうか。いや、馬車にゆられていただけで、骨を折るはずもなく、また骨折していたなら、こんなふうに動くことはできないはず。沸騰《ふっとう》した湯に乾いた薬草を砕き入れながら、ジルは患者の様子に耳をすませた。泣きごとは、アトリアの地方の方言もまじっていて、よくわからない部分も多かったが、

「何でわたしがこんな目に」

「家に帰りたい。こんなとこ、いや」

「虫だらけでエリカの花も咲かないなんて」

「ずっとふりをしてなきゃいけないの？」

などなどは聞こえてきた。その都度、さっき階段で待ちうけていた年嵩の侍女が、落ちついた声でなだめている。

泡だつ皿を凝視しながら、ジルはげんなりした。こんなのが、公太子妃？　どこの王女様か知らないけれど、結婚の話がもちあがってから一年？　二年？　そのあいだに心を決めてこなかったの？　どんな女だって、結婚という大きな生活の変化に対する覚悟ってものがあるはずなのに。

大きく息を吸って心を落ちつかせる。決めつけは良くない。複眼的にものを見るべきだ。訓練を思いだす。それに、この苛《いら》だちには、就寝を邪魔された恨みも含まれているようだ。私情は捨てる。制御せよ。

「おまえは秀才だよ、フォーリとしてはな」

少し前に、シュワーデンにそう言われたのを思いだす。

「だがな、人としてはひよっこだ、まだまだまだ。まず、軽蔑するのをやめろよ。相手を知りもしないくせに。おまえ、十六年分しか生きていないだろ？　ネアニは三十四年分、おまえの倍以上人生を経験している。ヘレニは六年分、おれだっておまえより四年分多く生きている。おまえ、この四年でどんな経験をした？　それ考えたら、人の一年分の重さがよくわかるってもんだ」

〈スナコガシ〉を殺し、しょっちゅう魔力を暴走させ、家族を心配させ、フォーリの訓練所に入り、〈真実の爪〉とも対面し、新たな仲間を

たくさん得て、様々なことを学び、失敗もたくさんやった。その痛みや後悔はおのずと、他者への共感に育ち、怖がりヘレニが怯えるのを、冷笑ではなく同情で迎えいれられるようになった。

「心だよ、ジオラネル。何事をなすにも、心が大事なのだ」

ヴィーヴィンがくりかえしていたことが、ようやくこの頃、本当にわかってきてもいた。しかし、〈月ノ獣〉は執拗《しつよう》に、独り、と呟く……。

皿の湯が蒸発してかなり少なくなってきた。ジルは呪文一つでそれを冷まし、生成りの布を浸し、また効力倍増の呪文を唱え、薬草を育んだ大地と月の光に感謝しながら侍女に手わたした。部屋中に森と大地の香りが満ちる。

そう。この公太子妃だって、ふってわいた結婚話にどれだけ動揺したか。本当の王女でないのならなおさらのこと。フレステルが同性愛者だと知って嫁いできたのか、それとも知らないできたのか。どっちにしろ、ジルであれば、人生を滅茶苦茶にされたと感じるだろう。国家の犠牲になって一生を終える女性には、やさしくしてさしあげなければ。

年嵩の侍女が、妃をなだめなだめ、湿布をしたようだ。いっとき、泣き声がやみ、またすぐに、治らないじゃないの、とはじまった。もう少しお待ちなさい、そんなに急に痛みがひくはずもありませんよ、と年嵩の侍女は半ば叱りつけるように教えていたが、やがて、効果があらわれてきたのだろう、

「……少し、楽になってきたみたい」

ジルは残りの浸出液に新たな布を浸して、数時間後にとりかえるように他の侍女に伝え、ようやく部屋を出た。階段の上で待っていたロウラが、ぴょんと跳ねてついてくる。

「うまくいった？」

「ええ。そう思う」

「そうか！　良かったねえ」

宿の外に出ると、梢《こずえ》のあいだに星々がきらめいていた。秋も迫り、空は高く、夜は寒い。預

かってもらっていたマントを羽織りながら、にこにこしているロウラに小声で尋ねた。

「ねぇ、お妃様って……どこにくらしていたの？　エリカの花のことを話しておられたから、ちょっと気になって」

「あたしもよく知らないけど……ワルトの町からはずれた館にって、ちらっと聞いたことがあるなあ」

ロウラは首を傾けて記憶をさぐった。

「でも、深窓の令嬢よねえ。泣き声、だだもれ」

肩をすくめ、くすっと笑って、

「切り傷ひとつ、肉刺《まめ》ひとつ、つくったことないんじゃないかしら。楽して生きてきたんだなあって思っちゃう」

「うらやましい？」

「まっさか！　申しわけないけれど、ああはなりたくない。あたしは、したたかに生きていきたい方だわね」

その言葉にジルもようやく笑顔になって頷いた。人はそれぞれだ、と冷静に思う。妃には妃の事情があり、同情すべきなのだ。

翌日の夜もまた、治療に呼ばれた。公太了妃はさすがに涙ぐんではいなかったが、眉間に縦《たて》皺《じわ》を刻んで、ぶつぶつ不平を呟いていた。年嵩の侍女――フェンナという名で、妃がまだ幼いときからずっと側仕えしていたと、あとで漏れ聞いた――が、これしきの痛みなら、普通にしていても大丈夫ですよ、と遠慮なく言うのを耳にして、物が言える側人がいるというのはいいことなのだろうと思い至った。少なくとも、妃は、ただ甘やかされて育ってはいないらしい。

治療を終えて宿を出ると、ロウラが駆けよってきた。

「これをあなたに渡すようにと言われたわ」

むきだしの金貨一枚を手のひらにのせようとする。ジルはあわてて手をひっこめた。もらえない、と断ると、どうして、と尋ねてくる。

「フォーリは万人のために働く。その魔力を人人のために使う。そう定められている。だから、報酬は必要ない。そう御主人様に伝えて」

ロウラはしばらくぽかんと口をあけていたが、

「……ただ働きを強いられているの？」

とおずおずと聞いた。ジルは面食らった。そうじゃない、給金は支給されている、ただ給金以外に魔力で報酬を得てはならないと決められている、と説明したが、独裁政権の下に長くくらしているアトリアの人には理解できない部分があるのだと、ぼんやりと感じた。とにかくそれはかえして、と両手を顔の横まであげて言うと、ロウラは渋々金貨をおさめた。

「明日にはハストに着くのよね。……また会えるかな？」

踵《きびす》をかえしかけたジルは、立ちどまった。

「公太子妃や侍女方の具合が悪くなったら呼んで。仲間もつれていくから」

そう答えたのは、ロウラの声が心細そうだったからか。考えてみれば彼女にしたって、突然呼びだされ、特訓をへて、王女付きの侍女に召されたのだ。慣れ親しんだ家族や職とひきはなされて、豪商の家柄で名誉な抜擢と世間では言うかもしれないが、本人にしてみれば、おのれの意志も顧みられず、知りあいの一人もいない場所に放りこまれ、あげくに異国の地にこれからくらさなければならないとは。わたしだったら、癇癪《かんしゃく》をおこして脱走するかもしれない。仕方なく家を出たものの、ハストまでは兄グロガスがついてきてくれた。訓練所では最年少だったことが幸いして、皆が面倒をみてくれた。ああ、皆じゃないか。わたしを嫌う者もいたけど、まあ、それはいいとして。わたし自身、ハストのペネルを嫌って、さんざん反抗してきたし。

「靴ももっていく。必要な材料があったら買っていくよ」

ロウラは満面の笑みになった。

耐えきれそうもない試練にあうと、誰しもが思うことがある。

——なぜ、わたしだけが、こんな目にあう。

——どうして、おれに限って、こんなひどいことがおきるのだ。

マナランもそうだった。

エリカの花の群れ咲く丘が好きだったのに。冷たい風に吹かれて、波だつ銀青色の海をながめるのが好きだったのに。
十五、六になったころから、結婚話が頻繁にもちこまれるようになっていた。
「ゼッテバの領主の甥御さんよ。年は二十七歳」

「嫌だ、ぞっとする。おじさんじゃないの」

「今度の方はルーバの領主の弟ですって。年は十八歳」

「やめてよ、青二才。領主の弟って言えば、きこえはいいけれど、つまりは三男坊か四男坊、部屋住みの厄介払いをしたいだけでしょ?」

「あんまりわがままを言うんじゃありませんよ、マナラン様。今度の方は、内陸の交易商人、若いけどやり手ですって。貴族ではないけれど――」

「つまりはむこうはこっちの領地めあて、こっちはむこうの手腕に期待して、って財産がらみね、フェンナ」

「……財産がらみでないお話なんて、あるものですか、マナラン様。あなたはこの家の一人娘、どうしたって、婿をもらって領地を経営しなければ」

それが嫌なの、とは言えない。小領主の娘として生まれたからには、義務がカタツムリの貝殻のように背中にくっついて、終生はなれてくれないことは、じゅうじゅう承知だ。それでも、婿取り話を拒否しつづけたのは、

「この丘がすき」

「誰にもかきまわされたくない」

「ずっとこのままでいい。静かで、穏やかな毎日が何より」

と、〈エリカの丘〉への愛着が深かったのに加えて、

「父上や母上みたいなのは、絶対に嫌」

だったからだ。

両親も遠く王家の血筋をひく者同士の、政略結婚だった。はじめから愛はなく、長年連れ添うあいだに育まれる情もなく、常に主導権争い

をしているように見えた。婿をもらえば、自分もそうなるかもしれない。この土地はわたしのもの。でも、誰それの水争いだの、境界争いだの、どこそこの治山事業だの、疫病対策だのなんていう面倒事は、たくさん。婿が、おのれのなすべきことだけをして、あとはわたしの思うままに動いてくれる人ならいいけれど、そんなのは絶対にいやしない。

　他人を迎えいれたあげくに、おのれの安逸を手放すくらいなら、

「わたし、結婚はしないから」

と二十歳をすぎたあたりに宣言して、周囲を恐慌におとしいれても、顎をあげて唇をつきだす幼さを残していた。

「跡継ぎはどうなさるんですか」

「そんなの、わたしが死にそうになったら、養子でも何でも迎えいれればいいじゃない」

「いつまでも御両親が領地経営に携われるとお思いですか」

「あら、有能な管財人に全部任せればいいだけでしょ」

「そして、マナラン様は、何をなさるので？」

「何も。どうせ、お飾りだもの。エリカの花とカモメでわたしは生きてるんだから」

　両手をもみしだいてフェンナがどう諭そうとしても、マナランの心は、北風にさらされつづけてかたくしまった岩のようだった。

　ところが。長い娘時代をずっとすごしていけそうだと安心しきっていた二十五歳のころ。

　王都から突然の使者がやってきて、しばらく滞在し、両親と長々と何やら話しこんでいたが、三日目の午前《ひるまえ》に、呼びだされて応接室へ赴けば、横をむけだの後ろをむけだの、歩いてみろだのと命じられた。

「何事ですの？」

　誰もそれには応えず、使者は頷き、両親はあからさまに肩の力をぬいた。一息ついてから、厳かに告げられたのは、

「おめでとうございます。マナラン様。今日ただ今より、あなた様はアトリア王の第四王女と

なられました」

否も応もなく、その日のうちに馬車につめこまれて、エリカの丘に別れを告げることもできず、旅の四日間。腰に痛みを感じたのはこのときから。アトリアの王宮に入って、女王への謁見やら新しい女官たちとの顔合わせやら、王女としてのふるまい方やら、ハスティア公太子との接し方やらの講習に忙しくしているうちに、痛みはなくなっていった。

自分でも意外なことに、新しい知識を得るのはおもしろかった。女官たちの陰口――「あんなこともできないなんて」「さすがはひなびた土地の御出身」「仕方ないわ、他に候補がいらっしゃらなかったんだもの」「あら、そうではなくてよ、多額の結納金で、ようやく御承知なさったのが、マナラン様だけだったという……」「ハスティアに嫁するのでは、ねぇ」「格下ですものねぇ」――も、さほど気にならないほどに。しかしそれも、ハスティアという見知らぬ国に送りだされる日が迫るにつれ、そうしてどんな役割を課せられるかも教えられていくにつれて、重々しいものに変わっていってしまった。

「ハスティア公太子は二十四歳の美丈夫でいらっしゃいます」

侍従が見せてくれた肖像画には、凛々しい若者が描かれていた。精悍ではない。顎は太くなく、目尻もあがっておらず、男らしさというよりやさしげな面だちである。眉は長く細く、鼻筋は通っており、唇は微笑みをたたえている。血色は良く、みずみずしさが伝わってくる画《え》だ。もちろん、美化されてはいるだろう。それでも、その目の奥深さには思わず息をのむ。大きくて力強い光を宿している。何か、見透かされているように感じさせる。

「ごらんのように、大変見目良い方でおいでです。しかし、マナラン様には、決してお心を許されませぬように。あなた様は、かの国において、わがアトリアへの窓口となっていただかなければなりません」

つまりは彼からひきだした秘密情報を、祖国へ流せということだ、とフェンナからそっと解説があった。侍従は肖像画を置いて立ち去ったが、女官たちはよく立ちどまって、ほれぼれとながめていた。しかし何日かすると、そのうちの一人が別の一人にこっそりと語るのが聞こえてきた。――あるいは、故意に、マナランの耳に入るように語ったのかもしれない。

「公太子は、女性《にょしょう》には興味のない方とか……」

マナランの髪をくしけずっていたフェンナの手が、一瞬とまった。しばらくして女官たちが遠ざかった隙に、マナランはフェンナに尋ねた。

「さっきの話、本当なの？」

「お気になさいますな。下々の戯言《ざれごと》ですよ」

「フェンナ。隠さないで。本当なのね」

「……なんで、わたしだけ？」

沈黙が、その返事だった。

「マナラン様？」

「なんでわたしだけ、こんな目にあわなきゃならないの？」

「マナラン様」

「敵国に嫁ぐだけじゃなくて、いろいろさぐりを入れなきゃならなくて、しかもその相手が……実質には結婚しないってことでしょ？　そんな相手から、何かをひきださなきゃならなくって……」

フェンナは前にまわってひざまずき、べそべそ泣く彼女の目から涙をぬぐいながら、

「しっかりなさい！　それに、敵国ではありませんよ」

「同じことよ。わたしだって知ってるわよ。みんな、属国、属国って、口では馬鹿にしているけど、アトリアの軛《くびき》をふり払った国よ。支配されてたころのこと、しっかり根にもっているに違いないもの」

「それはそうかもしれませんがね、マナラン様。でもね、皆が皆、昔のことをひきずっているわけではありませんよ」

「そんなの、気休めよ、フェンナ」

「当の公太子殿下は、そうではないかもしれな

いじゃあ、ありませんか」

「同性愛者なのに、どうして結婚するのよ。仕方なく、でしょ？　かつての属国としての立場から、ひきうけざるをえなかったんでしょ？」

フェンナは立ちあがって、再びマナランの背にまわり、櫛をとりあげた。

「でも、マナラン様と公太子殿下が両国の結びつきを強くする、という意義はありますよ」

「だから、それがどうしてわたしなの？　他の誰だってよかったんじゃない」

他の誰かがしなかったから自分にまわってきたのだと、よくよくわかってはいても、口をついて出るのは、おのれを哀れんだひがみごとだった。

「……自分に課せられた、使命、とは考えられませんかしら、ねえ」

フェンナの溜息は、むなしく宙に散るばかりだった……。


山中のハストはすでに紅葉の気配をまとっていた。川の匂いと甘い木の葉の匂いに満ちた都は、初秋の陽射しに幾多の塔と色硝子《ガラス》窓を燦然《さんぜん》と輝かせて彼らを待っていた。この景色を見れば、外国《とつくに》から来た人々の心も、少しは慰められるだろうとヴィーヴィンが言った。馬車と人公一行が公宮の門をくぐるのを見届けて、フォーリ協会に戻った。

玄関までハストのペネルが珍しく出迎えて、茶菓子の準備の整った食堂に五人を案内した。熱い香茶と甘い菓子に舌鼓をうっていると、周囲に人々が集ってきた。ジルの隣に書記官が、ヴィーヴィンの隣にペネルが腰をおろした。

「じゃ、報告してちょうだい」

ジルは、ヴィーヴィンが順序だてて語るのを、ゆったりした気分で聞いているだけで良かった。りんごの香りのするお茶をのみ、木の実の入った焼菓子をぱくつき、これぞ故郷の味、などとうっとりしていると、話はドリドラヴの王族に流れていった。ヴィーヴィンは、一連の悶着には触れず、王や三王子の人となりを語った。さ

らに、

「此度《こたび》の顔合わせで、ドリドラヴの関心はハスティアにむけられたと言っていいでしょう。われらの富、繁栄、それからフォーリの力、こういったものに気がついたかと思われます」

と私見を述べると、ネアニもそれにつけ加えて、

「年一度の交易を四度に増やすとりきめを、宴席で交わしました。わが国の力をはかろうとしているのでしょう」

「流出して良いものと悪いものの区別をつけなければなりません」

マコウィが厳しい頬をさらにひきしめて言うと、ペネルはわかりましたと頷いた。

「ヴィスマンと話しあいます。……さて、次は。……公太子妃の様子はどうでした？」

ああ、それなら、とヴィーヴィンはにっこりして、

「ジオラネルが詳しく報告しますよ」

ジルは、はじめてする報告にちょっとまごつきながらも、二晩の腰の手当てから見てとった様子を、なるべく客観的になるよう気をつけて語った。

すると、ペネルは、

「……では、公太子妃は放っておいていいわね。用心すべきはその年嵩の……フェンナという名の侍女と、その周囲をかためている者たちね。御用商人や下働きにフォーリを紛れこませてさぐりましょう。マコウィ、さっそく手配して。それからジル、確認だけど、あなた、その金貨はうけとらなかったのね」

ジルは驚いて思わずペネルを見かえした。

「そんなこと、するわけがないじゃないですか！」

口にしてしまってから、はっと身を縮める。ヴィーヴィンが穏やかに言った。

「きみが真面目なのは皆わかっている。上に、『生《き》』とか『馬鹿《ばか》』とかつくほどにね。ペネルは疑っているわけではなく、記録にきちんと残すために質問しているのだよ」

「すみません。かっとしちゃって」

「うけとっていないのね？」

「はい。うけとっていません。公太子妃にお返しするように言いました」

書記が素早く書きつけるのが見えた。

「それを確かめる方法はあるかしら」

「ロウラに会って聞きましょうか」

ペネルは意味ありげにゆっくりまばたきした。

「ジオラネル。これはこと国家にかかわる謀《はか》りごとの一部なの」

金貨一枚かえしたか、どうか、が？

「ロウラに直接聞かずに確かめるには、どうしたらいい？」

また面倒なことを。

「それを渡した本人にお聞きする、ということでしょうか」

「話を聞いた限りじゃ、公太子妃は、そんな気のきくお方じゃないようね。フェンナという侍女に確かめるのよ」

「ああ……。でも、どうやって……」

「それはあなたが考えることでしょ。それでね、もし戻されていなかったら、ロウラを呼びだしてわたしのところかヴィーヴィンのところにつれてくるの」

それまで黙っていたシュワーデンが口をひらいた。

「つまり、ロウラの弱味を握って、情報を流させるってことですか？」

「ロウラはそんなことしないと思います！」

「するかしないかは、本人と会わなきゃわからんな」

とマコウィ。ジルは瞠目《どうもく》して周囲を見わたした。冷静な視線ばかりがかえってきて、煮えたぎりかけていた腹の中が一気に冷めた。ジルは息を大きく吸ってから言った。

「ロウラは金貨をくすねたりはしていないし、間諜《かんちょう》にもなったりしない」

声を抑えて断言してみたが、

「それはどうかな」

ペネルの後ろで洞察力ではフォーリ随一のギオンが呟き、

「金貨一枚だぞ、ジル。パン百個買える値だ。アトリアの靴屋の娘にしたって心は動く」

シュワーデンまでもそう囁《ささや》いた。

「もし、本当に返していたらどうするんですか」

「そのときはそれでおしまい」

さばさばとシュワーデンが言うと、いや、とヴィーヴィンが口をはさんだ。

「金貨一枚で動かないとしても、金貨十枚、二十枚であればどうかな？」

我慢できなくなったジルは、椅子を蹴って立ちあがった。国のため、とはいえ、考えていることが汚らしい。温厚で朗らかなヴィーヴィンまでが、あんなことを言うなんて。

彼女の名を呼ぶフォーリたちをあとに、食堂をとびだし、廊下を大股に歩いて自分の部屋にとびこむと、扉を荒々しくしめ、寝台にもぐって毛布をかぶった。

皆、なんて汚れているの！　フォーリというのは清廉潔白でなければならなかったんじゃないの！

ドリドラヴの四人と同じだ、と思った。あれほど欲望をむきだしにしていないだけ。むしろあの四人の方が、欲望を隠さないだけまし。

フォーリは人のために働くのであって、政治の駒として汚い仕事をするなんて許されない。わたしは、井戸の水が出なくて困っている人のために働く。作物がうまく育つように呪文をかけ、衣服が長保ちするように魔力を使う。それに、ロウラをおとしめるようなことをして、自分をゆるせるとは思えない。

扉が叩かれ、返事をする前に誰か入ってきた。寝台の端に静かに腰をおろしたのはおそらくヴィーヴィンだろう。彼の足音は軽くゆっくりで、石床に響かない。

「すまなかったね、ジオラネル」

はたして、ヴィーヴィンの声だった。

ジルは身体をひねって起きあがり、午後の光の中に影を作っている細身のフォーリとむきあった。ヴィーヴィンは面長の顔をほころばせて、「皆、きみがまだ十六歳だということをときどき忘れてしまうんだ」

「十六歳だろうと四十八歳だろうと、手放してはいけないものがあるんじゃないの？」

「確かに。手放さなくてもすむのであれば。だけど、世の中はそれを許してはくれないんだよ」

「じゃ、世の中がおかしいんだ」

「そうだな。ではどうする？　どうしたい？」

尋ねられてジルはう、とつまった。怒りに任せて言いつのったものの、世の中をどうこうしようなどと、考えたこともなかった。

「危険なものを排除するか？　汚れたものを一掃するか？　自分たちに都合の悪いものをなぎ倒していくか？」

「……」

「海辺にうちあげられた材木やら海藻やら難破船の残骸やらを片づけるには、一つ一つ拾っていかなければならないだろう？　そして一つ一つ拾えば、手も服も汚れる。靴は海水に侵され、髪も皮膚も潮風に荒れる。しかし地道につづけることで、海辺はきれいになっていく」

魔法で片をつけてしまう、という話ではないのだと、ジルにもわかっていた。

「考えてごらん、ジル。このハスティア大公国には大勢の人々が住んでいる。ハスト家の祖先が、北の〈氷神の民〉の地を通る氷上航路を開発し、交易で力をつけはじめたころ、この島はまだ貧しく、愚かで、無垢だった。アトリアがブリル平原に上陸し、強権をふるって東半分の豪族を従えても、なお貧しく、愚かで、しかも無垢が奪われた。ハスト家が西方国の万能薬草ジオとマステル銀で栄えはじめても、なお貧しかった。しかし徐々に愚かさは払拭され、ハスト家を中心とする人々は、アトリアがいつのまにか、自分たちの首に、軛をはめていることに気がついた。……わたしの小さい時分にはね、ジル、まだ町角に鞭と剣を携えたアトリアの官吏が立っていて、人々の言動を見張っていたものだ。彼らは事実かそうでないかにはかまわず、気にくわなかったりむしゃくしゃすると、人々に無実の罪をきせ——アトリア国王を侮辱したとか、彼らの顔を見て嘲笑《ちょうしょう》したとか――、鞭をふるった。

若きフレステルが裕福なハスト家に生まれたのは幸いだった。彼は早くから無垢の衣を脱ぎすて、思考をめぐらすことに長けていた。彼はフォーリの力に目をつけ、マステル銀の武器を用い、豊かな財源を惜しみなくばらまいて、この島全体を一つにまとめ、アトリアを〈ハスト海〉――昔は〈アトリア海〉と呼ばれていた――のむこうに追いやった」

ジルはおとなしく耳を傾けていた。訓練所で歴史については詳しく学習していたが、実際にフレステルI世の時代を知るヴィーヴィンの口で語られると、また違った印象がうまれた。

「だがその後しばらくは、親アトリア派の豪族を従属させるのに苦労し、その結果、フレステルはアトリアに臣従する形式で大公の名を戴き、ようやく平和をもたらした。ほんの三十三年前の話だよ、ジル。以来三十三年、この平和の上に築きあげられた豊かさで、人々はより賢くなった。無垢は失われたか？　表面上は、他国との交渉やさぐりあいで失われているようにみえる。が、家々の軒端では〈聖ナルトカゲ〉がしゃぼん玉を吹いているし、竈の中では〈ホットイテ〉が泣くし、草原では〈バンザイウサギ〉が子どもたちを驚かし、〈災ヒノ口〉があることないこと囁いておとなたちを惑わす。これぞ無垢の力、そしてわれらが宝とする限り、決して穢《けが》されないもののしるしだ。われらフォーリは冷たい潮風に吹かれ、流木で手を切り、腐った海藻に服を汚し、靴をぬらす。傷つき、血を流し、老いていくだろうが、それによって三十三年前の倍以上にふくらんだ国民とイリーアを護っていくのだ。何の不満があるだろうか。それこそが、〈フォーリ憲章〉のうたう真の意味だと、わたしは解釈するね」

ジルは毛布の端を握りしめている自分の両手を見た。若く、すべらかで、汚れていない。幼いころ、身の回りの世話をしてくれていた侍女の指や、フォーリ教会の食堂に働く料理人の指や、洗濯物をひきうけてくれる町の女たちの指を思った。

フォーリに限らない。誰もがそれぞれに汚れ仕事をしているではないか。

ジルは急に恥ずかしくなった。唇をかみしめ、大きく息をして、顔をあげた。

「……覚悟が足りなかった、ヴィーヴィン。わたしはフォーリ、なんだ」

ヴィーヴィンは彼女の肩に軽くふれてから何も言わずに出ていった。

翌日、フォーリ協会に戻るとすぐに、ペネルから呼びだされた。

それでも、昨日と同じことを命じられたら、承諾する前に相手を説得しようと思った。ヴィーヴィンが来てくれたことで、あらためて覚悟は決めたが、ロウラを穢していいということはないと思った。そんな権利は誰にもない。ペネルは頑丈な大岩みたいに頑固だが、話してみなくては。冷静に、敬意を払って。

しかし、ペネルは意外にも昨日のことには一言もふれずに、新たな任務を命じた。

「リーリに行って、ヘンルーデル公子の動向を調査しなさい」

ハスティア大公国の人々の信仰心は、わが国のそれに似ているが、頻繁に神々の名を唱えたり、願ったりはしない。なんとなれば、彼らにとって神々とは、その土地その土地におわして自然と一体化しておられるゆえ、大地と月のあいだに生まれた国民とも肌をふれあっているような近さであるからだ。

主神月神のみは例外で、各地に神殿を持っている。それも、頻繁な人の出入りはなく、壮麗な建物を天に誇るのみである。

これも、信仰心が薄いわけではない。常に国民と一体となっているからのようだ。なかなか理解しがたいことではある。

彼らはめったに祈ることをせず、神殿の階《きざはし》を登るのは、おおむね儀式のときや祭りのときである。それでいて、人々のほとんどが、こう言うのだ。

――もし、国が滅びるような事態が起きたら、われらは一丸となって祈る。祈りは大いなる力を宿しているのだから。

――東方研究録　ペルタス共和国　パイザル著より

7

マス川を下り、オーカル湖をつっきってメノーの町に出ると、旅支度を整えた鹿毛《かげ》の馬が待っていた。しかし、待っていたのは馬だけではなかった。カルステアが宿の窓から顔を出して手をふった。

とたんにジルの緊張がゆるんだ。訓練で何度か行き来したハスト・メノー間とはいえ、まったくの一人旅ははじめてだったのだ。初秋の川の匂いや何かを待ちうけているような岸辺の森の様子、船頭の歌うのんびりと明るい歌も、心の表面をうわすべりしていくだけだったのが、おおらかなカルステアの顔をみたとたん、身体中にはりめぐらせていた刺が抜けおちていくような気がした。

「わたしといっしょに行くのはあなただったの？」

両肩に大きな合切袋を四つもかけて宿から出てきたカルシーの手からそのうちの二つをとって、自分の馬にふりわけながら言った。

「あたしも昨日、突然聞いたのよ……というか、ハスト鷹が指示をしゃべった……元気だったあ、ジル！　まだ一年にもなってないのに、何年も会ってなかったような気がするよ！」

騎乗した二人は、宿の小僧から水袋をうけとると、並んで歩を進めながら互いの経験を語りあった。

「何もない町でさ。呪師《まじないし》がわりね。羊の毛の品質が落ちてるだの、毎晩幽霊が戸を叩くだの、豚の耳のできものは誰かが呪っているからじゃないか、だのって。羊の毛は今年の長雨のせいで風邪をひく羊が多かったからだし、幽霊は日中あけっぱなしの戸をしめた夜、そばの垣根の枝がのびっぱなしになっていて、風で当たるだけだったし、耳のできものなんて……」

ふうっと、大きな溜息《ためいき》をつき、

「シュワーデンがこぼしてたこと思いだしたわ。『牛の尻の世話をするためにフォーリになるのかよ』ってさ」

　道は疎林《そりん》の中を平坦に通っている。まだこのあたりは木々の緑も鮮やかで、アオガシやクロブナが鎧《よろ》った兵士さながらに、黒や灰色の太い幹をさらしている。近くの村から農産物を売りにメノーへ行く荷車や、メノーから帰ってくる荷車が通る以外、めったに人に会わない道だった。陽は中天から少しおちかかったところにひっかかって、光の筋を去年の落葉や下生えの上におとしている。どこかで誰かか休憩中なのか、煙のかすかな匂いが香茶の香りといっしょに流れてくる。

「で、結婚式はどうだった？」

　聞かれて、アトリアの様子やらドリドラヴの王と三王子の言動やらを語った。ロウラを脅迫する計画に反対したことまでしゃべると、カルシーは、あんたらしいと笑ってくれた。

「今頃、他の誰か――巧妙で陰謀なれしたギオンとか――が、ロウラ攻略にのりだしてるよ」

「えっ。あきらめたんじゃないの？」

「そんなことで、手蔓《てづる》になりそうなものを手放すもんですか。ああ、でも、その汚れ仕事にあんたがまきこまれなくてよかった。……で、今度の仕事の中味はちゃんと理解してる？」

　釈然としないものを感じたが、おのれの手をはなれてしまったもののことで、いつまでも思い煩ってはいられない。この、リーリ行きは、ロウラ攻略の汚さはないけれど、責任は大きいものらしい。

「ヘンルーデル公子の動向を調べるってことだよね」

「どういうことか、わかっている？」

「諜報活動ってことでしょ？」

「うん、そう。だから、顔の知られていないあたしたちが選ばれたの。むこうにもフォーリはいるし、ネアニやマコウィもいるのに、あたしたちを使うのはそういうわけ」

　背後から車輪のけたたましい音が近づいてき

たので、二人は路肩によった。野菜屑をつんだ荷車が、日暮れ前に家につこうと、脇目もふらずに追いこしていく。高い梢《こずえ》で〈ミハリリス〉が威嚇《いかく》の声をあげた。

「ヘンルーデル公子はリーリの町の中に住んでいるわけじゃないよね」

仕事内容が皆目見とおせない不安で尋ねると、カルステアは、

「さあねえ。わからないなあ」

と珍しくあいまいな返事をした。

「一応、リーリ領主ルベラ預かりの重罪人扱いだけど、公子様だからねえ。どんな待遇をどこでうけているか、報告とは大きく変わっているかもしれないし。……ま、行ってみないと、ね！」

それから二人はもっと穏やかな話題に切りかえ、ハスト丘陵を右手にして、午後の陽射しにあたためられながら、ゆったりと林の中を進んでいった。夕刻になって、あと少し進めば小さな村の宿があるとカルシーは気の進まない口調で言い、それより星を見ながら枯葉の上にねっころがるのはどう、と提案したので、狭くて暗くて蚤《のみ》のたかる寝床よりはと、野宿することにした。

「カーニ平野に出れば、そうそう野宿もできなくなるしね」

カーニ川をわたった西側は、治安が行き届かず、山賊盗賊が出没するという。二人は石竈《いしがま》に火を焚き、いっときたりとも同じ形を保たない明るい炎を見つめながら、家族や育った地方の風習やイリーアのことを話しあった。やがて星が大きくめぐり、東の空に赤い逆さ三日月が昇ったころ、ようやく眠りについたのだった。

重い目蓋《まぶた》にぼんやりとした頭で起きだした二人は、口数少なく――語るだけ語って、再会の興奮もすっかり吐きだしてしまっていたので――再び馬に乗り、ゆるゆると前進した。

「……そういえば、いつまでにリーリにつかなきゃならないの？」

ジルが聞くと、

「ええ？　……いつまでだっけ？」

鞍の上で懐《ふところ》から書きつけをとりだし、カルシーは、

「ああ……ここにあったわ……雷神の季節の前までに、だって」

ジルは肩の力をぬいた。あと一月半以上の余裕がある。このままゆっくり行ってもまにあいそうだ。

「でもなるべく早く着きたいね。冷たい秋雨にふりこめられたくないでしょ」

「そうなの？」

「そうよ。ハストじゃすぐ雪になって、足元もかたまるけれど。雨、しかも土砂降りじゃ、たちまち風邪ひいちゃう。少し急ごうか」

霧の中、馬を速歩にする。少しずつあらわれてくる道に、迷うことはなかった。律動に身を任せていると、頭の中の霧も薄れていった。思考は昨日の会話に流れていき、大公の後継者についても考えはじめていた。大公夫妻には、フレステルとヘンルーデルの二人しか子どもがいない。フレステルⅠ世が定めた公室内規によれば、公太子は長男のフレステル、次いでヘンルーデルだ。次の後継者候補となると、夫妻の従妹の孫だが、こちらは今年生まれたばかりの赤ちゃんだ。

ヘンルーデルはフレステル公太子の二歳年下の弟である。……実に微妙な年の差だ、と、歴史を語る訓練所の教官が言ったことが、不思議に耳の底に残っていた。三つとか四つ離れていたら、こんなことはおこらなかっただろう、というのが彼の見解だった。概して年の近い兄弟は、生まれながらに競争相手として定められているものだ、と。特に、兄が凡庸で弟が秀才の風であると、周囲もたきつけるし本人もその気になる。

もの心ついてより、弟は兄をこえようとしつづけ、ついには憎しみに変じていく。兄の方は兄の方で、うすらぼんやりでまるっきり気づかないか、ことごとく自分の足をひっぱる弟を鬱陶《うっとう》しく感じていたりする。

フレステルとヘンルーデルの場合、これに大公夫妻までがからんできた。大公フレステルⅡ世は、母の情愛と筋をとおさなければならない使命感からか、公太子に文学、芸術の手ほどきをした。対して夫君チャレン侯は、武道に熱心なヘンルーデルを愛し、「軟弱フレス」と長男を嫌った。

このことを思うと、いつもジルは胸が苦しくなる。ジルの両親もきょうだいたちも、彼女の魔力の暴発を心配こそすれ、批難したりはしなかった。家族の皆が彼女を支え、護ってくれたからこそ、自分の道を見つけられた。もし、リッチェンの袖を突然の火で焦がしたとき、叱られなじられていたならば、わたしはどうなっていただろう。おそらく今、ここに立ってはいまい。それどころか身の内ではねかえるボールのように暴れる魔法に怯え、怒り、魔法そのものを憎むようになっていたかもしれない。それは、大地と月を憎むのと同じこと。そうなったら、おのれへの絶望で、セレの断崖から身を投げていたかもしれない。

公太子フレステルが恋人タトゥーユと詩を交換しあい、音曲に耽溺《たんでき》し、壁画画家や彫刻師たちを集めて「ろくでもないもの」の創造にかまけていた十七歳の春、とうとう堪忍袋の緒が切れた父侯爵は、タトゥーユを殺害してしまった。フレステルが悲嘆にくれ、谷底に墜ちた気分にあったさなか、今度はヘンルーデルが兄の暗殺を計画した。小さな西の町の領主ペルシモンにおだてられ、そそのかされてその気になったのだった。しかし、計画はお粗末な上に箝口令《かんこうれい》もしかれなかったので、すぐさま公宮に知れわたり、月神神殿の身廊に身をひそめていた刺客が逮捕された。彼は、ヘンルーデルとペルシモンの名をぺらぺらと白状した。ペルシモンの娘がヘンルーデルの愛人の一人になっており――十五歳で愛人を複数かこっていたのだ！――ペルシモンは一気に国政を牛耳ろうと画策したものらしかった。その背後に、父侯爵の存在があったかもしれないと、ひとしきり噂は流れたが、ペルシモンは処刑され、ヘンルーデルはリーリ領への流罪となり、幸いにも、この事件のもたらした衝撃がフレステルを立ち直らせ、従者であったヴィスマンが、側近として彼を支え、導く杖となった。〈ペルシモンの乱〉と名づけられたこの事件は八年前、まだジルがセレの家の暖炉の前で、人形遊びをしていたころの話である。

八年の歳月は、人をどのように変えるのだろうか。ヘンルーデルの動向調査をしなければならないということは、何かまた不穏な気配があるのだろう。前回、ペルシモンにそそのかされてことにふみきった若き公子も、今では二十三歳、立派な男だ。その立派な男が疑惑をもたれている。

冷たい霧が腰のあたりにまとわりつき、背筋から首へと這い上ってくるような気がして、ジルはぶるっと身震いした。

やがて疎林から踏みだし、平らかな草地や農地を進んだ。途中、いくつかの村の中を通って、雨にふられ、マステル山脈から吹きおろしてくる冷たい風にさいなまれ、晴れたかと思うや驟雨《しゅう う》にみまわれた。雨があがった直後、平原のかなたに、黒雲と陽光がせめぎあっているのを見た。黒雲の下に虹が環を描き、雨煙が緞帳《どんちょう》のように通りすぎていった。

二人とも、野宿しようなどとは決してもう口にせず、板壁のあいだから隙間風が流れてくる藁布団《わらぶとん》にもぐりこみ、翌朝身体中をかきながら這いだして、鞍にのる日々をくりかえした。

珍しく晴れたある日の夕刻に、ようやくリーリの町の門をくぐった。数珠《じゅず》の糸のようにゆるく曲がりくねっている道によって、ほとんど二階建ての低い家々が、海に顔をむけてゆるやかにつながっていた。屋根も壁も赤茶色の石ででいきており、軒や窓枠は純白にぬられている。〈聖ナルトカゲ〉がぶらさがり、どこの玄関にも〈ツバサダマ〉が羽を丸めてひなたぼっこしていた。大きな四枚羽根をもつ水車小屋が、細い運河沿いにいくつも建ってごとんごとんと粉をひいていた。そのそばには葉をおとした広葉樹の枝が、レースのように夕陽に影となっていた。小高くもりあがった町の奥の方には、古い四角い塔をそなえた領主館が、銀に輝いていた。

二人はいまだ黄色い花の咲く運河の土手沿いに、指定された水車小屋へむかった。空は遮《さえぎ》るもののない円となって、西に茜《あかね》色、東に藍《あい》色を抱き、そろそろ一番星も光るころあいだろうか。町中では夕餉《ゆうげ》の支度に火を焚き、帰宅する者を迎える活気に、一つまた一つと灯りも増えていくふうだった。

水車小屋とは、とジルはげんなりと馬にゆられて思っていた。夕刻となって、水車はすでに止まっている。とすれば、ペンタ麦の袋にでも移動の魔法をかけさせられるんじゃないでしょうね。

荷馬車を乗り入れるための広場をつっきり、扉横の杭に手綱を結んでいると、厩《うまや》の方から人がとんできた。へりくだった調子で馬の世話をひきうけ、中へと促《うなが》す。二人は合切袋を背負って、細長い扉をくぐった。

奥行きが五馬身もあろうか。三十基ほどの長机に長椅子、それぞれに五、六人ずつゆったりと座を占めて、酒杯をあける者、夕食をしたためる者、と、熱気と活気がいきなり襲ってきた。外の静寂との落差で、啞然とつっ立っていると、給仕の少女がはねるようにやってきて、空いている席に案内した。カルシーが聞かれるまでもなく注文を口にすると、またはねるように行ってしまった。

あたりを見まわしながら、

「水車小屋じゃなかったの？」

と尋ねると、カルシーは両眉をあげて、

「ここは食堂、かな。多分。見たとおり。水車小屋はこの裏手にあったよ」

土手から見えていた影は、確かに水車小屋――小屋というには少し大きい感じがした――だった。その下に、長屋めいた建物があったとしても、ろくに見ていなかったのだろう。ギオンから、観察力が足りない、とまた叱られそうだった。

「本当にここでいいの?」

指示は、水車小屋で待て、ではなかったのか、とまた生真面目に考える。カルシーはその心配を吹きとばすように大声で答えた。

「いいも悪いも、とにかくおなか満たさなきゃ、ジル。リーリ名物、セシラックの塩焼き香草づめと潮葡萄《ぶどう》酒。ほら、もうきた」

少女給仕が満面の笑みで両手に大皿を抱えて戻ってきた。

「窯から出したばっかりのセシラックですよう。潮葡萄酒もすぐきますからねぇ」

机に置かれたのは、肩幅ほどもある銀皮の魚だった。香ばしく焼けて、ふっくらとした白身とフェンネルの緑が、添えた人参の赤と鮮やかな対比をなしている。

「フォークでほぐして、指でむしって食べるんですぅ」

そう教えていった給仕と入れちがいに、日焼けした中年の男が酒壺を抱えてやってきた。この男は、二人の前に三つ杯を置き、ジルの隣にどっかと腰をおろした。潮葡萄酒というのは、珍しい琥珀《こはく》色の酒で、硝子《ガラス》の杯の中で泡だった。注ぎおえた男は、乾杯、と身をのりだし、その瞬間に胴衣の襟を下げて、フォーリの徽章《きしょう》を見せた。

「おれはナイサンだ。リーリ名物を注文する若い女の二人組を三日も待ってたぞ。ようこそ! 西の果てへ!」

二人とも軽く会釈《えしゃく》した。カルシーが言った。

「お噂はかねがね、ナイサン。待っててもらって、ありがとう」

ナイサンはごま塩髭の頬をゆるめた。

「礼儀正しく接してもらえるのは、うれしいぜ。湿地にはまった山羊を助けたって礼も言わねぇやつらの中で、もう六年だ。早いとこ、交替させてくれって、ハストのペネルにあんたらからも言いそえてくれるとありがたい。……まあ、食いな。熱いうちに。食いながら、おれの話をきいてくれ」

セシラックはフェンネルの香りで、ほくほくした食感だった。こんなに大きいのを食べきれるかと心配したことが嘘のように、二人ともぺろりと平らげた。潮酒はほのかに甘く辛く、魚によく合って、ナイサンの話が終わるころには三人で酒壺を空っぽにしていた。

リーリには他にもう一人のフォーリがいるが、こちらは地元出身のお婆さんで、もっぱら家の中や女たちの悩み解決に働いていると、ナイサンは語った。

「おれの方は運河やら湿地やら潮位の問題やらで駆りだされる。で、あのやんごとなき貴公子様々にも目を光らせてるってわけだ」

「その、様々、は、今、どちらにおいでなの？」

カルシーが聞いた。ナイサンはにやっとして、

「〈迷いの水路〉の中にある浮島においでになっている、とこれは表向き。水蚊のこない高台の別荘に軟禁されている」

「軟禁、ということは……」

「別荘のまわりを散歩したり、村まで馬を駆ったり、まっ、若いからな。じっとしてはいられんのだろう。そのくらいは目をつぶってやらなきゃな。しかし、御本人はその他のこともなさっておられるようだ」

「その他のこと？」

「村の長と懇意になって、〈イナヅマウオ〉をときおり借りている。そいつの行き先は、キンシス、前の乱で処刑されたペルシモンの領地だ」

「おやおやおやおや……」

「今は、誰が領主になっているのですか？」

ジルが満腹の溜息をついてから尋ねた。ナイサンの口元がゆるみ、少女給仕を呼んで、

「この二人にショクラクルを一皿持ってきてくれ」

と頼んでから、

「西の国々との交易はカラドがひきうけているので有名だが、このリーリにも結構船が入ってくるんだ。ショクラクルは交易品の中でも珍味に類する。まあ、食べてみな」

そう言ってから、身をのりだし囁《ささや》き声で、

「ペルシモン家は大罪を犯したかどで取りつぶされ、今の領主は豪農のノモック家になっている。……エラエナという名を覚えているか？」

ジルは首を横にふったが、カルシーは目を大きくして囁きかえした。

「知ってる。ペルシモン家の娘。ヘンルーデル公子十五歳の折の愛人。ペルシモン家の娘」

「そうだ。公子の嘆願によって、死はまぬがれたが、キンシスの牢に入っている。キンシスのフォーリにも確認したし、透視でも確認ずみだ。牢の中にいながら、公子と連絡をとりあっているとみていいと思う」

「問題は、何を連絡しあうかってことか」

カルシーが呟き、ジルが唇を尖らせた。

「恋人同士の文であれば、さしたる問題じゃないけど、もしまた謀反《むほん》の画策だったら、早いうちにつぶしてしまわなければならないってことよね」

「おそらく、文の体《てい》は恋文だろうな。符牒が決めてあって、暗号が隠されている。手っとり早いのは、その〈イナヅマウオ〉をつかまえて写しをとるのがいいんだろうが、さてどうやってつかまえるか、だ」

はいよ、ショクラクル一皿、と少女給仕が卓上に小さな皿を置いていった。何、これ、とカルシーが胡散臭《うさんくさ》そうな視線をむけたのは、豆皿の中に四粒の黒っぽいかたまりがあったからだ。まあ、だまされたと思って食ってみな、と言われて、さっさと手を出したのはジルの方だった。

「あんた……無鉄砲な……」

瞠目《どうもく》するカルシーに、別の意味で自分の目を大きくしながら、ジルは手まねで食べてみろとすすめる。口の中で溶けていくのは甘くて香ばしくて舌ざわりのいい、不思議な菓子だった。カルシーもおそるおそる指でつまみ、舌の先でちょっとなめて、おや、という顔をする。思いきって頬ばれば、

「何これ……ええええ……？」

とまわらない舌で驚く。悦に入ったナイサンは、にやにやしながらも、

「ショクラルっていう木の実を加工した菓子だ。北方航路だからこそ持ってこられる品なんだ。南航路では途中でとけてしまうらしい。だがな、食べすぎると頭がくらくらして鼻血を出したりするからな。注意するんだぞ」

「身体があったまってきた」

早いな、とナイサンは天井をむいて笑った。

「血のめぐりが良くなれば、きっと何かいい案も思いつくだろう」

「変身術の得意なフォーリなら、ハヤブサになって〈イナヅマウオ〉を蹴りおとす、ってこともできそうだけど？」

「そうなると、公子の尻尾をつかむのが難しくなる。〈イナヅマウオ〉は無傷で返すべきだ。確たる証拠をえる前に、公子に気づかれたくはないんだよ」

「公子かエラエナか、どっちかの手元にある文を気づかれずに書き写せればいいんだけど」

「それなら簡単」

ジルは胸をはった。

「忍びこんで、ぱぱっと書き写す」

カルシーが片手で額をおさえ、ナイサンが再び哄笑した。

「なんで？　できるでしょ？」

胸をはったままジルが二人を見比べる。カルシーが指をたてた。

「あんたね、簡単にいうけど、どうやって忍びこむの？　ネズミに変身して？　変身術、得意だっけ？　確か、鹿になろうとして頭から角四本生やしたよね。鼻だけ豚になって、戻れなくなったこともあったよね」

「それに、暗号が仕込まれた文をどうやって書き写すんだ？　時間が許せばできるかもしれないが」

ナイサンもにやにやしながら言った。

「ああ……そうか……」

最年少のフォーリは、素直だ。価値観がまだかたまっていないから、人の教えや意見は砂のように吸収する。吸収しながらも、他の方法を模索して、じゃ、こういうのは？　と思いつきを語ってみた。すると、カルシーもナイサンも今度は反対せず、補足意見をだしあって、思いつきをしっかりした計画に育てた。

〈イナヅマウオ〉と呼ばれているが、魚ではない。ハスティア大公国の、主に西島のリーリ湿原に生息しているらしい。らしい、というのは、その生態がほとんどわからないためだ。ジルは一度だけ、ハストでとある領主の肩に乗っているのを見たことがあった。体長はおとなの男性の手のひらを広げたくらい、稲妻形をした二本の角を生やし、星を集めたような銀の鱗《うろこ》をちりばめた翼をもった、小さな竜だった。なぜ、魚《ウオ》、などと言うのかわからなかった。最初に見た者の目には、その口元あたりが魚に映ったのだろうか。

飼われているものは、主に光の反射を食べるという。それならば、と思いついたのが、三人で魔力をあわせて強烈な光を放ち、おびきよせるというものだった。村長の家を見張って四日め、東の方から飛んでくる姿をとらえて、藪《やぶ》の中から光を発してみた。人であれば思わず顔をそむけてしまうほどの輝きに、〈イナヅマウオ〉は喜んで喰いついた。ナイサンの腕にとまったその首環から、筒をはずして文書をとりだしたが、薄い仔牛革紙を丸めた文書には、御丁寧《ごていねい》にも封蠟《ふうろう》がほどこしてあった。仔猫の鼻先ほどの小さなものだったが、

「ノモック家の印章だ」

「こんな小さい印章を、わざわざ作ったのね」

ナイサンとカルシーがのぞきこんで感心するほどの精巧さで、これを破ったらヘンルーデルはすぐに気づくだろうと思われた。仕方なくそのまま筒に戻し、満腹して御機嫌な〈イナヅマウオ〉をはなしてやった。

村長の家にとんでいく影を目で追いながら、カルシーが言った。

「ううん……。かわいいなあ。あたしもほしいなあ」

「伝書ウオにするには手間がかかるぞぅ。往還

する二地点を幾度か片道飛行させて覚えさせなきゃならんのだ」

ナイサンが膝を払って立ちあがりながら言う。

「伝書ウオでなくたっていいのよ。肩にとまってくれるだけで」

「そうか。なら、湿地の〈水路あけ祭り〉に行ってみるか？　もしかしたら、肩にとまってくれるのがいるかもしれん」

お祭り、と聞いてカルシーの目が輝きを増す。

「〈水路あけ祭り〉まではあと一月あるかな。冬のはじまる新月の夜に、湿地帯を野生の〈イナヅマウオ〉の大群が飛ぶんだ。その際、気まぐれな一匹か二匹が、誰かの肩にとまる。そうすると、それは、飼われてやってもいいという〈イナヅマウオ〉の意思なんだそうだ」

やはりイリーアはイリーアなのだ。決定するのは人間ではなく、〈イナヅマウオ〉の方ということか。

「でも、まずその前に、文書を何とかしないと」

二人が任務を忘れそうで心配になったジルが、現実にひき戻す。

「あんたってば、とことん真面目なんだからっ」

カルシーが眉をつりあげて怒るふりをし、ナイサンが歩きだしながら、

「では第二案だ。少々汚い手を使うしかないようだな」

と肩をゆすってこわばった筋肉をほぐした。


丘の上のリーリ領主の別荘は、古臭いアートリア様式で建てられており、それゆえ要塞じみて、監禁所としては最適なように見える。小さな窓、頑固爺さながらの壁、物言わぬ口に似た扉。寒寒として、中に入るのをついためらってしまう。

案内されたのは厨房《ちゅうぼう》わきの小部屋で、身体の幅しかない寝台が四つ並んでおり、これが、

「おまえと洗濯女と料理人助手と雑用係の寝場所だ」

と、館全体をとりしきっている監督官が一つ一つ指し示した。無骨な五十代の元兵団長で、リーリ領主の信頼篤い男だった。しかし、できる

だけ真相を知る者は少なく、とナイサンが謀《はか》り、ジルの正体は彼にも教えていない。ただ、家族が亡くなって家に帰ってしまった少女のかわりに、リーリの領主が選んだヘンルーデルづきの女中、と教えている。カルシーは十日ほど前、洗濯女と大喧嘩して辞めていった雑用係と入れ替わりで、すでに館に入りこんでいる。もちろん辞めてしまった二人には、ナイサンが大枚をわたしたのだった。

ヘンルーデルは、自室を掃除したり、片づけたり、食事を運んだりする女中がかわったことに目ざとく気がついたようだ。名前を尋ね、行くたびに話しかけて根掘り葉掘り身上をききだそうとする。あるときなど、机上のものを一つ一つ水拭きするジルの手をとって、かわいいなぁ、と甘い声で囁いた。

二十三、四のいわば若者であっても、十六の娘から見れば、年寄りの範疇《はんちゅう》に入る。ジルは思わず手をひきぬいてひっぱたくところだった。自制の訓練がこのときは役にたって、さりげなく身を退けたものの、表情だけはうまく操れなかった。横目でぎろっと睨《にら》み、嫌悪もあらわに部屋を出た。衛兵が扉の外側の床几《しょうぎ》に腰かけていたので、その二人にむかって、外でなく内側で見張ってよ、とわめきたくなったが、それもぐっとこらえた。

ヘンルーデルは、波うつ黒髪を首の上で短くした、色白の、少年のころはさぞかしかわいらしかっただろうと思われる男だった。ただ、鬱《うっ》屈《くつ》した心と監視にさらされた生活と過去の失敗が、中と外から彼をむしばんでいるように思われた。視線は定まらないことが多く、すわったかと思うとやおら立ちあがってうろうろし、書棚から古書をもちだして机上に積みあげたあとに、窓辺から湿地の方をながめ、羊皮紙を広げてインクにペンを浸し、数呼吸のうちにペンを投げだして再び行ったり来たりする。背丈はフレステル大公と同じくらいの偉丈夫だが、痩せており、首の根元にはすでに皺《しわ》が認められた。

五日に一度くらいの外出は許可されているら

しく、その日になると、身の内の焦燥を発散するかのように馬を駆り、護衛をさんざんひきずりまわしてから帰館する。護衛の疲労も大きいだろうが、当の本人も食事もせずに寝台に倒れ伏し、翌朝まで起きられない様子だった。

外出しているあいだがジルの働きどきで、掃除や寝台を整える名目で、室内を調べた。〈イナヅマウオ〉がもたらした愛人エラエナからの恋文は、机の引き出しの奥に束ねてあった。予想どおり、むずがゆくなるような恋情をせっせと書き連ねただけのようだ。

しかし、寝台の枠と敷き布団のあいだに隠されていた小冊子を見つけた。月神神殿が毎年更新して、一般にも広く配布する、主神マンテスの予言を記したとされる薄い本で、四四五年版だった。

「〈ペルシモンの乱〉の年のやつだね」

話をきいたカルシーが言った。

「そんなもの、どうして隠すかと言えば」

「うん。暗号解読のカギになっているんだと思う」

二人は館裏の勝手口に近い軒下で、休憩の菓子を頬ばりながら手短に語りあっていた。運動を終えた馬をつれて、ぬかるみの上を馬丁が通りすぎていく。上空を灰色の雲が走っていき、かすかな潮の匂いが鼻先をかすめた。

「……雪になる?」

「ううん、まだまだ。もっと寒くなってから」

とはいえ、上着の前をかきあわせて足踏みをする。

「じゃ、あたしは四四五年版の『神聖年望』を手に入れる」

「じゃ、わたしは恋文か、ヘンルーデル公子が書いたものを手に入れる」

「封蝋がされる前のを手に入れたいわね。一番新しいやつを。できる?」

「打ち合わせどおり」

「気をつけて。誰も火傷しないようにね」

頷きあって別れようとしたとき、表の方が何やら騒がしくなった。そろってまわりこんでい

くと、やたら興奮した見習い馬丁が、衛兵や下働きに駆けよっては、

「船だ！　船がくるよ！　西の国から、〈雪の都〉経由で！」

と叫んでいた。

エプロンで手をふきふき、厨房から料理長が姿をあらわし、

「タンドグ！　いつつくって？」

「あと半月！　雪がふる前にくるって。リーリではその噂でもちきりだよ」

人々は船が着いたら何を買うか、あれもほしいこれもほしいと大喜びだ。

カルシーが料理長に聞いたところでは、〈水路あけ祭り〉の少し前に毎年やってくる西国からの船は、リーリの町に珍しいものやなかなか手に入らないものをもたらすという。先日、水車食堂で食べたショクラクルもその一つだ。

「今年は何隻で来るかねえ」

「去年は三隻も来たよなあ」

「おれの祖父さんの話では、十年前の五日間つづいた嵐のときは、一隻もつかなかったって」

「ワンダル、そいつはもう何回も聞いたぜ」

仕事そっちのけでみなそわそわとする中を、二人は持ち場に戻った。

その日の夕刻から、強風が、色づいた雑木林の葉をむしりとって、いっこうにおさまる気配がない。竈や暖炉の火はなかなかついてくれず、逆流する煙に咳きこむような夕食どきが終わって、ようやく落ちつきをとり戻した宵《よい》、ヘンルーデルは書き物をするから入ってくるなと、やんわりとジルに言いわたした。扉の外の衛兵は、にやにやしながら、

「恋文を書くんだ」

と教えてくれた。

ジルは隣のリネン室で整理するふりをしながら様子をうかがった。千載一遇の機会、神経を研ぎ澄まして待つ。こんなときにシュワーデンがいてくれれば、透視して、もう少しはっきりした様子がわかるのに。ジルの能力では、ヘンルーデルの気配を感じるくらいが精一杯だ。

とはいえ、歩きまわっている、とか、机にむかっているようだ、くらいは察知できる。彼が寝台のあいだからとりだした小冊子をめくりながら、一句ごとに、暗号文をつづっている様子を、何となくとらえることはできる。

ことをおこすには、早すぎてはいけない。遅すぎてもいけない。ヘンルーデルが恋文をあらかた書きおえたころ、封蠟をする前の瞬間を狙わなければ。

壁際——幸いなことに、リネン室との壁は板で仕切られているだけで、どこかに隙間もあるようだ。これが石壁だったらこの計画そのものがなりたたなかっただろう——に耳をあてて息を殺して待つうちに、かすかな蠟の匂いが漂ってきた。目の裏に、ヘンルーデルが蠟燭《ろうそく》の火に封蠟の蠟をかざす姿がうきあがった。ジルは素早く物動の呪文を唱えた。

蠟燭の火が大きくゆれて、ヘンルーデルの指先を焦がす。公子は思わず声をあげ、性急に動かした手が、蠟燭を倒す。蠟燭の火は羊皮紙の上で消えはするものの、倒れた拍子にとんだ火花が窓際の緞帳にうつって、たちまち火柱をあげる。ヘンルーデルは椅子を蹴って倒し、かけてあった上着をかぶせて消そうとするが、火柱は服にまで引火して、寝台の天蓋まで炎をのばす。

ここに至ってヘンルーデルは頭を抱え、ようやく人を呼ぶことを思いつく。

「誰か来てくれ！　火事だっ」

リネン室から飛び出したジルは、二人の衛兵が防火用の水の入った大バケツを抱えて部屋にとびこんでいくのを見る。水は緞帳と天蓋をとらえて見事に火勢をおさえる。ジルが廊下で叫んだので、下階からも衛兵がおしよせて、さらに水を浴びせる。ひそかに唱えたジルの呪文が、水滴の多くを机上にもまきちらしたので、書きあげたばかりの恋文もインクが大きくにじんで台なしになってしまったようだ。保存の魔法の上にさらに、目くらましをかけて、そのように見せているだけなのだが。

煙と火の臭いが充満し、室内は水浸しになり、ヘンルーデルは半狂乱でわめきつづけている。元兵団長の監視役があがってきて、てきぱきと事後処理の指示を出す。雑用係の何人かをまわすから、協力して片づけてくれ、といわれたジルは、髪をふり乱したヘンルーデルが衛兵に両腕をとられて階下へつれていかれるのを見送る。

雑用係の女たちが来る前に、目くらましをかけていた恋文を素早く上着裏のかくしに入れる。隣室にモップとバケツと雑巾をとりにいって戻ってくると、もう女たちが緞帳をはずし、天蓋の紐を解きにかかっていた。

カルシーがシーツをひっぺがしながら目で尋ねてきたので、ジルはさりげなく胸に手をあててまばたきした。

「あんた、あんなに大事《おおごと》にする必要あったの?」

すべてがようやく片づいて、新しい緞帳や天蓋、乾いた寝具が整い、目蓋を腫《は》らしたヘンルーデルが再び部屋に戻ったあと、雲間に星が一つ二つ見える勝手口の横で、カルシーは小言を言った。彼女もジルも、ヘンルーデルに負けず劣らず、煤だらけの頬と灰まみれの髪で、鼻の奥には煙の臭いがいまだこびりついている有様だった。

ジルはくすくす笑いながら、

「真に迫っていた方がいいでしょ。小火《ぼや》で手紙がおしゃかになるっていうのはなかなか難しいから。あれだけ水をかけるくらいでないと」

「まったく! 火より水の害だって、文句たらたらだよ」

「ヘンルーデルのあの騒ぎよう、見せたかった。いざというときどうふるまうかで人間の本質が見えるって、ギオンが言っていたのは本当だね。いくら外見がきれいでも、中味はすかすかだって、つくづくわかったよ」

カルシーは鼻でわらって、皮肉たっぷりに言った。

「そうね、ジル。男を見る目が育って良かったね」

フレステル大公に比べると、その器の違いが明白だ。それを口にすると、カルシーから、あんた何様、と言われそうなので黙っているけれど。ヘンルーデルを断罪評価するつもりはまったくないのだ。ただ、国の中心であり、国を治める者の役割を、ヘンルーデルに任せることはできない、と思う。この、水面下で動いている謀略が何かはわからないけれど、公子にはずっとこの館にいてもらった方が皆のためだと直感が言う。

手を出したカルシーに、かくしから恋文をわたした。もう、目くらましの魔法はといてある。保存の魔法はとかなくてもいいようだ。カルシーは懐につっこむと、

「明日、水車食堂で。多分、公子は新しく文を書くでしょ。一刻も早く〈イナヅマウオ〉を飛ばしたいと思うだろうから、彼が出かけたら来て」

ジルは頷いて、先に館内に戻った。

ヘンルーデルが出かける翌日の午後遅くまで、ジルはじりじりして待った。逃亡防止のために、あらかたの衛兵もついていったので、半日の休みを申しでると、監督官は機嫌よく皆に休みをくれた。

水車が風をうけてきしみをあげ、ペンタ麦を粉にする大槌の音がごとんごとんと地面に鳴り響いていた。秋のおわりの陽は、まだ午後早くにもかかわらず、まるで夕刻のような柿色をして、薄い靄《もや》をまとっていた。ジルがつくのを待って、ナイサンは自分の宿に二人を誘った。

「ここじゃ、うるさくて声も聞こえん」

水車食堂からしばらく歩いて、リーリの街中の石造りの家に、ナイサンの借りている部屋があった。小さな卓を囲んで、『神聖年望』と恋文を広げ、頭をつきあわせて暗号をとこうとした。

「うえぇ。何この文章」

「これで相手の心を射止められるんなら、おれはもう、十人くらいの彼女をもってるな」

ナイサンが頭をかきながら言った。ジルは、口元を歪める。

「気持ち悪い……」

「これのどこが、暗号？」

「頁を示す数字も言葉もないなぁ。どうやって照らしあわせるんだ？」

凝視をつづけても、何一つひらめかなかった。

しかし、ジルが気がついたのが、

「ねぇ、この、黒い点々、偶然ついたようには見えないんだけど」

言葉の斜め上にペンでおさえたような点が、たくさん見られた。それは、一語だけを囲うようにあったり、数語をまとめてはじめとおわりを示しているようだったりした。

「『ああ、天上の星にも似たきみの』でひとくぎり。『瞳はわが胸』でひとくぎり。『のうちにあって、さながらはぜる祭りの火のごとく』『湖の上にも燃え、山頂にも』燃え、消えることなし。『いかに狭き部屋』でひとくぎりずつ。

……何、これ」

「意味をなしていないよね」

カルステアとジルが頭を傾げていると、ナイサンが、ちょっと待て、と呟いて字数を数えはじめた。

「最初のくくりは十三字だ。十三頁には何が書いてある？」

『神聖年望』をひらくと、十一月の祭事が箇条書きになっている。

「次は五字」

「五行め、ということかな」

カルステアが五行めを指でおさえ、次が七字、というのにあわせて七番めの単語をさがすと、

「マステル銀」

「十一月十日は新しいマステル銀のフィブラをマントにつけると幸せになる日、のマステル銀」

三人はぱっと顔を見合わせた。よし、次は、とナイサンが数を数え、カルシーが頁をひらき、ジルが単語をさがす。一旦わかってしまえば、解読はあっというまだった。

「マステル銀、交易船、あと半月、しるし、剣」

「あと半月で交易船がつくって言ってたよね」

「マステル銀を交易船につむっていうこと？

密貿易じゃないの？」

「密貿易だよ！」

「つまりは……剣のしるしを合図に、マステル銀を西の船に載せ、その対価を得るってこと？」

三人はしばらく沈黙した。カルステアがようやく口をひらいた。

「マステル銀を輸出したって、加工フォーリがいなけりゃ、モノにならないよね……」

「相手はそれを知っているのかな」

「知らないかもしれん。知っていても、何とかなるとタカをくくっているのかもしれん」

再びの沈黙。

「……ヘンルーデル公子が、すべてをわかっていてこれを企んだとしたら、ほとんど詐欺《さぎ》じゃない？」

ジルが卓上の手紙を指でおさえながら、ぼそっと呟けば、

「そうだよね。禁制品のマステル銀を密輸出して、相手からはたんまり金貨をせしめるつもりなら……」

「その金貨で兵を雇って謀反をおこすつもりなら……」

「いや、二人とも。きみたちが考えているより大事になる。密貿易が成功すれば、国と国のあいだの信用問題になる。逆に、ことが明るみに出れば、ヘンルーデルという弱点をさらすことにもなる」

「そうか……。国内のもめ事を他国に知られたら——」

「アトリア、西の国々はもとより、ドリドラヴも、ここぞとばかりに踵《かかと》にかみついてくるだろう。ううむ。……これは、おれたちだけでは処理しきれない。ハストのペネルに連絡をとるよ」

ナイサンは窓際によって板戸をあけ、短く口笛をふいた。早くも陽が沈んでしまった宵闇から、一陣の風が吹きつけてきて、蠟燭の火を消した。闇に紛れて影がとびこんでくると、寝台の端柱にとまった。

炯々《けいけい》と瞳を光らせたハスト鷹が、首をすくめるような仕草で翼をもちあげ、おろした。ナイ

サンは、フォーリが飼っている獣《けもの》と話すときに使う言葉で、簡潔に陰謀を語り、ハスト鷹はまばたき一つでのみこむと、窓から飛びたっていった。カルシーが頬杖をついて、

「いいなあ。あたしも獣と仲良くできる力に秀でていたらよかったなあ」

とうらやましがり、ジルは、

「わたしたちができるのは、ミミズを土からほりおこすくらいだもんねぇ」

と同意した。

窓をしめたナイサンは、大きく溜息をついてむき直った。

「二人ともご苦労様。あとは中央に任せよう」

「え……これでおわり？」

とジルが口をあき、

「あたしたち、もっとすることあるんでしょ？」

とカルステアも確かめる。ナイサンは首をふって、

「どうかな。中央から何か言ってくれれば動くが、おそらく館の監視役や交易所ですべて片づけるんじゃないかな。さっきも言ったように、あからさまにできる事件じゃないから、おれたちフォーリが出張ることはないだろう。きみたちは館に戻ったあと、数日の間隔をあけて、やめるなりクビになるなりしてくれ。あとは、水車食堂で会おう」

と言った。

8

船は三隻着いた。難破に備えてペルタス、ビジーフ、セイメイの西三国の荷を等分に分け、〈雪の都〉に寄港した折の積荷も携えて。ジルとカルシーは館のほとんどの人と一緒に、波止場にたむろして、どんな荷がおろされていくのかを興味深く見守っていた。ヘンルーデル公子も、厳重に警備されつつ、馬の上で背筋をのばしていたが、その視線は海とは逆の方向にさまよいがちだった。

ハスティアの内陸からも荷箱が運びこまれて、港は熊の襲撃にあったような喧噪だった。香茶葉、ハスト織の反物《たんもの》や絨毯《じゅたん》、マステル銀の装飾品、飾り剣、上等な塩、レースや刺繍《ししゅう》。羊毛でみっしりと編まれた上着や帽子や精巧な手袋、靴下は、〈雪の都〉で北の人々に買われていく。対して西国からは穀類、銅、珍しい木の実や蒸留酒、乾燥果物、絹糸などが山とつまれる。

館の女たちはその一つ一つに歓声をあげ、市に並ぶのはいつ頃だろうか、そうしたら何を買おうか、とおしゃべりする。しかしジルとカルシーはヘンルーデルと周囲の様子に目くばりしていた。

ナイサンからは、あとは港湾管理事務所と警察機構の仕事だから、くれぐれも手を出さないようにと念をおされ、見ているだけ、という条件でやってきたのだった。

西国の船の、巻きあげられた明るい橙《だいだい》色の帆の上に白い海鳥がとまり、空は晴れたり曇ったりとめまぐるしく、人いきれの中にも冷たい風は吹きこんで、少しずつ寒くなってきた。皆も同じだったらしく、いっときの興奮がおさまって、見るものを見て満足すれば、三々五々、館へ戻っていく。ここから丘の上までかなりの距離があるので、マントの前をかきあわせて足早に去る。

ヘンルーデルはまだ馬上に待ち、カルシーとジルは目だたぬように荷のあいだをうろつきながら、ひそかに見張っている。

ようやく、港の入口に、朱地に灰色の剣の三角旗を立てた荷駄が見えた。待っていた荷駄であったらしい。ヘンルーデルが身じろぎし、その肩から力がぬけた。

御者が交易鑑札を役員に手わたし、役人は鑑札と旗印を交互に見比べていたが、やおら怒声が響いたかと思うや、リーリの衛兵たちが帆布袋にわらわらととびついた。御者が抗議の声をあげると、彼をもひきずりおろして後ろ手に縛るところだ。帆布袋が地面に投げだされるのを見て、ヘンルーデルは思わずとびだしそうに馬首をめぐらせ、しかし袋の中から羊毛にまじって重い鉱石がごろごろ転がりだすと、顔を歪めて手綱を引いた。

怒号の中に、衛兵の悲鳴が響いた。その手にかみついた御者が、素早くとびおきて捕縛の手をかいくぐり、こちらへ——ヘンルーデルの方へと逃げてきた。その目は公子のとりなしを求めてすがるようだった。しかし公子は、さりげなく視線をはずし、必死に呼ぶ声から逃げるように馬首をめぐらせた。御者はなおも追いすがろうとしたが、そのあいだはひらくばかり。逆に衛兵たちとの差が縮まると、手あたり次第に荷をまきちらして逃げまどう。しかし、とうとう行き場を失ったと知るや、波止場の縁まで疾走していき、一瞬ふりかえった。頭巾が脱げて、その顔があらわになった。輪郭《りんかく》は四角く厳《いか》つさをもったものの、金の髪、憎々しげに歪んだ顔には吹き出物のあとが残って、それは四年前、〈真実の爪〉の前に立たされるとき、ジルを悪意のある揶揄《やゆ》でからかい、カルシーの容姿を悪し様にけなしたグラップのルゴフだった。

ルゴフは、

「おまえらみんな、呪われてしまえ！」

とわめき、わめきざまに海へと身を躍らせた。水飛沫《しぶき》に身をのりだせば、随分離れたところでうきあがり、見事な泳ぎで岩礁の多い方へと遠ざかっていく。

「うわあ」

ジルはそれしか言えなかった。カルシーは彼などまったく知らないふうで、

「あれを捕まえるのは、ちょっと無理じゃない？　いや、その前に、岩に叩きつけられちゃうかも」

と当然至極の心配をした。

ジルの方は、数呼吸のあいだ、彼が今までどこで何をしてきたのか、思いめぐらせようとしたが、四年分の人生を世間知らずの小娘が想像できようはずもない。再び、うわあ、と呟いて、なんだかがっかりするのが関の山だった。


交易船が去って三日後、ジルとカルステアは館の仕事をやめ――ヘンルーデルは、ひどく機嫌が悪く、混乱の極みにあった。八つ当たりしたかと思うとすりよってくる。辟易《へきえき》したジルは、食事の盆をぶちまけてクビになった。ああ、すっきりした！　芝居が半分とはいえ、ヘンルーデルにスープと葡萄酒《ぶどう》をかけてやれたのは、溜飲《りゅういん》が下がった。料理人と食物には悪いことをしたが。

「薄めた葡萄酒に冷めたスープ。作る方だって本気じゃないし、食べる方だって不満たらたらなんだから、そんなに気に病みなさんな」

カルステアが慰めてくれて、ようやく自分の行動をゆるす気になった。そのカルシーのほうはもっと穏便に、しかし彼女の性格そのままに、「もっと給金のいい職が見つかったから」と遠慮なしに言って辞めた。そうして、かねてからの約束どおり、〈水路あけ祭り〉に、湿地へとくりだした。

〈水路あけ祭り〉は、〈イナヅマウオ〉が湿地の奥から飛んでくることではじまる。日を追うごとにその数は増え、三日めに最高潮に達し、四日めか五日めに突然終わる。最後の一匹が飛んだあと、迷路状の湿地帯はところどころに灌木と島を残して海辺まで、一変、氷原と化す。漁師たちは、大箱をつんだ橇《そり》を犬にひかせて、

海から魚を大量に運びこむ。クロタラやニシン、マトウダイといった冬期間の食料は、家々の納屋で冷凍され、春までの貴重な食料となる。

ジルとカルステアがナイサンの案内で湿地口に来たのは、ちょうど三日めの宵《よい》だった。時刻にすればまだ夕方になったばかりだが、日に日に昼は夜に侵食されて、寒さも増してきていた。給金をはたいて買った〈雪の町〉産の毛皮外套《がいとう》を着こみ、漁師が嵐で海に出られないあいだに編んだ毛糸の帽子と手袋と靴下を重ね、羊毛に裏打ちされた鹿の一枚革の長靴をはき、〈ツバサダマ〉やカンテラの灯り、焚火の光に楽しげに照らされた露店をひやかして歩く。マステル銀の星飾りや熱くした香料入り葡萄酒、蒸留酒のお湯割り、ショクラクルをかけた焼きたてのビスケット、とかしたチーズをまぶしたソーセージ、唐辛子のきいた塩漬けのカブを次々に楽しみながら、湿地口の柵の前に並んだ。

上空には厚く雲がかかり、人々は灯りを消していたので、水平線も闇に沈んでいるはずだったが、その厚い雲のあいだで稲妻《いなずま》が次々に走っていくために、水路は銀にうかびあがり、まるで編まれたレースのようだったし、浮島や小島は光輪を背負った小さな神々さながらだった。それだけでも見応えがあり、飽きることもなかったが、やがて雪の匂いといっしょに、素朴な笛の音が聞こえてきた。

「来たぞ！」

誰かがいちはやく叫ぶと、群衆は声をひそめて身構えた。笛の音ははじめ二つ三つだったものが、まもなく十になり、百になり、重なりあうが耳障りではなく、それぞれに思い思いの旋律を奏でているにもかかわらず、大きなひとまとまりのように響いた。

稲妻のあいだから、小さな翼で宙がえりしながら、〈イナヅマウオ〉がとびだしてきた。笛の音は彼らの鳴き声で、稲妻を身体の表面に弾けさせて、雪の匂いをまきちらしながら、群衆の上を飛んでいく。紫電が人々の帽子や袖口で火花を散らし、歓声があがり、踊りのステップを踏む者もいる。

ジルは稲妻の光と〈イナヅマウオ〉の身体にまとわりつく紫電、それに、その数に圧倒されて、指一本動かすこともできない。カルシーはきゃあきゃあ騒いで、誰彼かまわず手をとりあい、とびはねている。

あとからあとから、尽きることのない小竜の中には、稀に人の肩に止まるのもいる。何十万頭という数のうちの数頭が、人の相方となることを選ぶのだ。選ばれた者はもう、人生最大の幸運を手に入れたかのような喜びようで、大きな人垣ができたりもする。

ジルも、小さな竜たちの飽きることのない音楽と光の饗宴に目も心も奪われて、任務の中途半端な結末を、すっかり洗い流してもらったような気分だった。

やがて〈イナヅマウオ〉はどこかへ飛んでいってしまい――湿地に生まれ、稲光《いなびかり》で大きくなり、マスト山頂に終の住処を求めるのだという者もいる――、喧噪と狂乱も静まった。人々は満足の溜息《ためいき》をついて、三々五々、家路についていく。ようやくふりむいたジルは、カルステアが妙に静かになったのに気がついた。

「どうしたの……?」

隣に立つナイサンが意味ありげな微笑をうかべ、当のカルシーは瞠目《どうもく》したまま、氷のようにかたまっている。その指が、そっと自分の肩を指さした。

一頭がちょこんと乗って、すまし顔をしている。ジルは叫びだしたくなるのをこらえ、目で問う。カルステアもナイサンもそっと頷いた。

「どうすんの、これ……。あたしに飼えってこと……?」

身体を震わせている彼女は、まるで十歳くらいの少女のようだ。

ナイサンが声をひそめて、

「まずはおれの宿に帰ろう。相談はそれからだ」

つれだって歩きだす。暗い道中、誰もカルステアの肩の上の影には気づかない。〈イナヅマウオ〉はそこにいるのが当然、といった様子で、平然とした態度だ。

半歩遅れて歩きながら、ジルの胸に不思議な確信が生まれてきた。この〈イナヅマウオ〉とカルシーは、生涯はなれることのない伴侶となるだろう。疑いなど持つことのない、絶対的な信頼に結ばれた友となる。どれほど年をへても、どんなに環境がかわっても、この絆は決してよじれることも切れることもなく、ずっとつづいていく。それは、人と人との関係では育むことの困難な、夢のような縁《えにし》といえよう。

妬《ねた》みや嫉《そね》みの感情を持つことはそれほど多くないジルだったが、このときばかりはカルステアをうらやんだ。無条件で愛し愛される関係にも、いつか死というおわりがやってきて、どちらか一方は必ず孤独を味わう。それは、〈月ノ獣《けもの》〉の声が、かつて彼女に無慈悲に告げた真実だった。だが、この〈イナヅマウオ〉とカルステアは、その理《ことわり》にくみこまれないだろう。片方の死はもう片方の死となる。それは祝福だ。ジルは直感した。誰にもわかってもらえないだろうし、誰かに言うつもりもなかったけれど、だからこそジルはうらやんだ。

宿につくと、動揺しているカルステアにナイサンがあたためた葡萄酒を飲ませた。やがておちつき、大きく息をついて、

「この子に名前つけなきゃ」

と呟いた。思わずジルは口走った。

「トゥッパ！」

「……？」

「この子の名前はトゥッパなの」

カルステアはたちまち目をつりあげて立ちあがった。

「ちょっと！　あたしの竜に、なんであんたが名前つけるのよ」

ナイサンが両手のひらをたてて、まてまて、と制止した。その直後に、カルステアの肩の上で竜が鳴いた。トゥープ、トゥパ、トゥッパ、と。

「ええぇ？　ほら、覚えちゃったじゃないのぅ」

「それは違う」

「何が違うのよ、この遠慮知らず！　前から思ってたけどねぇ、ジル、あんたってばどうしてそう考えなしにことを進めちゃうんだよ！」

「だから違うんだって――」

「カルシー、ジルが名前をつけたわけじゃないぞ」

　ナイサンが、卓にパンのかたまりを置きながら、あいだに入ってくれた。

「ジルには視《み》えたんだ。そうだろう？」

「え……。視えたって……」

「視たわけじゃない」

　ジルは正しく伝えようと、生真面目に答えた。

「ただ、わかったの。カルシーとこの子は一生の友で、この子の名はトゥッパだって。……でも、ごめん。つっ走るのは確かだし。気をつけようとはしているんだけど――」

「えええ……。……ジル、それ、予知じゃないの？」

「そうなのかな。予知と幻視とどう違うかも良くわからない……得意な範疇《はんちゅう》じゃないし」

「ま、そういうことだ。食べろよ。人は腹が減っていると怒りっぽくなる」

　ナイサンは薄く切ったパンにチーズをのせ、葡萄酒と一緒に二人にすすめた。

　トゥッパ、トゥーパ、トゥー、と鳴く竜は、満足そうに目を細めた。

9

さかのぼること八年　ハスト暦　四四五年

月の光が目蓋《まぶた》に射して、若いフレステルは、水面にうかびあがるように目覚めた。五日間泣きくらし、十七歳の激情を吐きだした胸に残っているのは、妙に醒めた静けさだった。そう、この月光のように。

光は、部屋の一部だけを斜めに切りとっている。椅子の肘かけの浮き彫りが、獅子の顔をしていることに、はじめて気がついた。たてがみの一房一房の輪郭《りんかく》がよく見える。座面にたてかけられた二十五弦琴の胴に飾られている月と星の螺鈿《らでん》細工が、やさしい虹色を放っている。恋人が処刑されたときから触れていないので、弦の何本かがゆるんでしまっている。そのゆるんだ弦の上には、黒みを帯びた〈アマジャクシ〉がからみつき、まだ張りを保っている弦の上では、銀の〈アマジャクシ〉がすべっては登り、すべっては登りの遊びをくりかえしている。

フレステルはしばらくそれをながめていた。夜毎、日毎、〈アマジャクシ〉たちは、楽音の奏でられることを、こうして待ち望んでいたのだろう。だが、フレステルの目には映ってこなかった。奏でられないままに、むなしくその日を待ちわびて、むなしい遊びをしていたのか。

彼は裸足のまま、冷たい石床を横切って、二十五弦琴をとりあげると、すべての弦をそっとかき鳴らした。すると、〈アマジャクシ〉たちは、かすかな愉悦の歌をうたいながら、天へとかえっていった。調律されていないものの、不快ではない残響も消えていく。そのかわりに、外から、フクロウの思索の呟きが聞こえてきた。

ふりむけばあけた覚えのない中庭への扉があいていた。月光はそこから射しこんできたのか。だが、彼の寝床には届かないはずだった。再び、誘うようなフクロウの声がした。彼は靴に足をつっこみ、マントを羽織り——この五日間、食べもせず着替えもせず、ただ泣き喚いてはうとうとし、目覚めてはまた慟哭《どうこく》する、をくりかえしてきていた——、中庭へとゆっくり出ていった。

彼の部屋に付随する中庭は、様々な木を植えて、山中を模したようになっていた。初冬を迎えて、すっかり葉をおとしたカラマツやヤマナラシやシイ、その根元に厚く散り敷いた黄金の落葉、あるいは橙《だいだい》や深紅のヌルデやカエデの葉。トウヒやモミは天高くそびえて、鳥たちが食べ残したイチイの赤い実が、飾りボタンのようにちらついている。

ぼくは今まで何を見ていたのだろう、と、上を仰ぎ、足元に視線を落とし、幹と幹のあいだを走りぬけていく月光を追いながら、不思議な気分にかられていた。恋人とのあの日々は、夢の中にとじこめられて、この夢のような金と銀と赤と青の影に彩られた今の方が、確かに息をしている、と感じられる。この甘く香しい落葉の匂いを忘れていた。針葉樹からほのかにはなたれるすがすがしい香りを忘れていた。ああ、狂おしい恋の日々は、終わったのか。そう悟れば、胸がまた、喪失の痛みにしめつけられる。だがもう、彼のための涙は流しきってしまったようだ。

行く手の梢《こずえ》で、再びフクロウが誘った。カバの木の洞にでも、巣をかけたのだろうか。賢者の瞳をのぞきこんだら、行くべき道が示されるのだろうか。フレステルは、梢と梢のあいだに目を凝らしながら、逍遥《しょうよう》していった。

水盤と、煉瓦《れんが》を積みあげた炉のある小さな空地に至ると、誰かがちょうど火をおこしているところだった。あたりは月の銀に染めあげられて、青い影との境界もさだかではなかったが、その身体つきから、ヴィスマンだと見当がついた。火打石の打ちあわせる音が響き、彼の手元で火花がはじけた。すぐに、落葉と小枝の燃える匂いが、白い煙と一緒にたちのぼった。ヴィスマンは、薬缶《やかん》に水を満たそうとし、フレステルに気がついた。しかしその所作は、彼がいようがいまいが、少しの変化もなかった。水盆に静かに注ぎこむ山の水を薬缶に入れ、炉の前に戻って火にかけ、丸太に腰をおろし、火にくべるべく小枝を足元から拾いあつめた。

「……ここで、何をしている？」

フレステルの口調には、とがめだてよりも、純粋な好奇心があらわれていた。ヴィスマンは顔をあげて彼を見た。その眉には、いつもの厳しさは影をひそめ、月にとけこむような淡々とした色がうかんでいた。

「香茶でもいかがです、殿下。桂皮《けいひ》、白胡椒《しろこしょう》、唐辛子、丁子《ちょうじ》、ショウズクのお茶です」

フレステルの問いなど聞こえなかったように言って、小枝をくべる。火の粉が〈アマジャクシ〉のように舞いあがる。フレステルは、直角をなす位置の丸太に腰をおろした。あたたかい火の気に、身体が冷えきっていることをようやく自覚した。しばらく、小枝のはぜる音と炎の踊りにひたったった。そのうち、湯が沸き、ヴィスマンは蓋をとって、懐《ふところ》からとりだした布袋の中味を全部あけ、再び蓋をしめた。香辛料のぴりっとした香りがたちはじめる。

「松の小枝を数本、とってきてくださいますか、殿下。わたしは、粗朶《そだ》を集めてきます」

言われるままに、近くの松から枝を折りとって戻れば、ヴィスマンは倒木から小枝を払いおとしている最中だった。手斧をふるいながら、彼は頭だけ向けて、

「薬缶の口にぎゅっとさしこんでください」

と言った。フレステルは火傷に注意しながら、松の枝を注ぎ口につめこんだ。まもなくヴィスマンも丸太に戻ってきて、火に小枝をくべ、手袋をはめた手で薬缶をおろした。腰帯に下げた袋からマステル銀の取っ手つきカップをとりだし、香茶を注ぐ。湯気と月光と香りが混然となって、大気がゆらいだ。

「お先にどうぞ」

手わたされたカップから一口すする。喉元か

ら腹の中へと落ちていく感触が、安堵を呼んだ。松の枝が漉し器のかわりをしたおかげで、舌に香料殻が残らない。

「ヴィスマン」

「はい。何でしょう」

「このカップ、見たことがあるぞ……。賓客正餐用の、そろいの一つじゃないのか？」

ヴィスマンの唇がかすかにゆるんだ。

「五十客もあるうちの、一客が行方不明になることなぞ、しょっちゅうでしょう。予備もその倍もあるのだから、殿下が気に病むことはありませんよ」

フレステルは呆気にとられた。ヴィスマンの口からそんな言葉が出てこようとは。呆気にとられながらも、カップを口に運び、さわやかでありながらじんわりと効いてくるお茶を味わう。

「殿下。殿下はどうしてわたしがおそばにあがったか、ご存じですか？」

ヴィスマンの問いは、突然で、場違いなように思われたが、

「うん……母上が、ぼくの側近にと、敏腕商人でカタブツのおまえに白羽の矢をたてたんだと聞いているよ」

また一口味わってから答えると、

「本当は、父君なのですよ」

と、足元を見ながら言った。

「……？」

「父君が、うちの商館にいらして、両親と話しあい、わたしを抜擢なさったのです。母君……大公閣下も賛成なさいましたが、ね」

「ふうん」

フレステルにとって、それはどうでもいいことだ。ヴィスマンの有能さ、堅実さ、的確な判断力は、ときおり口うるさくなるのをさしひいても、得がたいものだとは感じていたから。

「殿下。はっきり申しあげましょう。父君にとって、あなたという個人は必要ない。あの方にとって必要なものは、大公の地位を引き継いで盤石にする公太子、臣民のために生き、臣民のために死ぬ覚悟をもった後継者、なのです」

ああ、そうなのか、とただそう思った。以前から、息子として愛されてはいない、次の大公候補として見られている、と何となく感じていたから、ヴィスマンの口から明確な事実として語られても、何の痛痒《つうよう》も感じなかった。「夢見るフレス」と嘲《あざけ》られ、「駄目な息子」として扱われ、成長を妨げると判断され反逆罪で恋人を殺されて、今さら何を父に望もうというのか。

「何が言いたいんだ、ヴィスマン」

「父君に何も求めなさるな」

フレステルは弱々しく笑った。

「もう、ずっと早い時期から、求めてはいないよ」

「恨みも、です、殿下」

フレステルは喉元に生まれたかたまりをおさえこんだ。

「これを預かってきました」

ヴィスマンはどこからか手紙をとりだした。

フレステルは首をふった。

「言い訳なぞ、読む気はしない」

「父君からではありませんよ。タトゥーユからです。処刑される前の晩に、わたしに託されました」

ひったくるようにして、その小さな筒状の羊皮紙を月明かりにかざした。封蠟《ふうろう》などなく、本か何かをナイフで切りとったものに走り書きされたものだった。広げれば、確かに愛しい人の手蹟であった。一呼吸、二呼吸、三呼吸で全文を読み、もう一度はじめから目をとおし、さらにもう一度読んだ。幸福であった、夢の中のようであった、と二人の日々をふりかえり、しかし夢はいつしかさめることも覚悟はしていた、としたためてあった。結末はみえていた。互いに互いの身体を水底に沈め、ともにおぼれるか、それとも一方が手をはなし、一方を現実《うつつ》の水面に解放するか。これは父君の所業ではなく、自分が選んだ道である、と。憎んだり恨んだりは、自分とともに葬ってくれ、と。「わたしはあなたのために生き、あなたは国の人々のために生きねばならない」手紙はそうしめくくってあった。

フレステルは膝のあいだに頭を垂れ、歯をくいしばった。

「できるか、そんなこと！」

するとヴィスマンが立ちあがって、彼の肩を叩き、あれを御覧なさい、と言った。頭をあげた先には、焚火の炎があったが、炎の中に何やらうごめくものも見えた。正体を見極めようと目を凝らしているうちに、いつのまにか昼の大通りに立っていた。

忙しげに行き来する人々で、ごったがえしている。中央を、建築用の木材石材、皮の山を作業所へ運ぶ荷車が、車輪の音を響かせて走りぬける。その左右の歩道は、書物を抱えた学者や教師、空っぽの籠をもって、各家々を回る洗濯女、腰に商売道具の編み針の袋を下げ、自身も襟元をレースで飾ったレース編み職人、それらの人々のあいだを駆けぬけていくのは、助産婦か。肉屋や鶏屋、菓子屋、パン屋、雑貨屋で用を足す主婦や使用人の出入りも激しい。大通りの先には広場が設けられ、入れかわり立ちかわりして石の魚の口からほとばしる水を汲みに、おとなだけではない、小さな子どもたちも、桶や壺を持ってくる。晴れやかな顔をしている者はほとんどいない。皆、ひきしまった表情で、笑顔もなく、まるで暗い一点を凝視しているようだ。ざわめきのあいだから、突然金切声があがった。フレステルがふりむくと、女と女がつかみあいの喧嘩をはじめたところだ。爪をたて、髪をひっぱりあい、胸元をひきちぎって罵声《ばせい》を浴びせあっている。路上には、りんごが数個、転がって、その先にある爪先からたどってみていけば、にやにや笑いでとめる気もない男女の人垣だった。

「どうしたんだ。なぜ、誰も止めさせないんだ」

フレステルが一歩前に出ると、襟首を乱暴にひき戻されて、鼻にひどい口臭をかぐ。赤ら顔の、横幅のある男が、

「放っとけ、放っとけ！　いつものことだ！　下手にとめようとすると、おまえさんがひっか

かれるぞ。それに、今日はどっちが勝つか、皆賭けてんだ。邪魔すんな」

とわめいた。周囲の男女は、はやしたてたり拳《こぶし》をふりあげたりして、手から手へと銅貨をわたし、うけとっている。

フレステルは軽い衝撃をうけて後退《あとずさ》った。無表情で静かだった群衆が、豹変した。動く石像さながらであったものが、石膏の皮膚を剝落させて、本性をむきだしにした。

「彼らのために、あなたは生きねばならない」

気がつくと、隣にタトゥーユが立っていた。しかし彼は、もう、この世のものではない薄幕《うすまく》を身体の周りにまとっていて、近よりがたく思われた。

直後に、フレステルは、軒下や壁の隙間から炎を噴いている家の前に移動していた。夜空に、ちりちりと音をたてて火の粉が赤く舞い、黄色と黒の煙が屋根の上でふくらんで破裂する。人人――おそらく、村の人々だろう。家のまわりには納屋しかない。隣の家とは二十馬身もはなれているようだ――が、立ち騒ぎ、池から水を汲みあげて、次々と浴びせている。怒鳴り声がした。

「フォーリ！　ゾーン！　何とかしろっ」

怒鳴られた女は、必死に呪文を唱えて火を抑えようとするが、うまくいかない。

「あたしは物動は不得意なんだよっ！　治療ならお手のもんだけどっ」

四十すぎの女で、半ば泣きながら叫びかえしている。

「テリーとガストはまだ中かっ」

バケツを抱えてきた一人が尋ねると、何人かが、そうだ、と答える。同時に、屋根が大音響をあげて吹きとび、火柱が天高く立った。二人がまだ中か、と尋ねた男は、罵声をあげ、おのれの小さい息子が運んできたバケツをとりあげるや、頭から水をかぶった。すると、すぐ隣の男も同じようにして、女房から手わたされた手ぬぐいを二つに裂き、一方をかたわらの男におしつけた。二人は申しあわせたように水でぬらしたそれを、口と鼻をおおうようにして結び、大股で家の中へと入っていった。

　女房たちは口をおおい、子どもたちはその腰にしがみつき、

「おいっ！　ぼうっとしてんな！　水だ！　バケツだ！　動けっ」

と顔を真っ赤にしてわめく男は、両手にバケツをもって走っていく。自分は治療が得意だと言いかえしたフォーリも、呪文を再び唱えはじめ、今にも落ちそうな梁《はり》を支えようとしている。柱のはじける音、石壁の割れる音、鼻の奥までしびれさせる臭い、降ってくる灰や煤、風にあおられて生き物のようにのびる炎。襲ってきては向きを変えて渦巻く煙。

　これまでにも増して激しくきしむような音がして、地面がゆれた。人々が思わず手をとめ、足をとめるその前で、家の正面が手前に傾き、崩れおちようとしていた。フォーリが歯をくいしばって梁やまぐさ石を支えようとしていたが、もちこたえられなかった。轟音《ごうおん》とともに煙と灰が霧のようにあたりをおおい、人々はしゃがみこみ、咳きこみ、あるいは尻もちをついた。女たちの泣く声、男たちの絶望の喚き、子どもたちの父を呼ぶ声が、失われた視界の中に入り乱れる。

　フレステルが思わず一歩二歩、進みでたとき、煙幕の中から二つの影がまろびでてきた。さっき炎の中にとびこんだ二人の男が、それぞれ爺さんと婆さんを抱きかかえたまま、地面に転がった。村人たちは歓声をあげて――心の底からほとばしった獣《けもの》の吠え声のようだったが、歓声だった――彼らにとびつき、あちこちで燃える火をはたきおとし、息も苦しげなのをさすってやり、水を飲ませ、さっそくフォーリは応急措置の魔法をかけてやり……。

「彼らのために、きみは全力を尽くさねばならない」

　タトゥーユが再び隣で呟いた。

「あれも臣民であり、この人々も臣民であり、どこが違うかと言えば、違わない。容易に人の

不幸で賭け事をして笑う者も、生命を投げだして老人を救う者も、同じ一人の中に存在する」

姿形も声も、フレステルが熱愛したタトゥーユであったが、その口調は厳かで、やはりこの世から離れてしまった人のものだった。

「荒野にさまよう女子どもに、一椀の水をさしだしたら、子に先に飲ませようとする母がいるのと同じく、子を蹴り倒しておのれが飲もうとする母もいる。かと思えば、水に流される赤の他人を救うべく、激流にとびこむ者もいる。きみが治めるべく定められたのは、そういう人々だ。だが、皆、幸せになりたいと望み、平穏な日々の尊さを求め、健康でいること、元気でいることの大切さを身にしみて知っている人々だ。それは、その思いだけは、真実で嘘がない。きみが護らなければならないのは、そうした人々の希望なんだ、フレステル。ぼくとの愛を、ただの激情として過去のものにするか、それとも臣民の心を理解し、よりそえるようになるための力とするか。おお、フレステル、本来は素直で賢いきみだ、おのずと答えはわかるだろう？そうして、きみの宝は、いつまでも恨みを抱えておかないところだ。憎しみを抱えこまないところだ。そんなこともあった、あれはひどいことだった、ひどい人だったと述懐することはあっても、それを上まわる楽しき日々、良き日々、誠実な日々がきみを包んでいく。きみはそれを快く許す人だ。……とすれば、あと必要なものがなんであるのか、きみならわかっているだろう？　ぼくはもう大丈夫だ。月の光に導かれて、ほら、もう、大気にとけていく。ぼくはきみにふり注ぐ月光だし、きみの踏みしめる大地だ。きみがなすべきことをなしおえたら、きみも月光となり、大地となり、溶けあってともにめぐっていく日がくるだろう」

タトゥーユがさしだした両手を握ろうとした。が、ふれることはかなわなかった。彼の言葉どおり、指先から月光となってとけていき、静かに大地にしみていってしまった。

顔をあげると、宮殿の裏庭の空地、炉を前にして立ちつくしていた。ヴィスマンが丸太に腰をおろして、香り高いお茶をすすっていた。フレステルはまばたきをくりかえし、額を拳でこすった。胸の空虚な部分はいまだ空虚だったが、タトゥーユを失ったあの絶望の中で感じた冷たさは去っていた。しかし、この空虚を埋めるのには、別の男の愛では足りない、と不意に悟った。何人でも無理だ。

フレステルは目をつむり、大きく息を吐き、大きく息を吸った。

それから、町で喧嘩をしていた女たちも、賭け金をやりとりしていた村人も、火の中にとびこんだ男たちも、バケツの水をかけていた村人も、荒野で水を求める親子も、他人のために生命を投げだす者も、争う者、嘆く者、不運を呪う者、他人をうらやむ者、そのすべての者たちが共通して抱く渇望を、胸の中に吸いこんだ。空虚が少し埋まる。

「そうか」

フレステルは呟いた。わたしが生きるのは、このためか。ほかの人々と全く同じく。貴賤《きせん》も賢愚も貧富も関係しない、この望みのためか。奇妙な安堵、親近感とでもいうような不思議な感覚がやってきた。

すると、腹のあたりに、重くてゆらがぬ何かが、温石のようにすわり、身体中をあたためはじめた。

「……ヴィスマン」

「はい、何でしょう、フレステル殿下」

フレステルは静かに目をひらき、もう一人の青年にふりむいた。

「今まで、とても良い夢を見ていたよ」

ヴィスマンは返事をしなかったが、冷静なその顔は、どんなことでもうけとめる、と語っていた。今までもそうだったのに、わたしが気づかなかっただけか、と思いながら、フレステルはつづけた。

「良い夢に劣らない現実をもたらすために、歩きはじめるときのようだよ。……支えてくれるか？　今までと同じように」

ヴィスマンはほんのわずか、表情をゆるめたようだった。

「ええ、殿下。もちろんですとも」

「二人だけのときは、フレステルでいい。きみにはさんざんお小言もくらってきたが、これからは言われっぱなしにはしないぞ」

広い額の下の、マステル銀の目が、月光にちかりと光った。

「それならば、わたしも、遠慮なくものを言うことにしましょう」

「これまで、少しは遠慮していたというのかい？」

「もちろんです、相手はやんごとなき公太子ですから」

「さんざん言われたような気がするんだが……」

「夢ですよ、殿下……フレステル。良い夢の欠片《かけら》だったのでは？」

「都合の悪いことは全部それですませるつもりだな」

ヴィスマンの口角があがった。

「いいことを聞きました。今度からは、すべてそういうことにしましょう」

二人の青年の、低い笑い声が、はじける炉の火と重なりあった。

森の奥、月光の届かぬどこかで、フクロウがそれに応えて、ほうほうと鳴いた。

10

再び四五三年

メノーの町でカルシーと別れたあと、オーカル湖畔をめぐる道から街道に入り、ハストに帰った。ハスト丘陵はすでに雪景色だった。宿駅から宿駅へと、乗りあいの馬橇《うまぞり》に乗っての旅は、暖かく快適だった。晴れた日のトウヒやモミ、黒モミの並ぶ道は、白銀と青い影で編まれたレースのようだったし、吹雪の中を駆けるのであってさえも、規則正しい律動と鈴の音が、客たちの歌心を刺激して、ジルもともに旋律を重ねたり、拍子をとったりして楽しんだ。歌のない曇りの日は、黒モミのあやなす影のあいだに、丸々とした鹿や銀トラの姿が紛れていたりもした。

やがて最後の坂を登りきれば、ハストの都が星月夜の藍《あい》にきらめいていた。川は燻《いぶ》し銀の帯のよう、家々は白いきのこの群れさながら、神殿や宮殿やフォーリ協会の塔の窓からは、こぼれでた灯りが雪面に反射し、溶かした黄金のようだった。

終着駅でおりたった人々は、近場の宿を求めて散っていった。ジルは山と川と雪の匂いを胸いっぱいに吸いこんでから、フォーリ協会へとむかった。

ハストのペネルには、ナイサンから報告が入っているだろうから、帰着の挨拶と詳しい報告は明日でもいいだろう。今はまず、長旅の疲れを洗い流すお風呂と麦芽酒がほしい。宿舎の共同浴場であたたまったあとの、雪で冷やした泡だつ酒の喉ごしを想像して、足も早まる。〈海竜〉橋をわたり、煉瓦《れんが》造りの軍本部兵舎の柵の前を通り、灯りの落ちた政庁と大公宮殿のそびえる丘の麓《ふもと》をまわって、フォーリ協会の巨大な円窓の下の灯りを拾いながら圧雪を踏んで勝手口に近づいた。

　橇に乗っている旅の日々より、この最後の行程の方が辛い。宿駅の終着場から馬を借りられるように進言しよう。爪先は冷たくなりすぎて、しびれてしまっているし、上半身は汗をかいてたちまち冷えてくる。

　上の空で建物の角から踏みだしたとき、勝手口からそっと後退《あとずさ》りしてきた者と危うくぶつかりそうになった。お互い小さな声をあげて離れてみれば、それはロウラだった。雪灯りに、その驚いた顔がうかびあがった。すぐにばつの悪そうな表情になったあとで、いつもの屈託のなさそうなロウラに戻った。

「何してるの、こんなところで」

　異口同音の声が重なり、一瞬の間をおいてまずロウラが笑い、ジルも口角をゆるめた。ロウラの手がジルの腕をつかんで、

「これは内緒なの、ジル。事情があるの。ね？　だから黙っていて。誰にも言わないで」

　早口でそう頼みこむと、大公宮殿の方に身を翻《ひるがえ》す。彼女の影が、木々や塔や建物のあいだに躍ってやがて消える。ジルは放心の体《てい》でしばし佇《たたず》み、のろのろと宿舎に戻った。

　浴場でさっぱりして、麦芽酒に塩辛い燻製《くんせい》肉とこってりしたチーズをつまみ、至福のひとときをすごしたにもかかわらず、釘にぶらさがった古着さながら、さっきのロウラの顔がひっかかっていた。それでも、寝台に横になり、アーチ梁の交差を見あげて鬱々《うつうつ》としているうちに、疲れが勝ったのだろう、いつのまにか眠ってしまっていた。

　翌日、フォーリ協会副長に出頭して、リーリの一騒動の報告をした。ハストのペネルは、ヘンルーデルの御者がグラップのルゴフだったというのを聞いて、ちかりと目を光らせた。

「それは何者？　あなたはなぜ、彼を知っているの？」

「フォーリ訓練生選抜で落ちた者です。わたしと一緒に〈真実の爪〉と相対したので、顔を覚えていました」

そう、初対面であんな嫌味を浴びせられたら、忘れられない。たとえ成長して面変わりしても。ハストのペネルは手元の報告書を数枚めくって何かを確かめ、

「その御者は捕まっていないわね……。おぼれたか、どこかに流れついたか……」

「魔法は使えないはずなので、おそらくは――」

おぼれたと思う、と言おうとするのへ、ペネルは首をふってかぶせる。

「いいえ、ジル。それは正確ではない。魔法を使えない、のではなく、悪意に基づいた魔法は使えない、のですよ」

ああ、それでは、魔法で自分の生命を護ったかもしれない。半分ほっとし、もう半分は憂慮《ゆうりょ》にかわる。

「ともあれ、ヘンルーデルの身辺は厳重な監視が必要だわね」

「公子の罪状は明らかにできなかったのですか？」

「証拠となる恋文は出てこなかったし、港に彼がいたことは、罪には問えない。……ま、表向きはね。そして今回は、それでおさめた方が、こちらにも都合がいいのよ。密貿易の一件は、ノモック家を反逆罪と断じて、ヘンルーデルとエラエナは泳がせておく。そうすれば、また謀略を企んだときに、把握しやすくなるでしょう。ノモック家のかわりに、信頼のおける者を領主とするか、代官をおくか、は、大公閣下の判断になるでしょうね。あとは、その、グラップのルゴフという若者の行方をさがさせなければ、ね。ま、何はともあれ、あなたも遠いところまで行って、よく働いた。しばらく休みなさい。……新しい仕事を用意しているから、二日後にまた来て」

羊皮紙に手早く書きつけながらペネルが言った。ジルは、「しばらく」というのは五日とか十日ではなく、たった二日であることに落胆しつつ、踵《きびす》をかえした。が、すぐにまたむき直って、

「ロウラのことですが」

と、つい口調をきつくした。

「彼女を脅したんですか？」

「ロウラ……？　ああ、あの、公太子妃の若い侍女ね」

　ペネルの口元が珍しくほころぶ。

「あれは、おもしろい娘よ。一筋縄じゃぁいかない。ジル、あなたのことは顔を見れば、考えていることがすぐわかる。今は義憤に駆られていて、わたしや協会に腹をたてている。あの娘のために、ね。でもあれは、あなたに心配されるような娘ではないわ。アトリアの町中で育っただけのことはある……。不満だったら、直接本人に聞けば？　おもしろい話がとびだしてくるかもねぇ」

　そこでジルはその足を大公宮へ運んだ。唇をむうっと曲げて、装飾品や化粧品をつんだ荷駄と一緒に裏手にまわる。井戸に出てきた下働きの少女に尋ねると、昼すぎには侍女や護衛たちが交替で厨房《ちゅうぼう》におりてくるという。

「あと半刻もすればさ。中に入って待ったら？」

　水を汲むのを手伝うと、そう教えてくれた。空からは大きな雪片が舞いおりてきて、戸口で待つには寒さが厳しい。雨といっしょに落ちてくる〈アマジャクシ〉たちは、冬場はどうしているのだろう、と長年の疑問をくりかえしながら、厨房にすべりこむ。料理長は、邪魔さえしなけりゃいてもいい、と怒鳴って、オオアカゲラさながらの音をたてて人参を刻んでいる。そっちの竈《かまど》でも、こっちの竈でも、鍋から湯気がふいている。スープの匂いが天井まで満ちて、焼いた肉に香草ソースをかける音がつづく。シュワーデンがいたら、これぞ料理、アトリアのあれはただの食いもん、と言うだろう。

　こんがり焼いたパンのかたまりと香茶のポットを盆にのせて、給仕人が出ていく。スープ鍋を貴い方々用のマステル銀器に入れ直して、料理人が運んでいく。給仕を残して侍女たちが休憩におりてきたのは、それからしばらくたってからだった。ジルの姿を認めたロウラは、少女らしい笑顔になって近づいてきた。

「出張だったんだって？　遠くまで行ってたの？　一人で？　すごいね、一人旅なんて。あたしにはできそうもないな」

と屈託なく腕をとるのへ、

「話がある」

身体をかたくして言うと、お昼まだなんでしょ、一緒に部屋で食べよう、と籠にパン、チーズ、香茶ポットとミルク壺を放りこみ、ぐいぐいと上階へひっぱっていき、侍女一人一人にあてがわれた小部屋に連れこんだ。

窓からは宮殿の本丸と右翼棟が見える。尖塔のてっぺんに、衛兵の影が認められる。雪は小ぶりになってきたが、灰色の空には陽光の気配もなく、ただ、ひもじいカラスが飛んでいくのが、黒であれ、色といえばいえようか。

「さっ、すわって。冷めないうちに食べよう」

小卓の上に、湯気のたつ香茶椀、まるまるしたかわいらしいパン、切り分けられたチーズが並べられ、紫の小花《タチカ》まで添えられている。

「このタチカは……？」

「ああ、それね。公太子妃殿下の部屋に飾られていたの、一本だけもらってきちゃった。公太子殿下から毎朝届けられるから、部屋中花だらけだもの。ほら、それぞれの部屋に下げわたしてくれるなんて気遣いは、妃殿下にはないから」

そうそう、花の一本で目くじらたてるなよ、とシュワーデンの声が耳の奥でした。

「公太子殿下はよくいらっしゃるの？」

単なる話のつなぎとして尋ねると、ロウラは一口香茶を飲んでから、ほうっと息をついて、

「お茶っておいしいねぇ。こんな贅沢《ぜいたく》な飲物を毎日飲めるなんて、ハスティアに来て、よかったあ。……ううん、殿下は十日に一度くらいかなあ、顔をお出しになって、少しお話しなさって、すぐお帰りになるわよ。……こういっちゃなんだけど」

パンをちぎって口に放りこみながら、

「忍耐強い方だよねぇ。あのマナラン様につきあわれてさあ」

「……あの……？」

ジルもちぎったパンを口に入れたが、咀嚼《そしゃく》するのをやめて首を傾げた。ロウラは、ああ、と笑って、

「腰が痛いってお世話したでしょ？　終始あの調子なの。参っちゃう」

「気難しいってこと？」

「ううん……そこまではいかないけれど……わがまま？　気まぐれ？　自分のことしか考えていない？　あははっ、あたしも、人のことどうこうよく言えるよね！」

「じゃ、公太子殿下に甘えてるんだ」

「ううん……甘えてるって感じじゃないなあ。あの方、ほら、誰に対しても同じ態度だから……」

「自分のことしか考えていないっていうより……もともと自分しか、ない、みたい？」

「ああ。それ。そうかもしんない。本人にしてみれば幸せだよね！　周りの者はちょっと大変だけど」

「……」

ジルがうつむいてしまったのは、まるでおのれのことのようだと感じたからだ。シュワーデンやおとなのフォーリたちから見たら、きっとそう見えるだろうと意識したからだ。

「……で？　話って？　もしかして、金貨のこと？　さすがにちゃんと返したわよ。あたしは泥棒じゃないもん」

はっとして顔をあげると、少し目をつりあげたロウラの顔があった。まだ笑ってはいたが、憤りの小さな光が目の中を横切っていった。

「じゃ、ハストのペネルに脅されなかったのね」

「脅されたわよ」

どういうこと？

「だから、脅す相手が違うって教えてさしあげたの」

「……？」

「金貨一枚着服した罪をきせる相手は、あたしじゃなくて侍女長のフェンナでしょ、って」

ロウラは平気でチーズをぱくぱく食べる。ジルは喉の渇きを覚えて香茶をすすった。

「あんたが心配して来てくれたのはうれしい。でもね、あたしを見くびらないで。ハスティアのお嬢様とは育ちが違うんだよ。靴職人のあいだで育ったの。駆け引きも人を見る目も、あんたより上」

ロウラは少し低い声でそう言ってから、少女らしい笑顔と声に戻って、

「だから何かあったら、あたしを頼って。友だちでしょ？」

ジルはわれしらず吐息をつき、肩をおとした。

「わたし、クズリの影をネズミと思っていた？」

「失礼ね、人のことクズリだなんて……。まあ、いいわ」

「……じゃあ、フェンナが間諜《かんちょう》になったの？あの女《ひと》が？」

「意外だった？」

「とても、そんなふうには……だって、マナラン様をずっとお世話してきた人なんでしょ？」

「そのマナラン様の御為を思って、間諜になることを承知したの。あたしも、あと信頼のおける二人、三人も」

すっかり困惑の体のジルに、ロウラは声を出してけらけらと笑った。

「アトリアに来てみて、どう思った、ジル？寒いし暗いし、みすぼらしいし。あたしたちは逆。ハスティアに来てこの冬を迎えても、部屋は暖かいし、大きな窓からは光が射しこんでくるし、アーチ梁《はり》はきれいだし、塔は天に輝いているし、毎日が宴会みたいなご馳走だし。毎朝の花の匂い、おいしい香茶、マステル銀器の燭《しょく》台《だい》や輝くフィブラ。この心地よさをアトリアに売りわたしても、国王やほんの一部の貴族のものになるだけ。庶民は泥水をかぶって、カビの生えたパンをかじるだけ。たまにいい暮らしができるとしても、すぐにダメになる。うらやむ人が必ずいて、陰口、中傷、ひどいときには冤《えん》罪《ざい》の罠にかけようとする。それだったらさ、ハスティアに忠誠を誓った方が、良くしてもらえるでしょ。マナラン様が離縁されて帰国なさらない限り、あたしたちもこの国でくらすんだか

ら。ってことは、一生ってことでしょ？　なら、皆が楽しくくらせるように、考えなきゃ。マナラン様だって、あたしたちがあの方に我慢できてさえいれば、少しは機嫌も変わってくるんじゃないの？　この国はいい国だし、冬でも空が明るいし。それに何といっても、自由があるんだもの」

「ちょっと待って……。えっと、フェンナはアトリアに情報を流す役目を仰せつかっていたんだよね」

「マナラン様の様子を報告する中に、こっちのことをいろいろ書くでしょうから、そうね、そうなるわね」

「そして、逆に、アトリアからの情報をハスティアに流す……？」

「アトリアの真意を伝えることに同意した、といえばいいかしら。だから、間諜、というのはちょっと大仰かもね」

「……で、その見返りは？」

「アトリアから来た全員への給金の増額」

「全員……！」

となれば、これはハスティア大公国の気前の良さだと、何も知らされていない者たちも、喜んで不審には思わないだろう。

「ロウラ。あんたって……」

ペネルが意味ありげな評を呟いていたのが、ようやく腑におちた。

「これがアトリアの靴屋の娘の強みです。交渉事とか、謀略とか、大好きよ！」

「……それで、いいの？」

「何が悪いの？」

釈然《しゃくぜん》としないが、何が悪いと聞かれても、筋だてて答えることはできない。

「ねえ、ジル。あんたのその真面目で四角四面で正義をとおさなきゃって思っているところは、嫌いじゃないわよ。でも正義をおしとおすだけじゃ、あっちこっちに歪みが出るってこと、わかってよ。大事なのは、皆が幸せにくらすことじゃないの？　何も、アトリアの転覆をはかっているわけじゃないんだし。一方のハスティアにしたって、防衛の手段の小さな一手にすぎないし」

「ロウラ……」

「何よ」

「……あなた、わたしと同い年だっけ？」

「同い年じゃないわよ。あんたより二つ上。でもね、態度が四十の婆さんみたいなあんたよりずっと若くて柔軟なつもりよ」

「わたし、そんなに年寄りじみていないよ」

「じみてる、じみてる」

あとは少女らしい笑いになって、人の一年分の経験の重さ、といういつぞやのシュワーデンの言葉を思いだしたジルだった。

それからしばらくのあいだは、ハストの都内の仕事をしたり、シュワーデンと組んで近郊の町や村に出張したりの毎日だった。

ヴィーヴィンについていくときは、安心できた。この老練な銀髪のフォーリは、ジルが新米であることをよくよく肝に銘じているとみえて、一つ一つの事象やら作業について丁寧《ていねい》に教えてくれるのだった。圧巻だったのは、建築現場に行き、積み損ねて崩落の危険のある石材を、他の十人のフォーリたちと一緒に、積み直したときだった。ヴィーヴィンは、奥まった石材への歪みも考慮した指示を出し、皆の魔力をどの方向でどう使うのか指図した。一つの石を一人か二人で定位置に浮かせ、その下に別の石をもぐりこませ、隣のものと一寸の隙間も許さないように角度まで定めた。おかげで、前より安定感のある土台が積みあがった。うちあげに夕刻の酒場にくりだしたとき、フォーリたちは口々に、

「右端を十七度左旋回させせて、なんて言われてもなあ」

「あと二エダ（約二ミリ）奥へって叫ぶんだぜ？　参るよ」

「大工たちが感心していましたね。石と石のあいだに髪の毛一本入らないって」

「あの人に建物の見取図描かせたら、すごく正確だったたって、誰かが言ってたわよ」

「ヴィーヴィンは、そっち方面の透視が得意っ

て、きいたことあるぞ」

と、ぼやきのまじった尊敬の声をあげた。

「おまえも、ジル、よくやったな」

そうほめてくれたのは、カレヴェという三十七、八歳のフォーリで、

「一人で三個同時に扱うんだものなぁ。三個一緒にもちあげて、回転させて、隙間におしこんだときは、びっくりしたぜ」

自分でも、人の役にたったと思えるときが一番うれしい。

その後、シュワーデンと都の外に出たときには、それほどの大仕事はなかった。むしろ、「牛の尻を追いかける」類のものがほとんどで、「それでも、おれたちフォーリでやればあっというまに片づくから、村人たちは面倒な仕事をためておいて、待っててんのさ」

頭をかきむしりながらシュワーデンはあきらめ顔になる。明らかに直すより新調した方がいい鍋を、持ち主の主張で渋々直し、流行病にかかった家畜の治療をしながら原因をつきとめ、羊毛染めでは色落ち防止の呪文を唱え、泥にはまって大喜びの豚の群れをきれいにし、目や耳が不自由になった年寄りたちに、足元が安心できるように、〈注意杖〉をつくってやったりした。この杖は、一歩踏みだすと、何に注意すべきかを教えてくれるもので、その声を孫の声にしたら、われもわれもと大人気になった。

厳しい冬をすごしている最中《さなか》、ハストの都に動揺が走った。

――大公閣下が。

――お倒れになって、治癒フォーリと医師団が呼ばれたそうだ。

――夫君チャレン侯は平静を保っておられる。

――いや、いや、いっとき、かなり惑乱なさったとか。

厳冬期がすぎて、大気にやわらかさが感じられるようになると、

――少しお元気になられたとか。

――起きあがって、フレステル公太子やヴィス

マンに指示を出されるほどだとか。

最初の花が咲くのを待つように、大公の回復を心待ちにしている都の人々だった。

　ある日のこと、カルステアが突然やってきた。大公の不調が囁《ささや》かれてからこっち、兵士徴用の公報がなされ、武具の新調も拍車がかかっている。鍛冶フォーリが足りないので、若い順にフォーリが手助けに行くことになり、カルステアもジルと一緒に駆りだされたのだった。帰り道、

「マステル銀ってなんであんなに強情なの」

と、カルステアが愚痴《ぐち》を言った。ジルは漠然とした不安を感じる。

「大公がおかくれあそばしたら、戦《いくさ》の火が飛んでくるのかな?」

　二人は、〈月ノ獣《けもの》〉橋の欄干《らんかん》に身体をあずけて、マス川の流れをながめた。昼をすぎて少したった刻で、青空に映えた大河の、雪どけ水をはらんだ色彩が目を奪ったのだった。濃い青に、深みのある翡翠《ひすい》色の水がまじって、いっときたりとも同じ貌を見せずに流れていく。鍛冶フォーリの手助けをしてきたあとでは、その緑が安らぎをもたらす。耳の奥に残る槌音や火花の音、くりかえされる呪文なども、川風が吹きさらっていってくれる。

　そっと肩を叩かれて、とびあがった。足音がしなかった。いや、物思いにふけっていて気づかなかったのか。

　ふりむくと、ロウラが立っていた。使いの途中か、買い出しの帰りか、圧縮羊毛の雑嚢《ざつのう》を肩にかけている。

「あたしね、靴屋を開業するつもり」

　久しぶり、やっと暖かくなってきたわね、の挨拶もなし。肩の雑嚢を顎で示してみせる。しかし、何となく心の片隅にあった小さなわだかまりも、挨拶なしのおかげでつぶれて流れていったようだ。

「靴屋……?　侍女の方はどうするの?」

「立ち話もなんだから、どっかでお昼食べよう」

と、お昼まででしょ、もすっとばして、カルステアには自分から名乗り、二人の腕をひっぱっ

ていく。

橋のたもとに、小さな食堂があった。六、七人入れば席が埋まる薄暗い店の奥に陣どって、あたたかいシチューとパンにありつく。はふはふしてペンタいもを頰ばりながら、ロウラは、

「冬靴をね、作ってみたのよ、この寒さだったから。アトリアの寒気に耐えるやつを、ハスティア風におしゃれっぽくして。すっごく具合いいんで、侍女友だちにも一足作ってあげたら、評判になっちゃって」

と満足げに言った。

「そしたらさ、公太子殿下のお目にとまってさ。殿下とヴィスマンから注文いただいて、材料の買い出しに行ってきたのよ、今日。ちょうどお休みもらっていたし」

卓下から、ぶ厚い生地のスカートをたくしあげて、艶のある革の長靴を見せた。ジルは目を丸くした。その裏打ちは、あたたかそうな羊毛がびっしりで、編みあげの穴一つ一つが鋲打ちされて、底裏にはすべりにくい犀竜《さいりゅう》の革——ドリドラヴから最近、大量に輸入されてきている——が波模様を刻んでいる。

「すごい……。今までこんなによさそうな靴、なかったよ」

「でしょ?」

ロウラは得意そうに笑った。

「ハスティアの材料で、アトリアのより装飾的なものを意識したのよ。あったかいし、雪の上でもすべりにくいの。もし、公太子殿下が気に入ってくだされば、兵士たちの靴も注文してくださるって。だからね、そうなったら侍女はやめて、工房をたちあげて。その資金は国が貸してくれるってヴィスマンもうけあってくれた。人も雇って、あたし、〈ロウラ靴〉の工房長よ。あんたたちにも作ってあげるから」

「……高いんでしょ?」

「友だち価格にしてあげるわ。ただね、防水の面で心配なところがあってね。昔から、これはなかなか、解決しなくてさ。雪がとけだした道だと、たちまち爪先がぬれてしまうのよ」

「一足いくら？」

「材料費や手間賃考えて、一金貨《ヘストス》八銀貨《ヘスト》。本当は二金貨《ヘストス》だからね」

「高いなぁ……。わたしには手が出ない」

「あら、フォーリのお給金って、すごくいいんじゃないの？」

「それは、ヴィーヴィンやマコウィみたいに、年功をつんできた人たちはね。わたしみたいな新人は、大工でもお手あげの、どこから漏れているかわからない雨漏りを修理したり、深い池の中の泥をかきあげたりする仕事ばっかりだから……」

　そこまで言って、ジルははっとした。〈注意杖〉が大人気だったことで、ひらめくものがあったのだ。かじりかけのパンを置いて、身をのりだす。

「ねえ、ロウラ。もし靴の防水を魔法でやってあげたら、もう少し安くしてくれる？」

　ロウラも視線をあげて、目をきらめかせた。

「できるの、そんなこと？」

　カルステアと顔を見合わせて頷き、

「できると思う。……というか、今まで何度も試してきた。でも、もともとの物が物だったから……あんたのその靴みたいにしっかりした作りであれば、きっといい結果が出ると思うよ」

「じゃさ、今、ここで、やってみて」

　抜け目なく、また片足をつきだしてみせる。ジルは周囲を素早く見まわして、注意をひいていないことを確かめてから、水をはじく呪文を唱えた。

「左足も出して」

「ううん。このまま歩いてみて、効果がどのくらいか、比べるのよ」

　ロウラの機知には舌を巻くばかりのジルである。

「結果がはっきりしたら知らせるね」

「うまくいったら、フォーリたちの分も安く売ってくれる？」

　ロウラに感化されて、そう言ってみると、ロウラはけらけらと笑った。

「わかってきたじゃない、ジル。もちろんよ。あんたが千足全部に魔法かけてくれるんなら、半額で売ったげるわ。ただにしてあげたいところだけど、ほら、事業の立ちあげって、お金がかかるでしょ。組合にも認めてもらわなきゃならないし」

「組合ともめそうになったら、シュワーデンをつれていくといいよ。いろいろ恩を売っているみたいだから」

とカルステアが言うと、

「あんたたちと友だちで良かったぁ！　難題が次々解決していく！」

友だち。

――それでも、独《ひと》りであることは真実だ。

〈月ノ獣〉が乾いた鳴き声をたてたが、今のジルは気にもしなかった。

「それでさ、その、シュワちゃんって、誰？　彼氏？」

ロウラが目をきらめかせて身をのりだす。カルステアは噴きだして、手をふる。

「あはは っ、まさかっ。フォーリ仲間よ。すっごい毒舌家」

「なあんだ、彼氏じゃないの」

「でも、悪い男じゃないよ」

ジルが弁護すると、カルステアはにやにやしながら言った。

「ジル、ジル。あんたにはまだ、その話は早いんじゃない？　恋の一つ二つもしていないのに」

「えっ、ひどい、カルシー。そういうカルシーだって――」

「あんたと一緒にしないでよ」

「じゃ、カルシー、恋の経験あるの？」

「何度もあるわよ。ふったりふられたり」

ジルは愕然とした。

「知らなかった……、気づきもしなかった」

「鈍いからねえ、ジル」

ロウラが興味津々に、

「どんな男？」

「いろいろよう。あたしをふったのは、ずけずけものを言いすぎるからって。あたしがふったのは、やたら口うるさくなってきたやつだったから」

「ああ、いるいる。つきあいはじめると、自分の持ち物みたいに勘違いしちゃう男、いるいる」

「なのよ、ね。所有物じゃないっていうの」

「それか、自分ではなかなか物事、決められないのも」

「あ、それって、すごく疲れる。どうするって聞くと、言葉を濁《にご》しちゃうの。それで、あたしが決めると、あとでぐちぐち文句を言うの」

ロウラは何度も頷いて、

「ねえ。あたしたちが言ってることって、贅沢？　どこかに、ちゃんとした男っていないかなあ」

と、溜息《ためいき》をついた。それから、

「ね、ジル。恋して夢中になっても、途中で、あれ、変だなって思ったら、つき進まないで立ちどまるのよ。夢中になっているときには、痘痕《あばた》も靨《えくぼ》だけど、違和感があったら、よくよく考えないとだめよ」

と助言する。カルステアも、

「そうそう。泣くのは自分なんだから、ねえ」

ジルが黙って首肯したのは、彼女たちの話がいまひとつ、よくわからなかったからだ。ちゃんとした男って、いっぱいいるじゃない、と思ったからだ。フォーリ協会のマコウィもギオンもヴィーヴィンも、立派な人たちだ。自分の父、二人の兄も、尊敬できる。同期のヨシュガンも、ヨーヨーも、落ちついているし。アバデートとボーは、ちょっとあれだけど……。シュワーデンだって……毒舌家、とカルステアは言ったけれど、面倒見がよくて、豪胆なところもあって、頼れるし、あの毒舌だって、おもしろいし……。悪い人じゃない。ううん、むしろ、すごくいい人、だと思う。それを言うと、またカルステアに笑われるから言わないけれど、彼のことを考えると、胸の底に暖かい陽が射したみたいになる。そういえば、このごろ、お互いに忙しくて、会っていないな……。

侍女長　フェンナより
報告書
ルグリナ大叔母様
冬というのに、公太子妃宮には、花がこぼれんばかりです。大叔母様のお風邪は全快なさいましたか。山中の都にもかかわらず、ここハストの部屋部屋は、日光をよくとりいれる大きな窓と、ふんだんな薪をつんだ暖炉で、寒さ知らずです。大叔母様にもこちらのような環境があれば、体調不良など、あっというまに治りますでしょうに。
わが主人マナラン様もお元気でいらっしゃいます。いっとき、腰痛に悩まされておりましたが、専門の治療師——魔法を使って医師のように働く、治療フォーリといわれる人々——が三人もついて、——公太子フレステル殿下の思し召しです——朝晩、薬草と整体治療をくりかえし、この頃ではほとんど良くなりました。御本人は、まだ、腕のつけ根が痛いだの、足指が少ししびれるだのおっしゃっていますけれど、わたくしが見るに、あれはむしろ、「良くなりたくない病」のようですわ。だって、公太子殿下が毎朝、短いお手紙といっしょに花ひとかかえをお贈りくださるのでは、どこか悪い方がうけとりやすいじゃありませんか。ご本人も十日に一度くらいはお顔をお出しになって、おいしいお茶とお菓子で歓談なさいます。
公太子殿下は、肖像画で見たとおりの方でいらっしゃいます。驚いたことに、あれはどこも美化されてはいません。……ああ、大叔母様は、結婚式で遠目にはごらんになったのでしたね。でも、間近で、豊富な話題を朗らかに、（はしゃぐこともなく）語っておられる殿下の表情は、とても生き生きとして生気に満ちておいでです。マナラン様も、殿下の前では、愚痴も少なくなります。
公宮内では、この晩秋から初冬にかけて公太子殿下の弟君の反乱の噂が囁かれておりましたけれど、どうやら大事には至らず、それまでフレステル殿下よりヘンルーデル殿下の方が次期大公にふさわしいと水面下でうごめいていた勢力も、すっかり影をひそめてしまいました。公太子殿下の側近ヴィスマン殿の手腕が評価されております。わたくしの見るところ、ハスティア大公国は、一つ二つの事件や醜聞や反乱で動揺する気配はないようです。それゆえ、大公閣下の御不調も、周囲がしっかりと見守る体制をかためており、もしものときの政権交代もさほどゆらがないのではないかと推察しているところです。

ああ、それから、これは、ここにお知らせするほどのことでもないのですが、〈アシミジカ〉というものが、妃殿下の居室にいついてしまいまして、これは、獣の形をしておりますが、ハストの人によりますと、〈イリーア〉なる不思議な生き物らしく、長いふさふさした尻尾を持つ子羊、しかもやたら足が短いという外見をしています。イリーアというのは、何をするでもなく、何の役にも立たず、ただそこにいるだけの存在、ということらしいのですが——まあ、本当に、ところ変われば、ですわよ、大叔母様。ハストには、住んでみなければわからないものがたくさんあるようです。

この〈アシミジカ〉、愛らしい尻尾をふりふり、菫《すみれ》色の大きな目で見あげてくるので、皆の人気者になっております。でも、わたくしたちの手をするりとぬけてゆき、抱かれるのはただマナラン様にだけ。ですので、マナラン様もすっかり気をゆるされて、はじめはとてもぎこちなく接しておられたのが、最近では猫なで声で呼ぶほどです。

今まで本当に愛してくださる方もおらず、愛するということもご存じなかったマナラン様が、無条件の愛情を抱きはじめた、というのは、わたくしにとっては格別の喜びとなりました。マナラン様の心がゆるんでいけば、きっと両国の関係にも良い結果が生まれてくることかと期待しております。

これからハストは本格的な冬となります。ここへ来る途中の道々、どうしてこのような山中に都をおかねばならないのか、ずっと首を傾げておりましたが、雪がふりはじめるのを目のあたりにすると、何やら合点がいったような気がしております。――攻めにくい、ということです。他の町や村が壊滅的状況になったとしても……例えば、の話ですよ、大叔母様。夏もそうですが、冬場は、もう、絶対安全な高所にありますから。空から石でも降ってこない限り、安心してくらせる都です。ですから、マナラン様は、心安けく春を迎えられようかと。

長々としたためました。アトリアの冬も厳しかろうと存じます。大叔母様もどうぞお大事になさって下さい。

ハスティア歴四五三年
凍星の月
フェンナより

ハスト人の死生観はそのときどきで変化する。あるときは、月神に召されるといい、あるときは大地に還るという。イリーアの〈アマジャクシ〉に誘われて天に昇っていくというものもあれば、イリーアそのものになるという説も、少数意見として存在する。死んだら月の裏に住まいを移し、再び大地に戻るのを待つ、あるいは風とともに大地をめぐる、という伝承も残っている。地域の差はもとより、個人においても、昨日と今日では言うことが異なったりする。信じたいものを信じたいときに信じ、国家と神殿はその思想を規制する気はとんとないらしい……。

――アトリア共和国のとある神学者の覚え書きより

11

ハスティア暦　四五四年から四五五年

大公閣下がいよいよ危ないらしい、とフォーリ協会の中でも囁《ささや》かれだしたのは翌年の夏も極まったころ、いつになく暑い日がつづくなかだった。

夫君につづき、公太子とヴィスマンを枕辺に呼び、遺言めいた話をなさった、とか、夫君がヘンルーデル公太子を呼ぼうと提案したのに対し、断固拒否なさったとか。大公らしい気丈なふるまいに、ヴィーヴィンやマコウィといった年長者たちも畏敬の念を強くしたようだった。

対して、公太子が少年のころ、しつけ直すと息まいていた夫君チャレン侯は、心乱れた様子で、そりゃそうだろう、伴侶を失う瀬戸際であれば、動揺するのは当然だ、と毒舌シュワーデンでもそう言った。それまで惑乱の夫君を軽蔑しかかっていたジルは、批判するのは簡単だが、その人の立場になってみなければわからないと、かつて彼が言ったことを思いだし、おのれを叱りつけたのだった。

秋を告げる冷たい一陣の風が吹いた日、フレステルⅡ世は身罷《みまか》った。神殿の鐘がひとしきり鳴らされ、ハスト鷹が幾十羽も飛ばされた。政務は公太子とヴィスマンに完全に移行し、紅葉がはじまるころに葬儀が挙行された。ジルとシュワーデンは葬列の最後尾で護衛騎士をつとめた。薄曇りの都大路は大勢の人々で埋めつくされ、棺を運ぶ馬車の足元には次々に白い花が投げこまれた。哀悼《あいとう》の一月をすごしたあと、チャレン侯は亡き妻の遺言に従って、故郷のシヨンに隠居した。新大公の戴冠式は翌年の春と発表になり、再びハスト鷹が飛び、アトリア、西方三国、北国の都、ドリドラヴへと使者が旅立った。

やがて各国から出欠の返事がもたらされた。西方と北国からは欠席の返事と、祝いの品がそれぞれ船一艘分、アトリアとドリドラヴからは出席の返事が届いた。

「ドリドラヴから、ウシュル・ガルが来るんだって」

後輩にあたるフォーリたちが、うれしそうに語っているのを耳にはさみ、ジルとシュワーデンは顔を見あわせた。あれが来るのか、とシュワーデンは無言でより目になり、ジルも大きく溜息《ためいき》をついて、

「うわぁ。またひと悶着おきたら嫌だな。わたし、宿舎にとじこもっていた方がいいかも」

しかしつづいてもたらされた報せでは、

「ウシュル・ガル大王は王女たちもつれてくるらしい」

「公太子の側女とするつもりで」

「いやいや、いくら何でもそれは……」

「情報が入っているはずだろう」

「だとしても……いや、ありうるかもしれんな。

ほら、公太子妃を先例とすれば、ただ宮廷においておくだけでも」

「ふむふむ。全員が認知している間諜《かんちょう》、という立場になるか」

「いやっ。それはヴィスマンが許すまいよ」

「青年奴隷の見目好いのもつれてくるかもしれん」

と下々の話の種となっていた。

それでもジルがほっとしたことに、今回はあの三王子はこないと、それだけは確かなようだ。アトリアで危うく収拾のつかない事態になりそうだったことを、大王も考慮したのか、今度《このたび》は、国におしこめておこうと考えたのか。

新大公の戴冠式が国をあげておこなわれ、フレステルⅢ世の威容とハスティアの隆盛を内外に知らしめたのは、光あふれる春のさなかのことだった。

ウシュル・ガルは宴席でも客人としてのふるまいを守り、フレステルⅢ世とは親しげに交易やその品々について、長く語りあったようだ。

年四回だった交易船の往来——もっぱらドリドラヴの船がハスティアを訪れ、こちらからはめったにいかない。船乗りの話では、ドリドラヴの役人は会うごとに賄賂《わいろ》を要求し、商売になるまでに、時間と金貨の損失が大きすぎるということだ——を二月に一度にして、関税も引きさげることに同意したという。香茶葉と香辛料、毛織物と綿糸、青塩と干果物、そしてマステル銀の装飾品と犀竜《さいりゅう》の皮革について、物々交換の割合や両国金貨の為替の価が決められ、ウシュル・ガルは去っていった。

噂とは異なり、王女も奴隷もおいていかなかった。宴席で王女たちを遠目にしたジルでも、彼女たちのつややかな褐色の肌に、心を惹かれるものがあったのだが、フレステルⅢ世は慇懃《いんぎん》な挨拶をしたっきり、政治と交易の話ばかりをして、他の貴族たちのように流眄《ながしめ》をくれることも盗み見をすることもなかった。大公妃となったマナランは、そのそばで慎ましくふるまっていたが、あれは自室に帰るなり、長かっただのくたびれただの、愚痴《ぐち》を言いそうだった。

ともあれ、ウシュル・ガルはおとなしく帰っていった。ジルにはそれが、かえって不気味に感じられた。あの大王が何もしないで帰るとは。もやもやしたものが残った。それでも、宮廷ではしばらくのあいだ、ドリドラヴ風の装飾品や化粧法が流行った。肩を出したり、髪をぴっちりとした編みこみにしてビーズで埋めつくしたり。

犀竜の皮が豊富になって、ロウラの靴工房も軌道にのった。ロウラは三十人もの職人を抱える親方となり、兵士たち、フォーリたち、官吏たちの足を護る者とたたえられた。ジルのかわりに後輩のフォーリ何人かが、工房専属に任じられたが、ロウラは感謝のしるしとして夏・冬の靴それぞれ二足を彼女に作ってくれた。

西方や北方の国々との交易に加え、ドリドラヴの珍品も巷に出まわるようになって、ハステイアは飾りたてた豪華な焼菓子のように膨れあがっていった。

マナラン妃のおしゃべり

まさかわたくしが、殿方に恋をするなんて、想像できた？　おお、フェンナ、おまえだからこうして告白するけれど、どうにも抑えきれないの。ええ、知ってる。ヴィスマン宰相は、フレステル新大公の懐刀《ふところがたな》で喧嘩相手で友人で……もしかしたら、友人以上、なのかも。でも、あの方の、あの厳しいお顔がやさしく崩れたのを見たのは、わたくし一人よ。きっとそうよ。いつのことか、ですって？　忘れもしない、昨年の秋のこと。そうよ、前大公がおかくれあそばしたのを報せに来たときよ。あのとき、わたくし、裏庭の落葉の中で、バイオンとふざけていたのよ。おまえは寒いから屋内におりますよって、断ったでしょ。公宮の奥まった庭には、誰も来ないから、わたくしも安心していたし、バイオンは人の気配には敏感だし、そうしたら、いきなりどっからか彼があらわれたのよ。最初はしゃちこばって、まるで兵士のように近づいてきた。胸に片手をあてて、弔意を示していたから、わたくしでも、ああ、大公がお亡くなりになったんだとすぐ悟ったわ。そんな彼に、バイオンはとことこ歩いていって、「御挨拶」をしたの。おまえもよく見て知ってるわよね。鼻面を上にむけて、

「さあ、僕のお鼻に指をつけて、仲良しだよ」っていうの。あの子、誰にでもそれをやるんだけど、わたくし、ヴィスマンなら無視するだろうと思ったの。ところが、ええ、驚いたことに、彼、お顔を崩して……もうね、「破顔」って言葉があるじゃない？　まさにそれ。びっくりしたわあ。いつも、頑なな岩みたいにしているでしょ？　それが、突然、氷がどっととけたみたいに目尻下げて、ああ、本当に、わたくし、口をぱっかりあけっぱなしで、彼が指じゃなくて自分の顔を近づけて、バイオンの鼻に鼻をくっつけるのをただ見つめていたの。……あれが、一目惚れ、なのね。悪いわね、フェンナ。下世話な言葉づかいで。だって、本当に、そうだったのよ。目の前で金の星が音をたててはじけたんですもの。で、挨拶が終わったあと、ヴィスマンは背筋を正したけれどお顔には笑みがやわらかく残っていて、バイオンとイリーアについて何か話したようだったけれど、わたくし、ほとんど覚えていない。彼からすれば、ろくに会話もできない愛想も愛嬌もない女に見えたかと思うわ。でも、すごくやわらかくてあたたかい布団の中にいるような気分だった。彼は、ろくにしゃべれないわたくしを気にした様子も見せずに、しばらくあの低い響きのある声でお話ししてくれた。それから、威儀を正して、大公が身罷られたこと、本来なら公太子が報せに来るべきところなんだけど、葬儀の手配やら国政の引き継ぎやらで余裕がないので自分が代理としてきたことを説明して、最後にこうおっしゃったの。

「これまでしばしば拝顔つかまつりましたが、ようやくこのようにうちとけてお話しできまし

たことを、望外の喜びと感じます」

　ですって！　望外の、喜び、ですって！　ああ、フェンナ、そんな、水をさすようなこと言わないでよ。ただの社交辞令だったかもしれない。けれど、そうは思えない……思いたくないのよ。でもね、そのあとも何度かいらしたでしょ？　新大公の名代として。で、そのときに、儀式の最中、補佐役やら管理統制役やらなさっていたお姿がすばらしかったってわたくしが言うと、彼、かすかに笑ったの。うれしかったんだと思うわ。だって、彼がすべてをうまくやるのはあたり前、みたいにみんな思っているふしがあるって、おまえ、前に言ってたでしょ？　わたくしから認められたっていうのが、きっと、少しの励みになったのかも。でね、その、ほんの少ーし笑ったのが、とってもいいお顔でね。あら、あたり前よ、他の者に、こんな話、しやしないわよ。おまえと二人きりだから、言ってるだけで……それに、彼の方がわたくしをどう思っているか、確かめようもないし……確かめなくてもいいの。わたくしが、こうやって、おまえに語るだけで、いいの。……それでね、彼、わたくしに尋ねたの。

「バイオンと遊ぶ以外に、日頃は何をなさっておいでです？」

　わたくし、答えられなかったわ。だって、まさか、ぼうっとしてるとか、侍女たちの噂話に耳をそばだててるとか、言えやしない。そうしたらね、彼、袖口から小さい本をとりだしてね、もし、時間を割いてくださるのなら、これを読んでみてくださいって、ほら、これを貸してくれたの。ね？　手書きは手書きでも、彼の自筆よ？　彼なりに、この国の成立以前からの歴史をまとめたんですって。大雑把《おおざっぱ》だけど、外国《とつくに》からやってきたわたくしみたいな者にも、流れがわかるように、気をつけて書いたんだと、はにかんでいたわ。……あら、何言ってんの、フェンナ。彼だってはにかむのよ。気持ち悪い？　ひどいこと言うわねぇ。わかってよ。あの方、マステル銀で皮膚ができているみたいだけど、心臓は少年みたいに熱くてまじり気のないものでできているんだと思うのよ。ま、それでね。彼が書いた国史、読んだわよ。読書なんて、少女のころにちょっとやったくらいだし、こっちの書き言葉って、アトリアとかなり違うから、わからないところは書きだして、あとで彼に聞きながら、そう、彼も喜んで教えてくれるし。おまえたちも、勉強するのはいいことだって、陰で皮肉半分にこそこそ言ってたじゃない。そうよ、彼が書いたものだから、学ぼうと思っただけよ。でも、おもしろかったわ。ええ、そのあとに、『〈満てる海〉沿岸の国々』っていうぶ厚いのを持ってきたときは、閉口したけどね。でも、彼に、本も読めない大公妃って、思われたくなかったから、がんばったわよ。どこがどこだか混乱しちゃったら、彼が地図をもってきてくれて、それで、ハスティアとアトリアとドリドラヴの位置関係もようやくはっきりした。それは、おまえも同じでしょ？　ドリドラヴって、こんなに南にある国だったの、って皆が騒いで……ハスト人の女官たちも、はじめて知ったみたいなことを言ってたわよね。で、わたくしが、『〈満てる海〉沿岸の国々』を読みすすめて、わかったことを羊皮紙の切れ端に書いて、地図にピンでとめはじめたら、興味を示した女官たちが陰口のかわりに疑問や感想をしゃべりはじめて、わたくしはちょっとうれしくなって付け焼刃の知識を披露したりして……。え？　ヴィスマン効果、ですって？　まあね。そうかもね。おととい、久しぶりに公太子……じゃなかった、フレステルⅢ世大公がいらしたとき、皆をほめてくださったしね。勉強することは、とてもいいことだって。そして、それが、わたくしからはじまったとお聞きになって、はじめてわたくしをまともに見られたのよ？　まるでこれまでは、歩いてしゃべる石像だったのに、みたいな顔でね。わたくしが、ヴィスマンから借りた本を読んでるって知ったら、それならこれからもヴィスマンに様々な本をもって、訪れるように言っておく、みたいなことをおっしゃって……。ああ、フェンナ、驚かないで聞いて。わたくし、そのとき、ようやく、罪悪感、みたいなものを感じたの。形ばかりだけど、一応あの方の妃だってことを思いだした……。ねえ、これって、良くないこと？　でも、自分の気持ちをどうにもできない。どうしたらいいのかしら。え……それでもいいって？　……心は、自由……それでいいの？　……もちろんよ、あたり前じゃない。そんなこと、許されない。それに、ヴィスマンは、わたくしを哀れんでいるか、同情しているか、もしかしたらほんの少し好意をもってくれているか、そのくらいよ。じゅうじゅう承知しているわ。十六、七ののぼせた小娘じゃないもの。それにね……もし……もし、本気になったとしてもよ、彼は決してそれをあらわしたりしないし、絶対に認めないし、一線を越えることは死んでもしない。そういう人だもの。それならって、フェンナ、何、そのひらき直りは。ただ恋い焦がれて悶々《もんもん》として、いつまた彼が訪れてくれるのか待つよりは、行動しろって？　何を行動するのよ。……そうね。彼とのつながりは、本と、本から学んだことと……図書館？　図書館って何？　たくさんの本って……そんなところがあるの？　へえ……借りることもできるの？　でも何を借りるのよ。……ああ、まだわからないことや知りたいことがあるわよね。侍女たちの知りたいことも聞いて、それに合ったものを借りてきて、みんなで読んで、教えあえばいいのかも。え？　本当？すごくいい考え？　……そう……一人で学ぶより、皆で学んだ方が効率がいいし、楽しいし……そのあいだはヴィスマンとつながっているような気がするだろうし。わかったわ。じゃ、その図書館に行きましょう！

……ねえ、フェンナ。自分たちだけで大公宮の外へ出たのは、はじめてよね。もう、どうしてもっと早くに来なかったのかしら。この敷石一つ一つのきれいなこと！　重厚でありながら華やかな街並み。色硝子《ガラス》と、花と、基礎の石の一つ一つの色の違いと、どっしりした木の柱や飾り窓や、明るい水色の空に、塔の尖端が輝いて、まるで太陽がいくつもあるみたいじゃないの。そうね、いい季節だからってこともあるわね。でも、アトリアじゃ、あんなふうに一人一人顔をあげて歩く人民を見たことがなかったわ。それに、誰もわたくしたちをじろじろ見ない……。二人の護衛騎士が前後で警備しているのに。この神殿のまわりは、あんまり人がいないのね。月神神殿？　そのうち、参拝した方がいいのかしら。あら、この坂を下って、舟に乗るの？　歩きだと遠回りになる？　やだ、このぐらぐらするのに乗れって？　あら、お手をどうぞって……ちょっと恥ずかしいけれど、護衛騎士の腕にすがって何とか移ったけど……男の人の腕って、太くて力強いのねえ。まあ、舟ってちょっと怖いけれど、涼しくて軽やかで、水はきらきらしていて、中州の建物も遠目から全体像をつかめるし……大公宮って、大きいのね。フォーリ協会の塔も群をぬいてきれいねぇ。あの、少し、ごつくて色彩のない建物は、ヴィスマンみたい。ああ、やっぱり。兵舎と軍部の建物なのね。……それで、舳先《へさき》のむこうに見えてきたのは、随分古めかしい……大学？　大公の側近や官吏などを育成するところ？　ふうん。そんなものがあるとはね。ああ、着いたわ。膝が痛くなってしまった。やっぱり舟から陸に移るときも怖いわね。慣れるっていうけれど、本当かしら。あら、どこへ行くの？　白茶けた石壁の、窓の少ない講堂は……アトリア様式？　アトリアに支配されていたころ、この建物は総督の居館だったと……わたくしの全くあずかり知らぬことだけど、アトリアが支配していたと聞くと、少し気落ちしてしまう。謝ってすむことなら、謝りたいって思うのは、不思議。……図書館に行くのじゃなかったの？　ああ。この建物の中に併設されているの。……暗くて寒くて、かび臭い。若い人たちが大勢出入りしているけれど、彼らはこの環境が平気なのかしら。平気ではないけれど、若いから我慢がきく、と？　建てかえの話がもちあがったとき、このくらいの我慢ができなくてどうするって、ヴィスマンが言った？　おや、まあ。彼らしい。そうね、そのとおりかもしれないわ。でも、ちょっと寒いわねえ。ああ、ここが、図書館。……図書館？　……本がたくさん。巻物も。蜂の巣みたい。埃をかぶっているのがたくさんあるわよ。それに、この臭い。ああ、懐かし！　アトリアの王宮の小部屋の臭い。獣脂蠟燭《じゅうしろうそく》と、カビのまざった……フェンナ、大丈夫？　咳も出るわねぇ、こんなところじゃ。本も巻物もたくさん重なっているけれど、さわる気になれないわ。それに、何の本を読みたいのか、どこにあるのかもわからないんですもの。あら。ええ、わたくし、マナラン妃ですわよ。この国じゃ、下々の者が公太子や大公や宰相にも平気で話しかけるのよね。びっくりするけれど、悪くはないわ。さがしている本、ね。……さがしてくださるの？　司書、さん、とおっしゃる？　ではね、この国の詳しい地図と、この国のことを説明している本、習慣や、考え方や、それからこの国のまわりの他の国々がどんなだかわかるようなものを……ええ、何冊でも。持てる限り……あら、架台《かだい》を使っていいの。車輪つき。では、お借りしましょう。あなたたち、押していってくださるわね。護衛騎士っていっても、仕事が少ないでしょ。うろんな輩《やから》は一人もいないんですもの。荷物運びくらいしてくださるわよね。……結構たくさんあるのね。『東方研究録』『ハスティア地誌』『フレステルI世の時代のフォーリ』……読んだことのないものばかり。あら、これは必要なくってよ。もう読んでしまったので。ありがとう。わたくし一人で読むわけじゃないわ、御心配なく。侍女たちと皆で読むのです。とにかく、すばらしい、あっというまの仕事ぶり、感心しました。また、よろしくね。……え？　返却期日があるの？　大公妃でも厳守ですって？　どっちもびっくりね。フェンナ、期日を覚えておいてね。大公妃でも守らなければならないらしいから。さあ、帰りましょうか。……まあ、外の空気のすがすがしいこと！　この国にも、あんな古色蒼然《こしょくそうぜん》とした場所があったなんて……ああ、山の風が気もちいいこと。……ねえ、フェンナ、わたくし、ちょっと思いついたことがあるのだけど……ヴィスマンをとおして、大公閣下に、提言申しあげてもいいかしら……どう思います、護衛騎士殿。提言の内容にもよる？　さっき、大学と図書館と行ったけれどね、わたくし、あんな場所で読書したいとも学びたいとも思わなかったの。やっぱり、学習するのなら、暖かくて明るくて風通しのいい、花や草木や山の匂いのするところでしたいわ。ヴィスマンが厳しい顔で何と言ったのかは知らないけれど……彼には悪いんだけれど、大学と図書館を建てかえたらどうかしら、と申しあげたいのよ。見たところ、お金に困っているふうには感じないし。アトリア様式、反対。ハスティア様式の、すてきな大学を建ててくださらないかしら。そして、図書館はちゃんと独立させて。誰でも入れるように。あれじゃ、敷居が高くて、学生とか官吏くらいしか入らないでしょ？　フェンナや侍女たちに、これこれの本を借りてきて、って言っても、なかなか入れてくれないのでは、使い勝手が悪すぎます。ハスティア国民であれば、誰でも閲覧できるようにして、司書さん？　司書さんの人員も増やして……あんなふうに、自分の頭の中にすべての本の題名と収納場所が入っているのは、すばらしいと思うわ。思うけど、その人がいなくなったら、その知識も消えてしまうでしょ？　消えないような仕組みをつくっておくべきなのじゃない？　何、フェンナ。珍しいイリーアでも見るような目で、わたくしを見ないでちょうだい。やっぱり、だめかしら、ねぇ。え？　そんなこと、ない？　あなたたちも、前から何となく思っていた？　わたくしの話で道筋がはっきりした？　それは少し大袈裟《おおげさ》かも……。まあ、どうしたの、フェンナ。涙なんかうかべて。うれしい？　フェンナも新しい図書館がほしいと感じたのね。え？　そういうことではなく？　よくわからないけど、まあ、いいわ。ほら、神殿裏に着いたわよ。お二人とも、たくさん本、あるけれど、運ぶのよろしくね。公妃の居室に持ってきてちょうだい。ああ、フェンナ、帰り道で、ほら、あれ、あったでしょ、来るときにおいしそうねって言ってた、そうそう、麦菓子。あいだにクリームがはさんであるの。あれを買って帰りましょう。みんな二個は食べるだろうから、十五個くらい。多すぎる？　大丈夫、余ったらわたくしが食べるわよ。ああ、足が棒のようだわ。おいしい香茶が楽しみよ。

宰相　ヴィスマンの決意

アトリアの王女との結婚話がもちあがったとき、大公宮殿は大騒ぎになった。大公の側近たちと、チャレン侯が主な出火点で、結婚できるわけがなかろう、いや、これは政略結婚だ、形ばかりでもいいのだ、それが知れたらアトリアはどう対応することか、今さらアトリアなど怖くはない、戦《いくさ》になって困るのはむこうの方だ、と意見はこんがらがった毛玉さながらに、あっちへ転がり、こっちへ転がり、どんどんふくれあがっていった。

大公に呼ばれたときには、フレステルもヴィスマンも、すでに激論を終えており、涼しい顔で御前に立つことができた。

大公は頭ごなしに命じることはせず、公太子に意見を述べる機会を与えてくれた。フレステルは両肩を心もち後ろへひいて、静かに諾《はい》、と答えた。大公の側近たちの幾人かは衝撃をうけたように頭をのけぞらせ、チャレン侯は苦々しげに舌うちしてそっぽをむいたが、母大公はそうした反応には一切かまわず、承諾した際の影響についてどんな考察をしたのかを尋ねた。フレステルは、二人で交わした激論から、問題点を上手に拾いだし、簡潔に数えあげた。頭をのけぞらせた側近たちは、思わずフレステルを見直し、目をしばたたいた。

「では、そうした問題がもちあがるかもしれぬとわかった上での承諾かえ？」

大公は確かめ、フレステルは問題への対処方法を一つ一つ丁寧《ていねい》に語った。語りおえたとき、大広間はいっときの静寂に満たされ、椅子の背もたれに深く身をあずけたチャレン侯の嘆息だけが衣擦れのように聞こえた。

「ヴィスマン、そなたも同意見かえ？」

視線を向けられて、公太子より数歩後方に位置していたヴィスマンは、恭しく頭を下げた。

「大公閣下には、完璧とは思われないかと存じますが、これが現状、できる手だての精一杯かと。特に、結婚後の公太子妃の心情は、誰にもはかりかねましょう。……御本人にさえ。これは、もう、そのときそのときで対処するしかないことがらかと。ただ、一つだけ、今思いついたばかりですが、アトリアにはさりげなく、フレステル殿下との事実上の夫婦関係は結べないものである、と伝えておいた方がよろしかろうと存じます」

「逆に、それでもよいか、とねじこむこともできような」

大公はにやっとした。

「なるようにしかならぬであろう、こうしたことは。……では、承諾する、と伝えようぞ」

そうして婚姻は成立へと動きだしたのだった。

公太子妃となる女性を見た瞬間、ヴィスマンは半分しか水の入っていない革袋を連想した。どこか弛緩《しかん》した、しまりのない顔つきで、細い顎と白い頰が気になった。御年二十七歳というわりには、十も幼く見えたが、半分しか水が入っていないということは、満たせる余裕があるということでもあった。

ヴィスマンの胸の内からは、軽蔑というものは排除されていた。それは、子どもの時分からの、徹底的な父親の教育の一部だった。父親は毛織物商で成功した三代目で、代々の公正さと誠実さにより、織物組合の長として、また、ハスティアの毛織物業界を代表する重鎮として名声を博していた。様々な人々が、父親の前を通りすぎていくのを、ヴィスマンはマステル銀の瞳で見てきた。狡い者、正直だが浅はかなもの、明朗でお調子者、そう見せかけて実は微細にこだわる者、嘘を平気でつく者、やたらぺこぺこして気持ちの悪い者、元気だけがとりえの者、裏も表もない率直な者……。

完璧な者などいない、とは父の口癖だった。

「人はそれぞれだ。だからおもしろい。おのれと異なるからと言って邪険にしたり、はじいてしまうのはもったいない」

「も……もったいない」

「また、不足だからと言って軽蔑するのも、おのれよりすぐれている、運に恵まれている、裕福だからと言ってうらやみ、妬《ねた》むのも、心と頭の無駄遣いだ」

「無駄遣い……」

「いいか、ヴィスマン。月神も大地神も、すべての人に等しく御加護をくださるのだよ。損をしたと嘆き、得をしたと喜ぶでない。損をしたときにどうふるまうかで、次の得をえられるかどうかが決まる。また、おごれる者は必ずひっくりかえされると定められている。試練はどんなに恵まれたように見える人にも等しくやってくる。試練をのりこえるためには、あらゆる手だてをとって、なりふりかまわず、必死になる覚悟をもたねばならぬのだよ」

「……」

まだ少年であったころ、父は同じことを何度も何度も言った。すっかりその一言一句を覚えてしまった、と母に愚痴ると、母は頭をのけぞらせて笑い、少し背ののびた息子の腕を両側から叩いて、

「それはすばらしいこと！」

と祝福したのだった。

チャレン侯が、フレステル公太子を「鍛《きた》え直すため」にヴィスマンを欲したとき、父は、

「そのようなことは一切考えるでないぞ。ただ、おそばにいて、必要なときに支えになれば良い」

と言い、母は、

「他の人ができないことをやりなさい。公太子がまちがっておられたら、堂々とおいさめしな

さい」

と耳うちし、家のことは三人の妹が引き継ぐから心配はいらないと笑った。

それゆえ、フレステルの若さゆえのあやまちや熱情や無駄な遊び——チャレン侯はそう嘲《あざけ》ったが、ヴィスマンの目には、知的な好奇心の旺盛な少年と映った——につきあい、ともに楽しみ、ときにはいさめ、喧嘩に発展し、とっくみあいさえ何度かやらかした。おとがめはなかった。チャレン侯はむしろ、「男らしい」と奨励するふしがあり、母大公も、おおらかだった。

弟君のヘンルーデルとも一緒に行動したが、何かとつっかかってくる二歳年下の少年には、いささか辟易《へきえき》した。フレステルは兄の呑気さで気にもしていないようだったが。父から、人を軽蔑するなと教えられてはきたものの、ヘンルーデルの、兄を嘲《ちょう》笑《しょう》し見下す態度には胸がむかむかした。ヴィスマンは手だしできない立場であることを、彼の方ではしっかり承知していて、嵩《かさ》にかかってくるのも腹が立った。

そのうち、フレステルは、従者としてヴィスマンと同じように召しかかえられたタトゥーユに恋をした。タトゥーユもまた同様で、二人の情熱には誰もかなわなかった。ヴィスマンはチャレン侯とフレステルのあいだに壁となって立った。

「人を愛すること、人に愛されること、おまえはそれを知っているものねぇ」

三つか四つのとき、母の乳房のあいだで聞いた言葉が、どこからかよみがえってきたのだった。ぬくもりと香わしさと吐息とともに。

一方、ヘンルーデルも愛人を何人か囲っていたが——彼の瞳には、魔力があると噂されていた。彼におもねる人々が魅了される、と——、そちらには、母大公がいい顔をしなかった。両親にとっては、どちらの息子も頭の痛い問題になっていたのかもしれない。

事態は大きく動いた。タトゥーユが反逆罪により死刑に処せられることになったのだ。冤罪《えんざい》であったことは誰の目にも明らかだったが、大公でさえとめることができないほど、チャレン侯は激怒しており、その権限を最大に使って、早々に処刑してしまった。権力者の暴走が、どれだけの悲劇を生むのか、周囲に知らしめた一件だった。さらに、その直後、ヘンルーデルとペルシモンの陰謀が発覚し、激震に大公宮はゆれた。

しかし、その試練をのりこえたとき、フレステルはハスティアの柱となった。

あるとき、「あの夜の香茶は身体にも、心にもしみたよ」とフレステルが呟いたことがあったが、ヴィスマンは困惑した。夜に香茶を供したことなど覚えがなかった。フクロウの鳴く声を、夢の中できいたような気はしたものの。だが、その呟きを耳にしたとき、終生彼のかたわらに立っていこうという決意が生まれた。ヴィスマンも、大公国を支えるもう一本の柱としての覚悟をもったのだった。

……そうして、満たされていない水袋である。

女官たちの噂や陰口を耳にすれば、満たされていないものが何であるのか、おぼろにではあるが、わかってきた。だが、やんぬるかな、フレステルでは応えることができない。

フレステルは、マナランに、精一杯の誠意と敬意を贈ろうと、日々努力している。対するマナランは拒否はしないが、感謝もなく、——冷たいのではなく、彼女の視野が狭いのだ。しかし、どうしたら良いものか。

狭い視野をどうにかして広げることはできないかとしばらく悩んだ末に、本棚の隅に追いやっていた自筆の歴史書を思いだした。もう少し若いころにしたためたもので、学者や研究者が見たら鼻で笑うような代物だったが、むしろ、小難しい本より、この国の大概を知ってもらうには良かろうと、マナランのところへ持っていった。公太子妃から大公妃へと身分が変わり、ヴィスマンもただの側近から宰相へと栄進する直前だった。

マナランは、イリーアの〈アシミジカ〉をどうしたことか、すっかり手懐《てなず》けて、以前よりも生き生きとしていた。ああ、これは良い、とヴィスマンも思わず頰をほころばせた。愛らしい長尻尾の子羊は、マナランの気持ちをなごませることに成功したようだった。もういらないかと思いながらも、自筆の本を示すと、意外にもマナランはうれしそうにうけとり――その後も、別の本を求めるようになり、図書館までお忍びで通うようになり――、くったりとしていた水袋は、はりをもち、重々しさまでみなぎらせたものに変貌していった。

そうしてある日、彼女は、一月ぶりに訪れたフレステルに、はじめて願いごとをした。何をねだられるのかと、警戒心半ば、興味半ばで耳をそばだてていると、

「新しい図書館と、設備の整った明るい大学がほしい」

と言う。これは願いごとを偽装した、提案ではないか。政の進言。本人はわかっているのか、いないのか。フレステルはその理由を聞きただして、大いに得心した。

「わたしの気づかぬ部分を、別の視点で明らかにしてもらった。これからも、そのようにお願いしたい」

フレステルの度量の広さにも、敬服する。

ヴィスマンはわれしらずにっこりした。われら二人、二つの柱、それにもう一柱、立ってくれれば、これほど心強いことがあろうか。

三本の柱で支えられた国が、どれほど盤石になりうるか。ドリドラヴの脅威という不安の影も、灰色にかすんでいくようだ。ヴィスマンは笑顔のまま、マナランとフレステルに恭しくお辞儀をしたのだった。

交易で得た莫大な富を、フレステルⅢ世は、大学、病院、各種研究学芸館の新築にふりわけた。もちろん、大公妃の進言によって得られた開明であった。ハストの都は、「犬が本を読む」「猫でも歌をうたう」「鳥が実験するのだって珍しくもない」などと言われるようになっていく。

ジルは、同じ年の夏、故郷セレの家に一度帰った。村には後輩のテイケスが専住フォーリに任じられ、何の支障もないようだった。両親、長兄も健在、姉はキャリオの町領主に嫁ぎ、リッチェンは〈ハスト海〉に面したシークルの街の領主の後継者になっていた。

ひと夏をすごしてハストに戻ると、すぐに、カーニに派遣された。それまでにも国中をとびまわっていたが、専住フォーリが五人もいるような大きな港町から、派遣要請が来ることはめったにない。ハストのペネルの指令には首を傾げるばかりだが、ペネルはいつものごとく、行けばわかる、とろくに説明もしない。

ただ、

「途中でメノーによって、カルステアもつれていって」

とうれしいことを言ったので、ジルも食いさがらずに旅立った。

いつものようにメノーでカルステアと合流し、ささやかな宴会の翌早朝、街道を白く焼く陽射しの中、丘と森を越えていった。

ハスティアには、西方交易の玄関口となるカラド、グラップ、リーリ、主にアトリアやドリドラヴの寄港地であるセン、オクル、と、港として栄える町は多いが、ここカーニはそうした交易とは縁のない、漁港である。背後に高い山、丘を抱く。海底には、南西から北東にのびる火山群が沖合まで幅をきかせ、入江の水深三百尋《ひろ》（約五百メートル）、暖流と寒流がまじりあって、魚の種類も多く、良港といえた。ただ、海底火山が今も造りあげている火山岩が、港のあちこちに、見えない隆起物となっており、経験豊かな漁師たちは、決して大型の船をもたず、潮流を読み、岩礁を記憶して油断することがないという。

幅狭く、帯のように横にのびている波止場には、百近い桟橋が蜘蛛《くも》の脚さながらにつきだしていた。波止場の背後には山が迫っており、夏の陽射しにあぶられた木々は、褐色をはらんでいた。海はおおらかに船をゆらし、潮と魚の匂いが満ち、橙《だいだい》や紅の屋根をもった家々の軒下では、〈聖ナルトカゲ〉と猫たちがゆったりとくつろいでいた。

昼をすぎたころあいなので、漁師たちの姿は稀で、そのかわり、波止場の西端にカーニのフォーリたちが待っていた。二人が近づいていくと、縄杭に腰かけて何かをぱくついていたがっしりした体格の男が、膝を払って立ちあがった。二人の徽章《きしょう》が目に入っていたのだろう、頷いて、

「カーニのムリーブだ」

と言い、釣り糸を垂らしている仲間を紹介した。こちらの名乗りが終わると、

「ま、よく来てくれたな。ま、そっちは急いで来たんだろうが、こっちは五日も待っていた。……おい、その肩のは何だ?」

カルステアの肩のトゥッパを指さす。説明すると、

「じゃ、あれか? ハストにすぐ連絡できるってことか?」

「あっ、ごめんなさい。この子にはそういう訓練していないんで。ただのパートナーってとこ?」

カルステアがにこやかに答える。ムリーブはふうん、と不満げだ。

「それに、ハストまでは飛べないと思いますよ。高低差がすごいし、飛べる距離も短いので」

「何だ、ただのイリーアにすぎないのか」

「あたしにはそれで充分なんですよ」

ムリーブは頭をがりがりとかいてから、こっちだ、と一番西端の桟橋に案内した。海にむかって挑戦するように長くつきだしている上を、板を鳴らして歩いていく。右手に湾曲した崖縁が見えてきた。その下には、黒い岩礁が波に見え隠れしている。

その一つ、魔物の爪のように折れ曲がった岩礁に、ぼろ布がぶら下がっていた。

「……あれ……船?」

ジルが半信半疑で呟くほど、垂れさがっている状態で、目を凝らしてようやく船と判別できたのは、甲板とおぼしき一部が陽射しにあらわ

になっていたからだ。帆柱は根本からなくなっていたし、腹は喰いちぎられた魚のようだった。陰になっている奥の部分にかろうじて見えるのは、台座か何かか。逆さまのようだ。梁《はり》も竜骨も海と岩にかみ砕かれあちこちにつきだしている様は、生き物でなくても無惨だった。と、台座の近くの闇に、ちかちかと光ったものがあった。ジルは目を凝らし、やがてそれが何であるのかを悟った。

「……鎖……？　……ということは……ガレー船？」

「そうだ。ドリドラヴの船らしい」

ムリーブがまた頭をかきながら言った。この人、蚤《のみ》よけの呪文、唱えてないの？

カルステアが尋ねた。

「交易船がこっちまではずれてくるなんてねぇ。でも、ちょっとはずれすぎじゃない？」

「道に迷ったのだろうさ」

「それにしたって……センをめざして来たとしたら、方向が逆じゃない」

「本部に問いあわせてみたが、二月に一度の交易船は、ちゃんと着いているそうだ」

「え……じゃ、これは……？」

「ってことで、あんたらの出番よ」

ムリーブはにやっとした。

「物をもちあげんのが得意なのをよこしてくれって申請したら、あんたらが来た。任せていいな？」

「ま……任せてって……何？」

きょとんとするジルへ、多少苛々《いらいら》しながらムリーブは親指をたてて、

「あれを」

と示したあとに、

「そこの波止場にもってくる。いやあ、遠いだろ？　それにガレー船だ、重いったら。おれたち五人がかりでも、ゆするばっかりでな。それで、中にあった死体はあらかた落ちちまったし」

「ちょっと、ちょっと！　何？　中に人がいるの？」

とカルステア。

「もういねえと思うぜ。それに、多分、死んでるし。五日もたっちゃあ、どんな海の男でも干からびちまわぁ」

ジルは、相変わらず波止場で釣りをしている残りのフォーリをふりかえった。それから、また頭をかいている男を見あげた。カルステアだけに聞こえるように、

「ねぇ、蚤の繁殖の呪文、唱えてもいい？」

彼女はにかっとした。それから背筋をのばしてムリーブに確かめた。

「あれを……あそこに持っていけばいいのね？」

「おうよ。ま、あんたらだけでは無理ってんなら、おれたちも手伝うが」

「それは結構よ。……で、置いたあとの検分はそっちに任せていいんですよね」

「それは、うん、ま、おれたちでやれる、かな。ハストのペネルに報告するべきなのは、おれたちだろうから」

わかった、とカルステアは身ぶりで示し、

「じゃ、やろうか」

ジルは桟橋の突端に彼女と並び、ハヤニエになっている船に目を凝らした。左に大きく傾き、右側が岩の爪にひっかけられているようだ。船首も船尾もさだかではなく、帆柱の台座が中央部分を示唆しているだけ。二人はどのように持ちあげるかを相談してから、呪文を唱えた。魔力が船をゆすり、岩の爪から自由にする。破片がとび散って海にのまれると、ムリーブが後ろで叫んだ。

「おい、おい。なるべく壊さないでくれよ！」

「じゃ、つっ立ってないで、保全の魔法でもかけてよ！」

カルステアが叫びかえし、さらなる魔力で持ちあげる。ねじれ曲がり、かろうじてつながっているのをしずしずと移動させていく。波の上すれすれに横すべりさせていくのだ。途中で、どこかでからまっていたらしい鎖がとけて、じゃらじゃらと音をたて、海に没していった。その拍子に、船もひきずりおとされそうになった。二人は破滅のきしみ音が桟橋まで響いてくる。二人は

歯をくいしばってもちこたえ、酔っぱらいがよろめき歩くにも似た様で、岸へと近づける。

風のない日で良かった。これに海風でも吹きつけられたら、船もろともジルもカルステアも岸壁に叩きつけられる、という危険だってあったのだ。

だらだらと水をこぼしていく船を波止場に近づけると、釣りをしていた残りの四人も、さすがに竿を放りだして退避した。これ以上壊さないように、そっと地面に着地させる。途中で手をはなしてしまいたいところだが、それはやめておく。あとあと苦情処理と叱責で面倒になるという理由で。おや、カルステアの考え方に似てきたかしら。

二人は、ふう、と大きく息をついて、そのままそこにすわりこんだ。片手をあげて良くやった、と言いつつ、ムリーブが桟橋を歩いていくのを見ながらジルはまた呟いた。

「ねえ、シラミ繁殖の呪文、唱えていい？」

カルステアは胡座《あぐら》をかいて天を仰ぎながら答えた。

「ああ、いくらでもどうぞ。どうせなら、あの五人全員に」

「あたしたち、あんな大きいもの、よく運べたね」

「あたしたち二人は有能なのよ」

戯言《ざれごと》を口にしながら、でも、とジルは思った。〈スナコガシ〉はあの船の三倍は大きかった。重さはどうだったかわからないが。あのころより、わたし、制御力も増しているから、もしかしたら、もっと大きなものでも運べるかもしれない。しかも一人で。そう、例えば、ちゃんとした、百人も人の乗ったガレー船でも。だって、大した疲労感もないようだし。

波止場では、フォーリたちが右往左往している。悲鳴がかすかに届き、そのうちの一人――釣り糸を垂らしてこちらを見むきもしなかった青年――が、海にむかって吐くのが見えた。逆風だが、悪臭もしてきて、カルステアはうへぇ、と言った。

「あっちに行きたくないなあ」

「同感。でも、通らないと帰れないよ」

ジルは立ちあがり、鼻のまわりに臭気よけの魔法をかける。

「ああ、ジル、ジル、それじゃ、だめよ」

カルステアが身体全体に同じ魔法をかけてくれた。

「臭いってさ、髪にも服にもしみるからね」

できることなら目くらましの魔法を使って鳥か猫に化け、カーニのフォーリたちと船の残骸の横をすりぬけていきたいのだが、そういうことはしないものなのだ。禁じられているわけではないが、本当に必要な仕事で使う――例えば、リーリのヘンルーデルの館でやったように――以外は。さらに相手が同職となれば、信頼問題に発展しかねないので、やってはいけない。ジルにもそうした細々とした暗黙の規則がようやくわかるようになってきていた。

そこで二人は、なるべく注意をひかないよう、そろそろと桟橋から波止場へ移動し、ムリーブの背後を通っていこうとした。ところが、敏感に気配を察した彼は、船の方をむいたまま、おい、お二人さん、と呼んだ。仕方なく立ちどまると、鼻をつまんで口で息をしつつ、

「こいつの検分、手伝ってくれないかねぇ」

とふりむきざまに言った。

二人は顔を見あわせ、ジルが答える。

「臭気遮断の魔法、かけたら？」

「おっ、おおう、その手があったか」

再び歩きだすと、また声がかかる。

「なあ、透視はできるか？」

「できるけど、得意じゃない」

カルステアが言い、ジルも、

「わたしもあんまり。それに、五人もいれば、もっと良く視《み》えるでしょ？」

冷たく告げる。

「まあ、五人もいれば、なんだけどなぁ。こんなのははじめてなんでなぁ」

傾けた親指の先を見ると、さっき海に吐いていた青年はへたりこんでいるし、カルステアよ

り明らかに年上の女性はわめきちらしているし、少年は涙ぐんでおろおろと歩きまわっている。ずっと年嵩《としかさ》の女性はしっかりしなさいよ、と悲壮な声で叱咤《しった》しているが、検分のつづきをやろうとはしていない。

「あたしたちだってはじめてなんだけどね」

溜息をつきながらも、カルステアはムリーブの隣に立ち、

「……で？　何をするべきなの？」

「まずは、あの、ぶら下がっている骨みたいなの、視てくれるか？」

「……あれは骨みたいなのじゃなくて、骨、だわね。お肉は魚に喰われたか、それとも衝撃でちぎれたか。甲板の陰で、釘にひっかかっている……うん、あばら骨よ」

「とれるか？」

「あのね、指示ばっかりしていないで、あなたも少しは魔力を使いなさいよ」

はるか年上の男にもカルステアは容赦がない。

「体力を温存したいんだが」

「あたしたちだって同じよ。こっちは大仕事のあとなんだから」

「にしては、元気いっぱいじゃないか」

会話を聞いていたジルは、苛々して、つい手を出してしまった。肋骨、とカルステアが視た白っぽいものを、甲板の暗がりから動かして、ムリーブの足元に置いた。腕輪らしきものをはめている上腕の骨もぶらさがっており、あちこちに肉がこびりついている。目をみはって事態を遠巻きにしていた他のフォーリたちは、とうとう悲鳴をあげて逃げだしてしまった。

「いやはや……これは……」

ムリーブも何とか言葉をしぼりだし、空唾をのみこんだ。

ジルも平気ではなかったが、ここで弱音を吐いたらもう何もできなくなると自分を励まして、全く平気な様子のカルステアの隣にしゃがみこんだ。

カルステアは携帯用のペン軸で、腕輪を少しもちあげた。

「ジル、これ、どう思う？　この赤と金、ドリドラヴのものに見えるけど」

　吐き気――大丈夫、このくらいなら耐えられる、ちょっと胸がむかついているだけだから――を感じまいとしながらのぞきこんで、うん、と頷いた。

「この文様、犀竜を図案化したやつだね」

「と、いうことで」

　カルステアはムリーブを見あげた。

「この船はドリドラヴのものにまちがいないわ。証拠はこの腕輪。……で、もう、いいよね。はっきりしたんだから」

「あああ、ちょっと待って、ちょっと待って」

「何よ。まだ何かあるわけ？」

「船腹に近いところ……ほれ、あの柱みたいなのにひっかかっている布――」

「ああ、あれね。あれは多分、船長用天幕のなれのはて」

「……の左で、何か光っている」

「貴金属の証拠なら、腕輪で充分じゃない？……おや。金属じゃないわね。硝子……？　ああ、違う。水晶をくりぬいた瓶かな。何か粉みたいなのが入っている。割れなかったのが奇跡だわ」

「とってくれるか？」

「ねぇ。自分の仕事しなさいよ」

　今度も手を出そうとしたジルをひきとめて、カルステアが促《うなが》した。ムリーブは仕方なさそうに呪文を唱え、手のひらを動かして――本当は、身体のどこも動かす必要はないのだが、衆目に晒されながら仕事をしなれていると、こういう癖がついてしまう。必要なのは念とか意思とか精神力とか度胸とか、そういった類の力であって、ときには集中のために杖や宝石や貴石の結晶を利用することもあるのだが――水晶瓶を動かしはじめた。きらきらと輝きながらふらふらと空中を漂ってくるのを、危なっかしいと見守っていると、何とか彼の指先まで運ばれてきた。三人ともほっと気をぬいた直後、瓶は大きく傾いたかと思うや、指先をかすめるようにして地面に落ちた。整地された波止場の大地ではあったが、運悪く、石が顔をのぞかせていた。瓶はかわいらしい音を立てて砕け、中味の粉とともに宙に舞った。

ジルは、太陽を透かして、水晶の欠片《かけら》と粉末が、雪の結晶さながらにきらきら輝くさまに、二呼吸ほどうっとりとしていた。

ムリーブが咳きこみ、次いでカルステアが、それからジルも、喉にひりつくものを感じて激しく咳こんだ。三人とも顔を真っ赤にしながら身体を折り、しばらくのあいだ、呼吸しようと努力した。目の奥で金と黒の、力めいたものが点滅した。心の臓がやたらに速く拍を打ち、血が奔流となって身体中をめぐり、汗が噴きだした。

「な……何、これ……」

あたりを手で払いながら、カルステアが喘ぎ、

「おい、大丈夫かっ」

ムリーブがやっとまともなことを言い、ジルは目をしばばたたいて大きく息をついた。

「毒では、なさそう……むしろ、さっきより、元気になったような気がする」

腰骨から背骨にむかって、星が走っていくのがわかった。気力が満ちてきて、何でもできるような気分になる。ジルは船の残骸にむき直ると、解体と整頓の二つの呪文を混ぜあわせて唱えた。一言ごとに交互に並べなければならないので、普通なら紙に書いて読むところを、頭が冴えているために自然におきかえることができる。

残骸は抵抗するようにぎしぎしとたわみ、洞窟の魔物が発する悲鳴のような音を立てたあと、幾千もの部品となって空中に分かれ、梁は梁、布類は布類、寝台の破片、台座、櫂《かい》、木片、人体の一部、といったように集合し、地面に山をつくった。

そのあとはカルステアとムリーブも加わって、たちまち整頓されていく。陶片、鎖、太鼓の桴《ばち》、幾つかの貴金属。

「ちょっとぉ！　あたしたち、世界一のフォー

リじゃない？」

「これって、普通じゃないよなぁ」

　そう言いつつ、ムリーブも踊りだしそうだ。

顔は全能感に輝いて、十も若がえったように見える。普通ではない、と感じた直後、ジルの内部で、粉がもたらした黒と金が、〈月ノ獣《けもの》〉のあげた叫びとぶつかりあい、せめぎあった。黒と金はあっけなく砕けて粒子となり、淡雪のように消滅した。すると、熱っぽい興奮も干潮さながらにひいていった。
　二、三度深呼吸して落差で生じためまいを退けてから、ジルは、粉末が落ちた地面にさわってみた。指先に、白っぽい粉がつく。猛毒であったのなら、呼吸したときすでに死んでいるはず、と判断して、なめてみた。舌にわずかに苦味を感じ、同時にまた、目の奥に金と黒が瞬いた。ほんの一つ、二つの光の粒ではあったものの。
　腰の小袋から羊皮紙の切りおとしを出して、粉をすくう。土もいっしょに入ったが、かまうものか。分析するのは透視にすぐれたシュワーデンに任せよう。こぼれ落ちないように折りたたんで腰に戻し、まだ有頂天のカルステアの腕をとって、

「さ、帰ろう。あとは地元に任せよう」

と港をあとにした。

「何……？　何……？　どうしたの？」

　本質を見ぬくのにすぐれ、それを直截に口にするカルステアが、まるで酔っぱらってしまっている。瞳孔《どうこう》がひらき、目が泳いでいる。

「カルシー。カルステア！　しっかりして！」

　歩きながらゆすぶると、肩の上でずっと眠っていたトゥッパが、目をあけて、カルステアの耳たぶをかじりはじめた。ちょっと、くすぐったい、やめなって、痛い、痛いわよっ、痛いったら！　と頭を傾けたりそらしたりしたあとで、ようやくまばたきした。

　市場にさしかかっていた。露店やら屋台、茶房が並び、人々でごったがえしていた。香茶と香辛料の混ざった匂いが漂い、長椅子にすわっ

た男たちが茶を飲みながら盤上遊戯《カプリット》に興じている。魚を焼く煙と貝殻煙草《ニルンス》の煙が混ざりあって、橙色にたなびいている。

喉が渇いた、と思ったが、さすがに男たちの中に入って茶を飲む気にはなれない。水売りがいないかと目を左右に走らせていると、カルステアが額を片手でおさえた。

「……あたし、おかしくなっていた？」

ようやく、目の焦点があってきた。ジルはほっとして、

「あの、水晶瓶の粉のせいよ」

「あの粉が？」

「多分、魔力をひきだす粉だと思う」

ああ、水売りがいる。荒物屋と古着屋のあいだにはさまって、十かそこらの少女が一人前に客と冗談を交わしている。その額に陽光が輝いて、まるで得がたい宝石のようだ。

「魔力をひきだす粉……！」

「自分の中の力を使うんだから、きっとそのうちどっと疲れがくるよ」

うう、とカルステアは呻いた。

「……残念！　もったいないことしたなあ。全部飛び散っちゃったか」

「カルステアったら。そういうことじゃないでしょ」

半ば呆れながら、少女から水を買う。杯をカルステアにわたしてのみほすのを待ってから自分用におかわりをする。

「お姉さんたち、よそのフォーリ？」

小マステル銀貨を渡し、おつりはいらないからと言うと、少女はうれしそうに言った。

「あのね、いいこと教えたげる。今、このカーニにいるのは、なって二年の新米フォーリと、怠け者のムリーブだけだよ。口だけはうまいから、調子に乗せられて、ただ働きしないようにね」

もう働かされてきたけど、と苦笑いをしながら杯をかえした。

「粉の一部を回収したから、何でできているのか、シュワーデンに調べてもらえるよ」

「じゃ、もしかして、作ることも可能……？」

そう言った直後に、カルステアの片膝ががくっと折れた。あれ？　力が入らない、と首を傾げるのへ、ほら、だから反動が来たんだってば、と腕を支えて宿に急ぐ。

「ドリドラヴの船が、魔力増幅の薬を売りにきたのかしら」

ジルにもたれかかりながらカルステアが疑問を口にした。

「そういうことがあるのなら、わたしたちの耳に入っているはずじゃない？」

ありえないと確信しながらも、ジルは一応その可能性について言及してみる。直感は、あの船は密輸船だ、と告げている。さもなくば、どうしてあんなに交易路をはずれるだろうか。

「そうだね、あたしたちフォーリに一番かかわってくるものね。じゃ……密輸船、かあ」

「他にもおおっぴらにできないものを積んでいたのかもしれない」

「うん。問題は、取引相手が誰かってことよ」

「きな臭いなぁ。何せ、ドリドラヴの船、だものねぇ」

目の奥に金と黒を点滅させていたウシュル・ガルの顔がうかぶ。その雛形《ひながた》のようなムルツ、浅はかなテーツとカルツの二人をも連想し、ジルは鳥肌がたつのを感じた。

「……明日、もう一度、残骸を調べなくちゃ」

「ええ？　何でよ。ムリーブに任せたらいいじゃない」

「任せられない。怠け者だって、有名な人じゃない。それに、明日は、あんたも彼も、使いものにならなくなってるはず」

「ジル、あんたは大丈夫なの？」

「吸った粉が少なかったんだと思うよ。平気」

〈月ノ獣〉が相殺してくれたことなど、話したくない。話せば〈スナコガシ〉の傷に至る。それで、もっともらしい言い訳をした。

翌朝は、予想どおり、寝台から起きあがれなくなったカルステアを宿において、波止場に再び出むいた。

残骸の山を一つ一つ持ちあげて調べたが、目ぼしいものは発見できなかった。ただ、電気石でできた瓶の欠片を見つけたが、こびりついているものもなかった。うっちゃっておこうかどうか迷った末に、荷物になるものでもなし、とつまみあげて羊皮紙で包んだ。

額や鼻の頭に日焼けをつくって波止場をあとにしたのは、昼すぎだったが、案の定、ムリーブも新米フォーリたちも姿を見せず、翌日、元気をとり戻したカルステアとともに、メノーへの復路をたどったのだった。

ハストのペネルに報告し、例の粉をシュワーデンに調べてもらった数日後、ペネルに呼びだされて事務室に行くと、その彼とヴィーヴィン、マコウィ、ギオンといった老練の歴々も集っていた。

ハストは比較的涼しい夏を迎えており、あけはなした窓からはさわやかな風が猛禽《もうきん》の鳴き声を運んできていた。やわらかな光にあふれた室内には花の香がほのかに漂い、知らない者が見たら、お茶会でもはじまるのかと思っただろう。

しかし、一同の表情は厳しく、マコウィは指で卓を叩いていたし、ギオンは卓上に広げられた粉の載った羊皮紙を睨《にら》みつけていた。

ジルが腰をおろすのを待って、ペネルが口をひらいた。

「あなた方が拾ってきたこの粉だけど、アラブルソウというドリドラヴ自生の植物を原料にしているらしいとわかったわ」

「アラブルソウ。はじめて聞きます」

「だろう？　おれも古文書に頭つっこんで、ようやくさがしだしたんだ。ジルが知らないのも当然だな」

自慢げにシュワーデンがふんぞりかえった。ヴィーヴィンが、

「ギオンが昔の記憶をほりおこしてね、シュワーデンが古文書をさがしあてたんだよ」

と笑って言った。ギオンは低い声で、思いだしたのはたまたまだ、とこともなげに言う。

「やはり、魔力の増幅薬ですか?」

「そうだ。こんなものが巷に出まわったら大変なことになる」

「フォーリ相手の商売ではなくて……?」

意外に思ってそう尋ねると、シュワーデンが身をのりだした。

「ジル、考えてみろよ。もともとハストの民はいくばくかの魔力を生まれながらに持っている。たまたまその能力が高い者がフォーリになるんであって、それは物を組みたてる技に秀でている者が――」

「大工になるのと同じ」

フォーリは特別職ではない、選民ではない、と訓練生のときに叩きこまれた。人々に尊敬され、信頼されるのは、そうされる価値のあるふるまいをしたからだ、と。それをシュワーデンの口からまたきかされて、少し苛だっていると、ペネルが、

「それでも、フォーリになりたくてなれなかった者、ちょっとフォーリのまねをしたくて魔法を使おうとする者に、この薬は売れるわね」

すわったまま肩をゆらして言った。ペネルも苛だっている。だがそれは、この事態に対する苛だちらしい。シュワーデンがつづけた。

「市井の人々がちょっとした魔法を使うのは、認められている。なぜか、わかるか?」

以前から年上だからと、ジルにいろいろ教えてくれる。これまではさほど気にならなかったのだが、この頃妙に鼻につくのはなぜだろう、と考えながら、余計な波風をたてないおとなの自制心で答える。

「ちょっとした魔法、だからだよね。魔法使うより、身体を動かした方が楽だし素早いし」

「うん、ボタン一つ、ぬいつけるのに、呪文唱えて気力体力使って針を動かすより、手でやった方がずっといいってことだろ? おれたらだってそんなものに魔力を使ったりしない。だけど、この薬をのんで、フォーリなみにいっときでも魔力を使いこなせたら?」

「あんまり現実味はないと思う」

フォーリが呼ばれるのは、人の手でどうしようもなくなったときや、魔法の方が簡単に事態を解決できるときだ。それだったら高い薬をのむより、ただで働く〈万人の僕《しもべ》〉を呼べばいい。

「それでも、さ。例えば一刻を争うとき。それから、人生にいきづまっているとき。金の問題じゃなくさ。ほら、特に女の子たちなんか、誰と結婚したらいいか、とか、すてきな出会いがほしいわぁ、とか、予知できたらって思うんじゃないのか？」

「結婚？　すてきな出会い？」

ジルは冷めた目でシュワーデンを見かえした。

ジルもこの秋に十八になる。普通の女性なら、確かに結婚していてもおかしくない。だが、孤独を知ってしまったジルは、誰かに恋するなんて、ありえないように感じる。それに、セレの領主の娘として生まれたときから、姉カティエのように、親が決めた先に嫁ぐものと定められている。恋とか愛とか、すてきな出会いとか、霧のむこうに形なくあるものに思える。

「おおっと。お子ちゃまのジルにはよくわからないことかあ」

「なんですって？」

「恋の一つもしてみろよ、そろそろ。人生変わるぜ？」

「余計なお世話よ」

シュワーデンから言われると、なんだか腹だたしい。同時に、悲しくなる。どうしたことか。

ヴィーヴィンが咳ばらいした。

「まあ、とにかく、フォーリでない者が、この薬で増幅した魔力を危ないことに使ったら、とんでもないことになるね」

「密輸の疑いありということで、正規の交易船の積荷にも、目を光らせましょう」

ペネルがシュワーデンを見ながら言った。マコウィもしかつめらしく、

「各地の港にも、監視を怠らないよう、ヴィスマンに布令を出してもらおう」

「同時に、近海に見なれないものが浮いていないか、調べた方がいいな」

ギオンの低音が重い錨《いかり》が沈んだように響いた。意表をつかれて皆、黙りこんだあと、シュワーデンがようやく言葉を発した。

「……他にも、密航船が難破したかも、と？」

「潮流や海底の様子、こうしたハスティア周辺の事情に詳しくなければ、そうなるだろう」

何のために、とは誰も尋ねなかった。目的はわかっている。ただ、ウシュル・ガルはもっと直截なやり方をすると思っていた。炎を吐く竜となって襲ってくる、と。意外にも策謀をこねまわす狡智《こうち》に長《た》けた人物らしい。

ジルは、あの、黒と金の光を宿した月を思いかえしていた。そうだ、あのとき、ウシュル・ガルには恐怖を覚えたのではなかったか？　ムルツには嫌悪を感じ、下の二人には軽蔑の念をもったが、父王を怖ろしいと感じた。

「もっと確たる証拠を集めて、ドリドラヴにつきつけてやらねばならんよ」

ギオンがさらにつけ加えた。

「知らぬ存ぜぬをとおすか、それとも交易船だったと言いのがれするかはさておき、こちらである程度、真実をおさえていることを知らしめた方がいい。むこうも少しは自重するだろう」

ハストのペネルは、ごもっとも、と頷いた。

「ヴィスマンに進言しましょう」

調査の結果、別のガレー船の残骸らしきものがリーリの沖合でも見つかった。だがそれも、長い櫂の一部がいくつか発見されただけで、確たる証拠にはならなかった。一隻だけ、という事実にジルは喜んだが、

「わからんぞ。どこかに停泊して、隠れおおせているってことも考えられる」

とシュワーデンに冷水を浴びせられた。

しかし、巷にアラブルソウの薬が出まわった様子は全くなく、ハスティアの大地は静穏そのもの、〈聖ナルトカゲ〉は軒下にしゃぼん玉を吹き、〈ツバサダマ〉は玄関先に鎮座して呑気に星々の歌をうたい、〈アマジャクシ〉は雨といっしょにふってきて、おしゃべりしながら天

に帰っていった。月は満ち欠けをくりかえし、大地はときおり身をゆすり、海も山もあるがままにあった。

　漠然とした不安を抱えたまま、フォーリたちは日々の仕事に忙殺され、ドリドラヴの件も杞《き》憂《ゆう》にすぎないと思うようになっていった。

12

ハスティア大公国暦　四五五年　秋

秋、シュワーデンとヘレニが結婚式を挙げた。血族一同、同期のフォーリ、ハストのフォーリ、ヴィスマンとフレステルⅢ世の名代が出席して、こぢんまりと祝宴をひらき、非のうちどころのない料理がふるまわれた。それに関してはいかにもシュワーデンらしい完璧さで、ただ、葡萄《ぶどう》酒が甘すぎる、いやいや、甘いのは葡萄酒だけじゃない、と仲間うちでは揶揄《やゆ》がとびかった。

「ヘレニに対してだけは、シュワーデン、やさしかったもんねぇ」

カルシーはフォークをふりまわしながら、うらやましそうだった。

「面倒見が良かったよね」

ぼそっと一言、ソルムが呟き、ヤーナナが追いかけるように、

「ジルに対しても面倒見がよかったけど、明らかに態度が違っていたよねぇ」

と笑った。え、そうなの、と虚をつかれたジルがかえすと、どっと皆、笑い崩れた。

「本人はさぁ、気づかれてないと思ってたんだよ」

「きみも気づいてなかったな、さては」

ボーとヨシュガンが興がった。

「ジルには遠慮なく」

「ヘレニにはすごーく気を遣ってたな」

恋をしている相手には気を遣い、ただの仲間には言いたいことを言い放題になる、というのだろうか。この結婚式に出席するのは、なんだか気のりがしなかった。二人を祝福したいと思ってはいる。しかし、なぜかわからないが、気分が高揚しない。そこへ、この事実をつきつけられて、がっかりした。これもまた、どうしてなのかはわからない。

やがて、シュワーデンの両親がやってきて、フォーリたちに挨拶した。ギオン、マコウィ、ヴィーヴィン、ペネルなどの重鎮とにこやかに語りあいはじめたので、新米二年めの同期生はおとなしく慇懃《いんぎん》にふるまうしかない。と、両親にくっついてきた若者が、こちらへやってきた。広い額とまっすぐな眉のあたりはシュワーデンとよく似ているが、裏からも斜めからも物事をとらえようとするシュワーデンの鋭い目つきとは逆の、深い二重と楽しげに躍る青い目をもっている。鼻筋は通って、唇は大きく、今にも笑いだしそうだ。淡い茶色の髪を首の後ろでひとまとめにして、祝事用の青いリボンで飾っている。

実際彼は、愛想良く笑みをうかべ——それが愛想笑いではなく、心からうれしげであった——、自己紹介をした。

「グルアンといいます。シュワーデンの叔父です」

驚愕の声をヤーナナとカルシーがあげると、あはは、と天を仰いで、

「そうですよね。みんな、驚きます。シュワーデンの母の年の離れた弟で、彼より一年遅れて生まれてきたんですよ。だからおれは弟分、彼からはよくいじめられました」

春の梢《こずえ》をわたり歩くシジュウカラのような男だ、とジルはながめていた。

カルシーが、席をつめて、まあ、すわってよ、とすすめれば、気さくに腰をおろして、

「おれ、隣町で料理人やってるんだ。もし、来ることがあったら声かけてよ。ご馳走するよ」

と屈託がない。カルシーが尋ねる。

「年下の叔父さん！　へええ、初耳だわ」

「おれも、小さいころはシュワーデンが兄貴だとばかり思っていたんだ。関係がはっきりわかったときは、けっこう衝撃があったよ」

「シュワーデンって、どんな悪ガキだったの?」

「おっ、やっぱり仲間だねぇ。わかっているじゃん。そうそう、兄貴は小さいときから悪ガキで、誰も思いつかないような悪戯《いたずら》を発明しては、

おれにやらせるんだった。ま、ガキのことだから、怒られるのは二人一緒だったけどな。一度、粉ひき屋の裏口で袋をひっくりかえして、あたりを粉だらけにしたときには、御近所中から大目玉をくらってさあ――」

　おもしろおかしく身ぶり手ぶりを加えて語るのを、皆げらげら笑って聞く。またカルシーも話のひきだし方が上手なので、しばらくはシュワーデンの武勇伝を仕入れて楽しんでいた。

「よかったな、ジル」

とソルムがにやついた。

「あいつの弱味をたくさん仕入れたぞ。今度、何か気に障ることを言われたら、暴露してやれ」

　するとそれまでカルシーの方をむいていたグルアンが、くるりとむき直った。

「おお、あんたがジルか！　史上最年少でフォーリになったって、シュワーデンが大威張りだったぞ」

「何で彼が威張るの？」

　カルシーが身をのりだして聞くと、

「自分が面倒見てんだってことでだよ」

　再びジルの方をむいた。

「いやぁ、はじめてあった気がしないなぁ。真面目でしっかりしているようで、肝心なところでぬけるのが、ご愛嬌だってね」

「ちょっと、それ、初対面の子に言うこと？」

「だから、初対面じゃないんだよ、おれの中では」

　肩ごしにカルシーに答えて、にこにことジルの目をのぞきこんだ。

「話を聞いていてさ、あいつに怒らないでつきあえるってことに、おれは感心したんだよ。あんた、普通の女の子じゃないな。ここに自制の蓋があるんだろ、マステル銀でできた」

　自分の胸をつついてみせる。すると、周囲がどっと笑い崩れた。ジルに自制の蓋？　ない、ない、そんなもの。誰よりも沸点が低いんだ。ある点ではね。シュワーデンに怒らないのは、そこが点じゃないからにすぎないよ。

「えっ？　怒りっぽいのか？」

違う、違う。ジルは怒りっぽくない。普通はな。うん、嫌だと思ったときに、魔力を暴走させるんだ。

そこまで言わせておいてから、ジルはこめかみをちょっとひきつらせながらにっこりと笑った。

「そうよ。気をつけたほうがいいよ。ずっと我慢して、突然、はじけるよ」

皆の手元の杯から、魔法で葡萄酒の飛沫《しぶき》を散らした。おい、これ一張羅《いっちょうら》なんだよ、わあ、しみになったらどうしてくれるの、と騒ぐのをながめながら、パンに黒スグリのジャムとバターをぬって口に入れる。

「まったく、黙っていれば好き勝手に」

グルアンは目をみひらいてジルを見て、

「今の、何？　呪文なしで魔法使った？」

「まさか！　口の中で唱えたよ」

行儀悪くもぐもぐする。グルアンは両膝を叩き、

「やっぱり普通の女の子じゃないな！」

とおもしろがった。

「あんた、食べ物で何が好き？　好物作ってご馳走したいな」

「一応何でもおいしく食べるけど？」

「それはいい！　『あたしぃ、こういう魚、苦手なのー』とか、『このお肉、腐ってるぅ。変な臭いするぅ』とか言わないのっていいなあ！」

「腐った肉、出すの？」

「そんな、まさか！　珍しい香辛料使ったら、そう言われたことあるんだよ。……で、何が好き？　何が食べたい？」

「これで充分だけど？」

卓上の祝宴料理を示すと、グルアンは片手に額をあててしばらく呆然とした様子だった。周りでは、卓を叩き、笑いころげる仲間たちが、ジルの名前を連呼している。

額から手をはなしたグルアンが、気をとり直した体《てい》で、あのね、と居ずまいを正した。

「おれが、あんたのために、心をこめて、あんたの好きなものを、作って、食べさせる。それ

で、好きなものが何か、聞いているんだよ」

少しいらだちが混じっている。しかしジルは平然と、

「ああ、そうか。料理人だものね」

皆がまたひっくりかえった。グルアンは今度はめげなかった。

「ね？　肉と魚、どっちが好き？」

「肉」

「こってりしたもの？　さっぱりしたもの？」

「こってり」

「甘い？　辛い？　塩味？」

「辛いのはあんまり。料理で甘すぎるのもどうかと思うけど」

「よし！　わかった！　じゃ、招待したら、来てくれるな？」

「うん、もちろん」

それでようやく満足したグルアンは、足取りも軽く去っていったが、ソルムが卓の端にすがるようにして喘ぎ、カルシーとヤーナナは抱きあって涙を流し、ユーカロ、ボー、ヨシュガン、ヨーヨーも天を仰いでにやにやし、ただ潔癖症のアバデートだけは、さっき袖についた葡萄酒の一滴《ひとしずく》を、いまだ布巾《ふきん》でごしごしとこすっているのだった。


その年は大きな事件もなく、平穏だった。雨が多く、湿ってうすら寒く、マス川はいつも濁《にご》っていた。秋も去ろうとしていたそのころ、〈ハスト海〉に住む〈海竜王〉が、十年ぶりに海から満月に飛び、その雄叫びが北沿岸の町や村を震撼させたと噂が流れた。

「こりゃあ、〈ペルシモンの乱〉の前年以来だ」

誰かがそう思いつけば、

「また何か良くないことがおきなければいいが」

別の誰かが身を震わせた。平穏の底に、ざわめきうごめくものが存在しているようで、皿の中は何となく落ちつかず、ジルは二日とおかずに各地に出張していた。あちこちで、いつになく小さな事件が次々におきていると、ハストのペネルはフォーリたちに注意を喚起した。例え

ばどこそこの疫病。例えばどこそこのイナゴの大量発生。例えばどこそこの小火《ぼや》つづき。地元のフォーリで処理しきれない崖崩れや洪水の後始末に駆りだされることもあったし、幻視フォーリの指摘した村や町に出かけて未然に災害を防ぐこともあった。

しかし冬になると、こうしたざわめきも、ふりしきる雪の下にとじこめられて、静けさをとり戻していった。

あと二日で冬至を迎えるという朝、ジルはフォーリになったばかりのケイゼルをロウラの工房に案内するように、ペネルから命じられた。ケイゼルはジルより一つ年上なだけの、まっすぐな砂色の髪を腰までのばした女性で、丸っこい顔は表情豊か、あけっぴろげに自分の考えや個人的な出来事までおしゃべりする。ジルは全く気にしなかったが、彼女をつれて歩くことを嫌がるフォーリもいた。特に年の近い女性陣は、

「あの人といると、こっちがまるで余計者のような気にさせられる」

「彼女、しゃべりすぎ。わたしが説明する隙がないわ」

「男たちはみんな、めろめろよ」

と、注目が彼女にばかり集まるのが御不満のようだった。

ジルはむしろ、自分の分までしゃべってくれるので、楽だと思っていた。

フォーリ協会から軍部へむかって少し歩き、船つき場におりて平底の川船《ティト》に乗る。歩いているあいだも、船にのってからも、ケイゼルはしゃべりっぱなしで、もっぱら聞き役のジルは、ぼんやりと、よくこれだけ口がまわるものだと感心していた。

「……それで、どうして靴屋に行くのかしら」

決して美人ではないけれども、きれいな肌をしていて、まっすぐな髪には、男性でなくてもさわりたくなるな、などと考えていたジルは、虚をつかれて口ごもってしまう。

「あ……っと……」

相変わらずペネルは説明を省いて命令だけ伝

える。だが、ケイゼルの足元を見ればその意図はすぐに察することができた。

「あなたの靴を新調しろ、ということらしい」

「あら、どうして？　これ、まだ新しいのよ。はいて三年め？　訓練生になって実習が入ったときに、父が買ってくれたのよ。あっちこっち行くのだったら、少しいい靴をはけって」

ジルは頷いた。

「いい靴だと思う。いいお父さんだね」

この頃、そのくらいのお愛想は口にできるようになった。

「でも、フォーリになったら、ロウラの靴をはいた方がいい。少なくとも仕事するときは」

「えええ？　どういうことよ」

唇を尖らせて、小さな目をちかっと光らせる。

「ロウラの工房では、雪道に強い靴を売ってくれる。長いこと歩いても疲れないのも売っている。フォーリや兵士には、三割安くしてくれるし」

「わたし、お金をそんなに使いたくないんだけど」

「ペネルが行けと言ったのなら、言うことをきいた方がいいよ。多分、はじめてだからもっと安くしてくれるはず。とにかく、試してみるといい」

「あなたの、それも？」

「うん。もう三足め。夏冬かまわずはいているから」

南の暖かい地方に行くときにはさすがに夏用に替えるが、夏でもハスト近辺では朝晩冷えることも多い。

「ぬれないし、すべらないし、山道も歩けるし、専属のフォーリが魔法をかけてくれるし。半年に一度、お手入れしてもらうのはただだし」

病院や薬学研究所のある中州と、岸とを結ぶ〈災ヒノ口〉橋の下を通り、職人町にあがった。ハスト最大の中州には、様々な工房が集まり、三階、四階建ての集合住宅も多い。迷路めいた道を案内して、二つの翼棟を結ぶアーチ型の門をくぐると、ロウラの工房だった。灰色の空から雪片がおちはじめる。前庭を囲むように三つの棟があり、その奥の一つが来客用だ。扉をあければ、革や膠《にかわ》の匂いがする。
三十五、六の職人が近づいてきて、フォーリの徽章《きしょう》を見ると、そばの長椅子をすすめた。暖炉には最小限しか火が焚かれておらず、寒い。ロウラはいまや、他の町にも四軒の店を構えて、靴屋組合では副組合長もつとめている。今日も、その会合に出かけていて留守だった。だが、二人の相手をしてくれているその男は、すべてを心得ているらしく、ケイゼルの足の寸法を測り、見本をもってきて試しばきをさせてくれた。ケイゼルはそれまで乗り気でなかったことなど忘れてしまったように、
「何これ！　どうしてこんなにあったかいの！　すっごいふわふわしてはき心地もいいし！」

と声をはりあげた。革の色や紐の意匠、高さなどを決めるあいだも感嘆の声しきりだったので、職人も目尻を下げた。できあがるのに一月ほどかかると彼が告げると、

「そんなに待つの？　わたし、待ちきれないわぁ」

「では、今日からがんばってとりかかりましょう。半月で仕上げますよ」

ジルはケイゼルの天真爛漫《てんしんらんまん》さに感心した。辞去しようと戸口に歩きかけたとき、

「あれ？　ジル？」

と背中に声がかかった。ふりむけば、グルアンが両手に古靴を下げて奥の方から出てきたところだった。

相変わらず楽しげな、青い瞳で近づいてきて、

「やあ、久しぶりだね。きみも靴を買いにきたのかい？」

わたしでなく同僚が、とケイゼルを紹介すると、ケイゼルもあけっぴろげに、この冬のはじめにフォーリになったばかりで、今日はロウラの靴を求めにきた、なんて履き心地がよくてあったかいのかしら、と手ぶりもまじえて絶讃する。グルアンも、靴のできの良さを語って、意気投合の様子だった。

それをそばで見ながら、ジルは小さく冷たい振動を胸に感じた。何だろう、この不快感は。ちょっとした怒りのようなものは。

と、グルアンはジルの方をむいて、

「おれさ、びっくりさせようと思って知らせなかったんだけど、こっちの店の料理人になったんだ」

ジルが反応する前に、ケイゼルがうわぁ、すてき、どこなの？　近く？　と両手を打ちあわせた。ジルは鼻白んだ。しかしグルアンは、かまわずに、

「フォル横丁の〈黒猫と三毛猫〉亭だよ。知ってる？」

「知ってる、知ってる！　フォーリ協会の近くじゃない！」

ケイゼルが隣でとびはねる。

「みんなで食べにきてよ」

グルマンはケイゼルに笑顔をむけてそう言った。無言で踵《きびす》をかえそうとしたジルの腕をあわてて ひっぱり、ほんの少し気づかわしげに眉をひそめながら、

「結婚式のときの約束、覚えてるだろ？　招待するから」

わぁ、楽しみにしているわぁ、とケイゼルが先に言った。グルマンはジルの腕をもっとひきよせて、素早く耳元で囁《ささや》いた。

「きみだけを招待するからね」

それを聞いたジルはなぜかとてもうれしくなった。口元をほころばせてかすかに頷くと、グルマンは腕をはなし、靴の代金を払いに戻っていった。

靴を手に入れる喜びを口にし、グルマンの容姿をほめるケイゼルのおしゃべりを帰途の道連れにしながらテイトにゆられ、雪にふりこめられていったが、彼が別れ際に口にした言を、反芻《はんすう》していた。わたしだけを招待すると言ってくれたことがどうしてうれしいのか。何度も思いかえすほどに。それに、はしゃいでいたケイゼルをちょっと憎らしいと思った自分に、驚いている。

しゃべりっぱなしのケイゼルの口元をながめて、ようやく他の女のフォーリたちが彼女を悪しざまに言うわけがわかったような気がした。しかし、自分をいましめた。彼女は天真爛漫なのだ。無垢なるものを、憎んでいいわけがあるまい。自分にそう言いきかせる。彼女は彼女だ。イリーアたちがイリーアであるように。

ジルはくだけた態度のごま塩髭の男を思いだした。カルシーとともに、〈水路あけ祭り〉につれていってくれたあの彼が？

「はじめは誰も気にしなかった。フォーリは地域のあちこちに出歩いているから。ところが、ブリルで蛇が大発生したと噂が届いたにもかかわらず、モルルからは何の連絡もない。ハスト鷹をはなしたけれど、そのまま戻ってきてしまった。地方のフォーリとハスト鷹はつながっているはずなのに、よ。どこにいようとその居所をつきとめて、必ず連絡がつくはずなのに。それで、近隣のフォーリを派遣したけれど、見つからない。調べたら、ハッスンとナイサンもいなくなっている。ここ一ヶ月の話」

「三人が同時にいなくなるなんて、普通じゃないな」

マコウィが眉をひそめた。

「捜索隊を組織するわ。ブリルにはギオン、ジル、クレマル。マスト山にはシュワーデン、ケイゼル。リーリにはヴィーヴィン、途中でカル

13

ハスティア暦　四五六年

「どうもおかしいのよ」

ハストのペネルが眉間《みけん》をもんで、主だったフォーリたちに言った。彼女の事務室には、ギオン、マコウィ、ヴィーヴィン、ネアニなどの重鎮たちと、シュワーデン、ジル、あと数人のハスト所属のフォーリが集められていた。窓の外では梢《こずえ》をゆらして、春の小鳥たちが恋の追いかけっこをしている。小さな影が芽吹きかけた枝から枝へとせわしなくとびうつっている。

「各地のフォーリがいなくなっているの。ブリルのモルル、マスト山の鉱山統括のハッスン、それにリーリのナイサン」

「リーリのナイサン!?」

シーとヘレニが合流する。現地に行って、何がおきているのかつきとめて。……くれぐれも注意してよ」

ペネルは溜息《ためいき》とともに首をふった。

「フォーリがいなくなるなんて……」

ジルは、自分もリーリに行く、と言いたかった。しかし、カルシーが行ってくれるのなら、良しとしなければならないだろう。

一同は散会した。ケイゼルがさっそくシュワーデンに、鉱山に行くのははじめてだ、わたし山登りできるかしら、と媚を含んだ声音で尋ねていた。自分にはかかわりのないことだと言いきかせて、ジルはギオンのそばを歩いた。

「ブリルははじめてか、ジル」

ギオンは腹の底に心地よく響く声で尋ねた。

「町中に入るのははじめてです、ギオン」

この老練なフォーリには最大の敬意を払う。

「きみは、クレマル？」

クレマルはシュワーデンとほぼ同年の、去年、フォーリになった青年で、黒い髪を硝子《ガラス》職人のように刈りあげ、赤い頬をしている。小柄で、身の丈はジルと並ぶくらい、はずむような歩き方をする。

「ぼくはブリル平野の隅っこで生まれましたから、少しはわかると思いますよ」

「ほう。それなら心強い」

「ギオンの方が詳しいでしょ？　何度も行かれているんじゃないですか」

「穏やかでやさしい町なんだがなぁ」

「モルルはブリルに長いんですか？」

「長いなんてもんじゃないよ。もう四十年、ブリルのことなら知らないことはない。だからなおさら、心配なんだ。すぐにつきとめられればいいんだが」

一旦宿舎に帰って、旅装を手早く整えると、打ち合わせした〈月ノ獣《けもの》〉橋のたもとに行く。快速船《サッカ》が春の陽光に帆を輝かせて停泊していた。水面はまぶしくきらめき、翠色《みどり》の雪どけ水がハスト山にも春が訪れたことを知らせていた。一瞬陽がかげり、またまぶしくなった。ジルは光から目を守ろうとして目蓋《まぶた》をとじたが、目蓋の裏に黒と金の斑《ふ》が散ったのに驚いて目をしばたたいた。黒と金。不吉な。

やがてクレマル、最後にギオンがやってきた。サッカは二枚の三角帆を舵がわりに、マス川の中央へゆっくりとのりだした。あとは幾つかの橋の下を通りぬけてオーカル湖まで一気に下り、湖を横断してオクルに到着する。平地におりれば、両岸はもう、滴るような新緑をしきつめて、ふりかえったはるか北の空にはハスト山の銀の峰が輝いていた。頑丈でなめらかなナラ材でできた船室は食堂を兼ねており、他の何組かと一緒に昼食をとり、喉をうるおした。

ハストからオクルまで、騎馬でも三日かかるが、船で下れば一日ですむ。三人はその日の夜の早いうちに宿に入った。春分をすぎて、日脚はどんどん長くなり、まだ夕刻のような明るさの中、宿で一休みしてから今度は沿岸船《ネール》に乗る。あげ潮にのってオルクト湾へ出てまもなく、センの町の灯りが首飾りのようにまたたくのが見えた。

潮の流れと風向きと天候が幸いして、三日後にはブリルの港に入った。サップル山脈の白と青の山頂をえんえんと左に見ての旅だったが、クレマルの昔話で気を紛らわせて、まだ明るいうちにブリルの石壁を望むことができた。黄土色の街壁は、遠浅の海に長くのびている桟橋の根元から、威嚇《いかく》する母鳥さながらに翼を広げ、千軒あまりの家々を護っているようだった。ただ、それはひどく古い時代に造られて、補修も熱心にされなかったようで、あちこちで小さな崩壊をおこしている。

三人は小舟に乗りかえて桟橋に近づいていく。海底の砂は夕刻の光に鈍い灰色に沈み、波のつくる網目も深い藍《あい》色にからまりあっていた。舟の針路から、呑気な小魚の群れがあわてて逃げていく。やわらかな風が頰をなで、水夫たちの漕ぐ櫂《かい》の音はものうげに響いた。

陸にあがって背中の合切袋をゆすりあげた。狭い波止場を数歩で横切ると、目の前には黄土色の壁と赤い屋根をもった砦《とりで》のような家々が、複雑に棟をくみあわせてつらなっていた。窓の小さいアトリア様式だが、小さな円塔が三階の屋根にくっついていたり、切妻屋根が何重にも重なっていたり、かと思うと平らな屋上を抱えていたりと、雑多だった。それでも、同じ材質を使っているので、統一感は醸《かも》されていた。晴れた午後なら、沖合から見えるこの町は、黄金に輝いているだろう。

しかし、町中に踏みだす前に、三人同時に鼻をうごめかした。

「何だ、この臭いは」

「えぐいですね」

「魚の生臭さとはちょっと違う」

互いに呟きあっているうちに、むこうの詰所から衛兵が七、八人、とびだしてきた。とり囲まれたのでギオンがマントをひらいて、フォーリの徽章《きしょう》を見せた。すると、樅《もみ》の木のように髪をあっちこっちに逆だてた三十がらみの衛兵長が――わざとそんな髪形をしているのだろうか、とジルはいぶかって、じろじろながめた――、ごつい身体にしては細い声で言った。

「失礼した。近ごろ、怪しげな風体の輩《やから》が出入りしているもので。ハストのフォーリでありましたか」

「こちらのフォーリが行方知れずだときいたので。……怪しげな輩、とは……？」

衛兵長は肩をすくめた。

「商船に紛れて、あるいは小舟で、はたまた夜半に、と、こっそり上陸して悪さをするらしいのです」

「悪さ？　どんな？」

「臭うでしょう？」

衛兵長は、人差し指で鼻の下をこすった。

「大量の蛇を投げこんでいく、と。実際、そこの漁師の家の台所に、何十匹もうごめいているのを見ましたが。毒蛇なのかもわからないので、手が出しようがないんです。そういうのが、何軒かありましてね。家の者は避難しとりますよ」

にわかには信じがたい話だ。三人は無言で顔

を見あわせた。ギオンが、

「その、蛇を投げこんでいく者を見たのかな?」

再び首をすくめて答えるには、

「さっきも申しあげたように、何者かが人目を忍んで歩きまわっていることは確かなようなんです。人影を見たとか、足音をきいたとか、夜分小用に立った老婆は、男が罵《ののし》るのをきいたとか。翌朝、調べてみても、何もありはしませんでしたがね」

「町の者ではない、とどうしてわかるのだ?」

ギオンの問いに衛兵長が答える前に、ジルが口をはさんだ。

「その現場、見せてもらえますか?」

ああ、どうぞ、こっちです、と明らかにギオンの面倒な「尋問」に辟易《へきえき》していた衛兵長は、少し肩の力をぬいて先に立った。

詰所から三軒隣の家と家のあいだに入って、ここです、と立ちどまったのは、物置小屋と母屋にはさまれた狭い庭だった。カエデの木が枝を広げ、赤と黄色の小花《タチカ》が微風にゆれている。

「……蛇は?」

クレマルが尋ねた。

「ああ……ここは蛇の場所ではなく、老婆が声をきいたという庭で——」

あのねぇ、と苛《いら》だつクレマルの袖をひいて、ジルは母屋の軒下を調べ、物置小屋をのぞきこんで眉をひそめ、足跡がないかざっと目を走らせた。ギオンは半眼になって透視を試みていたが、

「それはいつのことだ? 声をきいた、というのは」

「ええっと……十日も前ですかね」

「ううむ。それでは、もう、何も残っておらんだろう」

と唸った。

「ちょっとこれ、見てください」

ジルは物置小屋の木の扉をあけしめしていた。

「ここ。わかりますか?」

扉をしめていると隠れるが、あけるとあらわれる古い木枠の、ちょうどジルの頬の高さに、

たくさんのささくれができていた。ジルはその一つを示した。クレマルがのぞきこみ、衛兵長とつづいて、

「血のようだな。誰か、指を怪我したな」

「黒くなっていますね。大分前のもののようだ」

「……ジルより少し大柄な、男だな。まるまるとしている。口で息をするやつだ」

透視したギオンが言う。

「ここに誰かいたことは確かですね」

だがそれが、老婆の聞いた怪しい声の持ち主かどうかはわからない。

「中はあらされていないようだが」

と、衛兵長が首をつっこんだ直後、かすれた息遣いのような音が聞こえた。ジルの目の奥で、ごく小さな星が一つ、破裂した。〈月ノ獣〉が警戒の声をあげた。その直後に、縄のようなものが奥からとんできた。さすがに兵士だけのことはあり、彼はとっさに身をかわし、同時に抜刀してふりあげた。ひええええ、とクレマルが悲鳴とともにとびのいたのは、足元に蛇の頭が落ちたからだ。胴体の方は扉の下でのたうっている。

「扉をしめろっ。早くっ」

ギオンの低い声に促《うなが》されて、ジルは扉を叩きつけた。衛兵長が転がっていた棒切れと石を使ってかんぬきがわりにする。物置の中で、衣擦れのような威嚇の音があがった。

悲鳴をあげてしまったクレマルだったが、もうしゃがみこんで、小枝で蛇の頭をひっくりかえしていた。

「うわぁ、毒蛇ですよ、これ。山地の洞窟なんかに集団で巣をつくる〈ツララ〉っていうやつ」

「かまれたら死ぬ？」

「幸いなことに、死にはしません。全身に発疹《はっしん》が出て、熱も出ますが、キアリアンをのめば数日で回復します。ほら、そこに咲いているその赤い花。それですよ」

クレマルは膝をはたいて立ちあがった。ギオンが唸った。

「一匹だけならな。複数にかまれたら、どうな

るかわからんぞ」

その視線を物置に据えたままだったので、中にはたくさんいるらしい。

「自然に集まるとは考えにくいですね。こんなのが他にも何軒も……？」

「そうです。……被害者が出なくて良かった……」

「下手に刺激しないで、さっさと逃げだしたのが良かったんですよ」

「刺激したいとは誰も思わなかったんですよ。団子のようになっているんですから」

クレマルと衛兵長の会話を聞きながら、ジルはギオンの方にふりむいた。

「蛇には罪がないのに」

「うむ。いい迷惑だろう」

「首筋がちりちりするんだけど」

「当然だ。魔法の気配があるんだから」

「ま……魔法、ですって？　じゃ、フォーリが？　モルルがやったとおっしゃるんですか」

「まあ、まあ、まあ」

気色ばんだ衛兵長を、両手のひらをたててなだめるのはクレマルの役目らしい。ジルはあたりに目を走らせながら言った。

「これ、フォーリの使う魔法じゃないよ」

「にゃ……何ですと？」

「フォーリがこんな悪意のある魔法を使ったら、とうてい無事ではすまされない。〈フォーリ憲章〉に誓いをたてたフォーリならね」

衛兵長はまるでジルが誓いを破った本人であるかのように一歩退いた。

「どういうことですかっ……」

クレマルが腕組みして言う。

「フォーリになれなかった者か、フォーリなみの力をもった者か。とすれば、去年騒ぎのあったあの薬……」

「いや」

なおも、目を細めて物置をながめていたギオンが、皆の方に身体をむけた。

「これは違うな。この魔法は、ハスティアの月と大地を源とする魔法ではないよ」

「あ……」

息をのむジルに、彼はゆっくりと頷いた。ジルは肌が粟《あわ》だつような戦慄を覚えた。大変だ。蛇、ハスティアのものでない魔法、となれば……。

ドリドラヴのテーツ王子、か？ 彼が、ハスティアの大地に立っている？ 今、この町にいるのか……。

衛兵長には、キアリアン花の収集を依頼して、三人は蛇の始末にかかった。魔法で無理矢理つれてこられた蛇たちに罪はない。もともと大地のものだ。凶暴で人に害をなすのも、彼らのせいではない。ギオンが腰に手を当てて、

「麻袋を用意してもらって、そこに蛇を入れる。まとめて入れるから、こぼれたのをお願いするよ。クレマル、防御魔法は得意か？」

「できますよ。できることはできますが、得意かどうかっていわれれば」

「ならば、わたしが。防護壁は得意です」

と相談がまとまって、その日のうちに四軒を片づけた。麻袋の蛇は、荷車に載せてサップ山地の麓《ふもと》にはなすことになった。翌日、海沿いの家だけで十軒、翌々日は町中で十軒、と働き、四日ほどでほとんどをとり除いた。もう残っていないようだと報告があり、ようやく宿の食堂でささやかな祝宴をひらいたものの、いまだ蛇の臭いはどこかにしみついている。

「もう、鼻がバカになって感じなくなってますよ」

「もしかして、身体中臭っているかも」

唇を曲げて嘆きあう二人に、ギオンが言った。

「おいおい。これは本来の目的ではないぞ」

「あああ。もうひと仕事、ですね ぇ」

「目に見えるものだと、扱いやすいけど、こっちは大変。……モルル失踪と、この蛇の件と、テーツ王子潜入と、関係あると思う？」

「普段ないことが三つ重なった。これを偶然と思うか？」

ジルの問いにギオンも問いで答える。うらめしげに白身の魚のスープをながめながら――毎

日、ほとんど同じ料理——、ジルは呻きをおし殺した。同じなのは料理だけではない。天候も毎日同じ、すっきりした青空が恋しい。それに、むしむしして息が苦しい。

　ギオンがつけ加えた。

「ハスト鷹を呼んで、あらましを報告しておいた。本来であればこのような大事には応援が来るが、今回は三人だけでやる」

「マスト山とリーリにも人員を送らなきゃならないし……」

「それだけじゃないですよ、ジル。他の町村の調査もしなければなりませんから」

　もし、他のところにもドリドラヴの魔法使いたちが入りこんでいるとしたら。何がおこっているか、想像したくもない。

「でも……。ウシュル・ガルがこんな策謀をめぐらせるかな。こんな、ちゃちな、嫌がらせみたいなこと」

「ふむ。確かに」

「ハスティアを壊滅させるのには、竜に変身して火を吐けばいいだけの話ですしね」

「いや、クレマル、それは違うぞ。大地は広い。ハスティアには竜をうちおとす力をもつ兵士やフォーリも数多くいる、それに、あの大王は……話を聞くに、猪突猛進と見せかけて、からめ手から伏兵を送りだす謀略に長《た》けた男ではないのか？」

「うん、そんな一面も持っていると思う。でも、力ずくでことを決するのもためらいはしない。場面に応じて決断できる男だと」

　だから、怖ろしいのだ。

「そんな王が、テーツを送りこんできた。どうして？」

「息子たちの資質を試しているのだろう」

「ちょっと待ってくださいよ」

　クレマルが卓に肘をついて頭をつきだした。血色のいい顔が、今は血が昇って真っ赤になっている。それでも落ちついているように感じさせるのは、冷静な口調のためか。

「息子たち？　ということは——」

「マスト山とリーリ。カルツとムルツ。どっちがどっちに派遣されたかはわからんが、おそらくは。これもハスト鷹でペネルに伝えておいた。だから、そうあたふたせんでもよろしい。われわれは、ここで、われわれの職分をまっとうすることだ。明日は、モルルの足取りを追うぞ。蛇騒ぎで大幅に遅れをとってしまったがな」

　ということで、翌日まず、モルルの家を訪ねた。砂色壁の家にはさまれたうねうねとした坂道は、藪《やぶ》だらけの山の中までつづいていた。小犬を追って駆けだしてきた少年に道をきくと、

「誰？　……ああ、魔女婆さんち？」

　そわそわと足踏みしながら、目印を教えてくれる。

「扉が真っ赤にぬってあって、両側に青い花が描いてあるから、すぐわかるよ！」

　何度か角を曲がって行きついた先は、一馬身ほどの高さのある崖の上に建つ平屋の館だった。一人ぐらしの小さな家を思い描いていたジルは、大家族が同居するようなたたずまいに虚をつかれた。裏山の蔦《つた》や木の枝が、館の屋根の上におおいかぶさっていた。人の侵入に対して威嚇している。

「家族も一緒にくらしているんですかね」

　息をはずませながらクレマルが言った。いや、とギオンは目を細めて、半ば上の空で首をふった。

「一人ぐらしだったはずだ……」

　少年が教えてくれた赤い扉はしっかりしめてあった。両脇の壁に屋根まで立ちあがるように描かれた青い花の上を、本物の蔦が這っていて、

「あれ、蛇に見えるのはわたしだけ？」

　ジルが呻くと、クレマルも同意した。

「いや……。ぼくも。何でもかんでも、くねくねしたのは蛇に見えるよ」

　中を透視していたギオンは、踵《きびす》をかえした。

「ここにはいない」

「え……でも、何か、書きおきとか、どこかへ出かけた痕跡とか、調べないんですか？」

　ギオンは淡い水色の目で意味ありげに彼を見

た。

「中は足の踏み場もないほどちらかっている。ごみ屑、ボタン、銅貨銀貨、脱いだもの、これから着るもの、りんごの芯、野菜の皮、本、鍋、そういったもの。木皿をひっくりかえせば、蛆《うじ》虫《むし》と御対面だろう。幸い、蛇は見あたらないが」

うへえ、と肩をすくめたクレマルは、それでもくじけずに尋ねた。

「じゃあ、どうしましょう」

ギオンは唇を歪めてしばらく黙考していた。枝々をとびはねていくリスのつがいが、小さな影となっていた。黒っぽい梢の上の空は今日も曇っており、この地にちゃんと陽光は射すのだろうかとジルはいぶかった。汗で肌着がはりつく。口で息をして、胸苦しさをやわらげる。

ようやくギオンが口をひらいた。

「モルルは腕のいいフォーリだ。直感にすぐれていて、負けず嫌いで、ボス猫さながらに自分の領域を護ろうとする。テーツが町に来て、好き勝手にあらしまわったら、絶対に黙っちゃいない。爪をたて、牙をむいてとびかかっていくだろう」

「ということは……？」

「彼女はテーツを追いかけていったのかもしれん」

「では、テーツをさがせばいいということでしょうかね」

「あくまで推測だがな。そうでないかもしれない」

「でも、それしか、考えられることがないなら、あたってみるべきよ」

ギオンはわずかに口角をあげた。

「そうだな、ジル。こういうときは、きみの方針でいくしかなかろうな」

「何ですか、ジルの方針って」

ギオンが言う前に、ジルは自分で言った。

「とにかくやってみる」

訓練生一、二年めの口癖だった。それで何度、ギオンやマコウィにたしなめられたことか。周囲の状況をきちんと把握して、誰がどう感じるかまで配慮しながら動け、と教えられた。それが自制の鍵だ、と。

「訓練には盤上遊戯《カプリット》が有効だと言われて、何百回もやらされた。けど、いつまでたってもうまくならなかった」

ジルは先に立って、坂道をおりながらクレマルに語った。

「ギオン相手に一度も勝ったためしがないの」

「ギオン相手なら、ぼくも負けっぱなしだ。お師匠には慈悲というものがござらぬ」

クレマルが笑った。しかしジルは眉をひそめて、

「毎回二十手いかないうちに投了なのよ」

おや、それは、とクレマルの笑いがひっこむ。

「ぼくは終局までもちこたえるけど……二十手……?」

ギオンが後ろから、しかつめらしい声で言った。

「ジルのは対戦ではない。あれは、自爆だ」

直後におこったクレマルの大笑いは、空の雲をちりぢりにしてくれるかのようだった。

町中に戻り、手分けしてテーツの痕跡をさがした。商店、食堂、宿屋、茶屋、網つくろいの漁師たち、石段の上で編み物をする女たち、詰所の衛兵たち、近隣の港と行き来する行商船や客船の水夫や船頭、桟橋に寝そべっている犬にまで尋ねたが、魔法の気配はもちろんのこと、大柄で太っちょの異国の男の姿など、影も形もなかった。

「ドラヴ人？　見てねぇよ。アトリアの交易船も、この前来たのは冬のおわりだったなぁ。いんや、何も変わったことはなかったぜ」

「交易船っていやぁ、またそろそろ来るんじゃねぇのか？　いや、次のはこっちに寄らねぇか。センの町でとまるか。ここにゃ、寄るときもあるしそうでねぇときもあらぁ。ま、沖合に影が見えりゃ、寄ってくってことだぁ」

ドリドラヴの船の情報もそんな程度だった。

足をひきずりながら宿に集まり、ほとんど会話もなく夕食をしたためた。食後の香茶をすす

りながら、ギオンが宣言した。

「この町にはいないと思う。明日、ハストに帰るぞ。他のところの情報を仕入れて、出直しだ」

仕方なく頷いたジルのそばで、クレマルがもの思わしげにこめかみをかいた。

「一つだけ、ちょっと、ひっかかってるんですが……。ぼくの思いこみなのか、判断もつかないんですけど」

「何だ。どんな小さなことだろうと、ひっかかるんであれば、それは直感というものだ。言ってみろ」

「行商船の主人なんですがね。六日前、といってましたか。朝の早い時刻に、女と老婆の二人を乗せたそうなんで。センにいる娘がお産まぎわなんで、急いで行かなきゃならないって言ったそうです。大銀貨一枚、ぽんと出して、客船がつくのを待っていられないと急いでいるふうだった、と。船の主人はセンまでなど、遠くて行けない。コラゲルの村までならって――これはセンの手前にある漁村だそうで――、大銀貨の魅力にあらがえず、彼女たちを運んだそうです」

「それのどこにひっかかった?」

「まずは町の女が大銀貨なんて大枚はたいたこと。それから、女は年の頃三十二、三。その娘がお産をすると考えれば、娘の年は十五、六でしょうか。まあ、考えられないことではありませんが」

「ちょっと、早すぎる。うちの姉だって、お嫁に行ったのが十八になってからだから」

ジルがそう言うと、クレマルも、

「主人もおや、と思ったそうなんです。でも、まず、船に乗せた。そしたらですね、見た目は細っこい女と婆さまなのに、大荷物をのせたみたいに沈んだそうで。ゆらっとゆれて危うくひっくりかえりそうになった、とも言ってましたよ」

「見た目より、重かった、ということか」

「たまたま、なんでしょうがね」

「六日前というと、わたしたちがついた翌日だよ」

三人はそれぞれに口をつぐんで物思いにふけった。やがて、ギオンが、

「テーツが目くらましを使ったと考えれば、もう一人の老婆はモルルだろうな。地元のフォーリの顔は知られているから、船の主人に気取られないわけがない。コラゲルまで片道一日、目くらましの魔法がそれほど持続するだろうか」

「モルルがおとなしくついていくってことも、疑問ですよね。ぼくだったらぶちのめされるまで抵抗するけど」

それだけの魔法を、テーツが使いつづけられたということ？　ジルは彼の小さい目を思いだしていた。弟と子どもじみた馬鹿をやっていても、あの目の奥では大きな歯車をまわすだけの魔力がひそんでいたのだろうか。自分なら、まる一日のあいだ、目くらましをかけ直しながらモルルをおとなしくさせていられるだろうか。いいや。きっと立っていられなくなるだろう。

「ドリドラヴの王族の魔力は底なしなんでしょうかね」

クレマルが天井を仰いで溜息をついた。

「ぼくらにも誰か、魔力を使っても疲れない薬草かなんか、作ってくれないかなぁ」

ギオンは唸った。

「研究所でそういった類のことを研究しているそうだが、開発には、時間がかかるそうだ」

それを聞いていたジルの頭の中で、水晶の光がちかりと反射した。あ、と声をあげてあわてて杯を置き、

「カーニの難破船」

と口走った。怪訝《けげん》そうな二人に、カルシーととりくんだ臭気ふんぷんだったあのときのことを話して、

「で、その水晶瓶の中味がアラブルソウだった、と」

ギオンは再び唸った。

「そうした話があったな、そういえば」

「もし、アラブルソウの密輸が目的でなかったら？　あの難破船が、密入国の最初の方のもの

で、アラブルソウをもっていたのは王族で、魔力の増幅に使う目的であったのなら？」

　その試みが、テーツにつながっているのだとしたら？

　思いをめぐらせている二人に、ジルは勢いこんで提案した。

「ハストへ帰るのも選択の一つだけど、センに行ってみるっていうのは？」

　ヴィーヴィンであれば、即座に同意してくれるはず。ギオンは慎重派だけど、洞察力と即断力に秀でている。一呼吸の間のあと、彼は大きく息を吐いた。

「そうしてみるか。何の成果もなく帰りたくはないし、な」

　思わず両手を打ちあわせるジルに、クレマルが言った。

「もう一つ、釈然としないこと、しゃべってもいいかなぁ」

　ギオンが肩をゆすった。

「何でも語ってみろ」

「テーツが……テーツだとして、なんでここに上陸したんでしょうね。なんで、蛇を町中にまきちらしたんでしょう。悪戯《いたずら》にしては手がこんでいるし、陰謀にしてはお粗末。そこがずうっとわからないことなんですよ」

「実験、してみた？　魔法が有効かどうか。フォーリがどう反応するか」

　われながら説得力のない仮説だ。はたして、ギオンが言った。

「子どもじみた男だというではないか。そんな小手先の技を試す頭があるだろうか」

「なら、まるっきり逆に、嫌がらせでした、とか、悪戯、もしくは腹いせ……あ……もしかしたら、本当は上陸するつもりだったのはセンの町、なのでは？」

　思いつきを口にしてみると、それが最もテーツらしいと感じて、ジルはつづけた。

「ブリルをセンの町と見誤って上陸してしまったのでは？　もしくは、嵐かしけでやむをえず。だとすれば、あのテーツが八つ当たりで蛇をまきちらしていったと考えられる」

「それに気づいたモルルがかみついて、捕虜になった……」

「でも、どうしてモルルをつれていったのでしょう。手足を縛ってうっちゃっておけば——」

「彼のことを言いふらすのを止めたかった」

「だとしたら、殺せばいいじゃないですか。聞くところでは、ドラヴ人というのは情け容赦がなく残虐だと」

クレマルの言うとおりだ。

「人を殺すことにひるんだ、とか？」

最もありそうでない仮説を言ってみれば、案の定、二人は、ありえない、とそろって首をふった。

様々に想像してみても、真実はわからない。あやふやであっても、ただ一つしか手がかりがない。それに希望を託して、翌日三人はセンの町へとむかったのだった。

14

東西に長く横たわるハスティアの大地は、中央部が極端にくびれている。何万年も前、北からは〈氷熊〉が、南からは〈霧虎〉が大地にかみつき、今の形になったのだという。両者がハスティアを完全に二分する前に、〈聖ナルトカゲ〉の吹いたしゃぼん玉の中に、〈ツバサダマ〉が光を入れた。それらは幾千と宙にうかんで二頭の注意をそらした。〈氷熊〉は流氷をわたって故郷の〈氷神の民〉の北へと誘われ、〈霧虎〉はハスト山麓《さんろく》に導かれ、大地はかろうじてつながったままになった。人は西島、東島、と呼びならわしてはいるが、〈つなぎの丘〉によって陸はとぎれることなく、その丘の北側にテンの町、南側にセンの町があるという次第。

〈霧虎〉が大口をあけてかみついたせいか、センの港の水深は深い。大型の漁船や交易船が多く集まる。しかし、カーニ沖の〈熱き海〉はどではないものの、海底火山が存在し、潮流も刻刻と変化するので、熟練の船乗りを必要とする。

　港に近づいてから、乗員たちがそうしたことを喜んで語ってくれた。

「行商船で港に入るのは難しい？」

「そりゃ、お嬢さん、素人が帆桁の上に登るようなもんで」

「アトリア人が魔法を使うようなもんで」

　では、テーツを乗せた行商船の主人は賢く立ちまわったのだ。おかげで生命拾いした、ということか。

　港からは馬を使って町へむかう。崖に刻まれた道を登れば、一旦斜面を下り、それからまた反対側にのぼっていく。ブリルへ行く途中、首飾りのように灯りがまたたいていたセンの町は、昼の光のもとに見れば、台地の上に数珠《じゅず》玉《だま》をばらまいたようだった。糖蜜《とうみつ》色の木造の、屋根は白や茶や灰色、緑、赤といったスレート葺《ぶ》きで、塔を除けば皆ずんぐりむっくりとうずくまっている。ハストの高い家並みを見なれているからそう感じるのかもしれない。町中に入ってしまえば、空が広くあいている。家々も親しげに扉をあけている。キャベツそっくりの〈ツバサダマ〉は、葉のように見える銀鈍色の羽四枚をたたんで丸くなっている。その隣には、〈ウロネコ〉がよりそい、銀のひげはそよ風にふかれている。

家と家のあいだには、ウロ木《ぼく》が数本並んでおり、ごつごつした木肌にあいた穴には、〈ウロネコ〉の子どもがかたまって昼寝している。

センはネズミの多いところだった。町の誰かがウロ木に〈ウロネコ〉を住まわせてから、ネズミは激減したそうだ。〈ウロネコ〉には蛇を攻撃する習性もある。くつろいでいるのがこんなにたくさんいるのであれば、テーツの蛇はまだ、町を汚してはいないのだろう。

ギオンの先導でフォーリ協会の支部に行く。支部があるのはここと、西島のカラド、東島のシークルの三ヶ所で、徽章《きしょう》と同じ八角形の大きな塔が目印だ。

塔の中心を螺旋《らせん》階段が八階まで上昇している、そのまわりを小部屋が囲み、これも透視すれば、階段に沿って螺旋を作っているとわかるだろう。常駐のフォーリは六人と決められているが、災害などがおきたときの拠点として、十人以上の宿泊が可能だ。

階段は登らずに、その奥の一室へ入っていくと、中央の円卓で禿頭《とくとう》の男が事務仕事をしていた。足音にあげた目には、すでに楽しげな輝きが宿っており、幅広の唇も微笑をうかべていた。

「テックのギオン。それからセレのジオラネル、カスラのクレマル」

半腰になって周囲の椅子をすすめ、首を傾けて、茶か、葡萄《ぶどう》酒か、と聞く。ギオンが皆にかわって葡萄酒を、と所望すれば、彼は気軽に腰をあげて壁際にいき、酒杯をもって戻ってきた。

「ぼくらをご存じなのですか？」

うけとりながらクレマルが尋ねると、ギオンが言った。

「ブルリスはフォーリ全員を記憶している。見た目、年の頃、所属。会えばその記憶をひっぱりだしてあてはめる。大した人だ」

杯をあげて敬意を表した。それから、散らばっている羊皮紙に目を移し、

「何をしている？」

「ふん、これか？　ここ三年のフォーリ要請の記録をまとめているんだよ。年をとると現場に出してもらえず、こういう机仕事ばかりだ」

ギオンはかすかににやっとして、ジルとクレマルに言った。

「真にうけるんじゃないぞ。昨日鉱山にいたと思ったら、今日は沖合の船上にあり、明日は水路を直している男だ」

ブルリスは黙って卓上に両手をひらいてみせた。クレマルが目をみはる。

「……船乗りの手ですね。しかも鍛冶屋の手でもある」

「ペンだこもあって、指先にも煤がこびりついて……竈《かまど》の番も？」

にこにことブルリスは頷いた。

「若いフォーリたちの観察力がすぐれているのはうれしい限りだね」

ところで、とギオンは杯を置き、ブリルの町であったことを手短に語った。

「見たところ、町に変わったことはなさそうだが……」

「変化は見えないところから訪れる」

ブルリスは手元に広げた羊皮紙の一枚をギオンに手わたした。

「警備兵舎から流してもらったここ一月の事件一覧だ。それまでは、すり、かっぱらい、嫌がらせ、喧嘩、器物損壊ばかりだったのに、五日前からの三日間は変な事件が目につく」

三人でまわし読みをした。ブルリスの言う「変な事件」というのは、納屋が荒らされていた、誰かが空き部屋を使ったらしい、台所から一週間分の大丸パンが消えた。瓶の栓が抜かれて酒庫が葡萄酒浸しになった、古着屋から数着

古着がなくなった、等々。

「これまでこういう苦情があがってくることはなかったそうだ。以前から、領主はどんな小さな事件であっても報告だけはさせるようにと、警備隊長に指示していたらしい」

「領主の鑑だな」

ギオンが言った。クレマルとジルが目をぱちくりさせる。

「事件があると、監督不行届とか、手ぬるい警備をしているとか、衛兵をなじる上司がいる。それで問題は解決するか？　いいや。大抵の場合、兵たちは事件を見すごしにするか、報告を怠るかするようになる。割にあわない責任をとろうとする馬鹿はいないからな。そうするとどうなる？　これくらいの」

ギオンは親指をたてて示し、

「つまらない事件をそのままにしておいた結果、連鎖的につながって、これくらいに」

今度は両手で頭大の球を抱えるそぶりをして、

「ふくれあがり、ついには、手におえなくなる。小さな不満を放っておけば、大きな反乱につながる。小さな事件を放っておくと、大事件がおこってしまう」

ブルリスはおもしろそうにギオンをながめた。

「訓練生に教授するのが性にあっていそうだな」

それに対してギオンは呻いた。

「それだから、忙しいのに訓練所に呼ばれて、授業を任されるのさ」

ブルリスは若い二人の方にむき直った。

「ということで。その中で一番気にしなければならないのは、これだよ」

紙のある一点をおさえる。

「〈ウロネコ〉の死骸……？」

「イリーアは死なない。消滅するだけです。死骸、というのは――」

「誰かに殺された？」

「誰が殺すというのです？　ハスティアに悪人はたんまりいるけれど、イリーアに手を出す不届き者など、そうはいませんよ」

声を抑えているが、クレマルの顔がたちまち真っ赤になる。ブルリスはつづけて数行下の何ヶ所かも示してみせた。

「ウロ木が焼かれた。仔猫が三匹まとまって死んでいた。〈ツバサダマ〉が三個ひきさかれ、つぶされていた……何よ、これ」

ジルが目をつりあげて、

「現場に案内してください、ブルリス。こんなことするのは、ハスト人ではありえない」

立ちあがろうとするのを、まあ待て、とギオンが肩をおさえる。

「もう、ブルリスたちが調べたはずだ。そうでしょう？」

ブルリスは微笑を残したまま、別の紙をよこした。いずれにも、確たる魔法の痕跡は認められなかったが、泥に踏みこんだ深くて大きい足跡が一つ、焼かれたウロ木のうろの中に古いマントがおしこまれていた、ひきさかれた〈ツバサダマ〉のそばに蛇の鱗《うろこ》が落ちていた、現場にいた人間の風体は様々で、捜索はしているが……、などの報告だった。


「警備兵と我らフォーリ、全力で捜索しているが、数日前から気配がぴたりとなくなった。どこかに潜伏してしまったとすれば、さがしだすのは難しい」

笑顔の奥で、細い目が剣呑《けんのん》に光っている。

「その、古いマントを見せていただけますか？」

クレマルが頼むと、ブルリスは棚から麻袋をとりだしてきた。中から出したマントは、刺繍《ししゅう》の糸も色あせ、すりきれて、随分年季の入ったものだった。

「この刺繍の模様は、このへんのものですか？」

「いや。センではあまり見かけんよ」

クレマルとブルリスが話していると、ギオンが断言した。

「これはブリル山地の模様だ。この波形はつらなる山をあらわしている。色づかいも、あのあたりでは鮮やかな原色を好む」

「もしかしたら、これ、モルルのマント？」

ジルが尋ねると、ギオンは手のひらでマントをおさえ、目をとじた。

「煙と炎と嘆きの思いしか視《み》えない。それと、激しい怒りも感じる」

そこでぱっと目をひらき、にやりとしてジルを見た。

「この怒りの激しさは、ジル、おまえさんとどっこいどっこいだな」

「モルル？」

「そうだろう。……生きているよ」

ジルは椅子を蹴った。

「さがしに行きましょう！　どこかにいるんだから！」

「大勢がさがしているよ。着いたばかりだ、ちょっと休んだらどうだ」

ブルリスがとめるのへ、ギオンが、

「好きにさせてやってください。ジルはテーツの魔法を知っている。もしかしたら、何かを見つけるかもしれない」

と言ってくれたので、ジルとクレマルの二人は、支部をとびだした。

とびだしたものの、見知らぬ町で、どこをどうあたったらいいのか、途方にくれた。途中で巡回中のフォーリ仲間と顔を合わせ、知っていることを互いに交換しあっただけで、意気消沈の体《てい》で支部に戻った。

新たに顔見知りになったフォーリ仲間の他に、同期のアバデートとヨーヨーも一緒だった。アバデートは一年前からセンに派遣され、ヨーヨーの方は近隣の村から応援として呼ばれたのだと言った。

総勢三十人ものフォーリが支部の食堂に会したが、全員口数少なく、目つきは鋭く、空気は指をたてれば紫電が走るようだった。

翌早朝から、二人、三人と組んで、大がかりな探索となった。透視の得意な者はそう多くなかったが、それぞれできうる限りの調査をしよう、一軒一軒に聞いてまわろう、誰かが必ず何かを見聞きしているはずだ、とブルリスは全員にはっぱをかけた。地道な作業である。足は棒になるし、嫌気もさす。住民すべてが協力的とは限らない。人嫌い、官吏嫌い、フォーリ嫌いもいるし、うしろぐらいものを抱えている者、ひどく嘘のうまい者もいる。だが、イリーアの件を語れば大抵は協力的になった。どれほどひねくれた頑固者でも、イリーアが殺されたとなれば、ハスト人としての矜持《きょうじ》を思いだす。

「イリーアの話になって、ますますおどおどする者、目をそらす者、ぶっきらぼうに扉をしめる者を気にとめろ。すぐに報告してくれ。まちがっても、数人だけで対処してはいけない。皆の力をあわせて、この痴《し》れ者《もの》をつかまえるんだ」

ブルリスは不確かなこと——ドラヴ人の王子テーツかもしれない、とか、モルルが一緒かもしれない、とか——は一切口にしなかった。ただ、

「平気でイリーアを殺す輩《やから》だ。充分気をひきしめてあたってくれ」

と注意を促《うなが》した。

ジルはクレマル、ギオンと一緒に町に出たが、ブルリスの言うとおりだった。世の中には実に様々な人がいる。フォーリの仕事は必要とされるところへ赴くので、おおむね好意的に迎えられるが、一軒一軒の扉を叩けば、かみつかれることもあるし、水をかけられそうになることもある。商売の邪魔だといわんばかりにつっけんどんな対応をされることもあった。

何の成果もないままに昼もすぎようとしていた。海からの風が強くなってきており、洗濯物や幟《のぼり》が音をたててはためきはじめた。

鐘楼の鐘が突然ゆっくりと鳴りだし、小路の途中で三人は足をとめ、天をふり仰いだ。二階の裏窓がばたんとあき、誰かの叫び声がきこえた。

「船だ！　交易船が見えるぞ！」

それまで砂の中にもぐっていた貝が、這いだしてきて潮を吹くように、町中が一斉に活気づいた。扉があき、人々がどっと港の方へくりだしていく。珍しいものを目にするのは、いっときの楽しみでもある。

「帆は赤だ！」

その声に、三人は顔を見あわせた。ドリドラ

ヴの船。追い風に乗って、たちまち港に吹きよせられてくるに違いない。

「支部に戻ろう。もしテーツがこれを知ったのなら、国に逃げ帰るか、応援を得るかするだろう。対策をねり直さなければ」

踵《きびす》をかえして走りだしたギオンのあとを、二人は追いかけていった。

塔まで戻る必要はなかった。広場の一角を占領している八百屋市場から、ブルリスと他のフォーリ三人がマントをはためかせて出てきた。ギオンの顔を認めるや、ブルリスは頭を少し傾げて三人を先に行かせた。

「波止場に十人のフォーリを配置する。船に乗りこもうとする者すべてに目を光らせるように指示した。接岸しても、上陸許可は出さないように港湾警備に依頼もした。……だが、相手が目くらましの達人では、どこまで見ぬけるか、心もとない」

ギオンがすぐに言った。

「わたしたちも行こう」


風は湿気をはらんで、妙なあたたかさをもたらしていた。市場の天幕がめくれあがり、支柱がたわんだ。商人たちの注意喚起の叫びを背中にききながら、港へと走っていった。


センの町中から丘の頂上にむかって、駆け登るように家々が置かれている。その中には、交易で財をなした豪商や領主の血筋の館も多い。それらは、広い敷地を擁して、日頃は顧みられることのない霊廟やら書庫やら塔やらが、夜を待つ獣《けもの》のようにうずくまっていたりする。

テーツはそうした古びた塔の最上階で、町の鐘がゆっくり鳴り響くのを聞いた。それはその家の持ち主が、信仰を捨てたとき、命運をともにした小さな神殿だった。華奢《きやしや》な造りだが、高さはある。それに、誰も注意を向けない。

彼が尻をついている正面には、老婆がぐったりと横たわっている。頭を蹴ったのが強すぎたのか、ここ数日目をさまさない。こいつを国につれて帰らなければ、一体何をしにハスティアに潜入して、さんざん苦労したのか、わからなくなる。兄や弟の嘲笑《ちょうしょう》を浴びるのは我慢ならない。同様に潜入しているあいつらも、失敗していればいいのに。

テーツは窓の前に仁王立ちになった。荒波と一緒に大きくなってくるあの赤い帆は、まちがいなくドリドラヴの交易船だ。歯嚙みしながらも、ガレー船を凝視する。このフォーリという婆ァをつれて帰れば、成果はあったと認められるに違いないが……。

「ひそかにハスティア国内に入りこみ、かの国の弱点とフォーリと言われる者たちの秘密とマステル銀の鍛錬《たんれん》方法を手に入れよ」

父王の命をうけた三兄弟である。テーツは沖合で大型ガレー船から小さな帆船に乗りかえさせられて、センという町に上陸した――と思った。闇に紛れて桟橋に一人おりたち、――一人、というのは普通ならありえないことだが、目くらましの魔法をずっとかけつづけるのに、従者や奴隷をつれて歩くわけにはいかないからだ。魔力増幅の薬瓶はもっているが、節約して使わなければ。――ハスト人に身をやつして、街のフォーリの仕事ぶりをうかがい、話を聞きだす。簡単なことだ。二十日から三十日のあいだに、交易船が入港するので、それに便乗してドリドラヴに帰る手筈になっていた。だのに。

テーツは地団駄を踏み、歯ぎしりする。頭の上を、海鳥がふきとばされるように飛んでいく。灰色と黒のまだら雲が、せわしない竈番のように、くっつきあったり裂けたりして、そのたびに陽光が降ってきたり、海を黒ずんだ色に染めたりしている。

なのに、あの船頭の馬鹿めが。今度、あの顔を見つけたら、即座に八つ裂きにしてくれよう。

あそこだ、と遠く町の灯を右手に見て指さしたのは自分だったが、そんな都合の悪いことはとうに忘れてしまっているテーツである。そも、そこがセンでなかったなど、誰にわかろうか。

降りたった波止場も町も、夜が明けるまで、センではないとはわからなかった。商人のふりをして道を歩けば犬に吠えられ、食堂に入れば眉をひそめられた。あんた、何か、変な臭いがするよ、それにどこの方言だいそれは、このあたりじゃあんまり聞かない訛りがあるね。このおれを侮辱するな、と喚かずにすんだのは、くれぐれも正体を知られぬように、と父王の側近から釘を刺されたからだ。ぐっと我慢して、もごもご言い訳をし、貧しい食事をしたためた。唯一、ハスティアに見所があるとすれば、味がいいということか。アトリアで食べた料理は、屑同然だった。ドリドラヴの料理もまずくはないが、たかがパンと魚のシチューでもうまいと思ったのは、はじめてだった。ハスティアを征服したら、国中の料理人を独占してやろう。

話し方が変、と言われたので、なるべく口をきかないようにして聞き耳をたてる。それは拷問に等しかった。だが、我慢した。我慢は性にあわないが、ともかく我慢した。漁師たちの会話を聞くうちに、ここがセンではないことに気がついた。やっぱり。何か変だったのだ。事前に教えられていたのは、大きな町でにぎやかであること、フォーリもすぐ見つかるだろうということ。ここは、山がすぐ裏手に迫っている、ただの漁村のようだった。朝早く、漁に出るいっときのにぎわいが終われば、岸壁によせる波の音一つ一つが判別できるものうい静けさだ。

テーツは激怒した。ここがセンではないなど と、そんなことが許されるものか。今すぐここにセンをもってこい。

命じたところで、ハスティアの大地が応えるわけもない。目の前に黒と金の光が瞬《またた》く。家と家のあいだの小路によろめき入る。勝手口の石段に腰をおろして、裏山からなだれてきている藪《やぶ》をぼんやりと見あげた。うねうねと曲がってのびる蔦《つた》が、蛇に見えた。くいしばった歯のあいだから、怒りの呪文がほとばしった。蔦は蛇に変わり、足元に集ってきて団子になった。テーツはそれを抱えあげ、勝手口の戸をあけて放りこんだ。やがて、物音に家人がやってきて、すさまじい悲鳴が響きわたった。おう、これは痛快だ。

勝手口がひらく前に退散したが、一度味わった快感をもう一度味わいたくなり、あちこちの家、納屋、漁師小屋に蛇団子をしかけ、物陰から騒ぎを盗み見てはほくそえんだ。鍵もかけず、日中は玄関さえあけっぱなしになっているこの町では、たやすく悪意をまきちらすことができる。腹がへれば台所から食べ物をかすめとり、眠くなれば納屋や使っていない部屋に忍びこんで眠った。用心だけは怠らなかったのは、それが生まれてからの習性になっていたからだ。そうでなければ、ドリドラヴの王子として生き残ることは難しい。人の気配がすれば、アラブルソウの粉をひとなめして漁師や物売りの目くらましでごまかした。足音がすれば影と一体となって息を殺してやりすごす。

町を蛇だらけにしたらどんなにおもしろかろうと、二日めも調子にのった。さんざん騒ぎをおこしたはてに、港湾監督官の詰所の裏の、まだ芽吹いていない大木に、無数の蛇をぶらさげ、どんな事態になるだろうと想像してほくそえんでいると、突然背後から声がかかった。

「おまえかっ！　このあたりで悪さをしているのはっ」

テーツが驚いたのは、気づかれにくくする遮《しゃ》蔽《へい》の魔法をおのれにかけていたにもかかわらず、怒声を浴びたからだった。ふりむけば力強いしゃがれ声の主は、小さな老婆だった。乾かしたナツメヤシのような顔に、炯々《けいけい》と輝く両目をして、びっくりするほどそろった白い歯をむきだし、杖をふりかざしている。テーツはとっさに、知っている奴隷の態度をまねた。

「お……おれ、何もしてないで……おれ、あれ、何かなぁって見てただけで……」

老婆が杖の頭をむけると、周囲の大気がゆらぎ、泡がはじけるような音をたてた。老婆がかみつかんばかりに喚いた。

「おぬし、何者ぞ」

本来の姿に戻ったテーツは、

「それはこっちがききたいな、糞婆ァ」

と言いながら、樹上の蛇たちを飛ばした。老婆が短い呪文でやすやすと数十匹をはじけば、蛇は地面にふれるや、ただの小枝に変わる。婆の眉があがった。

「ドラヴ人か」

テーツの胸の中で、からまりあっている火蛇がぎちぎちと動いた。

「フォーリだな、おまえ。こんな年とったフォーリに会うのははじめてだ」

「他《ひと》の国に来て、何をつまらぬ悪戯《いたずら》をしておるのだ、痴れ者め」

再び杖の頭がむけられた。しかしテーツの火蛇たちの方が速かった。老婆はとっさに、尾をひいてとびかかってくる火蛇をはじく呪文に変えた。火蛇は無数の小さな火球にかわって、空中で消滅したが、その隙にテーツは体当たりした。老婆は倒れて尻もちをつき、手から杖がはなれる。その額を拳骨《げんこつ》で殴った。老婆の喉から蟇蛙《ひきがえる》がつぶされるのに似た悲鳴がもれ、昏倒《こんとう》する。


テーツは肩で息をしながら、老フォーリを見おろし、周囲に気づかれていないか確かめ、再び老婆に視線を戻した。

任務はフォーリについてさぐりを入れること、だったな。

ようやく本来の目的を思いだす。しかし、聞いたことに素直に答えるような輩《やから》ではなさそうだ。

「この婆ァを拷問してもいいが……」

場所がない。

「ならば、ドリドラヴにつれ帰るか……」

そうすれば、おかしな魔法を操るフォーリという種族を、はじめて故国にお披露目した王子、という箔がつくかもしれない。さぐりを入れるより、ドリドラヴで情報をひきだす方が、ずっと有用だろう。

テーツは詰所から縄紐を盗んできて、婆の手を縛った。猿ぐつわをかませながら、どうやってつれ帰るか、計画をたてた。

センの町に行く。ドリドラヴの次の交易船は二十日から三十日のあいだにつくと聞かされていた。しかし、センに行くには、ここがどこか、まず確認しなければならない。しばらく潜伏して、行程の計画をたてて――どこに潜伏できる？　この狭い漁村で。テーツは天を仰いだ。山が迫っているが、野宿など御免だ。あの坂を登ると思っただけで、げんなりする。めまぐるしく考えた。どこかの家におしいって家人を拘束するか、殺してしまうか？　いや、だめだ、たちまち騒ぎになる。今回はひそかに、という条件が課されている。父ウシュル・ガルとしては一気に踏みつぶすつもりではないらしい。――できないのだ、と嘲笑がわく。まあ、おれだって、こんな町一つくらいなら壊滅させられるが、全土となればさすがに無理だろう。ああ、そうか、だから隠密でさぐりを入れるわけか。今さらに、ようやく父の真意が理解できた。一つ賢くなったぞ、と自己満足して、そうだった、潜伏の場所だ、と本来の思考に戻る。

人家の近くはだめだ。かといって、山に登りたくはない。ある程度文明の恩恵をうけられて、人目につかない場所をさがさなければ。

テーツは再び詰所に戻った。衛兵たちは蛇事件の調査で、日中はほとんど出ずっぱりだ。それでも慎重に、足音を殺して階段を登っていき、屋上に立つと、じっとりとした大気におおわれた町が一望できた。海は白波一つなく、ナメクジのように横たわっている。雲がうっすらと全天をおおい、大地も静けさにとらわれている。

町はずれから、蛇のぬけがらさながら、白茶けた細い道が、小さな岬の森の中に入っている。岬は猫がのばした前足のように海につきだしている。ちょうど足の甲にあたる部分に、廃墟の白がのぞいていた。アトリアの支配下にあったころの砦《とりで》の残骸だろうか。灯台と砦を兼ねていたのかもしれない。

方向を見定めてから裏庭に戻り、縄をひっぱった。老婆はまだ気を失ってぐったりしている。薬瓶から出した粉をまたひとなめした。老婆を肩にかつぎ、目くらましをかけ、岬めざして歩いていった。

　何でおれがこんなことを、と一歩進むたびに思うのだが、幼少期からやらされてきた肉体の鍛錬を思い、じっとこらえる。やりたかった剣術はさせてもらえなかった。そのかわり、走ったり、重石をもちあげたりは、十か十一の年までやらされた。ある日、堪忍しきれなくなって、奴隷教師を火達磨《ひだるま》にしてからは、訓練の時間は山野の狩りにとってかわったが、蛇集めに夢中になって猪やヒョウなぞ、獲ったためしがない。基本、自然の中ですごすのは嫌いだ。しかし、幾ばくかの知識と経験は記憶に残っているので、やろうと思えばやれる。

　これが終わったら、ふかふかの寝台でまる一日寝てすごそう。故郷に帰ったら、鹿の肉にかぶりつき、ヤシ酒をがぶのみし、蛇たちをはべらせてくらそう。そうだ、風呂に入って身体中をほぐして、すっきりさせるのもいい。

　カルツは今頃、マステル銀を求めて山の中か。大地の中にもぐってそれっきり出てこなくていいぞ。あの小うるさい弟は、いつもおれの邪魔をする。いっそ鉱石におしつぶされて死んでしまえ。

　兄のムルツは西端の何とかいう町に潜入したはずだ。間諜《かんちょう》の話じゃ、以前謀反《むほん》を企んだ公子が監禁されているとかで、ムルツはそいつをうまく利用して、西側に入りこむことになっている。で、ときが熟したら、ドリドラヴのガレー船が一気に、このごちゃごちゃと面倒くさい国に襲いかかるはずだ。――あと一年か、二年。ドリドラヴでは、父王が船の建設を急がせている。おまえたち、驚くなよ。その数、十隻だ。奴隷の漕ぎ手千人はそのまま斧戦士になる。われらの血筋も百人、射手と槍兵がそれぞれ三百人、それから竜王が天を暗黒に変えれば、こんな国はいっぺんで壊滅だ。

　テーツは戦艦の船首に雄々しく立って、火蛇の雨をふらせるおのれの姿を夢想する。泣き叫び、転げまわり、慈悲をこい、神々を呪うハスト人を思いうかべ、にんまりとする。

そうするうちにめざす場所についた。草むらにおおわれた廃墟は、どうやら大昔の狼煙台《のろしだい》らしかった。石積みの土台は二階部分まで残っていて、雨露も風もしのげそうだ。崩れ去った上階部分の残骸や、針葉樹の枯枝がおおいかぶさって、さらにその上に蔓《つる》植物がはびこっていた。

戸口とおぼしき穴を広げようとすると、指より太い百足《むかで》や毛虫や蜘蛛《くも》が這いだしてきて、思わずとびのいた。掃討の呪文を唸って壁と床をきれいにしてから、老婆を転がし、詰所から奪ってきた食料を広げた。

パンのかたまり、チーズの大きな欠片《かけら》、豆と木の実を麦粉でおしかためた焼菓子のようなもの。むしゃむしゃと食べ、喉の渇きを覚えた。しまったぞ、飲むものが何もない。さまよわせた目が、老婆のうらめしげな目と合った。少し考えてからテーツは尋ねた。

「いいか、婆ァ。水か葡萄酒がほしいんだ。おまえ、魔法で出せないか？」

老婆がよっこいしょと起きあがったので、ぎょっとしてのけぞりそうになった。猿ぐつわを自らむしりとり、胡座《あぐら》をかいた婆さんは、

「まったく年寄りの扱いを知らない青二才だね、あんた。さんざん転がしてくれて、危うく腕の骨、おれちまうところだった」

「な……なに……？」

声も裏がえるテーツに、婆さんはぎろっと睨《にら》みをきかせる。

「縄ほどきの魔法なんぞ、呪文を唱えずとも簡単に使えるわ。フォーリをあなどるでない、青二才」

「あ……青二才だと？　無礼なっ。おれはドリドラヴの王子だぞっ。敬意を払えっ」

「ちゃんちゃらおかしいねえ」

「な……なに……」

婆さんは大きく吐息をついた。

「あんたみたいな馬鹿に、ものの道理を教えるのも疲れるわ。ああ、面倒、面倒。それで何だって？　水か葡萄酒？　あんたも魔法使いなら、そのくらい自分で何とかしたらどうだい？」

テーツは面食らって目をしばたたきながら、
つい、本音を白状した。

「おれには、水の魔法は無理だ」

「おお、そうだった。失敬したね。ドラヴ人は火の魔法しか使えないんだった」

「火の魔法しか、じゃない。他にも使える。水がだめってだけだ。おまえたちは、何でもござれか」

「大抵はね。得手不得手はあるし、あんたたちほどの大きな魔力を使えるのはそう多くいないけれどね。……ふん」

老婆は鼻息を吐いてから、

「あたしゃモルルだよ。あんたは、王子様」

「テーツだ。殿下と呼べ」

「はっ！　偉そうだねえ」

横をむいていかにも蔑《さげす》んだ様子に、テーツはかっとなった。火蛇が鎌首をもたげた。その気配を察したモルルは、上目づかいに、

「そりゃ、やめときな」

と言った。

「あたしを殺したら、あんた、ここがどこかもわからないでずっと立往生だ。そうだろ？」

「何でそれを……おまえ、人の心を読めるのか？」

「ああ、だったらどんなにいいかねぇ。残念ながら透視の達人でも、人の心だけは読めないよ。いやいや、これは天の恩寵《おんちょう》かね」

「何を言っている」

心を読む力があったら、どんなにわずらわしいことになるかなど、思いも至らないテーツだ。

「あっちこっちで蛇遊びをしている高貴なドラヴ人。それもたった一人で。となりゃ、そりゃ八つ当たりだろうさ。多分、こんな場所においてけぼりにされたか、流罪になったか、とね。だとすりゃ、助けがいる。この国に詳しい誰かの。助けてやろうじゃないか」

テーツは絶句した。生まれてこのかた、「助けてやる」なんて、言われたためしがない。自身の身分と権力と脅迫と恫喝《どうかつ》で生きのびてきたのだから。こんなことを言う人間がこの世にい

るとは、一体どういう国なのだ？　ようやくつまった喉から出たのは、

「な……なぜだ？」

　老婆は胡座をかいた足首の片方をさすった。

「さっきのでひねったらしいんだよ。歩けない。あんたの助けになるから、あたしの言うことも聞いとくれ」

「治せないのか、おまえの魔法で」

「そううまくいくかいね。治療フォーリならできようが、それだって一日二日はかかるってもんさ。これは取引だよ、青二才。商売と同じ。お互い得をする方法を考えようじゃないの」

　取引ならまだ理解できる。商売と同じと言われれば、そうか、と納得する。

　テーツはモルルから水のわく近場をきく。モルルはテーツの食料を分けてもらう。テーツはモルルから今いる場所をきく。モルルは寝床を作ってもらう。

「……で？　ここはどこだ？」

　答えのかわりにモルルは片手をつきだした。不承不承、テーツはパンを半分放り投げる。自分の拳《こぶし》より大きいかたまりに歯をたててむしり、咀嚼《そしゃく》しながら彼女は答えた。

「ここはブリルっていう漁港町だよ。千人あまりの、こぢんまりとした町さ。あんたのおこした蛇騒ぎは、ここ十年で一番大きい事件になるだろうね」

　他人事のようににやにやする。テーツはそれを聞き流して、せっつく。

「町の名なんかどうでもいい。おれは今、どこにいるのか、聞いてんだよ」

　モルルはパンをもっていない方の手もつきだした。テーツは唸りながらチーズを割ってわたす。モルルはチーズにかぶりつき、またパンにかみつき、膝の上に両方を置くと、おちている小枝を拾い、土床をなでてから何やら描きはじめた。うねうねした線の端と端がつながれば、まん中がやたらにへこんでいる横長の円になった。これがハスティア大公国、そしてこのへこんでいるこっちにセンの町、あんたがいるブリ

ルはここ。

「なんだ、すぐ近くだ」

「はっ！　あんた、自分の足で旅したことないだろ？　ここに行くまで船で二日、歩いてならそうだね……七日くらいはかかるかね」

「簡単じゃないか。船で二日なら、甲板で酒を飲んでいるうちにつくだろう」

「誰がその船、調達するのさ。それに、センに乗りつける船はこのへんじゃ手に入らないよ。あのあたりは難所で、水先案内人が必要なのさ。どうだい、あきらめて警備詰所に投降したら？　そしたらあたしも口をきいてやるから、センでもハストでも、行きたいところにつれてってもらえるよ」

「投降しろ？　阿呆《あほう》をぬかすと、叩っ切るぞ」

眉間《みけん》にかっと熱いものが集中して、目蓋《まぶた》の裏が赤くなった。しかし、モルルはせせら笑いながらまくしたてた。

「おう、おう、あたしを殺すって？　上等だよ、長いこと生きてきて、そろそろうんざりしてたんだ。神々のおわす天上に昇れるんなら、言うこたない。こんな足手まとい、さっさと切って、自分一人で海を渡って故郷に帰りな。だがね、フォーリの矜持としておめおめ殺されはしないよ。一戦まじえようじゃないか」

テーツはう、とつまった。臨戦態勢の老婆は炯々と目を光らせて、なお笑みを唇に刻んでいる。こんな人間は見たことがない。彼の手にかかる奴隷も臣下も、一様に彼を怖れ、哀れみを乞い、生命乞いをしてみじめな様だった。この婆ァはまるで、そう……父王のような目をしている。

「お……おまえもつれていくんだ」

「あたしゃどこにも行きたくないね」

「ドリドラヴへつれていって、その、フォーリとやらがどんなのかを、拷問してでも吐かせるんだ」

手の内を見せてしまったことに、テーツはぼんやりと気づいているが、頭がくるくるして自制がきかない。どうしたらいいのか、混乱してしまっている。

するとモルルはにんまりとした。

「それがあんたの本音かね。よし、わかったよ」

「な……何が……?」

「この年になって南の、まだ見たことのない国に招待されるとはね。おもしろそうだ、一緒に行ってやろうじゃないか」

「お……おれをだまそうったって、そうはいかないぞっ」

「何とまあ、疑心暗鬼なことだねえ。何をどうだまそうとしているのか、言ってごらんよ」

「う……」

「ドリドラヴに行ってやるよ。拷問なんか必要ない。ウシュル・ガルの前に立たせてくれたら、フォーリのことを何でも話して、実際にやってみせようじゃないの。つれてってくれりゃあ、ね」

どこにも行きたくないと言った舌の根も乾かないうちに、ドリドラヴにつれていけという。この婆ァは何を考えているんだ?

「マステル銀の加工法も教えてやるよ」

ちかりと目の端を光らせて言った。

「そのかわり、ドリドラヴの名所を見せておくれ。うまいものをたらふく食わせておくれ。絢《けん》爛《らん》豪華な部屋にすまわせておくれ。そしたらそのあとは、好きにすりゃいいさ。ああ、だが、生きたまま皮をはぐとか、四肢をひきちぎるとか、ドリドラヴらしいことをしようとしたら、さっきも言ったが、あたしゃあたしでフォーリらしい反撃をするからね。反対に、いい思いをいっぱいさせてくれれば、協力は惜しまないよ」

モルルがさらに、誰それに誓う、なぞと言ったら、テーツは信用しなかっただろう。だが、老婆は、物欲への望みを顔中に汚らしくあらわして、上目づかいにこちらをうかがっている。名誉とか、信念とかの話だったら鼻で笑うテーツだが、贅沢《ぜいたく》な暮らし、たらふく食べられる暮らし、珍しいものを見る暮らし、そういった欲望であれば、彼自身がもっともっとと欲しているから、良く理解し、共感もできた。

「おまえがおとなしくついてくるというんなら、いいだろう、つれていってやろう」

そう口にするテーツには、もはや主客転倒しているのがわからない。

「この建物の西側に、古い井戸があるよ。多分つまっているだろうから、直そうかね。すぐに、新鮮な水が飲めるよ」

つれていってやる代償に、水のありかを白状させた、とそのときはそう思って、素直に井戸へとむかった。小型の猛禽《もうきん》が、建物の上で円を描いていた。なにかをさがしているようだったが、見つけられなかったのか、やがてあきらめてどこかへ飛んでいった。

「ハスト鷹だよ」

戻るとモルルがしょんぼりして言った。

「あたしをさがしていたんだ。返事しなかったからね、帰っていったよ」

センには行けない、港の外側で死ぬ、と船頭に脅されて、一日の航海のあと、仕方なく目にした浜辺へ上陸した。モルルは足をひきずり、ようやく歩くといったふうで、これではいつまでもセンにつかない。するとモルルが魚を運ぶ手押し車を盗ませた。それに自ら乗って、テーツに坂道を運ばせた。その重労働にテーツは耐えた。耐えたものの、不満は目の後ろでいまや、火山の根のように赤くたぎっている。なんでおれが、おれだけが、こんな苦労を強いられるのだ。崖を登りきって、羊のたわむれる草地の中の小道をたどっていき、ようやく街道に出た。街道に出ればまもなく、野菜や穀物を運ぶ荷車に便乗できた。尻が痛くなったことを除けばすこぶる快適な数日間だったが、ずっと目くらましをかけつづけなければいけないので、魔力の消耗が多く粉をなめてはやりすごす。しかしその忍耐にも限界が来て、この婆ァを荷車からつきおとして、自分だけとっととセンに行ってしまおうかと、幾度思ったことか。

センの町は、華奢だった。丘の上から見おろすと、壮麗な宮殿もどっしりと巨大にかまえる日干し煉瓦《れんが》の家並みもなく、ずんぐりした木造の家にたくさんの窓が、やたらまぶしい。胸の火蛇が、炎をひと吹きしようと、さかんに鎌首をもたげて誘う。それもいいか、などと苛々《いらいら》しながら町中へ降り、多くの客でにぎわっている宿の一室に紛れこんだ。

くたびれて寝てばかりいるモルルをおいて、様子をうかがいに通りへ出る。交易船の情報がほしかった。酒場に腰をおろし、耳をそばだてた。得るものなく夕暮れの町に戻って、落ちつきなく歩きまわっているうちに、木の洞にうじゃうじゃいる仔猫たちに威嚇《いかく》された。鑿《のみ》で心を削られていくようなここ数日の鬱憤《うっぷん》に、火蛇たちがからまりあって機会を狙っていたのが、この威嚇に素直に反応して、とめるまもなく炎がほとばしり、気がつくと人だかりの中で、猫の死骸を足元に見ていた。騒ぎたてる人々の影にまじり、若い女から職人ふうの青年に目くらましの姿を変え、海の見える絶壁近くの路地に迷いこめば、玄関という玄関にぴかぴか光る丸キャベツが目にとまった。さっき猫を殺したときの全能感がまだおさまっていなかった。それゆえ、この生き物も炎に巻き、剣で切り刻んだ。一個、二個、とつづけていくうちに、そうだ、おれはこんなところでちまちまやっている男ではない、無数の火蛇を従えて、この地を恐怖と畏《おそ》れで満たし、君臨するべき人間なのだ、と当初の志を思いだした。

翌日、平坦な場所なら少し歩けるようになったモルルをつれて、町を案内させがてら、食料の調達に出かけたが、人々の話を耳にしたとたん彼女は血相を変えた。杖をつきながら木の洞のある人家のあいだに入っていき、歯をむきだして戻ってきた。猫も、なんたらだまも、殺したのか、とつめよるので、そうだと答えた。何をそんなに怒っているのだ、たかが猫、たかがぱくぱく葉っぱをひらいたりとじたりするフンタンじゃないか、とせせら笑うと、テーツの袖をひっぱって路地に入り、イリーアを殺した以上、ここにはいられない、と喚いた。

「いられないって言ったって、交易船が着くまでどうしようもないだろう」

「あんたは本当に馬鹿だね！　イリーア殺害は、国民を敵にまわしてしまうんだよ。あれはあたしたちの根幹、汚してはならない大事なものなんだから！」

「おれがそんなこと、知るわけなかろうが。それに、気持ちよかったぜ？　なんでそんなに怒るんだよ」

　すると老婆の背筋がまっすぐになった。ぎらついていた目が、不意に凍りついた湖面のように静まりかえった。顔つきも心なし、下卑た老女の仮面をはがして、何やら侵しがたい気品めいたものを宿した。ふう、と吐息を一つ、

「ああ、もう、やめた、やめた」

と言った。

「実際、足首が痛かったよ、馬鹿息子。本当に歩けなかったから、覚悟を決めていたんだ。仕方がない、ドリドラヴにつれていかれて、フォーリのあたりさわりのないところを白状して、そのかわりこっちもドリドラヴの現状をつぶさに観察して。それに、こんな異国にぽんと放りだされて、あんたも心細いだろう、かわいそうだと、ちょっとばかり同情もしたさ」

「か、かわいそう……？」

　そんな言葉は、はじめて聞いた。面食らっているうちにモルルがつづける。

「どうせ老い先短いんだ、かわいそうな若者のために役にたとうじゃないのって、覚悟したのに。あんたったら。どうしようもない短絡思考の、図体だけ大きいお子ちゃまなんだもの。まったくもう、〈ウロネコ〉と〈ツバサダマ〉を殺すなんて、何てことしてくれたんだい。一線をこえてしまったね。もう見限るしかないよ。この町で裁きをうけるんだね」

　そうまくしたてたあとで、なぜか目に涙をためながら短い呪文を口にしたが、テーツは彼女が言いおえるまで待っていなかった。なじられるのは我慢できない。批難など、この自分にする者はいなかった。陰口をたたいたと聞けば、

王の血筋であっても、足元にひきずり出して火蛇をはなった。聞きたくないことを口走る相手に容赦はしない。これまでの旅の友であったことなど、眼中にない。とにかく自分をおとしめる者は許さない。

肩からつっこんでいき、モルルの老体をはねとばした。前回の経験で単純に、その方が速いと判断したからだった。呻き転がる老婆の頭をひと蹴りして、黙らせると、目くらましを再びかけた。自分は水夫に、老婆は荷袋に。荷袋をかついで、さも目的の家をさがしてでもいるかのようにきょろきょろし、格好の場所を見つけた。それが、この大きな屋敷の裏に建つ小さな神殿だった。かつては何かの神がまつられていたとおぼしき、半ば朽ちかけた櫓《やぐら》に似た建物は、土台は石だが、上階は頑丈な木で造られていて、港も沖も見はるかすことができた。

テーツはもう、老婆を自由にする気はなかった。このまま荷袋のように船に乗せ、ドリドラヴに帰るのだ。そら、赤い帆がぐんぐん大きくなってくるぞ。無事着岸したら、堂々と渡り板をわたるだけだ。

だが、待て、待て。町中をこいつの仲間がうろついていたな。イリーアとかいうあの猫やランタンを殺した犯人をさがしていた。そこへ、のこのこ出ていくわけにはいかないぞ。婆アは魔法の気配を見破った。ということは、やつらも見破れるかもしれん。落ちつけ、落ちつけ。あわてるな。ここは、策が必要だ。今は、出ていくな。船は明後日のあたりまで着岸したままでいるはずだ。ならば、明日の夜、闇に紛れて乗りこむことにしよう。そうだ、それがいい。

まる一日、じっと待つのは性にあわなかったが、我慢した。我慢、我慢、我慢の連続で、火蛇はしゃあしゃあいうし、目の奥はぐるぐるするし、頭は腐ったカボチャのように破裂しそうになった。が、ともかくこらえた。耐えた、切りぬけた。港のにぎわいが風に乗ってきこえてきた。かすかに乳香《にゅうこう》の匂いもかいだ。それでもしのぎ、ようやく次の夜になった。

婆ァを――まだ目覚めない。だが、骸《むくろ》でも持っていけば、何か秘密がわかるかもしれない――荷袋に、自分を荷運び人にして、隠れ家を出た。坂道を下って下町の路地に紛れこむ。うねうねと曲がり下りをくりかえして港と町家の境までたどりついたが、物陰から様子をうかがったテーツは、思わず毒づいた。

波止場には荷の重なり一つない。帆をおろしたガレー船には、煌々《こうこう》と灯りがつけられ、渡し板もかけられているが、そのまわりには衛兵と、マントを羽織ったあれは、フォーリの一団だろうか、佇《たたず》んで、目を光らせている。これでは闇に紛れて乗りこむどころか、ドラヴ人の奴隷に身をやつしても、正体を暴かれそうだ。

くそっ。どうしたらいい？

じれた火蛇がうごめく気配に、ある名案がひらめく。そうだ、連中の気をそらす方法を使えばいいんじゃないか。ここから離れざるをえない事件をおこせばいい。何だ、簡単なことだ。幸い、今夜は陸風が強い。それに、新月が近い。潮の満干の差も大きい。出港にはいい夜になりそうだ。

テーツはとある家の軒下にモルルを転がした。作戦の実行に荷袋は邪魔だ。あとで拾いにくればいい。うん、この軒先には、タツノオトシゴみたいなのが三匹並んで、ぶら下がっている。これを目印にしよう。

これからやることを考えると、坂道を登るのも苦ではない。迷わないように一直線に登っていき、中腹にさしかかったところで、ごみがかたまっておいてある一区画にさしかかった。もっと上方に行くつもりだったが、さすがに息が切れている。それに、火蛇たちにせっつかれるのも限界にきている。よし、ここにしよう。風は月をふきとばすほどに強くなってきている。ちょうどいいじゃないか。

それまで耐えていた鬱憤を、思い存分はらそう。テーツは両腕を父王のように大きく広げ、火蛇を自由にした。

15

ブルリスが正式に一同に言いわたしたわけではなかったが、フォーリたちはもう、イリーアを殺した犯人がドリドラヴの王子らしいと知っているようだった。交代で着岸した船を見張るうちに、誰からともなくこぼれる言葉が聞こえてきて、ジルは何とも釈然としない気もちになった。

「王子を逮捕したら、そのあとが面倒になるのではないか？」

「ああ、そうかもな。扱いに困るだろう」

「他国の王子を勝手に裁いたらどうなるか、これは前代未聞だ」

「これを戦《いくさ》の火種にするつもりであれば、やってしまうのがウシュル・ガルという男なのではないか？」


悪行をなしたのであれば、裁きと報いをうけるべき、とそれまで信じていたジルは、おとなたちの、石をひっくりかえして土の中までほじくりだすような話を、聞かなければよかったと思った。ああ、何と、世の中は複雑になってしまったのだろう。耳をふさいでまるまって、嵐がすぎ去るのをただ待っていられたら、どんなに楽なことか。

経験豊かなフォーリ仲間が集っているということだけが、ジルの安心のよりどころになっていた。

二日めの夜になった。

ジルは、ギオン、クレマルと一緒に港から支部へ上がってきたばかりで、卓上に常備されている果物と冷肉、パンを夕食に一息ついたところだった。

白葡萄《しろぶどう》酒を口に含んで、リーリの発泡酒がおいしかったなぁ、カルシーはどうしているかしら、などと思いだしていると、何やら玄関の方が騒がしくなった。怒鳴り声がつづき、走りまわるざわめきが伝わってくる。

それでも、まずは食べるものを食べてから、と黒スグリを口に放りこんでいると、

「モルルが見つかった！」

誰かが叫んだ。そのこだまが消えないうちに、

「火事だっ！　ヒアル通りから火が広がっているぞ！」

それまで卓の周囲にいたフォーリたちは、ジル同様、食事を投げだして玄関先へと駆けだした。

モルルは戸口を入ってすぐの床にすわりこんでいた。手わたされた水を袋から喉を鳴らしてじかに飲み、ふう、と息をつく。髪は乱れ、頬はこけ、汚れて破れた胴衣にフォーリの徽章《きしょう》がボロのようにくっついている。片手で後頭部をさすりながら、

「あの馬鹿息子、思いっきり蹴ってくれたのさ。半日して気がついたけど、死んだふりしていたのよ。油断して目をはなしてくれりゃ、その隙に逃げようと思っているうちに、今夜になってしまったわ」

そう説明し、炯々《けいけい》と鋭い目をあげて、周りを叱咤《しった》した。

「何、ぼさっとしてるんだい。火事がおきてるんだろ。あたしはいいから、町を護るんだよ！さあ、お行き！」

ばたばたととびだしていったあとに、残ったギオンがしゃがみこんだ。

「モルル」

「おや、珍しい顔だよ」

「大丈夫か？」

「ちっとまだふらつくけどね」

「馬鹿息子というのは、テーツ王子のことか？」

モルルは含みのある笑いをうかべて、ギオンを見あげた。

「しばらく一緒にいたよ。ありゃ、何とも手のつけられない痴れ者《しれもの》よ」

「火を放ったのは、彼か？」

「多分、ね」

立ちあがるギオンの背中に、ジルは尊敬のま

なざしを注いでいた。さすが、洞察力のフォーリ。その彼はジルとクレマルにふりむいた。

「われわれは港へ行くぞ。やつは、火事騒ぎを陽動にして、船に乗りこむつもりだ」

治癒フォーリにモルルを任せて、三人は港へ走った。

風の音がさっきまでのものと違った。坂を降りながらふりむくと、硫黄《いおう》を燃やしたときのような、どす黒い黄色い煙が、炎とともに中腹からなだれてきていた。背骨に刃《やいば》をあてられたようにぞくりとした。同じように立ちどまったクレマルが、息をのんだ。

「これは……大火事になりそうですね」

ギオンがふりむいて叫んだ。

「何をしている！　急ぐぞ！」

火の粉のはぜる音、建物の燃える轟音《ごうおん》、鼻の奥を刺激する臭いに追われるようにして波止場に走りこめば、近場の宿からわらわらととびだしてきたドラヴ人の乗員や上級奴隷たちが、あわてて船に乗りこもうとしていた。その群れの中に、小太りの男をクレマルが見つけた。

「いました！　あそこ！」

指さす方を見れば、周囲の者をおしのけるようにして渡り板に近づいていく姿があった。

「ジル、やつを足止めできるか？」

そう言われて呪文を唱え、テーツと周りの数人を転ばせる。そのあいだにギオンとクレマルが桟橋へと近づいていく。ジルとしてはもっと派手に吹きとばしてやりたいところだが、怪我をさせてはいけない、と自制する。おり重なって倒れた中から、テーツは這いだしてくる。他の者を蹴とばし、下敷きにしながらよろめきつつ渡り板にとりついた。ひき戻そうと呪文を追加しているあいだに、ギオンが止まれ、と叫び、クレマルが一陣の風をまきおこすが、テーツの重い身体はびくともしないで、もう船縁の内側だ。船におりたつや、船長に出港しろ、今すぐ、と怒鳴ったのだろう、乗員たちが帆桁にとりつき、巻きあげていた帆をおろす。まだその上にあった者などおかまいなしに、渡し板がはずされる。数人が、まるで飴菓子のように海におちていく。

毒づくギオンのそばに駆けよったジルは、太鼓の音を聞く。舷側の穴から一斉に太く長い櫂《かい》がとびだし、錨《いかり》があがるや否や、一漕ぎ、二漕ぎと百枚の羽をもった怪鳥さながらに動きだす。

赤い帆が、火風をうけてたちまち膨れあがった。

甲板上に仁王立ちになったテーツは、ジルたちを見おろした。その肩や首のまわりで、勝利の雄叫びをあげ、蜷局《とぐろ》をからませあっている火蛇が見えた。テーツは歯をむきだして、――あれは、笑いか？　哄笑《こうしょう》のつもりか？　――ジルを指さし、天に額をさらした。その天は、黒煙におおわれて、星も見えなくなっていた。

口数の少ない帰路だった。ジル、ギオン、クレマル、モルルは、協会本部への最後の橋をわたり、陽射しをさけて、建物の影づたいに馬を進めた。夏になって、ここ数日は特別に暑かった。熱波にゆらぐ大公宮の塔を右手に、マントも胴着も脱いだギオンとクレマルをうらやみながら、ジルは、センの町はこんなものじゃなかった、と自分を戒めた。

大火事になる、とクレマルが予想したとおり、風の勢いを借りた炎は町のあらかたを焼きつくし、四日後にようやくおさまった。すべてのフォーリたちができることを惜しみなくやった。防火壁である場所を護っても、また別のところから噴きだす。魔法から生まれた悪意の火は、なかなかしぶとかった。こちらで風の向きを変え、吹きあげる炎をねじり、ねじり切って上空で消滅させたと思うや、そこからはねとんで建物の軒にうつり、ぱっとはじけた。直後にそれは、火の帯と化してまるで生き物のように軒下を走っていった。

ジルをはじめとする、物動術に長《た》けたフォーリ十人ほどが、力をあわせて、井戸やらため池やらの水をかたまりにして、家々の屋根にぶちまけたが、ことわざの「焼け石に水」の意味を思い知らされただけだった。

火の赤が見えなくなり、いたる所で白い筋のような煙が立ち昇るだけになったときには、フォーリも町の人々も焼け残った石の階段にへたりこんでいた。

領主と衛兵たちが、人々を館の方に誘導しはじめ、のろのろと動きだしたのは明け方だったが、空は黄色と灰色にかすんで、一年のうちで最も輝かしい時季を失ったことを告げていた。女たちが忍び泣きながら坂を登っていく。あちこちに遺体が見つかっていた。逃げ遅れて煙に巻かれ、力つきた者。行方のわからなくなっているものは数知れず。男たちは病人や怪我人を抱えたりおぶったりし、その視線は地面におちたきりだった。

ジルも、三、四歳の子を背負って、足をひきずる母親とともに歩いたが、子どもは背中で泣き喚き、いっこうに泣きやむ気配もなく、さすがに辟易《へきえき》した。おい、うるさい、泣きやませろ、と前を行く大男がふりむいた。ジルは怒る気力もなく、黙って男を見あげた。泣きやませることができるなら、とうにやっている。男は舌うちして、歩幅を広げて遠ざかっていった。

なぜ？　と子どもの泣き声が問うたように聞こえた。なぜ？

なぜこんなことになってしまったのか。なぜ皆、こんな思いをしなければならないのか、なぜあの男はどうしようもないことを責めるのか。亡くなった人たちは、どこへ行ってしまったのか。焼かれた無数のイリーアはどうなってしまったのか。〈ウロネコ〉は、〈聖ナルトカゲ〉は、〈ツバサダマ〉は。

思いのままに泣き喚く子どもがうらやましくなった。ジルも膝をついて大地を殴りつけ、大声で泣きたかった。

領主の敷地と、そのすぐ下の兵舎、それに心ある豪商の幾人かが庭園を開放して、スープやパンも配られ、毛布が手わたされた。――微風が少しずつ、煙を吹き払ってくれ、町から立ち昇ってくるものがなくなったある日――鎮火してからいったい何日がたったのだろう。時間の感覚もなくなっていた――、雨粒が落ちてきた。夏のやさしい霧雨は、〈アマジャクシ〉も運んできた。

ちょうどそのとき、ジルはギオンの指示を待ちながら、瓦礫《がれき》を片づけていた。〈アマジャクシ〉は頭や顔に落ちてきて、一度はずんでから地面に転がった。転がるとすぐさま、かすかな音を立てながら天に昇っていく。その音は、慰めの楽の音のように、様々な音程で町中を満たした。

動く者はなかった。全員が、降ってくる雨と〈アマジャクシ〉、昇っていく〈アマジャクシ〉の霧に浸って、ただただ楽の音に聞きいっていた。

そうしていまだ彼らの中で荒れくるっていた火も消えた数日後、ギオンはハストに戻ると宣言した。よそから来たフォーリたちも三々五々、それぞれの持ち場に戻っていく。センの町は、これから自分たちだけで再建への長い道のりを踏破していかなければならないのだった。

何とか馬を調達して、モルルもともに出発した。テーツとのことを、ハストに報告しにいくと言うのへ、あえてギオンは反対しなかった。ドリドラヴの思惑に思いを致し、センの町の惨状を考えると、自然に皆の口も重く、笑いもなく、ときおり気分をあげようとクレマルが昔の失敗談などをして、それだけが救いとなった旅路だった。

フォーリ協会についてすぐ、ギオンはペネルに知らせをやり、ひとまず食堂で遅い昼食をしたためた。食べおえて一息ついたころ、迎えの書記官に案内されて足を踏み入れたのは、ペネルの執務室ではなく、来客用の居間だった。

大きな窓には色硝子《ガラス》がはめこまれて、色とりどりの影が、床におちていた。長椅子はとり払われ、毛足の長い絨毯《じゅうたん》が敷かれた一角には、クッションが散らばり、いくつかの小卓の上には冷たい葡萄酒と果物が置かれていた。

自分たちの灰だらけ、煤まみれの身体で、ふれていいものかどうか。立ちすくむジルをよそに、ギオンとモルルは大きな溜息《ためいき》をついて腰をおろし、クッションにもたれかかった。それを見たクレマルも、遠慮を捨ててすわり、ああ、やっぱり山の都はいいなあ、とひとりごちた。

　つられてジルもクッションに身をあずけ、みずみずしいラズベリーの酸っぱさを一口味わうと、乾ききっていた心の中の何かが、潤《うるお》っていくのがわかった。不意に涙があふれそうになり、仰むいて円天井に描かれているイリーアたちの饗宴をながめるふりをした。

　しばらくしてからフレステルⅢ世がハストのペネルとヴィスマンをともなってあらわれた。急いで体勢を整えようとする三人を、若き大公は手で制して――モルルは胡座《あぐら》をかき、背を丸めて動こうとしなかった――四人をねぎらい、ゆっくり休んでくれと言い残して退室した。

　かつてないことにまだ驚いていると、ジルの隣にヴィスマンがどっかりと腰をおろした。

「きみたちの活躍に、どうしても礼をしたいと仰せられてね。そのことについては、わたしたちに口論はなかったよ」

　冗談だと示すために、にやりとした。それから直線的な眉毛をわずかにつりあげて言った。

「センの町への支援を本格化させていく。だが、実際本当のところ、何が起こったのか、まだ把握しきれていないのだ。辛いだろうが、ゆっくりでいいから詳しく語ってはくれないだろうか」

　そこでそれぞれに体験したことを語った。モルルは支部玄関ですわりこんでいたときと全く同じかみつくような口調だった。その中には自責と怒りがいっしょになっているように聞こえた。クレマルは目を潤ませ、ギオンでさえ低い声でときおり喉をつまらせた。ジルはすべてを語るのに、何度も目蓋《まぶた》をこすらなければならなかった。

　全員の話をききおわると、ヴィスマンはしばらく黙して、色硝子の方を見ていたが、やがてマステル銀色の鋭い目に決意を宿して四人を見まわしながら立ちあがった。

「きみたちフォーリの尽力にはいつもながら敬服する。ゆっくり湯浴みし、煤をおとし、休んでくれたまえ」

彼は部屋を去り、四人は次の言葉を待って、ハストのペネルにふりむいた。

それまで一言も発しなかったペネルの唇は、なかなかひらかなかった。自分たちもひどい有様だが、ペネルは一気に年をとったように見えた。金の髪はもつれあって光沢をなくし、ヴィスマン同様のマステル銀の目のまわりは膨れて、ちゃんと寝ていないことを示している。肌も艶がなく、皺《しわ》が深くなっている。リネンの襟元もよれていて、首筋の骨がくっきりとうきだしていた。

「伝えるべきことがあるの」

ようやくそう言ったとき、その心は懸念によって二つ三つにちぎれかけているようだった。

「マスト山麓《さんろく》の鉱山のいくつかで、落盤があった。マスト地方のフォーリは皆、そっちに駆りだされて救助活動をしています。……その落盤の一つにまきこまれて、……シュワーデンが怪我《けが》をしたと」

ジルははっと息をのんだ。

「大怪我、ですか？」

ペネルはかすかに首をふって、

「幸い、軽い怪我ですんだらしい。肩を打撲。それでも、腕をつっていなければならない不自由さに、罵詈雑言《ばりぞうごん》をまきちらしているそうよ」

ちらりと笑みをひらめかせた。大勢が被害を被ったことは聞かなくてもわかる。センの現場を経験してきたのだ。それでも、ジルはほっと肩の力を抜いた。ギオンが、

「妙だな。マステル銀鉱の坑道は、フォーリの魔法で補強されているはずだ。それが、次々に落盤をおこすなど、考えられない。それは、連鎖しておきたのか？」

眉をひそめて尋ねた。ペネルはその質問で、ようやく思考の焦点があったように、顔をあげた。

「……いいえ。……いいえ！　場所は全く関連

のないところで、何日かずれて起きています！」

「どういうこと？」

鉱山にくわしくないジルがクレマルに聞く。

「……つまり、どこか一ヶ所の地盤が崩れておきた連鎖的な落盤じゃないってことでしょう」

「だから、どういうこと？」

「はっきりは言えないが」

ギオンが助け舟を出した。

「単発的に、離れた場所で、同じ事故がおきた。偶然ではないかもしれない」

それまで黙っていたモルルが、胡座をかいた膝を上下にゆすりながら口をはさんだ。

「テーツがセンに潜入したように、他のドラヴ人が潜入してこの騒ぎをおこした、と考えているんだろう、ハストのペネルは」

ギオン、クレマル、ジルの三人はぱっと目をあわせた。それぞれに同じ疑念を抱いていたらしい。モルルが言った。

「テーツの兄弟があと二人、いるということだったじゃないか」

ジルは頷いた。

「ムルツ、テーツ、カルツの三王子」

「では、残りの二人がマスト山中に潜入している、と？」

「一人だ」

ギオンが断言した。透視を使ったわけではなく、透視力に付随してときどき真実を言いあてる直感がそう言わせたのだ。ジルも再び頷いた。

「あの仲の悪い兄弟が、一緒に何かをするとは考えられない。多分、どっちか一人。どっちかはわからないけど」

「それではもう一人はリーリにいるのだわ」

ペネルの一言が、紫電のように四人の髪の毛を逆だてた。

「何ですって？」

「どうしてそんなことがわかるの？」

クレマルとジルは同時に叫び、ギオンは顎をおさえてうーむと唸り、モルルは目を細めた。

「そもそも、あなたたちをブリルに派遣したのは、モルルが行方知れずになったからだったでしょ。マスト山とリーリでも、フォーリがいなくなっている。それに、モルルの報告では、ドリドラヴの狙いはマステル銀とフォーリの秘密をさぐることらしい。わたしたちにとっては、秘密でも何でもないことなのだけど、あの人たちにとっては、どうにも理解しがたいことなのでしょう」

「そんなまね、しなくても、聞けば答えるのに」

クレマルが呆れたふうに言うと、モルルが、いいや、と首をふった。

「答えてもあやつらにはわからんよ。大地と月とハスト人の絆なんぞ、感じてもいない者には信じられないいんだよ」

「それに、あの三人なら、何とか相手をだしぬいて、自分が一番だって父王に見せたい気持ちが大きいと思う」

ジルはそう言いながら、ムルツの金と黒の目を思いだして身震いした。

「そして、テーツがセンの町を焼きつくしたのと同じように、喜びをもって落盤をおこしたんだと思う」

「じゃ、リーリでは？　何がおこってる？　水害か、何か」

「いいえ、クレマル。リーリでは何もおきていない。……今のところは」

ペネルが首をふると、もつれた髪もゆれた。

ジルは立ちあがった。

「わたし、リーリへ行きます！」

「行きますって、ジル。今帰ってきたばかりなのに……」

「そうだ、ジル。ちょっと落ちつけ。疲労がたまっている上にまた旅に出たら、いくらきみが若かろうが怪我をしたり病気になったりする」

クレマルとギオンが口々にとめる。するとモルルが、大きくのびをした。

「あああ。年寄りにはきつい毎日だったよ、ジル。浴場と食堂と宿泊所に案内しとくれ。あたしにも、そしてあんたにも、休息は必要だよ」

「でも――」

「リーリからは何の動きの報告もない。ってこ

翻《ひるがえ》らず、

「なに、ブリルなんざ、あたしが半年一年あけても何とかやってくさ。喉に刺さった魚の骨をとれだの、ニシンの群れを呼んでくれだのってのばかりだもの。いいねえ。東島から西島の端っこに旅していけるなんて、昔に戻ったみたいだよ。若がえる、若がえる」

とうそぶいて、うまそうに葡萄酒をおかわりしたのだった。


とはまだおきていないか、仲間たちが調査中か、それともくいとめようとひそかに動いている最中か。一日二日、骨休みをして英気を養ってからでも遅くはないさ。そうしたら、あんたの、その、かっかしている頭も少しは冷えて、まともな判断が下せるだろうし、旅の準備も万端になるだろうさ」

「でも――」

「ジル、そうしておくれな。でないと、この婆の胸が、心配でつぶれるよ」

そんなやわな胸じゃあるまいに。毒針のかたまりをのんでも平気そうだ。シュワーデンの毒舌が、不意に聞こえてきた。彼に肩をぽん、と叩かれて、気負いが消えたように感じた。ジルは膝をおった。

「わかった。じゃ、二日だけ」

「ああ。そうしたらこの婆もついていける」

全員の驚きの声が部屋中に響きわたった。立場が逆転して、今度はジルも、思いとどまるように説得する側だった。だがモルルの決意は

16

アトリアでの結婚式から三年、ムルツであっても、少しは成長していた。結婚式での見聞が、彼に刺激を与え、人間観察、状況判断、権威の効果的なふるい方など、父王を盗み見、側近にも尋ね、精神にも肉がつきはじめていた。相変わらずの弟たちを横目でながめながら、軽蔑の念を強くしつつ、ハスティア征服のときをじっと待っていた。それゆえ、父王にハスティア潜入を命じられたとき、即座に、これが試験であることを見ぬいた。ムルツは西端のリーリ、カルツは中央の鉱山帯、テーツは東西境近くのセンをあてがわれたのは、それぞれの要衝をよくよく観察して情報を仕入れよ、という内意であるとともに、最も有能なのが父王の後継者と目される――あるいは将来最大の競争相手となると警戒される――、ということなのだ。

王子三人が潜入する以前に、幾度か末端の王族が、試験的にハスティアに入っていた。中には沈没したり座礁した船もあった。しかし何とかもぐりこみ、アラブルソウの力を借りて正体を暴かれることなく戻ってきた者も幾人かはあり――はじめのうちは交易船を使うこともあったが、あるときを境に港湾管理の目が厳しくなった――、下地は準備された、との判断があったのだろう。

だが。

実際に上陸する段階で、切りはらわれ、踏みならされた道ではないと、思い知った。まず、ガレー船から小舟におりるように促《うなが》され、陸まで荒波にもまれるようにして渡っていかねばならなかった。次に、小舟が接岸したのは岬の根にあたる場所で、人間五人が何とか横になれる程度のごくごく狭い砂浜だった。背をたてれば、頭が、せりだしてきている藪《やぶ》にぶつかるという体《てい》たらく。岬の反対側には大きな港があり、おりしも大型帆船が何艘か交易にきているようで、にぎわいが風に乗って届いてくる。あの町まで、この藪をかきわけていけ、というのか、とかなり腹がたったのだった。

しかも、二ヶ月後に、ここで待ち合わせ、と小舟の船頭が言い残してさっさと行ってしまったのにも地団駄を踏んだ。この藪をまた通ってこなければならないのか。二ヶ月後に落ちあうことができなければ、さらに二ヶ月後……と約束はできているものの、その二ヶ月が永遠に感じられるに違いない。

とはいえ、成果をあげなければ、何ともしようがない。ムルツは藪の根元に足をかけてよじ登っていった。岬の鞍部まであがると、あたりがよく見えた。北と西へ向かって海岸線はつづいている。東と南は陸地で、そのほとんどはなだらかな低い丘だ。彼の立つ右手の奥に港があり、奥まったところから町がはじまっている。あれがリーリという町らしい。薄い霧にかすんでいる。

ムルツはくしゃみをした。怒りと興奮と、崖をよじ登ってあたたまっていた身体が冷えたのだ。そういえば、どうしてこんなにこの国は寒いのか。アトリアを訪ねたときよりはましだが。この国らしい服を着て、マントも羽織ってはいるものの、南国育ちのムルツにはなお、寒く感じられる。

リーリの方向を見定めて、岬からおりる道をさがす。藪は次第に雑木林にかわり、道らしきものもあらわれてきた。ここからは用心しなければ。ハスティア人らしく見えるようにふるまい、なるべく口をきかないようにする。町の中にとけこむことができれば、フォーリを見つけ、観察し、隙をついてとらえることもできよう。二ヶ月もあるのだ。簡単にいきそうではないか。

小道を下っていく途中で、何やら気配を感じた。ふりむこうとしたとき、側頭部に衝撃をうけた。目蓋《まぶた》の裏に火花が散り、ああ、殴られた、と驚きながら気を失い……。

食卓の脚に、後ろ手にくくりつけられて目覚めた。立ちあがってひっくりかえそうとしたが、食卓は重く大きく、さしものムルツにも動かすことができなかった。喉元に剣先があてがわれ、ゆっくりと視線をあげると、二十二、三歳の男が唇を歪めて見おろしてきた。四角い顔には、にきび跡が残り、もつれた髪はもとは金色らしい汚れた麦酒色、目は熱に浮かされているようにどこか焦点があっていない。

「どこの誰だ、名を名乗れ」

無礼者、と叫ぶかわりに火でこやつを焼いてしまおうか。いやいや、待て待て。あたりの様子など聞きだすには絶好の機会ではないか。

「おれはムルツと言う」

「捕手《とりて》か。それとも……ヘンルーデル様の使いか？」

後半を口にしたときには、剣は床の上、本人は膝をついて期待に満ちたまなざしでのぞきこんでくる。かと思うや、ムルツが答えるより先にぱっと立ちあがり、

「いや、そんなことが今さら、あるわけがない。おれは見捨てられた……見捨てられたんだ……」

ぶつぶつ言いながら両手で顔をおおったり、右に左に行ったり来たりしている。何やら訳ありの境遇らしいと察したムルツは、炎でいましめを焼き切るとそっと立ちあがった。足の下に剣を踏んづけて、

「見捨てたのはヘンルーデルっていう女か？」

色恋騒ぎはおもしろい。かきまわして大事になれば、もっとおもしろい。衆目がそっちに集まってくれれば、おれの方はやりやすくなる。

すると金髪の男は、顔から両手をはなした。

「馬鹿を言うな！　ヘンルーデル様はれっきとした公子だぞ。おまえ、そんなことも知らないのか？　おまえ……おまえ、なんで立っている？　おまえ……何者だ？　ハスト人じゃないみたいな……」

ムルツは足下にあった剣を器用に蹴りあげて柄をつかむと、男の額を浅く切った。目ざわりだった前髪の一房が宙に舞い、額には斜めに血の筋が走った。わあ、と喚いて男はしゃがみこ

む。おのれの手に血がついているのを知って、がくがくと震えだした。

「扱い方も知らないのに、刃《やいば》をふりまわすな」

剣の切先でさらに額をつつくと、とうとう尻をついてしまった。

「おまえ……おまえ、やっぱり刺客か？　おれは、ヘンルーデル様に頼まれて来たのか？　おれは、しゃべらないよ。金と、西国に逃げる便宜さえはかってくれれば、永久にこのハストからは立ち去って、二度と戻ってこないよ。だから頼む、殺さないでくれっ」

思ったよりおもしろい事情がありそうだ。ムルツはにやっとして男の襟首をつかむと、無理矢理椅子にすわらせた。自分はもう一脚にまたがり、しばらくもつれた金髪がふるふると動いているのをながめていた。

部屋の中は荒んでいたが、もとは農家らしかった。大家族が住んでいたのだろう、大きな食卓、七、八脚の椅子が転がり、箱寝床には破れたカーテンがかかっている。むきだしの梁《はり》からは蜘蛛《くも》の巣が垂れさがり、窓板が壊れて隙間風も入ってくる。暖炉にはちまちました火が心細そうに燃えて、昔日の繁栄も灰になっている。

金髪の男が、一人でしばらくすごしていた様子がうかがえたのは、暖炉の前に置かれた小卓と、小卓の上の汁椀と洗っていない深皿だった。

「ヘンルーデルってのは、公子か……。ああ、監禁されているっていうやつの名前がそんなだったな。そいつに、狙われているって？　何か、秘密を握っているのか？　それで、狙われている、そうだな」

「ああ、そうだよ……。あんた、何か、話し方、変だ」

「まあ、少し、おまえたちとは違うかもしれん。で、その秘密って何だ？」

卓上にむきだしの剣を置いて尋ねると、

「そ、それ、話しちゃったらおれを殺すんだろ？　やってみろよ。さっきはびっくりして何もできなかったけど、身を守るくらいなら、おれだってできるんだ」

「ほ、ほう。どうやって？」

金髪男の目の焦点があった、その口が短く何やら呟いた、と思ったら、ムルツの鼻先で空気がはじけた。樽から栓がぬけるような音がして、ムルツはのけぞった。金髪男は彼の両肩を力一杯押して、椅子ごとひっくりかえし、脇をすりぬけて逃亡をはかろうとしたが、いかんせん、ムルツの巨軀はやさ男の力で押されてもびくともせず、その太く長い腕で腹をすくいあげると卓上に叩きつけた。後頭部と背中をしたたかにうって、息がつまったその胸を手のひらでおしつけ、

「おまえ、フォーリかっ」

と叫んだ。何と幸運なことか！　上陸一日めにしてフォーリを手中にすれば、あと二ヶ月は船が来るのをここで待てばいいだけのことではないか！

しかし金髪男は苦しげにもがきながらも、さかんに首をふる。

「違う……ち、ちがうっ！　……おれは、……フォーリじゃ、ないっ」

ムルツが手をはなすと、そのまま、卓上でさばかれる寸前の魚のように咳きこみ、のたうちまわった。フォーリでは、ない、と？　ムルツは目を細めて、じっと男のもがくさまを観察した。

アトリアの結婚式で会ったフォーリたちと、比べてみる。あちらは公太子づきの精鋭フォーリであったろうから、もちろん、品格の差はあるだろう。しかし、野のフォーリとは、皆、こういうものではないのか？　それとも、こやつは真実を口走ったのか？

金髪男の両足首をもって、逆さに吊ってみた。ほんの少し、両手をじたばたしたものの、抵抗する気力を失ったのか、おとなしくなった。考えれば、こやつ、おれを殴って気絶させたあと、この農家までどうやって運んだのだ？　ふけばとぶようなやさ男が、このおれを半馬身も動かせるとは思われん。

「嘘をつくと、首の骨をへしおるぞ。おまえは

魔法が使える、そうだな？　フォーリに違いない」

　すると金髪男は血が集まって真っ赤になった頭を必死にふった。

「ちっ、ちがうっ……お、おれは、フォーリに、なれなかった……あ、あいつらみたいに強い魔法は使えないし……統御力も……ないっ」

「おれをここまで運べる力のあるやつが、何を言うか」

　振り子のように大きくゆらすと、泣き声で、

「は……半日もかかったよ……や……休み、休みだよっ……本当のフォーリなら、そんなの、いっぺんでやっちゃうよお」

　ムルツは男を床に放り投げた。本当のフォーリではない、と？　獣《けもの》じみた叫びをあげたあと、片腕を下にしてすすり泣いている男を凝視しながら、あの少女――ジルとか言った、あの、小娘のくせに顔色を変えない、あの女――のことを考えた。怒りの光を目に宿して、おれの火球を返してよこした、あれとは何かが違う、と感じた。どこがどう違うのか、と問われても、細かいことを分析するのは苦手だ。ただ、直感は、根本が違う、と告げている。何の根本だ、と問えば、それがフォーリの秘密につながっているかもしれない、とひらめくものがあった。

　金髪男のそばにしゃがみこみ、あおむけにひっくりかえす。涙と汗と鼻水でぐしゃぐしゃの、見られたものでない顔から目をそむけたくなるのをこらえながら、おい、と声をかけた。

「知っていることをすべて話せ。フォーリについて。ヘンルーデル公子の秘密について」

　すると、もうすっかりしおたれたとばかり思っていた男は、歪みきった顔に悪意たっぷりの笑いをうかべた。

「へっ、あんた、何者だよ。正体のわからないやつに、話したりするものか」

　おや。意外としぶといじゃないか。

「ハスティアについての情報は少ないんだ。それを集めるのも今回の仕事のうちだが。おれは、ドリドラヴから来た。第一王子のムルツだ」

「ば……馬鹿言うな……ドリドラヴだって？　ずっと南の大陸で……」

嘲《あざけ》っている途中で、目が大きくみひらかれた。

「じゃ、あんたは……嘘だろ……？」

ムルツは歯をむきだして笑ってみせる。

「畏《おそ》れ多くも第一王子が名乗ってやったのだ。おまえも名乗れ」

「おれ……おれは、グラップのルゴフという者です、で、殿下……」

身分の高いものへの礼儀は一応わきまえているようだ。ムルツはルゴフに立てと命じ、さっきの椅子に再び腰かけさせると、矢継ぎ早に質問を浴びせた。ルゴフは手のひらで顔をぬぐい、その手を破れかけている上衣にこすりつけ、鼻水をすすりながら、もうすっかり観念した様子で答えた。

ヘンルーデルがどんな過去を背負ったどんな人物であるか。

数年前にマステル銀の密輸を企てて失敗したこと、その際、騎士にとりたててやると約束したルゴフを見捨てたこと、そのせいでルゴフはお尋ね者になり、身を隠してくらしてきたことなどが明らかになった。

「ここの家の者はどうした？　おまえが全員を殺したのか？」

そう尋ねながらも、こやつに人殺しをやれるだろうか、と値ぶみする。破れかぶれ、にっちもさっちもいかなくなったら、やるかもしれない。制御できていないガレー船のように、他の船につっこむか、座礁するか、読みきれないところはある。だが、どうだろう。食卓を囲んで談笑する家族を皆殺しにする度胸が、この男にあるだろうか？

するとはたして、ルゴフはちぎれるかと思うほど首をふった。

「おれは……魔法で人殺しはできないのです、殿下」

「なぜだ？　力が及ばないのか？」

「できないように、〈真実の爪〉から魔法をかけられました」

自分もよく嘘をつくので、こいつが嘘つきであることはお見とおしだ。だが、些末なことに興味はない。

「つまり、おまえは、魔法をかけられて、人殺しができない、とな。その〈真実の爪〉とはなにものぞ」

「イリーアです。イリーアの中でも上位の獣で、普通イリーアは人間とかかわりをもたないのですが、こいつはフォーリ選抜試験に大きく関与していて――」

イリーアとは何だ、とムルツはさらなる質問をし、ルゴフは嬉々として説明をした。つまりは得体のしれない魔法の獣がこのハストには普通に存在しているのか。

「……で？　なぜおまえはできないようにされたのだ？」

「それは……お、おれが、フォーリにはなれないから、です」

「なぜなれない？」

こいつは馬鹿か。堂々めぐりの説明を聞いていているような気がしてきた。

「おれが……あんまり力がありすぎるから……危険だと判断されて、はじかれたんですよ！」

ムルツは目を細めて、額の汗をぬぐっている男をながめた。さっき、こやつはまるっきり逆のことを言った。さっきの方が本当なのだろう。今言ったことは、歪んだ自尊心が言わしめたことだろう。

「つまり、おまえはフォーリになる資格をもたなかった、と」

「そんな、そんなことはないっ。おれには、充分資格があった！　他のやつらが裏で賄賂《わいろ》をわたしていたんだっ。それで、おれは、はじかれたんだ。……そうでなきゃ、あんな、ちびっこがうかって、おれが落ちるなんて、あるはずがないっ」

大して興味もなかったが、次なる話をきさだすために、ムルツは尋ねた。

「ちびっことというのは？」

「細っこくてひょろっとした子どもだよ。あんときおれは、十五歳で、若い方だったけど、あいつはもっと小さかった。あの、生意気な、ジルだかジオだかってちび」

「ジル？　ジオ？」

ムルツはまばたきした。その目の中に、黒と金が走った。

「兄貴らしい男からそう呼ばれていたんだよ」

「ふうむ……。で、そのジオだかジルがうかって、おまえは落ちた、とそういうことだな？」

「くそっ！　あんた、人の気もち考えないでしゃべるやつだな」

残っている前髪のうち、一房に火花が散って、ルゴフはぎゃっと叫んだ。あわてて両手で火の粉を払うのをながめつつ、ムルツはむっつりと言った。

「殿下、だ。身分をわきまえろ。……で、その後、ジルとは会ったか？」

「会うわけねぇよ！　……いや、……ないですよ、殿下。あっちはフォーリ、こっちはなりそこないだもん」

かみついたと思うと、しょぼんとうなだれて、しくしく泣きだした。忙しいやつだ。

「いまひとつ、わからんのだが。ハストには、フォーリのなりそこないがうじゃうじゃいる、ということなのか？」

「なりそこないじゃねえ！　……ありませんよ、殿下。ハスト人の大抵は、ちっとの魔法なら使えるんです。それは、月と大地からの贈り物みたいなもんで」

「それがよくわからん」

ルゴフの下唇がもちあがって、ふくれっ面のようになった。一呼吸おいてから言うには、

「えっと……例えて言うならですね、ほら、誰でも釘を打つことはできますよね。でも、特殊な技工を身につけなきゃ、大工にはなれない。そんな感じかな？」

ああ、とムルツは椅子の背に肩をあずけた。そういえば、フォーリは職業だ、と誰か言っていたな。

「ではこの国には、フォーリの軍隊もあるのだ

な」

「あいや、そいつは、ありませんよ、殿下」

「ない……？　なぜだ？」

「えっと……ずっと昔、おれが生まれる前ですけどね、アトリアの属国みたいになっていたときです。今の大公の祖父《じいさん》、かな？　……うろ覚えだけど、まあ、そんな感じの人が、ハストの大地にうじゃうじゃしていた豪族たちを平定するときに、フォーリの軍隊を使ったんです。それで国を統一したあと、アトリアと交渉したんで。ハスティアからひきあげないんなら、フォーリの力でアトリアを攻撃する、ってね。全面戦争になったら、どっちも割を食う状況で……。んで、アトリア側は、渋々、ハスティア大公国ってのを容認したんだそうです。フレステルI世が戴冠した晩、祝賀会の途中に、はじめて、〈真実の爪〉があらわれて、今後、フォーリの力を軍隊や人殺しに使うことは許されないって、もしやったらすべてのフォーリは魔法を使えなくなるって、脅かしたそうで。だから、この国でフォーリは戦《いくさ》に参加することもできないし、人殺しなんて、もちろん、やれないわけで。へへっ。そのへんはおれといっしょだけど」

ムルツは眉をよせ、縦皺《たてじわ》をつくった。

「その〈真実の爪〉なるイリーア――だったか？――は、何を考えたんだ？　わざわざ自ら、戦力を放棄するなぞ……。国中が従った？　馬鹿な。そやつがはったりをかましたとは、誰も思わなかったのか？　なぜ、皆、信じた？　そも、そのイリーアは一体何をもくろんだ？」

ルゴフは肩をすくめた。

「イリーアの考えることなんぞ、人間にはわかりませんよ」

「それとも、何か企みがあったのか？　その、フレステルI世に」

「さあね。あったとしても、わかりやしません。しかしそのおかげで、反乱とか謀反《むほん》とか、そういうのを謀《はか》る輩《やから》もぐっと減ったっていうことで」

「ヘンルーデルが、それであろう。さっきのおまえの話では」

「まさか……！　ヘンルーデル殿下は、金がいりようだっただけで――」

「その金で何をする？　失敗した反乱の雪辱をはたすつもりだったのだろう」

「あ……」

そこに思い至っていなかったのか、とムルツはこの男の単純さをつくづく軽蔑した。

ハスティアの弱点を見つけた、とムルツは思った。ヘンルーデルが、この国を切り崩すための最初の要石《かなめいし》だ。しかし、どうやって？

「ヘンルーデルは今、どこにいる？」

「町から少し離れた丘の上に軟禁されているはずですよ。でも、何でそんなこと、聞くんです？」

「一度会ってみたい」

「ああ、じゃ、行けばいいじゃないですか」

また前髪を焦がしてやろうか。

「案内しろよ」

「おれが……？　お尋ね者のおれが、ですか？」

「その密輸事件がおきたのは何ヶ月前だ？」

「……三年前……」

はっ、とムルツは嘲りの声をあげた。

「三年も……ずっとここに隠れていたのか？」

「ここに来たのは半年前ですよ。それまであっちこっちで追いまわされて、ようやく、ここを見つけたんだ」

「住人は？」

「さあね。おれが来たときには、もう、捨てられた家って感じだった……ですよ。裏の物置に、塩漬け肉の樽が二つ三つ、残されていたのは持ち去るには重かったんじゃあ。そいつと、野草で食いつないできたんですよ」

哀れっぽく半ば訴えるように言う。

三年もたてば、ほとぼりもさめているころだろう、だが、この顔を覚えている者もいるかもしれない。

「おまえが逃げまわらなくてもいい道は、一つ、ヘンルーデルの下にもぐりこむことだ。そうすれば、ヘンルーデルにしたって、秘密をもらす気遣いのあるやつが一人減るし、何かとうしろぐらいことを頼める者が一人増えるということになる」

ルゴフは思いもしなかった考えに、ぽかんと口をあけた。

「おれが手助けしてやろう。目くらましをかければ、気づかれることなく丘の上の軟禁場所に入れるだろう」

「……また、ヘンルーデル様にお目にかかれる……？」

「そればかりではない、おまえはそいつの懐刀《ふところがたな》、秘密の側近になるのさ」

ルゴフの身体中から何かが剝がれ落ちていく。どっと涙をあふれさせて、声をあげて泣いた。ムルツは辟易《へきえき》したが――母国でなら、蹴りを入れて怒号を浴びせるところだ――、ぐっとこらえて泣きやむのを待った。

と、ルゴフは突然、慟哭《どうこく》をやめて顔をあげた。

「あんた、何を企んでる？　……殿下」

この男、自分に関する点は鈍いが、他人への警戒心はなくしていないようだ。……いや、そうではない。ヘンルーデルへの執着というか心服というか、崇拝というか、そんなものが大きいのか？　ムルツにすりよってくる者の中にも、そういう輩がいた。権力や財力に頼ってくる者とは別に、もちろん欲得ずくも大きいが、心服……そう、心服だ、力や怖れ知らずの言動に魅せられて、片ときも離れたがらない鬱陶《うっとう》しいやつばらが。泣いているうちに、ヘンルーデルの身を案じ、おれの意図のありかに疑問をもった、ということか？

ムルツも、駆け引きに関しては洞察力がはたらく。疑っている相手には、真実を告げた方が信用される。

「もちろん、ただとは言わぬ。おれがこの国に来た目的の一つは、フォーリを手に入れることだ」

「は……？　何言ってんの、あんた」

「生きたフォーリを国につれて帰る。父王の望みだよ」

そうして、そう遅くない将来、この国を征服する。それは言わない。

「フォーリを……生けどりにする？　獣みたいに？」

「そうさ。ちょうどよかろう？　憎いフォーリが一人減るのだ、うれしかろうが」

「できっこないよ。どうやって捕まえたままでおくんだ？　縄ぬけもできるし、檻だって魔法ですりぬけるぜ？」

「気絶させればよかろう」

実はずっと眠らせておける薬も、電気石の瓶に入れてもってきている。側近の助言をむっとしながらも聞いたおかげだ。

「そんな簡単に……」

「おれの心配はしなくていい。やるのか、やらないのか？」

迷う必要などないのに、ルゴフは束の間逡《しゅん》巡《じゅん》した。それが、良心とかいうもののせいだと、ムルツも知っている。わかりはしないが。

「……わかったよ。誰がフォーリかを教えればいい？　おれは手伝わないぞ」

「近づく手伝いくらいはしろ」

「わかった……。リーリには、フォーリが二人いる。どっちにする？　片方はよぼよぼの婆さんで、もう片方は四十か五十くらいの男だ」

「男にしよう。つれ帰る途中で死なれたら意味がない」

取引が成立したところで、話をそこまでにした。か細い暖炉の火にくべる薪をとりに外へ出たムルツは、おおいかぶさるような梢《こずえ》のあいだに、夕暮れの黄色い空を見た。屋根の片側が傾いた一軒家のまわりには、さっきルゴフがちらっと言及した小さな物置と、すっかり雑草がはびこっている畑、去年の落葉で顔を隠している池などがあった。梢の上空では、カラスの群れが鳴きながらねぐらに帰っていくところだ。

夕食は火であぶった塩漬け肉を少しと、水のような葡萄《ぶどう》酒だけだった。ルゴフはそれまで自分が使っていた寝床を、渋々ムルツにあけわたそうと提案したが、ムルツは何が棲んでいるかわからない布団を一瞥《いちべつ》して首をふった。

「いや。おれは床でねる」

少年のころの訓練で、石の上に寝たことがある。寒かったので、足を暖炉にむけ、マントにくるまった。そうか。このマントはそういう使い道もあるのか。うとうとしはじめた鼻先を、ネズミが走っていった。顔がむずかゆいので払えば、百足らしきものがぽろりと落ちた。ここですごすのは、一晩限りだ、と決心する。明日の夜は、リーリのまともな寝台でぐっすり眠るぞ。この怒りはためておけ。フォーリをとらえるときに利用するんだ。

そこで、はた、と目をひらく。フォーリをとらえることには、何の不安も抱いていない。町中のフォーリは、生活全般に役だつ魔法さえ使えればいいのだ、と解釈していたから、ジルのような力のあるフォーリに出会う確率は低い、と思っている。いや、むしろ、あのくらい手応えがあれば、おもしろいのだが。まあ、いい。で、大した力のないフォーリを捕まえたあと、二ヶ月あまり……どうやってどこにとじこめておく？　薬を使いつづけて二ヶ月。何とかなる。だが、とじこめる場所は？　同じ宿屋の部屋か？　それともここへ戻ってくるか？

ムルツは闇の中に仰むいて、窓板の隙間からこぼれてくるかすかな光をぼんやりとながめていた。どうやら月が出たらしい、淡く細いひとすじの光の中に、小さな埃が舞っている。おれもこの塵芥《じんかい》の一粒にすぎないのか？　突然、考えたこともなかった思考がひらめいた。いや、おれは違う。ウシュル・ガルの嫡男として、〈満てる海〉の国々を統《す》べる権利をもっている。おれは竜王の子、おれは火竜の若者、そんじょそこらの有象無象とは格が違う――はず……。

そうなのか？　と塵の一粒が舞い、本能が、考えるな、と警告する。今まで信じていたものを信じていればいい。

ムルツは大きく息を吐いた。目をとじて寝ようと試みた。完全な闇の中で、以前は当然だと思っていた父王の思惑が、金の埃めいたひらめきを発して、目の奥に痛みをもたらした。彼は父王の雛形《ひながた》だから、見所のある息子として扱われてきた。テーツは緩衝材、末っ子の気質で父王の愛情をうけている。ルツ、末っ子の気質で父王の愛情をうけている。

──愛？　いや、そんなものは、父王にはない。おれたちにもない。それゆえ、父王は三人をこんな、右も左もわからない外国《とつくに》に放りこむことができるのだ。そうして三人のうち、課題を解決できた優秀な息子を、後継者として認める。

一方で、父王の中には嫉妬と警戒心がすでに育ちはじめている。若さ、未来へ長くのびた時間、彼が零《ゼロ》から築きあげてきた財産をそっくりそのままうけつぐ幸運への嫉妬、おのが地位を脅かす存在になるかもしれないという警戒心。以前はこうしたことも当然だと思っていた。だが、闇の中でじっくりまさぐってみれば、そのあたり前は、ムルツ自身の存亡に直結している。

父王が彼らの生命線を握っている。

それを、こうしてネズミの糞まみれの床に横たわって考えれば、決して当然のことではないのだ、と気がついた。父王の思惑一つで、このみじめな状況なのだ。いいのか？　それで？

闇の底だと思っていたものが抜けて、さらに深い闇があらわれた。禍々《まがまが》しい金の塵は暗黒にのまれ、彼の腹の奥にはじめから備わっている炎によって焼かれ、彼自身の金に変化した。それらは目蓋の裏でちかちかと瞬《また》いた。炎を吐いた火竜が鎌首をもたげる。

にわかに現実味を帯びてきたのは、父王をしのぐ力で玉座にすわり、この火竜の仔を成竜にしておのれと一体になる、という考えだった。これまでは、いつか──であったものが、近々……に変わった。

泥沼の水の下で形定まらぬ獣がうっそりと目をひらくように、ムルツはゆっくりと目蓋をあけた。月光は消え去り、心地よく炎の力に満ちた闇だけが漂っていた。

そう、こんなみじめな状況には、二度とならない。汚らしく、ひもじく、寒い思いは二度としない。ムルツは歯噛みをし、次いでにやりと笑った。反逆者ヘンルーデルなど、つまらぬ小悪党だが、それを利用しない手はないだろう。まずは眠れ。眠って英気を養い、ルゴフを手玉にとって、あとの二ヶ月を、王子にふさわしい環境ですごすのだ。

目くらましをかけ、御用ききになりすまして勝手口に立つと、出てきた料理人に当て身をくらわせた。鼻をつまんで一滴、気を半ば失わせる薬を口中に落とした。量を加減すれば、朦朧として、しばらくはこちらの言いなりになってくれるのだ。

二人で最上階に上ると、ヘンルーデルの部屋の前には、二人の衛兵が扉を背にすわりこんでいた。ムルツとルゴフ――石板をぶら下げた商人と羊皮紙を恭しく掲げた使用人の姿をしている――を見ても、あわてる様子もなく、ものうげに立ちあがった。彼らの仕事は、ヘンルーデルの逃亡を阻止することらしく、訪問者にはさして警戒はしていない。しかしさすがに、ルゴフの持つ羊皮紙を一枚一枚調べ、あいだにはさまっているものもなく、伝言めいた文字も書かれていないことを確かめた。それからやっと頷いて、扉をあけた。

ムルツは、この二人をさっさと片づけてしまいたかったが、死体ができては始末に困るとルゴフに諭《さと》され、いらだちをおさえこんで室内に足を踏み入れた。

小さい窓が上方に二つあいているだけの暗い部屋だった。中央に書き物机が置いてあり、書き散らしの羊皮紙におおわれていた。日がな一日、何やら書き物をしているという紙問屋の話は本当だった。獣脂蠟燭《じゅうしろうそく》が燭台《しょくだい》で燃えている。そのいがらっぽさとヘンルーデルの体臭がまじりあって、ムルツは顔をしかめた。あとは長櫃《ながびつ》と寝台があるだけ、歩くと埃が舞い、鼻がむずがゆくなる。どうやら侍女というものはおらず、監禁の待遇は完璧らしい。

当のヘンルーデルは、午前も半ばというのに、ようやく寝台から起きあがったところだった。目くらましをといたルゴフはその姿を一目見るなり、駆けよった。膝にすがりつくようにひざまずき、涙声で名を呼ぶ。のび放題の髪とひげのあいだに目だけが炯々《けいけい》としている。いまだ力を宿しているのかどこか熱っぽいそのまなざしに、ムルツはおや、と思った。

故郷のドリドラヴに、同じような目をしていた女がいた。十三、四歳の少女のときから、名高い奴隷娼婦で、ムルツも興味をひかれて数度逢瀬を重ねた。そうしてそのうち、美人でもなく、しなやかさをそなえた身体つきでもない彼女が、ひくてあまたであったわけをつきとめたあとは、いっぺんに興ざめしたのだったが……さもなくば、ムルツも彼女におぼれてしまったかもしれない。考えればちょっと寒気のする話ではある。

ヘンルーデルもあの女と同じ力をもっているらしい。彼に好かれたい、もしくは利用したい、とすりよってくる者を虜《とりこ》にする、魅惑の魔力。誰をも味方にするわけではない。そんな力を持っていれば、今頃大公の座にあるだろう。せいぜいが周囲の一人、二人に及ぼす程度の力だろう。しかし、警戒心なく心をひらく者や見た目で人間を判断する者であれば、たちまちひきこまれる。

ルゴフはすっかりその魔力にとりこまれたのだ。話をきけば、見捨てられて三年もたっているにもかかわらず、慕う心が衰えないのは、そういうことだ。

と、してみれば、ムルツは冷ややかにこの男をながめられる。これほどやつれていなければ、そうして清潔に身づくろいをして、公子にふさわしい衣服をつけていれば、なるほど、それだけで人を惹きつけるだろう。兄のフレステル同様、上背があり、美丈夫に変身できるだろう。それだけを目にする人は、たちまち彼の魔眼にとらえられてしまうに違いない。

実際、公子がルゴフから顔をあげ、彼を見た瞬間、ムルツは眉間に火花が散るのを覚えた。視界が火花のあとの闇に染まり、足元もおぼつかなくなった。ふみとどまれたのは、兄のフレステルがもち、彼がもたないものがあると、先に認識していたからかもしれない。それが何かは、ムルツにも言いあらわすことができない。結婚式とその後の宴会場で会ったきりのフレステルだったが、ヘンルーデルとは違う、と感じた。強いていえば、両足でしっかり大地を踏みしめているフレステルに比して、ヘンルーデルは風が吹けばよろめくようなたたずまい、であろうか。

同時に、ムルツの胸には怒りの炎が生まれた。こやつ、おれを支配しようと試みたな。

力が効かないとすぐに悟ったヘンルーデルは、ルゴフをなだめながら——見捨てた言い訳なぞしなかったのは、おそらく忘れ去っているからだろう——ゆっくりと立ちあがった。ムルツの方へ二、三歩近づいてきて、

「それで、こちらは?」

と尋ねた。笛のようになめらかであったはずの声も、今はかすれて毛羽だつ感触がある。ムルツはおのれを抑えて、軽く会釈した。彼はまだ目くらましをかけたままだ。

「ルゴフに頼まれて同行した商人です」

ヘンルーデルは鷹揚《おうよう》に頷き、

「頼みがある。はさみとひげそりを調達してきてくれ」

その言葉に思わずぎろりと睨《にら》みつけた。しかし、公子の後ろからルゴフがすがりつくような視線を送ってよこしたので、彼に免じて我慢する。おそらく、ムルツを追い払った隙に、何やらルゴフに吹きこもうという魂胆なのだろう。策略には敏感なムルツは、ならばそれにのせられたふりをしてやろうと踵《きびす》をかえした。部屋から出るや否や、怒りの矛先を二人の衛兵にむけた。油断しきって、再び尻をついていた二人は、次々に後頭部を殴られて昏倒《こんとう》した。その口にも素早く、例の薬を垂らした。扉に隙間をつくり、耳をそばだてる。

ルゴフがあらためて再会の感動をまくしたてていた。それをなだめて落ちつかせたヘンルーデルは、

「よく見捨てないできてくれた、ルゴフ。そなたの忠誠心には心から感謝する」

などと言うものだから、ルゴフは感涙の極み。それへおもねる口調で、

「その忠誠心を頼りに、頼みごとをしてもよいだろうか」

「何でも、何でも、ヘンルーデル殿下、あなた様のためならば！」

ヘンルーデルの足音がして、次いで火と蠟の匂い、薄い煙が漂う。

「かねてから書きためていたこれらの書状を、あて名の領主たちに届けてほしい。すべて同じ文面だ。そなたには特別、一通を見せよう」

手わたされたものをルゴフが読む気配がし、やがて、

「これは……！　ヘンルーデル様！」

「そうだ。わたしはまだあきらめていない。それらを領主たち、主にわたしに肩入れをしてくれていた領主たち三十人に配る。同意をえれば、一斉に蜂起し、混乱に陥ったところで、わたしがハストを制圧する。フレステルを追放し、わたしが大公になるのだよ！」

「おお！　ヘンルーデル様！　この日をどれほど待ち望んだか！」

「前回失敗したのは、下手に財源を確保しようとしたからだ。今度は財源はないが、反フレステルの思想を三年かけてくみたてた。反アトリア、純ハスティアの思想だ。領主たちは皆、小さな町や村を支配する者ばかりで、不満は大きかろう。それが一斉に反乱をおこせば、中央は混乱するに違いない」

「すばらしい文書です！　すばらしいお考えです！」

「だてに三年ひきこもっていたわけではないよ」

「戻ってきたかいがありました！」

「ことが成ったあかつきには、そなたを宰相にしてやってもいいぞ」

これはおもしろくなりそうだ。扉の外で、ムルツもにやりとした。ヘンルーデルのもくろみどおり、領主たちが反旗を掲げれば、中央部は

がたつくに違いない。父王へのいい土産話ができる。そのときを狙って、ドリドラヴが外から襲いかかれば、楽にこの国を制圧できそうだ。ヘンルーデルの思惑に反して、うまくいかなくても、ゆさぶりくらいにはなるだろう。

ムルツはそっと扉をしめた。足元に転がる衛兵二人を見おろし、さてこいつらをどうしようかと思案する。交替要員があと二組はいるはずで、殺してしまったらまずいことになりそうだ。館全体を仕切る監督官もいる、とルゴフが語っていたから、まずは泳がせておこうか。目覚めても朦朧としているはずだ。そうして、ヘンルーデルがおとなしく部屋にいれば、安心して深くは考えないだろう。

ふむ。ヘンルーデルもまた、ことがあらわれるまではここに甘んじているつもりに違いない。逃亡すれば追っ手をかけられて、反乱どころではなくなる。そのくらいは考えているだろう。

ムルツは唇を歪めて笑い、厨房《ちゅうぼう》にはさみとひげそりを求めておりていった。

ルゴフはリーリの町で、伝報士にヘンルーデルの書簡を託した。それは行き先別に分けられて西島地域の小さな町や村へ行く行商人や旅人にわたされる。宛先に届くと、届けられた人が代価を払うというわけらしい。ドリドラヴでは、すべて伝令奴隷を使って、国の隅から隅まで五日で網羅するが、この国では返信がくるまでに早くても半月はかかるという。何とも悠長なことだ。

ムルツはその半月を、館の掌握《しょうあく》に使った。三交代の衛兵全員をまとめて追い払った。薬で心ここにあらずとなった六人は、めいめいにふらつきながら、水路や山野や町中にさまよい、行方知れずになるか、保護されるか。館の監督官だけは、細かいことに気を配り、異常にすぐに気づいたので、始末して庭に埋めた。殺すのは簡単だが、その後が面倒だった。

館には料理人とルゴフ、ムルツ、ヘンルーデルの四人しかいなくなった。めったに人は来なかったが、リーリの領主から派遣された役人には、目くらましをかけたルゴフが応待した。ヘンルーデルがおとなしくしているのを確かめると、満足して帰っていくのが常だった。衛兵のふりをしたムルツが槍を立てて扉の外に立ったので、疑惑も招かなかった。

　それでもムルツは待つこと自体に苛《いら》だっていた。ルゴフの方は、ヘンルーデルのそばに仕えていられるだけで、すっかり舞いあがっていた。彼の世話をうけて、ヘンルーデルは身ぎれいになり、身ぎれいになると態度も大きくなって、あれやこれやと要求する。要求されればルゴフは嬉々として応えようとし、そのとばっちりがムルツにもきて、彼の苛だちはますます大きくふくれあがった。あれがほしい、これを買ってこい、こういうのを手に入れてこい、と言われれば、二人して町中に行って調達する。二人ともしっかり目くらましをかけて、ルゴフが主にしゃべり、ムルツは荷物もちという役割だった。町中の買い物は、ムルツにとって目新しく、ドリドラヴと異なる点が多く、意外にも彼はそれを楽しんだ。食物、道具、風習、家畜、すべてがおもしろかった。半月以上の待機を、我慢できたのも、こうした息抜きがあったからかもしれない。

　それでも半月をすぎて、どこからも返信が届かないと、さすがに落ちつかなくなってくる。

　リーリの町中は、盛夏を迎えて活気が前にも増してきた。皆、夏だ、夏だ、とはしゃぎ、何種類ものベリーや果物を店頭に並べている。さわやかな大気を吸いながら、ムルツは唇を歪めて歩く。何が夏だ、と思うのは、以前より少し暖かくなった程度だからか。夏——雨季——というのは、むしむしして、汗なのか大気中の水分なのかわからないものが肌にはりつくのを言うのだ。あるいは雨季のはじまる前と終わる前のいっとき、からりとしてじりじり肌を焼く陽光のことを言うのだ。これは、冬の延長のようなものではないか、と気をくさらせている。

　露店の端に、ドリドラヴからきた珍しい果物というふれこみの、ナツメヤシが並んでいた。

ムルツは思わず立ちどまり、味見用の皿からとって口に運ぶ。むしゃむしゃやっている最中に、ルゴフが袖をひいた。

「ムルツ、あれ……。あの男」

そっと囁《ささや》く方を見ると、大柄な男が人々と会《え》釈《しゃく》しながら通りを歩いていく。

「あれ、フォーリだ」

ムルツはナツメヤシをごくんとのみこむと、大股にあとを追おうとした。

再びルゴフがその袖をひき、だめだ、と言った。こやつはこのごろ、態度が大きくなってきている。ヘンルーデルに頼りにされて、すっかり自分も偉くなった気になって、ムルツに対しても命令口調だ。それでも、

「皆の目がある。見えないところで」

とまっとうなことを言われて、ムルツもかなり距離をおいてあとをつける。歩きながらルゴフは、

「おい、あれだけの大男を、館につれ去るのは大仕事になるな」

今さら、それに気がつくとは。そうひねくれても、ムルツもそこまで思いが及ばなかった。だがそんなことは曖《おくび》にも出さず、

「自分から歩いて来てくれれば、いいだろう」

「ええっ。それって、どうやって……」

ムルツは返事をしない。フォーリはみすぼらしい食堂に入っていった。

「ここに住んでいるらしいな」

ルゴフが、まもなくして三階の窓があいたのを見て呟いた。

「名前を調べろ」

ムルツが踵をかえしながら命じると、

「名前はわかっている。ナイサンっていうんだ」

むっとした口調で返事をした。

「あいつに、理由をつけて館まで来てもらえ」

「どんな理由……？」

「自分で考えろ、それくらい。フォーリなら、来ざるをえない理由があるだろう」

二人はそれから伝令士の小屋に赴いた。もう

何度めになるか。しかし今日は、何も届いていないと言われなかった。

「これだけ来てるよ」

職業柄、何の手紙か、など詮索はしない。いつもと同じように、そっけない態度だったが、手わたされたのは十通ほどか。ルゴフの面《おもて》に喜色が走った。出した数の三分の一ほどだが、返事がきたのだ。

「おれ、先に帰ってるぜ」

ムルツには目もくれず、小屋をとびだしていった。

遅れて館についてムルツは、厨房で小腹を満たしてから、ゆっくりと上階にあがっていった。さて、これで、この国の中をかきまわすことができるぞ。ヘンルーデルをたきつけて、策略を伝授して、あと一月ほど、船が来るまでに火種から火をふかせてやろう。

ルゴフでなくても、心が躍る。少しばかり、だ。有頂天になるほどではない。

扉をあけた直後、目にしたのはひどくちらかった室内だった。ヘンルーデルは机に肘をおき、頭を抱えている。ルゴフはさっきの喜色もどこへやら、寝台のわきに尻をついてうなだれている。羊皮紙や書物やペンが散乱し、獣脂蠟燭《ろうそく》はじりじりと音をたてて今にも消えそうな有様。

「おい、何があった」、と二度三度尋ねて、ようやくルゴフが頭をあげた。床の上へ手をひらひらさせて、

「返信が……」

「どうしたんだ」

「ことごとく、協力はできないと、断りの手紙で……中に二通だけ、そのときがきたら協力するというものが……でも、それも、ヘンルーデル様の挙兵を見てから、と……」

ヘンルーデルが両手から額をはなした。

「どいつもこいつも恩しらずだ！　わたしの才をあれほどうらやましがり、裾にすがりつくように寄ってきた連中がっ」

その口からほとばしった言葉に、形があるのであれば、黒蠅《クロバエ》か吸血アブだったかもしれない。

実際ムルツには、そう見えた。

「皆、わたしをほめたたえ、ひれ伏していたのだっ。わたしこそ大公にふさわしいと、フレステルなど足元にも及ばぬと、あんな男色家の、夢ばかり見ている軟弱フレスなど公太子の座においてはいけないと、それに比べてわたしは頭もよく、貴公子然としていて、女にももてる、と、皆、そう言っていたのだっ」

ヘンルーデルは机上に残っていた文鎮と砂瓶を払いおとした。さすがに、インク壺には手を出さない。そうして、呻きとも鳴き声ともつかない声をあげて、再び机につっぷしてしまった。

ムルツの首がのびた。気づかないうちに、縮こまっていたらしい。ルゴフを見おろし、ヘンルーデルを見おろし、ひとつまばたきした。今にも消えそうだった獣脂蠟燭の火が、音をたてて明るく燃えだした。

「そうか。つまりは、おまえたちが思っていたほど、領主たちは叛心をもっていなかったということか」

とムルツは言った。腹の中にたまっていた火が、渦をまきはじめている。

「それもそうだ。フレステルとおまえを比べたら、わかりそうなものだったのに。ルゴフの口車にうかうか乗せられてしまったな」

「何？　何を言うか」

「おれがみたフレステルは肝の据わった公太子だった。わが父ウシュル・ガルと対等に交易の交渉をおこなえるほどに。おまえは、おまえが思うほど、巨人ではないな、ヘンルーデル。いや、おれも見誤った。領主たちの判断は正しい。おまえはただの騒ぎ屋《イタチ》にすぎぬ」

「ぶっ、無礼なっ！　わっ、わたしを、イ、イタチと呼ぶとはっ」

「イタチでなくば、羽を広げたスズメだな」

ムルツは嘲った。これまで抑えていたものが、解放をゆるされて、身体中をめぐっていく。熱くめくるめく歓喜に、ムルツは笑い声をあげた。

「わっわらうなっ！　わたしをわらうとは、何様だと思っているのだっ」

とうとうインク壺が飛んできた。軽々とかわしたムルツは、たったの二歩で机上にとびあがり、ヘンルーデルの襟首をわしづかみにして吊り下げた。

「おまえの幸運は、その魅了の魔力だったんだろう。だが、今となっては、不運のもとだな。不運のもとは、つぶすに限る」

そう言って、炎を直接、彼の目の奥に送りこんだ。ヘンルーデルは絶叫し、手足をばたつかせ、放り投げられた床上で転げまわった。

ルゴフは両目をかきむしるように苦しんでいる主人を足元に呆然と見ていた。が、やがて、頭の中で何かがおきたかのように、さかんに目をしばたたいた。手の甲でごしごしと目をこすり、大きく吐息をつく。苦しむヘンルーデルに手をさしのべるでもなく、表情の消えた顔でじっとながめた末に、天井を仰ぎ、また息を吐いてから立ちあがった。

「……何をしたんです、殿下」

おや、敬語に戻った。

「おぬしたちを魅了していたおおもとの魔法を、焼き切ってやった」

「……そうか……」

聞きかえすでもなく、冷たく見おろしたのは、自分でも何かおかしいと、心の底では感じていたからかもしれない。それにしても、この変わり身の早さよ。本来の性分なのだろうか。

「目、見えなくなるんですかね」

「視覚を焼いたわけではないが……見えなくなっても、自業自得ではないのか？」

「確かに……。で、どうします？」

「縛って、地下室にでも転がしておけばいい。もうじき、迎えの船が来るはずだ。あと一月か、半月か……」

「彼をつれていくんですか？　ドリドラヴに……」

「死んだら死んだでかまわぬが、つれていけばこの国に混乱の石を一個、投げこむことができるやもしれぬし、な」

「身代金もふんだくれますよ」

そうかもしれない。だが、金などどうでもいい。この国を掌中にしたら、些細《ささい》なことになる。

「あとはフォーリだ。あの男を確保しろ」

ルゴフは一瞬、なんでおれが、という顔をしたが、ムルツの魔力のはかりしれなさに思い至ったのだろう。ヘンルーデルの魔法が消えれば、権力や強大な力を持つ者におもねる生き方が戻ってきたようだった。従順に頷いて、泣き喚くヘンルーデルを抱きおこし――そんなものは、蹴って転がしていけばいい、とムルツは言ったのだが、さすがにそんな気にはなれないらしく――、よろよろと階段を下っていった。

17

短い夏のおわりは、一陣の湿った風からはじまった。陽射しはいまだ容赦なく、秋まきの耕作を待つ野面にふり注ぎ、山々は来る冬のために力をためてうずくまっている。ハスト南麓のオーカル湖岸まで快速船《サッカ》、メノーからリーリまでは騎馬、モルルを思いやってゆっくりと進んだジルだったが、モルル自身がどんどん先に行くので、余計な気遣いはやめた。実際、モルルは皆が思うほど年老いてはおらず、体力はジルよりあるようだった。

リーリの町中の宿では、ヴィーヴィンとヘレニが待っていた。ヴィーヴィンは相変わらず穏やかだったが、包みこむような微笑は口元から消えていた。ヘレニは拳《こぶし》をかんで、いっときもじっとしていない。二人とも、目の下に隈をつくって、頬もこけている。

「カルステアは？　メノーのカルステアは一緒じゃないの？」

するとヘレニは椅子にへたりこんで涙を流しはじめ、ヴィーヴィンは唇を一旦ひき結んだあと、ぼそりと答えた。

「一昨日から行方不明なんだ」

詳細はこうだった。三人でナイサンの足取りを追って捜索していた。ナイサンは普段どおりのフォーリの仕事をしながら、ヘンルーデルから目を離さずにいたらしい。それは、ペネルからの申し送りと、彼の部屋に残されていた覚え書き——彼自身にも読めないような、殴り書きだったが——をヘレニが何とか読みといてわかったことだった。

丘の上の館の監督官がいつのまにか別人になっていた、と記してあった。ある日突然、見たこともない壮年の男が、前任者と交代したと、護衛兵たちに宣言し、そこから小さな異変がつづいた。まずヘンルーデルの様子が変わり、監督官自身が身の回りの世話をはじめた。

　あれほど遠駆けを好んでいたヘンルーデルが、ここ一月ほど外に出ていない。どころか、部屋から出るのを見た者もいない。しつこく安否を確かめようとした衛兵に苛《いら》だって、一度だけ扉をあけて、自らの姿をさらし、ほっといてくれ、と叫んだらしい。

「その激怒、あたかも竜の怒りのごとく」と衛兵は大袈裟《おおげさ》な物言いであらわした、と。「まるで別人」と、もうひとりの衛兵の証言もある。以来、衛兵たちは彼の部屋には近づいていない、由々しきこと、とナイサンの筆は語っている。別の覚え書きには、リーリの領主に、監督官の交代の理由を聞く、とあったとも。

「彼が領主に会ったかどうかは、わからない。その場面が視《み》えてこないの」

　ヘレニはあふれる涙をむなしくふきながら囁《ささや》いた。ジルは、シュワーデンがここにいてくれたら、ヘレニの心細さも消えるだろうに、と思った。

「それで、カルステアは？」

　ヴィーヴィンに尋ねると、

「丘の上の館で絶対なにか起こっている、とカルステアが言うので、三人で御用聞きに当たってみていた。館に出入りする者はめっきり減った。しばらく来なくていいと、黒髪の若者に扉をしめられたそうだ。雑貨屋、鋳かけ屋、掃除人。馬丁や洗濯女も解雇された。食料は遠くの村の農夫が届けるそうだ。館に残っているのは、料理人と監督官とヘンルーデルの三人になった、とカルステアは数えていた。それで、われわれは様子をうかがいに館の外まで行ってみた。痩せこけた老人のような館だったよ。カルステアは、前はこんなじゃなかったと、憤慨したり首を傾げたり。それが一昨昨日《さきおととい》のことだ。

　一昨日、わたしは領主にあって事情を説明し、衛兵隊とともに館を訪れる算段をした。ヘレニとカルステアはここで待っていた」

「ヴィーヴィンが出かけて少しすると、カルステアは、聞きこみをしてくると行って出かけたの」

ヘレニの言葉の後半は、またもや泣き声まじりになった。

「聞きこみするって、市場あたりだと思っていたの。でも、彼女が戻ってこないので、視ようとしたら、村のはずれか、畑のへりみたいなところに立って、館を見あげているようだった。それが、最後の幻視で——」

ジルはヘレニの隣に席を移し、ずっと年上の華奢《きやしや》な肩をそっと抱いた。

「それじゃ、館が怪しいじゃないか。何をぐずぐずしているんだい」

ずっと黙って耳を傾けていたモルルが、怒りを抑えた声ではじめて発言した。ヴィーヴィンが、もっともだと頷いて、

「ペネルから報せがきたんだ。あと一日、二日できみたちが着くだろうから、協力してことにあたれ、とね。それで、待った方がいいと判断した」

「あのね、ゆうべ夢を視たのよ」

洟《はな》をすすりながらヘレニが顔をあげた。

「夢だったのか……幻視だったのか……今ではよくわからないのだけど……カルステアとナイサンが、乾いていて暗いところにねているの。……ヘンルーデルもいたようだった……彼だけが、縛られて……」

「それ、多分、幻視だ」

と、ジル。

「二人とも同じところにとじこめられている。……でも、ヘンルーデル？」

「だから、夢かとも思って……」

首を傾げていると、モルルが立ちあがった。二人の話をききながら、麦芽酒とチーズとパンをしっかりつめこみ、もう体力を回復したらしい。

「そうとわかったら、おしかけようじゃないか」

「でも、本当かどうか——」

自信なさそうにヘレニが言うのへ、ヴィーヴィンもマントを羽織って、

「監督官を勝手にすげかえたのは、おしかける

立派な理由になる。領主に声をかけて衛兵も出してもらおう。何としても、カルステアとナイサンの行方をつきとめよう。そうして、あの館で一体何が起きているのか徹底的に調べるぞ」

「ヘレニの幻視は正しいと思う。心配しないで」

ジルもぎゅっと肩をひきよせてから立ちあがった。ヴィーヴィンがやさしく言った。

「きみはここで待機していてくれ、ヘレニ。衛兵も一緒だからわれわれは心配ないが、怪我人《けがにん》が出たりしたら、手当てを頼む。いいな？」

ヘレニは二度三度頷くと、背筋をのばした。

「薬草と寝床の準備をしておきます」

外に出ると、夕暮れを嫌った晩は、いまだ午後早くのような明るさだった。空は青く晴れやかで、町は活気に満ちていた。水車の音があちこちから響いてきており、ほんの少し焦げた香りが漂うのは、ペンタ麦を山積みにした荷車がさかんに通っていくからか。しかしさすがに、天幕の下には蜂蜜《はちみつ》色の陽光がちらついて、もう、本当は、遅い時刻であることをほのめかしていた。

市場を通りぬけているとき、人ごみに押されて、屋台の縁ぎりぎりに寄らざるをえなくなった。束の間、立ちどまった。ちょうどそのとき、天幕の端から何かが落ちてきた。それはジルの側頭部にあたったあと、肩に軽い衝撃を残した。肩からはねかえって地面に落下するところを、とっさにさしだした手のひらにうけてみれば、なんとまあ、トゥッパがまるまっておさまっている。

頭を身体の下におしこんで、翼も力なくたたんでおり、一目で具合の悪さがわかった。ジルは両手でしっかり包みこむようにして人々をかきわけ、市場の端の広場まで出た。

先に行ったヴィーヴィンに追いつき、あとからモルルが合流すると、両手をひらいてみせた。

「これ……カルステアの〈イナヅマウオ〉トゥッパなの！」

二人はのぞきこんで顔を見あわせた。トゥッパはジルの方にゆっくりと首をのばしてようやく聞きとれる声で、トゥッパ、と鳴いた。

「トゥッパはカルステアと生命の絆で結ばれている。この仔が弱っているのはカルステアも弱っているせい」

モルルが顔をふりあげて何かをさがしていたが、まもなくある一ヶ所を指さした。

「〈イナヅマウオ〉ってのは、光が食物なんだろ？　そら、あそこに鍛冶屋があるよ。火の粉じゃだめかね」

「陽光か、その反射でないと――」

「なら、おいで。こっちに鍋屋があったはずだ！」

と来た方へジルをつれていく。市場通りから数軒はなれた広場の端の方で、銅をうちだして鍋や水さしを作っている店があった。せわしなく叩く槌音が耳を聾《ろう》する中、きらりきらりと金の光がひらめいている。ジルはトゥッパに、その輝きがあたるように腕をのばした。

〈イナヅマウオ〉はもぞもぞと脚を踏みかえ、首を光の方にのばして口をあけた。きらめきが小さな球となって、次々に口の中へと吸いこまれていく。モルルはその様子に、にこにこと相好を崩した。手のひらの上で、トゥッパがだんだん重くなってくるのがわかった。しばらくして、満腹したのだろう、尖った口先をぱくんととじた。それから、何か訴えるようにジルを見あげた。

「飛べる？　カルステアの居所まで案内して」

そう言うと、わが意をえたり、と、何の予備動作もなく、舞いあがった。追いかけていけば、やはり、広場を抜け、路地を通り、街の外、丘の方角へと誘っていく。途中でヴィーヴィンが少年に言伝を頼み、銅貨を握らせた。

「領主様に、兵を出してくれとヴィーヴィンが言っていたと、知らせてくれ！」

三人はトゥッパのあとを速足で追った。光を食べたとはいえ、本調子ではないらしいトゥッパは、庇に一休み、梢《こずえ》に一休み、と息をつぎ、よろめきながら、フォーリたちを導いていく。

とうとう、力つきてジルの肩にへばりついたとき、三人の目は丘の上の館を夕陽の赤の中に見いだしていた。

「……やっぱり……！」

呟いて、カボチャ畑から一歩踏みだそうとするジルを、ヴィーヴィンがひきとめた。

「待て、待て。衛兵が来てからだ。領主の権限をないがしろにしてはいけないよ」

「す……少し、休ませておくれ。さすがにきつい、きつい」

息を荒くしながらモルルも畑にしゃがみこむ。ジルは素直に頷いて、自分もモルルのそばにすわった。手を広げたような形の緑の葉のあいだに、小さなカボチャがなっている。寒くなってくると、このカボチャはぐんぐん実を大きくして、秋の中頃には食卓をにぎわすのだろう。そのとき、カルステアの笑顔がなかったら、絶対にヘンルーデルを許したりしないんだから。

一息ついたころ、丘の下に十数騎の騎兵が姿をあらわした。フォーリたちは腰をあげて合流する。ようやく沈みかかっている陽に、リーリ衛兵の槍が赤く染まってきらめいた。

「隊長のエレーです。フォーリのヴィーヴィンに従うようにとの指示をうけてきました」

赤い光の中でもひときわ燃えたつような赤い髪を、スギナのように四方八方に生やした女性が、馬上から半ばふくれっ面で挨拶した。フォーリの指示下に入るという命令が、不服なのだろうと思われた。

ヴィーヴィンはそんな彼女の態度にもたじろぐことなく、にこやかに頷き、まずは監督官を捕らえること、次にヘンルーデルを逮捕し、ナイサンとカルステア二人の行方を問いただすことを伝えた。エレーはそっけなく首肯し、騎兵を二列に並べて丘の道を駆け登っていった。

三人のフォーリたちは、追いつけないまでも、必死にあとを追う。トゥッパはまだふりおとされないようにジルの肩にしがみついている。

館の前まで来ると、騎兵たちは困惑した表情をうかべ、だく足で入り乱れていた。ヴィーヴィンを見たエレーは下馬して近づいてきた。

「どうしました?」

「二度ほど突撃したのですが」

エレーは大きくて四角い顔の眉間《みけん》に、皺《しわ》をよせて言った。

「扉を破るどころか、触れることもできないのです」

すると、じっと館を見あげていたモルルが、

「ありゃ。おかしな魔法がかかっているみたいだよ」

と指をあげた。ジルもつられて視線をあげれば、窓の小さい古い館全体に何やら靄《もや》がかかっている。わずかに朱色を帯びているように見えるのは、夕陽のせいだけではないようだ。と思ったとたん、左右の首筋を毛虫が下っていったような感触を覚え——この感じ、前にもあった——、こめかみの上で黒と金がまたたいた。

「これ……ドリドラヴの魔法だ……」

「あたしもそう感じたよ。テーツと似た波動をもっている」

「中にいるのはドラヴ人か?」

ヴィーヴィンが扉を睨《にら》んだ。モルルが答えた。

「ドラヴ人の、王族だね」

ジルは嫌な予感で身体がこわばるのを感じた。

「気をつけて……。ムルツかカルツかもしれない」

「よし。油断するな。……三人で扉を吹きとばそう。それから全員に防火魔法をかけておこう。それでも、じゅうじゅう気をつけて突入してくれ」

ヴィーヴィンの後半の指示は、衛兵たちへのものだった。もう全員が馬からおりて待機しているのを確かめてから、三人は呪文を唱え、扉を後方へおしやる力を放った。朱い靄が衝撃をうけて大きくたわんだが、扉はもちこたえた。

「何て魔力だ……」

「これ、〈アラブルソウ〉を使っているのかも」

でなければ、ガレー船をもちあげたジルの力にかなうわけがない。

「扉全体ではなく、中心部分に力を集めよう」

ヴィーヴィンに従って、ジルとモルルは意識

を中央に集中させた。すると一呼吸で扉は吹っとんだ。ヴィーヴィンの警告にもかかわらず、衛兵たちは足音荒く突入していく。そのあとについてジルたちも敷居をまたぐと、並ぶ円柱の奥の方で、「監督官を確保した！」と声があがった。

まっ二つになった扉の片方にどこかを強打されたらしく、監督官とされる若い男は、半分目をまわしていた。それを三人がかりでおさえつけている。その間にも、身体つきが細くなり、黒髪から色が抜けていき、汚れてはいるものの見事な金髪があらわれ、のぞきこんだジルは、息をのんだ。

「グラップのルゴフ……！」

と、それまでぐったりしていたトゥッパが甲高い声をあげて飛びあがり、皆が駆け登っていく階段とは逆の方向に一直線に進んでいく。

「ジル、それを追え。上階はわたしたちにまかせろ！」

階段の途中からヴィーヴィンが怒鳴った。一瞬迷ったものの、二人がかりなら大丈夫だろう、それよりトゥッパを追えばカルステアに行きつくかもしれない、と即断する。

トゥッパは廊下を曲がり、階段をおりてさらに曲がり、厨房《ちゅうぼう》に入った。以前ジルもお世話になった料理長が、黙々と羊肉を包丁で叩きつづけていたが、その目はどこを見るでもなくうつろに青く、あれでは自分の指を切りおとしても気がつかないだろう。トゥッパは厨房の梁《はり》の下、ぶら下がっている玉葱《たまねぎ》や大蒜《にんにく》や香草の束のあいだを器用にすりぬけて、使用人用の廊下から狭い階段をおりていき、地下倉庫にたどりついた。ジルの首にしがみつくと、しきりにトゥッパ、トゥッパとさえずる。

倉庫には重く大きな錠がかかっていたが、難なく破壊して扉をあけた。トゥッパは突進していったが、ジルは思わず腕で鼻をおおった。ひどい悪臭にたじろぎながらも、腐った野菜が入っている籠や酒樽のあいだを進んでいく。

トゥッパが一ヶ所で甘えたような声を出して

いる。

天井のすぐ下に、地面と同じ高さで空気抜きの小窓があり、そこからわずかな光がさしこんでいた。淡い夕方の光ではあったが、床に横たわっている人らしい塊が見わけられた。

ジルが駆けよると、ナイサン、カルステア、それに縛られたヘンルーデルが手足を縮こめて、震えていた。ナイサンの肩をゆすぶり、カルステアの名を呼んでも、二人とも反応しない。しつこくカルステアの耳元で叫べば、ようやくその目がうっすらとひらいた。

「……ジル……？　トゥッパ……？」

そう、わたしよ、助けに来たよ、と励ますと、カルステアの指が天井をさした。

「ム……ムル……」

ジルははっと目をあげた。ヘンルーデルもここに倒れている。では、上階にいるのは、やはりムルツか。そうひらめくのと同時に、館がゆれた。轟音《ごうおん》がして、石壁がきしみ、埃やら石屑やらがふってくる。

「トゥッパ、ここにいて！　カルステアを護って！」

ジルはそう言いおくと、もと来た通路をひきかえす。円柱の廊下まであがる途中で、またしても雷鳴のような音とともに、壁も床も歪む感覚があった。円柱の並ぶ天井からは、石の破片がふってくる。さっきヴィーヴィンたちがむかった上階へ走る。あがりきったところに、衛兵たちがおり重なって倒れていた。隊長のエレーがただ一人、片膝をたて、頭をゆらしながらどうにか起きあがって、槍をたぐりよせようとしている。

そしてその先の廊下には、海からおしよせてきた、夕焼けの朱色と暗い青とがまじった空が大きく広がっていた。

館のむこう半分がなくなっているのだ。その端に、ヘンルーデルの、今にも破れそうにきつい服を着たムルツが髪を逆だてて仁王だちになり、こちら側、傾いだ柱の手前には、荒く肩で息をしているモルルとヴィーヴィンが呪文を唱えている。

フォーリは人を傷つけることが許されない。

二人が唱えているのは、護りの呪文。〈アラブルソウ〉の力を借りたムルツの方は、遠慮なしの炎の攻撃なのだろう。拮抗した魔力同士がぶつかりあって、建物を吹きとばしたらしい。このままでは、どちらかが疲れはてて倒れるまで攻防がつづく。そうして、どちらかと言えば、ムルツの方が優勢に見えた。ドリドラヴの魔法は、まばたきするとか指を動かすとか、身体の動きで制御していたような気がする。アトリアの結婚式で、ジルにちょっかいをかけてきたとき、そんな感触があった。

ジルは悩まなかった。傷つけることは許されなくても、彼の攻撃を封じることはできる。得意の物動の呪文を唱えて、ムルツの四肢をかためてしまえばいい。動けないようにすれば、彼も魔法を使えない。

ムルツは進みでたジルを認めた。

「これはこれは。わが愛しきフォーリではないか」

ジルは口の中で呪文をくみたてている。

「遅かったな。もう沖合にはわれを迎える船が待っている。下のフォーリとおまえたち、われは五人のフォーリと公子をみやげに帰るとしよう。ぐずぐずしてはおられぬ。はしけが浜に待機するのは日没まで。さあ、決着をつけようぞ」

ムルツが黒と金の目を大きくみひらくのと、ジルの魔法がその身体を拘束するのとが同時だった。ほとばしるはずの炎は、ムルツの体内にとどまって自由を得ようと行き場を求めた。ジルはそうさせまいと、追加呪文を唱え、おさえつける。

ムルツの身体から、ヘンルーデルの衣装がはじけとんだ。赤紫に染まった顔に、怒りと驚きがうかぶ。ジルも、怒りをこめて力をふりしぼる。互いに相手を屈服させようと、にらみあう。〈アラブルソウ〉の効果はどれだけのもので、持続力はどれほどなのだろう。

だけど、負けられない。カルステアを、ナイサンを、あんなふうにしたこの男を、同じ人間とは認められない。絶対に、ゆるせない。

フォーリ憲章の一句が頭にうかんだ。

――フォーリは人を魔力で傷つけることならず、殺すことならず。

ええ、そうよ。わたしは傷つけていない。ただ彼の魔法を封じているだけ。それで、彼がおのれの内に炎をときはなとうとも、それはわたしの知ったことじゃない。

怒りに目がくらんでいるのは、どちらだったのだろう。ムルツか、ジルか。

ジルは、さらにムルツの軛《くびき》を強めようと口をあきかけた。そのとき、腰の横、ちょうど帯に下げた小袋があたるあたりから、冷やりとしたものが広がって、背骨を駆けのぼり、たちまち首の後ろから後頭部へと至った。全身が銀の光に満たされた。身体が縦にひきのばされる。その直後には、籠手《こて》と脛当《すねあ》てをつけ、装飾胴衣《セテン》をまとい、兜《かぶと》をかぶっていた。風になびくのは銀の髪、槍を握って今にも放擲《ほうてき》の構え。

と、眼窩《がんか》の奥で〈月ノ獣《けもの》〉の鳴き声が響きわたり、ジルは、はっとして身をひいた。銀の女の気配も、すっと退く。

同時に、ムルツにかけた拘束の魔法が消滅した。その瞬間、ムルツの赤紫に染まった顔にうかんだのは、驚きと疑問、それから勝利を確信した表情だった。歯をむきだして残忍な笑みをうかべ、両腕を大きく広げた。ヴィーヴィンとモルルが再度防御の壁を作りあげる。ジルは、かすんだ視界に、ムルツの内部で満ちた炎が膨れあがり、今にもほとばしろうとしているのを認めた。すさまじい火炎が自分たちに襲いかかってくるだろう。そしてそれは、ムルツ自身をも焼き焦がすに違いない。

ムルツは炎を吐いた。しかしそれは、怖れていたほどの威力はなく、ひと吹きすると突然とぎれた。彼の中で荒れくるっていた炎が、その腹の中、生まれた場所に逆戻りするのが視えた。彼をとらえられる、と思ったが、ムルツは背を丸めた。樽でも抱えるかのように両腕を出し、首を垂れた。地底の怪物さながらに呻く。

するると、木を裂くようなとどろきとともに、彼の関節という関節が次々にはじけていく。

その後、目にした光景を、ジルは長いあいだ忘れることができなかった。悪夢にうなされるとき、決まってあらわれる、変身のおぞましい場面。

ふりあげたムルツの顔は、二重の牙をずらりと並べた赤紫の竜になっていた。骨のうきでた両手は翼に、首から背中は長くのびて鱗《うろこ》を生やし、胴体は酒樽さながらに膨れ、細い二本の足は支えきれずに今にも折れそうだ。ひとまばたきした目の奥で、金と黒の闇が暴《あば》れまわって、ムルツ自身、焦点があわずに混乱の極みにあるようだ。

呻きは咆哮《ほうこう》にかわり、小さな炎をひと吹きしたあと、ムルツは翼を数回ばたつかせて宙にうかびあがった。天井を吹きとばし、壁をなぎ倒した。歪《いびつ》に回転しながら、宙空に躍りだす。束の間の逡巡《しゅんじゅん》のあと、日没の水平線にむかって羽ばたいた。

四つん這いで、壊された壁際に進んだジルたちは、茜《あかね》色の空によろめきつつ小さくなっていく点と、水平線の手前に傾いで南をめざす黒い帆影を認めた。ああ、あのようにしてドリドラヴの密航船が沿岸に出没していたのか、とジルは納得した。竜になったムルツが甲板におりたったら、どんな騒ぎになるだろう。ムルツは人間に戻れるのだろうか。……なぜわたしは、そんなことを心配する？　自爆してしまえ、とさっきまで考えていたのに。

ジルは立ちあがって、ぶるっと震えた。自分自身の冷酷さ、凶暴さに思い至ったのだ。同時に、銀の幻影にめまいがした。あれは誰？　わたしであってわたしではない。わたしの中に溶けているが、人ではない。イリーアに近い何か。大地と月から授けられた何か。

寒気が尾骶骨《びていこつ》から這いあがってきて、背骨をちりちりいわせた。

と、ヴィーヴィンの手が肩におかれた。そのぬくもりを感じる。ああ、でも、わたしは、この人たちとともにある。この人たちとの絆は、決して切れないだろう。

　モルルがぶつくさ呟きながら膝の埃を払った。

「ふう。やれやれ。何が何だかよくわからないが、ともかく、追っ払うことはできたわけだ」


　地下倉庫の三人は衛兵たちに運びだされ、エレーの采配で領主館で養生することになった。エレーの態度が急に軟化したのは、ムルツをヘンルーデルだと思って不用意に近よっていった彼女や部下たちを、モルルがいちはやく護ったからだった。

「もう、身体中から異質な魔力を放射していたからね。すぐに気づいたよ。テーツとすごした何日かも、無駄ではなかったってことさ」

　モルルはそう笑った。遅ればせながら、ヴィーヴィンが全員をさがらせ、二人で矢面に立ったのだったが、それでも、

「ムルツの魔力は館の半分と皆をふきとばした」

「ヴィーヴィンの援護なしでは、とうていもちこたえられなかったね」

　ともあれ、ナイサンとカルステアは担架で運ばれていく途中で、意識をとり戻した。ナイサンはヘンルーデルの名で館に呼びだされたところを、カルステアは館下の藪《やぶ》に身をひそめていたところを、誰かに殴られて気を失い、そのまままずっと地下倉庫に転がされていたようだった。そのときトゥッパとはぐれた。夢うつつに、変な臭いのするものをかがされた記憶があり、おそらくそれが、二人をずっと眠らせていた特殊な薬だろうと三人のフォーリは推測した。一方、ヘンルーデルの方は、長いあいだ縛られて、水も食事もろくに与えられないでいたらしく、衰弱が激しかった。領主館に運びこまれてからも意識をとり戻さず、急遽《きゅうきょ》都から治療フォーリが呼ばれた。

　捕らえられたルゴフの方は、錯乱状態だったものの、一日二日おいたあと、エレーの尋問にかかって、激昂《げっこう》したりおちこんだりしながらも、

何があったのかをしゃべった。エレーの尋問術が上手《うわて》だった、とその場面に立ちあったヴィーヴィンが感銘をうけていた。

「おだてたあとで自尊心をつっつき、同情したあとで恫喝《どうかつ》する」

と聞いて、とても自分にはできない、とジルが呟くと、モルルはにやっとした。

「あたしもあんたも、自分の前の道しかみえなくなる性だからね」

そうは言うものの、モルルも、テーツを口八丁でなだめて何とか窮地を脱しようとした、と話にきいていたので、ジルはそれを口にしてから、

「……年の功?」

と生真面目な顔でつけたした。するとモルルは、ジルの背中をばしんと叩いて、げらげら笑った。

「まったく! おまえさんときたら! そうだ、そうだ、年の功だよ、あんたに比べりゃ、あたしは相当なお婆ちゃんだろうしね!」

都からの治療フォーリの到着を待ってから、三人はリーリをあとにした。水車のまわる堤の上を、ゆったりと馬を並べて進みながら、ヴィーヴィンがルゴフの白状したことがらを順序よくくみたてて教えてくれた。

「林の中の捨てられた農家に、ルゴフはずっと潜伏していたらしい。その林へ、ムルツが密入国してきたので、捕らえたが、逆に言いこめられて、ヘンルーデルの元へ案内した、と」

「その話、どっか嘘くさいね」

モルルが口をはさんだ。

「善悪の区別なく行動する男みたいじゃないか、そのルゴフ。正義なんて自分のためにふりかざすんだろ?」

「まあ、そうだろうな。だが、まずは彼の言い分だよ、モルル」

「おっと、先走ったね。聞きます、聞きます」

秋の匂いを濃くはらんだ野面を、川はうねうねと潤していく。夜空石《タンザナイト》。濃い青や春青石《タルコイズ》の水色を映して、両岸の土堤にはネコジャラシやら穂が出かかっているススキやらを従えて。昼は

暖かい日がつづき、朝晩はめっきり寒くなる。背後にリーリの赤茶の町をかすませて、ゆったりと歩んでいくのはいい気分だった。

カルステアはトゥッパと再会をはたして、みるみる元気になっていった。あと二、三日したら、すぐに一行を追いかけるから、とはりのある声で宣言していた。メノーまでの行程を、一緒に帰ることを提案したヘレニが残った。ジルが本当は付き添いたかったが、ムルツ変身の報告は自分でしなければならないとわかっていたので、ヘレニの申し出に甘えた。ヘレニは託されたことに目を輝かせて笑顔になり――ああ、この笑顔を見るためなら、何でもしてあげたくなるだろうな、とシュワーデンの気もちが理解でき――、また、人を頼ってもいいのだ、と、彼に何度も言われていたことが、ようやく腑に落ちたジルだった。

「……ルゴフはヘンルーデルのそばで重用されることを期待して、ムルツを案内したそうだが、まんまと館に入りこむや、ムルツはヘンルーデルを力業で倒し、自分がなりかわった、と」

それを目の当たりにしたルゴフの中で、どんな思いが交錯したのだろう、と最初に会ったときの意地の悪そうな顔を思いうかべた。そんなはずでは、そんなつもりではなかった、とあわてただろう。それから、ムルツに抵抗したか、それとも手のひらを返すように屈服追従の道をとったか。

おや、わたし、彼のことが少しわかるようになったみたいだ。ギオンの洞察力に触れて刺激をうけてきたことが、今になって実になってきているのだろうか。

「その力に怖れをなして、ルゴフは以後、彼の命ずるままに行動したそうだ。監督官をムルツが殺して――と、彼は主張している――、なりかわった。遺体は捜索中だそうだ。衛兵や使用人を追い払い、料理人だけは、薬を使って働かせ、ナイサンを襲い、調べに近づいたカルステアも襲い、同じ薬で眠りっぱなしにした。ムルツは二種類の瓶を持ってきていて、水晶瓶には魔力を維持増幅する薬、電気石瓶にはその、人を操る薬が入っていたそうな」

「ああ……」

とジルは、何年か前の、フォーリになったばかりの夏の海辺を思いだした。

「水晶瓶には〈アラブルソウ〉が入っていたんです。それから、電気石の瓶の欠片《かけら》……それは、カーニの難破船でも見つけました。何が入っていたのかと、ちょっと考えてましたが。そうか。密航船のドラヴ王族は、必ずもっていたのかもしれませんね」

「ふうん。テーツはそっちはもっていなかったよ。でなきゃ、あたしゃ、今、ここにいないもの」

モルルが遠くを見つめながら言った。ヴィーヴィンは眉をひそめて、

「誰がもって誰がもたないか。それも、検証すべきことかな」

「ムルツも、フォーリを自国につれ帰るつもりだったんだね」

「そうだと言っていた。はじめはナイサン人だったが、様子をうかがいにきたカルステアを加えれば、自国での能力誇示に役だつと思ったのだ、と」

「やれやれ、大変なことで」

「わたしたちが踏みこんだとき、ひきあげの準備にとりかかる瀬戸際だったそうだ。あと一刻でも遅ければ、ナイサンもカルステアもつれ去られていただろう」

「ルゴフもついていくつもりだったの？」

「ドリドラヴでムルツの側近の一人に加えてもらう約束だったらしい」

「そんな約束、ムルツが守ると信じていたのかしら」

あわれみを含んだ口調でジルが言うと、ヴィーヴィンも吐息をついた。

「何かにすがりたい、誰かの権威の下でいい思いをしたい、あの男にはそれが世の中をわたっていく術《すべ》だったのかもしれないね」

「ヘンルーデルは回復するでしょうか」

「難しいな」

　ヴィーヴィンは首をふった。

「自分が誰かもわからないそうだ。ルゴフによれば、ムルツが頭蓋骨の中を焼いたとか」

　モルルが息を吐いた。

「気の毒にって、思わなきゃならないんだろうけど」

「同情がわかない」

　ジルも大きく頷く。

「ともあれ、彼自身が陰謀を企てることも、陰謀に利用されることもなくなった、ということで、けりがついた、かな」

　ヴィーヴィンは行く手を見すえて呟いた。

　三人は、そのあとしばらく、黙して川縁を進んでいった。


　ハストに帰りつくと、いつものようにペネルに報告をしに行った。ちょうどシュワーデンとケイゼルも鉱山から戻ってきたところだった。

　協会の廊下で後ろから呼びとめられたジルは、シュワーデンが肩に大きな包帯を巻いて腕をつり、少し斜めに傾いだように立っているのを見た。思わずはっと息をのみ、そばへ駆けよる。

「どうしたの、この怪我……」

　言いつつ、リーリに出かける前に、ペネルが彼の負傷について言及していたのを思いだした。シュワーデンは皮肉っぽく片方の眉尻をあげてみせて
「聞いてないのか？」

と、かすかな非難をにじませた。

「怪我したって聞いて心配はしていたけれど……」

　肩だけでよかった、とはさすがに口にしない。

「落盤にまきこまれたのですよ。危うく大岩の下敷きになるところでしたの。とっさに身をかわしたので、これだけですんだのですよ」

　それだけ言うのにケイゼルは、涙をためた。ヴィーヴィンが戻ってきて促《うなが》した。

「詳しくはペネルの前で」

　廊下のそこここに人々が立ちどまって、問題

になっている土地から戻ってきたジルたちの話に聞き耳をたてている。一行はシュワーデンのゆっくりした歩みに合わせて、事務室にむかった。

いつものそっけない簡易椅子にかわって、詰め物たっぷりの長椅子二つが用意されていた。むかいあった中央の低い卓上には、香茶ポットと陶器の碗が置かれ、切り分けたオレンジ、葡《ぶ》萄《どう》、早生のりんご、梨などが大皿に盛られていた。ペネル、ギオン、ネアニ、マコウィといった老練のフォーリたちが迎えいれてくれ、長椅子をすすめた。シュワーデンは何か言いたそうな顔をした。それでも、あれだけの苦労に対するこれは、御褒美ですか、と苦々しげな放言はさすがに口から出しはしない。ジルはわずかに口角をあげたものの、笑うのを我慢した。

みずみずしい果物と、香り高いお茶をご馳走になりながら、まずヴィーヴィンがリーリでの顚末を、ところどころモルルが補足のために、ジルがムルツの変身について、それぞれに語った。

ペネルは難しい顔で、
「人が竜になる……そのような噂は耳にしていたけれど、実際になるとは」

すると、おし黙ってしまい、唇を歪めているギオン、ネアニ、マコウィを、モルルが笑いとばした。
「ハスティアの大地に絆を持つわれらの魔法と同じ扱いをしても、その仕組みはわからないよ。理屈が違うんじゃ。あやつらは、もともと、血の中に炎を貯えているんだから。無駄に考えるのはおよし、およし」
「あなたは何か、ドリドラヴの魔力に、気づいたのか、モルル」

ギオンが低音の声で尋ねる。モルルは小さい肩をすぼめた。
「気づくも何も。ムルツが竜になったのは、身の内にすさまじい量の魔力を貯めこんだせいじゃ。破裂するかわりに、変身した」
「つまり……自滅のかわりとして変身を選んだ、

と？」

　マコウィが呟いた。モルルは首をふって、

「いや、いや。選ぶなんて、悠長な場合じゃなかったよ。あれは、血にひそんでいる本能みたいなものさね」

「じゃ、ジルが魔力を封じなければ、変身はなかったということでしょうか」

　無邪気に尋ねたのはケイゼルだったが、ジルはさっと青ざめた。わたしのせい？

「ジルが魔力を封じなければ、われわれ三人は死んでいたよ。結果、ナイサン、カルステア、ヘンルーデルはつれ去られ、リーリの衛兵も大きな被害を受けただろう」

　穏やかだがきっぱりとした口調でヴィーヴィンが釘をさした。シュワーデンが大きく頷いた。その場にいなかった者は、あとになって何とでも言える。だが、ジルは胸騒ぎを覚えた。ここの面々は客観的に冷静な判断をしてくれるけれど、事務所の外では、似たような噂が広がるに違いない。たとえ悪意はなくても、それこそが真実であるかのように。ケイゼルが言わなくても、遅かれ早かれ誰かが言う。すると、ジルを軽蔑している者、やっかんでいる者、あるいは将来を嘱望する者、それぞれの渦巻く感情でかきまわされ、国中にとび散って、あとはどんな影響が生まれるのやら……。わたしはそれらに耐えなければならない。毅然として、少しも傷ついていないふりをしなければならない。

　するとモルルがジルの肩を二度、三度叩いて、

「あんたのあの行動がなくても、ムルツはいずれ竜になったさ。もともと持っている力だからね。それに」

と、皆を見わたした。

「あれは、小っこかったよ。瞬間的に館の天井を吹っとばしたけど、ムルツの体格そのまんまだった。沖合に飛び去るさまは、翼が片方いかれたようだったよ」

「父王のウシュル・ガルは、竜になって国を統一したという。それが大袈裟でないのなら、彼の大きさはムルツの比ではない、ってことだよ

な」

シュワーデンが発言した。

「ならば、ムルツが竜になった魔法の仕組みなんかを研究している暇はないぞ。今回の三つ重ねの失敗で、ドリドラヴはむしろ侵攻計画を早めるはずだろ？　備えが必要だ」

「それは、あなた方の報告を聞いてから、ですね」

それまで珍しく黙っていた仕切り屋のネアニが、首をのばして指摘した。

「ハスト山系の鉱山地帯で、一体何が起こっていたのですか？」

シュワーデンは肩をゆすって背筋をのばした。

「ああ……。おれたちは、まず、鉱山事務本部に行った。行方不明になったという統括フォーリ・ハッスンの足取りは、本部から第三鉱山、ケレーニ山の中腹までたどれたが、そこから忽然と消えていた。透視では、坑内に入ったところまでしかたどれなかった。第三鉱山は、坑内への通路が五ヶ所もある。それぞれ違う階層につながっているが、おれたちが行く前に、二つの通路が同じ鉱脈に行きあたって、偶然合流していた。だから、片方から入って片方から出るということも、禁じられてはいるが、やろうと思えばできたってことだ。おれたちはそこへ行ってみたよ。そしたらさ、坑夫たちと鉱山フォーリが金槌《かなづち》や金梃《かなてこ》でがんがんやっている足元に、何の変哲もない玄武岩がひとつ、ごろんと転がってんの。そんなのはあたり前の光景なんだけど、ひっかかるものを感じてね——あとで考えたんだが、違和感は、ハスティアにはない魔法のためだったと思う——、それで透視してみたら、人間だった。ハッスンが意識をなくして転がされていたのさ」

「シュワーデンが、いきなり大岩をかついで歩きだしたので、わたし、びっくりしちゃいました。しかもその岩、岩らしくなくぐんにゃり曲がるんですもの」

ケイゼルが目を丸くして合いの手を入れる。

「重かった重かった。ジルがいてくれれば、すごく楽だったのに」

「いつも牡牛とか羊とか、わたしの物動頼りだったものね」

ジルは苦笑いして答える。

「現地の支部館に彼を運んで半日、もう半日すると、目くらましはとけた。もう半日で、ハッスンも意識をとり戻して、何があったかがわかった。坑道の奥で、おかしな気配があったので近づいてみたら、若い男がマステル銀に魔法をかけていた。火を使った異国の魔法、と見たけれど、不用意に声をかけてしまったそうだ。男はすかさず彼に火をはなち、たじろいだところに体当たりしてきて、それっきり、ハッスンは気を失ったそうだ。次に気づいたのが、支部館の寝台の上だった、と。だが、彼はその男の顔を見ていた。そしておれは、アトリアでドリドラヴの三バカ王子に会っている」

得意げにシュワーデンは胸をはって、直後にいててててと身体を曲げた。痛みをこらえながら、

「その特徴は、第三王子のカルツそっくりだった。で、ぴんときたね。同時に三ヶ所でフォーリがいなくなったのは三バカ王子がそれぞれの場所で悪さをしているせいだって」

「シュワーデンは即座に、鉱山に警報を発したんです。お見事でしたわ！」

ケイゼルが両手を打ちあわせて、尊敬のまなざしで相棒を仰ぎみた。ネアニが視線をそらしたと思ったのは、ジルの勘違いだろうか。

「すぐに、やつらしいのが少しはなれた坑道で見つかって、全フォーリで追いかけたんだ。坑夫に化けていても、違和感は否めないから、仲間うちから気づかれて、やつは別の山に逃げこんだ。それからは、追いかけっこさ。やつめ、坑木《こうぼく》を焼き払って落盤をおこしたり、火災をおこしたり。追いつめたと思ったとたん、ガスのたまったところで火を放ったから、大きな爆発になっちゃって、まきこまれたおれが、この体たらく。だが、幸いなことに他に被害はなかった。お粗末な騒ぎだったたな」

「それで、そのカルツらしき男は？　爆発で自

滅した？」

ペネルが渋面で確かめた。シュワーデンは首を左右にふり子のように傾けながら、さあね、と答えた。

「何せ、中はぐちゃぐちゃになっちまったし。全員で岩やら石屑をどかして、坑木をたて直し、やっと道をつけたんだよ。……ああ、でも、やつの遺体は出てこなかったから、逃げおおせたのかも、な」

多分、そうだろう。そのまま山中に紛れこみ、何とかして交易船に乗ったか。それとも彼も、竜か蛇か——カルツの痩せぎすの身体では、コウモリがせいぜいか——にでも変身して、海に出たか。

「そのあと、鉱山地帯でおかしなことがおこっていなけりゃ、追い払ったということになるんじゃないか？」

「まあ、そういうことにしておきましょう」

ペネルは仕方なく頷いた。

「ただし、国中へ警戒を怠らないように、ヴィスマンに進言します。シュワーデン、その程度の怪我ですんでよかったわ。でも、今後、用心するように」

「カルツが雑なやつで良かったよ」

「それならテーツも同じだね」

モルルが応じた。だが、ムルツは。シュワーデンは、「三バカ王子」とひとくくりにしたけれど、ムルツをあなどってはいけない。あの、黒と金の闇は父親ゆずりだ。小さい竜が大きい竜に育つことだってある。

戦《いくさ》になるの？

アトリアでおののいていた少女のときがよみがえってきた。

ええ、そうらしい。戦になる。

ジルは目蓋《まぶた》をとじた。〈月ノ獣〉がひときわ高く、一声、さえずった。

第二部

〈真実の爪〉とはなにものなのか。誰もその存在に疑惑を持たないのが、不思議だ。不可侵の存在であるというのか？　フレステルⅠ世の前にあらわれて、予言と警告を一方的に叫び、フォーリ協会の塔に勝手に棲みついたこのイリーアー―イリーアなのか？――を、誰もが恭しく扱うが、はたして、それだけの敬意を払われるものとは、神に等しい存在ということなのか？

――ある学者の覚え書きより

18

フレステルⅢ世は、ドリドラヴに対して抗議の文書を送りつけた。それと同時に、マステル銀の武器増産と兵士募集が全土に命じられ、ハスティア大公国は戦《いくさ》の予感におののいた。食物の備蓄、港の警備、兵士の訓練、大街道の整備、軍船の建造なども急速に進められた。

ドリドラヴからは、「かかる言いがかりには深く遺憾の意を表明する、貴国の態度が攻撃的であれば、わが国もこれに対処する覚悟がある」という返信が届いて、若いジルは目尻をつりあげて怒った。

クレマルは逆に感心し、

「こういう返事の仕方もあるんですね、すごい論法」

シュワーデンは、

「これは戦にするための第一段階だろう。さらに自国の正当性を臆面もなく主張してくるぞ」と言った。ジルはひやりとするものを感じて、つづく言葉をのみこんだ。単純な怒りを抱えている場合ではない。クレマルの冷静さ、シュワーデンの推察力には見習うものがある。

兵士たちが整列の仕方や規則を教えられているあいだ、フォーリたちは各要所に駆りだされて、保護や増強の魔法をかける仕事に追われた。ジルははじめ、造船所へ行き、竜骨や側板の組みたてや、帆柱を甲板の支柱にはめこむ作業を手伝った。

テーツはモルルに、ドリドラヴのガレー船を十隻建造中だと自慢したそうな。それを聞いたフレステルⅢ世は、ヴィスマンに、ガレー船に対抗する新型の船を考案するように指示し、ヴィスマンは軍艦のみならず、交易船や客船の船長、水夫を集めて意見を聞き、設計士や船大工と検討を重ねながら設計図を作りあげた。

構想理念は、「ガレー船を上陸させないための戦闘用の船」。その試作船を造る作業に、物動の魔法を得意とするヴィーヴィン、ジル、メノーから呼ばれたカルステアの三人がかかわり、巻き上げ機や起重機の補助、四馬身もある極太の柱などの保定を手伝った。三本の帆柱にはられる大きな帆布を縫ったのは、ロウラと工房の職人たちで、乗組員に抜擢された水夫たちに、

「こんなにしっかり縫われたのは、めったに見ない」

と言わしめた。

半年後にできあがった新型の船は、船首が犀《さい》竜《りゅう》の角さながらの鋭角になり、舷にも、鋸《のこぎり》状のマステル銀の装甲を備え、長さはガレー船の半分ほど、幅ときたら三分の一ほどにとどまって、見学に来たシュワーデンが、

「おいおい、重装備の犀竜騎兵に細腰の貴婦人《ギャリエ》が体当たりするのかあ?」

と呆れた代物に仕上がった。

シュワーデンが、貴婦人《ギャリエ》、と言ったことで、この種の船名は語尾を変えてギャリオと呼ばれ

はじめたが、さて、その寿命は一度で終わるか、もしくは長く語り継がれるものになるかと、ハスト中の人々が固唾《かたず》をのんで、今日の進水式に臨んだ。

〈第三ウサギ〉橋のすぐ傍にある造船所の一つから、ハスティアの春空のような薄青の帆をおろしたギャリオが、しずしずとマスト運河に進みでていく。船首が沈みこみ、船尾がクジラの尾のようにはねあがったときには、一同ひやりとしたが、水飛沫《しぶき》がおさまってみれば、喫水線は浅く、いかにも優雅な白鳥の姿で無事に浮かんでいた。

「……まるで護衛騎士のようじゃあないか」

同じ快速船《サッカ》に乗りこんでいたフレステルの側近の一人が呟いた。貴婦人《ギャリエ》の名で呼ばれるようになったが、こうして水に浮かんでいるのを見ると、銀衣を身につけ、マステル銀の槍を立てて背をのばした護衛騎士にも思われた。

いずこからともなく、どよめきと歓声がわきおこった。ハスティアを護るギャリオは、護衛騎士だと、同じように感じた人々は多かったらしい。隣にいたヴィーヴィンが、ジルの耳元にそっと囁《ささや》いた。

「確かにアトリアの結婚式のときのきみに似ているねえ」

「やめてください、ヴィーヴィン。恥ずかしい。要は見た目じゃなくて、実際の戦闘能力でしょ」

思いもしない言葉に対する返事も、この頃ではすらすら出せるようになってきている。

その戦闘能力を確かめるために、ギャリオはマス川を下った。その見届け人として、ジル、ヴィーヴィン、カルステアの三人のフォーリとフレステルⅢ世、ヴィスマン他側近十数人、設計士、船大工の長、造船組合の代表など、総勢百名以上が、十数艘のサッカに乗って追いかけたのだが、こまわりのきく快速小型船に劣らない速度で、ギャリオはハスト丘陵のあいだをオーカル湖まで駆けぬけた。進水式が午前の中頃、オーカル湖上に躍りでたのが午《ひる》を少しまわったところで、追いかけたサッカの船頭たちは皆、汗びっしょりで息を切らしていた。

ギャリオ操船に抜擢されたのは、ヒュルゴ中将という軍艦乗船歴十年の熟練の四十代、彼が選んだ乗組員も全員、フレステルⅠ世時代の海戦を祖父や父から聞き、技術をうけつぎ、情熱を貯えてきた男たちだった。それだから、ジルには、船上のヒュルゴが湖の風をうけて涼しげに船首に立つ姿も当然と思えた。サッカの船頭たちの感想は、

「すごいものを造ったかもしれんぞ」

「ありゃ化物だ」

「船足について言やあ、脱帽だぜ」

と興奮おさまらぬ様子だった。

「これからですよ、これから」

そう呟きながらも、側近の一人の顔は、笑みに崩れていく。

マス川からオークル湖へ出ると、左右にサッカは広がった。陽射しはまぶしく、湖面に反射して、少し強めの風で波が銀に逆だっている。

ギャリオは帆の角度を自在に変えて、湖の中央方面に進んでいく。そこにはガレー船に見たてた材木が、井桁に組んであった。ギャリオは材木の山の一つにあっというまに接近すると、犀竜の船首で無造作につっこんでいった。

カルステアが悲鳴をあげ、ヴィーヴィンが呻く。ジルも目をみはって身体をかたくした。直後に、材木の山は、くぐもった大音響とともに吹きとんだ。宙を舞い、木っ端となる丸太、縄で結ばれたまま湖上に落下する材木。轟音《ごうおん》にかぶさって、人々のどよめき、そしてあおりの波にゆれるサッカ。

ギャリオの艦長は、砕け散った木材のあいだを器用に縫いながらむこう側へ通過する、という離れ技まで披露した。さらに、船首を直角に曲げて――実際は弧を描いたのだが、その弧があまりに小さかったので、ジルの目にも直角、と映った――、いまひとつ用意されていた木材の山に接近した。今度は、並走するかのように舷側を敵に見せてすりよっていく。そうして、持ち前の速さを維持しつつ、甘える猫のように

船体をこすりつけて通りぬけていった。

　つづけざまの衝撃音が波となってサッカを襲う。人々は足をふんばり、帆柱や舷につかまり、しかし目だけは黒い点となっていくギャリオを追いかけていた。

　木材の山は、崩れていく古い建物さながらに、ぐずぐずと水中に没していく。

　一回めとは異なり、今度は誰も声が出せなかった。

　ジルは、ガレー船の櫂《かい》が次々に折られ、船体そのものも横まっ二つに切断される様子を想像して、空唾をのんだ。その一方で、これならドリドラヴがハスティア上陸に成功する確率はほとんどない、と確信した。

　サッカの一行はそれからオーカル湖を横断して、オクルの町に上陸した。ギャリオだけはオルクト湾に出て、薄青の狼煙《のろし》をあげた。これは、オクルの高台から見守る人々に、海上でも支障なく運航できているという合図だった。人々は打ち騒ぎ、喜びあった。丘の上の突端に立つフレステルとヴィスマンは、それとは対照的に、表情をゆるめることなく、口数も少なく、海を見はるかしていた。ジルにはその後ろ姿が、二本の頑丈な黒い柱のように見えた。

　秋の冷たい川水とあたたまった海水がまじりあった潮となって、風に翻《ひるがえ》るリボンのように、翡翠《ひすい》色と菫青《きんせい》色のまだらを作っている。風は肌に心地よく、薄青の帆をぱんぱんにしたギャリオが、潮から潮へと軽々と、そして驚くほど速くわたっていく。

　踵《きびす》をかえしたフレステルにつづいて、一同はぞろぞろと丘をおり、町の広場に急遽《きゅうきょ》建てられた大きな陽よけ天幕の下で一休みした。大卓と長椅子が並び、冷たい香茶と平たくて大きなパンが供された。

「オクル名物、オクールパン」

　わが意を得たりというふうに笑ったカルステアが、直径が腕一本分もあるパンをちぎると、皮のぱりぱりいう音が響いた。

「あら、中にはくるみとイチジクが入っている! シュワーデンが悔しがるわよぅ」

「この香茶は、さっぱりした味と香り」

「橙草《ダイダイソウ》とマンネンロウのお茶ね」

パンをかみしめて、食感を楽しんでいると、肩のトゥッパがねだるようにカルステアの頰をつつく。彼女はくすくす笑って、ほんのひとつまみをちぎってやる。

「そんなの、食べさせて大丈夫なの?」

「楽しみのためのほんの一口、ヒマワリの種一粒分くらいならね。〈イナヅマウオ〉だって人間だって、楽しみを忘れちゃあ、人生の意味がないってもんじゃない?」

ああ、それは確かに。ここのところずっと、造船にうちこんでいて――それはそれでおもしろかったが――、楽しむとか喜びをえるとか、忘れてしまっていたかもしれない。

別卓からまわってきた別のオクールパンには、数種の刻んだパセリと牛のひき肉が入っていて、こちらもまた違うおいしさだった。

空腹も喉の渇きも心もすっかり満足したところで、フレステル大公が上座で立ちあがり、今日までのそれぞれの尽力を称賛し、いくつかの改善点と明らかになった課題について具体的に語り、あと何度かの――一、二度ですむことを願う、われわれには時間があまりない――試験のあと、本格的な造船にふみきると宣言した。

「大公は演説がうまいな」

ヴィーヴィンがそっと言った。

「危機感をもたせつつ、士気を鼓舞するすべをよく知っている」

フレステルが着席したちょうどそのとき、通信フォーリのもとにハスト鷹が大きな羽ばたきの音をまきちらして舞いおりてきた。さんざめいていた人々は、たちまち口をつぐんだ。ハスト鷹が何やら口早に伝言を語り、通信フォーリのそばで聞いていたヴィスマンが一つ頷くと、大公の右に立って皆を見わたした。

「ギャリオのヒュルゴ中将から報告が入った。大変帆回しのいいすばらしい出来の船だが、ただ一つ、喫水線が浅いことで均衡をとりづらいそうだ。船足をもう少し落としても充分対応できそうなので、諸君には、可能な限り転覆の危険性を減らしてほしい、と要請している」

緊張がゆるんだ。大きな課題ではあるが、目標が明確に示されたことで、設計士、船大工、それぞれに手だてをこうじることができそうだった。

フレステルが着座したままで口をひらいた。

「諸君には、さらなる献身を求めたい。難問ではあろうが、専門技術を駆使してあたってほしい。……それから、これは、あとでヴィスマンに叱られそうだが」

とかたわらを見あげたので、皆、くすくす笑ったり、にやりとしたりした。ヴィスマンは相変わらずの厳しい表情でまっすぐ前を見ている。あとで叱られる、というのは、あとで二人のあいだに大議論が勃発する、ということなのだと、誰もが知っている。フレステルはつづけた。

「全国の港という港に、要塞を築こうと思う。常駐兵士をおき、マステル銀の矢を常備し、ハスト鷹と通信フォーリを配備する。例外はない。どれほど小さい港にも、だ」

落ちついた確信に満ちた深い声で断言されれば、誰もが賢明な判断であると頷いた。ただ一人、ヴィスマンだけは、わずかに片眉をぴくりと動かした。

ヴィーヴィンが吹きだすのをこらえようと、拳《こぶし》を口元にあてて咳払いした。

「あれにも、ヴィスマンは一言あるのかな」

ジルがカルステアに小声で尋ねた。カルシーも目玉をぐるっとまわして、

「二人の大喧嘩、聞いてみたいよね」

といたずらっぽく笑った。そして、

「どんな問題点があるんでしょう、ヴィーヴィン」

笑いをかみ殺している老練フォーリに顔をむけた。ヴィーヴィンは喉の調子を整えてから、視線を卓上に落として唇を極力動かさないようにしながら答えた。

「まずは財源の問題。それから人材。建築、兵

力、食料に関する問題。さらに要塞へ至るまでの道路整備、あとは武器の増産、と言ったところだろうか」

「通信フォーリもそんなにいるわけじゃないものね」

ジルがつけ加えると、カルシーも言った。

「多分、訓練生の中からも徴兵されそうだね」

「それだけではない。おそらく、通信フォーリに限って、急遽民間から募集することになるだろう」

それを聞いたとたん、ジルは高揚していた気分が萎えていくのを感じた。海上の凛々しい船影とは裏腹に、戦という現実が迫ってきたようだった。と、頭の隅にひらめくものを得て、まばたきしてから、ヴィーヴィンに告げた。

「今、思いついたのだけど……」

「うん……」

「ガレー船には多分、王の血族が指揮官として乗りこんでくるわけでしょ？　ムルツとか、テーツも。とすれば、ギャリオの全体に、防火の魔法をかけておいた方が良くない？」

ヴィーヴィンは顎に手をあててしばらく考えていた。やがて、

「確かにそうだ。……だが、われわれにそれだけの余力はないだろう。これから要塞建設にかかるとすれば、なおさら……」

「それなら」

カルステアが、皿に残っていたオクールパンの最後の一片をひきよせながら言った。

「帆布にだけでも、防火の施工をしたらどうかしら」

ううん、とヴィーヴィンが唸ったのは、防火施工に何を使うか思いあたらなかったからだ。ジルも、いろいろ考えたが、松脂《まつやに》とか、獣脂《じゅうし》とか、着火をたやすくするものはすぐに思いつくが、防火物質となると、難しい。漆喰《しっくい》、石灰粉、貝殻を砕いたもの……。

「マステル銀の溶解水、は……？」

そう思ったのは、立ちあがったフレステルのマントの肩留《フィブラ》めが、天幕からもれこぼれてきた

陽光に、ちかり、と銀光を放ったからだ。

「マステル銀の溶解水……帆布もその熱でとけちゃうよ？」

「少し温度が下がって……ほら、半分かたまりかけたときのを使ったら？」

「溶解水は貴重だ。あとで型に入れて鏃《やじり》にするから、一滴も無駄にはしないだろう」

ヴィーヴィンが思いださせる。

「じゃあ……鋳型からとりだして叩くとき……あれ、何というの？」

「ああ……鍛造《たんぞう》、かな」

「その鍛造の段階で散った火花が冷めて床に銀くずになるでしょ？　あれを集めて塗布する、というのは？」

「塗布するときに、銀くずを定着させる素材がいるよ」

カルシーが言った。するとヴィーヴィンは考えながらも頷いた。

「一考の余地あり、だね。だが、大工の親方たちに話してみよう。帆が燃えにくくなれば、火の魔法を怖れる度合いも低くなる」

その日はオクルに一泊して翌日にハストへ戻った。ギャリオの再設計ができあがるまで、一月あまりの空白の時間ができた。

「これからどんなことがおこるのか、誰にも想像がつかない。今のうちに、家族に会ってきなさい」

ハストのペネルはそう言って、ジルに休みをくれた。

前回故郷に帰ったのは一体いつだったろう、と忙しさに紛れた記憶をたぐりよせるようにして、ジルは再びマス川を下った。

テーツがはなった火で焼け野原同然になったセンの町は、少しずつ復興が進んで、低い家並みが再び数珠玉《じゅずだま》のようにつらなりはじめているのが、沖合の船上からもながめられた。あのときのことを思いだすと、ジルの中で〈月ノ獣《けもの》〉が身じろぎする。すると銀の光が血流にのって身体中をめぐり、ひどく寒くなる。戦になれば、無辜《むこ》の人々の生命が、比較にならないほど失われることになるだろう。そうならないようにするためには、そう、やはり、ガレー船を海上で撃退するしかない。冷たくなった胸のあたりで、刃物にこそげとられるような感触があった。われしらず、歯をくいしばり、拳を作って海風をうけつつ、覚悟しなければ、と思った。直接戦闘にかかわらなくても、今日のように船の建造や、もしかしたらこれから、要塞建造に力を注ぐことになるだろう。それは間接的に、戦に参加する、殺しあいをする、ということだ。ああ、それでも。

ジルは目をぎゅっととじ、息をつめた。

このハスティアの大地を護るためにならば、わたしは無垢を捨てさらなければならないのだ。

故郷セレはときがとまったかのように、家を出た八年前と変わっていなかった。〈スナコガシ〉の浜は、少し広くなっていたか。港からあがっていく坂道の石ころはとり除かれて、道の両側に低い境界をつくっていた。断崖の上にたつと、小さな町が一望できる。学問所の塔、月神神殿も相変わらずちんまりとおさまって、その周りに狭い市場が動きまわる人々を抱えている。ただひとつ、目をひいたのは、この前帰ったときにはなかった石造りの四角い建物が、町と領主館を結ぶ坂道の途中に建っていることだった。急ごしらえらしく、窓は小さく、装飾もほどこされておらず、愛想のない市場の店主みたいな建物だと思いながら、領主館への細道を登っていった。あとで、要塞を建てる職人たちの宿舎であることがわかり、セレも戦と無縁ではいられないのだと憮然とした。

館の門をくぐる前から、カモメの声に重なって、子どもたちの声が響いてきた。前庭の広場で、五、六歳の男の子が仔馬に乗る練習をしており、父親にほめてもらおうと、さかんに見て、と呼びかけていた。父親のグロガスは、庭師にあれこれ指図しながら上の空であしらうので、男の子はだんだんふくれっ面になっていく。父親のかわりに、赤子を抱いた母親が、さかんにほめるのだが、男の子は不満そうだ。

「わあ、すごい！　いっぱしの騎士様だ！」

カルステアなら言うようなことを思いだして、ジルが叫ぶと、男の子は目を丸くして立ちすくんだ。

「この前来たときには、まだ本当に小さかったのに、リッチェン、立派になったわねえ！」

次兄と同じ名をもらった甥っ子は、まだ身をすくめたままだ。

「リッチェン、ジルおばさんだ。覚えていないか？」

グロガスが顔をあげて言った。少しくらい微笑めばいいのに、と思いながら、ジルは片手をひらひらさせた。グロガスの妻のエリキアが歩みよってきて、セレ風に首を傾げる挨拶をし、抱いている子を誇らしげに見せた。

「フランよ。まだ三ヶ月」

「女の子……？」

赤ん坊を見たら、まずはそう聞け、とカルシーが言っていた。どうやら、そう聞くのは、「かわいらしい」と同義語だからしい。のぞきこんで目にしたのは、ぱんぱんの頬の、少し唇をつきだし、栗毛を逆だてた、くるみの実とみまがうような顔だちだったが、カルシーの助言を実行してよかった。エリキアは丸顔を大きく崩して、金華草のように笑った。

「そうなの！　女の子！　かわいいでしょ？」

直後に、腰にどすんと衝撃があって、よろけそうになった。見おろせば、しがみついてきたのは、リッチェンだった。

「ぼくの方がかわいいよ、ね、おばちゃん？」

その巻毛といい、ふくれた頬といい、幼かりし日の兄リッチェンそっくりなのに、思わずジルも噴きだした。

「うん、うん。きみの方が何倍もかわいい」

頭をくしゃくしゃにしてやると、にっかりと二本の前歯が欠けているのを見せて、ジルの手と自分の手をつなぐ。視線を交わした目だけは、自分に似ている、と気がついた。針葉樹の深緑。

「来て、おばちゃん。ぼくの部屋、見せたげる。

この前やっと、もらったんだ」

この、ずかずかと踏みこんでくるような押しの強さは、一体誰に似たのだろうと考えながら、ついていった。

たどりついた先は、かつてのジルの居室だった。リッチェンは得意げに、替えの服の入った長櫃《ながびつ》や、文字らしきものを書きちらした羊皮紙が広げてある勉強机やらを見せた。ジルは作り笑いをうかべて相槌をうちながら、ああ、もうここは、わたしのいる場所ではなくなったのだ、と感慨深い。少し寂しくはあったが、それも当然、と思った。ここにくらす兄夫婦や子どもたちの、生活の場なのだから。わたしにはわたしのハストがあるように。

家令がやって来て、ジルを客室に案内する。暖炉の火がおこされたばかりで、少し湿っぽかった。夏でも、この湿っぽさで、火は欠かせないセレである。

ひと眠りすると、ジルを迎えて、早めの晩餐が中庭に用意されていた。金華草やオニゲシ、時計草、釣鐘草などの花々が、いまだに咲き競っており、ホオノキや杏《あんず》の枝をベニマシコやヒワがとびかい、トウヒの木の下では蜜蜂《みつばち》が古い歌をうたい、春に生まれた仔犬と仔猫とウリギの仔が二十匹も巴になってじゃれあっていた。

自分の幼少期にはこんな平穏な食卓の思い出はなかった、とふりかえりながら席につく。リッチェンと喧嘩しているか、火花を飛ばしたり、物を壊したりしてばかりだった。

この幸せの大卓には、年老いたが、まだどっしりと座を占めている父、気配りを怠らない母、全体を常に見わたしているグロガス、子どもにたっぷりの愛情を注ぐエリキア、無垢なるノラン、物怖じしないリッチェン、と居並んで、スズキの香草づめ、木の実と乾燥果物とケント麦をいためてたいたものをパイ生地で包んだ大皿料理、濃い葡萄《ぶどう》酒、杏とバラのジャム、香茶、といった、いつもより一品多い晩餐がのり、いかなるマステル銀より輝かしいもののように思われた。

両親がジルの暮らしぶりを尋ね、言葉少なに毎日良く働いていることを話す。造船にかかわっていることにふれれば、

「ギャリオという新しい軍艦をおまえが造ったのか！」

と父は誇らしげに膝を叩いた。いえ、わたしが造ったわけではなく、と正そうとするのへ、グロガスが、

「改良の余地はあるそうだが、かなりいいものだと聞いたよ」

と口をはさみ、

「これでドリドラヴを沖にとどめておければ安泰だな」

珍しくにっこりした。

パイの中味をいっぱいに頰ばっていたリッチェンが、スプーンをもちあげて――その仕草は、同名のおじにそっくりだった――叫んだ。

「ギャリオに乗ったの？　ジルおばちゃん！」

口の中のものをのみこんでからしゃべりなさい、と母親にたしなめられても耳に入った様子はない。

「ギャリオには乗らなかったよ、残念ながら。小舟から模擬海戦を見ただけよ」

「そっかあ。残念だあ。ぼく、大きくなったら、絶対ギャリオの艦長さんになるんだ！　ようそろう、帆をおろせぇ、ってね」

おとなたちは笑っていいのか悲しむべきか、複雑な表情をした。口には出さないが、この戦が国の命運を決めるとわかっている。

ドリドラヴの奴隷になるか、ハスティア大公国を護っていくことができるか。ギャリオなんぞに乗らなくてもいい人生を送ってほしい、という両親の痛いほどの願いを感じて、ジルは、自分は、彼らのためにも、できるだけのことをするべきだと、あらためて決意した。

夏の長い夜はなかなか暮れず、父と兄の領地に関する議論や、嫁にいった姉やシークルのリッチェンの消息などをたっぷりと聞いて、おなかも心も満足したジルだった。

翌日遅く起きて食堂に行くと、少年の方のリ

ッチェンが待っていた。セレの町を自分が案内すると言ってきかないのだ、と母が笑った。ジルは一応マントの下にフォーリの徽章《きしょう》をつけて、じりじりしていたリッチェンのあとについて館の坂を下っていった。

セレの町は、海に注ぐマーエ川の東側に、牧草地と畑を抱いて、帯のように細長くつづいている。町を貫く一本の道が、猫の尻尾のような曲がり方をして東西をつないでおり、その両側に家々が律儀につらなっているからだ。

リッチェンには腹周りの大きい教育係がついているが、坂を降りる段階でふうふう言いはじめた。気の毒になったジルは、自分がしっかり見ているからと言って、戻ってもらった。リッチェンには身体の重いおとなへの配慮などない。自分と同じように皆動けるものだと思っている。まだ若いジルでさえ、彼の動きについていくのは辛かった。

スモモやクワの実のなる梢《こずえ》の下を駆けぬけ、草地に寝そべる羊を脅かし、イバラの刺ですねにひっかき傷をつくりながら、「近道」をとって町の道に着地する。

セレの家並みは、ハストほど高くない。石造りの土台の上に木造の三階四階が載っていて、しかし都から離れた田舎にもかかわらず、ハスティア様式のたくさんの縦長の窓、装飾柱、色硝子《ガラス》も使われて、彩り豊かな花々も咲きこぼれ、小さな町のにぎわいとしては上々の方か。それでもジルは、どこか寒々とした感じを昔からもっていた。空が大きくあいているせいなのだろうか。海がそばにあり、その海に注ぎこむ小川が町中や台地のあいだを駆け流れ、風が曇天の下で来るべき秋の歌をうたっているからか。それとも、領主の娘と見た人々が、壁を一枚へだてたように慇懃《いんぎん》に礼を示し、必ず一歩下がるからか。

そんなかすかなよそよそしさのあいだを歩いていくと、

「あれぇ、ジルじゃないか」

聞き覚えのない男の声がかかった。店の前に出てきて、木屑を前掛けから払いおとしていたその顔には、往年のいたずらっ子の面影が残っていた。記憶をたぐった一呼吸ののち、ジルは指を一本たて、あ、と呟いた。

「……シュルコー？」

くるみ色の髪を束ねもせず、獅子のようなたてがみに仕立てた若者は、にっかりと笑った。少年のときと同じ笑いだが、抜けていた前歯はちゃんと生えそろっている。

「都に行って、大活躍だってなぁ。お偉いフォーリさんのつとめをちゃんとはたしているって、評判だぜぇ」

「どっから聞いたの、その大袈裟《おおげさ》な評判」

シュルコーはげらげら笑った。

「やっぱりジルだ！　変わんねぇや！」

裾をリッチェンがひっぱるので、身をかがめて、おばちゃんの小さいころの友だちで、よく一緒にこのへんを走りまわって遊んだの、と説明する。〈スナコガシ〉の影が心の中に去来して、胸のあたりに小さな痛みもおきる。シュルコーはしゃがみこむとリッチェンと目をあわせ、

「お館の次期領主様。お久しぶりです。もっとちょくちょく降りてきてくだせぇ」

そう言って親しみをこめて、くだけたお辞儀をした。

「ちょっと、それ、なに？　わたしには挨拶もなしなのに、この子には敬語？」

「幼馴染だもの、いいじゃないか。相変わらず尖ってて、安心したんだよ」

それほど小さいときからつんけんしていた覚えはないのだが、

「おばさんはね、坊っちゃん、女の子たちにまじって遊ぶより、おれたち男三人組に入って、パン屋の屋台から揚げパンかっさらったり、水たまりで泥をはねかして乾かしていたなめし革にどれだけ点々をつけるか競争したり、人ん家《ち》の裏庭に干してあった洗濯物でぐるぐるみのむし作ったり、きわめつけは下の砂浜におりて――」

「シュルコー」

剣呑《けんのん》なジルの声に、調子にのっていたシュルコーもはっとする。前掛けをまた両手でぱたぱたとはたいて、気まずそうに視線をさまよわせ、話のつづきを期待して見あげるリッチェンに頷いた。

「……ま、昔話はあとでおばさんからじかに聞きな。ほんでもって、だ」

前掛けのポケットから手を出して、薄茶のつややかな塊をリッチェンに握らせた。歓声をあげたリッチェンがジルに見せたのは、手彫りの〈聖ナルトカゲ〉だった。

にかっとしたシュルコーは、幾分恥ずかしげに、

「おれ、箪笥《たんす》職人になったんだ。そいつは、ちょっとした手なぐさみ」

そう言って仰ぐ店の軒先には、リッチェンの手の中にある木彫りと寸分違わぬイリーアが、逆さまにぶらさがって、しゃぼん玉を呑気そうに吹いている。

もらっていいの、ありがとう、と目を輝かせるリッチェン、腕がいいね、と本気で感心するジルに、

「ヒズキは漁師になった。港に行けば、そろそろ帰ってくるのに会えるかも。相変わらずチビだけどな、力持ちだぜ。ブロカはな、のっそりした大男になっちまって、ジル、おまえ、会ってもやつだとはわからないぞ。北の丘で羊と牛と馬を飼って、畑耕してるよ」

ジルは深く頷いた。

「みんな、それぞれに一生懸命なんだね」

「おうよ。……もし、机とか箪笥とか、いるんだったら作ってやるぜ。声かけてくれ」

「これ、大事にするよ！　名前はティンタンだ！」

小さな両手でおし包んで、リッチェンが叫ぶ。

「おう。シュルコーおじさんを思いだして、遊びに来てくれ。今度は工房を見せてやらぁ。……仕事、といやあ、フォーリ・テイケスに会ったか？」

テイケスは三年前に着任した、老グリュンド

の後任で、ジルの後輩にあたる。

「彼、うまくやってる？　だったら別に、いいかな」

シュルコーの顔がかげった。

「行ってやってくれよ。助けが必要なときって、あるもんだぜ」

何やら事情のありそうな物言いに、問いつめることもせず、わかった、と頷いたのは、本人に会ってみればわかるだろうと思ったからだ。

老グリュンドは市場を抜けた道の先、鶏小屋のそばの二階建ての家に住んでいる。テイケスも同居して、老人の面倒を見ながらフォーリの仕事をこなしている、ということだった。

ジルはリッチェンをつれて三本のミズナラの木のそばの、赤茶色の玄関扉を叩いた。するとすぐに返事があり、膝立ちになったテイケスが扉をひらいた。膝の前には砕けた碗が散らばっていて、ちょうどそれを拾いあつめていたところだったらしい。

ジルを見ると、ちょっと驚いて、これはこれは、と呟く。三十代半ばのひょろ長いフォーリで、白銀の髪と薄青の目の細面で美男だが、少し頼りない印象を与える。

ジルはしゃがみこんでいっしょに欠片《かけら》を拾いあつめる。恐縮するテイケスに、子どもが一緒だから、と言い訳めいて答えた。その途中に、奥から老グリュンドの怒鳴り声がふってきた。

罵詈雑言《ばりぞうごん》をならべたて、わめきたてているが、その中味は、テイケス個人にむけられたものではなく、荒れた海やすでに亡い自分の父親や、バカ猫やら床板やら、かしましい梢の鳥やらを対象にしているらしい。

ジルはテイケスの腕を外にひっぱって、扉をしめると、

「どうしたの、あれ」

と尋ねた。テイケスはうつむき――背は頭一つ分ジルより高い――、足踏みしておどおどと、

「ずっとこんな調子なんです。半日も喚きちらせば、くたびれて眠ってしまうんですが、起きればまたあんな感じで……夜も昼もなく」

と目が泳ぐ。

「グリュンド、年は幾つ？」

「ええと……この秋で七十八になるかと」

　六十をこせば大長老のこの大地で、七十八は大々長老か……長く生きすぎた、とグリュンド自身の声が聞こえてきそうだった。ジルも、ハスト近郊にやられたとき、こうした老人たちに会ったことがある。シュワーデンやギオンが一緒で、そばで対処法を学んだ。そういう仕事を、シュワーデンは、「人生の後始末」と言って――嘲《あざけ》ったのではない、いずれおのれも歩むであろう道と、半ば嘆き、半ば諦観の念をもって言ったのだ――、ああ、しかし、卒業してすぐにセレに着任したテイケスが途方にくれるのも致し方ないだろう。もともと彼には世慣れない雰囲気があって、年下のジルでも心配を感じた。新しい仕事には消極的で、手がけたことのない事象にぶつかると、さらりと身をかわして下手にかかわりをもたないようにしていた。それを不満に思って陰口をたたく仲間もいた。ジルは聞くともなしに聞いていたが、それで世の中をわたっていけるのだとしたら、それも一つの才能だろうとぼんやりと考えていた。

　それでも、神々は等しく試練を与える。この期に及んでグリュンドの惑乱は、テイケスの大きな試練となってかぶさってきたものとみえた。

　ジルはリッチェンにゆっくりと話しかけた。

「ねえ、リッチェン。このおじさんと市場に戻って、金糸草の実とカミツレとムラサキソウを買ってきてくれる？　できるかな、お使い」

「お使い？　ぼく、お使いして、ジルのために働くの？」

「そう。このおじさんもフォーリでね、もしそれができれば、フォーリの助手ができるってこと」

　リッチェンはぴょんぴょんはねながら、快諾した。テイケスには、

「グリュンドの相手をしておくから。そのあいだに今言ったものを買ってきて」

「う……わかったけど……この子はどうする

の？」

「家具職人のシュルコーに預けて、館に送ってやってくれるように伝えて」

目をしばたたくテイケスに、銅貨をわたして、

「わたしの甥っ子。領主の孫よ。でも普通に接していいから」

あわあわと動揺している彼の背中を押すと、リッチェンがその手をしっかりつないでひっぱっていく。市場で買い物をしたことがないなんてことはないよね、とひとりごち、扉をあけた。とたんに、

「どこに行っていた、この怠け者の小僧めっ。か弱い年寄りを一人おいて、飲んだくれるとは怪しからん」

怒声とともに、黒いものが飛んできた。危うくかわすと、扉にあたって転がった。粗末な蠟《ろう》燭《そく》立てだった。室内は窓をしめきり、様々な臭いがこもっている。

「おぬしなど生まれてこなければよかったのだ、この穀潰しめ。おかげでうちの身上《しんしょう》はひどいもんだ、少しは働けっ」

ああ、これは、昔の誰かに対しておしこめていた文句なのだろう。

ジルはゆっくりと踏みだして、グリュンド、となるべくやさしく呼んだ。

グリュンドは寝台脇の椅子に腰かけていたが、若い女の声を耳にしてふつりと黙った。

「グリュンド、わたし。久しぶり。わかる？ジオラネルよ」

「ジオ……？　……誰だ」

「丘の上の館のジル。あなたとハストのペネルがフォーリになれって誘いにきたじゃない。雨のふる日だったよ」

グリュンドは歯がほとんどないせいで、口のまわりが皺《しわ》だらけになった唇をむうとつきだして、ジルを凝視した。

「わかる？　そのあとも、よく町中で会ったじゃない。お転婆のジル、強情なジルって、みんな陰で呼んでたよ」

彼の膝の前にひざまずいてにっこり微笑んだ。

ドリドラヴの王族を相手にするより、ずっと楽だ。半ば同情、半ば彼のためになにかしたいという気もちは、本心だし。

　血管の浮いた浅黒い手に自分の手を重ね、

「ねえ。館の裏の林にサギが群れで巣を作って大変なことになったとき、あなたの呪文で一掃されたっけ。見えないタカに追われたみたいに、みんなちりぢりに逃げていって、館はやっと静かになったんだっけ」

　やさしく叩くと、グリュンドの黒い目の中にかすかな光が灯った。

「そう……そうだ、そんなこともあったか」

　それからジルは、覚えている限りのグリュンドの思い出を語った。するとグリュンドは、彼の怠け者の息子——三人いたはずだが、話の中では一人になっていた——がかわいくてたまらなく、と破顔し、すぐそのあとで「甘やかしすぎた」と泣き顔になり、今どこでどうしているのか、と心配した。ジルは息子たちの消息までは知らないので、大丈夫、きっとどこかで立派にやっているはず、と励ました。すると、じいっとジルの顔をながめてから、やおらグリュンドは、

「そうだな。あっちこっちで物を破裂させたり、風をおこしたりしていた無茶苦茶ジルが、これほど立派になっているんだからな」

と、痛いところをまともについてきた。胸に拳を当てて、痛いふりをすると、もともとの温和な表情をとり戻して、しみじみと言った。

「いやぁ、あのジルが、フォーリか。わしのあとを継いでくれるのだな」

　生真面目に、いやそうではない、と言おうとして言葉をのみこんだのは、そう思っていっとき安心するのであれば、それで良いのではないかと思ったからだ。おそらくは明日には彼女の訪問すら忘れているだろうし。

　テイケスが戻ってきた。グリュンドが彼の姿を見て、あれは誰だ、と言うので、都から来たフォーリだと、嘘ではない返事をした。

　テイケスが買ってきた金糸草の実の殻をむき

ながら、リッチェンのことを確かめると、それはさすがにきちんとしてくれたようだった。むいた殻を薬鉢に入れて粉にしながら、テイケスに小声で説明した。

「あの病は年寄りがかかるの。長生きした人が、ね。昔は、『〈災ヒノ口〉が耳の中にすみついた』って言ったらしい。良くはならない。放っておけば悪くなる一方。でも、この金糸草が進行を遅くし、怒りをしずめる。ムラサキソウとカミツレを合わせると、効果が倍になる」

「そうか……。助かるよ」

「フォーリ本来の仕事まで手がまわらなくなっていたでしょ。本部に連絡すれば、グリュンドの面倒を見てくれる人を派遣してくれるかもしれない。それまでがんばって」

作った薬湯の杯をおしつける。え、おれが、と再び目を泳がせるのへ、

「連絡はわたしがしておく。十日くらいで治療フォーリが来るはず」

「で……でも、どうやって飲ませればいいか……」

「方法はいろいろあるでしょ。幻惑魔法《目くらまし》かけて飲ませるって最終手段も」

「それって……だますことにならないか？」

この人は、と小さな怒りが眉間《みけん》で火花にはじけた。ぱちっ、と紫電がひらめく。お互いに大変な思いをしているのだから、手段を選んでいるときではない、と言いかえそうと思ったが、やめた。少し意地悪に、つきはなす。

「ま、どうするかは、あなたの判断で」

そう言ってグリュンドに別れの挨拶をしようとふりかえると、彼はもう居眠りをしていた。起こさないようにそっと家を出る。テイケスは杯を持ったまま、立ちつくしていたが、この後のことは、彼が対処するべきなのだ。

館に戻るとリッチェンは大威張りで、三人のフォーリの役にたったことを誰彼かまわず吹聴していた。兄のグロガスは、

「おもしろいな。あの子の新しい面を見た」

と微笑した。

「どうやら、人の役に立つことがうれしいと気づいたようだ。成長して領主を継いだとき、土台となる資質になるだろう。あれはいい領主になるぞ」

　やがてグリュンドのところには、新しい治療フォーリが配属された。長年、フォーリとしての務めをはたした者への特別措置だという。テイケスもかなり安堵したようだった。

　リッチェンは、一人で町へ降りていくことを覚え、市場や農家や漁師の家の子どもらと友だちになった。

「ジルより手がかからない」

「ジルよりたくさんの友だちがいる」

と、祖父母たる領主夫妻は目を細めて自慢した。頼もしい限りだ。

　半月の滞在後、ジルはハストに戻った。ギャリオの新設計図を見せられて、以前と違う点を確認したあと、明日から造船作業に再び参加するという日の午後、シュワーデンの叔父、料理人のグルアンから誘いがあった。今までなんだかんだと忙しく、なかなか機会がなかったけれど、彼の料理を食べにきてくれと言われ、なぜかケイゼルの顔が頭をよぎって躊躇《ちゅうちょ》したあと、承諾した。

　冬がやって来ようとしていた。日中は暖かいが朝晩は霜がおり、もうすでに厳寒期の予感をはらんでいた。ある夕刻、宿舎前に迎えの馬が来た。これが二頭だての馬車だったりしたら、絶対乗らなかったジルだが、きれいなリボンでたてがみを編まれ、手綱や鞍の端々にかすかな音をたてる鈴をつけられた黒馬となれば、譲歩してまたがった。案内人が先だって町中をだく足で通りすぎ、橋をわたって西ハストに入る。このあたりはハスト山の山麓《さんろく》につづくなだらかな丘と森になっている。案内人は途中でカンテラに灯を入れた。いまだ水色の空に、一番星が輝いていた。もう息もたえだえの虫のすだきが哀れな森の中では、アオブナソウの花が白い硝子玉のようにうかびあがっていた。葉をおとしはじめた木々のあいだを抜けると、小さな谷間に数軒の農家があいだをおいて建っていた。谷の中央には大きな篝火《かがりび》をたいた広場があり、どうやら村中の人々が集まってお祭りの最中らしい。

竪琴、太鼓、笛、タンバリンの演奏で、「コオロギの歌」が奏でられ、酒気と食物と薪の匂いが漂ってくる。人々は切り株や丸太を椅子がわりに、飲んで食べて歌って踊っておしゃべりして、笑い、叫び、からかいあっている。

馬から降りると目の前にグルアンがいた。青い目が篝火にちかちかと星を反射させて、満面の笑みで出迎えた。

「よく来てくれたね。ここはうちの遠い親戚筋の村だよ。あ、もしかして、来たこと、あったかな」

ジルはとまどいながらも、はじめてだと答える。

「今夜は葡萄収穫終了の祭り、新月祭なんだ」

新月祭とか三日月祭とか言われるのが、その村その村でひらかれる。時期も村によって異なるのは、収穫期がずれるためだ。季節労働者などは、村から村へとわたっていくので、何度も祭りのご馳走にあずかるという話だ。

「もうね、今夜で三日めなんで、みんな朝から酔っぱらっている。だから誰が来ようと、誰がはずれようと、気にしないから、きみもくつろいで」

グルアンは篝火の周りにすわっている人々に手をふって、広場の端に案内した。つるバラの枝が両側からさしかかっている下に、食卓と二人分の椅子が用意されている。食卓には葡萄の実の刺繍《ししゅう》をした卓布がかけられ、椅子は詰め物がしてある。

「前に言ったこと、覚えている？　きみだけに料理したいって。少し時間がかかるけれど、見ていてくれるかな」

正直なところ、おなかはぺこぺこだったが、ないものはないのだから仕方がない。ジルは頷いた。

するとグルアンは食卓の横の台の上に、まな板がわりの平らに均した切り株と包丁、野菜と果物の籠、香辛料と調味料の壺を手際よく並べた。そのそばには素焼きの焜炉《こんろ》がある。

羊肉のかたまりをぶつ切りにして、刻んだ玉《たま》葱《ねぎ》といためる。胡椒《こしょう》、丁子《ちょうじ》、マンネンロウ、セージ、岩塩、葡萄酒を入れて煮込む。そのあいだにキュウリとセロリとキャベツを刻み、ディルと薄荷《はっか》をちぎってあえ、ケント麦を軽く乾煎りしたものをのせる。小さな瓶から垂らした油とレモン汁と塩、胡椒を攪拌《かくはん》して、

「ソーライバイ油のソースだよ」

と、西国から届けられた貴重な油の名をあげる。

サラダの器、とり皿、スプーンとフォーク、葡萄酒の杯、バラと金華草の香草茶、両手で割るとぱりぱりと音のする丸パン、黒スグリとラズベリーとイチゴのジャム三種、黄金色したバターのかたまりが卓上に並べられた。

「もう、これだけで充分なご馳走よ」

そう言うと、グルアンは、

「何言ってるんだい。ぼくの羊肉の煮込みを食べないでそれ言っちゃ、だめだよ」

ゆっくりとサラダを味わい、ジャムとバターをつけたパンをかみしめ、香茶の香りと葡萄酒の苦味を楽しんでいると、煮込み料理ができあがった。湯気のあがる椀からは、豊かな谷の香りがたちのぼり、まったく臭みのない羊肉は口の中で崩れ、玉葱といえばスープの中に甘みがあるだけで、もう影も形もない。

「おいしい」

それをきいたグルアンは、大きく息を吐いた。

「やっと笑ってくれた」

「え?」

「ずっとこんな顔していたからさ。無理矢理誘ったのかなと、ちょっと心配していたんだよ」

両手の人差し指で目尻をつりあげてみせる。

「わたし、そんな怖い顔、してない」

「いいや、していた。嫌だったのかって内心おちこんでいたんだ」

「嫌だったら、来ないよ。それに、そんな顔、

してないし」

グルアンは晴ればれとした顔で、

「そうか。よかった。安心した。食べて！」

そうすすめたあとに、つづけたのは、

「きみはいつも本心を言うね。そこが好きなんだよ」

ジルは黙って咀嚼《そしやく》し、パンをのみこんでからゆっくり答えた。

「これでも、少しは、お世辞も言えるようになったんだけど」

「でも、ぼくには、お世辞か本心か、違いがわかる。きみが好きだから」

やっと、彼の言いたいことがジルにも通じた。あ、とスプーンをもちあげたところで手がとまった。好き。とは、あの、恋愛感情のこと？

「ふう。ときどき西国の人に話しかけているような気分になるよ。でも、やっとわかってくれた」

ふりかえってみれば何となく気づいていたのだ。しかし、じっくり考えてみる余裕もなかったし、はっきりしないことをあれこれ悩むのも嫌なので、無意識にさけていたらしい。

「ごめん……。わたし、ときどき、ひどく鈍くなる……」

「そこがきみらしい、と言えばそうだけど……少なくとも、ぼくに対しては敏感でいてほしいな」

他の誰か——例えばシュワーデン——に同じことを言われたら、怒ってかみついたかもしれない。いや、シュワーデンならこういうことは言わないか。直截に、「もう少し人の気持ちに気を配れ」とか、「自分一人で生きているわけじゃないんだから、相手によりそって仕事するんだ」とか言って叱るだろう。それは、ジルのためを思って叱ってくれるのだとわかるから、ジルも素直に頷いて反省する。そう、そうやって、シュワーデンに限らず、ヴィーヴィンやギオンやネアニからも教えられて、成長してきた。

でも、今のグルアンの話は——、少し違うような気がする。おしつけがましいというか、中に命令のようなものがひそんでいるというか……。それはバラの刺《とげ》のように、ちくっと胸を刺した。それでも、ジルは、この小さな刺をただ黙ってぬきすてた。ご馳走になった礼儀として、グルアンの笑顔を崩したくなかったからだった。

「食後の菓子は何がいい？　桃の糖蜜《とうみつ》煮、ザクロジュース、ショクラクルの焼菓子――」

「ショクラクルがあるの?!」

リーリでナイサンにご馳走になった、あの茶色で甘くてなめらかなお菓子を、ここで食べられるなんて！

「ショクラクルを知ってるの？　そのものじゃなくて、とかした生地をやいたものだけど、食べる？」

「うん、ぜひ！」

もう、小さな刺など、地面の小石に紛れてしまっていた。

フォーリの力を悪用してはならない。
人を殺したり、傷つけたり、だましたりしてはならない。
これをたがえた者は、フォーリとしての資格を失う。

――フォーリ憲章より

オケルというフォーリがいた。あるときノーシャなる女に恋い焦がれ、つきまとった。ノーシャは恋人に言って、オケルを退けようとした。恋人が暴力をふるったので、オケルも魔法で対抗し、怪我《けが》を負わせた。領主の法廷で恋人は裁かれたが、オケルはフォーリ協会預かりとなった。その後数ヶ月しても、オケルの魔力は奪われなかった。協会は代替処罰として、西の僻地に左遷した。

このことから、様々な議論が交わされてきた。掟を破っても、フォーリの力は失われないとする者、失われはしないが力は弱くなるという者、失うほどの罪を犯したわけではないとする者……。

わたしは判断を保留して、今後の成り行きを見守りたいと考える。

――フォーリ研究者　ポスポーの日記

19

四五八年の冬はとりわけ厳しい寒波におそわれ、果樹の枝や幹が雪の重みで折れ、家畜たちの弱いものが死んでいった。ジルたちもかじかむ手足で造船の補助をした。ドリドラヴとの交易が禁止されたので、犀竜《さいりゅう》の皮も備蓄品のみになり、なかなか靴が新調できなくなった。だが、ロウラの工房は、靴作りにいそしむ余裕はなかった。新しい軍船《ギャリオ》のための燃えない帆作りに追われていたのだ。

それでも、春がのそのそと起きあがってくれば、活気は陽光の下に頼もしげな響きで都ハストを満たした。

各地の港では、フレステル大公の命じたとおり、要塞が次々と建てられて、衛兵の徴募には多くの男女が名乗りをあげた。彼らを訓練し、まとめあげるのは地元の領主と直属の衛兵たちで、四十年ぶりの戦《いくさ》とあって、前の内戦の話は聞いてはいても実戦経験皆無の者ばかり。互いに試行錯誤の連続らしい。また、ギャリオの乗組員の確保も急を要する課題だったが、こらは交易船の乗員たちが急遽《きゅうきょ》、横すべりしてきた形でにぎわった。

試作品に改良を加えて、船脚は二割減となったが、安定感が加わったギャリオは、薄青の帆を巻きあげたまま、次々にマス川を下り、カーニ、スパッタ、セン、ブリルといった主だった港に配備された。

最初のギャリオが東のブリルに到着するより前のある早朝、ジルははっとして目をひらいた。夢の中で鳴った鐘の音が、いまだ耳に残っていた。夢とは思えない生々しさだったので、寝台の中でしばし耳をすませたが、あたりはしんとして――いや、宿舎のどこかで誰かが悲鳴をあげている。男の怒鳴り声がし、荒い足音がくぐもって伝わってくる。

ジルはとびおきて、手早く服を着ると、長靴の紐を結ぶのももどかしく、部屋をとびだした。同じように幾人かが廊下に出てきていた。

「どうした？　何があった？」

「あっちの方。ミリアンの部屋じゃない？」

口々に打ち騒いでいるさなかに、そのミリアンの部屋の扉があいて、本人を抱きかかえた大柄なフォーリがまろび出てきた。と、上階、下階でも同様の騒ぎがおこっているらしい。泣き声や叫び声で宿舎は一杯になった。

階段をおりてきたギオンが、さっと目を走らせてミリアンのとり乱した様子に目をとめると、いつにない大声――しかし相変わらずどっしりと重い声――で言った。

「全員、協議の間に集合しろ。全体を把握するまで、いたずらに騒ぐなよ」

抱きかかえられて協会の建物に移動するフォーリたちや、頭をかきむしり、目を血走らせてふらふらと歩いていく面々が、すべて幻視や予知の魔法に長《た》けた者たちだった。では、さっきわたしが聞いた鐘の音も、幻聴だったのか、予知の欠片《かけら》だったのだろうか。ざわめく人々の群れにまじって歩きながら、胸のあたりが落ちつかない。炎、竜、といった単語がとぎれとぎれに聞こえてくるのも、不安な気もちに拍車をかけた。

普段、協会の協議の間には、長老のフォーリたちしか入ることがない。けれども今朝は、宿舎にいたフォーリ、外から駆けつけてきた世帯持ちのフォーリ、訓練生たちまでも招集されて、互いに肩がふれあうほどに混んできた。それぞれにギオンの指示をその声と同じく重くうけとめており、囁《ささや》きすら多くなかった。

ハスト在住のほとんどが集合したと思われるまで待った。すると、ハストのペネルが議長用の、手のひら一つ分高くなっている壇上にあがった。

「これまでにないことが起きたというので、集まってもらいました」

挨拶もなしに切りだす。

「断片的な情報や憶測が独《ひと》り歩きするのを防ぐため、共通理解と事実確認のため、今朝の騒ぎを検証します。テンのミリアン、まずあなたから、何があったのか話してください」

大柄なフォーリに支えられてミリアンが壇上にあがった。銀の髪ははねあがって乱れ、泣きぬれていたので顔はまだらに紅潮している。手をこねあわせ、肩を震わせつつも、彼女なりの精一杯で語りはじめた。

「夢……夢を見たんです……でも、とても、夢とは……あたし、焼け焦げた町の中に立っていました……。煙ものが燃える臭いも、今でも鼻についていて……」

しゃくりあげるのを、そばのフォーリが肩を抱いてなだめる。唇をひき結んで吐き気をこらえてから、ミリアンは再び、

「し……死体が転がっていて……空は黒と灰色におおわれていて……あたしはたった一人でいて……そうしたら、不意に目の前に、大きな竜が……あたしを見ると笑った……笑ったんです、竜が。竜が笑うなんて、って思ったら、あいつ、口をあけてあたしをかみちぎろうとして……それで目がさめた……」

それまでおし黙っていた人々のあいだから、呻きやら喘ぎがもれた。ペネルはミリアンを下がらせると、平然と顎をあげて、

「同じような夢を見た人はどれくらいいるの?」

と尋ねた。三十人をこす面々の中から、数人の手が挙がった。

「では、似ているけれど違う夢を見た人は?」

「ヘレニが……! 夢ではなく、幻視をしたと」

シュワーデンが入口近くで手を挙げた。ペネルは身ぶりで壇上に招いた。人々のあいだに細い道ができ、小さいヘレニが難なく通れるようにした。目の下に隈を作って怯えた様子だったが、ミリアンより落ちついていた。シュワーデンがそばにいることが、どれだけ彼女の力になっていることか。

「今朝はまだ明けないうちに目がさめました。竈《かまど》に火を熾《おこ》して、香茶をいれようとしていたら、

〈火番虫《ホットイテ》〉が鳴きだしました。……赤ちゃんのように」

ざわめきがおきた。〈ホットイテ〉は、火が消えそうになるとすんすんと鳴き、火事になりそうであれば赤子のように鳴きわめく。ヘレニが管理しているにもかかわらず、火事の警告に鳴くのはどうしたことだ、と皆疑問をもったのだ。

「静かに。つづきを聞きましょう」

ペネルの冷静で断固とした口調が、皆をしずめる。

「竈からはみだしている薪も、火の粉もないのにって、空気口からのぞいたら、炎が見えました」

かすかな唸りがもれるのは、皆、そりゃ当然だと思っているからだ。

「炎の先に、燃える町がありました。大きな竜が、水平線から飛んできて炎を吐き、焼き払っていました。邪悪な竜です。目の中に縦に細い瞳孔《どうこう》があって、黒と金の光を散らしていました。全長は七馬身、もしくは八馬身、広げた翼も同じくらい。全身赤茶の煉瓦《れんが》色をして、装甲板のような鱗《うろこ》でおおわれています。そいつが炎を吐く回数は三、四回が限度のようですが、小さな町も丘の上の領主館も壊滅します……要塞から放った百本あまりの矢は、その一割ほどが鱗を貫いて痛手をおわせたようでした。しかし翻《ひるがえ》った竜の翼の数回の殴打で要塞の上半分が吹きとび、竜は満足したのか、それとも怪我が大きかったのか、よろめきながら海へと逃げていきました……」

数呼吸の沈黙があった。やがて、

「何ということだ……」

誰かが呟いた。

「竜は……ドリドラヴから直接飛んでくるのか……?」

「まさか……！　艦もなしに？」

「それでは、ギャリオなど宝のもちぐされではないかっ」

「静かにしなさい！」

ペネルのかわりに黒鳥ネアニが首をすっとのばして叱咤《しった》した。

「ヘレニ。ドリドラヴの船は視《み》えなかったのですか?」

「……水平線ぎりぎりのところに、艦隊の影を視ました」

ざわめきが少し落ちつく。では、ウシュル・ガルといえども、本国から飛来するほどの力はないのだ。しかし、

「大きなガレー船が十隻、主人の帰りを待ってとどまっていました」

ヘレニの次の言葉で、議場は騒然となった。今度はネアニの叱咤も、ペネルの命令も効きめを失い、夢を視た者、予兆を何かしら感じた者が怒鳴りはじめた。波うつような人垣の中で、ジルは、胸にこみあげてくる恐怖に耐えきれなくなった。

「……その町は……?　どこの町か、わかる?」

錐のように、騒ぎをさし貫いた彼女の声は、一瞬の空白をもたらした。全員が、はっと息をのんだのだ。ヘレニは頭をあげてジルと視線をあわせ、ぎゅっと唇をひき結んでから口をひらいた。

「……わたしは行ったことがないけれど……セレ、と答えが頭にうかんだわ、ジル……」

刃物で背中の肉を切りおとされたような感じがして、動くことができなくなった。また周囲が騒然となっている。人々をかきわけてきたシユワーデンが、そっと肩に手をおく。

「それはいつのこと?　もうおきてしまったこと?　それとも、これからのこと?」

ペネルの声が何とか届いたのだろう、ヘレニはかすかに首をふった。

「わかりません……。わからない……」

ペネルが再び、静粛《せいしゅく》を求める声をはりあげ、ギオンも重低音で唱和し、何度めかでようやく静かになった。

「急遽、警告と報告を求めるハスト鷹をはなします。ありがとう、ヘレニ。夢見の皆さんも、ありがとう。具体的な手だては、大公とヴィス

マンに話してから皆さんに伝えます。皆さんは軽挙妄動を慎み、待機していてください。……それからヘレニ、シュワーデン、ジル、あなたたちはすぐにわたしの執務室へ。……解散！」

ざわめきと不安気なまなざしの中、呼ばれた三人はペネルについて、奥へと移動した。執務室へ入るとペネルはゆっくりとふりむき、冷たい銀の目をさらに鋭くして言った。

「ヴィスマンがこれを知れば、即座に船隊が組まれ、セレに派遣されることでしょう。ジル、あなたはそれに便乗しなさい。まにあうかどうかは神々の思し召しだけど。ともかく、家族を守るのが第一よ。いつでも出発できるように、準備しなさい。——それでヘレニ、皆の前であえて口にしなかったことがあったようね」

ヘレニは大きく息を吸ってから、悪いものを吐きだすように答えた。

「はい、ハストのペネル。十隻のガレー船は、セレを攻撃したあと、沖合から沿岸沿いに西進していました。セン、オクルル、オルクト、スパッタ、マウヴェ、カーニが次々に襲撃されていきます。ただ、火竜はすべての町をいっぺんに焼き払う力はないようで、一度火を吹いたあとはしばらく鳴りをひそめるようです」

「その隙に、こちらのギャリオが反撃できるはず」

とシュワーデンが補足した。

「各地にハスト鷹をはなつと同時に、狼煙《のろし》もあげるよう、ヴィスマンに進言しましょう」

ペネルが断固として頷くと、ヘレニは、あの、もうひとつ、と口ごもった。

「何……？　もっと悪いことがあるの？」

「火竜はもう一頭いるのです」

ペネルはぎゅっと唇をひき結んだ。ジルの目に、夕空にうかぶムルツの竜がよみがえった。

「セレを襲った……襲うのより二回りも三回りも小さい竜ですけど」

「……小さな町や村一つを焼き払うには、充分なやつ、ということで」

シュワーデンがヘレニの肩を抱きながらつけ

たした。

「……竜は二頭、予測してしかるべきことだったわ」

「大公と宰相は、対抗策をもっていらっしゃるのでは？」

ジルがそう予測したのは、ギャリオ造船に携わっていて、その綿密な指示、組織に全幅の信頼をもっていたからだった。

「もちろん、そうでしょうね」

とペネルは少し語調を抑えて、

「とにかく、わたしたちフォーリは憲章から逸脱しないように気をつけて、国を護るために働きましょう。……ヘレニ、疲れたでしょう。今日はあともう、休んで。シュワーデン、あなたには今見聞きしたことを、大公かヴィスマンに直接報告しにいってもらいます。他言しないように。手だてが確立するまで、竜が二頭いるなんて、騒がれたくはありませんからね。……ジル、あなたもよ。口をつぐんで行きなさい。船の用意ができ次第、連絡をするから、宿舎に待機して」

協会から放りだされるようにして、それぞれの方向に散る三人だったが、まぎわにシュワーデンがジルの腕をつかんでひきとめた。

「ジル、気をつけて行くんだぞ。それから、いいか、どんなことがあっても、絶対に、攻撃してはだめだ。フォーリの力を失いたくないだろう？　このごたごたのさなかに、〈真実の爪〉の審判なんて、茶番をしている暇もないんだ。魔法を制御しろよ。……問題をおこすなよ！」

シュワーデンの目には、いまだ十二、三歳のジルが映っているのかもしれない、とおかしくもあり、なぜか歯がゆくもあった。

「大丈夫、シュワーデン。わたし、ちゃんと自制する。護りに徹する」

肩を二度三度軽く叩くと、もっと何か言いたそうにしていたが、あきらめて唇をひき結び、踵《きびす》をかえしたシュワーデンだった。

もうヘレニは町中の借家に戻ろうと、表通りにむかっていた。その背中を確かめてから、ジルは林を通って宿舎に戻った。

荷造りをして腹ごしらえをし、再び部屋に戻ってぼうっとした。九歳で、〈月ノ獣《けもの》〉の声をきいて孤独を悟った、あのときがよみがえってきた。ここにこうしてすわっていると、否応なく独りであること、無力であることをつきつけられる。けれども、わたしには多くの仲間がいる。〈月ノ獣〉の言うことは、真実ではあるが、真実のすべてではない。大丈夫だと、自分に言いきかせる。

それにしても。あと何日待たなくてはならないのだろう。船の準備に何日かかるか――ギャリオの建造はほとんど終わりかけていた。総数で四十、いや、五十隻に近い軍船が、マス川を下って各地に赴《おもむ》こうとしているか、その途中か。これからセレに派遣される一隻には、乗員が三十人はいるだろう。兵の徴募でたくさんの男女が集まり、訓練をへてそれぞれに乗船するはずだが、その三十人をセレ行きに乗せるには、何日を要するのだろう。

ジルはすわっていられなくなって立ちあがり、所在なく歩きまわった。待機は苦手だ、と思い知る。何かやれることがあった方がいい。故郷をあれこれ心配して、想像――悪い方の想像――をしていると、体力をひどく消耗する。

狭い部屋を歩きまわることもできなくなった。寝台にもぐりこみ、もっと若かったころのように身体を縮めて、のしかかってくる虞《おそれ》から隠れようとした。毛布の下が少しずつぬくもってくると、頭がぼんやりとしはじめ、いつのまにか眠ってしまった。

扉を殴打する音でとびおきると、部屋はまっ暗だった。大きな窓からは、マステル山脈の方に沈んでいく満月が見えた。山なみの稜線の真上にいる月は、白銀の雲をまとわりつかせて、炎を吹きあげているかのようだった。あの月が沈めば、夜が明ける。

ジルはよろめきながら、扉をあけた。まぶしいカンテラに目を細めているあいだに、

「わたしは〈白峰号〉の士官クローエスと言い

ます。お迎えに参じましたっ」

と立ちはだかっている男が名乗った。いかにも軍人らしいがっしりした身体が、薄青に濃青と銀の刺繡《ししゅう》の胴衣を着て、足をふんばっていた。

「すぐに出られます」

と答えれば、彼は一つ頷いたあとに、

「その前に、御髪《おぐし》を整えられたらよろしいかと。待ちます」

と言って足をそろえた。

ああ、寝乱れた姿だった、と恥ずかしくなりながら、室内に戻った。急いで手櫛で髪をすき、お団子に結いあげる。長靴の紐をしめると、合切袋を背負って、

「お気遣いをどうも。もう行けます」

クローエスはまた一つ頷くと、先だって大股に歩きだした。宿舎の外にはクローエスの配下の数人が馬を用意して待っていた。だく足で市街地をぬけ、〈海竜〉橋をわたって東地区へ、東地区から南下して〈ウロネコ〉橋のたもとへ、と毎日毎日通った道を、早足に通りすぎ、造船所の端に青白い帆を今しもおろしつつあるギャリオ船まで一気に駆けぬけた。

馬からおりたジルに、クローエスは一隻のギャリオを示した。

「あれがわれわれの〈白峰号〉です。船長はヒユルゴ中将、艦隊長はツドラック大将です」

「艦隊……って」

確かに船だまりには五隻のギャリオが、五つ子のように並んでいた。

「セレに竜が来襲する、というのであれば、それだけの対抗策を、ということです。ご安心を。あなたの故郷はわれわれが護ってみせます」

マステル銀の四角い塊を思わせる声でクローエスはうけあった。だが、その四角いかたまりの中には、熱くたぎっている溶鉱の朱が感じられた。

ジルの乗船を待っていたかのように、帆を張った五隻は、次々にマス川を下りはじめた。

マス川は月の最後の斜光に銀に波だち、すぎゆく町並みはおぼろにうかびあがる幻さながら

だった。水の匂い、山の気、ようやくひらいた花々のかすかな香りがした。

実際にギャリオに乗ってみて――ヴィーヴィンにも乗ってもらいたかった、と思った――改良のかいがあったのかどうかはジルには判断しかねたものの、安定感があることは確かだった。それよりも驚いたのは、その船脚の速いこと！　海上の模擬戦を見て速いのは知っていたが、実際に船上にあると、速度を二割がた落としたというのは本当かと疑いたくなるほどだった。あっというまにマス川を下りきり、オーカル湖を横断してオクルの町を右手に見てオルクト湾に出たちょうどそのとき、夜が明けた。

海は曙光《しょこう》をうけて橙《だいだい》、黄金、夜空の青、銀とあやなす模様を広げてみせた。陽が昇りきると、一旦白銀の炎をあげてから、穏やかな春の青に落ちついていく。

帆の調整に乗員たちが忙しく立ち働くと、傾いていた船も安定した航行にうつった。船倉から甲板への出口の上に吊るされた鐘が、ゆっくりと二度鳴った。乗員たちが歓声をあげて下におりていく。

「食事の時間です」

クローエスが教えてくれた。

「船長や士官と一緒に船室へどうぞ。テクトが案内します」

と、そばに立つ少年――おそらく士官見習い――に顎をしゃくってジルを促《うなが》した。ジルはほんの少し眉をひそめて、

「わたし、お客じゃないし。狭い船室でお行儀良くお食事するのはちょっと……。ここに持ってきて食べていい？」

と、答えた。早々と自分の取り分を抱えた乗員が、二人、三人、と甲板にあがってきて、舷によりかかってすわり、パンとスープをかきこんでいる。クローエスは迷いもみせずに言った。

「あなたが望むのなら」

ジルは乗員たちが全員あがってくるのを待ってから、甲板昇降階段をおりた。狭くて急な階段を用心深くおりて、両側に船室を抱えた通路

を進むと、後甲板の真下にあたる食堂と厨房《ちゅうぼう》があらわれた。厨房の覗き窓からこちらをうかがっていたらしい料理人が、あわててとびだしてきた。

「すいません、フォーリと士官の方のお料理は、上の船室でお出ししますんで」

「わたし、乗員たちと同じように、甲板でいただきたいの。クローエスが許可してくれた」

料理人は瞠目《どうもく》した。何を言われたのか、わからなかったらしい。すると、奥から声がした。

「わかった！　今もっていくよ、ジル！」

あら、この声。まさか。もしかして。

今度はジルが目をぱちくりさせているあいだに、片手にパン、片手にスープの椀を持ったグルアンが姿をあらわした。相変わらずにこやかに、青い目をきらめかせて、やあ、と言った。食事をわたしながら、

「びっくりした？」

と聞く。

「あなた……どうして、ここに？」

「決まってるさ。国の危機だ、料理人には料理人でできることがあるってさ」

片目をつぶってみせる。

「戦う人たちに、おいしい食事を。士気もあがるってもんだろう？」

「でも……この船に……偶然？」

「おお、ジル、ジル。きみのそばにいたいからだよ。決まってるだろ」

相変わらずそっち方面では鈍いな、とほのめかす。ジルはあからさまに困惑顔をした。正直なところ、今は彼と遊ぶ気分じゃない。彼の好意に応える余裕はない。するとグルアンはそれを察して、手をふった。

「ああ、おれのことは気にしなくていいんだよ。きみにおいしいものを食べさせたくて志願しただけなんだから。家族が心配だろ。ともかく、そっちの方で活躍しろよ。大丈夫だから」

そういうのを真にうけていいのかどうか、少しのあいだ躊躇《ちゅうちょ》したものの、ともかくそれをありがたいとは思わなかった。むしろ、押しの強

さに困惑した。

甲板で潮風をうけながら朝食をしたためていると、左手にセンの町が見えてきた。かつての数珠玉《じゅずだま》のような輝きはまだ戻ってきておらず、あちこちほころびのある飾り帯のような趣であったが、あの大火をしのいで、少しずつ息吹をとり戻していた。

ジルはスープ椀を床に置き、首をのばして、台地の上の鐘楼や神殿の塔やらを確かめ、そっと息を吐いた。故郷セレを、センの二の舞にはしない。絶対に。だから、ああ、もっと速く走れ。

船脚は、海に出てからさすがに落ちていた。風が西から吹いてくれるのはありがたいが、もう少し強ければ、と願ってしまう。魔法でそういうのができたら、とも思うが、五隻の船団をいっぺんに運ぶ力はさすがにない。

町からつづく台地の岬には、できたばかりの要塞が、ずんぐりした暗い茶色でうずくまっていた。屋上でときおりひらめくのは、歩哨のもつ槍先だろうか。何やら大きな器械めいた塊も見える。クローエスのところへ登って尋ねると、

「対竜戦の武器です。ロウル何とかいう靴職人《ちょうど》と船大工が協力して発明したと。いわば超弩級《きゅう》の小型投石器です」

「超弩級の小型……?」

その矛盾した表現におもしろみを感じながら、ロウラの想像力に感心する。

「小型ですから、要塞の上や狼煙台のそばまであげることが可能です。むしろ問題は石の方です。大岩ひとつを用意するのが難しいので、頭大の石をいくつも一緒に発射するか、それとも多少、金はかかりますが、マステル銀の破片か鏃《やじり》か、それを石がわりにするか、それぞれに工夫の余地ありです」

「大きいの一つよりは、たくさんの小さいの、の方が当たる確率は高いよね」

「そうです。わたしとしては、銀片が最もよいかと思います」

ただの石が当たったとしても、ウシュル・ガ

ルは痛痒《つうよう》を感じないだろう。

「ただそれは、各地の領主と砦《とりで》を任せられた隊長の判断にゆだねられておるので」

ウシュル・ガルの弱点が何なのか、わかればいいのだが。マステル銀でしか傷つけることができないのであれば、それを持たない小領主など、打つ手がない。幸いセレには備蓄があったはずだけど、ヘレニの幻視では――。

ジルは不吉な予言をふり払うように首をふった。どうかまにあって。何とかする時間がほしい。

その夜は、ブリルに停泊した。湾の内側に錨《いかり》をおろし、三分の一が小舟で上陸し、翌朝戻ってきた。ペンタ麦や水を背負って梯子《はしご》を登ってくる乗員たちにまじって、モルルがナツメヤシそっくりの顔で白い歯を見せたときには、驚きとうれしさと心配と予感があたったことで、ジルはどんな顔をすればいいかわからなくなっていた。それでも、困惑を笑顔でおおって彼女を抱きしめ、心強いと本心の一部を吐露すれば、モルルはジルの肩の下を軽くつきはなして、

「無理しなさんな。あたしゃ大丈夫だよ！　あんたより元気なくらいだよ」

と言った。

「でも、モルルがいなくなったら、ブリルの護りは手薄にならない？」

「これは戦略の一手なのさ、ジル。最も脅威が予想される一点に力を集中させないと。あっちもこっちもじゃあ、両方つぶれる。弱い者、護りにまわる者にも戦い方ってのがあってね」

モルルが言いおわらないうちに、クロースの見習いが近づいてきて、会議がはじまるので船長室に集まってくださいと丁重な言葉使いで伝えた。

湾を出るのに忙しい乗員たちのあいだをぬうようにして、前部甲板の真下の船長室に入っていくと、ヒュルゴ中将が卓上の海図から目をあげた。クロースともう四人の士官がそろうのを待って、あらためてそれぞれが名乗りあい、顔合わせをすませる。

「さっそくだが、昨夜ブリルでひらかれた船長会議の決定事項を伝達する。その後、おのおのの行動予定を協議し、わが艦の戦略を周知させる」

ヒュルゴ中将は細く鋭い目で七人を見わたし、卓の周りに集まれと手ぶりで示した。オーカル湖ではじめてギャリオを操船してみせたこの船乗りは、骨太の長身で、ひどく短く髪を刈っている。瞬時に正確な判断を下す有能さが、全身からにじみ出している。

「今朝、セレから報せが入った。ハストからの警告はすでに届いている。鋭意、防衛準備をしているという」

ジルはわれしらず、息を吐いた。まだセレは無事なのだ。

「だが、いつ襲撃されるか、予断を許さない。ということで、艦隊はひきつづき全速力を保って航行する。セレには明後日の夕刻までに到着したい。その旨、各部署に通達するように」

軍人らしいはきはきとした返事を聞いたあとで、ヒュルゴ中将は海図を示した。

「セレはここ、南側に面し、小さな湾をいくつか抱えているが、最も重要な港はここだ。町へ直結する道が通り、漁港として栄えている。水深は浅いので、大型船は進入してもここまでだ」

湾の入口を指示棒で示す。

「フォーリ・ジオラネル、あなたは今回、要員には加わっていない。家族の安全を第一にして、上陸すること。だが、余力があれば、フォーリ・モルルとともに、町の防護に加わってほしい」

「お心づかい、ありがとうございます」

心からその言葉が出てきた。ヒュルゴ中将は軽く頷くと、次いで沖合に指示棒を移動させた。

「二人のフォーリとマステル銀および補充人員を港におろしたあと、わが〈白峰号〉は、先行する他の四隻を追って沖合に出る。幻視フォーリの話では、このあたりに」

と大きな円を描き、

「ドリドラヴのガレー船団が結集するはずだ」

「はず、というのは」

「幻視、ですか」

士官のうち二人が首を傾げ、こめかみをかいて、疑惑をあらわした。ヒュルゴ中将も、うむ、と唸る。

「どれだけ確かなことかはわからん。だが、もっと沖合、〈満てる海〉のまん中であれ、あるいはアトリア沿岸であれ、敵船が待機していることは確かだろう。ウシュル・ガルの竜といえど、本国からここまでひと飛びに襲来するとは考えにくい。……もし、できるとしても、だ。わたしが竜であれば、必ず余力を残す。ましてや、国一つの侵略を計画するのなら、竜一頭ですべてを焼き払って征服するという考えは愚の骨頂だ。またたく間にドリドラヴをまとめあげたウシュル・ガルが、おのれの身一つですべてを決着させようとする単純な男とは思われん。従って、われわれは、ガレー船をさがし、これをできるだけ多く撃沈させる。もし、ウシュル・ガルがすでにセレを襲撃していたとしても、これが最善の方策だと判断した」

ゆっくりと顔をあげたジルは、中将の目が自分に注がれていることに気がついた。彼が言わんとしていることは、

「つまり、セレは自力で町を防衛しなければならない、ということですね」

「察しが早い。助かる」

そのために領主は配備されているのだ。父と兄には、とうにその覚悟が備わっている。とはいえ、心細い。モルルが肩に手をおいた。

「あたしも協力するよ、ジル。大丈夫だ。ヤリオってのは、すごい船だっていうじゃないか。五隻でガレー船を二隻ずつやっつけりゃ、むこうは全滅、ウシュル・ガルは帰る場所がなくなるってもんさ」

ヒュルゴ中将は顎に手をあて、顔をしかめた。

そううまくいけばいいが、と考えているのかもしれない。と、彼は顎から手をはなして、

「一隻は残しておかねばならないだろう。ウシュル・ガルにはお帰り願わなくては。ハスティ

アに腰を据えられたら、かなわんぞ」

そう言って、にやりとした。士官たちも微笑をうかべ、目配せしあう。どうだい、うちの艦長は。ただのカタブツ軍人とは違うんだぜ。

そう、そうだ。大丈夫。この人たちに任せておけば、最善を尽くしてくれるだろう。そしてわたしも。家族を、町の人たちを護らねば。戦は士気だ、とよく聞く。であれば、この人たちを見習って、心、強くふるまおう。

明後日の夕刻、とヒュルゴ中将がうけあった刻限より早めにセレの先につきだしている岬を見た。良かった、無事だ、と胸をなでおろした直後、先頭の船からハスト鷹が舞いあがり、船団の上をかすめ飛びつつ、

「テキ、ナントウ、テキ！」

と叫んだ。帆桁の最上部に陣どっていた見張りも、

「南東水平線に黒い影が見えるぞ、大きさからして、竜だっ」

総員配置につけ、の号令で、船倉に待機していた兵士たちが甲板にとびだしてきた。薄青の装飾胴着《セテン》に弓矢、籠手《こて》のいでたちをした三十人ほどが、三列に並ぶ。

船団は波をかきわけて一斉に南東方向へ転身した。どの船も、斜めに傾ぎながらも、安定した速度で進んでいく。一方、〈白峰号〉は、留守番の子どもさながらに沿岸を航行し、やがて湾内に入った。ジルは小舟がおろされるのをじりじりして待ち、着水する前に、漕ぎ手のすぐあとを追って吊り梯子をおりた。数呼吸後にはモルルもやってきて、丸太を削っただけのような小舟は、前後の漕ぎ手の力で波をのりこえ、湾内をすべるように走って、桟橋についた。

善戦を、とモルルがねぎらいがわりに漕ぎ手に呼びかけるのを背中に聞きながら、ジルは桟橋にとびうつり、網をたたんでいた漁師にフォーリの徽章《きしょう》を示した。

「フォーリ・テイケスに、すぐに領主館へ来るように伝えて！　急いで！」

竜が来る、という言葉をのみこんだ。徒《いたずら》に

不安をあおってどうする？　それに町の管理は領主の権限下にある。あたふたと漁師が町への道をかけ登っていくのを横目で見ながら、モルルに、先に行く、と告げて館への小路を走った。

丘の上に至ったとき、水平線より手前の上空に、黒影と火の赤がひらめくのが見えた。海上には薄青の帆が二つ、三つ、とゆらいでいる。緑の草の上を走りながら、その帆が竜の炎に耐えているのを知って、ロウラと靴職人の尽力に誇りを覚えた。マステル銀の粉を帆布にまぶすのに、膠《にかわ》を試したと聞いたときには、半信半疑だった。膠は高温で溶けてしまう。竜の炎にあったらひとたまりもないだろう、と。ところが、造船所の屋根つき広場で、ロウラが広げてみせた見本は、フォーリの魔法の炎にびくともしなかった。篝火《かがりび》や松明《たいまつ》にあてても溶けず、マステル銀の粉が膠の溶けやすさを凌駕《りょうが》した、と示したのだった。もちろん、竜の吐く火が、フォーリたちの炎や木を燃やした火よりも高熱であることは予想できた。それでも、そのひと吹きであっというまに燃えあがるのを防げれば、戦いようがあるではないか。

竜の下にぞくぞくと集まっていく四隻の白帆のあいだから、西陽にきらめく無数の針が飛んでいく。竜は二度、三度と翼を翻す。が、無数の矢の幾本かは命中したらしく、動きが少しぎこちないようだ。……わたしがそう思いたいだけ？

ジルは館への坂道のおわりの方を駆けぬけながら、それが思いこみではないと見てとった。身を翻す竜の、ほんの少しよろめく影に、ぎゅっと拳《こぶし》を握った。それから、はた、と気づいた。何百本のうちの数本のマステル銀の矢が、竜に打撃を与えたのだ。対抗できる。充分に！

岬の要塞から狼煙の最初のひとすじの煙が薄白くあがった。次いで、鐘がせわしなく連打される。同時にジルは前庭をつっきって館にとびこみ、父と兄を呼んだ。呼びながら階段を二段とばしして上階へ、そして見晴らしのきく父の執務室の扉をあけた。

父は鐘の音で、窓辺にいた。

「ジル。何事だ」

「ウシュル・ガルの竜がセレに迫っているの、お父様！　沖合でギャリオ船団と一戦まじえているけれど、いつ、こちらに飛んでくるかわからない！　応戦の準備を！」

礼儀はどこへ行った、などと言う父ではなかった。物音に驚いて戸口に顔を出した家令に、

「聞いたか？　竜が来る。兵舎に連絡を。グロガスを呼べ」

と指示したが、事態の把握に追いつかない様子を見てとって、

「いい。わたしが下へ降りる。女子どもを地下室へつれていけ。おっつけ、町中の者も来るだろう。彼らに指示を」

そう言いおいて、マントを羽織り、壁の槍をひっつかんだ。その間、息を整えたジルは、すぐに父のあとを追う。

階段をおりながら、父は周囲に切迫した事態だと叫び、グロガスが踊り場で合流すると、兵士の統率を指示した。広間の入口に、兄の妻子がちょうど降りてきたところで、兄は彼らを抱きしめてすぐに戻ってきた。

要塞、兵の訓練、武器の準備に加えて、避難の仕方も打ち合わせを前もってしていたらしく、赤子を抱いたエリキアはリッチェンの手をしっかりとひいて、きびきびと地下室への通路に去っていった。大股で外へ出ると、ちょうどフォーリ・テイケスがモルルを労わるようにしながら前庭に駆けこんできたところだった。父は要塞の護りをかためるために先に行った。グロガスが父のかわりに、二人に避難者の誘導と館の護りを託した。

「弓兵を二十人つけよう。あなた方は地下の人人を護ってください」

テイケスが感謝の言葉を口にする一方で、モルルは息を切らしながらも、

「いいや、二十人もいらぬよ。ここはあたしとテイケスで炎から護るさ。その分、迎撃にまわしとくれ」

と言い放った。

はいそうですか、と言う兄ではない。案の定、それはできぬ、二人の安全を確とするためには必要不可欠だ、と早口で抗弁した。ジルは海の方を見た。竜は一旦、沖のガレー船の方に消えたかと思われたが、再び陸の方へ、今度はギャリオ船団をおきざりにして近づいてきている。二隻がそれを追い、あとの三隻はかねての打ち合わせどおり、ガレー船に反攻勢をかけるために遠ざかっていくようだ。

ウシュル・ガルは華奢《きやしや》な船団などとるに足らない、と思っているのかもしれない。炎で焼けはしなかったが、一隻一隻に相対すれば、たちまち沈めてしまえる。だがそれでは、当初の、上陸という目的がはたされない懸念もある。どこか傷ついていては、なおさらだ。……あるいは、傷つけられたことへの怒りが、あの大男を復讐に駆りたてたかもしれない。肥大化した自尊心と面子が、退くことを是としなかったのかもしれない。

これも予想できたことだった。陸は砦で護る。ギャリオ船団はともかく、敵の基地たるガレー船団に痛手をおわせる。その確認は何度もした。

ジルはモルルにむかって言った。

「要塞にはわたしが兄と一緒に行く。だからモルル、兵士たちとここを護って。今は言いあっている場合じゃないよ」

モルルもはるか海上にちらりと視線を送り、わかったよ、と答えた。

「あんたの言うとおりだ。こっちは任せて、お行き」

それには今度はグロガスが抗議しようとしたが、モルルがたてた人差し指が、ジル、次に要塞を示すと、思い直して口をとじた。

「では、町の人たちを頼む。……わたしの家族も」

そう言い直して、ジル、行くぞ、とつけ加え、ひきだされてきた馬にとび乗った。この前に来たときに、目にとまっていた四角い建物から兵士たちがぞくぞくと出てきた。箙《えびら》を背負い、弓をたばさんでつき従う。五十人ほどか。岬への道も広く整備されて、見とおしもきく。海も、町も、領主館も良く見える。

急ごしらえの要塞は、来るときに目にした小さな港々のものよりは、がっしりとしているようだ。基部は近場から持ってきた花崗岩《かこうがん》、その上に焼成煉瓦、屋上部分のみが丸太を使っている。外側に螺旋《らせん》を描いた木造斜道がついており、クローエス言うところの「超弩級の小型投石器」をおしあげたのだろうと思われた。

屋上まで馬で乗りつければ、その投石器は細部を組みたておえて、石を載せる帆布がくくりつけられたところだった。

「来るぞ！　急げっ」

砲兵たちが言いあって、帆布に石をつめこもうとしていた。

下馬したグロガスは、弓矢を構えて、早くも弓兵たちをまとめに走っていった。父は端の方で全体を見わたしている。

わたしがするべきことは？

ジルも父をまねて全体を見わたした。まずは防火、それから防御。

――護りに徹する。

フォーリの掟を順守する。自制を保ち、冷静に、父のように、兄のように。呪文を唱えはじめた。真空の円く大きな盾をつくる。衝撃を分散させる真空の壁を砦のまわりにはりめぐらせる。あとは、攻撃されたときに追加する魔法のおさらいをして、待つ。

小型投石器は土台のがっしりした姿で、頼もしくジルの隣にあった。帆布の上には、頭大の石が十数個のっている。これでどうにかできる相手ではない、と胸がざわついた。石のいくつかが運よくあたったとしても、何の痛痒も感じないに違いない。何かもっといいものがありはしないか。

砲兵のもつ斧が床の隅に転がっていた。彼等の腰には錐やナイフもついている。ああ、でも、あんなものではどうにもならない。マステル銀でさえないのだもの。それに、一つ一つが大きいものより、鋲《びょう》のように小さくてたくさんある方がいい。百のうち二つでも三つでも当たれば。

鋲のようにたくさん……？

ジルはあるものを連想した。

「ねえ、この要塞は、あなた方が造ったの？」

砲兵の一人に話しかけると、彼女はあわてて立ちあがった。

「はい、煉瓦を運んだり、つんだりしました」

まだ十七、八歳の少女だ。砲兵をつとめるだけあって、身体つきはがっしりとたくましいが。鼻の頭にかすかな傷跡があるのは、工事中の怪我だろうか。

「この屋上を建てるときとか、斜道をとりつけるときとか、釘を使ったよね」

「はあ……」

またこのフォーリは、何を言いだすことやら、と困惑しているのへ、

「その釘の残りって、どこかにある？」

「ああ……階下の物置に……」

「できるだけたくさん、いいえ、ありったけここへ運びあげて！　急いで」

父やグロガスの態度をまねて、決然とした口調で命じれば、従う習性を叩きこまれた兵卒は、疑問があっても命じられたままに動く。

砲兵は即座に階下へ走っていった。釘がマステル銀で作られることはほとんどない。それでも、石よりはよほどいい。できれば、炎を打ち消す魔法とか、凍結の魔法とかを釘にかけたいところだが、それでは「攻撃」に加担したことになるだろうから、我慢する。この工夫は、魔法さえ使わなければ、憲章には違反しないはず、とすがるように考えた。これは、フォーリ・ジオラネルではなく、領主の娘、セレのジオラネルとしての工夫よ。誰にも批難はさせない。

釘が運ばれてくると、石をよけさせ、帆布の上に箱ごとあけさせた。あと三箱残っていると言うので、それも持ってきてもらったところで、竜の咆哮《ほうこう》が届いた。

20

噂では、十馬身もある、ということだった。実際のウシュル・ガルの竜は、ヘレニの幻視どおり、せいぜいが七馬身か。とはいえ、巨大であることに変わりはない。翼を広げたそやつは、三倍も大きく見えた。

皆はそれが近づいてくるのを、固唾《かたず》をのんで待っていた。グロガスの指揮に、弓兵はマステル銀の矢をつがえている。砲兵は隊の長の腕のひとふりで、いつでも釘を発射できる。父は槍隊を従えて、接近戦にそなえている。

竜がめざすは、セレの町だった。無辜《むこ》なる人人を焼き払うなど、いたって当然のことといわんばかりに、砦《とりで》の西側を一直線に通りすぎようとしていた。大きく翼を羽ばたかせて、その風が吹きつけてくる。遅れて、まるで城門の蝶《ちょう》番《つがい》がきしむような、器械めいた関節のこすれる音が届く。

「嚆矢《こうし》放《はな》て！」

父が声をはりあげた。風を切って、高々と、嚆矢が射ちあげられる。甲高い笛のような音は、長く尾をひいて大気を震わせた。つづけて三本、射られると、竜は港の少し手前でふりむいたが、その動作の途中で、ほんの少し、均衡を崩した。おや。なにかおかしい。見えない傷が痛んだのだろうか、それとも――。

竜が迫るにつれて、風も吹きつけてきた。甘い南国の香の匂いを吐きながら、竜は砦に並ぶ兵士たちを嘲《あざけ》った。哄笑《こうしょう》なのか、雷鳴に似た音がとどろいた。

炎を吐こうと羽ばたきをやめ、長い首を鎌のように曲げる。その宙空に滞った一瞬を、砲兵の長は見逃さなかった。

「今だ、はなてっ」

投石器の腕が大きくはねかえり、鉄釘をうちだす。前後して、グロガスの号令とともに、マステル銀の矢が竜めがけてはなたれた。

竜はまばたきを一つしたのち、身体をひねって矢をかわし、急降下した。釘の幾つかが胴体や翼にあたって、火の粉のはぜるのに似た音をたてた。見れば、実際、火の粉があがっているのだった。しかし傷ついた様子はない。

砲兵たちは、釘の箱を戻ってきた帆布にあけ、再び発射の準備に入る。あの少女兵が肩ごしにジルにふりむいて、にっかりと笑った。

「石よりずっと簡単ですよ！」

そこへ、竜が今度こそ火を吹いたが、真空の盾《たて》が皆を護った。グロガスの大声が、かすかに聞きとれた。

「射て！　射て！」

自らも強弓を引いた。惜しくもはずれ、竜の頰をかすめただけだったが、竜はかっとグロガスを睨《にら》みつけながら反転し、一旦遠ざかっていった。

その間に、兵士たちは次なる矢をつがえる。どの顔も頰をひきしめて、武者震いもあらわな者もいるが、皆、両足はしっかりと大地を踏みしめている。来るぞ、と誰かが叫んだ。と、竜は見る間に接近してきて、炎を吐きながら体当たりの構えだ。両脚を前へつきだし、砦などひと蹴りで破壊してやろう、と流星さながらにつっこんできた。

そのとき、ジルの全身がたちまち銀の光に包まれた。身体全体がまたたいている。髪がはどけて銀に染まっている。まただ。わたしは何になってしまったの？　〈月ノ獣《けもの》〉が耳障りな声をあげ、ジルはおのれをとり戻す。困惑している余裕はない。

真空の盾に炎は消え、竜自身もあちこち切り裂かれていた。しかし、いずれもかすり傷。それでもわずかにひるんだところへ矢が飛び、釘が飛ぶ。咆哮《ほうこう》をあげながら垂直に落ちていく、その目が、ジルの目と合った。

暗黒の中に黄金が散って、縦に長い瞳が、彼女を認めた。

――小娘、きさまか。

溶鋼の坩堝《るつぼ》に投げこまれたような恐怖を覚えてひるんだ直後、竜は姿を消した。

「やったぞ！　射ちおとした！」

兵士の一人が叫び、全員が拳《こぶし》をつきあげて歓呼の嵐となった。

ちょうどそのこだまが消えたとき、砦の下方で、重い地響きがとどろいた。

「どうしたっ」

「何だ、何があった」

地響きは、二度、三度と間をおいてつづき、その間人々は、ただ立ちすくむばかり。縦揺れと横揺れが来たあと、床の木材がもちあがったかと思うや、はじけた。そこここで、強靭《きょうじん》な丸太が裂けるめきめきという音がとどろいた。もう一度、地響きがきた刹那《せつな》、階下の煉瓦《れんが》が粉微塵《こなみじん》になる感触があり、同時に床が抜けた。

兵たちが、投石器とともに落ちていく最中《さなか》、目前に竜の顔があらわれた。砦の中ほどが脆弱と見ぬいて攻撃したのか。砦が崩れていく、そう悟った直後、牙のずらりと並ぶひらいた顎を目にした。その喉の奥から炎がせりあがってくる。呪文を唱えたが、まにあうかどうか。

不意に黒いものが視界を遮《さえぎ》った。父の背中だ。槍落下しつつも腕を振って、槍を投げつける。槍は竜の腹の中へ消え、ほとんど同時に、炎が父を襲った。遅ればせながらようやく防火壁ができた。それらすべてが、ひどくゆっくりと、流れるように見えたあと、ときは速さをとり戻して、すべてのものを地面に叩きつけた。背中と尻に衝撃を感じ、頭の中が闇でおおわれる寸前に、竜の悲鳴か、悶絶が耳に届き……。

雨の雫に意識をとり戻した。顔の半分だけを瓦礫《がれき》の外に出して、浅く埋まっている。遠慮するかのようにぽつりぽつりと降ってくる雨は、やがて土砂降りの気配を含んでいた。まだ日暮れていないあたりには、兵士たちの呻き声が満ちている。

身体をひねると、木材の切れ端や煉瓦の破片が崩れていった。下に埋もれている者たちの苦痛を想像して、震えが走った。それでも、ここから出なければ話にならないじゃないの、とおのれを叱りつけて、手をのばし、足を抜き、腰をもちあげて四つん這いになり、惨状に呆然とすることを良しとせず、そろそろと瓦礫の山を後退《あとずさ》りにおりていった。

下方の、はずれの方で、兄グロガスがちょうど助けだされたところだった。片足が見るからにあらぬ方に曲がっており、それでも気丈に半身を支えてもらいながら、血で汚れた顔をぬぐっていた。

「ジル……無事だったか……」

そのしゃがれた声をきいたとたん、膝から力がぬけて、ジルは兄の前にすわりこんでしまった。兄は指をのばして彼女の額に走った傷にそっとふれ、かすかな笑みをうかべた。

「傷は大したことはない」

「お父様……お父様は……」

唇が震えてまともに話ができない。竜の炎が父を襲ったのが先だった、わたしの呪文は遅れた、と言いたかった。しかし喉から出たのは子どものようなしゃくりあげる声だけだった。

グロガスは視線をそらして呟いた。

「……どこに誰が埋もれているのかわからない……」

本降りになってきた中で、生き残った兵士たちが瓦礫を片づけている。その雨粒の中に、〈アマジャクシ〉が一匹もまじっていない。何かが失われたのだ、とジルは直感した。〈月ノ獣〉も胸の奥深くで縮こまっている。袖で目をぬぐい、しばらくうなだれていると、グロガスが支えてくれている兵士にすがって立ちあがろうとした。

「どこへ……？」

「埋もれている兵士たちを、助けないと……」

彼らも、誰かの父や母であり、姉や弟だったりするのだ……。

ジルは兄をおしとどめた。

「その足で動いてはだめ、グロガス。……わたしがやる」

冷え冷えとした胸に何とか気力を集めて、ジルは立ちあがった。〈月ノ獣〉が頭をもたげ、ヒナ鳥さながらに抗議しはじめたが、ジルはよろめきながら要塞の山の前に進んだ。作業中の兵士たちに声をはりあげて、離れるようにと言った。

「今から瓦礫を持ちあげる。そうしたら、埋っている人たちを助けて」

瓦礫をとり除くのと一緒に、人々を離れた地面にもっていく。二つの物動を同時にできるだろうか。自信はなかったが、やるしかない、とおのれを励ました。

呪文は祈りだった。どうか一人でも多く助けだせますように。父も無事でいますように。

すべてのものが宙に浮かんだ。ジルはその中から、兵士だけを移動させる呪文を重ねて唱えた。一人、また一人、と救いだしていく。はじめは茫然とつっ立っていた仲間たちも、グロガスのしゃがれ声にはっと我にかえり、かいがいしく怪我人《けがにん》の手当てをはじめた。

砲兵の少女がいた。移動していくあいだ、結っていた髪がほどけて垂直に垂れさがった。半分ほどが炎で焦げてしまって、ちりちりになっている。鏑矢《かぶらや》を射た大柄な男もいる。片手には矢羽根を失った鏑矢をまだ握りしめている。雨の中、その先端が鈍く光をはなったと見えたのは気のせいだろうか。ジルは、何かの記憶がよびおこされたような気がしてつかもうとしたが、するりと逃れていってしまった。

そして、ああ。父だ。

すぐにでもすがりついて、自分の腕に抱きたかった。だが、他の多数の人々を運びきるまでは、魔法をといてはいけない。歯をくいしばり、雨といっしょに涙で頰をぬらしながら、一人、また一人、と運びだしていく。

一人もとり残していないことを確かめて、瓦礫を岬の崖下に落とした。もう海は暗く漆黒《しっこく》に落ちて、高くなってきた波飛沫《しぶき》が荒々しい音をたてている。

誰かが苦労して篝火《かがりび》を二つ、三つとたいてくれていた。ふりむいてその炎を目にしたジルは、ぎゅっと瞑目《めいもく》してまぶしさを一旦遠ざけてから、灯りの方に歩んでいった。

父は急ごしらえの担架《たんか》に横たわっていた。兵士たちとグロガスはそのそばにすわりこみ、嘆き悲しんでいた。竜の炎は衣服も皮膚も黒焦げにしてしまっていたが、かろうじて顔の一部だけは焼け残っており、苦悶の表情を刻みつけていた。その面差しを一目見たとたん、〈月ノ獣〉が切り裂くような声を長々とあげた。その響きはジルの身体じゅうで共鳴をひきおこし、ジル自身は嘆くこともすすり泣くこともできず、ただただその悲鳴ととけあってしまった。

「……ジル？　……ジル！」

兄の気づかわしげな声と誰かがそっと肩に触れたその感触に我にかえると、まず思ったのは、——雨がやんだ。

ということだった。それから、肩にふれたのがあの少女砲兵だと認めた。ちぢれた髪の他に、耳にも首にも火傷をしていた。少女の目は篝火に昏《くら》くきらめいて、何かを訴えているかのようだった。

〈月ノ獣〉が再び叫んだが、今度のそれは、怒りに満ちていた。

——護るだけでは足りない。それだけでは、護りきれない。

それに対し、〈スナコガシ〉の骨片が、小さくとびあがった。

——誓いを忘れるな。誰も、傷つけない、一度と、と誓ったのではなかったか。

ジルは父のそばにひざまずき、眉間《みけん》の皺《しわ》にそっと触れた。

そうよ、誓った。けれど、それは、無垢なるものを、ということよ。

——誓いは誓いだ。相手が何者であろうとも。

いいえ。

ジルは立ちあがった。

これがその結果なら、護るだけでは護りきれない、ということじゃないの。大切な人を失った。わたしは父を護るためにここに来たのに、父はわたしの盾となって逝《い》ってしまった。こんなことがおこるのなら、こんなことが許されるのなら、いったい何のための誓い。

小袋の上から、〈スナコガシ〉の骨片を強く握りしめた。粉々に砕けてしまえばいい。それなのに、骨片はみしみしといっただけで、砕けてはくれなかった。あのイリーアを殺してしまったときの慚愧《ざんき》の念も、喪失感と理不尽への怒りと罪悪感の嵐に吹きとんだ。

「……竜はどこ？　誰か見たものは？」

〈月ノ獣〉がけたたましく鳴き喚く。

「おれ、見ました」

ジルと同じくらいの年の兵士が、うつむいていた頭をあげた。

「領主様の槍をくらったあと、ひっくりかえって海に落ちていきました」

「いや。海に沈みはしなかった」

もう少し年嵩《としかさ》の女兵士が首をふった。

「そのまま水没してくれれば、いかな火竜でも死んだかもしれなかったが……。何とか体勢をたて直して、水面すれすれだが、沖の方に逃げていったのを、見ました」

「では、まだ生きているのね」

ジル、どこへ行く、とグロガスの声が背中にかかった。ジルは足をとめ、ただ兄への敬意によってふりむいた。

「竜を追う……と言いたいけれど」

「海の潮に、一匹の魚をさがす、というのか？」

「いいえ、兄上。いくらわたしでも、さすがにそんな単純ではなくなった」

そう、単純で、世界が狭かったころの方が、ずっと生きやすかった。

「フォーリの掟を変えてもらう。昔のように、フォーリも戦いに参加できるよう、〈真実の爪〉にかけあって、復讐はそれから」

兄は絶句した。周囲の者も全員、動きをとめて、彼女を注視した。

「モルルとテイケスに治療してもらって、兄上。治療フォーリほどではないけれど、二人がかりなら、何とかその足、切らなくてもすむはず。

できるだけ早く、ね。それから、油断しないで、警戒はつづけさせて。ウシュル・ガルは重傷を負ったかもしれないけれど、息子のムルツも火竜になる。父親の仇討ちと称して、飛来するかもしれない」

　どよめきが広がるのへ、重ねて、

「でも、安心して。あいつはずっと小さい。……馬くらいの大きさだから、マステル銀の矢を浴びせれば退散するはず。フォーリ参戦の許可がおりたら、わたしも戻ってくる」

　岬から港へ出ると、船を求めたが、波の荒い夜に出す漁師などいなかった。明け方にようやく、出港の準備をしている漁船に、四日分の漁獲量に見あう銀貨を渡して、クーラの港まで送ってもらった。一泊ののち、同様に漁船を貸し切って、港から港へと乗りつぎをくりかえし、オーカル湖を渡り、馬に乗りかえて都ハストに乗りつけたのは、セレ襲撃からもう、半月もたっていた。

　山上の都ゆえに、ハストはいまだ春の盛りで、寒い地方特有の鮮緑の森が、今のジルの目には痛かった。りんごや桜桃、モモ、ナシ、スモモの花が白や薄紅に畑を飾り、野生の水仙が斜面に黄金を躍らせ、バラはむろんのこと、金華草、ヒナギク、芥子《けし》などが咲き誇る一方で、夏花の時計草や釣鐘草ももうほころんで、北国の百花《ひゃっか》繚乱《りょうらん》とはまさに、と人々が満喫する。比してジルはといえば、毎年必ず花瓶に生けられるアネモネさえ目に入らなかった。ただ、協会の前庭に、秋花のリンドウが立ち咲こうとつぼみをふくらませているのを目にして、この世の理《ことわり》に歪みが生じているような不吉さをちらりと感じた。

　昼刻をすぎていたが、ジルはまず、ペネルのもとへとむかった。本心では、まっすぐに〈真実の爪〉の部屋へ乗りこんで、直談判したかったが、これはそのような越権行為で決められることではないと、さすがにわかっていた。

　案内を乞うたあとほどなくして、執務室の扉があけられた。ペネルのほかに、ギオン、ヴィーヴィン、ネアニ、マコウィの重鎮四人と、意外にもヴィスマンがそろっていた。

　全員が立ちあがって、父への弔意をあらわしてくれた。

「モルルからハスト鷹の報せが、もう十日前に届いてね」

　ヴィーヴィンが彼女の椅子を示しながら言った。そうでしょうとも。もちろん、モルルにはその義務がある。

「セレはそのあと、警戒を怠らずにいるが、さらなる襲撃はないそうだ」

　ギオンが腹に響く低い声で教えてくれた。そのあとをひきとるように、ヴィスマンが、

「きみたちが造ってくれたギャリオは、大活躍だったよ。セレのはるか沖合に、ガレー船団十隻を発見し、四隻を撃沈せしめた」

と力強く言った。ネアニが頷きながら、

「彼らは一旦、南へと退いたそうですよ。こちらの船団は深追いをしませんでした。……こちらも二隻を失ったのでね」

　戦《いくさ》に犠牲はつきもの、とよく言われるが、今のジルには響かない。それを聞いて、さらなる怒りと悲しみがあふれてくるだけなのだ。

「だが、効果は証明された。ガレー船十隻に対して充分に戦える、と」

　片眉をあげたマコウィが、ヴィスマンに頭を傾けていった。

「今後は、戦略を検討し直して、こちら側に犠牲が出ないようにするべきだな」

「ヒュルゴ中将を中心に、検討中だ」

　ヴィスマンが頷くのへ、ジルは尋ねた。

「ウシュル・ガルは……竜は、船団に戻ったのでしょうか」

「その報告はない。ないが、帰途にあったギャリオの乗組員数人が、夜の海上に、火の玉のようなものが浮遊しているのを遠目に確認している。おそらくそれが、ウシュル・ガルの竜であろう。そなたの父君の槍が深手を負わせた、と聞いている。もし、無事、甲板におりたとしても、生命があるかどうかはわからないな」

「幻視フォーリたちは……」

「船団はドリドラヴに戻っていない、と言っているわ」

ようやくペネルが口をひらいた。

「まだ、どこぞの海上にあって、こちらをうかがっている、と。ウシュル・ガルは生きているでしょう。傷を回復させたら再び襲撃してくるかと」

ぜひ、生きていてほしい。わたしがもう一度その腹の中にマステル銀の槍を放りこんでやるから。

「われわれは今まで、きみの提案を議論していたのだよ」

ヴィーヴィンがゆっくりと言った。

「わたしの提案……?」

「兄上に言ったそうじゃないの。フォーリに参戦の権利を、って」

ネアニが感心しない、と首をふった。

「ありえないわ。フォーリは兵士じゃないのですよ。われわれは大地を護り、人々を助ける者。月の導きに従う者なのですから」

「それに、一度戦えば、そのフォーリはフォーリではなくなる。この国から、フォーリが消え去る。考えられん」

マコウィが厳格な眉をひそめる。

「それでも、国が消えるよりはましかもしれんよ」

低く、まるで浴槽につかっているようにのんびりとギオンが示した。

「それに、フォーリが消え去る、もしくは力が失われる、と、そういわれているだけで、誰も確かなことは知らないのだよ。むしろ、われらの参戦が必要で、それで脅威を退けることができるのであれば――」

「退けるだけでは足りないと、さっきから言ってるのに」

意外にも、ペネルは参戦側らしい。

「二度と、この国に――他のどの国にも――、侵略する気をおこさないようにしなければならないのだと、わたしは思いますけどね」

「……と、このように、結論の出ない論議を、ずっとやっているわけだ。まるで円の周りで追いかけっこしているように」

ヴィーヴィンが溜息《ためいき》まじりに説明したが、半ばおもしろがっているようにも聞こえた。そうして、

「実際、火竜と相対したきみは、どう思う？ わが兵士たちと武器だけで充分立ちむかえるものだったか？」

とジルに尋ねた。なんと悠長な、と喚きだしたくなるのをこらえて、ジルは意識的に抑えた声で答えた。

「火竜一頭を相手に、ハストの防衛が機能するかというと、おそらく充分に。マステル銀の無数の矢、マステル銀くずを使った投石器、それからガレー船に対するギャリオの船団があれば。ただ、それは、ハストだから、だとも思います」

マコウィが身じろぎした。

「どういうことだ？」

ジルは視線をあげて、厳格なフォーリの四角い顔を見すえた。

「ハスト以外の町村を襲われたら、ひとたまりもないでしょう。セレが無事だったのは、ヘレニや他のフォーリの予見がまにあったからです。それでも要塞は壊滅し……多くの兵士と……父も……犠牲になりました。ウシュル・ガルがもし回復して、再び他の町村を狙ったら、その犠牲は甚大なものになるでしょう」

皆は、ジル自身から、国民や兵士たちの嘆きを聞きとったかのように、いっときおし黙った。その沈黙を自分がひきだしたにもかかわらず、心地悪い思いがして、ジルは再び口をひらいた。

「……あのとき、攻撃できていたら、父は死なずにすんだかもしれない……、ずっとそれを考えていました。……フォーリが参戦しなければ、ハスティア大公国は乗っ取られるかもしれません」

フォーリ同士の議論をじっと聞いていたヴィスマンが、

「言っていいことと悪いことがあるぞ、フォー

リ・ジオラネル」

と卓上に拳を作った。ジルはひるまなかった。

「でも、それは、可能性の大きい未来だと思います」

「われらにはギャリオ船団がある！　各地に配備したのを再召集すれば、十数隻になる。ガレー船団の残りを駆逐するには充分な数だ。そして、ガレー船団が壊滅すれば、火竜を集中攻撃してうちおとすこともできよう」

「むこうの船団には、魔法を使う王族も相当数乗っているはずです。今回は、油断して、不意をつかれて、反撃もさほどではなかったでしょうけれど、二度めは魔法で対抗してくるでしょう。そうなったとき、護る一方のフォーリの力では、護りきれないこともあると思います。……わたしの父のように！　攻撃が許されていたのなら……！　死ななくてすんだ人が大勢いたのです！」

ヴィスマンは軽く頭を殴られたような顔をして、拳をゆっくりひらいた。

「……それは、そういうこともあるだろう」

渋々認めると、ギオンがことさらゆっくりした口調で割って入った。

「われらフォーリが参戦する、と一口にくくってしまえばそうだろうが……、どの程度までフォーリの力を使うか、どこまでやれば許されず、そこまでなら許されるのか、検討してみなければならないのではないかな？」

「と、言うと？」

ネアニが首をのばした。

「直接、敵を攻撃する魔法を使ったら、いかんだろう。これは明白だろう？」

皆が唸ったり唇を曲げたりしながらも頷く。

「問題は、直接でない場合だろう」

「例えば？」

「例えば風を呼びこんだり、潮の流れを変えて、ガレー船をこちらの思う地点に追いこんだら？」

「例えば竜の目をくらます魔法をかけたら？　鼻先で稲妻《いなずま》を破裂させたり、幻の攻撃を見せて、あやまった回避行動に導いたり……？」

ペネルがつけ加える。ジルも、セレでやりたいと思っていたことを口にした。

「矢や投石器の命中率をあげる。狙ったところに当たるようにする。炎を逆向きにする……」

マコウィが不承不承ながらも、

「われらの掟に背かないのであれば、試してもいいだろうが……〈真実の爪〉に問わなければ、判断のしようはないぞ」

と呟いた。ヴィーヴィンがネアニに視線をむけると、ネアニも、

「許可がおりるのなら、わたしもやぶさかではないですよ、その……半分攻撃……」

肩をすくめてみせた。

「そも、フォーリの掟とは何ぞや」

とヴィーヴィンは呟いた。

「〈真実の爪〉が宣言した、と誰もが聞き、皆が従ってきた。根幹にあったものは何だ？　あの時代、フォーリの力を武器にして、ハスティアの中で殺しあいをしていた、それが背景になっていたのではないか？　あのときはこの掟が善なるものであった。だが、今は？　状況が大きく異なる中、この掟をつづけるのが、はたして善なるものなのか」

背もたれに手をかけて立ちあがって、

「わたしが聞いてこよう。他に誰か、行くかい？　……ジル？」

そう誘われれば、ジルも、ぜひ、と同行の意を示した。わたしも行こう、とマコウィも腰をあげる。

〈真実の爪〉のいる場所は定まっていない。が、協会のどこかの部屋にいることは確か――普段は静かで独《ひと》りでいることを好むイリーア――なので、それとおぼしき一室一室をみてまわった。

今日は古書収蔵室の書見台の上に、仔犬のように寝そべっていた。

ジルは、手前の方へ傾いでいる台上に、どうやって寝そべっていられるのか、いぶかしむ。見た目は仔犬そっくりだが、耳の裏や尻尾のつけ根から青い光が生まれ、粒子となって宙空に漂っていくので、イリーアだとわかる。

ヴィーヴィンが話しかけると、前足をもぞもぞとさせて、頭をあげた。とじていた目がひらけば、薄青の光が満ちて、部屋の輪郭《りんかく》をなくした。

――フォーリ・ヴィーヴィン。フォーリ・マコウィ。フォーリ・ジオラネル。掟の枠について聞きたいと。枠などないのに。

「あなたが定めたはず。フォーリ憲章、フォーリの掟を」

――そう。われが定めた。しかし、枠などないよ。フォーリの力を徒に使う者がいてはと危惧したがゆえの憲章ぞ。そなたらがフォーリとなるとき、悪意のある者ではないと見定めた。見定めはしたが、人の心は変わるもの。善き方にも悪しき方にも。愛するものを奪われて、復讐心に駆られ、力を暴走させてしまう者も中にはいるかと思い、定めた掟。フォーリの力を失っても、掟を破る行為に走る覚悟があれば、われにとめる術《すべ》はなし。そういうことぞ。

ジルはその言葉で、自分の心を見透かされている、と感じた。無垢の仔犬の姿をしながら、このイリーアは心の泥をすくいとってみせるのだ。

「では、攻撃の助けになる魔法を使ったら、やはり、われわれは魔力を失う、ということなのかな」

マコウィが厳格さをあらわにして尋ねると、

――そう。……完全に、ではない。少しは、残る。残滓《ざんし》として。

にべもなく断言する。ジルは悲鳴にも似た声をあげた。

「それでは、護るべき人々を護りきれない！」

――護る力は充分なはず。

「充分なんかじゃない！　そんなことを言うのなら、わたしの父をかえして！　わたしの兄の足をもとどおりにして！　沈んだギャリオと乗っていた兵士たちを生きかえらせてよ！」

――ならば、フォーリであることをやめる覚悟さえ、すればいい。

仔犬の姿をしながら、冷酷につき放すこのイリーアは、一体何ものなのだろう。イリーアのくせに、人間《じんかん》にかかわって、掟を定め、多くの人生を決めてきたこれは、一体どんな生き物なのだ？　このものの決定によって、生きる道を狂わせられたものだって、少なからずいることだろう。――グラップのルゴフのように。

かみつこうとしたジルの肩をヴィーヴィンがおさえた。落ちついて、とその水色の目が湖面にさざめく光をはなった。

「つまりは、その覚悟さえあれば、自由裁量に任せるというのだね？」

と彼は言った。

――然り。されど善きものは失われる。無垢なるもの、輝かしきもの、その多くがこの大地から去っていく。怒りに任せて、イリーアたちを犠牲にする価値があるというのであれば、決行するがいい。それらの責任と罪悪感をすべて背負う自信があるのであれば。……人とは昔からそのようなものである、とわれは知っているゆえに。われに止める手だてはない。ジルよ、闇に堕ちるのであれば、好きにするがいい。

内容は脅迫だったが、その口調からは哀しみがにじみ出していた。〈真実の爪〉が嘆いている。ジルの心に、一匹の〈アマジャクシ〉がふってきて、憤りが急速に冷めていく。

――そなたらの前に横たわるのは、黒い一本の糸ぞ。したが、それをまたぎこそうとすれば、深淵となって口をあけ、そなたらをのみこみ、われらをのみこみ、あとはそしらぬ顔をしよう。残るのは色あせた大地と月、それに力を失ったフォーリのみ。……新しく渦巻くのは、慚愧の念、後悔、恨み、憎しみ。……それでも、竜は滅びぬよ。おそらく。フォーリの力ではいっとき退けることはできようが。希《のぞ》みはあるが、可能性は低い。〈月影ノ乙女〉が、〈月ノ獣〉に屈したりしなければ、あるいは……。

ジルが後半をろくに聞かなかったのは、深淵がすべてをのみこむという断言に気をとられていたからだ。決してしてはならないこと、とうけとったからだ。では、わたしたちはどうすればいいの、と憤怒にかわって絶望にとらえられそうになったからだ。

しかしヴィーヴィンは、

「それはどういう謎かけなのかな？　〈月影ノ乙女〉とは……」

――いまだ来ぬ未来を、われは語らぬよ、レンドンのヴィーヴィン。

眉をひそめたヴィーヴィンのかわりに、今まで黙っていたマコウィが口をひらいた。

「亡国の危機にあるときにあらわれる〈月影ノ乙女〉が救いの道になる、と言いたいのかね？　彼女が一人でこの国を救ってくれる、と？」

――けだし、昔《いにしえ》からそう定められてはいるけれど、ね。でも、まさか、その〈乙女〉に運命を託すほど、無鉄砲でも愚かでもないのが、そなたら人間であろ？　現実の中に幻を見たりはしないもの。幻の中に希望を見たりはしないもの。ああ、されど、されど……、希望の中に現実を見いだしたら……もしかしたら……。

何を言っているの、とジルは老練の二人のフォーリを見あげた。が、二人とも難しい顔でただ首をふるばかりだった。

――迷ったらまた呼んで。何度でもわれは語ろうぞ。

仔犬は短い足で立ちあがり、のびをしたかと思うや薄青の光そのものになってどこか別のところへと消えていってしまった。

ペネルの執務室に戻って報告をしていると、蒼白になったヘレニが、シュワーデンに抱きかかえられて入ってきた。

「竜が来ます！　あと半月もしないうちに！」

21

マス川を下るのは、これでもう何度めだろう。不安と焦燥にさいなまれて、緑が陽光にきらめく様をみても、少しも心に響かない。

竜が来る、と幻視したヘレニの言うことによれば、まずセンの町が襲われ、次にハストが攻撃にさらされる。オルクト湾沖合にガレー船が姿を見せたあと、二頭の竜がセンを焼き払い、船から兵士が上陸する。ウシュル・ガルはそのままハストへ襲来する。

セレ襲撃前のヘレニの幻視とは、細部が変わっていた。行動の変化によって未来も変化する、ということだろうか。

急遽《きゅうきょ》政庁に集められた軍部の上層部と大公側近との軍議にペネル、マコウィ、ヴィーヴィン、ネアニ、ギオンが加わり、フォーリの立ち位置と分担が決められた。

「フォーリは基本、防護の力を発揮する。しかし、結果的に攻撃の助けとなるようなこととなっても、それは致し方なし！」

そうペネルは決然とした態度で言ったそうだ。それに対して、

「そのようなことで国を護れようかっ」

と一喝した若い将校も数人ではなかったと聞いた。が、フォーリの立場を語り、フォーリはあくまでも戦闘員ではないと思いださせた冷静なヒュルゴ中将の言葉によって、ようやくしずまったらしい。それでも、

「フォーリが戦《いくさ》に魔力を使えば、イリーアが消滅するということではないか」

「イリーアなど消え去っても、痛くも痒くもないではないか。大事なのは人の生命、住居、文化だ」

「何が優先されるかと言えば、イリーアは二の次でしょうな」

軍人のあいだでは、フォーリ参戦が支持を広

げているようだった。

　オーカル湖の中央をつっきって進む船上にあって、初夏となろうとしている陽射しに目を細めながら、ジルは黙考にふける。イリーアが二の次、とは思わない。イリーアも、大切なこの大地の生き物ではないか。だが、セレの砦《とりで》の上に翼を広げたウシュル・ガルの、欲望にたぎった目を見た。炎を吐こうと顎を大きくひらく瞬間、父の背中があらわれた、あのときが何度もよみがえってくる。胸が絞られるようで、呼吸を忘れる。すると、魔力を攻撃に使えたら、父は死ぬことがなかったのだと、痛烈な悔恨に貫かれる。

　波頭は金に銀に、二度とない、そして一つとして同じものではない輝きを見せている。

「センにはヴィーヴィン、シュワーデン、ミリアン、それにジルが援護に行って。今回はヒュルゴ中将率いるギャリオ船団とよく連携して、センを護って。ここハストには他の面々が集結します。わたしたちに任せなさい」

　そうハストのペネルに背中を押されて乗船し、今は三隻からなるギャリオ船団のあとについて波をかきわけている。

　と、隣にシュワーデンが立った。

「ジル、何を考えている？」

　その口調には、危惧があった。ふっと口元がゆるむ。彼がいてくれると、気もちも楽になる。

「心配しないで。暴挙には出ないから。ちゃんと職分をわきまえる」

「本当か……？　おれだったら、参戦派に大いに肩入れするところだ」

「イリーアを消滅させるわけにはいかない。……でしょ？　人間同士の争いで、あの無垢なるものを失ってはいけない。この戦にちゃんとまっとうに勝って、〈ツバサダマ〉の光る玄関に立って、〈聖ナルトカゲ〉のしゃぼん玉が浮かぶのを見て、〈ホットイテ〉がぶつくさ言う竈《かまど》で料理したシチューを食べるのよ」

「シチューか……。何のシチューだ？　おれはしばらく、アサリを食ってないな。アサリのシチュー、あれ、何て言うんだっけ」

「チャウダー、かな」

「チャウダー、だ」

「平和になったら、料理して」

「え？　おれがか？」

「フォーリ一《いち》の健啖家《けんたんか》に文句言われたくないもの」

　ふん、とシュワーデンは鼻で返事をし、前かがみになっていた背をのばした。

「邪悪な蛇二匹、さっさと国に追いかえそうぜ」

　そうだね、と返事をしてからジルは、ふと不思議に思っていたことを口にしてみた。

「ねえ、シュワーデンも幻視能力が高いよね」

「おれのは幻視じゃない、予知と透視だよ」

「どう違うの？」

「幻視ってのは、ヘレニみたいに未来が視《み》える力。おれのは、物を透かして視える、現在な。それから予知といっても、予感がするとか、そんなのだな。大抵、みんな、ごっちゃにしているんで、困ることがよくある。……で、その幻視がどうしたって？」

「セレの襲撃を幻視フォーリたちは視たじゃない？　それに対応して、わたしたちが動いたよね。そうすると、未来が変化しない？　未来が変化したら、彼らの幻視も変わるのかなって」

「変わるだろうけど……いい結果になったら、その先をわざわざ視る必要もないだろうに」

「だよね。……でも、それでも、その先を視たら、さらにその先の未来は変わっていくんだろうか」

　シュワーデンは舷に肘をついてその上に顎をのせた。

「ううん……変わるんだろうな」

「歴代フォーリの中に、そうした未来——遠い先の未来、という意味じゃなくて、連鎖した先にある未来を視た人はいるのかな」

「そういう力があったとしても、だよ、ジル。どこかで何かが介入して、どんどんずれていく可能性の方が高いんじゃないか？　だとしたら、そうした幻視は、魔力の無駄遣いってことになる」

「誰もやろうとはしない、ってことだね」

シュワーデンはわずかに頭をめぐらせてジルを見あげ、にやっとした。

「おまえがその能力をもっていなくてよかったよ。さもなきゃ、今いったことをやってみようとするからな」

ジルも笑いかえした。

「確かに、ね。ありがと。一つわかって、すっきりした」

「何がわかったんだ？」

「大勢のフォーリが同じ未来を視たとしても、わたしたちで変えられるってこと。いくらでも」

「当然だろう。幻視にふりまわされるんじゃない。自分で道をつくっていくんだから」


センの港には、先に配備されたギャリオが三隻、すでに待機していた。ハストから下ったものと合わせて六隻になり、いつ敵があらわれてもすぐに出港できるようになっていた。

ハスト鷹と早馬の報せをうけて、センの町民は避難の最中だった。サップ川を渡って山むこうのテンに出発した者、サップ山地にひそむ者、海岸の洞窟や地下室にもぐってやりすごそうという者が、右往左往していた。子どもの腕に抱えこまれた〈ウロネコ〉も少なくなかった。

町中に立ったジルは、火災以前の輝かしい町並みには及びもつかないものの、復興を遂げてやっと安らぎを見出しかけていたこの町並みが、再び炎にまかれるのは見たくないと思った。あの子どもたちや〈ウロネコ〉が、もとどおりの家、もとどおりの木に帰れるようにしなければ。

軍議が、領主館の大広間で大卓を囲んでおこなわれた。センの領主と側近たち、ギャリオ艦隊長ヒュルゴ中将と三人の部下、センのフォーリのブルリス、アバデート、それからハストから駆けつけた四人のフォーリが一堂に会した。

陸上の迎撃については領主側近が説明し、海上はヒューゴ中将が戦略を語った。フォーリたちはおとなしく聞く側だったが、ブルリスが半眼のまま、唸るように口をはさんだ。

「六隻のギャリオでガレー船全部を沈めるのは、計画に無理があるのではないか？」

　中将の部下たちはいらだちを見せた。フォーリごときに海戦の何がわかるのだ、と口にしない言葉が発せられたようだった。しかしヒュルゴ中将本人は、顎に手をあて、一呼吸してから、

「そうかもしれません。わたしも少しひっかかっていたのです」

とさらりと言った。

「特に、竜が二頭いるとなれば、いつその一頭が舞い戻ってきて火を吐くか。その危険を常に頭においておかねばなりませんからね」

「要所要所の港には、ギャリオはどれだけ配備されているのかな？」

　ブルリスが相変わらずものうげな声で、にこやかに尋ねた。大卓に広げられた一馬身もある地図上に、中将は物差しを使って示していった。

「オクルに二隻、オルクトとグリルに一隻」

「その先は？　東ではなく、西に」

「スパッタとカーニにも二隻ずつですな」

　ブルリスはゆっくりと巨体を立ちあげると、ヒュルゴからうけとった物差しの先で、スパッタの西のカーニ湾を軽くつついた。カーニ湾の南側は、〈熱き海〉となって、熟練の航海士を必要とするのは、もう皆知っている。

「なるほど！」

　ヒュルゴ中将は瞠目《どうもく》して頷いた。

「連携に必要なハスト鷹と速馬は、われらにお任せあれ」

　ブルリスはそううけあって、ゆっくりと腰をおろした。

「何……？　どういうこと？」

　カルステアがそっとジルに尋ねたが、ジルにもよくのみこめていない。首をふっているあいだに、シュワーデンが、

「おそらく」

と遠慮しながら言った。

「敵ガレー船を沈めるだけ沈めて、残った艦は西の方に追いたてる作戦、でしょうかね」

ヴィーヴィンがそれに頷きながら、あとをひきとって、

「オクル、オルクト、スパッタからあわせて五隻が、順次加わっていけば、〈熱き海〉に追いこむことも可能だね」

「深追いはしないが、できるだけそこで撃破したいものだ」

と中将が言った。

「よろしい！　この作戦でいきましょう」

「センを護りとおしたあと、ハストから来たフォーリたちは速馬で各港に行き、戦況を伝えてくれ。あくまでも、ここを護りきってから、に願いたいがね」

ブルリスがにこやかに釘を刺した。それまで黙ってきいていた領主が、

「では、健脚の馬を四頭、西の門に用意させよう。ハスト鷹を放つときに、替えの馬の件もつけ加えてくれたまえ」

とブルリスに命じた。それからこの戦の司令官らしく、断固とした口調で全員に向かった。

「諸君、相手は怖ろしい竜とガレー船団だが、今の軍議でも見えてきたとおり、勝機はわれわれにある。士気高くもち、勝利を信じよ！　侵略者を海に沈めようぞ！　諸君の勇気と魔力と叡智をもって、臨機応変に攪乱《かくらん》し、二度とわれらが大地に降りたたぬよう、叩きのめせ！」

拳《こぶし》をふりあげて鼓舞すれば、おう、と石床をもどよもす鬨《とき》の声があがった。

領主館を出て、一旦フォーリ協会支部に戻る道すがら、シュワーデンがうかない顔でヴィーヴィンに話しかけた。ようやく西の山稜に陽が尻をつきはじめ、空には薄紫や紅、橙《だいだい》の雲が切れ切れにうかんでいた。コウモリがとびかい、家々の〈ツバサダマ〉がためらいがちに明滅している。道には、人気のない家々の影が黒々とのびていた。

「ヴィーヴィン、おれたちはガレー船のやっつけ方を知ったけど、肝心の竜の弱点はよくわかってないですよね」

数歩先を歩いていたヴィーヴィンは、足を止

めて彼が追いつくのを待った。ブルリスたちはすでに坂を下りきって、大通りを曲がろうとしていた。

「実際に相対したのはジルだけだな」

と彼はふりむいた。

突然、ふりむけられた話題に、まごついたジルは、口ごもった。

「どうだった、といわれても……」

セレの戦闘のあらましは、皆の前でハストのペネルに報告している。

「きみが感じたこと、何かひっかかった点、あるいはこうしたらよかった点などあったんじゃないのかい?」

「竜は……ウシュル・ガルの竜は、強い生命力をもっていて、なかなか降参してくれなかった、としか」

父の背中がよみがえってきて、ぎゅっと目をとじた。

「要塞の下部の補強とか、マステル銀の矢とか、どこでもしっかり用意はしているらしいが、これぞ、という弱点がないのがおもしろくない」

シュワーデンが唇を尖らせた。ジルの耳の上あたりで、〈コノハウラ〉の呟きめいた一言があぶくのようにはじけた。しかしそれは、とらえる前に霧散してしまった。

協会支部で軽食と仮眠をとった。星も沈んだ夜更け前に、伝令が皆を起こした。

「竜が来る! 二頭とも!」

領主館の大広間に、夜番として残ったミリアンが幻視したという。すぐさま篝火《かがりび》が町の随所にたかれ、兵士たちも海に面した断崖に築かれた堡塁《ほうるい》にとりついた。一方、センの町の要塞は、港の中の大岩の上に建てられた石積みのもので、さほど高さはないが広い屋上に小型投石器が四台も載っているという。

ジルたちフォーリは、要塞と堡塁と領主館のいずれかにつき、防御の魔法をかけることになっていた。ブルリスが大声で指示した。

「シュワーデンとジル、きみたちは西の門に駆けつけることができるよう、堡塁の護りにつけ。

センのフォーリは全員、要塞に渡るぞ。ヴィーヴィンとミリアンはここで待機してくれ」

松明《たいまつ》が流れ、薄煙がたなびく。武具のこすれる音や靴音が闇の町に響く。灯りにうかびあがる兵士たちの横顔には、怖れと不安と決意の混沌があらわれている。誰もが無言で、堡塁に三列に並んだのは、訓練の成果といえよう。

　ジルたちも息をひそめて沖合を見つめた。作戦では、充分二頭をひきつけてから投石器と矢を放つことになっている。無駄にする矢もマステル銀もありはしないのだから。

　闇の空と反射のない海は、まったくの漆黒《しっこく》だった。ギャリオ船団はとうに水平線めざして出港している。灯りをつけず、幻視フォーリの力と航海士の勘に頼っていったのだ。願わくは、ガレー船にまっすぐ行きつきますように。しかし、こう真暗闇では、二頭の竜が襲ってきても、見えるのだろうか。気がついたら目の前にいた、ということにもなりかねない。シュワーデンの予知が、教えてくれればいいのだけど。

　夏季の夜は短いのだが、今夜ばかりは濃い闇がひきのばされて、いつまでも明けないような気がしてきた。周囲の兵士たちの息遣い、身動き、箙《えびら》の中でかすかな音をたてる矢のこすれが耳に大きく聞こえる。

　と、水平線とおぼしきあたりで、またたくものが見えた。爪の先でひっかいたような朱色を目にした、と思ったのは、気のせいだろうか。いや、周りの男女から嘆息にも歓びにも似た声がもれた。ギャリオ船団が、ガレー船団を発見したらしい。——あの炎が、敵船のものでありますように！

「竜が、来るぞ！　まもなくだ」

　列の反対側でシュワーデンの警告があがった。兵士たちは、無言で箙から矢を抜きとる。ジルの隣では鏑矢《かぶらや》を放つ役割を命じられた大柄な少年兵が、堡塁に足をかけて目を凝らす。

「待て。まだひき絞るな。力をぬけ。……まだだ」

　士官の声も昂ぶって、少年兵のもつひときわ大ぶりの弓がかすかに震えている。ジルは、ウシュル・ガルの炎を吐く顎を思いだしながら、防火の魔法呪文を唱えはじめる。

左手、東側の空が、かすかに明るみを帯びはじめたとき、はるかな空中で何かがその光に反射した。

「来たぞっ」

誰かが叫び、士官が合図を出した。少年兵は長い腕で大弓をひき絞ると、鏑矢を放った。大気を震わせて異音をたてながら、鏑矢は高々と空にあがり、夜目にも白い煙をたなびかせた。要塞の上では投石器がひき絞られ、堡塁のこちら側では一斉に矢がつがえられる。

曙光《しょこう》がじわじわと闇を追いやって、もう海も空も紫青に彩られて、大きくなってくる二つの黒点は、翼をもつ竜の形となっていく。

二頭の竜は、互いに距離をとりながらも、一直線にセンの町をめざしてきた。一頭はやたらと大きく、もう一頭は小さい。

要塞の投石器がマステル銀を発射した。小さい方の竜は、ひらりとかわして、要塞の方へむかっていく。大きい方は、ふりむきもせずに、こちらへ迫ってきた。射て、と士官の声があがった。数十の矢がウシュル・ガルめがけて飛んでいく。ウシュル・ガルは崖下にふっと沈みこみ、即座にあがってくるや否や、炎を吐いた。ジルとシュワーデンの防火壁が炎をはじく。ウシュル・ガルの金と黒の目が、ぎろりと動いてジルを認めたようだ。

次の瞬間には、竜の腹が頭上をかすめていき、町の方へ飛び去った。炎を吐かれたら町はたちまち灰燼《かいじん》に帰す、とひやりとしたが、ウシュル・ガルは、セレの敗走がよほど悔しかったのだろう、身を翻《ひるがえ》して彼女の方へと戻ってきた。防御の呪文を口早に唱えおえた直後に、竜の顎が目前にあらわれた。もう誰も、焼かれたりしない。もう誰も、父のように死なせない。両足をふんばって、業火に耐えようと両腕をつきだしたとき、左側で少年兵が悲鳴をあげながら矢をたてつづけに射た。矢尻がマステル銀ではなかったために、竜の目の上の鱗《うろこ》にあたってむなしく落ちていった。が、次に放ったのは、たまたまつかみとった鏑矢、腰砕けの姿勢であったからひょろひょろと竜の側頭部をかすめて、情けない音をなびかせながら闇に消えていく。

するとウシュル・ガルは、炎のかわりに絶叫を吐いた。翼を大きくばたつかせ、身もだえするかのように身体をよじった。その尻尾が大地を叩き、土くれと草の切れ端が舞った。ジルと兵士たちは頭を抱えて伏せ、巨大な翼が、堡塁や兵たちをはねとばしたのちに、大気の渦を巻きあげながら、はなれていくのを感じていた。

ジルは四つん這いのまま、その影を目で追いつつ、記憶をたどった。そうだった。さっき、耳の上ではじけたのは、これだった。セレでも、あいつは鏑矢を、鏑矢のおこした大気の震えを、嫌がっていたのでは？

うち伏している少年の背中を、手荒く幾度も叩いて、涙にぬれた顔をようやくあげたのへ、大声で尋ねた。

「鏑矢は、残っている？」

尋ねるまでもない。少年兵の脇の下で、箙に入っているあと一本を目にした。

「もう一度、それを射って！　あいつはそれを嫌っている！　当てなくてもいいから！」

当てたらどうなるか。効果は半減するか、それともより痛手を与えられるか。ちらりとそんな考えがよぎったが、今は、

「早く！　ともかくそれを射るのよ！」

少年兵はしゃくりあげながらも、震える手で弓と矢を拾いあげ、のろのろと立ち膝になった。さほど遠くない空で、ウシュル・ガルが吠えつつのたうっている。あれは毒づいているのだろうか、それとも悲鳴をあげているのだろうか。

要塞の方では、ムルツの竜が炎を吐き、無数の石つぶてや鋲《びょう》やマステル銀くずが行手をはばもうとしている。

ジルは少年兵のもりあがった肩に手をそえた。それに勇気を得たのか、腹をくくったのだろうか。少年兵は唇をひき結び、奥歯をかみしめて、

弓弦を引いた。頭の重い鏑矢の狙いをしっかりと定めて放った。周囲の大気をかきまわす、耳障りな音をたてて飛んでいくと、竜は慌てふためいて上空へと羽ばたき、薄青に明けていく朝の中に次第に遠ざかっていった。

兵士たちは歓声をあげ、拳をつきだした。

と、その横から熱風が吹きつけてきた。シュワーデンの防御壁がまにあわなかったら、全員炎にまかれるところだった。どよめきと同時に堡塁の下にしゃがみこむと、ムルツの竜が通りすぎていった。

「皆、大丈夫かっ」

かろうじてシュワーデンの叫び声が届いたが、ジルは返事もせずに、再び少年兵の肩を叩いた。しかし彼は、残念そうに首をふった。

「もう、鏑矢はないのです」

気をとり直した兵たちが、ムルツ竜にむかって矢を浴びせはじめたが、ぐずぐずしている敵ではない。町の方へと去っていく。

「半数はここに残れっ。半数は追うぞ」

士官が指示し、兵士たちは駆け足で町にむかう。

立ちつくしているジルのそばに、シュワーデンがやってきた。

「大丈夫だ、むこうにはヴィーヴィンが手ぐすねひいて待っている」

領主直属の騎士たちも、大勢いる。

「それに、ムルツはあっちこっち痛手を負っているはずだ。翼に穴があいていたぞ」

ジルは大きく頷いて、

「ウシュル・ガルも退けたよ！　見た？　鏑矢の効果！」

とシュワーデンを仰いだが、意外にも彼は難しい顔をした。

「ここで追い払うことができたのはいいが、どこへ行ったのか、視てみないとな。ヘレニの幻視どおり、そのまままっすぐハストにむかえばいいんだが、行きがけの駄賃で、村や漁港を襲ったりしなければ……」

ジルがはっと息をのむと、

「これは戦だ、ジル。ここでウシュル・ガルをしとめられるとは、誰も考えていなかった。ここで犠牲が出るか、それともよそで出るか、だよ。おまえを責めるとか、責められるとか、そんなことを思っていたら、何もできやしない。やれるだけのことをやった。これからも、やれるだけのことをやるだけだ」

　成功の喜びはたちまちしぼんだ。ジルはうつむいて唇をかんだ。誰も責めない、とシュワーデンは言うが、自分を責めずにいられようか。浅はかさが自分についてくるようで、うなだれるしかない。願わくは、無辜《むこ》の人々が無事でありますように。ウシュル・ガルの怒りの矛先が、迎撃準備万端のハストのみにむけられますように。

　と、町の方に黒煙があがった。次いで、地響きが伝わってきた。竜の雄叫びなのか、上空を切り裂くような声がして、黒煙の中からムルッの姿がとびだしてきた。一人の兵士が叫んだ。

「領主館がやられたぞっ」

　朝陽にいましもうきあがってきたセンの町の、丘と林のあいだから、確かに煙は噴きだしている。ムルッは、その煙を翼で打ち払いながら——片方の翼がひしゃげてはいないか？　折れ曲がって歪んでいるのではないか？——西の方へと遠ざかり、やがて大きく弧を描いて——ふらついている。確かに。彼も無傷ではいられなかったということだ——沖合の方へと小さくなっていった。

「うち騒ぐなっ！　やつが戻ってくるかもしれん。大きい竜も再びあらわれるかもしれれん。落ちついて、待機せよっ」

　ここを任せられた弓隊長が、どよめく兵士たちを一喝した。

「ヴィーヴィンとミリアンが心配だ。行こう」

　弓隊長はああ言ったが、おそらく二頭は戻ってこないだろう、とシュワーデンの判断で、二人は町へと走り戻った。

　領主館は二階がつぶれ、その上の階はもえさかる炎に包まれていた。石造りの一階はかろうじて基盤を保っていたものの、欠けやひび割れが目だった。

前庭には倒れた人々が横たえられ、馬の死骸も少なからず、弓矢、槍、楯《たて》、剣の柄のおれたものが散乱していた。

ジルとシュワーデンは門をくぐったところで、しばし呆然と立ちつくした。堡塁から戻った兵士たちは、すでに怪我人《けがにん》を運び、手当てをはじめている。煙と炎と血と肉の焼ける臭いが、呼吸を奪っていく。

「……何があった?」

桶に水を汲んで通りすぎようとした少年の腕をとらえてシュワーデンが尋ねると、目を涙でいっぱいにしながら答えた。

「フォーリを竜が襲って……もう一人のフォーリが助けようとして……」

ジルとシュワーデンは顔を見あわせ、駆けだした。ヴィーヴィンとミリアンの名を呼びながら、横たえられた人の顔を一つ一つ確かめていった。すると、軍議で領主の傍に立っていた側近の女が、ジルの腕をひいた。

「こちらです」

二人は前庭の隅の、納屋の屋根が張り出している方に導かれたが、そこはもうほとんど土気色の顔色をして、呻きも泣きもしていない人々が寝かせられている場所だった。

ヴィーヴィンの銀の髪が見えた。ミリアンの腕輪が、胸の上にくまれた手首で光っていた。

「……そんな……!」

二人は仲間の横に膝を折り、そっと肩をゆすったが、ミリアンの目はとじたままで——そこでようやく、彼女の胸からみぞおちにかけて、鉤爪でつけられた深い傷に気がついた。ミリアンの眉のあいだには、苦悶の縦皺《たてじわ》が刻まれ、よく見れば後頭部から首にかけて皮膚がやけただれている。ヴィーヴィンは、両腕がとけたようになって、呪文を唱えている最中だったことがうかがえた。彼は首から胸にかけて、ざっくりとえぐりとられた傷を見せていたが、不思議なことに、あの、にこやかな笑みを見せていた細面と豊かな銀髪は無傷だった。もう息をしていないように思われたが、その目蓋《まぶた》がわずかにひらいて、澄んだ青い目が末期の光をはなった。

「ヴィーヴィン！　しっかりしてっ」

　ヴィーヴィンはかすかに笑ったようだった。

――しくじったよ、ジル。

　声が聞こえた。

――シュワーデン。この小さい娘を、頼むぞ。

　わたしはもう小さくなんかないよ、ヴィーヴィン、と言いかえす暇もなく、彼の何かが身体からぬけていくのを感じた。二人で彼の名を呼んだが、もうヴィーヴィンは、イリーアのように中空にぬけ、光のように飛び去っていった。

　ジルは、長いあいだ亡骸《なきがら》をただ見つめていた。〈月ノ獣《けもの》〉が胸の中でけたたましく鳴いている。

　やがてシュワーデンが立ちあがり、横へ来てそっと彼女を立たせた。待機していた側近が、二人を林の中にある兵舎に案内した。土間にありあわせの板を敷いただけの食堂に、生き残った人々が煤だらけの顔のまま、いまだ身体をかたくして身をよせあっていた。

　気がつくと、領主の前に立っていた。領主は両腿のあいだに頭を垂れて長椅子の端に腰かけていたが、二人がひざまずこうとすると、そばの椅子をすすめ、再びうなだれた。

　そうして、互いにようやく落ちついたころ、彼は顔をあげた。

「お悔みはいわん。できることなら、あの憎っくき輩《やから》をこの手でしとめたいが、わしはこの地を治める義務がある。そなたたちはどこへでも行けるハストのフォーリだ。わしのかわりに、そしてセンの騎士、兵士、町民のかわりに、あの化物どもを屠《ほふ》ってくれ。もはやこうなってしまえば、それができるのは、そなたたちフォーリの力しかないと、思えてくる。頼む」

　それは禁じられている、と、どうして言うことができただろう。くりかえされるこの惨状を終わらせるには、やはり、魔力がなければだめなのではないか？

　ジルは椅子のへりを握りしめ、頬の内側を噛み、〈真実の爪〉が答えた内容を思いだそうとした。しかしよみがえってきたのは、空疎な言葉の羅列にすぎず、あのイリーアは何一つ真実を語っていなかったように感じた。

真実は一つか。川原の小石さながらに――いや、石ではない、小さな卵にすぎない。割ってしまえば中味が流れでて、薄い殻さえ砕け散る卵。禁じ手を使えば、魔力は失われ、イリーアも消滅する、と。だが、それは誰が言ったのか。〈真実の爪〉が言った、いや、しかし、〈真実の爪〉が言ったから、それが真実とは限らないのではないのか？　あれは、そも、イリーアなのか、本当に？

イリーア。

ヴィーヴィンやミリアンの死は、イリーアより軽いのか？　イリーアはかけがえのない存在だが、戦に倒れた人々の命と比べて重いのか？

その晩はその問いをくりかえして、ずっと兵舎の天井を睨《にら》んでいた。答えは出なかった。高いところにある窓から、火炎の名残の煙がときおり入ってきた。同時に、月の光がうつろっていくのを見た。

明け方、その窓からハスト鷹が飛びこんできた。要塞から戻ってきていたブルリスの肩にとまり、ギャリオ船団からの報告を伝えた。

「ワレラ敵艦ヲ三隻ニ減ラシタリ。カネテヨリノ戦略ドオリ、オルクト海流ニノセテ、追撃スル」

起きあがって耳をそばだてていたジルとシュワーデンは、あわただしく立ちあがった。マントを羽織り、出発の準備をする二人へ、ブルリスは声をかけた。

「こいつは少し休ませてやらなきゃならん。それからオルクトへ飛ばすが、きみたちはまっすぐオーカル湖畔を行け。メノーのカルステアと合流して、海岸線をカーニへとたどってくれ。敵艦を〈熱き海〉に追いこんでからの、ギャリオ船団の追撃を見届けよ」

二人は無言で頷き、西門へ急いだ。待っていた四頭を目にして、ジルは泣きたくなったが、かろうじてその衝動をおさえこんだ。震える手で二頭の鞍をはずし、シュワーデンとそれぞれ一頭ずつ、手綱をもって、だく足で走りだした。センからオクルへ海岸沿いの街道を一日で駆けぬけた。オクルではまっすぐに港の波止場に乗りつけ、待機していたギャリオ二隻の艦長に伝言を届けた。

翌日は馬を替えてオーカル湖を右手に見ながら、しのつく雨の中を進んだ。雨と馬蹄《ばてい》の響きに紛れて、ジルは鞍上で誰はばかることなく慟哭《どうこく》した。長い道中に吐きだすだけ吐きだした。喪失感と悲しみは消え去ることなどなかったものの、野宿の焚火を見つめながら、ようやく眠ることがかなったのだった。

その二日後、メノーの町に入る手前で、カルステアと合流した。

「ハストは善戦しているわよ」

挨拶もなしに、トウヒの根元で待っていた彼女の、それが第一声だった。一昨日までハストにいたという。ウシュル・ガルの竜は、ヘレニの幻視どおり、夜にあらわれて、ひと暴れしたらしい。迎撃の準備万端であったハスト軍とフォーリたちの抵抗は、センとは比べものにならなかった。竜は一旦、北へと飛び去り、翌日の夜、再び来襲し、再び退けられたとカルステアは語った。

「一進一退、むこうも消耗して傷ついているけれど、こちらの損害も……。主神殿の塔が倒され、商業組合の円蓋がつぶれた。……数十軒が焼け落ちて、……ああ、ジル、マコウィとネアニが亡くなったよ」

ジルは思わず彼女の手を両手で包んだ。

「カルシー、こっちでも……センでも、ヴィーヴィンとミリアンが……」

二人は互いの手を強く握りあい、額と額をくっつけあって、苦痛を分けあった。しばらくして身をはなすと、シュワーデンが遠慮がちに尋ねた。

「……ところで、どうしてここで待っていたんだ？」

カルステアはかすかに笑みをうかべて、肩の〈イナヅマウオ〉トゥッパを首で示した。

「彼が、ここに行けって、今朝からせっついていてね。メノーの町であんたたちを待っていては、まにあわないって」

するとと、肩でまるまっていたトゥッパは、細い首をもちあげて、

「急ゲ、急ゲ、マウヴェダヨ！」

と鳴いた。

「何だ、これ。まるで予言のフォーリだな」

「あんたより有能かもね」

カルステアがからかうと、シュワーデンもようやく笑みらしきものを口元にのぼらせた。

「マウヴェだって？　あそこには何かあったか？」

「何もないところ。ちっさい村と灯台があるだけ。ただ、見晴らしはいい。〈カーニ湾〉も〈熱き海〉もスパッタの岬の先まで見とおせるわ」

「そうか。そこなら一部始終見届けられるんだな」

カルステアが頷いて、自分の馬を木陰からひきだしてくると、シュワーデンは、

「なあ……、その……、うちの奥さんは無事か？」

口ごもり、赤くなりながら尋ねた。カルステアは一瞬彼を見て、それから大きく溜息《ためいき》をついた。

「いつ、それを言うのかと思っていたわ、シュワーデン。無事よ、無事！　……少々、恐慌をきたしているけどね。だから、さっさとこっちを片づけて、ハストに戻らなきゃ。彼女を本当に落ちつかせることのできる人は、あんたしかいないんだから」

ジルは長いあいだの疑問が解けたような気がした。ヘレニに対するシュワーデンの感情は、同情でもなく、義務感でもなく、ああ、本物の愛なんだ。そうか。そうなんだ。

それから三人は、鞍にまたがると、駆け足でまっすぐ西へとむかった。丘また丘の谷間をぬ

うようにして進みながら、ジルはマコウィとネアニを思った。二人とも、癖の強いフォーリであったけれど、年少のジルをよく教え、かばい、道を示してくれた。マコウィはゆるがぬ岩となることを示し、ネアニは必要ならば憎まれ役にもなって、心をひきしめることを教えてくれた。八年もともにくらしたかけがえのない師であり、友であった。彼らがもういないのだと考えると、頭がくらくらした。センで鏑矢など使わなければ、こうはならなかった、とおのれを責め、それでどうなるものでもなかっただろう、と前を行くシュワーデンなら言うだろうとも思った。それは慰めでも何でもなく、真実だった。ひどく苦い真実。

　真実だから善というわけではない、善だから正しいというわけでもない、正しければ皆が幸せになるかと聞かれて、絶対の自信をもって頷ける人もいない。

　口数少なく野営している最中も、馬上にあって、ようやく雨がやんだ空が明るくひらけるのを仰いでいるあいだも、ジルは答を求めて思考の螺旋《らせん》を行きつ戻りつしているのだった。

　二日後の昼すぎに、三人はマウヴェの灯台の下に五頭の馬を停めた。鞍をはずし、汗をふいてやり、水場につれていけば、あとはそれぞれに草を求めて丘の上をうろつくに任せた。灯台から先に岬がのびており、三人は断崖の端まで進んだ。大きな岩が、まるで天から投げおとされたように転がって、まっ二つに裂けている。そのそばには、海にむかって両足を投げだしてすわるのにちょうどいい平らな石が横たわっていた。

　三人は並んですわり、水と干し肉を分けあって食べた。

　青空に夏の雲がもくもくと立ちあがっているのが、東の方に認められた。風は南から静かに吹いていて、海は西側にうつっていく陽光に鈍銀に反射していた。干し肉をかじりとった直後に、シュワーデンが吐きすてて立ちあがった。

「おい、あれが見えるか？」

ジルとカルステアも石の上に立って、銀の海に目を凝らした。北西につきだした岬の陰から、赤い帆をはった船らしきものが、よろめくように姿をあらわした。

「いち、に、さん……」

手庇を作りながら、カルステアが数えた。三隻のガレー船を、七、八隻のギャリオが追いたてているようだ。牡牛を追いたてる猟犬さながらに。〈熱き海〉の潮流が、ガレー船の漕ぎ手や帆のむきよりも強く、針路を強制しつつあるようだ。

「深追いしなければいいが」

シュワーデンが呟いた。吠えたてるギャリオは、かみつかなくてもいい。待っていれば、潮がガレー船を煮えたぎる海域に運んでいくはずだった。

船団はあっというまに近づいてきて、いまや、その帆の形がはっきりと認められた。

「もう少し、西へよせないと」

カルステアがもどかしげに言う。トゥッパが翼を広げて、今まで聞いたことのない鳴き声をあげたのは、その直後だった。

「何……？　どうしたの？」

「邪《よこしま》ナヤツ！　邪《よこしま》ナヤツ！」

歯をむきだして、頭をつきだし、それは精一杯の威嚇《いかく》だった。三人が視線を海に戻すと、一隻のガレー船の帆陰から竜の尾をもつものが飛びたち、弧を描いたかと思うや、近づきすぎたギャリオにむかって火を吐いた。

ギャリオの一隻が燃えあがり、あわてた操舵士が大きく舵を切ったのだろう、竜から遠ざかろうと針路を変えた。二呼吸後、そのあまりの急激な方向転換に船体そのものがついていけず、ゆっくりと傾きはじめた。傾いた方向にはもう一隻のギャリオがいて、倒れてきた船をかわしきれず、船尾に衝突した。二隻はともに火を噴きながら沈んでいった。

その間、ムルツ竜はさらに二隻を沈めた。火を吐き、主帆柱を蹴倒して。むろん、ギャリオの船上も、おめおめとやられっぱなしではいなかった。こちらで見ていても、ヒヨドリの群れのように黒い帯となった無数の矢が、ムルツめがけてはなたれた。ムルツはもう一度火を吐いたものの、前のような火勢はなく、身を翻して一旦離れた。

ガレー船のたてる太鼓の音がかすかに聞こえるようになった。

「こっちに近づいてきていない？」

カルステアが心配した。確かに、もう少し西へいってくれれば、〈熱き海〉の潮にさらわれるはずなのに、むしろ北側に進んできている。残ったギャリオだけでは、なかなか思いどおりにいかないのか。

ムルツの竜は、上空で一呼吸おいてから、急降下してさらに一隻を襲った、

「ああ……畜生……！」

シュワーデンが地団駄を踏んだ。その直後、ムルツを充分ひきつけた一隻から、銀にきらめく石つぶてが三十個あまりはなたれた。マステル銀、と見てとれたが、どれも尖った先端をもっているようだ。

「あれ……槍の穂先だ……！」

ムルツがちょろっと吐きだした炎は、帆のてっぺんを焦がしただけに終わり、槍の穂先はムルツの額や首にあたった。

ムルツの喚き叫ぶ声が、海面をわたってきた。それは、センの神殿の塔が倒れるときのきしみ音とそっくりだった。

突然、ジルの中で、それまで抑えていたものが、重しを吹きとばしてあふれてきた。目の前が赤くなったり黒くなったり、金の線が走ったりした。

おまえのその叫びなど、おまえに殺された人人の叫びに比べたら、なんとちゃちなことか。おまえのその苦痛など、おまえに家族を奪われ、家を焼かれ、暮らしを壊された人々に比べたら、百分の一にもならない。おまえたちに殺された〈ウロネコ〉や〈ツバサダマ〉の無垢は、再び戻ってきはしないのだ。わたしの父をかえして。ヴィーヴィン、ネアニ、ミリアン、マコウィを

かえせ。わたしの無垢なる日々、善良な人々の毎日をかえせ。

ジルは呪文など唱えなかった。ただ、憎悪と憤激と哀絶のごちゃまぜになってとけあったものが、沸騰《ふっとう》してあふれだし、声となった。それは誰にも教わったことのない言葉、生まれながらにつなぎとめられている大地の底の力、月裏の闇とつながった力だった。

ジルは一瞬、黒い穴の上に浮いていた。滝のように落ちていく砂といっしょに、墜ちていく自分を見た。はるか昔、〈スナコガシ〉を殺してしまったときのわたし。

ムルツ竜が、かなたの宙空でジルのはなった魔法にもちあげられ、高く高く、回転しながら薄い雲の中まで上昇していく。

ああ、そうよ。わたしはすでに罪を犯していた。無垢なるイリーアを殺してしまったわたしが、害敵を海に沈めて悪いという法が、どこにある？

針葉樹色のジルの目が、闇色に変化した。彼女は容赦なくムルツ竜をさらに高みへともちあげた。雲をつき破り、陽の光に満ち、紺碧《こんぺき》の蒼穹《そうきゅう》が支配する高さまで。もう一息昇れば、もっと強烈な陽射しと漆黒に席巻された別世界となる限界まで。

一呼吸ののち、魔法の手を外した。無慈悲に、ためらいなく。回転が止まったその刹那《せつな》、ムルツは助かったと思ったかもしれない。一息の喘ぎを漏らし、同時に大気を吸いこんだかもしれない。だが、一瞬ののちに、彼は大地からひっぱられた。それは、強力な魔法だった。叫びさえあげることもできず、頭からまっすぐに墜落した。

雲をつき破ったムルツは、黒い点となって落下してきた。ジルの目に映ったのは、ほんの数呼吸のあいだか。海中に没したと見えてしばらくしてから、水飛沫《しぶき》が垂直にあがった。

ジルはすかさず魔力の手で、彼をおさえつける。ムルツは半ば気を失いつつ、あぶくを吐きだす。情け容赦なく、ジルの手は、なおも深みへと沈めていく。

ムルツは翼をふるおうとした。手足をばたつかせ、尻尾をふりまわそうとしたが、水の重さに妨げられる。彼はかっと目を剝き、牙をむきだした。それでも、ジルは手をゆるめない。

ほどなくして、海底の熱い岩場に達した。ムルツは抵抗を再開し、もがき、逃れようとする。ジルはその腹を、圧しつぶしていく。肺の中に蓄えられていた空気がすっかりなくなり、竜の鼻から、口から、赤い泡がふきだしてきて、海中を乱舞した。竜の背骨が砕けた。背骨の下の大岩にも罅《ひび》が入るほどに。それでもジルは、許さなかった。ムルツは絶叫したのかもしれない。その目は、生まれてはじめて、絶望を見たのかもしれない。

海底の砂が舞いあがり、視界がほとんど失われた。しかしすぐに潮流が、〈熱き海〉へと塵をさらっていき、おさまるとまた砂が舞いあがる。その中でも、仮借のないジルの手は、ムルツを圧迫しつづけた。

鱗が、砕けて散って、溶けていく。翼はすでにあとかたもない。ただ、人の上腕骨らしき欠片《かけら》が、岩場の隙間にはさまっている。半面が竜、もう半面が人に変化した皮膚がただれていく。肉がめくれあがって破片となるが、それも崩れていく。やがて、頭が骨と化した。あらぬ方に曲がった頸骨《けいこつ》が、小枝が折れるように砕けた。すると、すべての骨、肉、腱が砂となって散っていく。

頭蓋骨だけは残った。しかしそれも、大地の底からおしよせてきた潮に翻弄《ほんろう》され、流されていく。眼窩《がんか》の奥に、いまだ絶望と驚愕を宿して。海底火山の林立する〈熱き海〉の中心部分に、転がっていく。

死なぬなら死ななくていい、とジルは冷たく思った。大地の憤怒にさらされて、永遠にその姿のままで、火口から火口へと弄《もてあそ》ばれるがいい。

……長い闘いのように感じたが、ほんの四半刻だったのか、自身の肉体を意識して目をあけると、カルステアとシュワーデンが防御壁をつくって、彼女を護ってくれていた。というのも、テーツの蛇が宙を飛んできて、彼女の目の前で牙をむいていたのだ。それらは防御壁にはねかえされて、むなしく地面にのたうってから、黄色い煙をあげて大地にしみていく。

「ガレー船から飛んでくるのよ、ジル！　あれを何とかしないと！」

「三王子がそれぞれの船に搭乗していたらしい。ムルツがやられたと知って、おまえを標的にしてきているっ」

「この蛇、魔法の産物っ」

　カルステアが歯をくいしばりながら叫んだ。しかし、テーツが、蛇どもをこんなに距離のあるところへと、こんなに器用に操ることができるだろうか。ああ、そうか。カルツ。マステル銀坑道を崩落させ、シュワーデンに怪我を負わせたのは、彼ではなかったか？　だとすれば、テーツの火蛇を飛ばすことなど、朝飯前ということなのか。

　ジルは呪文を唱えた。かつて、カーニの港で、難破した船をひきあげたが、あれを裏返しにした呪文だった。それを聞いたカルステアは、ちらりと彼女に目をくれると、自分も同調した。シュワーデンは二人が何をしようとしているのか、瞬時に悟ったようだった。何か言いかけたが、きっと顔をひきしめると、防御壁の保持に全力を傾けはじめた。

　フォーリの掟など、一緒に海に沈めてしまえ。

　友人を、師を、家族を、無辜の人々を護りきることのできない掟など、敵艦と一緒に〈熱き海〉へ流してしまえ。

　難破船をひきあげるより、はるかに簡単だった。二人で唱和した魔力は、まず主を失ったムルツの旗艦を数呼吸で沈めた。漕ぎ手の奴隷の阿鼻叫喚の声は、二人の耳には届かなかった。

　旗艦がずぶずぶと沈んでいくと、あおりの波が他の二隻を襲った。はじめそれは、ごく緩慢にもちあがった静かな波に思われた。テーツもカルツも、兄の船が没したことには大した動揺も見せず、さらに蛇の群れをはなってきた。が、静かな波は次第に大きく立ちあがり、二隻をゆり動かし、甲板を洗った。幾人かが海に投げだされた。

蛇の群れはふっつりとやんだ。それでもジルとカルステアはつづけざまに呪文を唱え、力をはなった。シュワーデンも加わって、片方の船をさらにゆすぶった。数回左右に傾いたのち、こらえきれずに転覆した。そこから生まれた大波が、もう一隻をのみこみ、岬の根元までおしよせてきた。

転覆した艦が没し、大波をうけた方の艦の船首が、あがくように大きくもちあがった。それから相方の船にひっぱられでもしたかのように、頭から沈んでいった。

あおり波をさけて、たくみにギャリオが散っていく。彼らのあげる歓声が、風に乗ってかすかにきこえてくる。

三人は、紅潮させた顔を見あわせた。全能感が身体中に満ち満ちて、なんでもできそうな気分だった。

「やったぞ！」

シュワーデンがしゃがれた声で叫んだ。カルステアとジルは手をとりあってとびはねた。

「ほら！　やっぱりフォーリの力！」

「やった、やった、やった！」

「さっ、ハストに帰ろう！　今度はあの大竜をやっつけてやるんだ！」

22

ヴィスマンもフレステルも来なくなった。フェンナは、大袈裟《おおげさ》だと言う。十日に一度はお顔をお見せになるじゃありませんか、と。でも、やって来て、お茶を一杯飲んで、すぐ帰っていくのを訪問とは言えない、とマナランは言いかえした。〈アシミジカ〉のバイオンが無聊《ぶりょう》を慰めてはくれるけど、もっと頻繁にヴィスマンの微笑を見ていたい、と思うのだ。

「マナラン様、それは、大公妃として口にしてはならないことですよ」

「わかってるわよ、フェンナ。フェンナにしか言わないから」

「それでも、です。今、ハスティアが大変なことはご存じのはず。ドリドラヴの軍艦が、沿岸を脅かしているのです。先日は、センの町が攻撃され、すぐにハストへもやってくると、迎撃の準備に大わらわなんですから」

そう言われても、竜なぞ見たこともなければ、戦《いくさ》の経験もない。漠然とした不安が胸にわだかまっているけれど、ヴィスマンの顔を見たい思いの方が強い。この、花の香漂う明るい季節、彼とともに庭を散策したり、このあいだ読んだ本の話をしたりしたい。

新しい図書館は居心地のいい空間になって、国中から書物と人が集まってきている。

「本が自分から図書館に歩いてくる」と、新しく雇った有能な司書たちが笑うほどだ。

彼らが笑うのも、訪う人が喜ぶのも、マナランにはうれしい。マナランの進言で新築に至ったと、知っている人は知っていて、礼を言われたりもして、こそばゆい。侍女たちとも共通の話題が多くなり、宮は和気《わき》藹々《あいあい》としている。祖国では考えられないことだ。

「今日の午後、図書館に行きましょうか」

マナランの気持ちをくみとったフェンナが提

案した。夏用の薄革の編み上げ靴の紐を結んでいたマナランは、少女のように顔を明るくした。借りたい本のリストがどこかにあったはず、と言いかけたとき、突然、強い風が庭先から吹きこんできた。

〈アシミジカ〉のバイオンが、聞いたことのない叫びをあげ、跳ねあがったかと思うや、衣裳部屋に飛びこんでいく。

もう一陣、今度は寝台の緞帳《どんちょう》がめくれあがり、扉がしなり、燭台《しょくだい》や花瓶が倒れ、小さな置物が宙に舞った。フェンナがマナランにおおいかぶさり、寝台脇にしゃがみこむ。隣の部屋で侍女たちが悲鳴をあげる。炎と煙と血の臭いが鼻につんときた。あかない目の片方を無理矢理あけて頭を少し持ちあげれば、花が飛び散り、着替えたばかりの寝巻が廊下との境の扉にひっかかっているのが見えた。庭へつづく扉は大きくあけはなたれ、咲き誇っていた夏の花々や香草が打ち倒され、細い煙をあげているのが見えた。

フェンナは侍女たちを集めに立ちあがった。マナランはよろめくように外に出た。庭は、灯火さながらにあちこちで炎をあげている。生草にはそうそう火がつくはずがないのに。

大公宮のむこう側から、地響きと獣《けもの》の咆哮《ほうこう》と喇叭《らっぱ》を重ねたような風の音が伝わってきた。何が、起きているの、と視線をさまよわせて――、

「あれ……、あれは、……竜？」

青空に黒々とした影が舞っている。それは少しずつ大きくなり――、

「マナラン様、危ないですよっ」

フェンナが走りよってきて、立ちすくんだ。

「……竜……？」

息をのんだ。次いで悲鳴をあげ、すさまじい力でマナランの腕をひっぱった。

「マナラン様っ、こちらへ！　こっちへ来ますっ」

悠然と回旋した影に、長い尾と大きな翼が見てとれた。たちまち迫ってくる。マナランも踵《きびす》をかえし、必死に走って室内に飛びこむ。物陰にしゃがみこみ、頭を抱えた。

轟音《ごうおん》とともに、竜が庭をかすめていく。再び突風が宮をゆるがし、土くれや花弁や火のついたままの草の切れ端が室内を吹雪のように飛んでいく。部屋中の窓という窓の硝子《ガラス》が、一斉にはじけた。地響きとともに、石に罅《ひび》の入る音だろうか、そうは思いたくないけれど、ぴきぴきと不吉に鳴るのが聞こえた。

おそるおそる頭から手をはなしたのは、風がやみ、物音もやんでしばらくしてからだった。立ちあがって部屋の惨状を目にすると、身体が震えはじめた。侍女たちの泣き声を背中に聞きながらそっと外をのぞけば、町のあちこちに黒煙があがっていた。

ヴィスマンは無事だろうか。あんなのがまた来たら、わたしたちはおしまいだ。涙がにじむに任せていると、毅然としたフェンナの叱咤《しった》する声が響いた。はっとしてふりかえると、この気丈な侍女頭は、恐慌をきたしかけている女たちを落ちつかせ、なすべきことを次々に命じはじめた。髪の毛をむしりかけていた一人は、断固とした命令に従って花瓶をおこし、別の一人はわめきかけていた口をとじて寝台を整え直し、ほかの者も、箒やモップを持ちだして、硝子の破片を集めはじめる。

それでマナランも我に返った。わたしがするべきことは何だろう。

ぼんやりと考えながら、皆の邪魔にならないように部屋を縦断して、衣裳部屋の隅に縮こまっているイリーアを見つけた。やさしい声でなだめ、抱きしめた。バイオンのぬくもりが恐怖と絶望を慰めてくれ、呼吸も落ちついていく。薄暗がりにじっとして、どれほどの時がたったのだろう、フェンナが呼びに来た。

「お部屋は片づきましたよ。でも、窓硝子はほとんどなくなって、これではここにいられませんから、奥の部屋に移動しましょう」

バイオンには必要なことだったとはいえ、衣裳部屋の奥で一緒に震えていたなんて、われながら情けない。でも、ここではわたしができることはないのよね。

そう言い訳しつつ、出ていってみると、すっかり片づいた寝室は寒々として見えた。夏の日陰の寒さ。これまで明るく輝いていたのに。

「早急に硝子職人を手配いたしましょう。でも、この有様では、しばらく使えませんね」

隣に立ったフェンナも溜息《ためいき》をつく。

「ああ、それから。つい先ほど、大公閣下の使いの者が安否を確かめに参りましたよ。硝子で手を切った数人のほかは、怪我《けが》もなく、全員無事ですと返事しましたよ」

「大公閣下と……ヴィスマンは……」

「お二人ともあちこち火傷を負われたようですが」

フェンナは、詳しくはわからないが、使者が何も言わなかったので、大丈夫だろうと判断したのだと答えた。マナランはもう一度室内を見わたし、侍女たちが残っていないのを確かめてから、

「フェンナ、わたし、ヴィスマンのそばに行きたい」

と囁《ささや》いた。

「ううん、そばでなくてもいい。一目だけ。遠目に無事を確かめたい。お願いよ、フェンナ！お願い！」

思案の沈黙のあと、フェンナは溜息をついた。

「わかりました、マナラン様。大公妃が大公側近の心配をするのは当然のこと。それに、ほかの人々に姿を見せることで、励みにもなりましょう。ただし、あくまでお見舞いの形で、ですよ。ヴィスマンを見て、顔色を変えてはなりません。ましてや、駆けよったりは厳禁です」

それはもう、小躍りせんばかりに約束して、侍女たちもつれて宮を一歩出たのだったが。

本宮までの石畳の両側には、アトリアニシキギの並木が豊かな枝ぶりを誇っていた。それが、今は、石畳の上に身を伏せるように横倒しになったり、灯火さながらに炎をちらつかせていたり、幹の中ほどからぽっきり折れていたりと、惨状はなはだしい。マナランたちは思わず立ちすくんだ。

その道の先に見える本宮の塔が、幾つか崩れ、中央の円蓋も半ばつぶれている。

　どうしてこんなことが、と、半ば呆然としつつも、枝をよけ、裾をひき、足を運ぶ。やがて奥まった道から本道に変わっていくあいだ、被害は尋常でなく大きいことがわかってきた。本宮を囲む庭園や花壇は、すべて焼け焦げている。翼棟のアーチはさすがにもちこたえているものの、上階の張り出し屋根や浮彫は崩れてしまっている。窓という窓はすべてひしゃげ、破れている。建物から這いだして来る人、その腕をひっぱりあげる人、残骸に呆然とする人。その人人を縫うようにして、槍を持った兵士たちが、走りまわっている。広場では、別の兵士たちが、防水幕布《ターブ》を張る支柱を立て、塞塁《そくるい》そくるを積みあげている。

　本宮のアーチの下から、折りたたみ簡易机を運びだす者たちの中に、フレステル大公の姿があった。他の者より頭一つ分背丈があるので、すぐに見わけられた。大公御自ら机を運び——ほかの者は一台をやっと持つというのに、小脇に一台ずつ抱えてゆるぎない——、首をめぐらせて全体を見わたし、必要とあれば指示を叫んでいる。

　邪魔にならない程度まで近づくと、マナランに気がついて足を止めた。

「先ほど、伝令からご無事と聞いて安心しました。よかった」

と頷くこめかみが、赤くなっている。

「怪我をなさっておいでです」

　自分の声が震えるのを、情けないと思う。フレステルは微笑して、

「なに、ちょっと身をかわし損ねて、柱と喧嘩しただけです。……ここの様子を見においでになったのですか」

　大公でも机を運んでいるのを見てしまったからだろうか、とっさに出たのは、

「わ……わたくしでも、何かお役に立つことが、ありましょうか」

だった。そんな気はさらさらなかったにもかか

わらず。そこへ、ヴィスマンがやってきた。タープの支柱用の木材を、十本も抱えている。

「ヴィスマン、大公妃にしていただけることは、なにかないか」

マステル銀の厳しい瞳が、彼女にむいたとたんにやわらいだと思ったのは、気のせいだろうか。左の側頭部の髪と顎髭を焦がしていた。そうですね、と呟きつつ、通りかかった兵士に木材をおしつけるようにわたし、懐《ふところ》から石板をとりだした。兵士はよろめいて、危うく木材を落としそうになったが、それには目もくれず、

「フォーリ協会の林の消火、神殿の瓦礫《がれき》の撤去、政庁の文書確認……ああ、マナラン様、政庁裏の国庫に行ってください」

片手で石板を持ちながら、もう片方の手で腰にぶら下げていた鍵束から、一本をより分ける。

「有事の際の保管庫です。これから各部署の使いの者がおしよせるでしょう。物資の要望に応じながら、残数の確認をしてください。不足しそうなときは、わたしに連絡を」

紐のついた、大きな鍵だった。それと羊皮紙の切りおとしと簡易筆記用具をひとまとめにしてマナランに手わたした。煤の臭いが強くなった。

「わ……わたしが……？」

「マナラン様であれば、できます！　よろしく」

にっと笑って踵をかえし、木材をうけとっていた大股に去っていった。フレステルはとうに、重い机を運びおえて、タープの下から頷き、配下にまた指示を出しはじめていた。

「マナラン様……」

「フェンナ……。どうしよう」

「任せられたのですから、しっかりしなくては。迷っている暇はありませんよ」

佇《たたず》む目の前を、担架《たんか》が通った。二本の槍に誰かのマントをくくりつけた急ごしらえの担架には、まだ年若い兵士が片腕で顔をおおい、呻いている。片方の足首があらぬ方に曲がっているのを見て、マナランは思わず顔をそむけそうになった。が、あなたならできる、とヴィスマン

の声が耳の中にこだまして、思いとどまった。

これは現実。夢ではない。

竜はまたやってくるだろう。そのとき、わたくしは――わたくしたちは、宮の中でただ縮こまっているだけなのか。いつ天井が落ちてくるか、壁が崩れるか、怯え、震えているだけなのか。

「マナラン様。参りましょう」

数歩先でフェンナが待っている。マナランがここでひきかえそうと言っても、フェンナは、多分、頷かないだろう。彼女だけ、先に行く、そんな気がする。侍女頭としての役割を投げうってでも、行くつもり、行かなければ、と、その決心が身体中からにじみでていた。マナランを叱りつけるときと同じ顔つきをしている。

マナランは、顎を引くと、フェンナのそばに進んでいった。

飾り気のない赤石の建物が、保管庫だった。鍵穴に鍵を差しこみ、両扉を大きくひらくのに、侍女たち四人が必要だった。天井まで物資が積みあげられている。その棚が八列もある。梯子《はしご》や脚立が立てかけてある。

マナランはフェンナの助言に従って、侍女たちに物資の数を確認させ、羊皮紙の切りおとしに記録していった。その最中に、扉の前に人だかりができはじめる。口々に、必要なものを叫んでいる。

「来た順に並ばせましょう。記録は他の者に。マナラン様は彼らに物資を手わたしてください」

毛布、薬草箱、ペンタ麦、ケント麦の袋、乾燥野菜、香草の袋、包帯、バケツ、薪、竈《かまど》、鍋、食器、薬缶《やかん》、調味料、葡萄《ぶどう》酒の袋、と、手わたすにしても種々雑多でだんだん手に負えなくなってくる。

「これではだめだわ」

並んでいるのが五人ほどになったとき、マナランは額の汗をぬぐいながら背中をのばした。

「フェンナ、それぞれの棚から二十ずつ運びだして、扉の外に並べさせて。必要なものを、そこからもっていかせて。その方がずっと効率がいい」

「でもそれでは、マナラン様、コソ泥めいたまねをするものも出てくるのでは？」

「アトリアなら、ね、アトリアなら、扉をひらいたとたんに押し入って持っていくでしょう。でも、ここではみんな、並んで待っている。そういう人たちが、必要のないものまでもっていくとは思わない。数も数えなくていい。残数だけ確認して。不足になったらヴィスマンに要求するから」

　マナランの予測のとおりだった。必要数を持っていって、いっていいと言われて、奪うように持っていく者はいなかった。

「マナラン様、おなかがすきましたね」

　太陽が西に傾き、人々もまばらになったころ、フェンナが言った。

「わざわざ宮に戻らないで、ここで食べませんか」

　いたずらっぽい響きがある。

「ここで……？」

「少し寒くもなってきましたし。竈がたくさんありますし。食料も、食器もそろっていますし。わたしたちだって食べなきゃならないんですから、ここで炊き出しをしましょうよ」

　それを耳にした侍女たちが歓声をあげた。止めるまもなく、簡易竈や大鍋を運び、井戸から水をくんでくる者、薪に火をいれる者、麦を煮る者、湯をわかす者、食器を簡易机に並べる者、と、皆うち働いて、あれよあれよという間に香ばしい匂いが漂った。

　匂いにつられて、町の人や兵士たちも寄ってくる。口伝えに聞いた人々もやってきて、結局マナランたちのおなかに粥《かゆ》がおさまったのは、夏の長い日が山陰に没したあとだった。

　壁際に敷いてもらった毛布の上に、足を投げだしてすわり、干し肉をかじっていると、ヴィスマンがやってきた。粥の椀を片手に、マリランの隣にすわり、食べながら礼を言った。この非常時、貴賤《きせん》の垣根はとり払われているらしい。このみれば、フェンナの隣には側近の一人がいるし、侍女たちの輪の中には、町の人と兵士と将校が、身分のへだてなく交じっている。アトリアではとうてい考えられないことだ。

「ここまでしてくださるとは、思いもよりませんでした。兵站部《へいたん》の者を遣わさなければならないと思ってはいましたが、それにしてもこれほど早く立ちあげることはできなかったでしょう」

ヴィスマンは髭を手の甲でふいた。マナランは笑みをこぼした。

「はじめは人のため、ではなかったの。わたしたち、おなかがすいていたもので」

「でも結局、あなた方が食べられたのは、皆を満足させてから、だったのでしょう？　鍛冶屋が得意げに言いふらしていますよ。われらの大公妃閣下は、民の飢えを先に解決してくださる方だ、とね」

火傷や怪我を負い、煤で真っ黒になった人々を尻目に、どうして先に食事をしたためられようか。

「ヴィスマン、お願いがあります」

マナランの視線は、扉前に並べられた物資の方にさまよっていく。

「なんでしょう、大公妃」

「毛布の在庫が少なくなってきています。……また、竜の襲来がある、と聞いています。毛布はもっと必要になるでしょう。ヴィスマン、あなたのご実家は、織物商と聞いております。古い織物の在庫や、売り物からはじかれたものがありませんか？　そうしたものを寄付していただけはしませんか？」

それは、「仕立屋が包帯用にと、反物の残りを持ってきた」と、侍女の一人が話しているのを聞いて、ひらめいたことだった。仕立屋にあまりがあるのであれば、織物商の倉庫に残っているものもあるに違いない。

「おお、それはいい考えだ。わたしの実家ばかりでなく、組合や商売仲間にも声をかけて、町に届けるように手配しましょう」

そう言って立ちあがった。その背後に、夕刻の藍《あい》色の空が広がっていた。

「これから宮にお戻りになるのも一苦労かと存じます。それに、夜間にまた竜の襲来があったりしたら、大変です。安全な避難所にご案内しましょう」

「そんな場所、あるんですの？」

「ま、ご婦人方には評判がよろしくありませんが。……川の下です」

「か、川の下……？」

「大公家の墓所です。〈霧虎〉橋の地下にあります。頭の上を川が流れています。大公閣下の血筋の方々、側近、おつきの侍女たち、全員が数晩すごせるだけの余地はあります」

「……あなたも、行く？」

「はい。できるだけ早く、なすべきことをなしたら。町の人々も、それぞれの墓所にもぐります。竜の息吹で焼け死ぬ者は、これ以上は増えませんよ」

「でも……。川の水がしみだしてきたり、天井が崩れてきたりは？」

「フォーリたちが古から補強魔法を重ねてきました。絶対、大丈夫です」

ヴィスマンがさしだした片手にすがるようにして、マナランは立ちあがった。

彼の背後に、小さな星が一つ、銀に輝いていた。


ジルたちは、馬を駆り、ハストに向かった。ハスト丘陵は、いまだ初夏の景色のままだった。樹々の根元に咲くモモバキキョウの白や紫、ベリー類の赤、黄色の花が森を彩っていた。しかしそれを目にとめたものの、ジルには何の感慨もわかなかった。

峠を登りきれば、眼下にハストの町がマス川を抱いている。神殿や政庁の塔や本棟が倒壊した、と聞いていたので、往時のあの輝かしさは望むべくもない、と覚悟はしていた。しかし、実際には、予想を上まわる被害だった。いくつかの橋が落ち、岸辺は崩れていた。川もあちこちで半ばせきとめられ、かろうじて、手前の造船所や職人町のみ、損壊浅し、と見えた。

大公宮殿、フォーリ協会、神殿、政庁の集まっている〈中ノ中州〉の西側からは、幾筋もの細い煙があがり、高い建物はほとんどつぶされ倒されていた。何よりその醜悪さに息がつまったのは、大公宮殿の本棟の上に、竜のウシュル・ガルが大きく翼を広げてつっぷしていたからだった。

ジルたちは、〈霧虎〉橋をわたって、軍部や兵舎のある東側に入り、千人以上の兵士たちが待機する中を、本陣に案内してもらった。大きな天幕の横幕はすべてあげられて、大卓がいくつか並ぶ中に、フレステルⅢ世、ヴィスマンをはじめとする側近、上級士官、ハストのペネル、ギオンをはじめとする幾人かのフォーリが集っていた。その中からヘレニが飛びだしてきて、シュワーデンに抱きついた。泣き声をあげる彼女をやさしくなだめながら、彼は座をはずしていく。

ハストのペネルが一歩踏みだしてきた。金の髪は煤に汚れてべたつき、頬はこけて目はおちくぼんでいたが、いつも冷たい光をたたえていた目には、哀しみと悔恨とかすかな喜びが垣間見えた。

「よくやったわ、あなたたち。大きな損害を出す前に、敵を全滅させたのは、何よりよ」

するると、彼女の背後から、大きな拍手と足踏みと歓声がおこった。ジルとカルステアは顔を見あわせたが、素直に喜ぶ気にはなれなかった。あの全能感は、冷酷な司令官さながらに、翌日にはマントを翻《ひるがえ》して去っていってしまった。かわりに、禁忌を犯した、その事実が、厳然と姿をあらわした。これからどうなっていくのか――カルステアの肩に留まっているトゥッパに変化はみられない。最高に元気、とは言えないまでも、普通におしゃべりするし、ときおり飛んで光を集める様子は同じだ――、イリーアたち、フォーリの仲間に害をなすとしたら、責任は重い。

ギオンがペネルの横から顔を出した。

「〈真実の爪〉は、覚悟さえすればいい、と言った」

その声は相変わらず重く心地よく響く静かな森の気配だった。

「われらフォーリの力を投げうってでも護るべきものを護る覚悟、それを、われら全員がもてばいいだけのこと。きみたちは答えを出せない難問に答えを出してくれた。さあ、胸をはって、この膠着《こうちゃく》状態を打開する方策を一緒に考えてくれ」

その手は、火傷を負って痛々しかった。彼は、二人を幕僚の佇む大卓に案内した。卓上にはぞんざいに描かれた〈中ノ中州〉の絵の上に、それぞれの建物に見たてた香茶缶や蠟燭《ろうそく》たてや誰かの奥さんから借りたらしい香水瓶などが定位置を占めていた。大公宮は香茶ポットで、その上に手袋の竜が広げてある。道路上には、部隊を示す黒豆がばらまかれ、竜を囲んでいるのがわかった。

「毎日、弓矢と投石器で攻めているが、やつはここから動こうとしないのだ」

ヴィスマンが手袋を棒でつつきながら言った。

「やつめ、夜にあらわれてさんざん炎を吐いたあと、力つきたように大公宮の上に腹ばいになって、あたりをねめつけている」

「今日で三日をすぎたか」

フレステルⅢ世が両手のひらを卓におしつけてぼやいた。

「どうせ動かないのであれば、〈月神祭〉も足元でやってしまえと冗談を言う輩《やから》もいるくらいでね」

〈月神祭〉は夏を迎えた喜びを満月に感謝し、楽音と踊りと葡萄酒で宴《うたげ》をもりあげる夏至の前の祭りだ。次第に短くなっていく夜をひきとめ、満月が大地にできるだけ長く力をふり注ぐように願う。古い葡萄酒を消費する意味もあるのだと、いつかシュワーデンが興ざめする蘊蓄《うんちく》を語ったことがあった。

「……何か……誰かを待っているのでは？」

カルステアがぼんやりと呟いた。何気ない一言だったにもかかわらず、周囲は大きくざわめいた。

「だ……誰を待つというのだね」

側近の一人が恐怖にひきつって尋ね、自分で気がついて、

「あ……ああ……三人の息子たちか」

とほっと肩から力をぬいた。

「それでは、永遠にあそこに鎮座ましますことになろうぞ」

フレステルは笑った。その鷹揚《おうよう》な余裕の様に、皆、落ちつきをとり戻した。ジルは、鏑矢《かぶらや》を嫌ったことを語って、

「でも、それでは、別のところに追いやるだけで、被害を広げてしまう……」

と考えを言った。

「やつは鏑矢の音を嫌う、か」

フレステルは身体のむきをかえて、大公宮を仰いだ。

「ヴィスマン。やつが嫌がるどころか、悶絶するような音をさがさせよ。〈月神祭〉の音曲と称して、兵士たちを騒がせてみよう」

ヴィスマンは、配下の者に頷いて、さっそくその案を実行するように指図した。

「それから、今日ただ今より、フォーリはわが指揮下におくものとする。それで良いな、ペネル」

ペネルはしばし大公を見すえ、それからあきらめたように溜息をついた。

「御考えどおりに」

ジルとカルステアは顔を見あわせた。それって、どういうことなの？

「では、フォーリはハスティアの各部隊にそれぞれ配属され、指揮官の参謀をつとめ、必要とあらば手段を選ばず、敵を非武力化する任務につくこととする」

その宣告がなされた直後、ジルの腰袋の中で、〈スナコガシ〉の骨が砕けた。ジルはそっと上から袋をおさえて確かめ、これはとうに砕けてしまっていてもおかしくはなかったのだ、と自分を慰めた。これは戦だ。戦は、人の生命ばかりか、善きものをすべて踏みつぶしていく。そ

「……彼らのように。ギャリオはギャリオで動き、彼らは連携を保ちつつも、自らの決断で敵を降した。お互い、勝手のわからない者同士で試行錯誤している余裕はあるまいと存じる」

フレステルはふうむ、と唸って、幕僚たちとフォーリたちを見比べた。するとヴィスマンが、

「わたしもその方がよろしいかと思います」

と同意した。二呼吸ののち、大公も、よかろう、と言った。

「鍛冶のことは鍛冶屋に聞け、と言うな。ではそのように、ペネル、ギオン、そなたたちで善処してくれればよい」

都に集ったフォーリたちは五十数人にのぼった。ペネルとギオンは、それぞれを三、四人のグループに分けた。相性のよい者同士を組にして、

「必要と思う場所で必要と思うことをすること」

とギオンがひどく大雑把《おおざっぱ》な指示を出した。兵士や政庁に働く者であれば、大いにまごつく指示だったが、彼の洞察どおり、フォーリは常に独りでも、わたしたちは勝利しなければならない。善とはかけはなれた方法をとりながら、善きものをとり戻す戦をしなければならない。

大公の命をうけて、各部隊に配属されるために、ペネルが都にいるフォーリの名をあげていった。側近の一人が羊皮紙に次々と記していく。さらに、それぞれ何が得手なのかを書きこんで、一覧ができると、それまで黙考をつづけていたギオンが重低音の声で言った。

「一つ、よろしいか、大公」

「何なりと、フォーリ・ギオン」

「各部隊に配属するという考えも、確かに有益ではあると思うが、本来独自の判断とひらめきによってとっさに動くのも、フォーリの特質というもの。むしろ、フォーリばかりの部隊にしてしまった方が、力を発揮するのではあるまいか」

ギオンはジル、カルステア、それから落ちついたヘレニをともなって戻ってきたシュワーデンを片手で示した。

自の判断で行動することになれていたので、軍の指揮下に入るよりはむしろやりやすい。

最後にペネルが宣言した。

「さきほど大公が仰せられましたが、あらためて、フォーリに課せられた禁忌を、解除します。あの竜を無力化するにあたって、あらゆる手段をとることを許可します」

わが意をえたりと、拳《こぶし》をふりあげ、呼応するものも多かった。今のところ、われらの力がとりあげられる気配もないではないか、とうそぶく者さえいた。あの禁忌は、力の暴走をとめるための単なる脅しであったのではないかと、今では、多くのフォーリが疑いをもちはじめている。

ジル、カルステア、シュワーデン、それにヘレニは一組となって、持ち場である大公宮の裏手へと、竜の翼の下を移動していった。

ウシュル・ガルはまどろんでいた。センの町をムルツと襲ったのち、あの耳障りな矢音がどうにも我慢ならずに、山中に退避した。人間に戻って山家を襲い、食料を手に入れようとしたが、なぜか思いどおりにはいかなかった。竜のまま、森の木々を腹の下にへしおって寝床として幾日か、細い三日月が少しずつ太っていくと、体内に力が戻ってくるのを感じた。

ムルツにも、大公国の首都ハストを襲撃するようにと命じていた。ガレー船を率いて、テーツとカルツも適当な場所から上陸し、屈強なドリドラヴ軍団とともに各地を殲滅《せんめつ》しながら、ハストをめざすように指令を出していた。二頭の竜と千人の軍団であれば、ハストを陥落せしめるに、大した時間はいらないだろう。ただ、あの、ちょこまかとよく動き、炎にも強い小舟の群れには手を焼いた。だが、わが軍団は、あんなもの、たちまちひっくりかえして、悠々と港に入るに違いない。

ウシュル・ガルは再び力をえて、狙いどおりにハストを襲った。敵の反抗は予想以上ではあった。マステル銀の矢、投石、槍の飛来にはかなり打撃をくらった。だが、彼の吐く炎に、見よ、都の中心をなす一帯は崩壊し、煙と炎をあげ、数百人ほども道連れにしたではないか。

調子づいた彼は、しつこく攻撃をくりかえしてくる軍の中枢にも、一吐きしようとした。すると腹の中で何かがねじれるような痛みがおこった。ちょうど川の上を滑空していたときだった。前方に弓兵と槍兵が並び、投石器が塔の上で待ちかまえているのが目に入った。痛みで思わず叫びをあげ、それから逃れようと急上昇した。尻尾の先を、マステル銀の矢が数本、かすめていくのを感じた。さらに昇り、雲の裳裾《もすそ》にふれたかと思うや、身体中の熱が音をたててひいていき、翼が凍りついた。山々からあがる湯気を切り裂くようにして、ウシュル・ガルは墜落した。目の前に大公宮の頑丈そうな本棟が迫ってきた。そこでようやく翼が力をとり戻し、彼は宮殿をおしつぶすようにして、腹から何とか着地できたのだったが。

あの、得体の知れない痛みはなくなっていた。だが、身体中冷えきっていて、翼も尻尾も動かない。彼は宮殿を褥《しとね》にして、腹ばいのまま、数日をすごさざるをえなかった。

おお、やはり月だ、と、ときおり意識をとり戻して、背中に月光の力をうけとる。夜毎太っていく月は、首をもちあげ、尻尾を左右にふる力を与えてくれる。ねじ曲がった翼には、まだ血が通ってこないが、背中から全身に、少しずつ熱が戻ってきている。

ただ、山中の月である。一晩中、煌々《こうこう》と照ってくれればたちまち元気になれようものを、驟《しゅう》雨《う》に襲われたり、雲が厚くたちこめたりと、せわしない空だった。風が吹いて、曲がった翼がさらにねじれ、片目に瓦礫の欠片《かけら》が入りこんで、何とも不快な思いもする。

今日明日と、十四日と十五日の月が出る。幸いなことに、風はやみ、天候も落ちついているようだ。この二晩の光があれば、再び飛びたって、今度こそ、都中を灰にしてくれようぞ。

うとうとした中に、騒々しい音が入りこんでくる。太鼓や人声は我慢できるが、何だあれは、甲高い笛、じゃらじゃらなる金属音、ええい、やめよ、やめよ。眠れないではないか。

うっそりと目をあけ、まぶしい陽光に顔をしかめ、ぼんやりと考える。そういえば、ムルツはどうした。もう、とっくに着いていていいはずではないか。ガレー船の兵たちも、そろそろ背後を襲って、あの忌々しい銀装の集団を皆殺しにしているはずだ。一体、あやつらは何をしている。三匹の小蛇は、小蛇でしかないのか。ああ、余が一喝せねば、動けぬとでもいうのか。ああ、忌々しい。うるさいぞ。


「最も嫌がるそぶりを見せたのは、笛の音のようです」

「喇叭でも試しましたが、むしろ、甲高い方がよろしいようです」

「それでも、きゃつめを動かすまでには至っておりません」

「フォーリ部隊が、やつを凍らせようとしています。なかなか、力及ばずのようです」

「あのかたい鱗《うろこ》を裂くには、やはりマステル銀でないと。ただ、寝そべった形でありますゆえ、下方からはなかなか狙えず……」

「あやつをもちあげ、ハスト山の火口に落とすには、物動魔法を使えるフォーリが百人いると申しております」

「オーカル湖に沈めるにしても、かなりの距離を運ばなくてはならず、ちと無理かと」

「攻撃解禁になっても、これでは、フォーリの力も役立たずですな」

……「ご報告申しあげます！　竜が身じろぎをしました！」

「確かです！　月の光に照らされて、はっきりと見えました！」

「全軍、攻撃の準備に入ります！」

めいめい勝手な音程で、重なりあう笛の音は、聞くに堪えなかった。

ウシュル・ガルはうっそりと頭をもたげると、

目をしばたたいてから、吠えた。一瞬やんだかと安堵しても、またすぐに耳障りになる音に、いらだたしげに身じろぎする。

とびたてるのであれば、あの音を出している者どもを、爪にかけようものを。うむ？　翼が動くぞ。身体に力が戻ってきたようだ。月だ。十四日の月が、東の山の端から昇ってきて、あたりを銀に照らしている。

見よ、獲物をおさめた大蛇の腹さながらに弧を描く川も、月光を反射して力を放射している。むこうの中州に半壊した幾多の塔も、余のふるう最後の一撃を欲しているかのように、銀に染まっている。

わが腹の中の炎だまりにも火口からうつった火が勢いをましつつある。まだだ。まだ動くな、とそれは告げる。力は貯えて使うものだ。もっともっとためこんで、あやつらを一掃し、なおかつ威容を示す余力をもてるようになるまで、もうしばらく待つべきぞ。

おお、なんと心地よい光だ。地べたでは、フォーリたちがさかんに呪文を唱え、わが尻尾を凍らせようともくろんでいるようだが、何、それ、ひとふりすれば、きゃつらを宙に飛ばし、氷の欠片も砕けて散るわ。これはいい肩ならしぞ。月よ、照れ。わが背骨に、あますことなく無尽蔵の魔力を注げ。

「今宵は満月だな。昨晩は結局、動かなかったな」

「油断するな。どうやらきゃつめは、月の光を浴びて力をためこんでいるふうだと、フォーリたちが言っていたぞ」

「その、フォーリたちの魔法で、雲を作って月を隠すことはできんのか」

「やってはみたが、こう大規模ではちと無理だと」

「そうだなあ……うちの村で、日照りがつづいたときも、彼らがしたのは井戸の水源を新たにすることだったなあ。考えてみりゃ、雨を呼ぶって手もあるってのに。それをしなかったのは中の呪文と衝撃倍増の呪文をかけていった。

「へええ……簡単だね。おれもフォーリになれば良かった」

「四年間の訓練とお勉強がおまえにできるか?」

「呪文を唱えるだけじゃねぇの?」

「座学とか、憲章の暗記とかもあるらしいわよ」

兵士たちの軽口を聞きながら、黙々とこなしていくうちに、すっかりあたりは月の光に満たされて、物陰の青灰色の闇との区別もはっきりしてきた。

竜が身じろぎし、上から瓦礫が降ってきた。そのうちのいくつかは、広場の石畳にあたって地響きをたてた。いっとき粉塵が舞い、月光に雪片めいた景色をつくった。

兵士たちは武器を構える。

「カルシー。あいつをもちあげることは無理でも、しばりつけることはできないかな」

兵士たちの弓に矢がつがえられたのをみて、ひらめいたジルは、ぼそっと聞いた。カルステアは眉をよせて竜を仰ぎながら、

「――」

「できなかったってことでしょ。ああ、ほら、月が昇ってきた」

「部隊長も戦略会議から戻ってきたぞ」

皆、聞け、と部隊長は三十人の配下を集めて言った。

「フォーリの予知と観察兵によると、竜は今宵あたり行動にうつるようだ。やつが動きを見せたら、攻撃を開始する。皆の矢、槍、投石用のマステル銀には、フォーリ・ギオン、シュワーデン、カルステア、ジオラネルが百発百中の魔法をかける。これまでとは違うぞ、諸君。フォーリの魔法と諸君の技術、全員の勇気があわされば、あの忌々しい侵略者をうちおとすことができる! さっそく準備にかかれ」

彼らは大公宮の広場にいた。部隊ごとに、それぞれの場を確保して、石壁の破片やおれた柱や裂けた梁《はり》の陰に待機した。一部隊に一個の投石器と三籠分の屑マステル銀が用意されており、ジルたちは兵士の武器すべてと籠の中味に、命

「四人の力でも、難しいかなぁ」

「全身でなくていい。一番、効果のある場所だけでも」

するとそばで聞いていたシュワーデンが、瓦礫の上に身をのりだしながら言った。

「なら、翼だ。片翼に穴をあける時間を稼げば、やつはろくに飛べなくなるぞ」

ギオンが頷いて、部隊長に提案しにいった。すぐに戻ってきて、そばにしゃがみこみ、

「その瞬間を狙うそうだ」

と頷いた。兵士たちのあいだに囁き声で指令が広がっていった。すると、一番近くにいた小柄な青年が、駆けよってきた。

「あんたたちの考え、すごくいいぜ！　気に入ったよ！　何で今までフォーリは戦いに加わらなかったんだ？　くそ憲章だか掟だか知らないが、そいつがない方がずっと犠牲は少なかったろうにさ！　ともあれ、歓迎するぜ、第三十一部隊に！」

竜が唸った。尻尾がふられ、首がもちあがった。遠目にも、その片面の目が月光に禍々《まがまが》しい金となって輝くのがわかった。

「ひゅうっ、ぶるぶるっ。おっかねぇなあ。あんなのを、あんたら本当に海に沈めたのか？」

「あんなに大きくなかったわよ。せいぜいがあれの十分の一」

ジルにかわってカルステアが答えてくれた。ギオンが重々しく言った。

「持ち場に戻れ、そしてきみの仕事をまっとうしろ」

青年は丸い顔をさらに丸くしてにっこりすると、かがみこみながら駆け戻っていった。

――あんなのを、あんたら本当に海に沈めたのか？

――あんなに大きくなかったわよ。せいぜいがあれの十分の一。

その会話は、ウシュル・ガルの耳に、まるで針のようにつき刺さってきた。何だと？　彼は首をふり、まだ半ば眠りにある意識をはっきり

させようとした。今、誰が何を言った？　アンナノヲ、ウミニシズメタ、とはどういうことだ？　アンナニオオキクナカッタ、ジュウブンノイチ、とは何のことだ？

　両目をひらき、背骨を山のようにもちあげる。翼をうちふるってみて、身体中に力が満ちたことを知る。鉤爪《かぎづめ》が腹の下の大公宮の柱を握って砕く。不意に、とある光景が月光とともに頭蓋骨の中に入ってくる。

　ムルツが見えない手でおさえつけられ、おぼれ、骨も砕けて熱い潮流に流されていく。テーツとカルツの船も沈められ、同じように海底をひきずられていく。

　魔法の匂い。この、狂気と圧倒的な魔力の匂い。

　覚えがあるぞ。どこかでかいだ。もっと弱々しくてか細く、怯えさえ含んでいたが。

　ウシュル・ガルは首をまわして、会話の源を確かめた。

　石壁の破片の陰にひざまずいているジルの、針葉樹の色をした目が、匂いと同じ魔力を発していた。

　ウシュル・ガルは吠えた。

　小娘、まさかまさか！

　きさまが、余の息子三人を海に沈めたというのか！　肉も骨も溶けて残らぬ溶岩の口へと、追い込んだというのか！

　よくもよくもよくも！　余の分身を余の未来を、余の期待を、微塵《みじん》に砕きおったのかっ。

　かつて、おのれの宿敵となるかもしれないと思った息子たちだった。一度ならず、やがては殺してしまわねばならないかもしれないと、昏《くら》く甘い考えにとらわれたこともあった。だが、それとこれとは別なのだ。おのれの手で下す運命であれば、それはそれで良い。だが、他の者が——特に、敵とする者が——わが血族を、最も近しい者たちを、あとを継がせるべきと思い定めてもいた息子たちを手にかけることは、許しがたい。断じて、断じて、断じて、ゆるせぬ！

ウシュル・ガルは一度翼をふるっただけで、大公宮の上に舞いあがった。月を背後にして、風をまきおこしつつ、二十馬身も天空高く舞いあがるや、首をつきだし、鉤爪をむいて、ジルめがけて炎を吐いた。

防御壁はその激怒の炎を何とかもちこたえた。一度め、二度め。三度めで、ギオンが尻もちをつき、シュワーデンが、つき破ってきた炎の舌に思わず手をひっこめた。四度めを吐こうとしたウシュル・ガルの片翼が、一瞬、ほんの一瞬だけ、動きをとめた。ジルとカルステアの縛りの魔法が功を奏したのだ。一斉に矢と槍と投石器のマステル銀がはなたれ、小さな穴を幾つもうがった。

竜は均衡を失った。空中でよろめき、半回転し、しかし何とか体勢をたて直した。そこへ、全部隊の矢、マステル銀が襲いかかった。彼は身をよじったが、多くを全身に浴びて咆哮をあげた。

竜はふらつきながら上空に逃げようとした。首を月の方に向け、穴がどんどん広がっていく片翼を必死に動かし、尻尾をふりまわして。間断なく襲いかかっていた矢や銀石が届かなくなったとき——それでも彼は月を背負って巨大な影だった——、ギオンがシュワーデンの腕をつかんだ。

「見えるか？　……あれが、見えるか？」

目を凝らしたシュワーデンも、大きく頷いた。

「ええ、ギオン。見えますよ！」

ジルとカルステアが一息ついているのへ、彼は叫んだ。

「やつの腹の上……いや、背骨に近い方だ、体内にマステル銀がくいこんでいる！」

二人はシュワーデンの隣に駆けよった。彼は火傷した指で竜の影を追いながら、

「人間の頸椎《けいつい》の何番めかにあたるすぐ下っているか、背骨と腹のあいだに、マステル銀が刺さっているんだ」

「……？」

「槍の穂先のようだ」

ギオンが言った。

「誰かの放った槍が、腹側から入って内臓をつきぬけ、背骨まで達しようとしている」

「だとしたら、その者はものすごい怪力か……それとも、きみたちの魔法がすごかったのか」

シュワーデンが煤にまみれた顔で二人を見比べた。カルステアが、

「わたしたちじゃないわ。他の部隊の誰かでは？」

「そんな力業ができるフォーリなんて、きみたちくらいだろうが」

ジルは、はっと顔をあげた。

「わたしたちじゃないよ！」

口にしたん、われしらず、涙があふれる。

「……ジル？」

「……あれは……父の槍……セレの砦《とりで》が、崩れそうになっていたとき……父がわたしをかばって投げた槍だと思う」

「……何と！」

「ウシュル・ガルは炎を吐こうとしていた。その口に、放ったの」

「そうか……だから、あんな妙な場所にくいこんでいるんだな」

すでに兵士たちは総立ちになっていた。竜が、痛みに耐えかねて絶叫し、ふらつきながらもさらに高く昇っていくところだった。

「ギオン、見えますか？」

「ああ……ううむ……どんどん小さくなっていく……難しいが……わたしの気のせいか？　マステル銀がやつの頸椎の一つに接触したようだが」

するとシュワーデンは、

「むしろ、目をつぶった方が良く視《み》えるかも」

と言ってうつむいてしまった。しかしすぐに、

「そうです。あなたの言うとおり、槍の穂先が……上から七番めの厚くて大きい骨にくいこんで……おお、破砕した！」

高処で絶叫する竜の声は、半呼吸遅れてから地上に届いた。竜は首を曲げ、小さな炎を吐き、

身体全体を縮こめた。そうして、翼から力が失われて、まるで溶けた飴のように胴体にはりつくのがジルにも見えた。

直後に、竜は一直線に落ちてきた。

どよめき、次いで歓声がわきおこった。だが。

「まて……！　あれは、何だ？」

ギオンが竜の残像を追うように、視線をさらに上へむけた。天中に、今にも座そうとしている満月めがけて、かすみのかかったような黒と金のまだらの長く太い紐めいたものが、螺旋《らせん》を描いて昇っていく。

「……脱皮した……？」

カルステアの呟きにまさか、と異を唱えた三人だったが……。

ウシュル・ガルは、目もくらむような激痛に絶叫し、えずいた。何か、害をなす異物が入りこんでいる。だが、腹から出てきたのは、情けないほど小さい炎がひと吐き、いや、これは腹ではない、腹も痛いが、おおもとは背骨か。はらわたをえぐって移っていったのか。そう悟ったか、悟らぬかのうちに、破滅のしびれが全身に響きわたった。頭蓋骨の芯まで打ち砕く衝撃。翼が折れ、そしてとけた。きりもみ状に落下していくのがわかる。さっきまで腹の下でつぶしていた大公宮の屋上が、どんどん大きくなってくる。このまま死ぬわけにはいかぬ！　この恨み、この無念、この憤りを抱いたまま、骨になるというのか？　否、否、否！　認めぬ、絶対に死なぬ！　余は不死の竜、不滅の王、恐怖の征服者なり！

彼は身を縮こめた。とけた翼を捨てる。重い尻尾を切りはなす。鉤爪をもった太い四肢から、かたい鱗でおおわれた胴体から、長く、扱いの難しい首からおのれをひきはがし、黒と金の欲望のみを抱いて、肉体から抜けだした。

月だ。

背骨をあたため、力を注いだ月を、わがものとすればよい。余は月と一体化し、無尽蔵の魔力を手に、再びこの地に戻ってくるぞ。このちっぽけな島国一つにとどまらず、東のアトリア、北の大地、ペルタスとかロイメンとかいう西方諸国、〈満てる海〉〈静音の海〉〈虹の海〉なる大海も、すべて余のものぞ。

月を手に入れる。

ウシュル・ガルの黒と金は、しかし、以前のような明滅をともなう鮮やかさを失っていた。薄く、境目もあやふやなまだら模様が、彼の、手も足も首も耳もない――牙さえ前歯二本のみ！――身体をおおっていた。それでもその執念は、彼を中天の月へと導いていった。月に触れた彼は、まるで水のようにその表面に広がった。胴体を数倍に膨らませて、しがみついた。月は身じろぎ一つせず、沈黙したままだった。

ウシュル・ガルが月にふれ、灰褐色の染みが月の片頬にうきあがったとき、地上には鋭い叫び声がとどろいた。立ちつくしていた人々が思わず耳をふさぎ、しゃがみこんでしまうほどの、総毛だつその悲鳴は、数呼吸つづいたのち、ふっつりと消えた。

静寂が都中に霧のようにたちこめた。

ジルも皆と同じように耳をふさいでいたが、やがてその両手を大地につけて、身体を支えなければならなくなった。重い疲労感と無力感がおしよせてきて、額までも地面につきたくなった。その誘惑にあらがって、何とか顔をあげると、カルステアのげっそりとこけた顔があった。目のまわりがおちくぼみ、黒ずんでいる。頬骨がうきだして、唇は縦にひび割れている。自分も同じ顔をしている、とジルは思った。

カルステアの肩にしがみついているトゥッパは、見るからに元気を失っている。

首をまわせば、ギオンもシュワーデンも尻をついて放心状態だった。

「カルステア……。わたしたち……」

「うん……。予言どおりみたいだね……」

「ああ……。でも、どうすればよかったの」

〈真実の爪〉が消滅した。さっきの叫びは彼の――彼女の――断末魔だ。イリーアたちも消えていくだろう。わたしたちフォーリの魔力が消え失せてしまったように。

ムルツの頭蓋骨は、海底火山の噴火口から噴火口へと、球技の玉のように流されては噴きあげられ、噴きあげられては流される、をくりかえしていた。うつろな眼窩の中では、それでも、決して消えることのない黒と金が明滅して、呪いの言葉を発しつづけていた。

彼は海を呪い、熱い海流を呪い、かつてはおのれの内にもあった火を呪った。マステル銀を呪い、敵を呪い、フォーリを呪った。ハスティアの大地とその上に住まうものすべてを呪った。

年月が流れた。

ムルツの頭蓋骨は、硫黄《いおう》と溶岩のまじった奔流がからまりあい、煙に濁《にご》った海底で冷やされ、岩と化して転がっていくのを目にした。そのとき、灰色の指の骨が一本、漂っているのに気がついた。ムルツは灰色の流れの中に顎をつっこみ、かろうじてその先をとらえた。とらえたものをかみ砕くと、眼窩の奥にテーツの最後の想念が宿った。

――フォーリどもめ。フォーリどもめ。妖術使いらめ。

また数年後。今度は、カルツの喉骨の一欠片が流れてきた。ムルツはそれものみこんだ。

――口惜しや。口惜しや。口惜しや。

――このような身になったけれども、このまま朽ちていくわけにはいかぬ。

ムルツが言うと、

――何としても一矢報いて、快哉を叫ぶのだ。

テーツがおどりあがり、

――きゃつらをひれ伏させずにおくものか。

カルツが歯嚙みする。肉体を失ってなお。

――われらの恨み、いかにせばや。

――われら三人の痛恨の思い、形にできぬか。

――残った魔力は少ない。したが、三人あわせれば。

――そのほうらと力を合わせる？　昔なら考えもせぬことぞ。だが、こうなっては致し方あるまい。

――一人では何もできぬ兄者だ。そうであろう?

――ここに至ってわれを愚弄《ぐろう》するか。熱流に吐き戻しても良いのだぞ。

――おれは憎っくきフォーリを滅したい。

――おお、おれも同じだ、テーツ兄。

――あの、緑の目の小娘。あやつを刺し貫いて、その血がむなしく大地に吸いこまれていくところを……想像するだけでも骨が鳴るぞ。

――では、そうしようではないか、ムルツ兄。

――フォーリを滅する剣を創ろうぞ。われらのありったけの魔力を注ぎこむのだ。

――短剣の方がいい。目だたぬし、いきなりぐさっとやれるではないか。

――熱と炎と鉄はふんだんにある。

――われらもその中にとけこめば、ぐさっとやった瞬間を味わうことができようぞ。

三人は一つの頭蓋骨の中で笑いあった。生まれてはじめて、一緒に笑ったのだった。


ある寒い秋の夕方、小さな漁村の浜辺で、黒岩にひっかかっている短剣を貝とりの娘が拾いあげた。黒と金のまだら模様の柄のついたそれは、蛇皮の鞘《さや》におさまっていた。苫屋《とまや》にもって帰ると、父親が鞘から抜いた。短剣の刃は潮に洗われていたにもかかわらず、青光りして錆一つういていなかった。父親は村の市場でそれを売った。買い手は小間物の行商人。彼は隣町で警吏に売り警吏は仲間の婚礼の祝いの品として花婿に贈り、花婿は恩のある叔父の息子に手わたし……その後の行方は杳《よう》として知れず……。

第三部

23

国の最も東にある岬の名を知る者は少ない。どこよりも早く、水平線から昇る朝陽を見ることができる。しかし冬は長い。あたりのものをなぎ倒す風、荒い波、岩肌にはりつくのは、ちぎれた海藻のみ。

灯台さえなく、水路で区切られた陸地に点在する家も、数えれば三十軒あまりの集落である。この風の丘に耐えうる羊と羊毛、それに編み物が、外界との唯一の交易品だった。

その岬の突端に、風よけのようにそびえる大岩があった。大岩の足元には、一軒のあばら屋が建っている。

ジルたちが藻屑のように漂って、ここへたどりついたのは秋も遅い、曇って湿った日だった。

一軒しかない居酒屋兼雑貨屋兼粉ひき屋の主人とおかみが交互に語ったところによると、岬の突端には偏屈者の学者めいた男とその家族が住んでいたが、最初にかみさんが、次いで子どもたちが、次々に逃げていってしまい、男もいつのまにか姿を消してしまったという。彼らが建てた家がそのまま残っているので、住もうと思えば住めるだろう、と気のりしない調子で言った。

「ただねぇ、もう何年も人の手が入っていないからねぇ」

「あんたたちみたいなお嬢さんが、あんなところに……？」

と渋って、

「ところで何であんたら、こんなところまで来たのさ」

詮索好きは、どの村でも同じ。そこはもう、海千山千のカルステアが、話したくてたまらなかったという風に目を輝かせて、

「これは秘密にしておいてくださいね。実はわたしたち、フォーリだったんですけれど、ほら、

このあいだの戦《いくさ》で、みんな力を失っちゃったでしょ？　ま、失ったといっても、小さい魔法はまだ使えるんだけど」

　ジルもこの芝居に乗った。

「失業しちゃったんです。みんな。大抵はそれぞれの故郷に帰ったけど……ねぇ？」

「あたしたち、同じ故郷で、帰ってももっと老練なフォーリが村にいるんで、行くところをさがし歩いて、ついついここまで来てしまったというわけ」

「おやまあ、あんたらフォーリなのかい？」

「もと、と言ってもいいかも、ねえ？」

「この村には住みこみフォーリがいないと聞いて、来てみたんだけど。……その、学者風の男の家に、住んでもいいんなら、そうしたいんだけど」

　おかみさんは太い腰に手をあてると、大きく頷いた。

「そういうことなら……いいんじゃない？　ねっ、あんたっ」

「この村に村長はいねえ。まっ、おれが村長っていえばいえるが。おれが了解すりゃ、すなわちだわな」

　かみさんよりひとまわり大きい腰に、同じように手をあてて亭主がうけあった。

「……ちっさい魔法ならまだ使えるって？　なら、ちと見てくれんかね。どうもこの頃、井戸水が濁《にご》っちまってなぁ」

　二人で水源をふさいでいた石灰屑をとり除き、浄化の呪文を唱えてしばらくすると濁りはなくなった。大喜びする亭主からケント麦粉の大袋をもらいうけて、件《くだん》のあばら屋へと足を向けた。以前なら数呼吸でできた魔法も、今は時間がかかると、ぼやきあいながら。

　丘と丘のあいだを、天然の水路にひっきりなしに遮《さえぎ》られて、もやってある小舟を何度使ったことか。こちら岸についたら、船をむこう岸に戻すために、呪文を唱えなければならず、ただそれだけで二人ともへとへとになってしまった。

「ウッ、ワァ！」

あばら屋の前に立つと、カルステアの肩でずっと寝たふりをしていたトゥッパが声をあげた。そのげんなりした口調がまるで人間くさくて、二人はくすっとした。〈真実の爪〉が悲鳴とともに消滅してしまったあと、イリーアたちも半数以上が姿を消してしまい、今では、軒先にしゃぼん玉を吹く〈聖ナルトカゲ〉もめったに見かけない。玄関に明滅する〈ツバサダマ〉も十軒に一つくらいか。

この最果ての地に来るまでのあいだに観察したところでは、生き残っているのは、どうやら人間と密接にかかわっているイリーアたちのようだった。いまだ、宿屋の竈《かまど》には〈ホットイテ〉が鳴いている。カルステアの肩のトゥッパも、ジルの胸の中の〈月ノ獣《けもの》〉も、元気といえば元気ではある。それに比べると、〈コノハウラ〉や〈災ヒノ口〉などは、めっきりいなくなってしまった。

気のりしないトゥッパを見張りがわりに戸口の囲い石の上において、二人はさっそく蝶番《ちょうつがい》のきしんだ木扉をあけた。カビと、古くなった羊皮紙の臭いが襲ってきたが、腐敗物やネズミの臭いはしなかった。あばら屋、と居酒屋の夫婦は言ったが、壁も床も屋根も石造りで、がっしりしたものだった。窓と扉——勝手口が棟の左右についていて、背中を大岩で護られ、どこへでも逃げだせそうな造り——だけは劣化して、がたついたり、腐ったり、修理が必要そうだった。

石床にばらまかれた香草のなれのはてやごみを掃きだし、棚をふき、不要物と判断した雑多な品をずだ袋に放りこんだ。部屋は大きいのが二つ、小さいのが二つあった。これは、普通の農家や漁師の家より大きい。アーチのかかった柱もあって、その上に二階も造られている。

寝台がそれぞれの部屋に一つずつ——居間と台所を兼ねた、唯一暖炉のある大部屋にもしつらえてあって、これは火の番人用なのか、それとも病人がいたのか、あるいはただ一人になった男が最後の日々、ここだけを使ったのか。奥の小さな部屋には、蠟《ろう》の垂れた机が置いてあり、棚には本の表紙の干からびたのが、うち伏したネズミさながらにおきざりにされていた。

あらかた掃除が終わったころには、秋の日は暮れかかっていた。幸い、暖炉わきに薪が残してあったので、火をおこし、トゥッパを招き入れ、旅の食料を出して温めて食べた。塩漬け肉と香草スープのつましい夕食をすませると、毛布と寝袋を石床に敷き、その晩はそこに眠った。

翌日から、新しい生活がはじまった。

寝台を前庭に出して、藁《わら》布団《ぶとん》をとっ払い、真鍮《しんちゅう》の骨組だけにした。布団の中味はそのまま焚きつけにとっておくことにして、――ただし、ダニや蚤虱《のみしらみ》がたかっているのは他の不要物といっしょに焚火にくべた――骨組二台ずつを小部屋と二階に戻し、あとの一台は分解して村で日用品と交換した。小さな谷間や窪地に生えるひねこびた木々の中から、倒木や枯木をとってくれば、充分な薪となった。その根元に積もった去年の落葉を、ちくちく縫ったリネンの袋に入れれば、上等でいい香りの布団ができあがりだ。

入用なものは工夫して作ったり代用したり村で交換したり、あるいは蓄えの中から出した銅貨で買い求めたりした。ちまちまと暮らしを整えていくことが、ジルにもカルステアにも、落ちつきと安堵感と充実感をもたらした。

家の中が整ったころ、冬が来る前に植えるといいと、居酒屋村長からカブや冬菜、キャベツの種をもらった。南側の勝手口から出た場所に、畑の名残を見たので、そこに畝をたてた。雑草の根が張って、強情な偏屈者のように硬かった地面に、はじめは真面目に鋤《すき》と鍬《くわ》を使おうとしたが、すぐにあきらめた。ずるをして呪文を唱えると、表土がもちあがり、細かくなって落ちた。そのくらいの魔法は、まだ使える。そのうち失われてしまうのか、それともずっとこのままであるかは、誰にもわからないけれど。

畑を囲う石積みも、魔法で修復した。

「これが、本来のあたしたちの仕事だったんだよね」

海の方から黒雲がわきだしてくるのを仰ぎながら、カルステアが言った。海のとどろきが今夕は随分近くに聞こえる。

「言われてみれば……そうか。やっているあいだじゅう、罪悪感があったんだけど……自分たちの暮らしのために魔力を使っても悪くはないのかも」

「フォーリの徽章《きしょう》も、今となっては、ねぇ」

「カルシー、疲れた顔してる」

「あんたも目の下に隈。家に入ろう。戸じまりして、夕ごはん食べて、嵐がすぎるのを寝て待とう」

「種まきは明日、ということで」

嵐はすぐにやってきた。暖炉の煙が逆流しないように魔法をかけて、窓の戸板が鳴るのを聞きながら横になったが、こういう晩は昔のことがよみがえってきて、答のない疑問が次々にわきだしてくる。ジルは二階の小部屋の寝台で悶《もん》悶《もん》としていた。

するとやがて、隣に寝ているカルステアが悪態をつきながら起きあがった。

「だめだ、これ。ねぇ、起きてるんでしょ? 寝られないんなら、下に行って、何か手仕事しよう。手仕事しながら、おしゃべりしよう」

いつもカルステアが活路をひらいてくれる。暖炉の前に陣どって、もらってきた羊毛をつむぐ仕事にかかった。

「ここの羊は、風と寒さに耐えて育つから、上質な毛がとれるんだって」

「さわり心地はがさがさだけど」

「この毛羽だちが、互いにからまりあって、容易にほどけない編地を作るらしいよ」

「ううん……。がさつく感じだけど、手には気もちいいかも」

「これ、つむぎおわったら、あたしたち、編み物までしちゃう?」

ジルは、二人して悪戦苦闘する図を思いうかべ、くすっと笑った。

「多少不出来でもいいもの……敷物でも編もうか」

薪がぱちっとはじけて、暖炉の上の石でまどろんでいたトゥッパが、びくっと頭をもちあげた。窓の板戸を叩く雨音は、ますます激しくなっている。トゥッパの目がとじると、カルステアが遠慮がちに、ねぇ、と口をひらいた。

「グルアンを袖にしたってのは聞いたけど……もうそろそろそのわけを話せるようになった？」

カルステアらしい物言いだった。気配りしながらも、ずばりと切りこんでくる。話せるなら話してしまった方がすっきりするよ、と旅のあいだも、フォーリの力とイリーアを消滅させてしまったことや自分たちの犯した罪について、互いにぶちまけあってきた。ただ、グルアンをなぜふったのかは、ジルも話すことができなかったし、カルステアも時期を待っていてくれたのだろう。

数ヶ月前のことなのに、旅をして、距離をおくと、何年も前のことのように思われた。ジルは吹きとばすように鼻息を吐いて、

「グルアン、ね。それって誰だっけ？」

「おお、ジル……」

「ほら、嫌なやつのことなんか言うから、切れちゃったじゃない」

紡糸の端と端をよりあわせて直してから、

「ハストのペネルに、退職を願いでたよね」

「うん。はい、はい」

ウシュル・ガルが月にはりつき、月に痣《あざ》ができてしまったときの衝撃が、またよみがえってくる。それはカルステアも同じだ。竜の本体の方は、大公宮の上に落ちて、すべてを微塵《みじん》にしたあと、自ら崩壊して風に塵となった。悪臭は一昼夜、あたりに漂っていたが。

イリーアたちを消滅させてしまっただけではなく、月をも穢《けが》してしまった、という悔恨の思いが強烈で、日を追うごとに、ガレー船を沈め、ムルツを手にかけたことやら、仲間や父を亡くした喪失感もないまぜになって、とうとうジルはフォーリをやめたいと申しでたのだった。ハストのペネルは力なくそれをうけいれ、ギオンも、致し方ないだろう、と認めてくれた。

許可が出たその足で、ジルはふらふらとグルアンの食堂へ行った。艦をおりた彼も、ハストに戻ってきて、兵士のために簡易食堂をひらいていたのだ。なぜ彼のところに行こうと思ったのか、

「自分でもよくわからない。ただ、あのころはほら、皆混乱していたから……」

おのれを保持できているのは、ヴィスマンとフレステル大公の二人だけのような有様で、側近たちを叱咤《しった》激励《げきれい》しながら、瓦礫《がれき》の排除、炊き出しの準備、避難所や怪我人《けがにん》病人を看る治療所の手配に大わらわだった。ああ、もう一人、しっかり者がいた。意外や、一念発起したのだろうか、半壊の別棟から這いだしてきた大公妃が、率先して打ち身の薬を皆に配っていた……。

「何か、よりどころがほしかったんだと思う。誰かにすがりたかったのよ」

それでまっ先に浮かんだのは、いつも歯に衣きせぬ物言いをしながらも面倒を見てくれたシュワーデンだった。しかし彼は、みんな以上に混乱をきたしているへレニを支えるだけで精一杯の様子だった。

「正直な話、あのときは誰でもよかった。うけとめてくれる人なら誰でも。それで、思いついたのがグルアンだったの。グルアンなら、ずっと好意を示してくれていたから、がっちりうけとめてくれるだろうって。本当に、誰でもよかった。誰かが必要だった。まったく……グルアンにしてみれば、失礼な話よね」

「本当のところ、彼に対する気もちはどうだったのよ」

「ううん……これだけしてくれるのだから、おかえししなきゃ、とは思ったかも……嫌いではなかった。……それにね、何かひっかかっていたの。何か忘れているものがあるぞって……。ちょっとしたことのようなんだけど、大事なことを。それがね、こう、袖を引いた。待ちなさいって」

「それって？」

「うん……。ギャリオにまで追いかけてきてく

れたのは、うれしくなくもなかったけれど、うん……なんかね、『来てやった』みたいな感じがあって、そうしたら、以前に、自分の思うとおりの女であってほしいみたいなことをいわれたのを思いだして……」

「あんたらしい……。……で、それでも、会いにいったんだ」

「引かれた袖をふり払って……最初に思ったことを貫徹してしまった」

　カルステアは大きく頷いた。

「わかる、わかる。軌道修正できないくらい、切羽詰まっているときって、あるよう」

　ジルは自嘲の笑いを浮かべた。

「わたしったら、人を何だと思っていたのか……。まったく。で、ほうら、やっぱり！　しっぺがえしをくらったよ」

「何があったの」

「食堂の勝手口をあけたのはケイゼルだった」

「わぁお！　それは、また……」

「肩が半分出ていた。その後ろからグルアンが……赤い顔して、ね」

　ケイゼルがジルを認めたときの、あの顔をカルステアにも見せたかった。驚き、ちらりと罪の意識、それから勝ち誇ったような笑みと、熱に潤んだような瞳。

「ひえぇ……。それで、あんた、どうしたの？」

「思いっきり扉をしめて、彼女たちをおしもどした。どうぞ仲良くやってくださいって、外からかけがねもかけちゃった」

　カルステアは手をとめてまじまじとジルをのぞきこんだ。やがて、

「よくやった！」

と頷いた。苦笑いを唇にうかべて、ジルも、

「わたしもそう思う。われながら、とっさに、良く動いたなって」

　カルステアは大きな吐息をついた。

「つまりは、あやつ、二股かけてたってことか」

　ジルは肩をすくめて、

「人のこと言えないよ。わたしだって言いよられて、悪い気はしなかったもの。それに、自分

がおちこんでいるから慰めてもらおうなんて、まったく、本当に、ムシのいいこと思っていたし」

カルステアはジルの反省にはふれずに、黙って紡錘《つむ》を回した。灰色の糸がまきついていてどんどん太っていく。その表面がでこぼこしているのは、つむぎが下手で、糸に太い細いができてしまったからだが、それも、初心者の御愛嬌だろう。

「……で、どうなの？　今も、彼のこと気になる？」

まさか、と言下に否定して口ごもったのは、シュワーデンの声が耳の奥によみがえったからだ。気になるのはグルアンではなく……。その思いを打ち消すために、ジルはあえて半分本当のことを言った。

「自尊心は悔しがっているけれど、でも、二度とかかわらないだろうから」

「そう願いたいものですねぇ」

カルステアは溜息《ためいき》まじりに答えた。ジルは身をかがめて薪をくべ、明るい炎をあげているのを頼もしげにしばらく見つめた。

「こんな暮らし、したことないね」

「そうね。宿舎や仮宿や野宿。あちこちとびまわって『泥から牛の尻をもちあげ』てきた」

泥から……部分は、シュワーデンの悪態だった。ジルが反応を示す前にカルステアはつづけて言った。

「あたしたち、普通の女ならとうに学んで身につけるべきことを、今からしていかなきゃならないんだね。それって……」

「すっごくわくわくする！」

顔を見あわせて、にかっとした。そろそろ、一つ一つのことがらを丁寧《ていねい》に積みあげていく暮らしをしてもいいのだろう。水を汲み、薪を割り、野菜を育て、村人と物々交換をし、魚をさばき、布を織り、敷物を編み、洗濯をし、掃除をし、料理に手間をかけ、空の色と風の御機嫌と土の匂いに身を浸し、潮騒を枕に横になり……。カルステアが小さく吐息をついた。

「ねぇ、でも、少し寂しいかな」

「……ドスドゥーの小屋にはいっぱい猫、いたね」

ドスドゥーというのは、水路をはさんでむこうの丘の反対側に住む、一人ぐらしの漁師だ。食べきれない魚をめあてに、野良猫がわんさと集っているのを見て、二人ともびっくりしたり、うらやましかったりしたのだ。

「猫と……犬も飼おうか」

「番犬にもなるし、ね」

「あたし、羊も二、三頭飼いたいな」

ジルは吹きだした。

「そして羊の尻を水路からもちあげる、んだね？」

「自分の羊なら、それもまたよし、じゃないの」

「確かに、確かに」

まわる紡錘は、めぐっていく年月のようでもあり、これまでの人生のようでもあった。

「カルシー、あんたがいっしょに来てくれて、良かった」

ジルは糸車に紡錘の糸端を結びながら、しみじみと言った。

「そうでしょ？　あたしもあんたと一緒にここに来られて、すごく満足しているのよ」

ケイゼルの目の前に扉を叩きつけ、かけがねをかけ、混乱のさなかに足を踏みだし、気がつくと宿舎の部屋で荷物をまとめていた。フォーリとして働いたその全財産は、合切袋一つにおしこまれた。ロウラが作ってくれた靴――彼女は無事だった。職人町はおおむね被害をまぬがれて、工房は行くあてのない人たちの避難所になっている――を一番底に、野営の道具、貯まっていた給金、着替え一揃い、乾燥薬草と軟膏《なんこう》の順につめこめば、それでおしまいだった。腰に両手をあてて、部屋を見わたし、出張用の毛布と寝袋を丸めて縛っていると、戸口にカルステアが佇《たたず》んでいた。

「フォーリをやめようと思ってペネルんとこ行ったら、あんたに先をこされていたわ。……で、どこに行くつもり？」

ジルは腰をのばすと、弱々しく微笑んだ。

「西島からはなれたい。竜の名残が感じられないところに行きたい」

「わかった。じゃ、玄関で待ってて」

「カルシー……?」

問いかけたときには、彼女はもう、戸口から身を翻《ひるが》していた。マントを羽織り、荷物を背負っておりていくと、シュワーデンがちょうど階段に足をかけているところだった。ジルを見ると、詰問の口調で、やめたんだって? と尋ねた。

「なんのかのと理屈つけても、シュワーデン、わたし、わたしたち、だ、ジル。おれも他のフォーリも同罪だ」

「わたしたち、人を殺したのよ」

「いずれその報いをうけることになるって、あなたの透視には出てこない? 殺す者は殺される。そう思わない?」

「だから逃げるのか?」

「逃げはしない。ただ、休みたい。そしてそのときがくるのを待つ。これは逃亡じゃないよ」

シュワーデンは昂然《こうぜん》と頭をあげてジルを睨《にら》みつけた。

「そう言うんなら……今はそれでいいんだろうな。だが、戻ってこいよ。その傷がふさがったら——完全にはふさがらないさ、だけど少しはましになる——、普通のフォーリの仕事をしに戻ってこい。魔力があるうちは、高枝のりんごを収穫する手伝いくらいはできるんだから」

ジルは拳《こぶし》を作った。本当はシュワーデンのそばで、毒舌を聞いていたい、と、このときはっきりと思った。だが、彼にはヘレニがいる。二人のあいだにジルの入る隙間はない。

そこへ、明るい声でおまたせ、とカルステアがおりてきた。彼女も旅支度だった。背中の荷物の上にとまったトゥッパが翼を広げて、トゥッパトゥッパとさえずっていた。

「どこへ行くの?」

「どこに行くんだ?」

と二人、異口同音に尋ねれば、カルステアはにっこりした。

「あたしとジルで、東島にさまよっていくのよ。竜の気配のない場所で、しばらくゆっくりしようよ」

玄関で待っていて、と言ったのは、別れのしるしの何かをくれるつもりだと思っていた。ジルはもちろんのこと、シュワーデンもあんぐりと口をあけて絶句した。

「さ、行くよ。急げば最終の下り舟にまにあうでしょ。今夜はオーカル湖の上でひと眠り、明後日には海の上、よ」

大股で歩きだし、さっとふりかえって、

「じゃね、シュワーデン。またそのうち会えるかも、ね。ヘレニによろしく！」

駆け足で追いついたジルをひっぱるようにして、舟つき場へと下っていった。

カルステアの言葉どおり、オーカル湖からオルクト湾へととびだして、センの町、ブリルの町にはまなざしをむけず、クーラという港で陸にあがった。そこからは、故郷セレに背をむけるようにして、シークル山地の山麓をゆっくりと踏破した。

秋の盛りの森の中を旅するのは、大きな慰めとなった。雑木林の落葉の匂い、静かに瞑想《めいそう》する針葉樹の香わしさ、陽にあたためられた大地、チドリやヤマガラの遠慮がちなさえずり。重い心は変わらなかったものの、安堵感と平穏への喜びが、ささくれだっていたものを癒していった。

森と森のあいだのぽっかりひらいた広い場所に、森番の小屋が建っていた。そこを起点に、半ば朽ちた標識が、右へ行けばセレへ、左へ行けば次兄リッチェンのいるシークルへ、と示していた。二人は何の表示もないまっすぐの道を選んで、分岐したセレ川を両側に見ながら、この東端の村へとやってきたのだった。

道々、満月を二回、梢《こずえ》のあいだに見た。蛇のしみがはりついた月は、最初に目にしたときの無残さが薄れていた。むしろ月自身は気にもしていないように見えた。——あるいは、彼女たちが見なれてしまったのだろうか。

ようやくこの最果てまできて、竜の気配から逃れられたような気がした。――月を見あげなければ。軒下に〈聖ナルトカゲ〉がおらず、竈の中で鳴く〈ホットイテ〉もいないない、と意識しなければ。

そこで二人は、夜空を仰がず、イリーアの喪失に心をむけず、犬と猫を二匹ずつ、羊を四頭飼い、池を掘り、鵞鳥をはなし、ヒヨコをもらってきて育て、畑を少し広げ、石積みを少し高くし、水路をわたる舟の上に引き綱をわたし、蜜蜂《みつばち》を飼い、ペンタ麦をこねて焼き、薬草と香草を梁《はり》に吊るし、敷物を編みあげ、布と革を裁って縫いあわせ、屋根を修理し、井戸を深くし……するべきことが山とある、忙しい、しかしゆったりとした日々を送った。

ときおり、ハスト鷹が首都からの便りを携えてきた。ハストは復興のさなかだが、遅々として進まず、フォーリの力がいかに役だっていたのか、人々は実感していると、ペネルが書いていた。また、ドリドラヴやアトリアの様子も伝えられた。

アトリアは、ハスティア大公国との交易が功を奏して、以前より勢いが出てきているそうな。多くの古い建物が、ハスト様式の新しいものに建てかえられているとか。

ドリドラヴは、竜王とその親族をほとんど失って、混迷の中に逆戻りだそうだ。ジルとカルステアはそれを知って、罪悪感を覚えた。侵攻してきたのはむこうなのに、ドリドラヴの行く末に責任を感じるなんて、おかしなことだ。二人でいろいろ語りあった末に、カルステアはひらき直った。

「ドリドラヴは、自業自得というんじゃない？やめよ、やめよ。あたしたちは国を護るためになすべきことをした。自分の魔力と将来とイリーアたちを犠牲にした。考えても仕方がない。もうこれ以上、自分を責めるのはやめよう。責めてもいいことはない、と思う」

ジルも頷いた。寒々としたものを抱きながら、そうするしかない、と思った。

　五年ほどたったある冬のおわり、流れついた流木をひきずって海岸からの坂を登りきったジルは、大岩の横で足をとめた。これは貴重な薪になる。軽量化の魔法をちょっとかけてあるが、一息つかなければ辛い。若さが髪と一緒に抜けおちていき、骨と骨のあいだに隙間ができるのを遅くするには、自身の身体を使って働くのが一番いいと、村の元気な婆さんから教わったから、なるべく負荷をかけるようにしていた。

　ふうふういいながら、わが家とわが家の敷地と周囲に広がる草地、丘、林を見わたした。おや、と目を細める。珍しい、誰かくる。

　水路の反対岸に二つの黒点があらわれた。騎馬だ。水路を渡ろうとうろうろして、やっと浅瀬を見つけてこちらへ渡ってくる。浅瀬と言っても、馬の下腿まで水がくる。脚をすべらせたら、人馬もろとも流されてしまう。が、乗り手は名騎手らしく、危なげなく楽々と対岸にあがった。

　もうそのときには、ジルにはその二人が誰かわかった。流木を放りだし、斜面を駆けおりていく。

　家の囲いにつくのとほとんど同時に、二騎が石積みの門をくぐった。長毛のリンデが吠え、黒短毛のロスカが馬の脚まわりにまとわりつく。その騒ぎにカルステアが勝手口からとびだしてきた。両手にペンタ麦粉をつけたままで。

「おいおい、ジル！　こいつを何とかしてくれ！」

　手綱をひきつつ、長兄グロガスが叫んだ。しかし、ジルが犬たちを制止するより前に、もう一頭の馬から素早くすべりおりた小柄な方の男――少年――が、リンデに手をさしのべていた。二匹の犬が喜んでとびつくのを抱きとめて、いい子だ、いい子だ、となでまわす。

「……リッチェン……？」

　丸くとびだしたおでこに、幼いときの面影があった。リッチェンは満面の笑みをうかべて彼女を見あげ――ああ、何ということだろう。その両目は、深緑の色、魔法をふんだんに宿した色だ。

兄の手綱を上の空でおさえてやると、怯えていた馬もようやく落ちついた。兄は名騎手らしからぬ慎重さで降りると、

「そういうことだ」

と頷いた。何がそういうことなのかは、聞かずともわかった。

春の気配を含んだ水色の空が、少しずつ暗くなってきていた。ないでいた風もまた、北西から吹きつけて、水路を波だたせ、草地の草が次次にお辞儀していく。羊たちは賢いもので、とっとと丘を下って、囲いに戻ろうとしていた。

犬たちをはなしたリッチェンが、身体をジルにぶつけてきた。その抱擁にまごつきつつ、グロガスをもう一度見あげて、思わず噴きだす。

「髭、随分のばしたね」

もみあげから顔下半分が、茶色い髭におおわれて、大柄もあいまって、まるで熊だ。

「領主の威厳を出そうと思ってな。だが、皆、笑うのだ」

「足の、調子は？」

セレの戦で足を折ったのをそのままにして、ジルは西へむかってしまったのだった。

「ううん……。おまえの仲間のおかげで、もう何ともないよ。モルル婆さん怖かったぞ。言うことをちゃんときかないと、なあ」

と、リッチェンが身体をはなして、

「ジル、なんか生臭い」

と言った。

「ああ……浜辺で薪にする丸太と格闘してきたから、海の臭いが服についちゃったのかも」

「海の臭い？　なら、腐った海藻の臭いか」

そこへ、手を洗ったカルステアがやっとあらわれたので、互いを紹介した。馬の世話をしてから、二人は家の中に入ってきた。

パンの焼ける香ばしい匂いが漂い、明々と灯る蜜蠟《みつろう》の光に、小綺麗な室内が照らされる。つむぐ途中の羊毛のかたまりや、遅々として進ま

ぬ編み物の籠などを目にして、グロガスは唇をすぼめた。

「おまえが、手仕事？」

「わたしもびっくりしている。でも、少しは上達したんだよ」

ジルは笑って、二人を食卓兼仕事机の長椅子にすわらせた。カルステアは朗らかに歓迎の言葉を口にして、

「はじめてのお客様！　とれたての野菜のスープ、焼きたてのパン、手作りの燻製《くんせい》鴨肉を召しあがっていただくわ！」

さっそく料理にとりかかってくれた。無言で感謝を示しながら、兄には手製のベリー酒を、リッチェンにはイチゴ果汁を注ぎ、むかい側に腰をおろした。家族ならではの、近況報告をしあっているうちに、卓上には湯気のたつ料理が並び、他愛ないことに笑い声をあげながら舌鼓をうった。

今年十二歳になるリッチェンは、物怖じせず、好奇心旺盛な少年に育っていた。暖炉の上にまどろむトゥッパとすぐに意気投合し、肩に乗せてパンをかじった。二匹の猫も犬も、彼にすりよって、そばから離れようとしない。

「この子、フォーリになったら、ハスト鷹の上手な使い手になるわね」

カルステアが他愛なく口をすべらせ、ジルは少しむっとして睨む。あわわ、と口をおさえたカルステアに、ジルは少し昏《くら》い笑みをうかべてみせた。

「ぼく、フォーリになれる？」

猫の耳のあいだに鼻をうずめながら、リッチェンが尋ねた。カルステアが、

「なれますとも！」

と言うのと、ジルが、

「ならなくていいから」

と断じるのが同時だった。

グロガスが咳払いをした。気まずい空気が流れた。トゥッパがリッチェンの頭をつついて、自分もかまえ、と主張して、緊張がほぐれる。

奥の小部屋に客用にとしつらえて、誰も使わ

なかった寝床に、清潔と保温の魔法をかけ、二人を案内した。リッチェンは獣全部をひきつれてもぐりこみ、あっというまに幸せな眠りに落ちていった。

その寝顔は蠟燭の灯りに無垢の輝きを映しだし、ジルは強い憧れと哀しみを感じた。この無垢は、誰もがそうであるように、リッチェンがおとなになるにつれてはかなくなっていくうつくしさだ。わたしにはもう一欠片《かけら》も残っていないもの。

居間に戻ろうとすると、グロガスもついてきた。兄はさっきと同じ場所に腰かけ、

「リッチェンの今後について、相談したい」

と背筋をのばした。カルステアが心得て、もう寝るね、と二階に行こうとするのをひきとめて、

「あなたの意見も聞きたいのです、フォーリ・カルステア。ジルは……少し常識からはずれているから」

ジルは兄を睨むふりをした。

「ひどいわね、兄さん。でも、ぶっとんでいるのはカルステアも同じだよ。そうでなきゃ、こんな国のはずれに住んじゃいないよ」

カルステアは笑い声をあげて元の椅子におさまった。

「ぶっとび女二人の考えでよいのなら、おつきあいするわ」

兄は水さしから杯に水を注ぎ、一気にのみほして一息ついた。

「リッチェンの魔力が強いとわかったのは、つい先頃……一年ほど前のことだ。それまでわたしの怪我をした方の足は、うまくいっていなかった。モルルとテイケスのおかげで歩けるようにはなっていたんだが、ひどい痛みがときおり襲ってきてね。そうなると、領主の仕事も放りだして、寝台でのたうっていなければならなかったのだよ。テイケスが看てくれると、そのあと数日は、少し良くなるが、またぶりかえす。で、一年ほど前、うん、夏のおわりだったか。寝台から転げ落ちてそのまま床で冷汗をかいているると、リッチェンが入ってきて、両手で折っ

た足をこう、包みこんだ」

グロガスは卓の上で、十本の指を輪にしてみせた。

「やめろとも言えなかったわたしは、ただなすがままに歯をくいしばっていたのだが、息を十回したあとには、あんぐり口をあいていたよ」

「痛くなくなっていたのね」

カルステアが頷いた。ジルは首筋の毛が逆だつように感じた。

「……あの子……治癒の技を使ったの……？」

軽いめまいがした。そのあとに、なにかあたたかいものがわいてきた。自分でも驚いた。それを聞いてこんなにうれしく思うなんて、いったいどうしたというのだろう。とまどっている中で、兄がつづけた。

「驚きからさめて、何をしたのか問いただそうとしたら、今度はリッチェンが気を失っていた」

カルステアは再び頷いた。

「大きな魔力を使って体力が消耗した……でも、次の日にはけろっとしていたんでしょ？」

「まったく、そのとおり。わたしはしばらくのあいだ、わけがわからなかった。だが、そのあと二度と痛みが襲ってくることはなかった」

「……なんてこと……」

ジルは両手で口をおおった。湧きあがってきたものを抑えることができない。久しく忘れていた、熱くほとばしる喜びに、全身が震える。

「ジル！　感動しすぎ！」

「だって……だって、カルステア、わたしの甥っ子よ。たくさんの人を殺し、イリーアを消滅させたわたしの甥っ子が……治療師……？　フォーリはいなくなる、そう言われたのに？　これって、フォーリが復活するしるしじゃないの？　わたしたち、大地に赦《ゆる》されたんじゃないの？」

「まだ、つづきがあるんだ。ジル、落ちついてくれ」

グロガスの言葉に、深呼吸をして、目元から涙を払った。いいよ、どうぞ。こんな幸運を耳にしたあとでは、何にでも立ちむかえる。

「そのあとしばらくして、とるに足らないことで母親と言い争いをしたとき、リッチェンの周りで物がとびかった。刺繍《ししゅう》台から布がはずれ、針や鋏がはじけ、敷物が暖炉に投げだされて、危うく火事になるところだった。薬缶《やかん》と鍋が火にかけられていなかったのが唯一の救いだった。そうでなければ、誰かがひどい火傷をしていたかもしれない。……それからも何度かそういうことがあって、下働きの者ばかりでなく、母親もリッチェンを怖がるようになってしまってな。朝、犬の肉球にあった傷が、昼には治っていたり、料理長のあかぎれが良くなっていたりしても、だ。リッチェンはそのうち、昔のおまえより規模の大きいことをやらかしそうで、わたしも覚悟を決めなければならなかった」

「フォーリ協会で訓練すれば、制御できるようになるよ！」

　グロガスのうかない顔とは対照的に、ジルは目を輝かせた。

「それが、だ」

　グロガスはがしがしと頭をむしるようにかいて、

「協会に書簡を送ったら、ハスト鷹が返信を落としていった。これを読んでくれ」

　懐《ふところ》から小さくまるまった薄い羊皮紙を出した。カルステアが燭台《しょくだい》を近づけ、ジルはそれを広げて指でおさえた。短い定型の挨拶文のあとに、「協会は人材不足で、系統だった教育をする余裕がない」と書いてあった。「妹御のジオラネルがフォーリ・カルステアとともに東島の端に住まいしているようだ。そちらを訪ねてみてほしい。ハストのペネル」

　ジルとカルステアは顔を見あわせた。

「あたしたちのこと、筒抜けね」

「ヘレニがハストにいるのなら、そうなるね」

　二人はしばらく黙って、主だったフォーリの面々を思いうかべた。教官として名をつらねられるような者は、ギオン、シュワーデンくらいか。ネアニもヴィーヴィンもマコウィもミリアンも、帰らぬ人となって五年。後進が育ったとしてても、ジルとカルステアでさえ、ちゃちな魔法しか使えないのであれば、フォーリ協会の弱体化も仕方のないことなのか。それでも、彼らとつながっているのを感じる。これほど遠く離れていても、何年も会っていなくても。亡くなった人たちとの絆も切れはしないとわかっている。それだから、〈月ノ獣〉はおとなしくしているのだ。

「おまえたち……あなた方が」

カルステアに敬意を表して、グロガスは言い直した。

「リッチェンの指導をしてくれるか？」

二人の沈黙はつづいた。グロガスはたたみかけようと息を吸い、待つべきだと気がついて、あきかけた口をとじた。蜜蠟の火影が隙間風にわずかにゆれ、暖炉の薪が大きな音をたててはぜた。

「……指導は、できると思う」

ようやくジルが口をひらいた。

「わたしが教えられてきたことを、伝えるのは。ただ、十代の少年を育てる、となると、ううん……どうかな」

「あたし、七人きょうだいの末っ子で、いてもいなくてもいい存在だったけど」

カルステアが言った。

「上の兄たち三人とあたしは年子だったから、十代の男の子のことには詳しいよ。うん……そうだった……」

言いつつ、昔がよみがえってきたのか、突然腰をのばしてにっこりした。

「大丈夫！　そっちは任せといて！　あいつら、たらふく食べさせて、要所要所をぎりっとしめとけば、自分で育っていくから！」

グロガスはほっとすると同時に、

「いささか心配ではあるが」

と冗談めかして微笑した。

「セレの領主の跡継ぎでもあることを、忘れないでくれ」

「あら、御領主様、そうであれば、あたしたちに投げっぱなしにはなさらないわよね。半年に一度くらいは顔を見せて、父親業をなさってくださいな」

カルステアのしっぺがえしをくらって、グロガスの微笑が深くなった。

「こころに留めておこう。よろしく頼みます」

「ねえ、ジル、あんた、本当は、リッチェンがフォーリになるの、嫌なんでしょ」

かえす刀でカルステアはさっきのことをむしかえした。

「うん。リッチェンがただの物動フォーリだったら、断固反対したよ。わたしみたいな運命を背負わせたくはないって思っていたもの。……でも……治癒の力ももっていて……もしかしたら、今までわたしたちの周りにはいなかったフォーリにもなれそうだとしたら？　ほら、ごらんなさいよ、獣たちはみんなリッチェンについていっちゃったし」

「ううん……本当だ……でも、何、それ」

「共感の魔法……？　獣に好かれる？　ハスト鷹を使うどころじゃない魔力があるのかも」

カルステアは思わずおのれを抱きしめて両腕をさすった。

「ジル、あんた、何言ってるのか、わかってる？　新種のフォーリってことだよ？」

「新種じゃないと思う。『大昔、フレステルⅠ世が戦をはじめる前には、獣と共感できるフォーリもいた』って、シュワーデンが言っていたもの」

「そんな話、あったたっけ？」

「フレステルⅠ世の国土統一戦で、フォーリたちが召集されたとき、狼や熊や山猫を戦にまきこみたくないって、共感魔法のフォーリはほとんどハスト山の奥に消えていったたって」

「ううん……。聞いたような、覚えてないような……。でも、ともかく、それなら、リッチェンは、ある種の先祖がえり？」

「どう考えたらいいのか、わからないけれど……」

「わたしとしては、リッチェンが安心して満足のゆく人生を歩んでくれればと思っている」

とグロガスがあいだに入ったので、新種がどうのこうのの考察はそこまでになった。

翌朝、ようやく明るくなってきた午前中の中頃に、グロガスはリッチェンが乗ってきた馬をつれて帰っていった。膝丈あたりまで霧が渦巻き、朝陽は、ミルクスープに落とした卵のようにぼやけてにじんでいた。父を見送るリッチェンは、その背中が水路への坂下に消えると、両腕をあげて快哉を叫んだ。

「やった！　自由だ！」

その頭をわしづかみにして、カルステアがにんまりと笑った。

「そうはいかないのよ、お坊ちゃま。今日からあたしとジルが、一人前のフォーリになるよう、厳しく鍛《きた》えてあげるからね。覚悟なさい」

「そうそう。それに、働き手が一人増えるってことはいいことだね。食いぶちも増えるから、それ以上の働きをしてもらおうね」

「やることはいっぱいあるわよぅ」

「遊ぶ暇はないと思ってねぇ」

「げげっ。料理人のばっちゃんみたいだ」

リッチェンはじりじりと後退《あとずさ》り、二人を交互に上目づかいに見て、

「ばっちゃんその一。トゥッパのばっちゃん」

とカルステアを指さし、

「ばっちゃんその二。わんこたちのばっちゃん」

とジルを指さし、踵《きびす》をかえして草地の方に逃げていった。

ジルとカルステアは並んでそれを見送った。

「ま、今日くらいは遊ばせてやろうか」

とジル。

「家の周りを知るのも学習だしね」

とカルステア。

「ばっちゃん、だって。失礼な。子どもって、おとなの年がわからないっとは言うけどさ」

「あはは。それでも、反論できない。だって、自分でもすごく年をとったような気がしているもの」

「それは同感」

二人は顔を見あわせて、苦笑まじりの溜息を

ついた。

ジルは二十五、カルステアは二十七、人生五十年のこの世にあって、まだ若い方だし、働き盛りと目されもする年齢ではある。しかし、すっかり年をとったような心持ちだ。重い水袋を背中にしょっているふうで、体力も落ちている。仕方がない、あれだけのことをしたのだから、と、あきらめに身をゆだねての隠遁生活だったが。

リッチェンを育てていくという新たな目標が生まれて、ほんの少し、張りが戻ってきたかもしれない。ばっちゃん、結構。老成したフォーリとして、新しい世代を導くとしよう。

祈りの力について

古の人々は祈ったものだ。月神に、嵐神に、大地の女神に。古の人たちは知っていた。一人の祈りより二人、二人の祈りより三人の祈りのほうが、力を増すと。それゆえ、祭りが生まれた。祭りは祈りの変形である。彼らは知っていた。祭りとしての形を作れば、後世に伝えることが容易になるし、つづけられていくということを。

善き思い、善き願い、互いを思いやる心が、大地と月をつなぐ大いなる力となる。思いを言葉に変え、表現し、それが集まれば集まるほど、実現は近くなる。しかし、近年、嘆かわしいことに、古ほど人々は祈らず、神殿にも足をむけることはなくなってしまっている。

——ハストの月神神殿神官長　イーノーシュの日記より

24

ハスト暦　四六九年

さらなる六年が穏やかにすぎていった。

リッチェンは、領主の跡継ぎであれば絶対に経験しない数々の仕事をこなした。また、村人との交流をとおして世間を知りながら成長した。二人の元フォーリの訓練もあって、魔法の制御も自在にできるようになり、ジルのように肝心のところで暴発させることもなく、

「あんたよりできぶつね」

とカルステアに言わしめた。

リッチェンは井戸の水を片手で桶にあけ、薪割りも楽々とこなし、買い物の荷物もちも平気だった。十八歳になった今、身の丈は、二人の「ばっちゃん」を頭一つ分追いこし、肩幅も広

くなった。彼のここ数年の気に入りは、晩春から初冬にかけての羊追いで、村人やわが家の羊をまとめて百頭あまりを、日夜、番することだった。羊たちも彼の言うことはよく聞いた。二匹の犬も、年のわりに元気におともしていた。毛刈りの季節には、三人で使う数年分の羊毛をもらってくるのだった。

ともあれ、リッチェンの魔力は、物動も二人にひけをとらないほどだったが、獣《けもの》たちとの共感、治癒力がそれをしのいでいた。瀕死の重傷を負った木こりの生命を救い、病にかかった娘を治し、脚を折った馬を治療し、再び走れるようにした。

村人たちはもう、「徽章《きしょう》のないフォーリ」を信頼しきり、カルステアもジルも誇らしさでいっぱいだった。特にジルは、リッチェンに、人を救う力が与えられたことに、大きく安堵したのだった。またもう一つ、うれしいことがあった。リッチェンが来て一年もたったころか、軒端に〈聖ナルトカゲ〉がぶら下がったのだ。数日後には竈《かまど》の中で〈ホットイテ〉が鳴いた。月はかげっているが、大地はまだ生きている、と感じた。火災にあった森から、新しい芽がふきでるように、フォーリの力も新しいものにおきかわっていくのでは？

年に何回か、グロガスが訪《おとな》い、リッチェンの成長ぶりを確かめていたが、十五になった年に領主の跡継ぎとしての教育を課するべく、セレの館につれて帰ると言いだした。ジルとカルステアは予期していたものの、本人のリッチェンは強く反発してとびだしていき、何日も帰らなかった。反抗期まっさかりだった少年は、

「調子のいいこと言ってんじゃねぇよ」

と、村の子どもと同じ口のききようで、父親があきらめて戻っていったあともしばらくのあいだ、ふてくされていた。

しかし十八になろうとしていたこの夏、再びグロガスが「提案」すると、混沌の日々をのりこえた少年は、聞きわけよく首肯した。

「秋になる前に帰るよ」

「今日明日いっしょに帰れるものと思っていたが、まあ、いいだろう」

親子の折衝は、互いに一歩ゆずりあうことで和解となった。

グロガスが去ると、リッチェンは二人に宣言した。

「でも、おれ、半年に一度はここに戻ってくるから。おれのもの、そのまま置いといて」

領主教育がはじまったら、そんな暇はなくなるだろうとジルは思ったが、そう望むのであればそうしよう、と答えた。

その年の秋は、ジルにとって寂しいものとなった。リッチェンがセレに帰り、カルステアも、故郷の母親の病の報せをうけて、メノーに赴いた。

「もう年だしね。看とってくるわ」

一人になると、本当に久しぶりに、〈月ノ獣〉が胸の奥でうごめいたが、それも猫たちや犬たちに慰められて、すぐにしずまった。


みぞれが落ちてきたとある日の夕刻、羊を囲いに入れ、犬たちを呼びよせ、薪を抱えて家の戸口を尻であけようとしていたとき、ハスト鷹の翼が頭上の軒をかすめた。薪の上に、文書筒がぽとんと落ちてきた。

戸口の階段に腰をおろし、かたい封印を爪でこじあけ、乏しい光の下で細かい文字を読んだ。筆跡はシュワーデンのものだった。

「ペネルが病で亡くなった。ヘレニも具合が良くない。別件。〈魔剣〉なるものを身に帯びた者が各地に出没。フォーリを四人殺している。要注意」

ジルは虚空《こくう》にハスト鷹の影を求めたが、すでに飛び去ってしまっていた。こんなとき、リッチェンがいてくれれば、と思った。ハスト鷹をひきよせて、詳しい話をききだしてくれるだろうに。これだけでは、何のことやら。

ジルは立ちあがって西の空に目をやった。ハストははるかかなた。もう、ペネルの魂は、マンテス神の導きによってマスト山の頂に還ってしまっただろう。あの銀の目も、厳しい顔も、神々のものとなったのか。

あの戦《いくさ》以来、フォーリたち全員が見えない傷を負って、それは年を追うごとに深い場所へともぐっていったようだった。ジルやカルステアのように、獣や子どもや村の人々との暮らしで、それに耐える力をもらったものもいる。シュワーデンやギオンなど、まっこうから対峙しつづけている者もいる。病が重いヘレニも、おそらく日毎さいなまれているのだろう。

戦の傷は癒えることがない。

ジルは目を伏して祈るしかない。


翌々日の夜明け——といっても、時刻としては午前の半ばくらいだろうか。冬が近づくにつれて、昼はどんどん短くなってくる——、朝食もすませてちょうど身支度を終えたころだった。一人ぐらしの気楽さで、昨夜は遅くまで毛糸をつむぎ、ゆっくりと起きだしたのだ。羊は共同農場で預かってもらっており、当番がまわってくるまで任せていてよかった。

灰色と灰褐色の毛糸玉を見比べて、もう一色、黒をつむげばリッチェンに上着を編んでもらえそうだ、もし彼に余裕があればだけど、と勝手なことを思っていた。リッチェンはここにいるあいだに、編み物も習得し、この頃ではジルやカルステアよりきれいな編み目のものを仕上げるようになっていた。ジルはつむぐのは好きだったが、ちまちまと編んでいくのは退屈で、そのうち苦痛になっていく。ものを形にする作業は、リッチェンに任せる方がいい。

黒い羊毛を棚からとるために立ちあがろうとしたとき、外で物音がした。暖炉わきに寝そべっていた犬たちが起きあがって歯をむきだし、低く唸った。足音がきこえた。誰だろう。漁師のジョイルが魚を持ってきたのか。それとも、治療の必要な家族のために、力の乏しいもとフォーリを呼びにきた村人か。

ふりかえった直後、扉が荒々しく蹴破られた。犬たちがとびかかっていった。薄闇に影となったその男は、拳《こぶし》をふるったが、どこかぎくしゃくとしていた。しかしどうしたわけか、二匹の鼻面を正確に殴りつけた。二匹は悲鳴をあげてもんどりうち、床に転がった。

男が一歩前に踏みだしてくる。ジルはとっさに火かき棒を構えた。

暖炉の灯りがあるにもかかわらず、男の顔は、煤のついた手でぬぐったようにしみになって見えなかった。馬具職人か荷車職人のような、鑿《のみ》や小刀や目うちを帯に下げ、ぼろ同然のマントを羽織り、白髪まじりの髪は栗のイガのようにさかだっているのは、はっきり見えたのに。

男は両手をついてから食卓の上に飛びあがると、もぞもぞと腕を動かしてようやく剣を抜いた。そのとたん、彼の身体を漆黒《しっこく》と金の炎がとりまいた。目があき、その中にも炎がちらついた。

ジルにはそれが誰なのか、すぐにわかった。

「ムルツ……それにテーツとカルツもいる……」

唇から発したのかどうか。男は牙をむきだして笑った。

「やっと見つけたぞ。やっと見つけたぞ。小娘。われらをその手で沈めた仇《かたき》。やっと見つけたぞ」

犬たちが起きあがって再びとびかかろうとした。ジルは厳しい言葉で制止し、外へ行け、と命じた。いくらか呪文もおりまぜてあったので、犬たちは鼻を鳴らしながら出ていった。

男は剣をふりあげた。その刃も炎の色にぎらついている。

ああ、これが〈魔剣〉か。シュワーデンったら、これを見たことなかったのね。さもなければ、こんなもの、〈魔剣〉なんて言わない。こんなもの！

火かき棒でうけとめながら、ジルはにやっとした。たかが三王子の怨念《おんねん》のより集まったもの。生身のムルツ一人の方が、よほど手強い。

とはいえ、若いころに比べると体力も落ちたジルである。魔力などはあのころに比べれば十分の一に等しい。「こんなもの」同士ってわけだ。

もともと膂力《りょりょく》のある男が、くりだしてくる技は、木偶《でく》のような動きであってもあなどれなかった。危うく両手をもっていかれそうになり、何とか上半身をひねってかわしたが、あおむいた額すれすれに刃風が走っていったとき、この炎に傷つけられればそれで終わりだと悟った。たくさんのフォーリがこいつにやられた。炎にふれられると、それだけで身体が燃えあがる。

「憎き、憎き、憎き小娘め！　生きながらわれらを沈めたな。生きながら焼いてやろうぞ。われらをおぼれさせたように、きさまを炎の海でおぼれさせてやろうぞ」

食卓から暖炉側へ片足ずつおりてきて、ジルのつきだした火かき棒を、刃のつけ根で払った。火かき棒はふっとんで煙突にあたってはねかえり、戸口の近くに落ちていく。

ジルは灰出し用のシャベルをひっつかみ、防御の呪文を素早く唱え、相手のくりだしてきた一撃をうけとめたが、シャベルの柄はもろくも折れた。その強撃に、ジルの腰も砕けて尻もちをついた。

「おぼれろ、小娘。苦しめ。長く長く苦しめ」

腕を横にのばして剣を立て、みせびらかして、ムルツ／テーツ／カルツは哄笑《こうしょう》した。

「そうして海底《うなぞこ》のわれらのもとへとくるがいい。きさまの頭蓋骨を永久に弄《もてあそ》んでやろうぞ」

剣が天井近くまでもちあがった。ジルはあきらめた。まだ抵抗できたが。物動の呪文で男の足をすくうことも、その手から打ち払うことも、暖炉の火を浴びせることも。だが、〈月ノ獣〉が、胸の中で一声鳴いたのだ。すると、真実が月光に照らされてあらわれたのだ。

——殺すものは、殺される。

ああ、そうだ。わたしはそれだけの罪を犯したのだから。

剣の切先が禍々《まがまが》しい金と黒にゆらめいた。刀身がおりてくるのが、ひどくゆっくりと見えた。ジルは目をとじた。死ぬのであれば、せめて魂は解放されますように。こいつらと海の中、それだけは。おお、月よ、どうかあなたのところに招いてください。

大気が泡だってはじけた。革袋が破裂するような音がつづけざまにとどろき、突風が顔面をうった。思わず目をあけると、男の手から剣が落ちていくところだった。

「ばかばっちゃん！　何やってんだ！」

リッチェンの声を背に、男の顔から三王子が消え、白目をむいて倒れていく。剣は椅子の下に転がって、錆びて黒ずんだ刃となった。男は背中を食卓の角にぶつけて横むきに床に落ちた。寸暇をおかず、リッチェンが食卓を軽々ととびこえてきて、犬たちと一緒にジルのそばにひざまずいた。

「何やってんだよ！　あきらめたんだろっ。あんなのに殺されるなんて、おれが許さないぞっ、このばかばっちゃん！」

口は荒々しいが、その手はやさしく肩にかかって、もう両目にはあふれる涙だ。

「なんでだよっ。死んじゃだめだよっ」

ジルは微笑んだ。犬たちが頭をおしつけてくる。両腕で二匹を抱きながら、笑みを深くした。ごめん、と言った。ごめん、と言いながらもリッチェンにはわからないだろうと思った。生き永らえていること自体に、罪の意識が常について まわるなんて、この、若く、穢《けが》れのない、まっすぐな子——少年……いや、もう、立派な青年——には。

わからなくていいのだ、とも思った。できれば、一生、強くあれ。何者も殺すことなく、戦も知らず。

リッチェンは袖で目をぬぐったあと、ジルを立たせた。部屋中のものがとび散り、食器の一つ二つが割れてしまっていた。転がった男の側頭部を呪文といっしょに平手で叩くと、男はやがて意識をとり戻し、ゆっくりと立ちあがり、周囲の者には目もくれず——見えていないのかもしれなかった——ふらふらと家から出ていった。

「村に行って、誰かに雇ってもらえ」

リッチェンはその背中に声をかけたが、それは魔力を含んだ命令だった。踵《きびす》をかえしてジルとむかいあわせにすわると椅子の下の剣の柄を蹴とばした。

「それで？　こいつは、何？　例の〈魔剣〉っていうやつ？」

「……どうして……」

「どうして知ってるかって？　シュワーデンからうちにもハスト鷹がきて、わめいていったんだよ。多分、文書に書いてあるのより詳しく、さ。襲われかけて助かったフォーリもいて、小娘が、って剣の持ち主が騒いでいた、っていうのを、シュワーデンが聞いて、そいで、おれんとこに警告をとばしてよこしたんだ。小娘って、ばっちゃんとカルシーばっちゃんのことだって。なんだい、小娘って、さ。ばっちゃん、まだ若いけど、それでももう小娘って年じゃないだろ？　わけわかんねぇ」

まくしたてられて、ジルは片手で頭を抱えた。もう片方の手をひらひらさせると、リッチェンはやおら立ちあがって、椀に水を汲んできた。

「ごめん。おれもびっくりしたんだよ」

そっと卓に置いたのをありがたくのみほす。ようやく落ちついたところで、ジルは説明する気になった。

「小娘、というのは、ドリドラヴのムルツ王子やウシュル・ガルがわたしを呼ぶときにそう呼んだの」

リッチェンは目をぐるんとひっくりかえした。

「何年前……？　おれが小さかったころの話だよな。あの戦で、ばっちゃんたち三人がすごいお手柄だったって、父上から聞いた。そりゃもう何度も何度も、祖父《じい》ちゃんの仇《かたき》を討ったんだって、自慢してたぜ」

はたから見ればそうだろう。平穏が戻ったあと、協会のフォーリたちの、ジルたちを見る目が畏《おそ》れと尊敬に変わったことを思いだした。

「実際は、快哉を叫ぶようなものじゃなかったよ、リッチェン。むなしいばかり、そして亡くなった人たちは戻ってこない」

「でも、父上やリッチェンおじさんやカティエおばさんにとっては、けりがついた。ジルのおかげで、ひとくぎりついたんだよ。少なくとも、そう感じる人たちがいっぱいいるってこと、覚えておいて。ドリドラヴ人にやられた人たちの気持ちとしちゃ、そうなんだよ」

「あんたには慰められる」

ジルは薄く笑って額から手をはなした。

「でも、さっきのしゃべり方、あれは何？　まるで流れ者か村の若衆みたいな口のきき方。次代の領主様としてはいかがなものか」

リッチェンはそう言われると、背筋をのばして伏し目がちに、

「心配はいらぬ。余は変幻自在じゃ。それで、話のつづきを所望するぞ」

「また今度は随分偉そうな……。ま、どんなふうにも話せるというのなら、心配しないことにするわ」

それからジルは、三王子との最後の攻防をかいつまんで語った。

「ムルツの頭蓋骨が〈熱き海〉の方に流されていくのは感じたの。感じた、というより視《み》えた、かな……。あいつはまだ死んでなかった。肉体は滅びて、生きることもできなくなって、永遠に死ぬこともない、そんな感じ」

「ひえええ。それって、究極の呪いじゃないか」

「そうなるね。あのときはわたしも夢中だったし、必死だったし」

「当然の報い、とも言えるな」

「だから、海の中であいつと二人の弟たちが混ぜあわさったとしても、不思議ではないでしょう。小娘憎し、で、魔力の残りをよりあわせてあの剣をこしらえた……多分、そんなところかな」

「怨念怖るべし」

ジルは頷いて、次なる一部始終を描きだしてみた。

「剣はどこかの海岸か……漁師の網にとらえられて陸へあがった。抜いてみれば妖しい光をはなって、怖れをなした者の手から手へと……そして、あの禍々しさに恐怖しながら惹きつけら

れたあの男のものになった。見たところ職人のようだったけれど、力への渇望とか、剣士への憧れが、怖れを上まわったのでしょうね」

「そして、乗っ取られた」

「意識も、身体も。魔力の気配にひきつけられて、フォーリを殺しながら、わたしを求めてここまでたどりついたんだよ」

「はるばると、よくぞ国のはずれまで」

顔を見あわせて長い吐息をついてから、リッチェンは爪先で剣を示した。

「で、これ、どうすんの？」

「封印しないと、また誰かが手にとってその気にさせられてしまうね」

「どうやって封印するの？」

ジルは両肩をもちあげた。

「さあ。わからない」

封印できるほど魔力を残したフォーリもいなくなってしまった。

「三人、四人の力をあわせれば、できるかもしれないし、逆にとりこまれてしまうかもしれないし」

とりあえずは、と立ちあがったリッチェンは、椅子の背にかけてあった毛布――カルステアが羊毛を叩いてフェルト化した努力の結晶――を剣の上に落とし、じかにふれないように気をつけながらくるみこんだ。紡錘中の毛糸をちぎって紐がわりにして、二ヶ所を縛る。不格好な円筒ができあがった。リッチェンはさらにそれを蹴とばしながら部屋の隅に追いやり、

「犬たちを遊ばせてくる」

と言いおいて出ていった。二つの尻尾がいそいそとそのあとを追う。ジルは戸口まで見送った。軒下で〈聖ナルトカゲ〉が、さっきの騒ぎなぞなんのその、呑気にしゃぼん玉を吹いている。

蹴破られた扉の修理を、彼がいるあいだに頼まなくちゃ、と蝶番《ちょうつがい》をうらめしげに見おろしていると、頭上の灰色雲のあいだから、猛禽《もうきん》の甲高い叫びがふってきた。黒い点だったものがたちまちハスト鷹にかわり、犬たちを放したリッチェンのさしのべた腕にとまったが、その動

きはやさしく気を配ったもので、おそらく爪も立てていないだろう。

リッチェンは鳥とさかんに会話しながら戻ってきた。

「まったく、何て忙しいやつなんだ。ここ五日でハストとおれのあいだを二回も行ったり来たり……おまえ、大丈夫か?」

「スコシクタビレテル」

「じゃ、そのへんで休んでろ。出かけるとき、呼ぶからさ。ネズミでもとって、腹ごしらえしとけよ」

「ソウスル。ハラヘッタ」

ハスト鷹はばさっと翼を広げ、リッチェンが放ってやると庭のむこうのカバの木の方にとんでいった。

「またシュワーデンから、ヘレニが何か視たって。剣を持って、ハストに来いってさ」

「何を視たのか言ってた?」

「ううん。ただ、剣とばっちゃんとが必要になるって。何に必要なのかはわからないけど、とにかく来いって」

昔はハスト鷹も、もう少し詳しい話ができていた。これも、国全体の魔力が乏しくなってきているせいなのか。

「支度しといて。おれ、村に行って獣たちを預けて、馬借りてくるからさ。次の上弦の月までにハストにつかなきゃならないんだってよ。どう行ったらまにあうか、ばっちゃん、考えといて」

そう指示すると、すぐに駆けだしていったリッチェンだった。

25

満月をすぎたばかりの月が、水路に淡く浮かんでいた。ジルは意を決して、空を見あげた。願いはむなしかった。

月の表面には、蛇がいすわって、大きなしみを作っていた。以前見たときより、広がっていはしないか？　翼めいたものが生えているように見てとれるのは、錯覚か？

むかいあっているリッチェンに確かめようとしたちょうどそのとき、雲が月をおおいかくしてしまった。水路にも小波《さざなみ》がたち、舟はゆれ、あたりは紫紺の薄幕をかぶせたように暗さをました。

「ああ、まにあいそうだ」

船頭が、水路の先に灯る明かりを顎で示した。

「だが急がんと。今夜はこれから荒れるだで。

嵐に追いつかれる前に出航しちまうだろうから」

そう言って竿を大きく動かし、舟足を速める。

「リッチェン、手伝って」

二人は速度をあげる物動の呪文を唱えた。

ほどなくして、河口に停泊している貨物船の姿がうかびあがってくる。カンテラが左右にゆれ、上下する船体の上では、乗員が足音も荒く帆をおろしたり帆桁の角度を変えたりと忙しい。

船頭が大声で呼びかけ、幾度かのやりとりのあと、縄梯子《なわばしご》がおりてきた。最初にジル、次にリッチェンが乗り移る。ジルを見た幾人かの乗員が、下卑た冗談を口にしたが、徽章《きしょう》をマントの下にのぞかせると、そそくさと立ち去っていった。力はなくしたけれど、徽章はいまだ役に立っているってわけだ。入れかわりに、帆柱の陰から、赤毛をおさげにした女がやってきた。

「何なのさ、この真夜中に。……フォーリだって？　フォーリがあたしの〈十三ふりの剣〉号に、一体何の用よ」

真っ黒な顎髭の男と大声で話しながら、大股に近づいてきて、あら、と言った。

「あんた、もしかして、セレのジオラネル、だよね」

それを耳にしたほかの乗員たちが、再び視線をむけてよこす。

「ちょいと年くっちゃったけど、うん、まちがいない。みんな、この人、セレのフォーリ・ジルだよ！」

ジルは両手のひらを立てて、騒がないでほしいと示した。が、

「あたしのことはきっとわからないだろうけれど、あたし、いたんだよ、〈熱き海〉に三王子を叩きこんだとき、ヒュルゴ中将の艦にさ。主帆の一番上で、ムルツの竜が炎を吐く様や、火蛇が宙を飛ぶ様を、しっかり見てた。もちろん、あんたが――あんたたちが、あいつらを沈めるあの瞬間もね！　ほら、みんな、嫌になるほどくりかえし話してた、あのジルが、この人だよ！」

好奇心と称賛と少しの畏《おそ》れのまじった幾十もの視線にさらされて、ジルは隠れる場所があったなら、と思った。

救われたのは、船首の方で水先案内人が何かを怒鳴ったからだ。それを聞いたとたん、乗員たちはあわてて持ち場に散り、残ったのは船長と顎髭の男二人になった。

突風が帆を叩き、船首と船尾が激しく上下した。ジルとリッチェンは帆索にすがりついて、何とか転倒をまぬがれる。船長と髭面は、足をふんばっただけでこれをやりすごす。

「おしゃべりで時間をつぶしちまったね。用件は何？　不沈の呪文を唱えにきてくれたわけじゃなさそうだ」

「新月までにテンに行きたい。便乗させてくれれば、不沈の呪文を三重にかける」

三重にかけるのは、主にリッチェンだけど、と思いながら、そう言うと、船長は胸にかかったおさげを背中の方に放って、

「そりゃいくらなんでも無理よ。ギャリオじゃないし。犀竜《さいりゅう》みたいに鈍足の荷物船だよ？　ア

トリアからのケント麦と綿布をつんで、このちんけな港によったのは水の補給のため。これからアンベル、シークル、サベル、サングと寄港して、品物をおろしながら西に行く。最終地はテンだけど、あんたの望みどおりにはいかないよ」

「シークルによるの？」

リッチェンが口をはさんだ。

「だったら、おじさんリッチェンに頼んで、もっと脚の速い船を出してもらえば？　じゃなきゃ、他の交易船に乗りかえることもできるんじゃや、ね？」

ジルが考えているあいだに、船長は顎髭の男に錨《いかり》をあげ、出港する命令を出した。

「そっちの坊やの言うとおりだ。ま、シークルまでは乗っておいき。下弦の月までには着くからさ」

その背中へ、ジルは問いかける。

「ケント麦と綿布と、あとは何をのせているの？」

おさげが風にもちあがり、ジルたちは再び帆索にしがみつく。船長はふりかえった。

「獣皮と干し果物だけど……？」

ジルはにっこりした。

「まっすぐシークルまで行ってくれれば、港々での交易の手間を省いてさしあげられるよ。全品、シークルの領主が言い値で買いあげる。そうしたら、身軽になって、テンまでわたしたちを運んでも、大儲けできると思うけど？」

船長は再びこちらにむき直った。

「……今、何て？」

リッチェンがとびはねた。

「全品お買いあげ！　ひゃあ、おじさんリッチェン、目ぇひんむくぞぉ」

「領主は数年前に代がわりした」

と、ジル。

「それは、よく知ってるよ」

「現領主リッチェンは、わたしのすぐ上の兄なの。いい顔はしないまでも、わたしがねだれば渋々言うことをきいてくれるよ」

そしてそれは、実際にそうなった。強い追い風に吹かれて、下弦の月の前にシークルに着くと、久方ぶりの抱擁もなしに、ねじ釘をねじこむようにしてリッチェンに談判し、商談を成立させた。

一泊しているあいだに、若いほうのリッチェンは、シークルのフォーリからハスト鷹を借りて、伝言をカルステアに届ける手配をした。南回りではなく、北回り航路でハストに行く、できればテンの町で合流したいと言づけた。

また、カルステアに会えると思うだけで、ジルは不安の半分がなくなるような気がする。

「じゅうじゅう気をつけていくんだぞ」

恰幅《かっぷく》のよくなった兄のほうのリッチェンが、別れ際に言った。

「〈海竜王〉が飛びあがった姿を、うちのフォーリが夢に視《み》たと言っている。〈氷熊〉を抱きしめたらとけてしまったとも」

「わかった、兄さん。気をつける」

こうして、〈十二ふりの剣〉号は、シークルですっかり荷を軽くしたのち、再びフォーリ・ジルと若いほうのリッチェンを乗せて、荒々しい冬の海にのりだしたのだった。

荒海は、渦巻く風と吹雪までおまけにつけて、船をこづきまわした。幸いリッチェンもジルも、船酔いすることなく、波を防ぐ呪文を唱えたりしてすごした。ときおりの晴れ間には、まちがいなく左手に陸地を見ながら、サップル山脈の北端の岬をまわった。そのあとは、〈つなぎの海〉に入ってテンまで沿岸をたどっていけばよかった。しかし、そのあいだに、月の方も容赦なく痩せていった。雲の切れ間に下向きの二日月を目にした暁に、船脚をあげる呪文を唱えるために、リッチェンを叩きおこそうとした。

舷からふりむいたとき、北風が吹きつけてきた。船が突然はねあがり、それから急降下した。ジルは転倒し、甲板をすべって、危うく反対側の舷から放りだされそうになった。思わずしがみついたのは、ちぎれかけた帆布だった。もうひとゆれしていたら、おそらく海中に落ちていただろう。幸いにも風はそれきりで、震える膝で何とか立ちあがった。

「ばっちゃん、大丈夫かっ?」

くしゃくしゃの髪のままのリッチェンが、甲板昇降階段をあがってきて、隣に立った。

「何だ? みんな、どうしたんだよ」

ジルも、他の乗員も、甲板に棒立ちになっていた。皆の視線を追ったリッチェンが、息をのむ。

「うわ……あれ、何?」

「〈氷熊〉の雪嵐だ……」

と、乗員の一人が呟く。

「〈海竜王〉も……」

呆然とする彼らの船のはるか北、〈ハスト海〉の水平線から、いまだ明けきらない黒灰色の空に、霧のような雲のような真っ白なものがたちあがっていた。そしてそれは、彼らが見ているあいだにも、もくもくと左右に広がり、海上をわたっておしよせてくる。

その手前の荒波では、視界いっぱいに〈海竜王〉が長く身体をのばして、上空に吠えたけりながら東へと進んでいく。……いや、そうではない。〈海竜王〉の動きによって大波がつくられ、潮が変化しているのか。東へ進んでいるようにみえるのは、〈十三ふりの剣〉号が、西へ西へと運ばれているからだ。

みるみるうちに白い嵐は、水平線からこちら側半分のところにまで迫ってきた。

船長が叫ぶのと、乗員全員がはっと我にかえるのが、ほとんど同時だった。

「総員、持ち場につけ! 全速、取舵いっぱい! にげきるよ!」

甲板を走りまわる音が、まるで太鼓の連打のように、船をふるわせた。

「あんたたち! 船倉へ避難しな!」

「おれたちにも何かできることが――」

「あるもんかっ! 〈氷熊〉と〈海竜王〉だ、嵐と高波を制御できないんなら、あたしたちに任せてっ」

邪魔だけはするな、ということだ。二人はすごすごと階段にむかった。途中ですれ違う乗員たちが、叫びあっている。

「この世のおわりってことか？」

「くそっ、こんなことってあるかっ」

「おお、神様、神様、神様……」

階段を転がるようにおりて、二人は麻袋によりかかった。闇の中に、甲板をかけまわる音や、索具のきしむ音、帆のはためきが響く。足の下では、海がうねり、身もだえし、泣き喚いている。

「ばっちゃん、ごめん」

リッチェンが鼻声で囁《ささや》いた。

「おれが、北方航路の方が早い、なんて言わなけりゃ、こんな目にあわずにすんだんだ」

「馬鹿なことを、リッチェン。言いなりになったわけじゃない。わたしはわたしで検討して、こっちの方が早いと決めたんだもの。あんたのせいじゃないわ」

「でも……」

「誰も、〈氷熊〉と〈海竜王〉がいっしょに姿をあらわすなんて、思いもしなかった」

ジルは麻袋に背中をつけたまま、床に尻をついた。それでもすべっていきそうだ。しっかりと固定されている荷物が、身体を支える唯一のものだった。闇の中であらぬ方向に浮き沈みするものだから、さすがに気分が悪くなってくる。

「……〈海竜王〉って……〈ハスト海〉には来ないはずだったんじゃないの？」

「それを言うなら、〈氷熊〉だって……話にはよく登場するけれど……。ああ、でも、船乗りたちには口伝えされてきているってね。北の水平線に、白い嵐が見えたら、帆をおろして全速力で逃げろって。三十年に一度くらい、この嵐はおきるらしいから」

「〈海竜王〉といっしょっていうのは……」

闇の中で、ジルは首をふった。

「聞いたことが、ない」

今まで右傾斜だったものが、いきなり左に傾いた。船全体がきしみ、甲板を洗う波のとどろきが伝わってくる。ジルは麻袋に抱きついて、足をふんばった。響くのは、悲鳴か、それとも〈海竜王〉の咆哮《ほうこう》か、あるいは帆がもっていかれる音か。

「ばっちゃん、大丈夫かっ」

「リッチェン、あんたこそ」

互いに呼びかわしていると、急に首筋が粟《あわ》だった。甲板に、無数のつぶてがふりはじめた。

「ばっちゃん?」

「雹《ひょう》、だと思う」

するとリッチェンは、防壁の呪文を唱えはじめた。そうか。ここからでもできることはある。ジルも唱和して、すぐに手応えを感じる。雹の音が少なくなり、再び海と人々と船がたてる物音がきこえだした。

「うえええ、おれ、吐きそう」

「吐くんなら、何もないところにね。塩漬け肉の樽に吐いたら、料理長からどんな嫌味言われるか、わかったもんじゃない」

リッチェンはかろうじて笑ったらしい。声の響きが少し明るくなった。

「山羊とか、鶏とか、乗っていなくてよかったね。自分の世話だけで精一杯だ」

ジルも必死に吐き気をこらえ、

「ねえ、リッチェン。この暗闇、何とかできない?　少しでも光が入れば、もちあげられたり、急降下したり、ぐるぐるまわったりするのに、耐えられるんじゃない?」

目から入ってくる情報があれば、身体の均衡もとりやすくなるのではないか。そう言う最中にも、寒さがさらに増してくる。まるで、氷河の隙間におしこまれていくようだ。

リッチェンは返事のかわりに呪文を唱えたが、震えでうまく口が回らない。三度試してようやく、床の一部分を光らせることができた。まさに猫の額ほどで、夜の水路の反射光程度の明るさだったが、二人は目でそれをむさぼった。

ジルが手をのばし、リッチェンが両手でしがみつき、膝立ちでそばにきた。がたがた震えながら身をよせあって、頭上の様子に注意をむけた。防御壁は雹や風雪をある程度防いでいるらしい。この寒さだって、おそらくずっとましな方なのだろう。ただ、乗員の足音が少ないのが気になった。凍えて身を縮めているのならいいのだが。波にさらわれたり、海に投げだされたりしていなければいいのだが。

と、船が今までになく大きく持ちあげられるのを感じた。同時に船首があがり、船尾の方へ傾いて、二人は麻袋におしつけられた。次にきたのは渦の中心に落とされたかのような回転だった。船首と船尾が交替して百八十度転回し、転回しながら奈落へと墜落していく。

船底を破城槌《はじようつい》で叩かれた。二度、三度、四度。竜骨が呻きをあげ、肋骨《フレーム》の何本かが折れたようだ。二人の魔法も蹴ちらされて、帆布といっしょに上空にもっていかれた。策具が鞭のようにしなってほどけるのを感じた。帆柱が折れる衝撃は、天も割れたかと思うほどだった。

船は再度、前と後ろが逆にもちあがって、急降下した。ジルとリッチェンは麻袋からひきはがされ、床をすべって壁に激突し、ジルは肩を、リッチェンは梁《はり》に頭を、したたかにうちつけた。痛みにうちふして、呻きをあげる。ひとりでに涙があふれる。

その後も幾度か床をひきずりまわされ、一度などは一瞬宙にうき、それから落下した。叩きつけられたのが、ケント麦の入った麻袋だったので、手首を痛めただけですんだ。

どれほどの時がたったのだろうか。次第にゆれはおさまっていき、とうとう静寂が訪れた。

待ち望んでいたにもかかわらず、長いあいだ、二人とも、もうゆれていないことに気づかなかった。両足を投げだし、今ではかすかになった床の灯りに目を凝らし、口を半びらきにしたまま、次は何がくるのかと身構えていた。頭の中では、相変わらず、右に左に、前に後ろに、上に下にと、すべてがいっしょくたになって回転しつづけていたのだ。

それでも、ようやく、リッチェンが身じろぎした。

「ねえ、おさまってきたみたいだよ、ばっちゃん」

「……」

「ばっちゃん?」

その声でようやくジルはまばたきし、打ち身に顔をしかめてから、

「ああ……もう、終わったのかな……」

二人は互いに支えあいながら立ちあがり、壁に手をつきつつ甲板へとむかう。まだめまいのような酩酊《めいてい》感が残っていたが、リッチェンが先に立ち、時間をかけて階段を登り、おとし戸をあけた。

冷たくぴりっとした大気が、肌を心地よく刺した。夜の闇の中に、霧がたちこめていたが、数呼吸するうちに、みるみる薄くなっていく。甲板上では乗員たちが、波際のセイウチさながらにうち伏して、ある者は呻き、ある者はすすり泣き、神々の名を呼ばわっている者もいる。

帆柱はすべて折れ、無残な姿をさらしている。船首付近でぼろ切れがはためいていると思ったら、帆布の残骸だった。主柱の足元にうずくまっていた船長が、罵《ののし》りながら頭をふり、よろめきながら立ちあがった。

さっきまでの嵐が嘘のように、海はゆったりと貴婦人のふりをして、仰ぎみれば満天の星。昼の短い冬の一日を、どうやら嵐に翻弄《ほんろう》されてすごしたらしい。

「……あれは、〈大虎〉座……? それから〈羊と羊飼い〉? こんなに高くに見たの、はじめてだ」

リッチェンが呟く。二つの星座とも、起きているあいだはなかなかお目にかかれない。特に月が出ていれば。これは、新月間近であればこその景色だ。

乗員たちに声をかけて、全員の生存を確かめてから、船長がそばにやってきた。彼女も星を確かめて、

「どうやら、それほど北には流されずにすんだらしいね。ただ、テンをかなり行きすぎたようだ。〈つなぎの海〉に戻るのは、ちょいと難儀かな」

おれた帆柱をうらめしげに見やった。

「舵は？　舵はきくの？」

とリッチェン。船長は頷いて、

「幸いにも、だね。ただ、ここがどこなのか。マルロが今、計算している。場所によっては、漂流船になっちまうかも。他の船が通りかかってくれればいいけどね」

「計算しなくてもいいかも」

そう呟いたのはジルだった。彼女がゆっくりとあげた指先の、水平線すれすれのところで、灯りがまたたいていた。

「灯台だ！　助かった！」

リッチェンの高い声が甲板に響く。乗員は、わっと舷にとびついた。

船長が目を細めてしばらくうかがっていたが、やがて、

「あの岬の形は……あれは、カタリ灯台じゃないかな？」

そう言うや、踵《きびす》をかえして大股に、マルロ、マルロ、と航海士を呼ぶ。

「カタリ灯台に一番近い港はどこだい？」

蝶番《ちょうつがい》が片方はずれた船室の扉から顔を出した男が、くしゃっと鼻の上に皺《しわ》をよせた。一呼吸のち、しゃがれた声で、

「ラック、だろう。岬を西南にまわったちょいと先だ」

リッチェンとジルは顔を見あわせた。ひどい顔をしている、と思っていることがお互いにわかった。うちのめされ、消耗し、痣《あざ》やすり傷をつくっている。それでも、リッチェンの深緑の瞳には、ジルの深緑の瞳が映って、星には及ばないが、希望の光がちらついていた。

「船長！　舵は任せたよ！」

リッチェンがにかっとしてそう叫ぶと、二人は船首にとりつくべく走った。どこに着こうとも、今は陸でさえあればいい。そこから先は、ハストまでどうしたら最速で至るか、考えればいい。

船首にしゃがみこむと、灯りめざして物動の呪文をかける。潮目がうっすらと分かれた間隙

に、船はすべりこむ。あとは船長と航海士の仕事だ。進むにつれて、波間をつくる呪文をかけ直さなければならない。そのほとんどは、リッチェンの魔力に頼っている。ジルの魔力はないよりまし、程度だ。

すぐに、船は、これまでにない速さで進みはじめた。

「ばっちゃん、頭ん中の地図に、カタリ灯台ってある?」

波飛沫《しぶき》をかぶりながら、リッチェンが叫ぶ。

「灯台の名前まではわからないよ」

ジルは苦笑して、

「でも、カタリっていう港町が、岬の根っこにあるはず。〈つなぎの海〉をはさんで、テンの北北西くらい、かな」

「じゃ、多分、そこに行けるね!　ハストにあと七日でつく?」

「がんばれば、ね」

満足そうに破顔するリッチェンをながめながら、ジルは冷静に考える。そう、うまくはいかないだろう。これだけ力を使ったら、おそらく二人とも、陸にあがったとたん、動けなくなるだろう。若さゆえに回復の早いリッチェンに、剣を背負わせて、騎馬でハスト丘陵を駆けあがれと言えば、何とかなるかもしれないが。ジルはあとで追いつくことにすれば。

怖ろしいほどの速さで、左手にカタリ灯台を仰いだとき、星々は灰色にかすみ、暁闇《ぎょうあん》となった。その中で灯台の灯りは、力強い希望となって彼らをさらに導いた。黒々とした岬の影に沿って西へ、それから少し南へと進むと、夜明けが白々とした刷毛《はけ》であたりをひとなでした。すると、小さな港が集落を抱えてうずくまっているのが見えた。早起きの漁師たちが、小舟の先にカンテラを下げて、網を投げていた。船影を認めた漁師たちは手をとめ、背をのばした。リッチェンは彼らをさけて、砂浜の方に船を進めようとした。それを悟った漁師たちは、口々に何かを叫び、手をふってとめるそぶりをしたが、船はそのまま、船底にがりがりと音をたてながら、クジラさながらに水中から半身をのりだして浅瀬をつき進み、あっというまに砂浜にのりあげ、〈海竜王〉の咆哮もかくやと思われる末期のきしみをたてて、ばらばらになった。

ジルは、かろうじて形をとどめている船首から、梁や竜骨や肋材をのりこえて砂浜におりたった。ふりかえると、明けゆく光の中に、〈十三ふりの剣〉号が、難破船にも似た残骸を黒々とさらしていた。

乗員たちはもう、さすがに軽々とおりたち、船長の指示に従って、貴重品や食料などを運びだそうと動きはじめている。彼らは少しもへこたれていないようだった。海に生きる、というのは、おそらく、そういうことなのだろう。

リッチェンはつっぷして砂に口づけしている。おお、大地よ、確かな不動のものよ、と囁きながら、そのまますうっと眠ってしまった。その背中には、嵐のあいだもゆわえつけられていた呪いの短剣の包みが、あちこちほどけそうになりながらも、とどまっていた。


荷物番とともに、リッチェンをそのままに寝かせておいて、ジルは船長や他の乗員たちと集落の方へと移動した。十数軒ほどの漁師の家が点在し、野良猫が波止場を埋めつくしていた。船長は村長にかけあって、焚火の許可をとり、皆を暖まらせた。配られた熱いスープには、村人の厚意の魚がたくさん入っていた。じんわりとやさしく身体にしみる食事をとったあと、ジルも強烈な睡魔におそわれて、火のそばに横たわり、それでもいまだ海上にあるようなゆれを感じながら、あとは夢も見ず……。

目覚めれば昼になっていた。

「ばっちゃん、起きられるか？　……ばっちゃん！」

肩をゆすぶられて、呻きながら目をあけると、雪がちらつき、それでも陽射しのある午後早くだった。焚火は熾《おき》となり、やがて灰になろうとしている。上半身をおこし、くしゃみをひとつしてから、あたりに誰もいないことに気がついた。

いるのはリッチェンと、その肩にしがみついているハスト鷹だけ。

「……皆は？　船長や、髭の航海士は？」

「荷車を調達したから、先に行くってさ。この先南一日のところに、カタリの港町があるって。ばっちゃんによろしく言ってくれって。……あれで、楽しかったって言ってたぜ？　船、失くしても、ちっともがっかりしてねぇの。すごいな、船乗りってのは。生命があった、それも全員、ってのが奇跡だってさ。まるで〈海竜王〉と〈氷熊〉が仕組んだみたいにって、変なこと言ってたぞ。……歩けそうか？　おれたちも、カタリまで行かなきゃ」

こめかみに頭痛を感じながら、リッチェンに手をひっぱってもらって立ちあがる。地面がゆれて膝をついてしまう。冷汗が出るのを感じる。

「ばっちゃん……立てないか？」

「杖……リッチェン、杖になるものをちょうだい」

波止場の端から拾ってきた太い角棒をもらって、それで何とか身体を支えた。リッチェンが気をきかせて水もわたしてくれた。喉をうるおすと、身体中にしみていき、少し元気が出た。

「ばっちゃん……本当にばっちゃんになっちまった」

「おだまり。……農家か宿駅をさがして、馬を調達しよう」

ゆっくりと歩きだし、すぐに足をとめた。

「ハスト鷹は、今度は何て？」

少しの間ののちに、リッチェンはうつむいて、側頭部をかいた。

「それがさ……よくわかんないんだ……シュワーデンが混乱してんのか……こいつのしゃべる能力が衰えているのか……」

「わかったことだけでいいから。何て言ったの？」

「ヘレニがまた何か視たらしい。〈霧虎〉が、とか、月が、とか」

「〈霧虎〉？　ハスト山に住むイリーア？」

巨大な虎の姿をとったり、ハスト山を霧でおおったりする、と伝説は言う。吠えれば雷を呼び、山を噴火させる、とも。

ジルは杖を投げだして地面にすわりこんだ。あわてるリッチェンを促《うなが》して、彼をも正面にすわらせると、ハスト鷹の黒い目をのぞきこんだ。瞬膜もかかっていない、力強い瞳だ。

「リッチェン。昔からの魔法は、わたしたち……わたしが禁忌を破ったことで、どんどんすたれていっている。イリーアたちが姿を消しているのも、そのせい」

「ばっちゃん――」

「でも、大地は死んでいない。あんたたちのような若いフォーリもどき――ううん、あんたはもう立派なフォーリだ――には、今までにはない別の魔法が授けられているみたい。あんたみたいに獣《けもの》と意思疎通ができるフォーリなんて、ここ四十年、出てこなかった。……その子を説得して、ヘレニが何を視たのか、はっきり教えてもらえないかな？」

「大事なことなのかい？」

「おそらく」

ジルは頷いた。

「〈海竜王〉と〈氷熊〉が結託して、〈ハスト海〉にあらわれるなんて、普通じゃない。それに加えて〈霧虎〉？　そして月……。この伝言、ちゃんと聞かなきゃ」

リッチェンは肩の鳥を腕に移し、さっきジルが放り投げた角棒の上にとまらせた。

「でもこいつ、しゃべる力を失いつつあるんだよ」

「しゃべる必要はないよ。あんたが、彼――彼女？――の目の中に入って、シュワーデンが何て言ったか視ることとって……できると思うよ」

強引に指示すると、リッチェンはまた耳の上をかいた。

「ばっちゃんって……なんで、わかんだよ」

「わからない。けど、直感」

リッチェンの気性は、少しジルとカルステアに似ている。二人に鍛《きた》えられたのは技だけではない。ものの考え方、とらえ方、気のもち方も教えられた。わかった、とぐちゃぐちゃ言わずに頷くと、腹ばいになって、目の高さを鷹と同じにした。

ジルは身動きしないように気をつけて見守った。リッチェンの眉間《みけん》に縦皺《たてじわ》が生まれ、こめかみに汗が噴きだす。顎骨がもちあがり、両の手はかたい拳《こぶし》に握られる。

ハスト鷹の方は、はじめは頭を左右に振って、とまどう様子を見せていたが、やがて彫像のようにただ立ちつくし、雪花が頭や翼に薄い膜をおいても、風が柔毛を逆だててもじっとしていた。

手足が凍え、しびれてしばらくしてから、リッチェンも鷹もまばたきをした。大きな吐息をついて身をおこし、胡座《あぐら》をかいて、しばらく呆けたように宙を見つめていた。ジルが辛抱《しんぼう》強く待っていると、やがてまた息を吐いたが、今度のは、決意のようなものが含まれているように思われた。

「ばっちゃん。一昨日は三日月だったんだよ。ここじゃ、見られなかったけど、ハストでは一刻くらい見えたんだって」

「わたし……そんなに寝ていたの？」

愕然とするジルに、リッチェンはにやりとしてみせた。

「へへっ。おれ、余計なことは言わない技を磨いたぜ？」

「それって、年寄りに対する思いやりのつもり？　十年早いよ」

そう言いかえすと、少し元気が出てくる。

「で、ハストの三日月がどうしたって？」

「ウシュル・ガルの蛇が、三日月からぶら下がっていた、って」

その光景を思い描こうとするのへ、リッチェンはつづけて、

「翼が……竜の翼が生えているのが確認できた、って」

「復活、した？」

「復活しつつある、ということ」

ジルは息をのんだ。あれだけの犠牲を払った

にもかかわらず、再びあの悪夢がくりかえされるのか？　もうわたしたちには対抗できる魔力もないというのに。

「蛇はきっと、満月のあたりに、ハストに降ってくるだろうって。ヘレニが何とか視たって。だから、ハストでは、すべての力をかき集めて、応戦の準備をしている。シュワーデンは、ばっちゃんとおれにも来てほしいって。その短剣も封印すべく、マステル銀をとかして待ってるって」

　ああ、その手があったか、とちらりと思いながら、

「で？　〈霧虎〉のことは？　ヘレニが視たの？」

　リッチェンは耳の上をかいた。

「そこがよくわかんないんだよ。ばっちゃんと〈霧虎〉が何かする、と、その何かする、がヘレニにも視えてんのか視えてないのか……」

　大きく肩を落として瞑目《めいもく》してから、気をとり直したジルは、角棒をとった。リッチェンの肩に移ったハスト鷹に、

「ハストに行く前に、カルシーのところによって、テンの町じゃなくて、カタリからハストに戻る、と伝えて。もう出発しているだろうけれど、あなたなら彼女を見つけられる。ハストに帰るのはそのあとにして」

　通じたかどうかはわからなかったが、ハスト鷹は翼を広げると、風花の舞う宙空へと飛びたった。ミルクに卵の黄身をとかしたような色合いの空に、その影が小さくなっていくのを追ったあと、ジルはリッチェンに尋ねた。

「カタリまで何日くらいと言ってた？」

「歩いて一日半」

「なら、どこからか馬を二頭調達してきて。今夜はカタリの宿で。そこから途中まで鉱石運搬船でハスト川を遡《さかのぼ》る。分岐点から南西に山道をいけばハストにつくはず。満月の前日にはつく……つかなきゃ」

〈十三ふりの剣〉の船長が、荷車も農耕馬も買いあげてしまったので、残っていたのは痩せこ

けた老馬だけだった。しかしリッチェンがその耳に何かを囁くと、黒い瞳に生き生きとした光が灯り、速足で細い街道を進んだ。

　曲がりくねる道を登るにつれて、雲は厚くなり、肌寒くなってきた。午後遅く、道は突然森をあとにして、ひらけた麦畑に出た。カタリ近郊のペンタ麦畑は、黒々とした土に鮮やかな緑の列をつくって、どこまでもつづいている。百年前も、百年後も、同じ光景が約束されているかのように。

　やがて町が、ハスト川を従えてあらわれた。竜の被害にあう前の都ハストをそのまま小さくしたようだ。月神神殿の尖塔が、残照の最後のきらめきを反射し、一旦闇にとけた。と思うや、窓という窓に一斉に灯がともり、何十もの鐘の音といっしょにきらめきをはなった。

26

カタリの町を出発し、ハスト丘陵をいくと、四方に低い山稜がついてくる。森は深いが、細細とした道は、渓谷や草地や、ときに数軒の村にもたちよってつづく。そうして、少しずつ高度をあげていく。斜め右方向に、ハスト山の白峰を仰ぎながら進めば、四日ほどで都の北口に出るだろう。

二晩の野宿と一晩の納屋泊まりをへて、あと半日もしたらマス川の上流に行きつくという午後だった。それまで雪は降ったりやんだりで、丘陵一帯にうっすらと白粉をまぶしていたが、前進に困るようなことはなかった。ところが、あと一刻で闇がおちるというころ、突然、本格的に降りはじめた。二人はトウヒの枝の下に馬をとめた。

雪はこれからもっと激しくなるだろう。このまま進んだら方向を失う。そう判断して、幹につないだ紐で帆布を張り、野営と決めた。もしかしたらこの吹雪は、二、三日つづくかもしれない。

リッチェンは馬の身体をふき、首に吊るした袋から飼い葉を食べさせ、水を飲ませ、毛布で背中をおおった。その間、ジルは石竈《いしがま》を作り、火を焚き、干し肉をあぶり、香茶をいれた。

「ショウガとニンニクがたっぷり入ったお茶だよ。身体があたたまる」

「うへぇえ。早くまともなシチューが食べたい」

ぶつくさ言いながら簡素な食事を終え、寝袋に保温の魔法をかけてもぐりこむ。火の熱さと冷気がからまりあって、頰をなぶる。

三日も吹雪で足止めされたら、と月齢を数えて、気が気でなくなる。心配が昂じると、目が冴えてしまって、鼓動も速くなってくる。

焚火の明るい赤を慰めにながめ、深呼吸をくりかえした。炎は、ときどき少年のころのリッチェンのように火の粉をぱっとはじけさせて、いっときもじっとしていない。それでいて、なめらかで、水の流れにも似ている。

雪は羊皮紙がこすれるような音をたてて積もっていく。枝下からはずれたところでは、もう膝丈までになっている。のしかかった雪の重みで、枝も少しずつお辞儀をはじめている。

もう少ししたら、起きあがって天幕を中から叩き、雪を払わなければ……。そう思っていたにもかかわらず、リッチェンの軽いいびきと薪の燃える音に誘われて、いつのまにかうとうととした。

やがて、冷たく湿った犬の鼻を頬におしつけられたような気がして目をあければ、すでに朝になっていた。

雪はやんでいた。濃い霧がたちこめている。手元がかろうじて見えるくらい。熾《おき》になった焚火が、小さな獣《けもの》の目のようにまたたいていた。

リッチェンを呼ぶと、呻きながらもぞもぞとうごめく気配。霧は、天幕の裾にまでとりついている。

おや、これは尋常ではない、とようやく気がつく。気づいたところでどうしようもなく、熾に小枝をくべて、炎がたちのぼるのを待ち、少し太い朽木をかぶせた。玉葱《たまねぎ》をいため、乾燥肉をあぶり、葡萄《ぶどう》酒に香草を加えてあたためた。匂いにつられて起きだしてきたリッチェンは、皿と杯をうけとりながら首をすくめた。

「うう、寒いっ。骨まで凍りそうだ」

しばらく食事に集中していた。ジルがそっと尋ねた。

「ねえ、リッチェン。この霧を、どう思う?」

リッチェンは葡萄酒を吹きさました。湯気がたなびいて消える。

「魔法の霧だよ。人間業じゃあ、ない」

こともなげにそう言い、葡萄酒をのみ、肉を歯でちぎる。

「……これ、〈霧虎〉の仕業?」

その問いには、うん、と頷き、ごっくんと飲み下した。

「多分ね。頬とか、額に、イリーアの気配を感じる。でも、なぜやっててんのかはわからない」

「〈霧虎〉は……山からおりてきているの?」

「おりてきてはいないと思う。もう少し上の方にいるんじゃないかな」

ジルは、見えないとわかっていても頭をあげて、ハスト山を仰いだ。

「〈氷熊〉に〈海竜王〉、そして〈霧虎〉……。ウシュル・ガルの蛇が復活することを、イリーアたちも感じている……」

「ごちそうさま」

リッチェンは天幕と寝袋を片づけにかかる。ジルはまだ片手に皿、もう片方に杯を持ったまま、じっとしていた。〈月ノ獣〉がホトトギスの初音のような、情けない声で鳴いた。ああ、ここにカルステアがいてくれたら、と思い、自分を叱りつけた。伝言がうまく届いていたら、進路を変更して、マス川の上流まで出てきてくれているかもしれない。そう、カルシーなら、きっとそうする。


ようやく気をとり直して食事を終え、早く燃えつきるように火をかきたて、馬の様子を見にいった。寒さにもじっと耐えるけなげな二頭をひいて戻り、荷物をつんだ。燃えつきた火に雪を厚くかぶせ、踏みかためてから出発した。

霧のせいで、道ははかどらなかった。何度か分岐点があらわれ、その都度、登り道を選んだ。ハストは高所に位置している、というだけではなく、「道に迷ったら決して下ってはいけない」とヴィーヴィンが教えてくれたのを覚えていたからだ。そう、彼らは霧にまかれて、道に迷ってしまっていた。あれほどつもっていた雪も、だんだん少なくなっていく。

方角の見当をつけるのは、リッチェンの役割だった。馬首の前にそろそろとあらわれてくる山道を慎重にたどっていく。

午《ひる》少しすぎたころ、馬をおりて休憩した。ヤマナラシの林に囲まれているらしく、白灰色の幹が立ちならび、雪はつもっておらず、足元では落葉がかさこそと音をたてた。いっとき晩秋に戻ったように暖かく、二人は黄金色の葉の上に腰をおろして、くるみをかじった。瀬音にさそわれて少し道をはずれれば、せせらぎが駆けくだっていた。馬と自分たちの喉をうるおし、顔をあげたとき、霧が晴れた。そのいっとき、むこう岸につづくトウヒの森の上で、まっすぐにたち昇る白い煙を目にした。リッチェンの肩を叩いて知らせると、彼も瞠目《どうもく》し、

「……誰かが火をたいているね」

と呟いた。

「ささやかな焚火、じゃないよ。大勢か、それとも、……」

「ちゃんとした暖炉？」

立ちつくしているうちに、煙はなくなり、あたたまった大気が、むこう側の霧か雲かをゆらめくように見せているだけになった。

二人は顔を見あわせた。

「ここがどのあたりか、教えてもらえるかも」

「あったかいシチュー、くえるかも」

手綱をひき、水をはねかしてせせらぎを渡り、トウヒの森にわけいった。下生えはまたすぐに、薄くつもった雪におおわれ、進みづらくなったが、煙が昇った場所の見当を失うまいと、息を切らして歩いていった。

半刻もしないうちに、切りひらいた平地に建つ丸木小屋に行きついた。屋根はカバやシラカバの樹皮で葺《ふ》かれ、破風《はふ》には狐の姿が焼き鏝《ごて》で刻んである。マステル銀の太い煙突が頼もしかった。

丸木小屋のそばには、納屋と燻製炉《くんせいろ》もしつらえてあり、どうやら猟師の家にたどりついたようだった。

窓の板戸が少しもちあがったあと、音をたててしまった。すぐに荒々しい足音がして玄関の扉がひらき、長身の男が姿をあらわした。逆三角形の輪郭《りんかく》に少しつりあがった目、髪は頭頂部をさかだてて、どこかしらクズリに似ていた。

「何だ、おめえたちは。他人の土地にずかずかと」

開口一番、そうかみつく口には、牙のような

犬歯があった。

これははたして、本物の人間かしらといぶかりながらも、ジルは丁寧《ていねい》に、道に迷ったこと、方角を知りたいこと、できれば一休みさせてもらいたいことを語った。クズリ男は、胡散臭《うさんくさ》そうに二人を見比べていた。その短い逡巡《しゅんじゅん》のうちに、遠くで雷がとどろき、再び霧がわいてきた。男はぶるっと肩をふるわせ、

「馬は納屋。飼い葉と水の代金は払ってもらう。二人の休憩代は銀貨二枚。それが払えないんなら、とっとと行っちまえ」

だみ声でそう言うと、扉を叩きつけて家の中に入っていってしまった。

「銀貨二枚？　その他に馬の休憩代も？」

頓狂《とんきょう》な声をあげたリッチェンを促《うなが》して、納屋に馬をつれていき、世話をした。

「文句を言っても、リッチェン、ここはどうしようもない。ともかく、情報がいる」

そうなだめて丸太小屋の玄関に戻り、扉をあけると、クズリ男は待っていて、片手をつきだした。

「前金、よこしな」

その手には肉球めいたタコができている。斧や鋸《のこ》を持つ手だからだろうか。ジルは銀貨一枚をそこに落として、

「食事。それと、泊めてくれれば二倍払う」

と言った。クズリ男は頷いたが、そのときちらりと目を光らせたのは、気のせいだろうか。

「ごろ寝でいいんなら、暖炉のそばをあけてやらあ」

そうして暖炉横の作業台にしつらえてある戸棚から、ひとかたまりの鹿肉をとりだして、長い木の枝に刺すと、リッチェンにわたした。

「焼くのは自分たちでやれ」

リッチェンは肉と男を交互に見て、目を白黒させた。

「これが、おれたちの、食事……？」

「嫌なら食うな」

「あとはないの？　キャベツの煮込みとか、ウサギのシチューとか、葡萄酒とか」

「他人に食わせるほどの余裕はねぇ。なんぼ、銀貨五枚でも、な。肉だけは、あるってことだ」

にやにやして、男は卓の上に自分の酒杯とパンとチーズ、カブの酢漬けの瓶を並べ、むしゃむしゃと食べはじめた。

「性格……悪いっ」

リッチェンはジルにそっと吐きだし、暖炉の移動柵に肉の木枝をわたし、唇を尖らせながらあぶりはじめた。

「おい、薪代ももらうからな」

卓のむこうで、男はうれしそうに言う。

「ねえ。わたしの質問に答えてくれたら、銀貨三枚あげるけど」

ジルは腰の小袋を叩いてみせた。クズリ男はチーズにかみついてから、

「一問につき一枚。びた一文、まけらんねぇ」

「いいわ。ここはどこ？　森のまん中とか、そういう答えじゃなくて、ハストからの方角と距離を教えて」

「ハストだって？　都の位置なんか、知るかよ」

「じゃ、ここから一番近い村とか町は？」

「北西三日んとこに、交換所がある、それだけだ」

「交換所？」

リッチェンが肉の串を回しながら尋ねた。ジルが、

「毛皮と日用品を物々交換するの。山の中の市場みたいなところよ」

と教え、その首を戻して、

「じゃあ、ハスト山はどっち？」

男は指をたてて、はじめ右を向いたが、すぐに左後方を示した。

「霧がすっかりはれりゃあ、見えると思うぜ……ここも、すでにハスト山の中なんだがな」

ジルは頷いて、さしだされた手のひらに銀貨を落とした。

「ハスト山から遠ざかるように行けば、ハストに近づくと思う」

暖炉の前に戻って、リッチェンに囁《ささや》いた。迷ったといっても、さほど方向を失ったわけでは

ない、と信じていた。ハスト山の姿が見えれば、その山容で、今、どちら側にいるのかもわかるだろう。

鹿肉をあぶるのに一刻もかかった。あぶった肉をナイフでこそげおとして、ちまちまと口に運んだ。その間、クズリ男は薪を運びこみ、たった一本、蠟燭《ろうそく》を灯した。そのあと、いきなりリッチェンの背後に来て、

「おい、こいつは一体何なんだ?」

すわったときに、リッチェンが背中からおろした毛布の包みを、爪先で蹴った。

暖炉の火がその黒い目の中で躍っている。リッチェンは正直に言った。

「呪われた剣だよ。ハストに持っていって、封印してもらうんだ」

「へええ……どれ、見せてみな」

「見たら、あんたも呪われるぞ。それでもいいのかい?」

ジルも身をのりだして囁いた。

「前の持ち主は、これで人を四人殺したあげく、海に身を投げた。剣に魅せられると、正気を失うの」

「それでも見たいかい?」

リッチェンが毛布の端をつまんだ。クズリ男はもごもごと言い訳を呟いて、ひきさがった。足音がゆっくりと階段を登っていくのを聞いてから、二人は安堵して食事を終え、横になった。

心地よい眠りの中に、寒さが忍びよってきた。しかしその寒さも心地よくなっていく。凍死する人はこんな風にうとうとと、自分の身体が冷えていくのを感じるのだろうか。ぼんやりと考えて、さらにぼんやりと、これはまずいかもしれない、と思い至り、気だるさにひたりながらも、爪先を動かし、指を動かし、息をして何とか目をひらく。

何も見えない闇だった。それでも、何か違う。暖炉の暖かさや、柱や壁のきしみがない。背中にあたるのは、木の床ではなく、針葉樹の枝、大気の流れも家の中のものではなく、冷んやりした雪と落葉の匂いがする。

上体をおこして葉ずれの音を聞いていると、隣でリッチェンが呻きをあげながら寝がえりをうった。その肩をゆすぶって起こし、手さぐりで集めた小枝に火をつける。

「……何……？　ここ、どこだ？」

ジルは燃えさしを掲げて立ちあがった。森の中の狭い平地だった。

「どういうこと？」

丸太小屋の中にいたはず。なのに、丸太小屋も納屋も燻製小屋もない。枯れたヒースの上に敷いた針葉樹の枝の寝床、岩のあいだに焚火のあとが黒く残っているだけ。周囲の森から霧がじわじわとしみだしてきている。二頭の馬はどこかへさまよい出てしまったようだ。

と、リッチェンが叫んだ。

「ばっちゃん！　剣がない！」

ジルは新たな燃えさしを作って、リッチェンの周りを照らしたが、毛布の包みが、だらしなく脱ぎすてられた宴会の服のように広げてあるだけ。リッチェンは喘いだ。

「……あの男だ！」

すると、それに応えるかのように、森の際で音がした。二つの赤い目が光り、束の間、黒い輪郭があらわになった。人間ではない。四つ足の獣。熊のように大きいが、あの尖った鼻先、あの尻尾は――。

「クズリ……？　それも、ものすごく大っきいぞ」

「……剣を、くわえている」

柄の宝石が、自ら青白い光を発した。

「ばっちゃん……！　まずい！」

一体なぜ、とか、どうして、とか、どのように、などの思考の渦は、たちまち散りとんだ。

二人はクズリを追った。

巨大なクズリは身を翻《ひるがえ》して、霧の中に駆けこんでいく。短剣の宝石が青くちらついて、追いかける目印になる。不思議なことに、獣は一定の距離を保って逃げている。まるで彼らを誘うように。

どれほど走ったのだろう。足がもつれ、息も切れ、倒れそうになった。あたりは白々と夜が明けて、宝石の青も曙光《しょこう》に紛れてしまいそうだ。と、霧がひいていく。

背後に雪の斜面を控えた岩棚に、クズリは待っていた。リッチェンがとびかかっていくのを、ジルはよろめきながらただ見ていた。とめる声も出ない。

クズリはリッチェンの突進を難なくかわした。かと思うや、その姿は再び人間に戻って、短剣を額の高さに掲げ、鞘《さや》を払おうとした。リッチェンが喚きながらその腰に抱きつく。男はもがきながら、両肘をリッチェンの肩にぶつける。ひるまずに、リッチェンは男を押し倒す。短剣が鞘から抜け、宙を舞って地面に落ちる。男は這ってそれを手に入れようとし、リッチェンはさせまいとしがみつく。男の手と、リッチェンの指先が、短剣に近づいていく。

ようやくジルの足が動く。胸の中で〈月ノ獣〉が叫びたてる。だめ、だめ、だめ、ととめられているのか、そう、そう、そうとそそのかされているのか、まわる視界に翻弄《ほんろう》されて、わからない。ただ、あの男にも、リッチェンにも、剣を拾わせるわけにはいかない、とそれだけが一念となって、まろぶように近より、彼らの指先をかすめて、その柄を握った。

絶叫と哄笑《こうしょう》が、手のひらからあふれて、周囲の大気を吹きとばした。身体の中に三王子が侵入してきた。

——何と何と何と！　小娘ではないか！

——なぜだ、なぜだ、なぜだ！　なぜきさまが、われらを握るっ！

——自ら獲物になろうとてか。自らわれらに降ろうとてか。これはおもしろい、おもしろいっ。

——殺してやろう。なぶり殺しにしてやろう。

——いいや、こやつに殺させよ。こやつの愛するものすべてを刃にかけさせ、こやつの嘆きを見てやろう。

——はなせ、はなせっ。きさまの中にあるそやつ、われらを害するぞっ。はなせえっ。

その間に、クズリ男の顎をリッチェンが蹴りつけていた。すると、男はクズリに変身し――
今度は普通より小さい――リッチェンの手のあ
いだをするりと逃れて斜面に消えていく。
　リッチェンは殴りつけた拳《こぶし》を反対側の手でさ
すりながら起きあがり、短剣を握るジルを目に
して、あんぐりと口をあけた。
「ばっちゃん……正気か？」
　ジルには答える余裕などない。爪先から頭頂
部へ駆けあがるムルツ、右手から胸を貫いて左
手に走っていくカルツ、二人は今度は逆に動き、
何度もそれをくりかえす。テーツは腹の中を暴
れまわり、だまになった蛇の群れさながらだ。
ジルはおのれを奪われまいとして、どうしてか、
短剣をさらにきつく握りしめる。
　罵声《ばせい》とともにリッチェンがとびかかってきた。
腕にしがみついて、短剣をもぎはなそうとする。
ムルツとカルツが心の臓のあたりでかちあい、
ジルは身体をよじる。
「ばっちゃん、指を！　指をひらけっ。剣をは
なせっ」
　二人は地面に倒れる。ジルはとっさに腕をの
ばし、リッチェンに触れないように短剣から距
離をとるが、はなしはしない。
「何やってんだ、ばっちゃん！　そいつをはな
せってば」
　短剣は彼らの憎悪の容れ物だが、それをはな
したら、三王子は自分の中にとどまる。今度は
ジルが彼らの容れ物と化すだろう。稲妻《いなずま》のよう
に暴れている黒と金の彼らを、短剣の中におし
もどさねばならない。
――それがわたしのなすべきこと。
〈月ノ獣〉が叫ぶ。嘴《くちばし》を天にむけて、夜鶯《ナイチンゲール》
のさえずりを高らかに。
　すると三王子の影がちりぢりになる。一瞬だ
け。ゆらめいたかと思うや、胸のあたりで合体
する。〈月ノ獣〉は再びさえずる。黒と金の影
はほんの少したじろぐが、
――孤高のイリーアが、何を騒ぐか。
――たった独《ひと》りで何ができよう。
――われら三人の恨み、憎しみに勝てるものか。

と嘲笑《ちょうしょう》する。

ジルはぎりっと歯噛みした。リッチェンの腕をかいくぐって四つん這いになる。

「たった独りでも、憎しみの深さはあなたたちより深い」

――独りでも、できる！

〈月ノ獣〉の高らかな声に励まされて、ジルは頭をあげる。睨《にら》みつけるが、三王子の影はびくともしない。それでも、何とか立ちあがった。

「……それに、あなたたちが決して味わうことのない哀しみを知っている」

そう告げて、よろめきながら一歩進むと、相手は思わず一歩退く。

黒い火花をぱちぱちとはじけさせて、三重唱の声が、

――それが何の糧となるかっ。憎しみと支配欲が、力の源ぞ。

と喚いた。しかしその嘲笑には一滴の不安がまじっている。

「この哀しみは、喪失の哀しみ。人を大切に想うことから生まれた」

――独りでも、おまえたちを追い払う！

〈月ノ獣〉がつづけざまに叫ぶ。もはやさえずりではなく、威嚇《いかく》の叫び。

――さあ、ここから出ていけ！　この身体は、わたしのもの！

三王子はたじろいだ。〈月ノ獣〉の魔力が圧倒し、ジルの喪失の哀しみ――それは、銀色の靄《もや》となって彼らをとり囲み、追いたてていく。

あと少し、というところまで追いつめたとき、指に激痛が走った。ごめん、ばっちゃん、と響いたのはリッチェンの涙声、彼の踵《かかと》が三度、右手を踏みつけた。やめて、リッチェン、これをはなしたら、わたしは三王子に乗っ取られる。そう叫びたかったが、悲鳴を一つあげたあとに、とうとう指をひらいてしまった。

三王子の背後に、扉がしまるように空虚な壁がおりた。逃げ場を失った彼らは、喚きながら、右往左往した。が、まもなく、より集まって、竜のようなものになった。歪んだ骸骨に蛇の頭

を生やして、背中にはコウモリさながらの翼を生やしている。それでも、かっとあいた口には何重もの牙が並び、貪欲な光を放っていた。

——おまえを食ってやる。のみこんでやる。われらの中にとりこみ、おまえの殻をかぶって、この国を乗っ取ってやる。

咆哮《ほうこう》とともに、襲いかかってきた。

ジルはいまだ痛みにさいなまれている。すると、〈月ノ獣〉が、銀色の靄を吸いこんで自らを変身させた。それは、三王子が作った短剣と寸分も違わぬ剣、ジルの憎悪と悲しみで鋳られ鍛《きた》えられた剣だった。半ば目をつむりながら、ジルはそれをつかみとった。〈月ノ獣〉とジルが混然一体となった。

短剣を構えたその瞬間、三王子の竜が自ら飛びこんでくる。

絶叫はあがらなかった。ただ、急所を刺されたもの特有の、ぐ、とつまった音が伝わってきた。するとそれまでひとかたまりだったものがほどけ、黒と金を抱きながら、三本の紐状に変わった。それらは互いにからまりあって螺旋《らせん》を作った。しばらくのあいだ、からまりあいながら、もだえていた。上へ行こうとしているのに、昇ることかなわず、古びた縄さながらに墜落して、蛇だまりに変じ、再び紐となってからまりあい、上昇しようとあがいていた。しかし、渦を巻くに従って徐々に腐っていき、螺旋もほどけていった。もはや蛇の体《てい》もなさず、ぼろぼろに崩れて、断片となっていく。

——殺すものは、殺される。こやつらも。わたしも。そなたも。

覚悟は良いか、と〈月ノ獣〉が尋ねているのだ、と悟った。その直後、大地がゆれ、岩棚に亀裂《きれつ》が入った。足元に深い闇が口をあけ、ジルを吸いこんだ。ああ、と落ちかかりながらジルは思った。これは、九歳のときと同じ。〈スナコガシ〉に喰われるときが、再びめぐってきたのだ。

ジルはほっとしていた。もう、殺すことがない。誰をも。

これでいい。独りで逝《い》く。理《ことわり》のとおりに。

ばっちゃん、とリッチェンの声がした。同時に、額の左側を、ぱしっと何かで叩かれた。腰帯が腹の下でしまり、えずきそうになった。足の下には深淵が黒々と広がっていたが、彼女は宙にとらえられていた。縁から身をのりだしたリッチェンの手が、〈スナコガシ〉の骨を入れていた小袋をつかんでいる。小袋の紐はジルの帯にくくりつけられ、しかし、いつほどけるか、切れるか。

トゥッパが急降下してきて再び額を叩き、

「シッカリシロ、コノバカ者」

と、父の声で叫んだ。

リッチェンの隣にカルステアが顔を出した。なぜここにカルシーが、といぶかりながらも、必死に片手をのばす。リッチェンが小袋をひっぱる。ジルの手首をカルステアが、次いで小袋をはなしたリッチェンが、力強くつかんでひきあげる。小袋は帯からはずれて、くるくると舞いながら底知れぬ暗黒へと墜ちていった。

再び大地に這いつくばった。岩のかすかなぬくもりを頰に感じる。リッチェンとカルステアが泣き笑いしながら横たわっている。

「助かった……トゥッパのばっちゃん……。よくここがわかったね」

「まったく……。カタリ方面に行こうとしたら、トゥッパがね……そっちじゃない、ハスト山の方だって、わめきちらすし。獣道たどっているあいだじゅう、速く、速くってさ、うるさくせっついて……、ふう、でも、まにあった……も う、山登り、たくさんだわ」

それをどこか遠くに聞きながら、ジルは、目をぎゅっとつむっていた。二人が、ううん、トゥッパも入れて三人が、わたしをひきあげてくれた。

〈月ノ獣〉はずっと、

――独り、

と唱えつづけてきたのに。確かにそれは真実だろう。生まれてくるのも死ぬのも独り、深淵に落ちるのも独り。だけど、リッチェンとカルステアがわたしをつかまえ、わたしも二人の手にしがみつき——。

あきらめかけたとき、何度もリッチェンが、「ばかばっちゃん」と罵《ののし》ったことを思いだした。父を喪《うしな》い、ヴィーヴィンたち仲間を失ったとき、ジルも罵った。なぜわたしをおいて、逝ってしまったのだ、と。

ああ。

これはわたし一人の生命ではないのか。

——自分独りのもの
のように見えるが、そうではないのか。生命あることで、多くの人々の助けになり、喜びを与え、またその逆も。助けられ、喜ばせてもらう。生命を失くすことで多くの人々に哀しみと思い出と喪失感を与え、またその逆も。いてくれたら、とジルは願い、遺されたものを愛おしむ。

そのようにして、たくさんの人々とつながっているのか……。

全身に銀の光が満ちてくる。いまだ地平線の下にある月の存在を感じる。足元に横たわる大地の鼓動を感じる。たくさんの人々との交流がよみがえってくる。あたたかいもの、辛いもの、恥ずかしいもの、心を刺すもの、後悔でいっぱいのもの、屈託のない笑いに満ちたもの。ジルは微笑む。哀しい笑みだ。手には槍を持っている。頭には兜《かぶと》、長靴も籠手《こて》も脛当《すねあ》ても装飾胴衣《セテン》も銀に染まって……。

すると、剣に姿を変えていた〈月ノ獣〉が、

——違う、違う、違う！

と喚いた。人々の姿が遮断され、銀の女の影が薄くなる。

——人は独りだ、生きるも死ぬも常に一人、絶対の孤独に縛られて、おまえはただ独り、助けてくれる者はおらず、おまえもまた、助けを求めず、誰にも理解されず、独りで生き、独りで死を迎えるのだ！

恐怖と不安の光をまきちらし、その切っ先で何度もジルの内側を突き刺した。しかし、もう、ジルは痛みを感じなかった。それは、真理では

ないよ、〈月ノ獣〉。孤独から生まれたかわいそうなイリーアよ、真実の一片ではあるけれど、わたしのすべてをおおいつくすものではないよ。

そう囁くと、〈月ノ獣〉は、これまでにない、甲高く長い叫びをあげた。絶望に満ちた叫びだった。それは山々のあいだを走り、暮れゆく西の空からこだまとして戻ってきて、月の出現する東へと大気を裂いていった。

同じような絶叫を耳にしたことがある。ああ、あれは、〈真実の爪〉が消滅したときだ……。そうか。〈月ノ獣〉が消滅する。真実であり、真理に限りなく近いが、真理そのものではない、とわたしが気づいたから……。〈月ノ獣〉の囁きをのりこえるものを手に入れたから……。

とたんに、国中の人々の姿がどっとおしよせてきた。ハストでウシュル・ガルの再臨に備えている人々――ヴィスマン、フレステルⅢ世、ヒュルゴ中将や兵士たち、避難する人々を励ます大公妃、マステル銀を用意する鍛冶屋たち、燃えにくい加工をほどこした帆布を家々の屋根にかける大工、それを指揮する親方たち、中にはロウラもいる。シュワーデンとヘレニは、鐘《しょう》楼《ろう》の上で、こちらを向いて祈っている。ギオンやフォーリたちも、それぞれの場所で護りをかためている。

リーリの町では、水車小屋の下で、ナイサンが空を見あげていた。モルルはブリルの自宅でぶつぶつと呪文を唱えている。センの町では、〈ウロネコ〉を抱きしめた孫娘を、ブルリスが怖くないよと励ましており、セレでは兄夫婦がいつもどおりの暮らしを営んでいる。オーカル湖上には小舟がうき、シークルでは次兄リッチエンが食料庫を調べ、カラドでは西から来る交易船を迎えいれる準備をしている。

〈ハスト海〉の南側に〈海竜王〉が波をかきわけ、北側に〈氷熊〉が仁王だちになっている。国中の灯台が、東側から順々に灯を灯しはじめ、月が力のない光をはなちながらあがってくるところだ。

ジルの瞳に月の光が射しこんだ。それは、

〈月ノ獣〉が巣くっていた間隙を埋めるように彼女の中に満ちていった。父の顔が思いだされた。ペネル、ヴィーヴィン、マコウィ、ネアニ、ミリアンの顔、戦いで散っていった人々の顔、そうして、会ったこともないはずのガレー船の漕ぎ手たちの顔までも。

　ジルはそれと知らずに立ちあがった。すると、足元にひらいていた淵はとじ、亀裂のあともなくなった。膝だちになったリッチェンとカルステアが目をみはる前で、ジルの足はマステル銀の長靴をはいた。マステル銀の繊維――ありえない！――で織ったズボンに装飾胴衣《セテン》とマントをつけ、手には槍、頭には兜、深い針葉樹色の目にも銀の月光が宿り、もったいぶって昇ってくる月と感応する。

　遠く、ハストの鐘楼から、シュワーデンとヘレニの視線が届く。二人は思わず抱きあって、囁く。

――〈月影ノ乙女〉！

　するとその囁きは、水面に落ちた水滴が作る波紋のように、大地に根ざすすべてのものに共鳴していった。

　木々が枝をゆらし、草花はお辞儀をし、石も山も海の砂も川や湖の小波《さざなみ》も、こぞって身じろぎした。

　呟きが木の洞《うろ》の中の栗鼠《りす》やヤマネや〈ウロネコ〉に届き、頭をもたげて上空を仰ぐ。幹の後ろや石の下や草裏にひそむ虫たちも、もぞもぞと這いだしてくる。生き残っている〈コノハウラ〉や〈ミチオシエ〉、〈バンザイウサギ〉、〈災ヒノ口〉といったイリーアたちも、森や水路や原っぱからそっと姿をあらわす。竈《かまど》の中で〈ホットイテ〉が鳴きはじめ、〈聖ナルトカゲ〉はしゃぼん玉を吹くのを忘れて、〈ツバサダマ〉とともにじっと何かを待つ風情。

　海辺の苫屋《とまや》で、川の舟小屋で、町や村で、国中の人々が、路上や丘や海の上にいながらにして、畏《おそ》れと不安と期待を抱いて、ジルを視る。

　ジルは、口元の緊張を解いた。今思えば、こうなることは、薄々感じていた……。暗路を独りで歩まねばならないと悟ったあの九歳のころから、知っていたように思う……。

「〈月影ノ乙女〉って年でも柄でもないけど」

そう自嘲《じちょう》したが、身体中に力が満ちてくるのを感じる。フォーリの魔力に似ている。大地から注ぎこまれたやわらかい力だ。マステル銀と月光を溶かしあわせたような色合いで、ジルのこわばった筋肉と骨をのばしていく。こめかみに居座っていた重しがとれる。目の下に宿していた老いの影が消えていく。明晰にものが見える。土くれの粒一つ一つ、岩の筋模様の走るさま。血のめぐりが昔のようによくなっていく。

そのとき、こうなるようになっていたのかもしれないと、思った。〈十三ふりの剣〉号に便乗したときに、〈氷熊〉や〈海竜王〉には意図があるのではないかとふと疑った。それは、彼らのまきちらす霧やら氷やらに幻惑されて、確とした形にはならなかったものの、不思議ではあった。今ふりかえると、彼らがハスト山の麓《ふもと》に導き、〈霧虎〉と、邪《よこしま》さを装ったクズリ男が岩棚に誘いこんだような気もする……。〈月影ノ乙女〉に関する伝承も、もしかしたら、もともとは予言であったのかもしれない……。わたしは彼らの意図にのせられてきたのだろうか。

すると、かつてシュワーデンと語りあったときのことがよみがえってきた。

予言や予知は、あくまで不確定なものであること、幻視は現在に基づいてえられること、従って、今を生きる者の行動や志ひとつで、いかようにも変化していくこと……そんな話をしたのではなかったか？

――ソウ、ココニ至ッタノハ、ソナタガ〈月ノ獣〉ニ屈シナカッタカラダ。

父が肩に手をおいて言った。いや、これはトゥッパが肩に乗って言ったのか？

――サア、ソナタハ、コレカラドウスル？

視界が広がり、気がつくと、眼前の岩山の上に、満月が君臨していた。その月をウシュル・ガルの蛇が穢《けが》しているのだが、澄んだ目で見れば、蛇はただしがみついているにすぎない。それでも、月の力を体内にとりこんで、翼を広げて、今しも、一直線に降下してくるところだ。黒と金の目は、憤怒にまたたいている。三王子の影が消滅したことを悟ったのだろう。憎悪と月光に身を任せて、かっとひらいた顎には鋭い牙が光る。

ジルは立ちつくしていた。

どうする？　と父は聞いた。

あれは父の仇《かたき》、人々の仇、国の仇。〈月ノ獣〉であれば、

――滅ぼしてしまえ！

と叫ぶだろう。

――滅ぼせば、憎悪も消える！

と。確かに。ウシュル・ガルの憎しみも、ジルの憎しみも、消えるかもしれない。死によって、決着がつけば、終わりにできるかもしれない。

だが、ジルの心の奥底には、憎しみよりも深く彼女を傷つけている罪悪感が居座って、たとえ彼女が勝ったとしても、その罪悪感は、決してなくならず、何かを、そう、ジル以外のものをも、傷つけつづけるだろう。

フォーリが、戦力として禁じられていたのは、そういうことだったのだ。そうして、傷ついたフォーリが力を失うのは当然のことだ。人を殺したフォーリが、悲しみから逃れえず、自身をさいなんでいくのは当然のことなのだ。

ジルにはもはや魔力は残っていない。ただ、与えられたマステル銀の槍をふるえば、蛇を滅ぼすことができるかもしれない。迷っている余裕はない。

槍を握りしめた。あれを滅ぼさなければ、人人が苦しむ。同じあやまちをくりかえすことになっても、あの昏《くら》い淵に堕ちることになってもいい。わたしはしなければならないことをしよう。

蛇は背を丸くして、最後の跳躍をするつもりだ。そのとき、その背骨のすぐ下で、鱗《うろこ》をとおして何かがきらめいた。

父の槍先のマステル銀。

〈月影ノ乙女〉の声が、兜の中に響きわたった。

——大地の力。人々を生みだしたハスティアの力。わたしと、そなたを結びつけた月の力。それらすべてをひとつに。それらすべてがひとつに。ひとつに。

両手が自然に動いた。槍の柄を握りしめ、高高と掲げる。月がひときわ大きくなった。蛇の中のマステル銀が呼応した。

月と、マステル銀と、ジルの槍先の光が、一直線につながって輝きをはなった。

その輝きは、幾重もの同心円の波紋を生みだした。そうして、大地の上に広がっていく。二度、三度。七度、八度。人々の祈り、おのれを護り、互いを護り、国を護りたいという願いが、波紋にからめとられ、同調し、広がって、満ちて、円蓋となってふくらんでいく。

月神よ、穏やかな日々を、怯えることのない朝を、不安にさいなまれることのない夜を与えたまえ。愛するわが子を護りたまえ。父と母を護りたまえ。仲違いしていた兄弟をも護りたまえ。憎いと思っていた、蔑《さげす》んでいた、いなくなったらどんなにせいせいするかとその死までを望んでいた、あの人をも護りたまえ。

すると、月が歌いはじめる。波状の振動が伝わってくる。嚆矢《かぶらや》にも似た音響が、あたりを満たしはじめる。

蛇はその音に身をよじった。翼もねじり、逃げ場を求めて目をさまよわせた。彼にあれほど力を与えた月が、反旗を翻した。何ということだ、大地と共鳴して、彼を痛めつける。

頭が破裂する。この響き、この光は、だめだ。どこか——どこかにないか。音のしない場所。波動の起きない場所、月光の届かぬ場所は。

北方で〈氷熊〉、海上で〈海竜王〉が雄叫びをあげた。ジルの立つ岩棚の後ろで、〈霧虎〉も吠えた。共鳴はさらに重なって、大地も震動した。海底や、マステル山脈、サップル山地でも、火山がとどろいて噴火し、三重四重の波動を生みだしていく。その波動で月もさらに震え、蛇を圧迫し、苦痛で満たし、追いつめていく。

どこかに身を隠さねば。朦朧としながらも、蛇は逃げ場をさがす。

大地の上にはない。山々は肩を怒らせ、平地は波うって威嚇している。

海の上にもない。荒ぶる波の波頭一つ一つに、月の歌がはじけ、ゆらぎ、得体の知れないイリーアなる獣のように反射している。

どこだ、どこにある、余の安らげる場所は。いずこぞっ。

頭をふりたて、視線をさまよわせ、ようやく逃げ場を見つける。あそこだ！

月のむこう、力なく星々がさまよう暗黒。おお、そうだ、あの闇、あの深い暗黒こそ、余にふさわしい。おお、あの虚空《こくう》、あの絶対の無の中、あそこなら、音も届かぬ。身体中の骨という骨、肉という肉、血の一滴一滴にまで響いてくるこの波動もない。

ウシュル・ガルは、高らかに歌う月から、ただただ逃れようと、闇の方へ、闇の方へと飛んでいった。

その姿がミミズの大きさになり、毛糸の太さになり、ひとすじの糸に変わっていく。それも、しばらくののちに、虚空に溶けたように見えなくなっていった。


やがて、ひそかな、溜息《ためいき》めいた静けさが漂った。それでも、いまだ月と大地は震え、人々も生きものも身をよせあってただ祈り、ジルは、槍にすがるようにして立っていた。

真の静寂が訪れたのは、月が、満腹の獅子さながらに悠々と西の空へ去っていき、曙光が、東の空にかすかなきらめきをもたらしたころだった。

風も吹かず、物音ひとつしない中に、くたくたとジルが倒れた。もう、〈月影ノ乙女〉の装束は消え去って、ただ、名残として、銀に染まった髪が大地に広がっていた。

すわりこんでいたリッチェンとカルステアが、近づいてきてゆすぶった。その身体は冷たく、息をしていないように思われた。リッチェンが、両肩を抱き、カルステアは手を握りしめ、涙をこぼしながらジルの名を連呼した。

　その嘆きは、さっきの余波のように山々をわたっていき、〈熱き海〉の火口から火口へと弄《もてあそ》ばれていたムルツの骸骨にまで届いた。骸骨は、一瞬ほくそえんだようだった。しかし、その笑いに細かく罅《ひび》が走った。彼はあっというまに、砂より細かく砕け散り、潮に流されて拡散し、幾つもの火山の口にのみこまれ、とかされていった。

27

ジルは銀の光に包まれて、窓辺に置かれた椅子にすわっている。セレの領主館からほど近い丘の上、一月で建てられた隠居所に、恭しく案内されてから一年か二年か。珍しく暑い夏が終わり、秋もたけなわ、梢《こずえ》にはセキレイが鳴き交わして追いかけっこをしている。だがジルの目はうつろ、ときの流れからも、人々の話しかけてくる声からも、離れた場所をながめている。

すぐ隣では、カルステアが糸車をまわし、ときおりやってくるリッチェンが、インクのついた指で編棒を動かす。彼のつれてきた野良猫数匹がジルの足に頭をこすりつけ、忠実な犬のロスカが膝の上にそろえた指を鼻でおす。しかしジルは、そこにはいない。

あの岩棚で倒れたジルに、リッチェンは癒しの魔法をありったけ注いで、自分も昏倒《こんとう》した。カルステアとトゥッパに介抱されて一命をとりとめ、彼らをようやく探しあてた連隊——フォーリたちの弱い幻視をかき集めて、居場所の見当をつけたヴィスマンの指示——によって助けだされた。しばらくハストで養生したあと、人人の感謝と憐憫《れんびん》に満ちた目に見送られながら、この隠居所につれてこられたのだったが。

フレステルⅢ世は、国を救った〈月影ノ乙女〉に、あらゆる援助を惜しまぬようにと命じたが、リッチェンとカルステアが彼女のために求めたのは、静かでありながら、満ち足りた家を一軒、というものだった。ジルもそう望むだろうと考えたからだ。

それでも、はじめのうちはひっきりなしにいろんな人々がやってきた。中には、見舞いと称しながら、商売や権力を得るのに利用できないかと下心をもつ者や、ただ物見高く、噂好きなものもいた。しかし、一年たち、二年たつと、たまにフレステルとヴィスマンの使いの者や、かつてのフォーリ仲間がやってくるだけとなった。

　その晩秋のある日。遠くハストから、はるばると、シュワーデンとヘレニがやってきた。海の匂いと落葉の匂いをまとって、すっかり元気になったヘレニのスカートの後ろには、七、八歳の男の子がくっついていた。その腕の中には、そろそろ歩きだそうという幼な子が抱かれていた。

　ふっくらとした頰をつつきながら、カルステアが尋ねる。

「お名前、何というんでしゅかぁ」

　するとヘレニが、誇らしげに顔を輝かせて、

「ジラネラ……ジルよ」

と答える。いつも不安に怯えていた幻視者は、もうそこにはいない。

「知ってる？　今、ハスティア大公国には、ジルって名前の女の子がものすごくいっぱいいるのよ。さすがに、ジオラネルは畏《おそ》れ多いっていうので、少し変化させてね」

　すると、ヘレニの目とシュワーデンの髪をした小さいジルは、身体をよじって下におりたがった。母親からそっと椅子のそばにおろされた幼な子は、椅子の肘かけをつたい歩きしながら、ジルの膝に海星《ひとで》のような手をおいた。愛らしい金の斑《ふ》を散らした茶色の瞳でジルをのぞきこみ、

「オッキ！」

と言った。両親は顔を見あわせて、

「今、何て言った？　オッキって言ったか？」

「マンマ、の他に、言った！　はじめて！」

　親馬鹿に手をとりあって喜ぶその最中にも、小さいジルは肘をたてて体重をかけながら、

「オッキ！　オッキ！」

と連呼した。

〈霧虎〉の白い霧に囲まれて、ジルはハスト山の山頂に佇《たたず》んでいる。いつからここにいるのかは、思いだすことができなかったが、ハスト山の山頂であることはどうしてか、わかっていた。

　いまだ〈月影ノ乙女〉の装束のまま、両足を

ひらき、槍を立てて、さながら大地の番人のよう。頭上に動かない満月があって、その力を感じる。

わたしは、月と大地をつなぐ樹なのだろうか。血液をめぐらせる管は、両者のつながりから生まれる魔力をもめぐらせている。月へ、自分へ、大地へ、と大きな循環が生まれている。

霧が、翼めいた両耳をもつ〈海竜王〉の形をとって、ジルに問いかけた。

——そなた、どうしたい？

どうしたい、とは何のことだろう。

〈海竜王〉は氷粒を身体中にびっしりと生やした〈氷熊〉に変化して、

——ずっとこのまま、力のめぐりを感じているか？

と尋ねた。ジルはぼんやりと、そう、それでもいい、と答えようとした。森の樹ならばそのように思い、感じるだろう。思考が動いたのがきっかけになったのか、すべてをゆだねきった状態から、ほんの少し目覚めた。

そう、それもいいかもしれない。

あらためて思ったとき、〈氷熊〉は凝縮してクズリになった。牙をむきだし、獰猛《どうもう》な顔つきを見せる。

——殺すものは、殺される。おまえ、去《い》ぬるか？

ああ、そうだ。わたしは犯した罪を背負って、逝《い》けば良いのだ。殺す者は殺される。その理《ことわり》に従おう。

すると、

——ばかばっちゃん！　何、あきらめてんだよっ。

いまだ少年のリッチェンの声が響いた。するとその声は、血液の赤い一粒一粒となって身体中にしみていき、かえす波となって心の臓におしよせてきた。

——生命とは、個人のものであるように見えるが、すべてのものの財産なのだ。

父が言う。

つづいて、ヴィーヴィンのやわらかい声が言う。

――罪など、多かれ少なかれ、誰もが背負っている。背負って生きるのは、より困難な道ではあるが、あえてそれを選んではみないか？

――しっかりしなさい、セレのジオラネル！

ハストのペネルのマステル銀の声が叱咤《しった》し、

――起きなさい、ジル。

ネアニとマコウィの声が重なり、それは少しずつ舌足らずの幼い声に変わっていき、

――オッキ！　オッキ！

……とたんに、〈霧虎〉が身をふるわせた。白い霧は一瞬でかき消え、ジルはハスト山の山頂で月と大地をつないでおり、昼と夜が二呼吸で入れかわる中、この国の全土を視界におさめていた。西はリーリから、東は風の丘の村まで、北はカラドから、南はスパッタ岬まで。人々は耕し、商い、船を漕ぎ、創り、掘り、建て、歌い、奏で、描き、学び、教え、統治し、泣き、怒り、笑い、哀しみ……。

すべてがジルの中にあった。その一方でジルはすべてに拡散し、凝縮していた。

それを感じた直後、身体中に満ちていた魔力が、さながら流星のように四方八方へととびだしていった。

国中の家の軒下に、〈聖ナルトカゲ〉が次々にぶらさがった。玄関では、大気をはじけさせて〈ツバサダマ〉が生まれた。竈《かまど》の中にはひっそりと〈ホットイテ〉が住みつき、木の洞《うろ》では〈ウロネコ〉が仔を産んだ。砂浜では〈スノコガシ〉が炎を吐き、草原には〈バンザイウサギ〉と〈災ヒノ口〉がひそみ、〈コノハウラ〉は森の中で誰かが通りかかるのを待っている。〈迷いの水路〉で〈ミチオシエ〉が虹色に浮遊し、〈イナヅマウオ〉は稲妻《いなずま》にのってやってくる……。

ジルの周りをとり囲んでいた銀の光がゆらいだ。小さいジルは、さらに手をのばし、膝をもちあげて彼女の上によじ登った。そうして、遠慮なく両手でその頬をはさむように、ぺちぺちと音をたてた。

「オッキ！　オッキなの！」

幼いジルににこにこと見守られながら、ジルは目覚めた。かつて〈月ノ獣《けもの》〉がすんでいた空洞には、幼な児の光の声が満ち、じんわりとあたたかい血を身体のすみずみに流してくれる。銀の光は彼女の瞳の中に、導く者のしるしとして刻まれた。

彼女は微笑みをかえした。両手をのばして幼な児を抱きしめ、しゃがれた声で答えた。

「はい、はい。おっき、しましたよ」

窓の外でセキレイが、こんな声でさえずるのかと、びっくりするような歌をひとふし歌って飛びたった。

いまだ笑いをはりつかせ、手をとりあったままで、凍りついているヘレニとシュワーデンにむかって、ジルはかすかに口元をゆるめて宣言した。

「この子、癒しのフォーリになるよ」

「ばっちゃん！　そこ、危ないって。落ちたらどうすんだ」

リッチェンが叫ぶ。ジルは、隣を手で叩いて、登ってこいと示す。彼はぶつくさ言いながらも、軽々と足がかりをとらえて、すぐに隣に腰をおろした。

頭上には煌々《こうこう》と冬の月、かつてあばら屋があった足元は、整地されて薬草畑になっている。大岩の上にすわっている二人の目の高さに、館の細長い窓が並んで、月光を反射している。

「ばっちゃん、寒くないか」

「寒いけどね。一目、全体をとらえたくてね」

「ここに、あんな建物が建つなんて、誰も思わなかったからなあ。びっくりだ」

正面に大きな切妻屋根をもった玄関、その左右に三階建ての棟と五階まである塔を備えたハスト様式の、新しいフォーリ訓練所である。

銀の光の中から目覚めたジルは、十日ほどぼんやりとした様子で、周囲の者をやきもきさせた。話はするし、自分の意思で動きはするものの、空中を浮遊しているような足取りで、危なっかしかった。十日をすぎたころになって、ようやくいろいろな質問をしはじめた。

「月は？」

「今、ハストはどうなっているの？」

「国全体は？」

カルステアとリッチェン、それに長兄グロガスが、かわるがわるに説明し、補足しあった。月は昔どおりに輝いていること、イリーアたちも少しずつ数を回復させていること、町や村は復興しつつあること、ハストの大公宮や橋はもうすでに建て直されて、前に比しても見劣りのしないこと、などなど。

「〈三本の柱〉を得て、わが大公国は、見事に立ち直ったよ」

と、グロガス。

「〈三本の柱〉？」

「フレステルⅢ世、宰相ヴィスマン、それにマナラン大公妃」

「マナラン大公妃が？」

森の宿屋で、腰が痛い、と泣いていた印象が強いので、ジルは目をみはった。ああ、そういえば、図書館と大学を新築する進言をしたのは、大公妃だった、とおぼろな記憶がよみがえってくる。あのころ、ジルは自分のなすべきことや戦《いくさ》のことで頭がいっぱいで、彼女がしていることに意識がむかなかったのだ。

「竜の襲撃の際には、物資供給や炊き出しで、大活躍だった、と。その後も、母国アトリアには、他愛のない情報を小出しにする一方で、ハスティアの盤石ぶりを喧伝しているそうだ」

「アトリアの体制が体制だから、その程度のおつきあいにしておくのが一番かしらね。でも、マナラン妃は、民のためになるものを信頼できる筋に送っているようよ。安い香茶や薬草、マステル銀の工具や農具なんかをね」

「変わられたんだ……」

「そうよ、みんな少しずつ変わっていく。あんたも、あたしも、ね」

そこへ、リッチェンが口をはさんだ。

「公太子が決まったんだぜ、ばっちゃん」

「公太子が？」

「うん、フレステルI世のひ孫で、前大公の従姉妹の孫だってさ。お披露目パレードがあったんだぜ！　十九歳だっていうんだけど、十五、六にしか見えなくてさ、かっわいいの！」

「ここだけの話、あまりいい育ち方はなさっていなかったらしく、幼さが目だつ君だが、マナラン妃が自ら教育係を名乗りでたそうだ」

グロガスがかすかに口角をあげて言った。

「アトリアをうまくいなしながら、フレステルやヴィスマンの理想とする考えを伝えはじめている、と領主たちのあいだのもっぱらの噂だ」

「すごいわね……」

森の宿屋で感じたことを思いだした。こんなのが、と、薬草を湯にくべながらがっかりしたのだった。決めつけるな、とシュワーデンに叱られていたのに、マナランに関しては、そうできなかった。

忸怩《じくじ》たる思いで、重ねたおのれの手に目を落とす。

しばらくの沈黙のあと、カルステアが言った。

「フォーリたちの魔力は失われた。今じゃ、市井の人たちの方が、軽い魔法を使っているのよ」

「それで悪さするやつもいてね、ヴィスマンは頭を悩ませているよ」

ジルは銀の目――マステル銀と月光をあわせたような、とらえどころのないやわらかな色――をリッチェンにむけて、

「でも、ここに、フォーリがいる……リッチェンは、力を失ったの？」

「おれ？　おれは変わらないよ？」

「リッチェンと同じように、魔力をもっている人が、もっといるんじゃないの？」

カルステアとグロガスは顔を見あわせた。

「いる……かも……」

「セレにいると、あまりそういう情報は入ってこないが……」

「でも、以前、シュワーデンがこぼしていたよね。一般の人たちでフォーリめいた魔力をもつ

のがぽつぽつ出てきていて、訓練したいんだけど、できないって……」

「どうして、できないの？」

「おお、ジル。あんたがあっちの世界にいるあいだに、教師たちは皆、隠居しちゃったのよ。ギオンでさえ、年老いたって言って、故郷に帰っちゃった。昔のフォーリで残ってんのは、シュワーデンとヘレニとあと三、四人。それじゃ、ハストの訓練所もたちゆかない」

「……三、四人。その人数、ここでなら、教え導くことができるね」

カルステアとリッチェンとグロガスは一様に絶句した。二呼吸してから、ようやくリッチェンが言った。

「ばっちゃん……何考えてる？」

ジルはにっこりしたが、そんな笑みを見せたのは、ついぞなかったことだった。

「新しいフォーリをちゃんと訓練するの。あんたたちとわたしで。新しい徽章《きしょう》も作る。〈真実の爪〉がわたしたちにしたような、力を失う、なんて脅しはなしで。かわりに罰則を設け、懲罰専門の執行機関をおく。シュワーデンとヴィスマンに頼んで、国中に広報を出してもらう」

「新しいフォーリ、ですって……？」

「わたしたちの時代は終わったけれど、カルシー、次の時代がきている。静かに、ね。これからどんどん、癒しと共感のフォーリたちが生まれてくる。焼け野原に新しい芽が生えてくるように。大地と月は、そんなにやわじゃないってことだよ」


……あれから二年。

新しい訓練所は、リッチェンの強い希望で、風の丘――国の最も東端の村、リッチェンが少年時代をのびのびとすごした場所――に建てられた。壮麗な三階建て、訓練生と教官の宿泊施設も備わって、物資も不足ないこの気配りは、フレステルⅢ世とヴィスマンの賛意と期待を示している。

すぐ裏には港も整備されて、多くの船が寄港するようになった。〈十三ふりの剣〉号を新調した船長たちもよくやってくる。村はふくれあがって西へ西へと店や宿屋が建ち、特産品として編み物を売りだしはじめている。

訓練生は冬のおわりあたりに、国中から集ってくるはずだった。教官は、ハストをひきはらったシュワーデン、ヘレニ、引退した数人と、ここにいるカルステア、リッチェン、ジルの三人。

ジルは大岩の上で月を見あげ、銀に輝く野面と水路に視線を移し、ふう、と息を吐いた。空っぽになった胸の内が、子どもたちの喧噪に満たされる日が、まもなくやってくるのだろう。楽しみのようでもあり、億劫《おっくう》なようでもある。

「新しいフォーリの掟は、リッチェンおじさんが書いてくれるんだって？」

「そういうのが得意だから」

「執行機関は、ヴィスマンが人員を手配してくれるって？」

「そちらは、執政に任せることにした。とてもそこまでは手がまわらないもの」

「おれ、一番はじめに逮捕されそう」

ジルはにやりとした。

「リッチェンは、後進を育てることに専念しときなさい。くれぐれも、悪いことは教えないように」

「……だな」

その一ヶ月後、港から、水路から、若者たちが集ってきた。親兄弟に付き添われて、あるいは旅の仲間とつれだって。みな、顔を輝かせて。

訓練所の軒端には、〈聖ナルトカゲ〉が百匹近くぶら下がり、ひっきりなしにしゃぼん玉をふいている。しゃぼん玉は海辺の風に飛ばされて、四方八方へと散らばっていき、家々の玄関に猫と一緒にひなたぼっこをしている〈ツバサダマ〉の上ではじける。あるいは、ヨシキリと一緒に葦《あし》の茂みにひそんで、あることないこと噂話を囁《ささや》く〈災ヒノ口〉にくっつく。放牧場のまん中で、人を脅かそうと待っている〈バンザイウサギ〉の上で渦を巻き、居場所を暴露してしまう。
海はたゆたい、月はひっそりと浮かび、大地はゆったりと横たわっている。
静穏に、寿ぐは、平和。

解説

小出和代

誰にも理解してもらえない。気づいてくれる人がいない。自分だけが世界から切り離されて独《ひと》りぼっちだ、と思ったことはないだろうか。

本書『月影の乙女』の主人公ジオラネル……ジルは、九歳のときに、「私は独り」だと強く思ってしまった。ちょっとした度胸試しのつもりが、〈スナコガシ〉の穴に落ちて死にかけたのだ。助けてと叫んでも誰にも届かないし、届いたところできっと間に合わない。その恐怖と絶望が引き金となって魔力が暴発し、結果、罪のない〈スナコガシ〉を犠牲にしてしまう。

ジルは深く反省して、もう二度と誰も傷つけないと心に誓った。そしてこの思いは、家族の誰かが分かってくれて、寄り添ってくれるに違いないと無意識に信じていた。だから、そうではないと気づいて、ひどい孤独感に襲われる。

やがて「独り」と鳴く〈月ノ獣〉と、銀の鎧《よろい》をまとった〈月影ノ乙女〉が現れ、身の裡《うち》に入り込んできたとき、ジルは悟った。

私は独り。そして、誰しもが独りだ。気づいたからにはもう誰かに泣きつくことなく、自分の足で闇路を歩いていかなくてはならない。

独りを認めてしまうと、人はある意味強くなると思う。何事も自分でやるしかないと腹を括《くく》るので、最初から他人に期待しない。頼らない。

でも、そんな思考の若者が近くにいたら、首根っこを摑んで「こっち向け」と叱りたくなるだろう。独りでできると考えて、頑《かたく》なに周囲を頼らないのは傲慢《ごうまん》というものだ。

フォーリ（魔法師）の訓練所に入ったジルには、幸いなことに、そうやって首根っこを摑んでくれる友人たちができた。特にカルステアという親友を得たのは大きかったと思う。他人を見下さないこと、過ちを認めること、もっと人を頼って良いこと。叱咤《しった》と助言を受け入れ、仲間を見習いながら、ジルは少しずつ成長する。そしてハスティア大公国の都ハストに所属するフォーリとなった後は、人々の生活を守るため、国中を駆け回ることになるのだ。

……と、ここまでが冒頭四十ページほどのあらすじ。本書は二段組みで軽く五百ページを超える大長編なので、物語はまだまだ、ここからである。この後はジルの故郷であるハスティア大公国と、国交のあるアトリア連合王国やドリドラヴ大王国が登場し、三国それぞれの思惑が交錯する。戦いがあり、葛藤《かっとう》があり、魔法にも大きな変化が起きる。

そして実は、この大きな争いの山場を越えた後こそが、本作の肝《きも》だ。人は独りである、という幼い頃の思いを出発点にしたジルが、新たに辿り着いた真実。伝説の〈月影ノ乙女〉とは、一体何者なのか。

命は自分だけのものではなく、すべてのことは繋がっている。穏やかな風を浴びるように、読者もきっと暖かい気持ちで読み終えることができるに違いない。

さて、ファンタジーの面白さのひとつに、世界と物語のダイナミックなシンクロがあると思う。『月影の乙女』はまさに、そこを楽しめる作品である。

例えば、作中の主な舞台であるハスティア大公国には、〈スナコガシ〉をはじめ、軒先でシャボン玉を吹く〈聖ナルトカゲ〉や、玄関先で羽を丸める〈ツバサダマ〉など、イリーアと呼ばれる精霊のようなものがたくさんいる。ジルの中に潜んだ〈月ノ獣〉もまた、イリーアだ。彼らは無垢《むく》なるものの象徴で、フォーリたちの勢いや、国の趨勢《すうせい》を表すように、数が減ったり増えたりする。たくさんのイリーアが元気に過ごしているならば、それは町や人が健やかな印なのだ。

また、魔法にはその国の特徴が表れている。ハスティアのフォーリは、予知や遠見、動物との共感、鍛冶を助ける鋼《はがね》の魔法など、それぞれに得意分野があって、手分けして国のために働いている。ジルの場合は特に、大きなものを動かすのが得意だ。フォーリたちには「魔法で人を傷つけてはならない」という禁忌もあり、仮に攻撃を受けた時でも、使っていいのは防御の魔法だけとされている。

一方、対照的なのはドリドラヴである。竜王ウシュル・ガルとその息子たちは、周囲にいる者すべてを疑って、一切協力しない。頼りにするのは、己の力のみ。火の魔法を操って気に食わぬものを攻撃し、時には竜に転身してあたりを焼き払う。

野心にまみれたドリドラヴが攻め込んできたとき、ハスティアのフォーリたちは、防御の魔法だけで竜に対抗できるのだろうか。逆に、協力することを拒むドリドラヴの竜王たちが、仲間と助け合うフォーリの戦い方を崩すことはあるのだろうか。

これらは、「二度と誰も傷つけない」と誓った、ジル個人の葛藤と相似形にもなっている。

竜と魔法使いの戦いというエンタメ全開のシーンで、複数の問いかけが重なりあうのだ。世界を丸ごと呼応させる、まさにファンタジーの醍醐味《だいごみ》というところである。

こういう企みを漏らさずに読みたい……とは思っているのだけれど、何しろ乾石さんの描写が鮮やかなものだから、いつもすぐに目を奪われて、象徴だのテーマだのと考える余裕がなくなる。道端に群れる草花や、色を変えていく空の様子。荒れる海でもみくちゃにされる船の中も、雪の夜を明かす深山の木の根元も、みな鮮やかに浮かびあがる。視覚だけでなく、風や香料の匂い、町に漂う腐敗臭、ノミに食われた痒《かゆ》さなど、五感全てに訴えてくるので、ちょっとしたVR気分である。

人々の言動や生活の描写が、きちんと「繋がっている」のも良い。たとえば、馬に乗って出かけたチームが、仲間を二人亡くすシーン。亡くなった二人の乗馬を、残された仲間が連れて帰ってくる描写があって、ちょっとびっくりしてしまった。考えてみれば自然な行動なのだけれど、ここまで書くことはあまりないのではないだろうか。

また、ベッドの解体と整備を行うシーンでは、マットレスの部分に詰められていた藁《わら》を仕分けて再利用したり、掛布団に良い匂いのする枯葉を詰め込んだりと、とても細かい生活の描写が続いてわくわくした。こういうところが細やかに書き込まれていると、どこか遠いところにあるはずの世界が、急に身近に思えてくるのだ。大きな物語世界を組み上げる腕力と、細部まで書き込む筆の緻密さ、乾石さんの作品には双方が揃っている。

さて、著者の乾石智子さんについて少し語ろう。

乾石さんは一九九九年教育総研ファンタジー大賞を受賞。二〇一一年四月に東京創元社から『夜の写本師』を上梓し、デビューした。

個人的な話で恐縮だが、この『夜の写本師』が発売されたとき、私は書店に勤務していた。担当営業氏から、何とか売りたい新人作家がいるのだと相談され、では、と読んでみてひっくり返ったのだった。何このベテラン作家による翻訳長編みたいな作品は。日本人作家が書いた？　これがデビュー作？　ほんとに？

　読み手として翻訳小説が大好き、という作家はたくさんいるけれど、書き上げる作品までがこんなに「翻訳調」になる作家は珍しいと思う。自分に大きく影響した作品として、著者略歴に決まり文句のように挙げているのが、『スターウルフ』に『コナン・ザ・バーバリアン』だ。ああ、ゴツい翻訳作品を浴びまくって、それがもう自分の血潮として全身を流れている人なのに違いない。

　こんな作品を読めるのなら、仮に十年待てと言われても私は待てる。一作で終わりにせず、ぜひ書き続けてほしい。……と、熱く願っていたところ、なんと『夜の写本師』発売の翌年、二〇一二年四月に『魔道師の月』、十月に『太陽の石』、二〇一三年六月に『オーリエラントの魔道師たち』と、信じられない速さで新作が生み出されてきた。しかも中身のクオリティは変わらずである。こんなにみっしりした話を、このスピードで書いてくるなんて、本当にとんでもない作家が出てきたと、ちょっと震えながら喜んだのだった。

　ちなみに本作『月影の乙女』は、乾石智子作品史上、最長とのことである。『夜の写本師』を始めとするオーリエラントシリーズとは別の、単独作品だ。一冊大事に抱え込んで、ゆっくりじっくり浸ってほしい。

月影の乙女
2024年10月31日　初版

著　者　乾石《いぬいし》智《とも》子《こ》
発行者　渋谷健太郎
発行所　株式会社東京創元社
〒162-0814 東京都新宿区新小川町1-5
電話（03）3268-8231
https://www.tsogen.co.jp

装　画：㋐㋷㋜㋣レーター
装　幀：内海 由
組　版：キャップス
印　刷：萩原印刷
製本所：加藤製本

乱丁・落丁は、ご面倒ですが小社までご送付ください。
送料小社負担にてお取り替えいたします。

ISBN978-4-488-02910-4 C0093